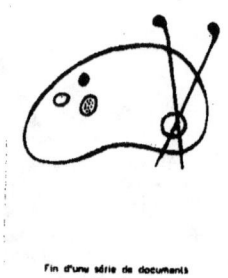

Fin d'une série de documents
en couleur

كتاب

الانيس المفيـــد

للطالب المستفيد

CHRESTOMATHIE
ARABE.

CHRESTOMATHIE

ARABE,

OU

EXTRAITS

DE DIVERS ÉCRIVAINS ARABES,

TANT EN PROSE QU'EN VERS,

A l'usage des Élèves de l'École spéciale des Langues
Orientales vivantes ;

PAR A. I. SILVESTRE DE SACY.

TOME III,

SECONDE PARTIE DE LA TRADUCTION.

فرقك بين الرطب والعجـم

هو الغرق بين العرب والعجم

ZAMAKHSCHARI.

À PARIS,

DE L'IMPRIMERIE IMPÉRIALE.

M. DCCC. VI.

TABLE

Des EXTRAITS contenus dans ce Volume.

XII. *Poëme de Schanfari, connu sous le nom de Lamiat-alarab.* .Page 1.

Notes. . . . . 10.

XIII. *Poëme de Nabéga Dhobyani.* . . . . 42.

Notes. . . . . 48.

XIV. *Extrait du Diwan ou Recueil des Poësies d'Abou'ltayyib Ahmed-ben-Hosaïn Moténabbi.* 85.

Notes. . . . . .109.

XV. *Poëme de Moïn-almilla-weddin Tantarani, client de Mohakkik.* . . . . .125.

Notes. . . . . .130.

XVI. *Extrait du Recueil des Poësies du schëikh Omar ben-Faredh.* . . . . .143.

Notes. . . . . .152.

XVII. *Extrait du Recueil des Séances d'Abou Mohammed Kasem ben-Ali Hariri Basri,*

Séance VII. *Séance de Barkaïd.* . . . . .175.

Notes. . . . . .182.

XVIII. Séance IX. *Séance d'Alexandrie*.... Page 223.

Notes..................................233.

XIX. *Choix de Lettres et autres Pièces diplomatiques.*

1. *Lettre de l'Empereur d'Abyssinie, Tecla-
haïmanout, à Du Roule, Syrien-François*....248.

2. *Lettre de l'Empereur de Maroc au Roi de
France Louis XIII.*..................250.

3. *Traité de paix conclu entre le Roi de France
et l'Empereur de Maroc.*..............253.

4. *Lettre de l'Empereur de Maroc à Louis XVI,
Roi de France.*......................262.

5. *Lettre de l'Empereur de Maroc au même.*..264.

6. *Lettre de l'Imam Saïd, fils d'Ahmed, Imam
de Mascate, à M. Rousseau, Consul de France
à Bagdad.*..........................267.

7. *Lettre du gouverneur de Mascate, Khalfan,
fils de Mohammed, au même M. Rousseau.*...270.

8. *Autre lettre de l'Imam de Mascate au même
M. Rousseau.*.......................275.

9. *Autre lettre de l'Imam de Mascate au même.*..279.

10. *Autre lettre de l'Imam de Mascate au même.*..284.

11. *Proclamation du Diwan du Caire à tous les
habitans de cette ville.*..............286.

12. *Proclamation des Schëïkh de la ville du Caire
au peuple d'Égypte.*.................289.

13. *Relation de la prise de Jafa en Syrie.*. **Page** 292.

14. *Copie de la lettre envoyée de la Mecque, par le Schérif Galeb, souverain de cette ville, au Caire, et adressée à son excellence le ministre Poussielgue.* . . . . .298.

15. *Lettre du Schérif Galeb, fils de Mosaëd, Schérif de la Mecque, au général des armées Françoises Bonaparte.* . . . . .302.

16. *Autre lettre du même Schérif au général Bonaparte.* . . . . .304.

Notes. . . . . .309.

EXTRAITS *du Livre des merveilles de la nature et des singularités des choses créées, par Mohammed ben-Mohammed Kazwini, traduits par A. L. Chézy.* . . . . .369.

Tableau des Êtres secondaires, c'est-à-dire, des Corps produits par le concours des élémens. . . .371.

Première Vue. *Les Minéraux.* . . . . .372.

Seconde Vue. *Les Végétaux.* . . . . .374.

1.re Classe. *Les Arbres.* . . . . .375.

2.e Classe. *Les Plantes.* . . . . .380.

Troisième Vue. *Les Animaux.* . . . . .383.

1.re Division. *L'Homme.* . . . . .385.

Section sur les Facultés de l'homme. . . . . .387.

Facultés extérieures, c'est-à-dire, les cinq sens. . .389.

Chapitre sur les Bêtes de somme. . . . . .391.

Chapitre sur les Ruminans............... Page 392.

Chapitre sur les Carnassiers,............... 396.

Chapitre sur les Oiseaux,................ 397.

Chapitre sur les Insectes et les Reptiles,....... 403.

Notes pour les Extraits de Kazwini,........ 414.

ADDITIONS aux notes de la seconde partie de la Chrestomathie,.................... 500.

FIN DE LA TABLE DE LA II.ᵉ PARTIE DE LA
TRADUCTION.

CHRESTOMATHIE

CHRESTOMATHIE ARABE,

O U

EXTRAITS

DE DIVERS ÉCRIVAINS ARABES,

TANT EN PROSE QU'EN VERS.

N.º XII.

Poëme de SCHANFARI, connu sous le nom de *Pag. 3 1 0.*
LAMIAT-ALARAB.

LE mot *Schanfari* (1) signifie *celui qui a de grosses lèvres.* Notre poëte étoit de la tribu d'Azd, et du nombre de ceux qui se distinguoient par leur légéreté à la course. Parmi les coureurs célèbres entre les Arabes, il y en avoit qu'un cheval n'auroit pu atteindre : tels étoient Schanfari, Solaïc fils de Salaca (2), Omar fils de Barrak, Asir fils de Djaber, et Taabbata-scharran. Schanfari avoit juré de tuer cent hommes des Bénou-Salaman, et il en tua effectivement quatre-vingt-dix-neuf. Toutes les fois qu'il rencontroit un homme de cette tribu, il lui disoit, *à ton œil*, puis il tiroit sa flèche, et attrapoit justement son œil. En conséquence ils lui tendirent des embûches, et réussirent à se rendre maîtres de sa personne. Ce fut Asir ben-Djaber, l'un de ces fameux coureurs, qui se saisit *Pag. 3 1 1.* de lui. Il ne cessa de le guetter jusqu'à ce que Schanfari

* A

étant descendu dans une gorge pour boire, il l'y surprit à la faveur de la nuit. Les Bénou-Salaman firent
donc mourir Schanfari; mais ensuite un d'entre eux
passant auprès de son crâne, et lui ayant donné un
coup de pied, une esquille du crâne lui entra dans le
pied, et lui fit une blessure dont il mourut. Ainsi
fut complété le nombre de cent que Schanfari avoit
juré de faire périr (3).

POËME.

ENFANS de ma mère (4), préparez-vous à partir,
et hâtez le pas de vos montures: pour moi, je vais chercher une autre société (5) que celle de votre famille. Déjà
toutes choses sont prêtes (6) : l'astre des nuits brille de
son éclat, les chameaux sont sanglés, la selle est placée
sur leur dos : rien n'arrête plus votre départ (7).

Il est sur la terre une retraite éloignée, où l'homme
généreux peut être à l'abri des insultes; un asyle so-
litaire prêt à recevoir quiconque veut se soustraire à la
haine des siens (8). Jamais, non, jamais il ne se trouvera à l'étroit sur la terre (9), l'homme prudent, et
qui sait employer les heures de la nuit à courir après
l'objet de ses desirs, ou à s'éloigner de ce qui cause
Pag. 312. sa frayeur. D'autres compagnons me dédommageront
de la perte de votre société, un loup endurci à la
course, un léopard au poil ras, une hyène à l'épaisse
crinière. En leur compagnie on ne craint point de
voir trahir son secret (10) : le malheureux qui a commis une foiblesse, n'appréhende point de se voir lâ-
chement abandonné en punition de sa faute. Tous ils

repoussent les insultes, tous ils combattent avec bravoure; aucun d'eux cependant n'égale l'intrépidité avec laquelle je m'élance au premier aspect de l'ennemi (11). Mais quand il s'agit d'étendre la main pour partager les alimens, alors que le plus lâche est le plus diligent, je ne les devance plus en vîtesse (12). C'est l'effet de ma générosité par laquelle je m'élève au-dessus d'eux: celui qui cherche à se distinguer ainsi a droit au premier rang (13). Je supporterai sans peine la perte de ces compagnons que les bienfaits même ne peuvent subjuguer, et dont le voisinage ne procure aucune agréable diversion (14). Et je ne m'apercevrai pas de cette perte, pourvu que ces trois autres ne m'abandonnent point, un cœur intrépide, un glaive étincelant, *Pag. 313.* un arc aussi long que robuste (15) qui rende un son éclatant, du nombre de ces arcs polis et forts en même temps (16), dont le mérite soit relevé par la beauté des courroies et du baudrier auquel il est suspendu (17) : qui gémit à l'instant où la flèche s'échappe, et semble imiter les cris et les hurlemens d'une mère accablée d'infortune, à laquelle le sort a ravi ses enfans (18).

Je ne suis pas de ces gens incapables de supporter la soif, qui en menant leurs troupeaux à la pâture, éloignent les petits de leurs mères, pour épargner le lait, tandis que celles-ci paissent librement (19). Je ne suis pas non plus du nombre de ces hommes pusillanimes et poltrons, qui ne s'éloignent jamais de la compagnie de leurs femmes, et délibèrent avec elles sur toutes leurs démarches (20); de ces hommes qu'un rien étonne, aussi timides que l'autruche, dont le cœur

A 2

palpitant semble un passereau qui s'élève et s'abaisse tour-à-tour à l'aide de ses aîles (21) ; rebut de leurs familles, lâches casaniers, qui passent tout leur temps à causer d'amourettes avec les femmes et (22) que l'on voit à tous les momens du jour parfumés et fardés (23).

Pag. 314. Je ne suis pas de ces hommes foibles et petits, dont les défauts ne sont rachetés par aucune vertu, incapables de tout, qui n'étant protégés par aucune arme, prennent l'épouvante à la moindre menace (24) ; de ces ames sans énergie que les ténèbres saisissent d'effroi, quand leur robuste et agile monture entre dans une solitude affreuse qui n'est propre qu'à égarer le voyageur (25). Quand mes pieds rencontrent une terre dure et semée de cailloux, ils en tirent des étincelles et les font voler en pièces. Je sais supporter la faim avec une constance généreuse (26), je fais semblant de ne pas la sentir (27), j'en détourne ma pensée et je l'oublie entièrement. Je dévore la poussière de la terre sèche, et sans aucune humidité, de peur que la faim ne s'imagine avoir quelque avantage sur moi, et ne se vante de m'avoir vaincu (28). Si la crainte d'essuyer quelque outrage ne m'avoit fait embrasser cette vie pénible et errante, tout ce que l'on peut desirer pour appaiser la faim ou la soif, ne se trouveroit que chez moi (29) ; mais

Pag. 315. mon ame généreuse, qui ne peut souffrir aucune insulte, se séparcroit de moi, si je ne m'éloignois promptement. Mes entrailles, tourmentées de la faim (30), se tortillent et se resserrent sur elles-mêmes, comme les fils torts par la main ferme et adroite d'une habile fileuse (31).

Je sors dès le matin, n'ayant pris qu'une légère nourriture, tel qu'un loup aux poils grisâtres, qu'une solitude a conduit à une autre solitude (32), et qui, pressé de la faim, se met en course dès la pointe du jour avec la rapidité du vent (33) : dévoré par le besoin, il se jette (34) dans le fond des vallées et précipite sa marche; fatigué de chercher en vain dans des lieux où il ne trouve aucune proie, il pousse des hurlemens auxquels répondent bientôt ses semblables, des loups maigres (35) comme lui, décharnés, dont le visage porte l'empreinte de la vieillesse; on diroit, à la rapidité de leurs mouvemens, que ce sont les flèches qu'agite dans ses mains un homme qui les mêle pour tirer au sort (36), ou que le chef d'un jeune essaim mis en liberté, hâte le vol de la troupe qui le suit, vers les bâtons qu'a placés, pour les recevoir, dans un endroit élevé, l'homme qui s'occupe à recueillir le produit du travail des abeilles (37). Ces loups ouvrent une *Pag. 316.* large gueule; leurs mâchoires écartées ressemblent aux deux parties d'une pièce de bois que l'on a fendue; ils ont un aspect affreux et terrible. Aux hurlemens de ce loup, les autres répondent par des hurlemens dont retentissent au loin les déserts; on les prendroit pour autant de mères éplorées, dont les cris déchirans se font entendre du sommet d'une colline élevée. A ses cris succède le silence, et le silence succède à leurs cris; toujours constans à imiter son exemple, ils se consolent de la faim qui les dévore, par celle qu'endure celui-là, et leurs tourmens servent aussi à soulager sa douleur (38). Se plaint-il ! ils font entendre leurs plaintes; s'il renonce

A 3

à des plaintes superflues, les autres y renoncent aussi ;
et certes, là où les plaintes ne servent de rien, la patience est de beaucoup préférable (39). Il retourne
sur ses pas, et les autres retournent pareillement sur
leurs pas : ils précipitent leur course, et quoique pressés par la violence de la faim, ils cachent les maux
qu'ils endurent sous une bonne contenance (40).

Les kata (41) qui volent en troupe vers une citerne, en
faisant retentir l'air du bruit de leurs aîles, ne boivent
que les restes des eaux que j'ai troublées (42). Nous
courions en même temps pour apaiser notre soif ;
nous nous hâtions, à l'envi, d'atteindre cet objet de
nos desirs : ils déploient toutes leurs forces, tandis que,
Pag. 317. sans me presser, je les devance lestement, et je semble
être le chef de leur troupe (43). Déjà je les ai quittés,
et je me suis retiré, après avoir étanché ma soif : épuisés
de fatigue, ils tombent avec précipitation sur les bords
humides de la citerne, et plongent dans la fange le cou
et le jabot (44). Le bruit qu'ils font tout à l'entour de
cette mare est comme celui d'une troupe de voyageurs
au moment où leur caravane s'arrête pour camper (45).
Ils accourent de toutes parts vers la citerne : elle réunit
vers un centre commun leurs troupes éparses, de même
que les troupeaux d'un campement d'Arabes se réunissent autour d'un abreuvoir (46). Ils boivent avec
précipitation, et, reprenant leur vol, ils partent aussitôt, semblables, au moment où les premiers rayons du
jour (47) éclairent leur retraite, à une caravane de la
tribu d'Ohadha (48) qui précipite son départ.

Lorsque je prends la terre pour mon lit, j'étends

sur sa surface un dos bossu que soulèvent des vertèbres saillantes et desséchées (49), et un bras décharné (50), dont toutes les articulations semblent être autant de dés jetés par un joueur, qui se tiennent debout devant lui.

Si les destins malins de la guerre (51) se plaignent *Pag. 318.* aujourd'hui que Schanfari échappe à leurs coups, assez long-temps ils ont joui de son malheur. Il a été en proie à toutes les injustices qui se sont partagé sa chair comme celle d'un chameau dont les portions sont tirées au sort; et toutes les fois que quelque malheur est survenu, il en a toujours été la première victime (52). Si par hasard le sort malin sembloit fermer ses yeux vigilans, dans son sommeil même ses yeux s'ouvroient, et s'empressoient de le frapper de quelque nouveau malheur (53). Les soucis, ses compagnons assidus, n'ont cessé de se succéder avec autant et plus d'exactitude que le retour régulier des accès d'une fièvre quarte (54). Lorsqu'ils approchoient, je les éloignois de moi; mais ils revenoient, et fondoient sur moi de toutes parts (55).

Si tu me vois, semblable à l'animal qui vit au milieu des sables (56), me montrer au grand jour, malgré ma délicatesse (57), les pieds nuds et dépourvus de chaussure (58), sache que je suis un homme dévoué à la patience : elle est la cuirasse sous laquelle je couvre un cœur de lion, et la fermeté d'ame me tient lieu de sandales (59). Tantôt je manque de tout, *Pag. 319.* tantôt je suis dans l'abondance : car celui-là est véritablement riche qui ne craint point l'exil, et qui

A 4

n'épargne point sa vie (60). Le besoin et l'indigence
ne m'arrachent aucun signe d'impatience, et les richesses ne me rendent point insolent (61). Ma sagesse n'est point le jouet des passions insensées (62) :
on ne me voit point rechercher les bruits défavorables
que seme la renommée, pour ternir, par des rapports
malins, la réputation d'autrui (63).

    Combien de fois, pendant une nuit rigoureuse
où le chasseur brûloit, pour se chauffer, et son arc
et ses flèches (64), son unique trésor, je n'ai pas
craint de voyager malgré l'épaisseur des ténèbres et
la pluie, n'ayant pour toute compagnie que la faim,
le froid, la crainte et les alarmes (65)! J'ai rendu
des femmes veuves et des enfans orphelins, et je suis
revenu comme j'étois parti, tandis que la nuit con-
servoit encore toute son obscurité (66). Au matin qui
la suivoit, pendant que j'étois tranquillement assis à
Gomaïsa (67), deux troupes causoient ensemble, à
mon sujet (68) : Nos chiens, disoient-ils, ont aboyé
cette nuit ; nous nous sommes demandé à nous-mêmes :
ne seroit-ce point un loup qui erre à la faveur des ténèbres, ou une jeune hyène! Mais, après un instant
de bruit, ils se sont rendormis, et alors nous nous
sommes tranquillisés en disant : c'est sans doute un
milan, ou peut-être un épervier, qui a eu une frayeur
passagère (69). Si c'est un génie malin qui a passé
par ici, certes il nous a fait un grand mal par sa
visite nocturne ; si c'est un homme.... (70) ; mais
un homme ne peut pas faire tant de ravages.

    Pendant les jours brûlans de la canicule, où les

Pag. 520.

vapeurs formées par l'ardeur du soleil sont en fusion (71),
où les reptiles ne pouvant supporter sa violence, s'a-
gitent sur le sable brûlant, j'ai exposé hardiment mon
visage à tous ses feux, sans qu'aucun voile me cou-
vrît (72), et n'ayant pour tout abri contre sa fureur,
qu'une toile déchirée, et une longue chevelure (73),
qui, agitée par le vent, se séparoit en touffes épaisses, *Pag. 321.*
dans laquelle le peigne n'avoit point passé (74), qui
n'avoit point été, depuis long-temps, ni parfu-
mée (75), ni purgée de vermine, enduite d'une crasse
épaisse, sur laquelle une année entière avoit passé sans
qu'elle eut été lavée et nettoyée (76).

Combien de fois n'ai-je pas traversé, à pied, des
déserts immenses, aussi nuds que le dos d'un bouclier,
qui n'avoient point accoutumé de sentir le pied des
voyageurs (77)! J'en ai parcouru toute l'étendue d'une
extrémité jusqu'à l'autre, et je me suis traîné jusqu'au
sommet d'une hauteur inaccessible, que j'ai gravie
tantôt debout et tantôt assis, comme un chien (78).
Autour de moi (79) rôdoient de noirs bouquetins que
l'on eût pris, à leurs longs poils, pour de jeunes filles
vêtues d'une robe traînante (80) : ils s'arrêtoient autour de moi sur le soir, et sembloient me prendre pour
un grand chamois tacheté de blanc, aux jambes torses,
qui gagnoit le penchant de la colline (81).

NOTES du N.º XII.

(1) Ce poëme porte le nom de *Lamia* لامية parce que tous les vers se terminent par un *lam* ل. C'est à l'imitation de ce poëme célèbre que Tograï a intitulé le sien لامية العجم Schanfari, et non *Schafari*, comme écrit D'herbelot, ou *Schaafari*, comme Pococke l'écrit, vivoit indubitablement peu avant Mahomet; car il étoit contemporain de Taabbata-scharran; et M. Eichhorn a fait voir que ce poëte, dont le savant A. Schultens a publié divers morceaux, vivoit vers le temps de Mahomet. (V. *Monum. antiquis. histor. Arab.* p. 49.) Hadji Khalfa le nomme الشنفري بن الاوس بن جـر (المهنو بن الازد بن الغوث بن زيد بن كهلان بن سبا) Voyez *ibid. p. 143*, et Table généalogique n.º XIII). Dans le Catalogue des manuscrits de la bibliothèque Bodleyenne, donné par M. J. Uri (n.º 1266 parmi les man. Ar. *p. 261*), il est nommé الشنفري الازدي *[Schankari d'Azd];* mais c'est une faute, et la notice que M. Uri donne de ce poëme est exacte. Casiri ne s'est pas moins trompé dans ce qu'il dit de ce poëte et de son poëme (*Bibl. Arab. Hisp. Escurial.* tom. Ier, p. 134, col. 2). Notre poëte est indiqué sous son vrai nom, dans le Catalogue de la bibliothèque de l'univer-sité de Leyde, *p. 474*, sous le n.º 1613, et ce manuscrit a été connu de Reiske qui en parle dans la préface de son édition de la Moallaka de Tarafa, *p. xj.* L'auteur du Kamous qui en parle sous la racine شنفر dit : الشنفري الازدي شاعر سداء ومـنه اعدي من الشنفري « Schanfari, de la tribu d'Azd, » poëte et coureur : il a donné naissance au proverbe, *Meilleur* » *coureur que Schanfari.* » Djewhari rapporte ce mot à la racine الشنفري اسم شاعر من الازد وهو فنعلي وفيه المثل dit : il شفر « *Schanfari*, poëte de اعدي من الشنفري وكان من العدائين

» la tribu d'Azd : ce mot est de la forme *fanali*; on dit
» en proverbe, *Meilleur coureur que Schanfari.* Il étoit un
» des célèbres coureurs. » Voici comment Meïdani raconte
l'origine de ce proverbe : « اعدي من الشنفري *Meilleur cou-*
» *reur que Schanfari.* Dans ce proverbe اعدى est pris
» dans un sens dérivé de عَدْو *[course.]* Abou-Amrou
» Scheïbani rapporte l'aventure qui a donné naissance à ce
» proverbe, de la manière suivante : Schanfari, Taabbata-
» scharran et Amrou ben-Barrak s'étant mis en course
» contre la tribu de Badjila بجلة les Arabes de cette tribu
» leur dressèrent une embuscade auprès d'un réservoir
» d'eau, et quand ils vinrent, dans le milieu de la nuit,
» pour s'y désaltérer, Taabbata-scharran dit : Il y a assu-
» rément quelque embuscade ici ; car j'entends palpiter les
» cœurs de ceux qui sont embusqués واني لاسمع وجيب قلوب
» المومنين [je lis المرصدين] Nous n'entendons rien, lui
» dirent ses deux compagnons, sans doute c'est ton cœur
» qui palpite. Aussi-tôt leur prenant les mains, il les porta
» sur son cœur : Non pardieu, leur dit-il en même temps,
» il ne palpite pas, et il n'est point capable d'une telle foi-
» blesse. N'importe, reprirent ses camarades, il faut abso-
» lument que nous approchions de cette eau. Schanfari y
» descendit le premier : les gens postés en embuscade
» l'ayant reconnu, le laissèrent boire, après quoi il alla
» retrouver ses camarades, et les assura qu'il n'y avoit
» personne en cet endroit, et qu'il avoit bu de l'eau de la
» citerne. Ce n'est pas à vous qu'ils en veulent, dit alors
» Taabbata-scharran, c'est à moi seul. Ebn-Barrak alla
» boire pareillement après Schanfari, et il en fut de lui
» comme du premier. Alors Taabbata-scharran dit à Schan-
» fari : Je ne me serai pas plutôt baissé pour boire, que ces
» gens-là tomberont sur moi et me prendront : aussi-tôt
» que tu verras cela, va-t'en comme si tu prenois la fuite,

» et cache-toi au fond de ce vallon; et quand tu m'entendras
» crier *prenez, prenez,* viens à moi, et mets-moi en liberté.
» Il dit aussi à Ebn-Barrak : Pour toi, je te proposerai de
» te rendre volontairement prisonnier de ces gens-là : ne
» t'éloigne pas beaucoup d'eux, mais ne souffre pas qu'ils
» se rendent maîtres de ta personne. Après avoir ainsi dis-
» posé son plan, Taabbata-scharran descendit à la citerne
» pour boire : mais aussi-tôt qu'il se fut approché de l'eau,
» les gens qui étoient cachés dans l'eau se jetèrent sur lui,
» le prirent et l'entourèrent d'une corde. Schanfari s'en-
» fuit comme il avoit été convenu, et se tint à l'endroit
» que lui avoit marqué Taabbata-scharran. Pour Ebn-
» Barrak, il demeura dans un endroit où ils pouvoient le
» voir. Alors le prisonnier dit à ceux qui le tenoient :
» Gens de Badjila, consentez-vous à nous tenir captifs
» sous la condition que nous puissions nous racheter! en
» ce cas, nous engagerons Ebn-Barrak à se rendre votre
» prisonnier. Nous le voulons bien, répondirent-ils. Tant
» pis pour toi, Ebn-Barrak, dit alors Taabbata-scharran:
» Schanfari s'est échappé, et il s'est réfugié auprès d'une
» telle tribu, اما الشنفري فقد طار وهو يمطلي لاربي فلان
» [*Voyez* dans Meïdani le proverbe ما يمطلي لاربي] Tu sais
» quels sont les liens qui unissent notre sang et le tien;
» veux-tu consentir à te rendre prisonnier, et alors ces
» gens-ci ne nous tiendront qu'avec l'engagement de
» nous rendre la liberté, moyennant une rançon! Non par-
» dieu, dit Ebn-Barrak, je ne le ferai pas que je n'aie
» encore essayé mes forces en faisant une course ou deux.
» Il se mit alors à courir vers la montagne, puis à revenir.
» Quand les autres crurent qu'il étoit las, ils voulurent en
» profiter pour le prendre, et se mirent à le poursuivre.
» A l'instant Taabbata-scharran cria : *Prenez, prenez.*
» Schanfari accourut à ce signal, et coupa la corde qui lioit

» le prisonnier. Ebn-Barrak le voyant libre, vint le joindre,
» et Taabbata-scharran se mit à crier : Gens de Badjila,
» vous avez admiré la course d'Ebn-Barrak : je vais courir
» encore mieux, et de manière à vous faire oublier sa
» course. Alors ils s'enfuirent tous trois et échappèrent...
» Ces trois hommes étoient tous de célèbres coureurs, mais
» le nom seul de Schanfari est passé en proverbe » فكل
(Man.) هؤلاء الثلثة كانوا عداء بيننا ولم يسم المثل الا بالشنفري
Ar. S. G. 196.)

(2) Dans notre manuscrit, on lit : *Socaïc* سكيك mais
Meïdani écrit سُليك et rapporte ce proverbe اعدي من سليك
Meilleur coureur que Solaïc. On doit prononcer, comme
je fais ici, *Solaïc ;* car à la racine سلك Djewhari dit :
سليك اسم رجل وهو سليك السعدي وهو من العدائين كان
يقال له سليك المقانب قال الشاعر الخطاب لزوار ليلي منكم ال
برق منكم على الهول امضي من سليك المقانب واسم امه سلكة
Abou'lwalid-ben-Zeïdoun fait mention de *Solaïc* dans sa
célèbre رسالة publiée par Reiske et Hirt ; il dit : والسليك
ابن سلكة اما عدا على رجليك Voy. *Abilwalidi ibn Zeiduni
Risalet seu epistolium,* p. ix ; J. Fr. Hirt. *Instit. ling. Arab.*
p. 487.

(3) J'ai eu sous les yeux, pour donner l'édition de ce
poëme, deux Mss. : le premier, qui fait partie de l'ancien fonds
de la Bibliothèque nationale, est numéroté 1455. Je l'ai fait
connoître dans le 4.ᵉ volume des Notices et Extraits, *p. 313
et suiv.* Le second, qui appartenoit à la bibliothèque du
Vatican, et qui a passé à la Bibliothèque nationale, porte le
n.° 364. Il a été apporté du Levant par Pietro della Valle, et
on trouve au commencement du manuscrit, une notice des
poëmes contenus dans ce volume, qui est écrite en italien,
et de la main de ce célèbre voyageur. Ce manuscrit est

indiqué dans le 1.er volume de la *Biblioth. Orient. Clement. Vaticana* de J. S. Assémani, *p. 587,* sous le n.º 12. Outre ces deux manuscrits, j'ai obtenu de la complaisance de mon ami le savant professeur de langues orientales en l'université de Leyde, M. S. F. J. Rau, la collation complète du manuscrit de ce poëme, que possède la bibliothèque de cette illustre université. De ces trois manuscrits, celui de la Bibliothèque nationale est sans contredit le meilleur : il n'est pas cependant exempt de fautes, et, sans le secours des deux autres, et sur-tout de celui du Vatican, j'aurois souvent eu beaucoup de peine à reconnoître la véritable leçon. Le nombre des variantes entre ces trois manuscrits est très-grand; mais comme il y en a un grand nombre qui ne sont d'aucune importance, ou qu'on ne peut regarder que comme des fautes, je me contenterai d'indiquer celles que je croirai nécessaire ou utile de faire connoître. Le nombre des vers est le même dans les deux manuscrits de la Bibliothèque nationale et du Vatican; mais ils ne sont pas toujours dans le même ordre : j'ai suivi celui du premier de ces deux manuscrits, qui me paroît de beaucoup préférable. Plusieurs vers manquent dans le manuscrit de Leyde, d'autres sont déplacés. Je ferai observer ces différences dans mes notes. Le préambule que j'ai mis en tête du poëme ne se trouve que dans le manuscrit de la Bibliothèque nationale. Ce même manuscrit est chargé de gloses marginales et interlinéaires qui m'ont été d'un grand secours, et le texte est accompagné des voyelles. Dans le manuscrit du Vatican, il y a, à la suite de chaque vers, un commentaire grammatical : il est fâcheux que le copiste qui, sans doute, n'entendoit pas ce qu'il écrivoit, y ait fait une multitude incroyable de fautes : le texte est sans voyelles. Dans le manuscrit de Leyde, le texte est pareillement sans voyelles, souvent même sans points diacritiques; il est accompagné de notes marginales dont je n'ai point eu de copie.

Reiske portoit de ce manuscrit un jugement peu favorable, comme on peut le voir à l'endroit déjà cité de sa préface sur la Moallaka de Tarafa. Je désignerai le manuscrit de l'ancien fonds de la Bibliothèque nationale par le n.º 1455, celui du Vatican par la lettre *V*, et celui de Leyde par la lettre *L*. Parmi les manuscrits de S. Germain-des-prés, il y en a un (n.º 419) qui contient le poëme de Schanfari avec les Moallaka, &c.; mais c'est une mauvaise copie du manuscrit 1455, faite par un Français nommé *Vaultier*, et elle ne mérite aucune attention.

Le poëme de Schanfari a été commenté par divers auteurs, comme nous l'apprend Hadji Khalfa : شرحها أبو عباس احمد بن يحيي الشهير بثعلب وسويد بن عبد اللطيف النجوراني وشرحها العلّامة زمخشاري وسماه اعجب العجب اوله سبحان اللهم وتحمدك معرب معرب الانهام Je ne sais si le commentaire contenu dans le manuscrit du Vatican est l'un de ceux dont parle ce bibliographe : celui de Zamakhschari se trouve dans le manuscrit de la bibliothèque de l'Escurial.

(4) Ms. 1455 ; je lis اَبَّي أَنِّي Dans le commentaire du man. *V*. on lit : يخاطب قومه ويرودنعم بالرحيل

(5) On lit أهل au lieu de قور dans le man. *L*.

(6) M. V. غدرت تهبات حمت اي تهبات وحضرت man. 1455 : قوله جمت غدرت *idem*. Le commentateur prend sans doute le mot غدر dans le sens de *affluxit, abundavit*, à moins que le texte ne soit fautif. L'une et l'autre leçon me semblent pouvoir être admises.

(7) معني البيت يقول لقومه ارحلوا فتـــد دنا غرضنـا وقرب مطلبنا وقد تهيبنا للسير فاسمعوا امركم والاشائ انه بربلد الرحيل Man. *V*.

(8) متعزل .M. V et L ؛ متحول .M. 1455

(9) Djewhari, au mot عمر remarque que dans les formules de serment où on emploie le mot عَمْر si on le fait précéder de la particule لِ on le met au nominatif, sinon on le met à l'accusatif. عَمْرَ الرجلِ بالكسر بعَمَر عَمْرا وعُمْرا على غيـر

قياس لان قياس مصدر التحريك عاش زمانا طويلا ومنه قولهم اطال الله عَمْرَك وعُمْرَك وهما كانا مصدرين بمعنًى الا انه استعمل في القسم احدهما وهو المفتوح فاذا ادخلت عليـه اللام رفعته بالابتداء قلت لعَمْرُ الله واللام للتوكيد للابتداء والخبـر محذوف والتقديـر لعَمْرُ الله قسمي ولعَمْرُ الله ما اقسم به فان لم تأت باللام نصبته نصب المصادر وقلت عَمْرَ الله ما فعلت كـــذا وعَمْرَك الله ما فعلت ومعي لعَمْرُ الله وعَمْرَ الله احلف ببقـاء الله ودوامه اذا قلت عَمَّـرَك الله فكانك قلت بتعميـرك الله اي اقرارك له بالبقاء On trouve cette formule dans les extraits du Hamasa, publiés par A. Schultens, *p. 574*, où il faut lire لعمرك au lieu de العمرك qui est une faute d'impression. *Voyez* aussi *Alcor. sur. 15, v. 71.*

(10) Dans le man. L. on lit الرهط au lieu de الأهل et شابع au lieu de ذابغ Le man. 1455 porte ذابغ c'est une faute. Je pense qu'il faut prononcer ici مستودَع et non مستودِع comme on lit dans le man. 1455 ; et c'est, ce me semble, ce que prouve cette glose du man. V, المستــودِع استودعـته : dit Djewhari au mot ودع الذي يستودِع عنك ودبعه اي استحفظته ابما قال الشاعر أستُودِع العلمَ قرطاسًا فضيّعها

فضتها فبس مُستودعِ العلم القراطيس Si cependant on pré-
fère lire مستودع le sens sera, *Celui qui leur confie un secret ne
le divulgue pas en le leur confiant, à cause de leur discrétion.*

(11) Au lieu de أولي le man. V porte : أحدي Le mot
signifie يمنتنع مـن اقران الضير ولا يحمله ابي (man. 1455)
طرابد جمع طريلة وهي ما طردت من صيد وغيره والمراد بالطرابد
هنا الفرسان يريد انه اذا عرض من يطرد كان المقـدم واشـد
بسالة منعم (Ibid.)

(12) Antara dit dans le même sens, dans sa Moallaka,

اغشي الوغا واعف عند المغنر

« Je me précipite au fort de la mêlée, mais je me retire
» quand on enlève le butin. » *(vers 47, édit. de W. Jones.)*

(13) البُنْطَة النَّعَة (Djewhari). Dans le man. 1455 on
lit الافضل المتفضّل Le premier mot signifie, suivant la glose,
الذي يــدّعي الفضـل علي الذي يفضل علبهر et le second
اقرانه J'ai suivi ce sens, mais j'ai mis افضل à l'accusatif,
المتفضّل ne pouvant être, qu'au nominatif, à moins qu'on
ne suppose une exception en faveur de la rime.

(14) On lit dans les man. L et V. من ليس جاربا بنعمي
Le mot متـعـلل est ainsi expliqué par le manuscrit V,
التعلل المتعلل ما يكفي به من غير رضي et par le man. 1455,
التلهي بالشي يقال فلان يتعلل بكذا اي يتلهي به

(15) Ebn-Doreïd exprime la même pensée que Schanfari,
lorsque après avoir dit qu'il ne quittera point sa cuirasse
jusqu'à l'instant où il descendra dans le tombeau, et qu'il
* B

n'aura pour compagnons que son épée et le coursier qui le portera au combat, il ajoute *(vers 85. éd. de Schidius)* :

هما متادي الـكـافيان فتةُ من اعددته

فلبنا، عني من ناي

« Avec ces deux compagnons, je ne sentirai plus la perte
» de ceux sur lesquels j'avois compté. S'éloigne de moi
» maintenant qui voudra s'en éloigner ! »

Il y a dans le texte صفرا عبطل ce qui signifie à la lettre, *un (arc) jaune et long.* On appelle صفرا *[jaune]* un arc fait du bois de l'arbuste nommé نبع sans doute parce que ce bois est de cette couleur. J'en parlerai plus au long dans mes notes sur la 9.e séance de Hariri.

(16) J'ai imprimé من الملس المتون conformément aux man. 1455 et L. Le man. V porte الملس الجباد Le mot متون est rendu dans la glose du man. 1455, par le mot الصلبة *[ferme]*.

(17) On lit dans le man. V, أنّت au lieu de حنت

(18) Au lieu de عجلي le man. V porte ثكلي et cette leçon est confirmée par celui de L , où on lit تكل

(19) Dans le man. V on lit يغشي et نهبل au lieu de بهل et يعشي Je ne doute point que ce ne soient autant de fautes. Le man. L place ici le vers 19 ولنثه بجبار Le sens est assez obscur. Le commentaire du man. V en propose deux ; j'ai suivi celui qui m'a paru le plus naturel. Je crois devoir rapporter le commentaire en entier المهباف الذي يشتد عطنه وسط النهار فيحتاج الى الشرب والسوام المال والمجذعة متقطعة الاذان انها تصرف منها العين والسُّبان جمع سقب وهو وسد

الناقه والنهل جمع لاملة هلا المذكر علي المونت ومي النوق
لا صرار عليها لترضمها اولادها وذلك اسما لها وقبل النهل التي
لا تمنع من الرعي ومعني البيت انه يقول لست هذا الراعي
الذي مهياف قد قطع سفبان الابل لستسقي اللبن لها فيشرب
وسط النهار عند الهاجرم وصاحب هذا القول يقول الجذع في
البيت معناه الد ج وهو علي هذا يصف نفسه بالصبر في الهاجرم
علي المسير ويجتمل ان وصف نفسه بالمكرامة وهو علي ما فسر
جدعنه في الاول وهو يقول متي ظن المهياف بماله وازداد حبة
له كان مالي عندي ولم اكن مثله وجدعنه حال وسقبائها

Au lieu de نهل et لاملة je lis بمل et باملة مرفوعة بما Suivant
cette glose, le poëte veut dire qu'il n'est pas semblable à ces
bergers qui, dévorés par la soif au milieu du jour, pour avoir
le temps de boire et s'épargner la fatigue d'abreuver les troupeaux pendant la chaleur, économisent chaque jour la traite
du soir afin qu'elle leur serve à abreuver le lendemain les
jeunes chameaux, à l'heure de la chaleur où ils devroient les
mener à un abreuvoir. Pour cet effet, quand ils mènent paître
leurs troupeaux le soir, ils séparent les petits des mères
qui allaitent, et dont les mammelles ne sont point garnies
comme celles des femelles qui n'allaitent pas, d'un morceau
de cuir, ou de quelque autre chose, pour empêcher les jeunes
chameaux de les teter. Dans le manuscrit 1455 on lit:
مقطعم الاذان ce que la glose explique par جدعم

(20) Man. V, بطالدها في امر

(21) المكاء طاير يعلو من ويستقل اخري (Ms. 1455). Ce
mot fait المكا طاير صغير جمعه مكاكي au pluriel مكاكي
(Ms. V.) Le 17.ᵉ vers est placé ici au lieu du 16.ᵉ dans le
man. L, qui omet, à ce que je crois, les vers 16 et 18.

B 2

(22) J'ai imprimé متغزل quoiqu'on lise متغزل dans le man. 1455, et que les points soient incertains dans celui du V. Les gloses des deux manuscrits ne laissent aucun doute sur la vraie leçon. الذي يغازل النسا (man. V) الذي يحادث النسا و يراودهن (man. 1455). Au commencement de ce vers, au lieu de خالف on lit dans le man. L, برم avare, *qui ne veut rien risquer au jeu.*

(23) J'ai rendu par une idée analogue le mot يتكحل qui signifie *peindre le bord des cils avec une poudre noire nommée* كحل ce qui se fait pour faire paroître les yeux plus grands et en augmenter la beauté.

(24) Dans le manuscrit V, on trouve قبل au lieu de دون et جنه au lieu de رعته Le sens est le même. Le mot عدل العدل القراد est ainsi expliqué dans le manuscrit 1455, والعدل ايضا الرجل النحيف الجسم جدا شبه بالقراد لصغر جسمه Ce vers et le suivant sont transposés dans le manuscrit V.

(25) Au lieu de هدي on lit dans le manuscrit V, هذا Je regarde cela comme une faute. J'ai suivi, dans ma traduction, le commentaire du manuscrit V, où on lit انتحت

قصدت والهوجل الارض الواسعة التي لا نبات بها والعسيف في السير ولا يكاد احد يقدر علي الخلاص منها وابعها النائد القريبة والهوجل صفة الناقة الشديدة mais on pourroit y donner cet autre sens, *Quand une solitude affreuse s'offre aux pas d'un homme fort, mais imprudent, qui s'engage dans un chemin qui l'égare,* en suivant les gloses du manuscrit 1455, qui expliquent les mots الهوجل العسيف par ceux-ci الرجل signifieroit بهماء هوجل الطويل الاخذ علي غبر الطريق Alors *une vaste solitude, où aucune trace ne guide le voyageur.*

(26) Au lieu de دمر le manuscrit L porte الطبل

(27) On lit dans le manuscrit V امينه au lieu de مبنه
Je crois que c'est une faute : le commentaire ne contient
rien sur ce mot. Je pense que امينه signifie *je lui mens*,
c'est-à-dire, *je fais accroire à la faim que je ne sens point ses
atteintes.* On pourroit être tenté d'appliquer ici une signification que Giggeius, et après lui Castell, attribuent au verbe
مأن القوم ou مان — مان مأن *illorum vim patienter toleravit; patien-*
احمل موونتهم *ter tulit illos (et quandoque abjicitur hamza).*
idem; dit Giggeius ; mais ce n'est qu'une faute de cet auteur,
qui n'a pas bien entendu le texte du Kamous, où on lit
مأنه كجعله اصاب مأنته .... والقوم احمل موونتهم اي قوتهم
مان القوم وقد لا يهمز والفعل مأنهم *c'est - à - dire :* « مان القوم signifie
» être chargé de pourvoir à la *subsistance* de quelqu'un,
» qui est la même chose que قوت [et non قوّة comme
» l'a cru Giggeius] ; on l'emploie sans hamza, et on dit
» مأنت القوم » Djewhari dit dans le même sens, مأنهم »
مأنهم مأنا اذا احملت موونتهم ومن ترك الهمز قال منتهم
امونهم On trouve sous la racine مون la même explication,
d'une manière plus certaine, مأنه يمونه مونا اذا احمل
موونته وقام بكفايته فهو رجل مسون Giggeius n'a pas mieux
entendu, en cet endroit, le texte du Kamous, المون كثرة
النفقة علي العيال ومانه قام بكفايته فهو مسون et Castell a eu
tort de le copier.

(28) Ce vers est fort obscur : le manuscrit 1455 n'offre
aucune glose, si ce n'est qu'il explique الطول par المن
Dans le manuscrit V on lit اذا سه واستغـتـه الثي سغت
B 3

اخذته في سنفه [سنفه] والطول الفضل والمتطول المتفضل والترب
والتراب واحد بقول اني احمل نفسي علي المكروه من الجموع
فاستنف التراب خبئة وعيافه ان يتفضل عليّ امره واوثر بفضله

ce qui semble supposer qu'il faut lire dans le texte امره
[un homme]; et on voit que c'étoit là la leçon primitive
du manuscrit 1455, où on lit aujourd'hui أمَرٌ J'ai cru
devoir adopter cette dernière leçon, parce qu'elle me semble
exprimer une idée plus grande : alors بري et له se rapportent à الجموع du v. 21. Je crois devoir rapporter ici ce que
dit Djewhari sur le mot سف en ces termes : سفتت
الدواء بالكسر واسففته بمعني اذا اخذته غير ملتوت وكذلك
السويق وكل دواء يوخذ غير مجون فهو سفوف بفتح السين مثل
سفوف حب الرمان ويجوز ويسغة من السويق بالضم اي حبة منه
وقبضة

(29) لدي اي عندي الا انها اجمّ لانها لا تكون الا ما هو في
قبضتك (man. V.).

(30) Dans le manuscrit L, on lit الجموع au lieu de
الحمس Le manuscrit 1455 omet الحوايا mais c'est une faute.

(31) J'ai substitué les mots *une habile fileuse* à l'original
الماري ضريب من الفتل dont le sens est incertain, ماريّ
(man. V.) وقبل من الخبوطة ويقال هو رجل يجند فتل الخبوط
(man. 1455) : اسر رجل وقبل اسر للفاتل ; dans cette dernière glose il faut lire للفاتل.

(32) Dans les manuscrits 1455 et L, on lit نتايف
et dans la glose du premier, نتهنة : il faut lire avec le man. V,

تهاداها اي Dans le commentaire de ce man. on lit تنايف

تعده به من تنوقة الي تنوقة والتنوقة الفلاة التي لا تنبت شبا

(33) Au lieu de بعارض que le man. V explique ainsi ,

on lit dans le ma- بعارض الريح اي بغسل مثل فعلها من الجري

nuscrit L مستعرض et dans le manuscrit V, par forme de

variante ou de correction , بستعرض

(34) Au lieu de يخوت on lit dans le texte du man. V,

يجوب mais par la glose , il paroît que l'auteur du commen-

taire a lu يخوت car il l'explique par بنفض بسرعه

(35) On lit dans le manuscrit 1455 بخل et la glose

l'explique par مهازيل mais le man. V porte نجل et c'est

ainsi qu'il faut lire.

(36) Dans le manuscrit V on lit ainsi ce vers :

مهللة فوء كان دموعها   قداح بكي ناشر بتقلقل

et le mot ناشر est ainsi expliqué dans la glose جمع القداح

قدح وهو عود من نبع كان بتقامر به والقداح عشرة ثلاثة ليس

لها حطوط وذات الحظوظ الفذ والتوام والرقيب والحلس والنافس

بالمبل والمعل والتي لا حظوظ لها الورد والسفح والمبح والناشر

الذي يلعب بالقداح J'ai copié exactement ce passage qu'on

peut corriger en consultant le *Specimen his. Ar.* de Pococke,

p. 324, et les Notes de Lette sur la Moallaka d'Amrialkaïs,

pag. 186, pour donner une idée du peu d'exactitude du

manuscrit V. Je remarque seulement qu'au lieu de ناشر

il faut lire باسر Dans le manuscrit 1455, et vraisemblable-

ment dans celui de L, on lit باسر ce qui est également

fautif; mais la glose du manuscrit 1455 l'explique par

B 4

Je n'ai pas hésité, en conséquence, à rétablir مقامر بالازلام
dans le texte ياسر

(37) المخشرم ربيس النحل والمخشرم بيت الزبابير والمخشرم
العسل......محابض عبدان مشتار العسل ارداهن انزلهن ساير
مرتفع عال معسل اي طالب العسل (Man. 1455). Au lieu
de ارداهن que porte le man. 1455, j'ai imprimé, conformément aux man. V et L, ارساهن ce que je crois meilleur.

(38) On lit dans le manuscrit 1455, et dans celui du V,
غراما وغرته conformément à celui عزاما وعزته J'ai imprimé
de L et au commentaire de celui du V, qui porte عزاما سلاها
Dans le man. 1455 on lit la glose suivante : المرسل هو الـــذي
نغد زاده ومراسبل جمعه et le commentaire du man. V dit
مراسبل جمع مرسل وهو الذي لا زاد معه والباء فيه للاشباع

(39) J'ai laissé le mot للصبر sans voyelles. Dans le manuscrit 1455 on lit وللصَّبْرُ Le ل est ici لام الابتداء Je
pense donc qu'il faut lire وَللصَّبْرُ

(40) Au lieu de يكابد on lit dans le manuscrit V يكانف
Le sens du mot نكظ qui, dans la glose du man. 1455,
est écrit par un ض est incertain : cette glose l'explique
ainsi, جلة يقال جاء ناكظا اي مستعجلا وقبـل النكـض
شك الجوع Le commentaire du manuscrit V adopte cette
dernière explication. Le mot يجمل signifie, suivant le manuscrit 1455, بعامل صاحبه بالجميل Dans le man. V on lit,
فاء رجع وفاءت رجعت الذئاب بادرات اي اسرعت وهو حال

والنكص (١. نـكظ) شلّ الجوع والجمل المحسن حاله بقول لا
فقدت الذئاب الصيد رجعت بسرعة وهي علي شلّ من الجوع
تـكتم امرها وتستعين علي ذلك بالصبر

(41) Le poëte, après avoir fait l'éloge de la patience
avec laquelle il supporte la faim, peint la vitesse de sa
marche, et dit que lorsqu'il cherche une citerne pour se
désaltérer, il devance le *kata*, espèce d'oiseau qui vole en
troupe, et qui indique par son vol, aux Arabes des déserts,
les lieux où il y a de l'eau. *Voy.* ci-après, note (43).

(42) Ce vers est placé, dans le manuscrit V, après les
deux suivans ; ce qui fait dire au commentateur, que si l'on
entend le vers 37 همــت وهـــت des *kata*, il y a ici
[inversion d'ordre]. Le mot قرب تـقـديم وتأخير est expliqué
ainsi par ce commentateur القرب سرا الليل وقيل ليلة الترب
Djewhari explique ce mot هي التي ترد الطير الماء في صبيحتها
plus au long قَرَبت اقرَب قرابة مثل كتبت كتابة اذا سِرت
الى الماء، وبينك وبينه ليلة والاسم القَـرَب قال الاصمعي قلــت
لاعرابي ما القَرَب فقال سير الليل لورد الغَد وقلت ما الطلـق
فقال سير الليل لورد الغِب بقال قَـرَب بَصبـامٍ وذلك ان
القوم يسيرون الابل وهم في ذلك يسيرون نحو الماء فاذا بقيت بينهم
وبين الماء عشيّة عجّلوا نحوه فتلك الليلة القرب وقـــد اقرَبَ
القوم اذا كانت ابلهم قوارب فهم قاربون ولا بقال مقربون

(43) Au lieu de وابتدرنا on lit dans le M. V وابتدرت
Le mot اسدلت signifie proprement *laisser tomber les pans de*
sa robe, ارخت بقال سدل فلان ثوبه اي ارخاه (M. 1455);
mais ici il signifie, *étendre ses forces au dernier point.*

voler à tire d'ailes, ومنه اسدل الظلام اي مدّت اسدلت اي

غطي كل شي كأنه بلغ النهاية فيها (Man. V). C'est l'opposé

de شمر qui signifie *retrousser le pan de sa robe, pour courir ou

agir plus lestement.* فارط se dit du *kata* qui marche à la tête de

la bande qui vole pour chercher de l'eau, فرطت القوم افرطهم

فرطا اي سبقتهم الى الماء. قالا فارط والجمع فُرَّاط قال النُّطابيّ

واستعجلونا فكانوا من صحابتنا كما تعجل فُرّاط لِوُرّادِ وفِراط

الفطا متقدماتها الى الوادي والماء قال الراجز   مُنْهِل وَرَدْتـه

الـــتقـــاطا لم أَرَاد ورَدَنَه فِراطا   الا الحَمامَ الوُرْقَ والفطاطا

(Djewhari). Le poëte se compare à ce *kata*, et dit qu'il

semble qu'il soit le chef de la troupe, et qu'il la devance

sans se presser.

Voici la description que donne du *kata*, Zacaria ben-

Mohammed ben-Mahmoud Kazwini, dans l'ouvrage intitulé

كتاب در المنتقاة من عجايب المخلوفات وغرايب الموجودات

(Man. Ar. de la Bibl. nat. n.° *990*, *A*) : « On distingue

» deux espèces de *kata* : l'une se nomme *codori* كدرى

» et l'autre جوني *djouni*. Le codori est d'un gris cendré, a

» les barbes externes et internes des plumes, mouchetées,

» le cou jaune et la queue courte : il est plus menu que le

» djouni. Le djouni a les barbes internes des ailes et les

» pennes noires ; il a la gorge blanche, ornée de deux col-

» liers, l'un jaune et l'autre noir ; son dos est d'un gris cen-

» dré, moucheté, mêlé d'un peu de jaune. On appelle cette

» espèce *djouni*, parce que sa voix ne rend pas un son clair

» et sonore, mais qu'elle fait entendre seulement une sorte

» de gargouillement dans le gosier. Le codori, au con-

» traire, fait entendre très-distinctement son nom *kata* :

» c'est pour cela qu'on le donne comme le modèle de la

» véracité, et qu'on dit en proverbe, *plus véridique que le*
» *kata.* Le kata ne pond jamais qu'un nombre impair d'œufs.
» Lorsque ces oiseaux cherchent de l'eau, ils s'élèvent de
» leurs gîtes par troupes, et non séparément, au lever de
» l'aurore, et parcourent un espace de sept journées [مراحل]
» avant le lever du soleil; alors ils s'abattent près d'une
» citerne, et se désaltèrent une première fois, ce qu'on
» nomme *nehl* [نهل] comme le premier abreuvement des
» chameaux et des brebis : après cela, ils demeurent à
» s'amuser environ deux ou trois heures autour de la citerne;
» puis ils retournent boire une seconde fois. On attribue au
» kata une adresse singulière pour diriger son vol; et les
» Arabes même ont, à ce sujet, un proverbe qui est pris
» de cet oiseau. La raison de cela est que ces oiseaux, dit-
» on, déposent leurs œufs dans les déserts, et vont à une
» très-grande distance, de nuit comme de jour, chercher de
» l'eau pour désaltérer leurs petits : par la nuit la plus obs-
» cure, ils reviennent, apportant de l'eau dans leurs jabots,
» et quand ils sont aux environs du lieu où sont leurs
» petits, ils font leur cri accoutumé *[kata].* Jamais ils
» ne se trompent, quoiqu'ils n'aient pour se guider, ni
» monticule, ni arbre, ni aucun signe ou indice. Abou-
» Ziad Kélabi dit que les kata vont chercher l'eau à vingt
» journées de distance, plus ou moins; qu'ils partent de
» leurs gîtes à la première pointe de l'aurore, et qu'ils ar-
» rivent à la citerne à l'heure où le soleil commence à être
» déjà un peu élevé sur l'horizon : ceux qui ne vont
» chercher l'eau qu'à dix journées d'éloignement, ne partent
» qu'au moment où le soleil paroît sur l'horizon. Une des
» qualités que l'on attribue aux kata, c'est d'avoir une
» démarche agréable, parce qu'ils font de petits pas. Les
» Arabes comparent la démarche des femmes bien faites à
» celle du kata. On dit aussi que le kata ne dort point
» durant la nuit. »

Le nom de *djouni* vient de *djouna* [جونة], qui signifie une espèce de vase où l'on met des parfums. Sans doute le gargouillement de cet oiseau est comparé au glouglou que produit une liqueur qui sort d'une bouteille dont le cou est long et étroit. Djewhari dit : الجونة الخابية المطلية بالقار والجونة

ايضا جونة العطار وربما همز والجمع جُون بفتح الـواو ويقـال لا افعل حتى تبيض جُونة القار اذا اردت سواده وجـونة القار اذا اردت الخابية ..... والجوني ضرب من القطا سود البطـون والاجنحة وهو اكبر من الكدري بعدل جونية بكدرتيـن

« *Djouna* cruche enduite de poix, et aussi la bouteille
» d'un marchand de parfums : on l'écrit souvent par un
» hamza ; le pluriel est *djowan*. On dit proverbialement,
» Je ne ferai pas cela que la *noirceur* (si on prononce
» *djouna*, ou *la cruche* si on prononce *djauna*) de la poix
» ne devienne blanche... Le *djouni* est une espèce de kata
» qui a les barbes internes des plumes et les ailes noires :
» il est plus gros que le codori. Un djouni équivaut à deux
» codori. » Ce que j'ai traduit par *barbes internes et externes des pennes*, est exprimé dans Kazwini par بطـون
et ظهور Suivant le Sihah et le Kamous, بطن signifie entre autres choses, le *côté le plus long d'une plume* الشق الاطول الجانب القصير مـن et ظهر *le côté le plus court* من الريشه الريش Dans l'endroit où j'ai traduit *les barbes internes des ailes*, et *les pennes primaires*, il y a dans le texte, بطون peut-être faudroit-il traduire, الاجنحة والقوادم *et des pennes primaires* : le texte est susceptible des deux sens. Le mot قوادم pluriel de قادمة et à la place duquel on dit aussi مقادم *répond* assez exactement au mot قدام — قدامي et *pennes primaires*. Dans le Kamous on lit : القوادم والقدامي

كجباري اربع او عشر ريشات في مقدم الجناح الراحلة قادمة

« *Kawadim* et *koddâma* prononcé comme *hobbâra* : on
» nomme ainsi quatre ou dix pennes qui sont sur la partie
» antérieure de l'aile : le singulier est *kâdima*. » Djewhari
dit plus positivement : قوادم الطير مقاديم ريشه وهي عشر في

كل جناح الراحلة قادمة وهي القدام « Ce qu'on nomme
» *kawadim* dans un oiseau, ce sont les pennes les plus
» avancées, il y en a dix à chaque aile; le singulier est
» *kâdima*. On les nomme aussi *kodam*. » Il paroît que
Giggeius a lu dans le Kamous اربع عشر au lieu de اربع او
عش car il dit : القوادم et القوادم *quatuordecim pennæ in
priori parte alæ.* Ce sont ces pennes que Pline appelle *primas
pennas*, quand il dit : *expandunt alas, pendentesque raro
intervallo quatiunt, aliæ crebriùs, sed et primas duntaxat
pennas; aliæ et tota latera pandunt.* Voyez C. *Plin. Natur.
Hist.* liv. x, ch. LIV; tom. I.ᵉʳ, édit. du P. Hardouin.

(44) Dans le manuscrit 1455 on lit تبكوا pour تنكبوا
ou plutôt تنكبر c'est une faute. تنكبوا اي تسقط لوجهها من
(Man. V). Ebn-Doreïd, dans le poëme nommé شك سبرما
مقصورة (v. 81, de l'éd. de Scheidius, et 85 de celle de Haitsma)
dit de même يجري فتكبو الريح في غايته حسري تلاوذ بجرائيم
الذقون جمع ذقن Le commentateur du M. V ajoute : النحا
وهو اصل اللحي والحواصل تحته يقول لا تبلغ غايتي اني لا
Ils ولو اني لا اجد Peut-être faut-il lire أجد في عدوي
*n'égalent pas ma vîtesse, quoique je courre sans faire aucun
effort extraordinaire.* Quant au mot عفر il est ainsi expliqué
dans les gloses du man. 1445 : العفر مقام الساقي من الحوض
يكون فيه ما يتساقط من الماء عند اخذه من الحوض

(45) Au lieu de وحوله حرتبه on lit dans le man. L

الموت اذا ألمت محال Le mot جرتبه est ici sous la forme adverbiale.

جرتبه اي بجانبيه وهو ظرف والاضامير والسغر القوم المسافرون

ويروي ركب القبايل وهو جمع راكب وهم اصحاب الابل

اضامير هم القوم بنفض بعضهم (Man. V.) خاصته ونزل جمع نازل

الي بعض في السغر (Man. 1455.)

Ce vers et le suivant sont transposés dans le man. V.

(46) الذود من الابل ما بين الثلث الي العشر وهي مـؤنثه

واحد [الا واحد] لها من لفظها والكثير اذواد وفي المثل الذود الي

(Dj.) الذود ابل قولهم بمعني مع اذا جمعت القليل صار كثيرا

المذود ..... ثلاثة ابعرة الي العشر او خمس عشر او عشرين

او ثلاثين او ما بين الاثنتين والتسع مؤنث ولا يكون الا من

الاناث وهو واحد وجمع او جمع لا واحد له او واحد ج اذواد

وقولهم الذود الي الذود ابل يدل علي انها في موضع اثنين لان

الثنتين الي الثنتين جمع (.Kamous)

Le mot اصـــارير qui est écrit ainsi dans les trois
manuscrits, est interprété dans le man. 1455 par القطعة من
الابل نحو الثلاثين Le commentateur du manuscrit V dit :
الاصارير ابهات مجتمعة للاعراب Suivant Djewhari et Firouzabadi, on dit dans le premier sens صرمة et dans le second
صرم Djewhari donne pour pluriel à ce dernier اصرام et
اصارير L'auteur du Kamous lui donne les trois formes
الصرم بالكسر ابهات Voici leurs textes : اصرام اصارم اصارير
من الناس مجتمعة والجمع اصرام واصارم والصرمة القطعة من الابل

الصرمة وبالكسر القطعة من الابل ما (Djewhari) نحو الثلاثين
بين العشرين الي الثلاثين او الي الخمسين والاربعين او ما بين العشر
الي الاربعين والصرم الجلد معرب وبالكسر الضرب والجماعة ج
اصرام واصارم واصارير J'ai dû suivre, en conséquence de
ces autorités, le sens proposé par le commentateur du
man. V.

(47) Au lieu de الصبح on lit dans le manuscrit L النجر

(48) Ohadha, est suivant le Kamous, le nom d'un
Arabe, chef d'une tribu du Yémen, de la race de Himyar.
أحاظة كاسامة بن سعد بن عوف ابو قبيلة من حمير واليه
ينسب خلاف احاظة باليمن والمحدثون يقولون وحاظة

(49) Au lieu de بامدا on lit dans le manuscr. L, بامعر
et pour تنبيه le manuscrit V porte بثنيه mais je juge par
le commentaire, que c'est une faute de copiste. امدا est
expliqué dans le manuscrit 1455 par الشديد الثبات comme
si ce mot venoit de امدا [quievit] et non de مَدِيَ [gibbosus
fuit]; mais il me semble que le poëte se compare ici, à
un bossu, à cause de sa maigreur et de son dos dont toutes
les vertèbres sont saillantes.

(50) Au lieu de معوضا اعدل on lit dans le manuscrit L
وازعر معدول Le mot اعدل signifie, suivant le manuscrit
1455 متوسد [un homme étendu et couché sur un oreiller];
il est ainsi, à-peu-près, synonyme de امدا dans le sens
où le prend l'auteur de ces gloses; l'un et l'autre signifient
un dormeur, un homme étendu pour dormir : suivant le manuscrit V il signifie ذراع [bras]. J'ai suivi ce dernier

sens, quoique je ne le trouve appuyé sur aucune autre autorité. Le manuscrit V porte مفحوص au lieu de منحوض ce qui donne un sens tout contraire, et déplacé ici; mais il paroît que le commentateur a lu منفوض car il l'explique par قليل اللحم Le même commentateur ajoute, pour ex-pliquer le reste de ce vers, الفصوص العظام التي يدخل بعضها في بعض وكعاب جمع كعبة كانت للجاهلية وحامسا القاما عنه وباعدها مثل جمع مائل وهو المنتصب بقول كان عظامي حيث زال عنها النحص كعاب مسي ضربها اللاعب انتصبت من اللعب

On peut consulter, sur le jeu de dés chez les Orientaux, le traité de Hyde *de Lud. Orient.* dans le *Syntagma disserta-tionum*, tom. II, p. 307 et suiv.

(51) أم قصطل المنية وقيل امراة وقيل الحرب (Man. V.)

(52) Ce vers et le suivant manquent dans le man. L. Dans le manuscrit V le vers 45 est déplacé, et forme le 50.ᵉ vers. On lit dans le manuscrit V, تباسرن pour تقاسمن Le commentaire, où on lit (الميسر II.) المنسر تقاسمن أخذه من وهـو ما يجري عند القمار وكانت الجاهلية تلاعب به prouve que c'est une faute. Dans le même manuscrit on lit حمر au lieu de جمر et le commentaire l'explique par وقت وقدر Je ne serois pas éloigné de préférer cette leçon.

(53) Dans le manuscrit V on lit ainsi ce vers :
تنام اذا ما لم تغفي عيونها سراعا الي مكرومه تتغلغل
Le commentaire est tellement défiguré par les fautes du copiste, que je ne puis comprendre le sens que le
commentateur

commentateur donne à ce vers. Dans le man. 1455 on lit :

تنام اذا ما نام بَقْضَي عَبُرُّها   حثاثا الي مكروهه تتغافل

avec cette glose sur le dernier mot seulement, اي يــتخلل

افكارهم الي مكروهة يرموه بها Le manuscrit L n'a point ce
vers. J'ai cru devoir substituer بَقْظَي féminin de بقظان
à بقضي et mettre عبرون au génitif : alors عبرفها بقظي est le
sujet de نام qui, sans cela, ne semble pas en avoir ; et
le verbe étant avant le sujet, il n'y a point de faute contre
la concordance. حثاثا doit être joint à تنام il signifie sommeil. Dans le commentaire du man. V, qui d'ailleurs est
corrompu et inintelligible, on lit : تنام بعني المنبة ولكن
مي تغضي ما نام et le sens du vers entier est expliqué ainsi :

يقول متي نام المنبة واصحاب الاحقاد لا يغفلون

Au surplus, si on admet la leçon du manuscrit 1455, il
faudra entendre ce vers ainsi, à la lettre :

*Elle (l'infortune) dort, tandis que la portion d'elle-
même qui sommeille, communique à ses yeux un assoupisse-
ment qui ne fait que leur inspirer une nouvelle ardeur pour lui
nuire.*

Si on adopte celle du man. V, il faudra le rendre ainsi :

*Elle dort, tandis qu'elle ne ferme qu'à moitié la partie
d'elle-même qui dort, ses yeux, qui saisissent avec empressement l'occasion de lui nuire.*

Suivant l'une et l'autre de ces leçons, la construction me
paroît embarrassée, et le sens un peu louche.

(54) Au lieu de الف on lit dans le man. L حليف

(55) Le manuscrit V porte تنوب au lieu de تثوب
et je ne serois pas éloigné de préférer cette leçon. Voici le.

*C

commentaire du même man. sur ce vers, قدمت وردت

علي اصدرتها ابعدتها عني شبهها بالابل الواردة الماء وتنوب

ترجع ومنه قد ناب عقله اليه اي رجع نحبت تصغير تحت

وهو تصغير تقريب وعل بمعني فوق وهما مبنيتان بنقطعها عن

الاضافة بقول كلما ابعدت الهموم قربت

(56) ابنة الرمل signifie, suivant la glose du manuscrit 1455, un *serpent* ou une *bête sauvage*, قبل الحية وقبل الوحشية et suivant le manuscrit V, une *gazelle* ou une *biche* de l'espèce nommée par les Arabes *vache sauvage*, ظبية او بقرة

(57) Au lieu de رقة que le manuscrit 1455 explique par رقة العيش ولين الحال c'est-à-dire, la *délicatesse du tempérament*, on lit dans le ma-nuscrit L, رقبة ce qui est, je crois, une faute.

(58) Le manuscrit L porte انسربل au lieu de انتعل

(59) On lit dans le manuscrit 1455 فان et dans le ma-nuscrit V فاني leçon qui paroît aussi autorisée par le ma-nuscrit L, qui porte فاي J'ai adopté la leçon du man. V. Le manuscrit 1455 porte اجباب au lieu de اجتاب mais la glose confirme la leçon des autres manuscrits; elle ex-plique ce mot par البسه Au lieu de بزّ on lisoit autrefois dans le manuscrit 1455 بز et on lit encore dans les gloses بز من الثباب Je serois assez porté à adopter cette leçon. En lisant بز l'affixe se rapporte à الصير Enfin le man. V porte اعل au lieu de انعل mais cette dernière leçon est la vraie. J'ai substitué *un lion* au mot original سبع qui

signifie un animal, ou plutôt un monstre né d'un loup et d'une hyène , سبع متولد من الذيب والضبع ,

(60) Le manuscrit L lit املق au lieu de اعدم Le man. V porte النعتة au lieu de البعتة Enfin j'ai substitué المتبذل à المتبذل qu'on lit dans les trois manuscrits. Les deux manuscrits 1455 et V expliquent ce mot par الذي لا يصون نفسه Les deux racines بذل et بدل sont souvent confondues dans les meilleurs manuscrits.

(61) Dans les manuscrits 1455 et L, on lit اخيل

(62) Le vers 53 manque dans le manuscrit L. J'ai substitué اجهال à اجمال qu'on lit dans le manuscrit 1455, sur l'autorité de la glose, qui l'explique par الجهّال Dans le manuscrit V on lit الاطماع et l'auteur du commentaire dit: الاطماع جمع الطمع وهو ما تعلق به الرجا ويروى الاجهال وهو جمع جهل لكنه شاذ لان قياسه اجهل وجهول الا ان حسنه ذكون عينه ماء لانه اشبهها بحرف اللين j'étois assez porté à croire que اجهال est le pluriel de جاهل et en ce cas le sens seroit : *Ma douceur ne me rend point l'objet du mépris des insensés ;* mais j'ai suivi dans ma traduction le sens proposé par le commentateur du manuscrit V, qui entend par اطماع ou اجهال les *passions,* ou les *desirs insensés,* et par ازدري *ne faire aucun cas d'une chose, la surmonter, en triompher aisément,* يقول لا يغلب حلمي طمعي ولا انبح حديث لام Quant au mot حلم j'ai suivi aussi l'interprétation proposée par le commentateur, qui dit : والحلم هنا العقل والحلم في غير هذا الموضع العلو ويبدل على انه

C 2

العقل قوله الاول ان العصي (المعاصي) قرمت لدي الحـلم

Cette signification du mot حلم est assez ordinaire. Au reste, je ne saurois décider laquelle des deux interprétations mérite la préférence.

(63) On lit سولا dans le manuscrit 1455; je crois que c'est une faute. Au lieu de بأعقاب الاقاويل le manuscrit V porte بأذناب الاحاديث On lit أَرَى dans le manuscrit 1455, mais j'ai cru devoir prononcer أُرِي au passif.

(64) J'ai suivi, dans l'interprétation de ce vers, le commentaire du manuscrit V, que voici en entier : لبلة نحـس يعني باردة وهي مجرورن بـواد رب ويصطلي بـوقـد الـرب الصاحب والاقطع السهام واحدها قطع وهو النصل (النصل) الصغير يقول من شك هذه اللبلة بكسر بها قوسه وسـهامـه وبوقدها من شك البرد ويتنبل اي يتخذها نبلا Dans le man. 1455 il y a sur le mot يصطلي une glose qui suggère cet autre sens : *Dans une nuit où le voyageur avoit peine à soutenir le froid de son arc et de ses flèches.* La voici : الاصطلا مقاساة حر النار قال ابو زيد وقد تصليت حر حـريـهـ كما تصلي المقرور من القرس والقرس البرد

(65) La première partie de ce vers diffère beaucoup dans les trois manuscrits.

M. 1455. دعست علي عطش ويطش وصحبتي

M. V. سريت علي غطش وبغش وصحبتي

M. L. دغشت علي غطش وبغش وصحبتي

J'ai adopté cette dernière leçon avec une seule correction.

Au lieu de معار on lit معار dans le manuscrit 1455, et
شعار dans le manuscrit V ; mais la glose du premier porte :
الشعار اشد الجوع والحر وشلة الجوع et celle du second,
qui ne permet pas de douter qu'il ne faille lire سعار comme
porte le manuscrit L.

(65) Le manuscrit V porte اللك au lieu de ولك et le
commentateur dit à ce sujet : اللك اصلها ولك لانها جمع ولد
الا انهم ابدلوا من الواو هن لانكسارها كما يقال إشاح ووشاح
Le manuscrit L, au lieu de وعدت porte وابت le sens
est le même.

(67) Dans le manuscrit 1455 on lit غميضاء et la glose
dit que c'est un lieu de la province de Nadjd. Le man. V
porte غميضا J'ai suivi l'autorité de Djewhari et de Firouzabadi, qui écrivent, غُميضآء Le dernier dit : الغميضاء موضع
اوقع فيه خالد بن الوليد ببني جذيمة Voy. *Abulf. Annal.
Mosl.* tom. I.er, p. 157, et *Annot. histor.* p. 54. Dans le
passage d'Ebn-Kotaïba, cité en cet endroit par Reiske, on
lit *Omaïda* pour غميضا mais dans l'ouvrage d'Ebn-Kotaïba
publié par M. Eichhorn, on lit غميصا V. *Mon. ant. hist.
Arabum*, p. 72. Abou'lféda écrit خزيمة au lieu de جـــذيمة

(68) Le manuscrit V porte مني au lieu de عني mais
cette dernière leçon est préférable ; عني dépend de مسؤول
et يسال Quant à جالسا c'est un terme modificatif de l'affixe
de la première personne, qui se trouve dans عني et l'équivalent de وانا جالسٌ Ce vers manque dans le manuscrit L.

C 3

(69) Les trois manuscrits varient beaucoup sur le second hémistiche du vers 59.

M. V.   فتلنا فطا قد ربع ام ربع اجـدل

M. L.   فقالوا احمار ربع او هب اهدل

et dans cette leçon اهدل signifie sans doute, comme هدمل
un *ramier*, et non un *chameau à lèvres pendantes*. J'ai suivi
la leçon du manuscrit 1455.

(70) Dans le manuscrit 1455 on lit انسّا pour انّـا
Le commentateur du manuscrit V dit sur ce vers :

اي تعظم نقول ابرح فلان في الامر اذا اتي بعظيمة............
وتقدمبره لابرح في العـظـم وطارقا وكـها بربـد ماكـذا
ولـكنه حذفه ضرورة وجواب الثاني محذوف بربد فما ماكـذا
الفول ان كان الطارق من الجن فلند عظم اي اتي بعظيمة من
قبل الرحال وان كان من الانس ما يفعل كذا يصف سرعته في
ميره وقبل عدوّه علي عدوّه وليس فيه ملح عنـد التخفـق الا
بالسرعة واما بالشجاعة فلا يكون القتل وفع غبلة

(71) Au lieu de لعابه le manuscrit 1455 porte لوابه
et on lit dans la glose نسج (مثسل) ما نراه في شلق الحـرعلي
sui- العنكبوت Au surplus, اوراب est synonyme de لعاب
vant le Kamous, اللعاب اللواب بالضم

Les poëtes Arabes parlent souvent de ces vapeurs, qui
s'élèvent dans les déserts lorsque la chaleur est excessive,
et qui trompent le voyageur altéré en lui présentant l'apparence de l'eau. Ce phénomène, connu sous le nom de
mirage, est l'objet d'un Mémoire de M. Monge, inséré

dans le premier volume de la Décade Égyptienne, *p. 37*, et dans les Mémoires sur l'Égypte pendant les campagnes du général Bonaparte, *I.re partie, p. 64*. Dans la relation de la marche de l'armée Française à son retour de l'expédition de Syrie, qui se trouve dans le n.º 31 du Courrier de l'Égypte, on lit, *pag. 3*, l'observation suivante, à l'occasion d'une reconnoissance de la partie orientale du lac Menzaleh, faite par plusieurs généraux de l'armée Française :
« L'ardeur du soleil étoit excessive, et rendoit les illusions » du mirage si semblables à la réalité, qu'on fut plusieurs » fois sur le point de s'égarer. Ce phénomène...... s'est » offert plusieurs fois à nos yeux dans le désert : on ne » sauroit croire combien le sentiment de la soif est irrité » par ce jeu de la lumière, qui fait apparoître l'image de l'eau » au milieu d'un espace aride. »

(72) On lit dans le manuscrit 1455, et dans celui de L, ولكن دونه ce qui peut signifier, *quoique je souffrisse du visage.* Dans le manuscrit V on lit dans le texte ولكن نصبت تلقيته بوجهي من غير كسن et dans la glose دونه وكن بكر من البيت بكر منصوبة بلا Cette glose est corrompue ; mais on voit que l'auteur du commentaire lisoit ولا كن دونه [*sans voile qui le couvrit*], et qu'il remarque que كن est à l'accusatif, à cause de لا J'ai suivi cette leçon qui me paroît plus naturelle : elle est encore confirmée par ce qu'ajoute le commentateur. الاحمسي برد فيه خطوط والمرعبل المخرق يقول تلقيت السمور والحر في ذلك اليوم الذي تقدم ذكره ولا ستر بيني وبينه ولا شي بكنه من حر الا ثوب مخروق

الضافي يعني شعرى وسماه ضافيا لطوله وهو منفوض (73)

C 4

(مخفوض ١.) يحتمل ان يكون في موضع رفع عطف على الاتحمي
لانه جعل ان لا شي يتبه على جسد من الحرسوا ثوب مخرق
وعلي راسه سوا شعر (.Man. V)

(74) Dans le manuscrit V on lit برجل en le faisant
concorder avec ضاف

(75) On lit dans les man. 1455 et L بعيد ce qui suppose
استيناف c'est-à-dire une nouvelle proposition indépendante
de ce qui précède, et dans ce cas, comme le dit le commentateur du manuscrit V, il est, ou l'attribut de عهك ou
l'attribut d'un sujet sous-entendu, qui est هو Suivant le
même commentateur, il y en a qui lisent بعيد au génitif,
parce qu'ils le regardent comme adjectif de ضاف ا qu'ils
supposent que ضاف est lui-même au génitif, comme gou-
verné par le و signifiant رب J'ai préféré la leçon du manuscrit V, suivant laquelle بعيدا modifie ضاف et c'est ce
que les grammairiens appellent حال

(76) لبعد ان شعري محول اي الذي اتي عليه حول والمعني
عهك بهذه الاشياء قد اجتمع به الوسخ حتي صار كانه مثل
العيس الذي في اذناب الابل يدور عليه الحول بلا غسل
(.Man. V)

(77) Le vers 65 manque dans le manuscrit L.

(78) رجليه مفترشا استه علي جلس اذا الكلب انمي
واصبا يديه وقد جاء النهي علي الاقعاء في الصلاة وهو ان يضع
البتيه علي عقيبه بين السجدتين وهذا تفسير الفقها فاما اللغاة
فالاقعاء عندهم ان يلصق الرجل اليتيه بالارض وينصب ساقيه

ظهن الي وبتماند) Djewhari). Voyez *Pars versionis Arab. libri Colailah wa Dimnah*, p. 85 , lig. 7.

(79) Le manuscrit L porte دوني د au lieu de حولي

(80) السابع والمذيل (الثياب ١.) النبات من ضرب الملا

(السابع ١.) الطويل شبه الاراوي بالنساء، لانهن قد انس به

(Man. V.) ولا ينفرن منه متي عارضهن لم يصدفن عنه

(81) On lit تنتي dans les man. 1455 et L. J'ai suivi la leçon du man. V parce que le sujet du verbe est ادفي Cette leçon est confirmée par la glose du manuscrit 1455, où on lit au masculin ويقصد يعتمد La même glose, sur le mot العصم dit : بأحدي وقيل ببياض بعينيه الذي الوعل رجليه اعقل Quant au mot voici ce qu'en dit Djewhari : البعير رجل في النواه وهو العقل بهنة عقلاء وناقة اعقل بعير حتي الروح يفرط ان وهو السكيت ابن قال كثير وانساع وانفراج et c'est ainsi que l'entend ici مذموم وهو العرقوبان يصطك le commentateur du man. V ; mais n'auroit-il pas plutôt la même signification que عاقل qui se dit spécialement des chamois , et signifie *se cacher dans les montagnes!* وبه عقـولا بعقـيل العالي الجبل في امتنع اي الوعل عقل عاقلا الوعل سمي (.Djewhari)

N.º XIII.

Pag. 322.

Poëme de NABÉGA DHOBYANI (1).

DEMEURE de Mayya (2), lieu situé sur une colline, à l'endroit où s'élève le pied de la montagne ! hélas ! abandonnée depuis long-temps, elle est déserte aujourd'hui (3). Je m'y suis arrêté au déclin du jour (4) pour l'interroger sur le sort de ses anciens habitans ; mais elle n'a pu me donner aucune réponse (5). Personne n'habite plus cette demeure ; on n'y reconnoît plus aucune trace du séjour de ceux qui l'ont occupée : à grand'peine ai-je distingué (6) les pieux auxquels ils attachoient leurs chevaux, et les fossés qui détournoient l'eau de leurs tentes ; ces fossés semblables à une citerne creusée dans un sol dur et difficile à fouir (7), dont les terres tirées avec effort ont été rejetées sur leurs bords (8) : une servante les avoit consolidés, en frappant à coups redoublés, avec une pelle, sur la terre humide ; donnant ainsi un libre cours au ruisseau que ce fossé renfermoit entre ses bords escarpés, *Pag. 323.* elle en avoit dirigé les eaux vers le vestibule et à l'entrée des tentes. A l'heure où le soleil étoit déjà dans toute sa force (9), ces lieux sont devenus solitaires ; ils ont vu leurs habitans les quitter, pour aller chercher une autre demeure. Leur ruine est l'ouvrage de celui dont la main destructive a fait périr Lobad, le dernier de ces vautours à la vie desquels étoit attachée la durée des jours de Lokman (10).

Détourne, Nabéga, détourne tes regards de ces ruines affligeantes, puisqu'il ne reste nul espoir de leur rendre leurs charmes que le temps a détruits: hâte-toi plutôt de mettre la selle sur le dos d'une femelle de chameau, légère comme l'onagre, robuste, couverte d'une chair ferme et compacte (11), dont les dents imitent, en grinçant, le bruit d'une poulie qu'une corde fait mouvoir (12).

Le jour commençoit à décliner : déjà nous avions atteint Dhou-djélil, ce lieu où le thémam croît en abondance (13); l'animal qui me portoit étoit semblable à un cerf dont les regards sont fixés vers un objet qui l'alarme (14), du nombre de ceux qui habitent les solitudes de Wedjra (15), à un cerf dont les jambes sont couvertes d'un poil de différentes couleurs, dont les flancs minces et effilés semblent une épée polie par un habile fourbisseur, sur lequel Orion a versé (16) ses eaux durant la nuit, et que le vent du nord a transi de son souffle glacial. La voix des chasseurs *Pag. 524.* qu'il a entendue, l'a jeté dans l'épouvante; il a passé toute la nuit, glacé de froid et de frayeur, sans oser fléchir les jarrets (17) : relancé par les chiens que le chasseur a lâchés sur lui, il a soutenu leurs attaques sans que ses jambes, succombant à la fatigue, fussent attaquées d'un tremblement involontaire (18). En vain Dhomran est excité par le chasseur, il est saisi d'épouvante aux coups que lui porte l'animal qui, forcé dans sa retraite, déploie tout son courage (19). D'un

coup de sa corne il traverse le corps de son agres-
seur ; il le perce d'outre en outre, ainsi qu'un chirur-
gien perce de sa lancette le bras d'un malade. On
diroit, que cette corne qui sort à travers ses flancs, est
une broche que des buveurs ont laissée par oubli
dans la pièce de viande qu'ils ont fait rôtir (20).
Dhomran, blessé, se replie sur lui-même ; il se contente de mordre l'extrémité de ces cornes d'un noir
foncé, qui sont fermes et droites (21). Waschek (22)
voit son camarade périr sous les coups : il voit qu'il
Pag. 325. ne peut ni lui sauver la vie, ni tirer vengeance de son
sang. Infortuné ! se dit-il à lui-même, aucun espoir ne
peut ici soutenir ton courage : ton ami n'a pu ni
saisir sa proie, ni sauver sa propre vie.

    Semblable à ce cerf, le chameau que je monte
me conduira près de Noman, de ce prince qui surpasse en vertus tous les mortels, ceux qui habitent
les pays voisins, comme ceux qui demeurent dans
les contrées les plus reculées (23). Parmi tous les
hommes, sans en excepter aucun, il n'en est pas
dont les actions puissent être comparées aux siennes,
si ce n'est Salomon, lorsque Dieu (24) lui adressa ces
paroles : « Lève-toi, prends soin de tout ce que j'ai
» créé, préserve de tout désordre la nature entière (25) :
» soumets les génies à tes volontés ; je leur ai com-
» mandé d'employer les pierres plates (26) et les co-
» lonnes pour élever les édifices de Palmyre. Que
» celui qui t'obéira reçoive le prix de sa soumission ;
» dirige-le dans le sentier de la vérité ; mais qu'un
Pag. 326. » juste châtiment, en frappant le rebelle, détourne

» les méchans de suivre son exemple (27). » O Noman !
il ne te convient pas de nourrir un sentiment de
haine et de vengeance, si ce n'est contre des rivaux
qui égalent ta puissance, ou dont la force ne le cède
à la tienne, qu'autant que le coursier qui dispute le
prix le cède à celui qui lui ravit la victoire (28). Porte
plutôt dans tes jugemens un discernement aussi juste
que prompt, ainsi que cette jeune fille distinguée
entre toutes celles de sa tribu, qui, portant ses regards
sur une troupe de colombes qui dirigeoient leur vol
vers les eaux (29), s'écria aussitôt: Plût à Dieu que ces
colombes, ou du moins (30) que la moitié de leur
troupe, fût jointe à notre colombe! Quoiqu'elles fussent
resserrées entre deux montagnes qui les obligeoient
à se former en un peloton, son œil brillant, qu'elle
avoit fortifié par l'usage d'un collyre, sans qu'aucune
infirmité l'eût obligée d'avoir recours à ce remède, a
suivi leur vol précipité. Lorsqu'on les a comptées,
on a trouvé précisément le nombre qu'elle avoit sup-
puté (31) : il n'y en avoit pas une de plus, ni de
moins, que quatre-vingt-dix-neuf; jointes à la colombe qu'elle possédoit déjà, elles auroient formé,
comme elle l'avoit dit, une centaine complète. En un *Pag. 327.*
instant elle avoit compté leur troupe nombreuse (32).

Pour faire la conquête d'une jeune beauté, douée
d'une telle sagacité, dont la société est pleine de
charmes (33), il n'est point d'ame généreuse qui ne
sacrifiât volontiers une centaine des possessions les plus
précieuses, et que rien ne pourroit arracher à l'avarice;
soit de jeunes femelles de chameaux qui doivent leur

éclat aux gras pâturages de Taudhih (34), et que couvre
un poil touffu ; soit de jeunes filles revêtues de longues robes d'une étoffe précieuse, qui jamais n'ont senti
les ardeurs du soleil au milieu de sa course, telles
que de tendres gazelles habitantes des déserts (35);
soit de chevaux qui, dans leur course impétueuse (36),
emportent les rênes qui devoient modérer leur ardeur,
et fuient avec la vîtesse de l'oiseau qui cherche un
abri contre les torrens d'eau que verse un nuage
glacial ; soit de chameaux au poil blanc (37), accoutumés à la fatigue, dont les jarrets sont robustes (38),
et qui portent sur leur dos des selles neuves travail-
lées à Hira.

Non, j'en prends à témoin et l'éternité de celui
dont le temple a souvent été le but de mes pèleri-
nages (39), et le sang des victimes qui arrose les
pierres sacrées (40), et la maison sainte, qui protége
la vie des oiseaux qui viennent y chercher un asyle
contre les caravanes de la Mecque, entre les eaux
qui coulent d'Abou-Kobaïs et le pied de la montagne (41) : non, je n'ai rien fait qui puisse te dé-
plaire ; s'il en est autrement, que ma main ne puisse
plus même soulever mon fouet (42). Si j'ai commis
quelque faute contre toi, je consens, ô maître de
ma vie, que tu exerces sur moi une vengeance qui
réjouisse les regards de ceux dont l'envie t'a fait contre
moi des rapports malins. C'est ainsi que je repousse
les traits que la calomnie m'a lancés, ces traits dont
les étincelles brûlantes ont pénétré jusqu'à mon
cœur.

Pag. 528.

Prince, de qui puissent les jours précieux être rachetés au prix de la vie de tous les mortels (43), et de tout ce que je possède de biens et d'enfans ! suspends ton jugement ; n'emploie pas contre moi cette force invincible à laquelle rien ne peut résister, quoique mes ennemis réunissent tous leurs efforts pour subjuguer ton cœur (44). Lorsque l'Euphrate gonfle ses eaux, on ne voit point ses flots couvrir d'écume l'une et l'autre rive, quoique les torrens qui en bouillon- *Pag. 529.* nant (45) se précipitent avec un fracas épouvantable dans son lit, y entraînent avec eux les débris des roseaux, et toutes sortes de branchages rompus (46), alors que le nocher que glace d'effroi la violence de son cours impétueux, se tient à grand'peine attaché à la poupe de sa barque (47). Un jour, à l'instant où la libéralité de ce héros répandoit avec profusion les bienfaits les plus abondans (48), (chez lui les bienfaits du jour ne tarissent point la source de ceux du lendemain), j'ai été averti qu'Abou-Kabous avoit lancé des menaces contre moi : le rugissement d'un lion permet-il de goûter aucun repos (49) !

Ces vers sont le tribut de mes louanges. Prince, de qui daigne le ciel écarter toute malédiction ! si tu les écoutes favorablement, il suffit : je ne suis point venu pour te demander des présens (50). Ils sont aussi ma justification ; si elle n'est point admise, celui qui les composa, va errer de pays en pays (51).

F I N .du Poëme de Nabéga Dhobyani.

NOTES du N.º XIII.

(1) *NABÉGA* n'est pas le nom propre de l'auteur du poëme que nous donnons ici ; c'est un surnom commun à plusieurs poëtes célèbres : il se donne à ceux qui n'étant point nés avec un talent naturel pour la poésie, et n'ayant pas cultivé cet art, ont commencé à faire des vers dans un âge avancé, et ont obtenu des succès. Je transcrirai ce que dit à ce sujet Djewhari, et qui pourra servir à corriger ce qu'on lit dans les gloses Arabes de الكلم النوابغ ou *Anthologia sentent. Ar. cum scholiis Zamachsjarii*, publiée par H. A. Schultens, *p.* 3, نبغ ينبَغ وينبُغ نبغا نَبَغ الشي

ونبوغا اي ظهر ونبغ الرجل اذا لم يكن في ارث الشعر ثم قال واجاد ومنه سمي النوابغ من الشعراء نحو الذبياني والجعـدي وغيرهما قالت ليلي الاخيليـه النابغ لم تنبـغ ولم تكـن اوّلا وكنت ضنّئا بين صُدّين بجهلا ويقال سمي زياد بن معـوية الذبياني نابغة بقوله وقد نبغت لنا منهم شُؤُون والهاء فيـه للمبالغة

Le vers de Leïla cité dans ce passage, prouve la signification du mot *Nabéga* : il doit être traduit ainsi ! « O » Nabéga ! tu n'avois pas paru, et on n'avoit point connu » ton existence avant ce temps : tu n'étois qu'un léger » filet d'eau entre deux montagnes, absolument ignoré. »

L'auteur du Kamous indique un assez grand nombre de poëtes qui ont porté ce surnom. Il dit : النوابغ الشعـرا زياه

بن معويه الذبياني وقيس بن عبد الله الجعدي وعبد الله بـن الخارق والشيباني (lis ز الشيباني) ويزيد بن ابان الحارثي وهو نابغة بني الديان والنابغة بن لاي العنوي والحرث بن بكـر اليربوعي

البروعي والحرث بن عدوان الثعلبي والنابغة العدواني ولم يسم

Reiske a parlé de quatre de ces poëtes dans ses notes sur Abou'lféda (Voyez *Annal. Mosl.* tom. I.er; *Annot. hist.* p. 63). Nabéga, auteur du poëme que l'on trouve ici, est celui qui porte le surnom de Dhobyani ذبياني (et non ذبياني comme l'écrit un de nos manuscrits), parce qu'il descendoit de *Dhobyan*, auteur d'une des tribus Arabes qui reconnoissoient pour tige commune *Kaïs-ailan* قيس عيلان (*Voy.* Eichhorn, *Monum. antiq. hist. Arab.* p. 107 et pl. VI). Ce poëte, et un autre qui portoit le même surnom et étoit aussi de la race de Kaïs, étoient regardés par les Arabes du Hedjaz, avec Zohaïr et son fils Caab, comme les plus excellens poëtes que la nation Arabe eût produits (*Voyez* Casiri, *Bibl. Arab. Hispan. Escurial.* tom. I.er, pag. 91. Casiri a mal-à-propos rendu النابغتان par *Alnabagtanum;* c'est un duel). Le vrai nom de notre poëte étoit, suivant Djewhari et Firouzabadi, *Ziad ben-Moawia.* Reiske le nomme *Ziad fils de Djaber;* j'ignore sur quelle autorité (Voy. *Annal. Mosl.* à l'endroit déjà cité). Le man. Ar. de la Bibl. nat. n.º 1626, le nomme *Amrou ben-Moawia.* D'autres l'appellent *Ziad ben-Amrou ben-Moawia.*

Le poëme de Nabéga que je donne ici, se trouve quelquefois, ainsi que celui d'Ascha, الاعشي ميمون بن قيس بن جندل joint aux Moallaka : quelquefois même, comme l'assure E. Pococke d'après un écrivain Arabe, ces deux poëmes sont comptés parmi les sept Moallaka, et tiennent la place de ceux de Hareth et d'Antara (*Voy. Specim. hist. Arab.* pag. 381). Reiske a cru mal-à-propos que Pococke avoit voulu dire que quelques écrivains Arabes attribuoient le poëme d'Antara à Ascha et celui de Hareth à Nabéga, et il a réfuté cette erreur, qui n'étoit qu'un mal-entendu (*Voyez* sa préface à la tête de *Tharaphæ Moallaka*, p. XXIII).

D *

Nabéga Dhobyani vivoit du temps de Noman ben-Mondhar ben-Amrialkais surnommé *Abou-Kabous*, et par النعمن بن المنذر بن امري القيس المـكـني إبي قابوس conséquent vers le règne de Khosrou Parwiz, qui fit mourir Abou-Kabous (Voy. *Specim. hist. Ar.* pag. 72-74; *Monum. ant. hist. Ar.* p. 195). Reiske ne nous en apprend guère davantage sur le compte de notre poëte (*Annal. Mosl.* tom. I.er; *Annot. hist.* p. 63). Masoudi, à l'article des rois de Hira, raconte une aventure arrivée à Nabéga avec Noman Abou-Kabous. Le poëte s'étoit présenté à la porte du roi, et le portier lui avoit refusé l'entrée, parce que le roi étoit alors en partie de débauche avec un de ses favoris nommé *Khaled ben-Djafar*. Cependant Nabéga gagna le portier à force de promesses, et Khaled étant sorti pour un besoin naturel, le portier le pria de procurer à Nabéga l'accès auprès du roi. Khaled s'y prit si adroitement, qu'il obtint de Noman la permission de faire introduire Nabéga. Le poëte étant entré, salua Abou-Kabous en lui faisant un compliment très-flatteur; et ce prince en fut si charmé, qu'il commanda qu'on lui emplît la bouche de perles, ajoutant : C'est ainsi qu'il faut louer les rois.

Je donne ce récit en abrégé, parce que les deux manuscrits du مروج الذهب que j'ai sous les yeux (Man. Arab. n.os 599 et 599 A) sont trop fautifs pour pouvoir en publier le texte. Au surplus, cette aventure n'a pas de rapport avec notre poëme, dont j'aurois ignoré le sujet sans l'ouvrage dont je vais parler.

La Bibliothèque nationale ayant acquis, depuis l'impression du texte de ce poëme, le كتاب الاغاني recueil très-important pour l'histoire littéraire des Arabes tant avant qu'après Mahomet, je me suis empressé d'y chercher l'article de Nabéga, et j'y ai trouvé (*t. III, f. 352 et suiv.*) des renseignemens précieux sur la vie de ce poëte, et les circonstances qui donnèrent lieu au poëme que je publie. Je regrette qu'il ne me soit pas possible d'insérer ici cet article en entier; mais comme il est beaucoup trop long pour trouver place dans ces notes, je me contenterai d'en donner la substance.

Le vrai nom de Nabéga étoit *Ziad fils de Moawia fils de Dhabab :* il descendoit de Dhobyan fils de Baghidh ; et notre auteur, qui trace sa généalogie en remontant jusqu'à Modhar, la compose de dix-sept degrés. Nabéga portoit le surnom d'*Abou-Amama,* ابو امامة On dit qu'il fut nommé *Nabéga* à cause de ce vers qu'il avoit dit :

فقد نبعت اهم منا شوون

c'est-à-dire, à la lettre, *scaturiverunt eis à nobis negotia.*

Nabéga tient un rang distingué parmi les poëtes de la première classe ; ce que l'auteur du Kitab alagani prouve par plusieurs autorités, et singulièrement par le témoignage du khalife Omar. Parmi un grand nombre de faits qu'il rapporte à ce sujet, je ne traduirai que le récit suivant.

On dressoit, dit-il, une tente de cuir à Nabéga, à la foire d'Occadh ; et les poëtes, se présentant devant lui, soumettoient leurs poésies à son jugement. Le premier qui lui récita ses vers fut Ascha ; ensuite vint Hassan ben-Thabet, puis plusieurs autres, et enfin Khansa fille d'Amrou fils de Schérid ; celle-ci lui chanta ce vers :

وان صخرا لتاتم الهداة   به كانه علم في راسه نار

« C'est une roche qui sert de direction aux guides des cara-
» vanes ; comme si c'étoit une montagne sur le sommet
» de laquelle on eût allumé des feux. »

« Par Dieu ! s'écria Nabéga, si je n'avois entendu Abou-
» Basir, je dirois que tu surpasses en talent pour la poésie les
» hommes et les génies. » Hassan, se levant à ce propos, s'é-
cria : « Certes, je suis meilleur poëte que ni toi ni ton père. »

D 2

Nabéga lui répondit : « Fils de mon frère, ce n'est pas toi
» qui as dit :

$$\text{دانك كالليل الذي هو مدركي}$$
$$\text{وان خلت ان المنتاي عنك واسع}$$
$$\text{خطاطيف جن في حبال متينة}$$
$$\text{تمد بها ايد اليك نوازع}$$

» Certes, tu es comme la nuit qui me surprend : tu m'at-
» teins, tandis que je m'imagine qu'un grand intervalle me
» sépare encore de toi.

» Il semble que des crocs de fer recourbés, attachés à de
» gros câbles tendus par l'effort des mains qui les tirent,
» m'entraînent vers toi par une puissance irrésistible. »

A ces mots Hassan se cacha de honte.

Les vers cités ici par Nabéga font partie d'un des poëmes
qu'il composa pour apaiser la colère de Noman ben-
Mondhar.

On raconte diversement la cause qui avoit indisposé
Noman contre Nabéga. Suivant une tradition qui remonte
à Abou-Obeïda, Nabéga jouissoit de toute la familiarité
de Noman, et étoit admis à sa table et à ses parties
de plaisir. Un jour il aperçut l'épouse du roi nommée
Modjarrada المجردة, et la surprit à l'improviste, feignant
que ce fût un pur hasard. Le voile de la princesse étant
tombé, elle se cacha avec sa main et son bras, qui étoit
si gras, qu'il couvroit presque son visage.

Cette aventure donna lieu à Nabéga de composer un
poëme qui commençoit par ces vers, où le poëte s'adresse
la parole à lui-même, et que je hasarderai de traduire à
l'aide de quelques gloses qui les accompagnent :

$$\text{امن ال منية رايح او مغتد}$$
$$\text{عجلان ذا زاد وغير مزود}$$

زعم البوارح ان رحلتنا غـــد

وبذاك تنعاب الغراب الاسـود

لا مرحبا بغد ولا اهلا به

ان كان تفريق الاحبة في غـد

ازف الترحل غيران ركابنا

لما تزل برحالنـا وكان قـــد

في اثر غانية رمتك بسهمها

فاصاب قلبك غير ان لم تقصد

بالدر والياقوت زين نحرها

ومفصل من لواو وزبـــرجـــد

« A-t-il quitté la famille de Mayya au lever de l'aurore
» ou à l'approche de la nuit, celui-ci qui avance à la hâte,
» qui reçoit et me rend le salut, mais qui ne porte pas
» avec lui le sac où le voyageur met ses provisions!

» Les oiseaux, par leur vol de funeste augure, ont an-
» noncé que le jour de demain doit être celui de notre
» départ; et les croassemens du noir corbeau présagent le
» même malheur.

» Qu'il ne soit pas bien venu, le jour de demain; qu'au-
» cun souhait heureux ne l'accueille, si c'est lui qui doit
» séparer des amis.

» Le moment du départ est proche; mais du moins, et
» cela me suffit, les chameaux qui portent nos selles, ne se
» sont point encore écartés des traces d'une chaste beauté
» qui a décoché ses flèches contre ton cœur, et l'a blessé
» sans le vouloir; dont la gorge est ornée de bijoux et de
» rubis, et dont un collier où la perle et l'émeraude se
» succèdent tour-à-tour, relève les attraits. »

J'observe que dans le second vers j'ai traduit زاد en

D 3

suivant l'indication de l'auteur du Kitab alagani, qui dit
que ce mot signifie *donner et rendre le salut :* الزاد في هذا
الموضع ما كان من تسليم ورد تحيه signification dont je ne
me rappelle pas avoir vu d'autre exemple.

Dans la suite du même poëme, Nabéga racontoit son
aventure, et peignoit le bras de la princesse dont la beauté
avoit blessé son cœur, en ces termes :

سقط النصيف ولم ترد استقاطه

فتناوله فاتقتنا باليد

بمخضب رخص كان بنانه

عنم علي اغصانه لم يعقد

وبفاحر رجل اثبت نبيته

كالسكرم مال علي الدعام المسند

نظرت البك بحاجة لم تبضها

نظر السقيم الي وجوه العود

« Son voile est tombé sans qu'elle en eût l'intention ;
» et tandis qu'elle s'empressoit de le reprendre, elle s'est
» garantie de nos regards avec une main délicate teinte du
» suc du henna et dont les doigts semblent des fruits d'anem
» détachés de leurs rameaux, et avec une chevelure noire,
» longue et touffue comme le feuillage d'une vigne qui
» recouvre l'échalas qui la soutient. Elle a fixé ses regards
» sur toi, ne pouvant t'exprimer le sujet de sa peine,
» comme un malade que les douleurs accablent, regarde
» les amis qui viennent le visiter. »

Nabéga eut l'imprudence de réciter ce poëme à Morra ben-
Saad *Karii* (ou *Farii*), qui le rapporta à Noman : ce prince en fut
extrêmement irrité, et menaça le poëte, qui prit la fuite et se
retira dans sa famille ; ensuite il se rendit en Syrie, à la cour

des rois de Gassan, et composa des poëmes en leur honneur.

Selon un autre récit, deux poëtes ennemis de Nabéga, Abd-alkaïs ben-Djéfaf Temimi, et Morra ben-Saad ben Karia Saadi, composèrent contre Noman une satire amère, dans laquelle ils lui reprochoient entre autres choses, la bassesse de son origine du côté de sa mère, qui étoit fille d'un orfévre de Fadac, et ils récitèrent cette satire au roi, en l'attribuant à Nabéga. Morra vouloit par là se venger de ce que notre poëte avoit été cause que Noman lui avoit pris une très-belle épée qu'il possédoit, en en vantant devant le roi le brillant et l'éclat.

Enfin, si l'on en croit un troisième récit, Noman, qui étoit petit, lépreux et laid, avoit eu de sa femme Modjar-rada, dont nous avons déjà parlé, deux fils qui passoient pour être nés des amours de la reine avec Menkhal ben-Obéïd Yaschkéry, Arabe très-célèbre pour sa beauté. Un jour que Menkhal et Nabéga se trouvoient auprès de Noman, le roi dit à ce dernier : Abou Amama, fais-moi, dans tes vers, le portrait de Modjarrada. Nabéga composa à cette occasion le poëme dans lequel il fait le tableau des charmes de Modjarrada, sans oublier ceux qui ne devoient être connus que de son époux. Cette circonstance donna à Menkhal des soupçons qui alarmèrent sa jalousie, et il persuada au roi que Nabéga ne pourroit être si bien instruit, si la princesse n'avoit eu pour lui des complaisances criminelles. Ce discours fit, dit-on, impression sur Noman; et Nabéga, qui en fut instruit, en appréhenda les suites, et se retira à la cour de Gassan.

Pendant que Nabéga étoit absent de la cour de Noman, Hassan ben-Thabet, autre poëte célèbre, qui fut l'ami de Mahomet, vint à Hira, et ses vers lui firent trouver un bon accueil auprès du roi. Asam ben-Schahir, qui étoit chambellan de Noman et avoit procuré à Hassan son admission auprès du roi, lui avoit donné des conseils sur la

D 4

conduite qu'il avoit à tenir, et il les avoit terminés par
ces mots : « J'ai ouï dire que Nabéga Dhobyani doit venir
» retrouver le roi : si cela est, il n'y aura plus de faveur
» pour aucun autre que lui. Demandez en ce cas votre congé ;
» car il vaut mieux que vous vous retiriez avec honneur, et de
» bonne grâce, que d'être renvoyé honteusement. » Il y avoit
un mois que Hassan résidoit à la cour de Noman, lorsque
deux Arabes de Fazara, qui étoient fort bien avec le roi,
vinrent à Hira, amenant avec eux Nabéga, qui avoit eu
recours à leur crédit pour qu'ils le réconciliassent avec
Noman. Le roi leur fit dresser une tente de cuir ; mais
comme il ignoroit que Nabéga étoit avec eux, le poëte
chargea une jeune fille de chanter au roi le poëme qu'il
avoit composé, et qui commence ainsi :

« O demeure de Mayya, lieu situé sur une colline, à
» l'endroit où s'élève le pied de la montagne ! &c. »

Le roi l'ayant entendu, dit aussitôt : Par Dieu, ce sont-
là des vers de Nabéga. Alors les deux Arabes de Fazara
sollicitèrent sa grâce, et l'obtinrent de Noman, qui, l'ayant
entendu réciter ses poëmes, le combla de présens.

« Depuis ce moment, disoit Hassan ben-Thabet, je lui
» portai envie pour trois choses, sans que je puisse dire
» quelle étoit des trois celle qui me donnoit le plus de ja-
» lousie. Ces trois choses étoient, la faveur que Noman lui
» avoit faite de le recevoir dans sa familiarité, après qu'il
» l'avoit quitté une première fois ; la seconde, l'excellence
» de ses poésies ; et la troisième, cent chameaux des plus
» beaux de ses troupeaux, dont le roi lui avoit fait présent. »

Quoique Nabéga proteste, à la fin de son poëme, qu'il
n'est pas venu pour obtenir les bienfaits de Noman, cependant quelques auteurs attribuent uniquement à cette
cause l'empressement qu'il eut de se réconcilier avec le roi.
Suivant d'autres, Nabéga ayant appris que Noman étoit dan-
gereusement malade, ne put tenir au desir de le voir. Un

auteur raconte que Nabéga récita un jour à Noman un poëme où se trouvoit ce vers :

بأنك شمس والملوك كواكب اذا طلعت لم يبد منهن كوكب

« Tu es un soleil, et les autres rois sont des étoiles ;
» quand tu parois sur l'horizon, il n'est aucune étoile qui
» ne disparoisse. »

En ce moment, cent chameaux noirs avec leurs bergers, leurs tentes et leurs chiens, vinrent à paroître, et Noman dit à Nabéga : « Dispose de tout cela comme il te plaira, Abou-
» Amama; car ces chameaux et tout leur attirail sont à toi. »
فقال شائك بما با ابا امامة فهي لك بما فيها Ce fut ce qui donna lieu au propos de Hassan ben-Thabet.

L'auteur du Kitab alagani rapporte plusieurs passages du poëme que je publie, qui avoient été mis en chant par divers musiciens célèbres, et il en développe le sens suivant son usage. Je le citerai quelquefois dans mes notes.

On peut consulter sur le Kitab alagani, ouvrage d'Abou'lfaradj Ali ben-Hosaïn Isfahani, Hadji-Khalfa, d'Herbelot, qui en a extrait ce qu'en a dit ce bibliographe (Voy. *Bibl. Orient.* au mot *Agani*), Abou'lféda (*Annal. Mosl.* tom. II, pag. 495), et Casiri (*Bibl. Ar. Hisp. Escur.* tom. I.er, pag. 347).

Qu'il me soit permis, à l'occasion de Nabéga, de corriger une faute du dernier éditeur de l'Histoire de Timour par Ebn-Arabschah, M. Manger, qui, n'ayant point entendu un vers de Nabéga cité par cet écrivain Arabe, en a mal-à-propos corrigé le texte.

L'historien, parlant du stratagème employé par Tamerlan pour mettre en fuite les éléphans de l'armée Indienne, dit (*tom. I, p. 476*) que quand on eut mis le feu aux roseaux dont ce prince avoit fait charger un certain nombre de chameaux, ces animaux ne sentirent pas plutôt l'ardeur

de ce feu, qu'ils se mirent à regimber et à pousser des cris,
en sorte, ajoute-t-il, qu'on eût pu leur appliquer ce vers :

كأنك من جمال بني أفيش   بتقعقع بين رجلبه بشن

C'est ainsi qu'on lit ce vers dans le man. Arabe, n.º 709,
de la Bibliothèque nationale. Il signifie : *On diroit que
tu es du nombre des chameaux des Benou-Okaïsch, entre
les jambes desquels on fait ballotter avec fracas une vieille
outre*, c'est-à-dire, que l'on fait galoper, en les effrayant
par le bruit d'une outre vide et desséchée qu'on laisse
pendre entre leurs jambes. Djewhari cite ce vers au mot
شن et l'attribue à Nabéga. On dit en proverbe ما بتقعقع
له والثنان et Meïdani explique ainsi ce proverbe (Man. Ar.
S. G., n.º 196.) النقعة لتحريك الشى الصلب مع صوت
مثل السلاح وغيرها والثنان جمع شن وهو الفربة البالية وهم
يحركونها اذا ارادوا حث الابل علي السير لتفزع فتسرع قال النابغة
كأنك من جمال بني أفيش بتقعقع بين رجلبه بشن يضرب لمن
لا يتضع لما ينزل به من حوادث الدهر ولا يروعه ما لا حقيقة له
M. Manger a donc eu tort de substituer تبين à بشن et
Schultens de supposer qu'il falloit lire بشر

Mais revenons au poëme de Nabéga. J'ai eu deux manuscrits pour donner l'édition de ce poëme : l'un est le man.
1455 dont j'ai parlé précédemment, et qui ne contient aucune
glose, mais seulement des vers intercalés pour un autre objet; on peut voir ce que j'en ai dit dans le t. IV des Notices
et Extraits des Man. *p. 313 et suiv.* Le second, numéroté
1626, et appartenant à l'ancien fond de la Bibliothèque nationale, contient le texte du poëme, avec un commentaire
complet. Ce volume renferme plusieurs ouvrages, dont le
principal est un vocabulaire pour l'intelligence des mots
difficiles des récits de Hariri par Mohibb-eddin Abou'lbaka

Abd-allah ben-Hosaïn Okbari de Bagdad. Je ne sais si Okbari est aussi auteur des scholies sur le poëme de Nabéga.

Ce manuscrit, acheté au Caire par Vansleb, a porté autrefois le n.º 1120; et c'est le même dont d'Herbelot a parlé au mot *Amrou ben-Moawia :* mais il a dit mal-à-propos qu'il contient le Diwan de Nabéga; le seul ouvrage de ce poëte qu'il contienne est celui que nous donnons ici. En ce moment j'ai encore un autre manuscrit rapporté d'Égypte par M. de la Porte.

Ce poëme se trouve encore dans un manuscrit de la bibliothèque de Saint-Germain-des-Prés, réuni à la Bibliothèque nationale; mais ce n'est qu'une copie du manuscrit 1455, comme je l'ai déjà dit. (*Voy.* ci-dev. p. 15 de cette 2.ᵉ partie.)

(2) Mayya, dont Nabéga fait mention tant dans le premier vers de ce poëme que dans les vers que j'ai cités plus haut, doit être une femme ; car Djewhari et Firouzabadi disent expressément que ميّة ou مي est un nom de femme.

L'auteur du Kitab alagani remarque au sujet de ces mots يا دار ميّة [*O habitation de Mayya !*], que, suivant Asmaï, le poëte a dit, *O habitation de Mayya !* au lieu de *O vous qui demeuriez dans l'habitation de Mayya !* et il cite un exemple pareil d'Amrialkaïs.

Il ajoute une observation d'un autre grammairien qui remarque que si Nabéga adresse la parole au lieu même, et non à ceux qui y ont habité, c'est pour témoigner plus vivement la douleur qu'il éprouve au souvenir de ce lieu, le désir de voir ses habitans, et les souhaits qu'il fait pour qu'ils y aient encore leur domicile يا دي الدار لا اهلها اهـــذا عليها وتشوقا الى اهلها وتمنية ان تكون املا Il me semble résulter de là que دار ميّة [*l'habitation de Mayya*] est le nom propre d'un lieu ainsi appelé d'une femme nommée *Mayya* qui y avoit eu autrefois sa demeure.

(3) Abou-Obeïda remarque que le poëte, après avoir adressé la parole au lieu nommé *Dar-Mayya*, en parle ensuite à la troisième personne; et il ajoute que cette sorte d'énallage est commune parmi les poëtes Arabes. C'est l'auteur du Kitab alagani qui rapporte cette remarque,

قال ابو عبيك في قوله إا دار ميه ثم قال افوت ولم يقل افويت
ان من شان العرب ان يخاطبوا الشي ثم يتركوة ويكنوا عنه

Cette observation peut s'appliquer aux poëtes Hébreux.

(4) On lit aussi طويلا au lieu de اصيلا et suivant d'autres, اصيلانا (Manuscrit 1626.) Cette dernière leçon est celle du Kitab alagani.

(5) قوله عبت يقال عبيت بالامر اذا لم تعرف وجهه فانا
به عني وقد يقال عيّ وقوله جوابا منصوب علي المصدر اي
عبت ان تجيب (Man. 1626.)

(6) Sur le mot لا voyez *Anthol. sentent. Arab.* p. 38. Zohaïr emploie le même mot pour exprimer la même idée dans sa Moallaka, v. 4 (Voyez *Zohaïri Carmen foribus templi Meccani appensum*, publié par M. Ern. Fr. Ch. Rosenmüller, à Leipsig, en 1792, avec une traduction et des notes, et accompagné des scholies de Nahas et d'une partie de celles de Tebrizi). لا dans ce vers de Nabéga, n'est point une négation; il est explétif رابك comme disent les grammairiens Arabes : c'est ainsi qu'il est employé dans l'Alcoran, dans ces expressions قليلا ما تشكرون et ان الله , *sur.* 2 , *v.* 26. لا يستحيي ان يضرب مثلا ما بعوضة

(7) Le commentateur du manuscrit 1626 explique ainsi le mot مظلومة sur l'autorité d'Ebn-alsikkit; قال ابـــن

السكيت انما قال بالمظلومة لانهم مروا في بترية فحضروا فيها
حوضا ولبست بموضع حوض فجعل الشي في غير موضعه وكذلك
اصل الظلم انما هو وضع الشي في غير موضعه ومنه من اشبه الاء

Voyez ci - devant,   فما ظالم اي فما جعل الشبه في غير موضعه

1.re partie, p. 332, note (19). On retrouve l'idée que
Nabéga exprime ici dans ce vers d'un poëte Hodheïli
rapporté par Reiske,

وصف احدب شئته ولبدتهما   تبادر السبل بالمحاة محدود

Voy. Tharapha Moallaka, p. 44.

(8) Le commentaire sur le mot ردت mérite d'être rapporté à cause des observations grammaticales qu'il contient :

وبروي ردت عليه والروايه الاولي اجود اذا قال ردت اقاصيمه
فاقاصبه في موضع رفع فاسكن الباء لان الضمة فيها ثقيلة فاذا
روى ردت فاقاصبه في موضع نصب والفتحة لا تستثقل وكان
يجب ان يفتح الباء, الا انه يجوز اسكانها في الضرون لانه
يسكن في الرفع والخفض فاجري النصب مجراهما كما قال كان
امبدءهون بالقاع الفرق وايضا فانه اذا روي ردت فقد اضمر ما لم
يجز ذكره اراد ردت عليه الابه (1ا الامة) الاان هذا جائز
اذا عرف معناه قال الله تع حتي توارت بالحجاب بعني الشمس

وانه اعلم Suivant le Kitab alagani, il faut admettre la dernière supposition, et lire ردت le sujet امه étant sous-entendu.

(9) J'ai expliqué ci-devant ce que l'on entend par le mot
ضحى à l'occasion de la prière particulière que les dévots
Musulmans font dans cette partie de la matinée, et qui est
nommée صلاة الضحى (*Voy.* 1.re partie, p. 99, note (25).

(10) Il y a à la lettre, dans le texte, *Celui-là a détruit cette
habitation, qui a fait périr Lobad,* c'est-à-dire, *le temps l'a*

détruite. Lobad est le nom du dernier des sept vautours qui devoient se succéder avant que la mort pût frapper Lokman. Djewhari rapporte ainsi cette fable : لَبُدُ اخر نسور لقمان

وهو بنصرف لانه ليس بمعدول وتزعم العرب ان لقمان هـو الذي بعثته عاد الى الحرم يستسقي لها فلما املكوا خيّر لقمان بين بقاء سبع بَعَرات شمر من اظْب عَفر في جبل وَعَر لا يمسـهـا القطر وبقاء سبعة انسر كلا ملك نسر خلف بعدَ نسر فاختار الــــــــنـــــسـور فكان اخر نسور يسمى لبدا وقد ذكرته الشعراء

« *Lobad* : c'est le nom du dernier des vautours de Lokman.
» Ce mot se décline par les trois cas, parce qu'il n'est pas
» du nombre de ceux qui imitent la forme verbale. Les
» Arabes disent que Lokman avoit été envoyé par la na-
» tion d'Ad à la Mecque, pour solliciter en ce saint lieu
» la pluie (dont avoit besoin leur pays désolé par la séche-
» resse). Quand Dieu eut exterminé le peuple d'Ad,
» Lokman eut le choix de vivre aussi long-temps que se
» conserveroient sept fientes noires de gazelles fauves,
» dans une montagne de difficile accès, et où elles seroient
» à l'abri de la pluie : ou, s'il l'aimoit mieux, autant de
» temps que dureroit la vie de sept vautours qui se suc-
» céderoient immédiatement et sans interruption. Il choisit
» ce dernier parti. De ces sept vautours, le dernier se
» nomme *Lobad*. Les poëtes en font souvent mention. »

(11) On peut comparer cet endroit avec le vers 22 du poëme بانت سعاد de Caab ben-Zohaïr. Voy. *Caab ben-Zohaïr Carmen panegyr.* p. 18.

(12) Ce grincement de dents est, suivant Asmaï, un signe de gaieté dans le chameau, et de lassitude dans la femelle : قال الاصمعي الصريف من الاناث من شدّة الاعيا ومن الذكور

من النشاط والفرح Cette observation me semble contraire à l'intention de notre poëte; le commentateur ajoute : النفو ما يضم للبكر اذا كان خشبا فاذا كان حديدا فهو خطاف وروي ضريف النغو علي البدل والنصب اجود عند سيبويه وكذلك له صوت حمار فان قلت عليه كان الرفع عنك اجود

(13) Le commentateur observe que l'auteur veut dire seulement à *midi* : قوله قد زال النهار معناه انتصف قال ابن السكيت معناه وقد انتصف النهار علينا وبنا بمعنى علينا Il nous avertit aussi que جلبل est synonyme de ثمام et que ذو جلبل signifie un lieu où croît la plante qui porte ce nom والجلبل الثمام اي موضع فيه ثمام Dans le Kitab alagani on lit : بيوم الجلبل à la journée d'*Aldjalil*. Je conjecture cependant qu'il s'agit ici d'un lieu auquel l'abondance de cette plante avoit fait donner le nom de ذو جلبل Le thémam est, suivant Djewhari, une plante dont les feuilles servent à boucher les fentes des tentes, الثمام نبت ضعيف له خوض او شبه بالخوض وربما حشي به ويسد به خصاص البيوت والاراحك ثمامه وثممت الشي ثممه بالضم ثما اذا اصلحته ورممته بالثمام ومنه قبل ثممت اموري اذا اصلحتها ورممتها قال الشاعر ثممت حوايجي وودات بشرا فبيس معرس المتركب اليغاب ومنه قوله كنا اهل ثمه ورمه

(14) Le commentateur remarque qu'on lit aussi مستوجس au lieu de مستانس et il explique ce dernier mot de la manière

المعائس الناظر بعينيه ومنــــه اني آنــــت نارا اي suivante
ابصرت ومنه قبل انسان لانه مربي ويبروى علي مستوجس وهـو
الذي قد اوجـــــس في نفسه الفزع فهو ينظر Suivant cette
glose, مستائس signifie *regarder*, *apercevoir*, comme آنس
اني انــــت dans ce passage de l'Alcoran, sur. 20, v. 10,
نارا [*j'ai aperçu un feu*]. La même glose se lit dans le
manuscrit de M. de la Porte.

Dans le Kitab alagani on lit : مستائس et dans la glose,

من روي مستوحش فانه يعني انه قد اوجس شبا عاىنه فهو
يتسح Si on lit مستوحش ou مستوجس il faudra traduire, *in-
quiet*, *alarmé*. Je ne sais pas bien précisément sous quel
point de vue le poëte compare ici sa monture à une bête
sauvage; je pense néanmoins que c'est à cause de sa force
et de sa légéreté.

(15) Amrialkaïs, dans sa Moallaka, emploie, comme
Nabéga, les mots وحش وجرة (V. *Caab ben Zohair Carm.
paneg. &c.*, p. 62, v. 32), pour désigner une gazelle. Ici il
s'agit d'un *taureau sauvage*, suivant le commentateur, qui
dit sur le mot فتلك au vers 18: بهذا شبهها الذي يعني
الثور mais par *taureau sauvage* il faut entendre un cerf,
ou du moins une bête fauve d'une espèce fort analogue à
celle du cerf. L'auteur du درّ المنتقاة من عجائب المخلوقات
(Man. Ar. de la Bibl. nat. n.° 990, A), et Domaïri, dans
son Histoire des animaux, rapportent au genre qu'ils nomment *bœuf sauvage* بقروحش quatre espèces différentes
qu'ils appellent la première مها la deuxième ابل la troisième
وعل et aussi ثيتل la quatrième بأمون ou يحمور selon
Domaïri

Domaïri (Voy. *Extraits de la grande Histoire des animaux*
d'Eldémiri, à la suite de *La Chasse*, poëme d'Oppien, traduit en français par M. *Bellin de Ballu* ; Strasbourg 1787,
pag. 187 et suiv.). Mohammed ben-Mohammed Kazwini,
dans le كتاب عجائب المخلوقات (man. Ar. de la Bibl.
nat. n.° 898) décrit ainsi l'animal qu'il nomme *bœuf*
sauvage بقر الوحش et qui paroît être l'espèce appelée *moha*
مها « Le bœuf sauvage est l'animal nommé en persan
» *keuzen* : il a une grande corne [je traduis ici à la lettre]
» divisée en plusieurs branches ; chaque année il y pousse
» une branche nouvelle ; sa corne est pleine , au contraire
» de celles des autres animaux qui sont creuses : lorsqu'il
» entend le chant, et le son des instrumens, il y prête
» l'oreille, et il y goûte tant de plaisir, qu'il ne songe plus
» à se garantir des flèches : quand il tient les oreilles droites,
» il entend les sons ; mais quand il les laisse tomber, il
» n'entend plus rien. »

بقر الوحش يقال لها بالفارسية كوزن
له قرن عظيم ذو شعب كل سنة ينبت على قرنه شعبة زايلة
وقرنه مصمت بخلاف قرون سائر الحيوانات فان قرونها مجوفة واذا
سمع الغنا وصوت الملاهي يصغي اليها ولا يحذر حينئذ من
النشاب لشدة التذاذه بها واذا رفع اذنه سمع الاصوات واذا
ارخاها لا يسمع شيا (*fol.* 236 r.°). Il faut comparer la
description de Nabéga avec celle de la femelle du même animal, ou de la biche, qui se trouve dans la Moallaka de Lébid.

Wedjra, suivant Djewhari et le commentateur de Nabéga,
est le nom d'un vaste désert, où il y a beaucoup de
bêtes sauvages. Le premier dit, après avoir cité le vers
قال الاصمعي وجرة بين مكة والبصرة وهي ,d'Amrialkaïs
اربعون ميلا ليس فيها منزل فهي مرت للوحوش Le second
خص وحش وجرة لانها فلاة يقال ان فيها : s'exprime ainsi

E

مبين مبلا والوحش يكثر فيها ويقال انها قليلة الشرب فيهـــا

On peut consulter, sur la position du désert de Wedjra, la description de l'Arabie d'Abou'lféda, dans le tome III des *Geograph. vet. script. Græci minor.* pag. 6 ; *Ch. Rommel Abulfedæ Arabiæ descriptio commentariis perpet. illustrata,* *Gottingæ 1802,* p. 23 et 80.

(16) Dans le Kitab alagani on lit, أسرت et la glose porte : يعني ان سحابة مرت عليه ابلا وان انوا الجوزا اسرت

Dans le man. de M. de la Porte on lit سرت بما عليه

(17) Les mots طوع الشوامت sont expliqués de deux manières par le commentateur, قوله له يعود على الكلاب وان ثبت على الصوت قال الاصمعي المعنى فبات ما اطاع شوامته من الخوف والصرد وطوعه الشوامت سورة (سرورهم ا) منه يقال اللهم لا تطهين بي شامتا اي لا تسره ما يحب فسال ابو عبيك المعنى فبات له ما بسر الشوامت وقال أبو عبيك ويروى طوع الشوامت فمن روى هذه الرواية فالشوامت عنك القوائم يقال للقوائم شوامت الواحدة شامتة اي فبات يطوع للشوامت فايما أي قبات لها أي يقناه Si je comprends bien le commentaire, il faut, dans le premier sens, lire طوعُ au nominatif, et dans le second طوعَ à l'accusatif; et en effet, dans un fragment en caractères Africains, du Kitab alagani, je trouve ce mot écrit avec un *fatha* et un *dhamma* sur la dernière lettre. L'auteur du Kitab alagani ne propose que la première explication d'Abou-Obeïda : en ce cas il faudroit traduire, *Il a passé la nuit glacé de froid et de frayeur, dans un état capable de satisfaire la malignité de ses ennemis.*

(18) Le commentateur explique ainsi le mot حرد sur
lequel on peut d'ailleurs consulter les dictionnaires : قوله

برأت من الجرد يعني من العيب واصل الجرد استرخاء عصب
في يدي البعير من شدّ العقال فربما كان خلفة واذا كان بـه
نفض يده وضرب بها الارض ضربا شديدا Dans le Kitab

alagani (part. II, fol. 357, v.°) on lit : مجمع الكعوب يعني

قوايمه انها لازقة محددة الاطراب (je lis الاطراب) ليس برملات

واصل الصمع رقة الشي ولطافته والحرد داء يعبيه بمقال بعـير

احرد وناقة حردا

(19) Au lieu de فهاب Asmaï et Abou-Obeïda lisoient
وكان et le dernier lisoit طـعنَ à l'accusatif : dans le Kitab
alagani on lit aussi وكان J'ai traduit يـــوزعــــه comme
signifiant أغــــري Djewhari cite le vers de Nabéga
et l'interprète ainsi : وزعته ازعّه وزعا كففته فائزع هـواي أي
كف واوزعته بالشي اغريته به فاوزع به وهو موزع بـه أي
مغريّ به ومنه قول النابغة فهاب خمران منه حيث يوزعه أي
يغربه والاسم والمصدر جميعا الوزع بالفتح Djewhari met, ainsi
que le manuscrit 1455 خمران à l'accusatif; dans le man.
1626 il est au nominatif, ce qui semble nécessaire, à moins
qu'on ne donne à هاب le sens d'effrayer. Dans le manuscrit
1626 on lit نجّـــــــــ et le commentaire l'explique par
النجر Le manuscrit 1455 porte الملجا والمذرك Le dernier
mot peut être prononcé نجُد et alors il signifie brave, ou
نجَد et dans ce cas il signifie peine, et il y a ellipse de ذى
Voici ce que dit le commentateur sur ce vers : روي الاصمعي

E 2

وكان ضمران وكذلك روى ابو عـبيك الا انـه روى طعـن
المعارك بالنصب وبروى النّجُد والنّجُد من روى النّجُد فهو من
نعت المعارك والنُّجُد الشجاع من النجدة والمعارك المقاتل ومن
روى النّجُد فهو من نعت النجر والنّجُد المكروب يقال نجد
ينجد فهو نجد اذا عرق من شدة الكرب والنجر الملجا المُدْرك
ومن روى النّجُد فهو ايضا من نعته الا انه على حـذف
والتقدير عند النجر ذى النجد فيكون مثل قـوله جـل وعز
ولـكن البر من امن بالله اي ولـكن ذوالبر من امن بالله ويجوز
ان يكـون التقدير ولـكن البرير من امن بالله

(20) Les vers 15 et 16 manquent dans le man. 1626.

(21) Le commentateur est ici plus court que je ne
voudrois; il dit: يعجم يمضخ والروق الفرن والحالك الكديد
الدواة يقال اسود حالك وحانك والام اكثر والصدق
روق الصلب والاود العوج J'ai rapporté ces épithètes à

(22) *Waschek* est le nom d'un chien, comme *Dhomran.*
Au lieu de اقعاص on lit aussi ان حان c'est-à-dire ان هلك

(23) Il y a quelques variantes sur les derniers mots
de ce vers. بروى فى الادنين والبُعُد والبُعَد قبل انه المصدر
للاثنين والجمع على لفظ واحد وقيل انه جمع باعد كما يقال خادم
وخدم وحارس وحرس ومعنى فى الادنين وفى البُعُد كمعنى القريب
Je crois qu'il faut lire والبعيد ومن روى البُعُد فهو جمع بعيد
والبُعَد قيل انه المصدر للفرد والاثنين والجمع على لفظ واحد
والبُعَد .... قيل انه Dans le man. de M. de la Porte on lit:
مصدر يستوى فيه الواحد والاثنين والجمع والمذكر والمونث

(24) Au lieu de الالاه on lit aussi المليك et c'est ainsi que porte le man. 1455 : ce mot signifie également *Dieu*. Voyez *Monum. vetust. Arabiæ*, par A. Schultens, pag. 7. Cette signification y est prouvée par un vers de Lébid.

(25) Le commentateur observe qu'au lieu de فاحددها il y a des personnes qui lisent فازجرها

الصفـــــاح جمع صُفاحة وهي جمان دقاق عراض (26) (Man. 1626). Voyez la *Moallaka de Tarafa*, vers 63.

(27) On voit par ce vers et les précédens, que les fables qu'on lit dans l'Alkoran relativement à Salomon, et notamment dans les surates 34 et 38, avoient cours parmi les Arabes avant Mahomet.

(28) La pensée exprimée ici par Nabéga a du rapport avec celle-ci, qui se trouve dans un très-beau morceau de poësie ancienne, du nombre de ceux qu'A. Schultens a publiés dans ses *Monum. vetust. Arabiæ*, p. 57 et suiv.

والعفو الا عن الاكفياء مكرمة

« L'indulgence, sans doute, est une vertu, mais non » envers des rivaux qui nous égalent en pouvoir et en » bravoure. »

(29) Dans tous les manuscrits on lit وارد J'ai substitué واردي ainsi qu'on lit dans Meïdani et dans Nowaïri qui racontent aussi cette aventure, سراع étant au pluriel. On lit حمار جمع حمامة يقال للذكر وللانثي حمامة dans le man. 1626 وقوله وارد الثمد.....معناه وابء العمد ثم حذف التنوين واضاف Au lieu de سراع on lit aussi الجمع مع ملي ملي حمة لانه ووحد التي شرعت في الماء c'est-à-dire شراع

E 3

(30) On dit نقد ou فقط comme l'observe le commentateur.

(31) Il y en a qui lisent كما زعمت au lieu de كما حسبت
Dans le manuscrit 1455 on lit فتسبوه au lieu de فحسبوه

(32) Le commentateur observe que la jeune fille dont
il est ici question, est عين اليمامة autrement nommée
زرقاء اليمامة Au lieu de عين il faut lire عنز Les Arabes disent
en proverbe احكم من زرقاء اليمامة et ابصر من زرقاء اليمامة
Ces deux proverbes se trouvent dans la partie des proverbes de Meïdani que H. A. Schultens a publiée, *pag. 32
et 188;* et je me contenterai d'y renvoyer le lecteur. Je
rapporterai seulement ici le texte de Meïdani sur le second
de ces proverbes, Schultens ne l'ayant pas donné : احكم من

لفمن ومن زرقاء اليمامة قال النابغة في زرقاء اليمامة يخاطب النعمان
واحـكـم كحكم فتاة الحي اذ نظرت الي حمام سراع واردي الثمد
وكانت نظرت الي سرب من حمام طاير فيه ست وستون
حمامة وعندها حمامة واحلة فقالت ليت الحمام لهـ الي حمامتبه
ونصفه قديه ثم الحمام مايه وقال بعـض اصحاب المعـاني ان
النابغة لما اراه مدح هذه الحكيمة الحاسبة بسرعة اصابتهـا
عدد الامر وضبته ليـكـون احسن له اذا اصاب فجعله حرز
(ا. من) الطير اذ كان الطير اخف ما يتحرك ثم جعله حمامـا
اذ كان الحمام اسرع الطير ثم كثر العدد اذ كانت المسابقة مفروثة
بما وذلك ان الحمام يشتد طيرانها عند المسابقـة والمنافسـة ثم
ذكر انها طارت بين نبتين لان الحمام اذا كان في مفـبـق
من الهوا كان اسرع طيرانا منه اذا اتسع عليه الفضا ثم جعله
وارد الما لان الحمام اذا ورد الما اعانه الحـرص علي الما علي
سرعة الطيران

Les derniers mots du vers 29 لم تكحل من الرمد sont expliqués par ce que Schultens dit d'après Meïdani, sur le proverbe ابصر من زرقا اليمامة *(pag. 32.)*.

Nabéga ne rapporte pas en entier le propos de Zarka-alyémama, parce que c'étoit une histoire assez connue.

لوت الحمام ليه وتصفه قديه

اني حمامتيه نرا الحمام ميه

Plût à Dieu, avoit-elle dit en voyant voler soixante-six colombes, *que ces colombes fussent à moi, et jointes à la mienne; ce nombre, et la moitié en sus, me suffiroient pour en avoir une centaine complète.* En effet, soixante-six et trente-trois colombes jointes à une, eussent complété le nombre de cent. حامتني ـ قدي ـ لي sont pour حمامتيه et قديمه ـ ليّـة comme dans l'Alcoran, *surate 69*, كنابيه ـ ماليه ـ حسابيه. L'auteur du Kitab alagani rapporte les vers 28, 29, 30 et 31, dont on avoit fait une chanson, et il cite à cette occasion les vers de Zarka.

Ce même auteur rapporte une tradition suivant laquelle Zarka a dû vivre du temps de Mahomet; car il dit que Hind, fille de Noman, roi de Hira, qui avoit épousé le célèbre poëte Adi ben-Zeïd, étoit amoureuse de Zarka; et qu'ayant appris sa fin tragique, elle se fit religieuse, prit le cilice, et bâtit un monastère qui porte encore son nom, ajoute cet écrivain, et où elle demeura jusqu'à sa mort. قد روي عن ابن كلبي غير علي بن الصباح في مند انّها كانت تهوى زرقا اليمامة وانّها اول امراة احبت امـراة في العرب ..... واخذوا الزرقا فقلعوا عينها ..... وماتت بعد ذلك

بايام وبلغ مندا خبر ما دترهبت ولبست المسوح وبنت ديرا بعرف بدير مند الي الان فاقامت فيه حتي ماتت Or, selon ce même

E 4

auteur, Adi, mari de Hind, vivoit du temps de Khosrou
Parwiz, et Hind étoit encore vivante sous le khalifat de
Moawia; car il raconte que ce khalife ayant donné le gouvernement de Coufa à Mogaïra fils de Schaba, ce gouverneur vint au monastère où demeuroit Hind et qui portoit
son nom, et ayant obtenu la permission d'entrer chez elle,
lui demanda sa main. Hind lui répondit : « Par la croix,
» si je savois que j'eusse encore quelque reste de jeunesse
» ou de beauté qui eût pu exciter tes desirs, je consentirois
» à ta demande ; mais ton but est uniquement de pouvoir
» te vanter, dans les assemblées solennelles, que tu possèdes
» les États de Noman fils de Mondhar, et que tu as épousé
» sa fille. Dis-moi, je t'en conjure, par le Dieu que tu
» adores, n'est-ce pas là ce que tu veux ! » Mogaïra en con-
vint. « En ce cas, dit Hind, c'est une chose qui ne peut
» se faire. » Mogaïra se retira en admirant sa sagacité.

Ce passage est tiré du *Kitab alagani, tom. I, f.° 90 r.°*,
et fait partie de la vie et des aventures d'Adi ben-Zeïd. Il
est question de ce poëte dans l'Histoire des rois de Hira
d'Ebn-Kotaïba. Voy. *Monum. antiq. hist. Arab.* p. 197.

(33) Le commentateur remarque qu'on peut mettre
حلو au nominatif; il dit : بروي حلقٌ ترابعها على الابتـــداء
والخبر والابتداء والخبر بموضع خفض

(34) Ce vers offre plusieurs variantes; voici ce qu'en
dit le commentateur : ردي الاصمــعي الوامب المأة الجرجورُ
وروي ابو عبيلة الوامب المائة المكاه رينها السعدان بـوضع
(١) بوضع) الباء. والرفع على انه لعل مستقبــل الجرجورُ
المفخار والمكاه قال ابو عبيلة هي الملتئة وقال غير النـــــلاظ
الثداد بقال عكت تعـــكو اذا غلظت واشتدت والجرجور
والمكاه يكونان للواحد والجمع على لفظ واحد والسعدان نبت

تحسن علمه الابل وتغزر البانها و يطيب لحمها فيها بغال وفي المثل مرعي ولا كالسعدان وتوضح اسم موضع ومن روى بوضع بالباء فانه يذهب الى ان معناء بين اللبد ما تلبّد من الوبر الواحلة ليلة و يروى في الاوبار ذي اللبد Amrialkaïs nomme aussi *Tavdhih* dans le deuxième vers de sa Moallaka.

Le commentateur remarque sur le vers 35 , que quelques personnes lisent الواهبُ المايةَ mais qu'il faut lire الواهبُ المايةِ Voici ses paroles : صاحب هذه الرواية يروى الواهبُ المايةِ بشبهه بالحسن الوجهِ و هو قبيح لانه مفعول والوجه ليس بمفعول في قولك الحسَنُ الوجهِ

Je mets الابكارُ au nomin..(..); ce qui est confirmé tant par le man. 1455 où on lit ici الجرجورُ que par les mots والساحباتُ — والادمُ — والخبلُ des vers suivans , qui sont aussi au nominatif dans le manuscrit 1626. Ils doivent tous être considérés comme attributs d'un sujet sous-entendu, qui est هي On diroit en arabe انه حبس الابكارُ مرفوع على Dans le man. de M. de la Porte, المبتداء محذوف مبتدا والمبتداء هي tous ces mots sont au génitif.

(35) Au lieu de فتنها on lit dans le manuscrit 1455 et dans celui de M. de la Porte, فتنها Dans ce dernier, le commentaire porte : فتنها طلب عيشها اي وهي لا تسير في الحمر و يروى انتها اي اعطاها ما يعجبها

(36) Au lieu de مزعا on lit aussi غزعا ou رعوا ou قبا يروى رعوا والرعو الساكن و يروى جزعا اي حل و يرودي، قبا والعب القامر والذكر اثب Je conjecture qu'il faut prononcer

غرا Cette variante se trouve écrite ainsi dans le manuscrit 1455, et c'est ainsi qu'on lit ce vers dans le manuscrit de M. de la Porte; et quant à حلك je prononce جدّاً

(37) Djewhari dit: الأدمد في الابل البياض الشديد يقال بعير ادم وناقة ادماء والجمع أذر ...... ويقال هو الابيض الملثين الاسود

(38) *Voyez* les notes de Reiske sur le 21.ᵉ vers de la Moallaka de Tarafa; *Voyez* aussi le 22.ᵉ vers du poëme de Caab ben-Zoheïr, avec les gloses.

(39) J'ai imprimé لَعَمْرُو parce qu'on lit ainsi dans les deux manuscrits: mais je crois qu'il faut lire لَعَمْرُ et que c'est la formule ordinaire de serment لَعَمْرُ الله dont j'ai donné l'explication ci-devant, *p. 16, note (17)*. On sait que les Arabes païens alloient en pélerinage à la Caaba, où l'on adoroit différentes divinités. La principale se nommoit هُبَل Je n'ai aucune raison de croire que عمرو fût le nom d'une idole. Les Arabes attribuent l'introduction du culte des idoles à la Mecque à un certain *Amrou ben-Yahya*, ou plutôt *ben-Lohaï*, comme le nomme Pococke, et comme je le lis dans Masoudi, Abou'lféda, &c.; mais je ne crois pas que cela puisse avoir ici aucune application. *Voyez* sur le culte idolâtre des Arabes à la Mecque, Pococke, *Specim. hist. Arab.* pag. 95 et suiv., et l'extrait du كتاب الجمان dans le tome II des Notices et Extraits des manuscrits de la Bibliothèque Nationale, *p. 132.* « Quand, dit Masoudi, » Amrou-ben-Amer et ses enfans quittèrent Mareb, les » enfans de Rébia se séparèrent d'eux, et vinrent s'établir » dans le Téhama; ils furent nommés *Khozaa*, parce qu'ils » s'étoient retirés à part, قسموا خزاعة لانخزاعهم » ensuite, la guerre s'étant allumée entre Iyad et Modhar

» fils de Nézar, et ayant été malheureuse pour Iyad,
» ceux-ci enlevèrent la pierre noire et l'enterrèrent en un
» certain endroit. Une femme de Khozaa ayant été témoin
» de cela, elle en donna avis aux gens de sa tribu qui
» promirent aux enfans de Modhar de leur rendre la pierre
» noire, à condition qu'ils leur abandonneroient l'inten-
» dance de la Caaba. Le premier Arabe de Khozaa qui
» exerça cette charge, fut Amrou fils de Lohaï حمرو بن لحي
» Le vrai nom de Lohaï étoit *Rébia fils de Harétha fils*
» *d'Amer.* Amrou changea la religion d'Abraham, et in-
» troduisit parmi les Arabes le culte des idoles ; car étant
» allé en Syrie, comme nous l'avons dit ailleurs, et ayant
» vu des gens qui adoroient les idoles, il reçut une de leurs
» idoles et la plaça sur la Caâba. Les Khozaï étant devenus
» puissans, l'idolâtrie d'Amrou fut imitée par tous les
» Arabes, &c. Amrou fils de Lohaï, vécut 345 ans. »
Masoudi rapporte des vers faits à ce sujet contre Amrou
par un Arabe de la race de Djorham, du petit nombre de
ceux qui étoient demeurés حنيفة c'est-à-dire, attachés à la
religion d'Abraham.

إحمروا ئك قد احدثت الهة شتا بمكة حول البيت انصابا
وكان للبيت رب واحد ابدا فقد جعلت له في الناس اربابا
لتعرفن ان الله في مهل مصطفي حولكم للبيت جابا

(Man. Arab. de la Bibl. nat. n.º 599, *fol. 72 verso*, *106
verso, et 107 recto* et n.º 599 A.)

Le vers 37 manque dans le man. de M. de la Porte.

(40) *Voyez* sur le culte des pierres nommées نصــب
et au pluriel, الانصاب Pococke, *Spec. Hist. Ar.*, pag. 100.

(41) Le man. 1626 porte المومن sans la conjonction و
c'est une faute. Le poëte parle sans doute du territoire sacré
de la Mecque, où il n'étoit pas permis de chasser. On

sait que dès avant Mahomet l'enceinte de la Mecque étoit
un lieu d'asile, où il n'étoit pas permis de verser le sang
des hommes, ni même celui des animaux ; ce qui fait dire
à un poëte :

ونبكي لبيت ليس بُوذِي حمامتهُ

بظل به آمنا وفيه العصافر

(*Voyez* la Dissertation de Millius *De Mohammedismo ante*
Mohammedem, dans le recueil intitulé *D. Millii Dissert.*
selectæ, p. 16 ; et A. Schultens, *Monum. vetust. Arab.*
p. 2 et 9.) Dans le second hémistiche du vers précédent,
au lieu de بما qu'on lit dans l'ouvrage cité d'A. Schultens, je lis به leçon que le sens exige et qui est autorisée
par le manuscrit du كتاب سيرة الرسول) Man. arab.
de la Bibl. nat. n.° 629). La Caaba n'est pas le seul temple
qui offre un asile aux pigeons parmi les Musulmans; beaucoup d'autres mosquées jouissent du même privilége, suivant le témoignage de M. Niebuhr dans la Relation de son
voyage, *tom. II, p. 221.* Sans doute, chez les Hébreux,
le lieu où reposoit le tabernacle, et ensuite le temple,
étoient aussi un asile pour les oiseaux; et c'est ce qui a
fait dire à l'auteur du pseaume 84 (83 suivant la Vulgate) :

גם צפור מצאה בית ודרור קן לה אשר שתה אפרחיה ארת
מזבחותיך יהוה צבאות מלכי ואלהי אשרי יושבי ביתך

Après avoir exprimé avec un enthousiasme divin son
desir de revoir les parvis du Seigneur, le poëte s'écrie :
« Le passereau même a trouvé une demeure [paisible], et
» l'hirondelle un nid où elle a déposé ses petits, auprès de
» tes autels, ô Seigneur, maître souverain des cieux,
» mon roi et mon Dieu ! Qu'heureux sont donc ceux qui
» habitent dans ta maison ! » Plusieurs des anciens interprètes ont entendu ainsi ce passage, dont on a détruit
toute la grâce et le sentiment en y donnant une autre interprétation, et supposant une ellipse beaucoup trop forcée.
Le P. Houbigant, qui a senti que cette ellipse n'étoit pas

admissible, a cru qu'il y avoit une lacune dans le texte ; mais le véritable sens de cet endroit n'a pas échappé au savant J. D. Michaëlis. Suivant le témoignage de Josèphe (*De bello Jud.* liv. V, ch. 5, tom. II, p. 334, édit. de Havercamp, et liv. VI, ch. 5, *ibid.* p. 387), la superstition des Juifs avoit privé les oiseaux de cet asile, dans le dernier temple ; car le toit du temple étoit couvert de pointes d'or ou de fer doré, pour empêcher les oiseaux de s'y poser, et d'y laisser tomber aucune ordure. Ces pointes de fer ont donné lieu à une conjecture plus ingénieuse peut-être que solide du même Michaëlis, qui a pensé qu'elles pouvoient faire la fonction de paratonnerres. Voy. *J. D. Michaëlis zerstreute kleine Schriften gesammelt,* part. III, p. 387-426.

L'auteur du Kitab alagani raconte une aventure qui fait bien connoître l'inviolabilité dont jouissoient les colombes à la Mecque ; je la rapporterai en entier dans les termes mêmes de l'auteur :

« Quand Hosaïn fils d'Ali se fut déterminé à passer dans
» l'Irak, et que le fils de Zobéir se mit en devoir d'exécuter
» le dessein qu'il avoit formé (de se soulever ouvertement
» contre Yézid fils de Moawia), qu'il prit un vêtement de
» l'étoffe nommée *maaféri,* qu'ayant mesuré son ventre,
» il dit : Mon ventre est large d'un palme, ou peut être
» moindre que la grandeur d'un palme (sans doute pour
» railler Yézid, qui étoit livré à la débauche), et qu'il com-
» mença à publier hautement les vices des enfans d'Ommia,
» et invita les peuples à secouer leur joug, Yézid lui accorda
» un délai de six mois pour rentrer dans le devoir ; puis il
» lui envoya dix personnes des Musulmans de Syrie, à la
» tête desquels il mit Noman fils de Béschir. Ces dix per-
» sonnages étoient connus en Syrie sous le nom de la *petite*
» *cavalcade.* C'étoit Abd-allah ben-Idhat Aschari, Rouh
» ben-Zanbâ Djodhami, Saad ben-Omra Hamadani, Mélic

» ben-Hobeïra Sélouli, Abou-Cabscha Sacsaki, Zamal ben-
» Amrou Odhri, Abd-allah ben-Masoud, ou suivant d'au-
» tres, ben-Masada Fazari, son frère Abd-alrahman,
» Schoraïc ben-Abd-allah Kénani et Abd-allah ben-Amer
» Hamadani. Yézid leur donna pour chef Noman ben-
» Béschir. Ils vinrent donc trouver le fils de Zobeïr. Comme
» Noman ben-Béschir conféroit souvent en particulier avec
» le fils de Zobeïr dans l'enceinte de la Caaba, Abd-allah
» ben-Idhat lui dit un jour : Fils de Zobeïr, cet Ansari
» [Noman] n'a point reçu de Yézid une mission que nous
» n'ayons reçue comme lui; la seule différence qu'il y a
» entre nous, c'est qu'on l'a nommé notre chef; car pour
» moi, je ne connois point de distinction entre les Moha-
» djéri et les Ansari. Le fils de Zobeïr lui dit : Ebn-Idhat,
» qu'y a-t-il de commun entre toi et moi! je suis [invio-
» lable] ici comme une des colombes de la Mecque; ose-
» rois-tu bien tuer une des colombes de la Mecque!
» Oui certes, repartit Ebn-Idhat; et quelle est donc l'invio-
» labilité des colombes de la Mecque! Holà, garçon, mon
» arc et mes flèches. On lui apporta son arc et ses flèches.
» Il prit donc une flèche, la plaça au milieu de son arc,
» et visant une des colombes de la mosquée, il lui parla
» ainsi : Colombe, Yézid fils de Moawia, boit-il du vin!
» Dis, oui; et si tu le fais, je te tirerai cette flèche : Co-
» lombe, déposes-tu de l'autorité souveraine Yézid fils de
» Moawia! crois-tu que tu te sépareras du reste du peuple
» de Mahomet, et que tu demeureras dans le lieu saint, en
» sorte qu'on doive t'y laisser en paix et impunie! Par
» Dieu, si tu le fais, je te tirerai cette flèche. Malheu-
» reux, lui dit le fils de Zobeïr, est-ce qu'un oiseau peut
» parler! Non, lui répondit Ebn-Idhat, mais toi, tu peux
» parler : j'en prends Dieu à témoin, tu reconnoîtras,
» de gré ou de force, l'autorité de ton maître, ou l'on
» verra les drapeaux des Aschari flotter dans cette vallée; et

» certes, je ne reconnoîtrai pas les grands priviléges que
» tu attribues à ce lieu-ci. Cela est-il permis, lui dit le fils
» de Zobeïr ! On en obtiendra la permission, repartit
» Ebn-Idhat, de celui qui a un tranchant [de notre épée].
» Le fils de Zobeïr les fit mettre en prison, où il les retint
» un mois; puis il les renvoya à Yézid fils de Moawia,
» sans consentir à rien de ce qu'il lui avoit fait proposer. »
Ahmed ben-Djaad ajoute au récit de cette aventure, qu'un
poëte, Abou'labbas l'Aveugle, dont le vrai nom est *Saïb
ben-Faroukh*, faisant mention de cette histoire et de l'action de Zobeïr qui mesura son ventre avec sa main, dit :

« Il ne cessa de lire et de réciter la surate Aráf, en sorte
» que mon cœur devint doux comme une étoffe de soie. Si
» ton ventre n'eût pas été plus grand qu'un palme, tu
» aurois été rassasié, et tu aurois encore laissé de tes restes
» une nourriture abondante pour les pauvres. »

قال الهيثم بن عدي اخبرنا ابن عياش عن مجالد عـن الشعبي
وعن ابن ابي الجهم ومحمد بن المنتشران الحسـين بن علي
رضي الله تعالي عنهما لما سار الي العراق وثمر ابن الزبيـر الي
الامر الذي اراده ولبس المعافري ويثبر بطنه وقال انما بطني
شبر وما عسي ان يسع الشبر وجعل يظهر عيب بني امية ويدعو
الي خلافهم فامهله يزيد سنة ثم بعث اليه عشر من اهل الشام
عليهم النعمان بن بشير وكان اهل الشام يسمون مولا الشـرع
النفر الركب منعم عبد الله بن عضاة الاشعري وروح بـن
زنباع الجذامي وسعد بن حمن الهمداني وملك بن هبيرع السـلولي
وابو كبشة السكبكي وزمل بن عمرو العذري وعبـد الله بـن
مسعوه وقبل ابن مسعلة الفزاري واخوه عبد الرحمن وشريك بن
عبد الله الكناني وعبد الله بـن عامر الهمداني وجعـل عليهم
النعمن بن بشير فاقبلوا حتي قدموا علي ابـن الزبير فكان

النمس يخلو به في الحجر كثيرا فقال له عبد الله بن مضاء يوما
يا ابن الزبير ان هذا الانصاري والله ما امر بشيئ الا وقد امرنا
بمثله الا انه قد اُثر علينا واني والله ما ادري ما بين المهاجرين
والانصار فقال ابن الزبير يا ابن مضاء ما لي ولك انما انا بمنزلة
حمامة من حمام مكة افكنت قائلا حماما من حمام مكة قال نعم ويا حرمة
حمام مكة يا غلام ابتني بقوسي واسهُمي فاتاه بقوسه واسهمه
فاخذ سهما فوضعه في كبد القوس ثم سدده نحو حمامة من
حمام المسجد وقال يا حمامة اثرب بزيد بن معوية الخمر قولي
نعم والله لئن فعلتِ لارمينك يا حمامة المخلعين بزيد بن
معوية وتفارقين امة محمد وتقيمين في الخمور حتى يُستحل لك
والله لئن فعلت لارمينك فقال ابن الزبير ويحك او يتكلم
الطائر قال لا ولكنك يا ابن الزبير تتكلم اقسم لثبايعن طائعا او
مكرها ولتتعرفن رأية الاشعريين بهذه البطحا ثم لا اعظم من
حقها ما تعظم فقال ابن الزبير او يشتغل فقال انما يحله من
الحد به تخبسعر شهرا ثم ردهم الي يزيد بن معوية ولم يجبنه
الي شي وفي رواية احمد بن الجعد وقال بعض الشعرا وهو ابو
العباس الاعمي واسمه السايب بن فروخ بذكر ذلك وثُنبَرَ
ابن الزبير بطنه

ما زال في سور الاعراف يدرسها
حتى غوادي مثل الخمر في اللين
لو كان بطنك شبرا قد شبعت وقد
افضلت خيرا كثيرا للمساكين

(Kitab alagani , tom. I.ᵉʳ fol. 5 verso.)

Je reviens au vers de Nabéga. Dans le manuscrit 1455
on lit يحبسها et en marge , يحسبها. Cette dernière leçon est
celle du manuscrit de M. de la Porte : les derniers mots de
ce

ce vers offrent aussi une variante, et dans le même man, on lit بين الغيل والسَعَد Voici ce qu'en dit le commentateur :

بين الغبل والسعد هذه روايته الاصمعي وروى ابو عبيدة بين الغبل والسعد بكسر العين (ا. الغين) وقال هما اجنان كانتا بين مكة ومنى وانكر الاصمعي هذه الرواية وقال انما الغبل بكسر الغين الصفحة (ا. الغبضة) والغبل بفتح الغين الما وانما يعني النابغة ما كان يخرج من ابي قبيس

Les deux corrections que je fais dans cette scholie, sont confirmées par le man. de M. de la Porte.

الغبل بالفتح ....الماء المجاري على Le Kamous dit aussi:

وجه الارض وماء كان يجري في اصل ابي قبيس بغسل علبه القصـــــــــارون وكل واد فيه عيون تسيل Suivant la leçon d'Asmaï, il faut traduire *entre Ghil et Saad*; et ces noms propres sont ceux de deux marais entre la Mecque et Mina.

(42) Je pense que c'est ici une expression proverbiale qui signifie : Puisse ma main se dessécher et devenir paralytique. Cette expression peut être comparée avec celle du psalmiste, *ps. 136 (Héb. 137) v. 5*, et servir à en fixer le sens.

(43) Le commentateur observe que l'on peut lire فداء et فداء Ce mot mis au nominatif, n'offre aucune difficulté; à l'accusatif il fait fonction de مصدر et le sens est الاقوام كلهم بفدونك فداء Mais le commentateur rapporte différentes opinions des grammairiens pour expliquer l'usage du génitif dans ce cas : voici celle qu'il adopte : والقـــول الاخر وهو الصحيح ان فداء بمعنى لتبدك فبناه كما بني الامر وكذلك تراك ودراك لانه. بمعنى اترك وادرك

On peut comparer ce passage de notre poëte avec celui d'Abou'lgoul Tohawi, dans les extraits du Hamasa donnés par A. Schultens, à la suite de la grammaire d'Erpénius, *pag. 327*, et ceux de Hasan ben - Noschba Adawi, et d'un

* F

poëte Hodhéli que le même Schultens a inséré dans les *Monum. vetust. Ar.* p. 23 et 25. Voy. aussi la même expression dans ce recueil, *p. 26 et 28* du texte Arabe, et le vers 104 du poëme d'Ebn-Doreïd, édition de Scheidius, 112 de l'édit. de Haitsma. M. Jahn a très-à-propos appliqué cette formule Arabe à l'explication d'un passage d'Isaïe, *chap. XLIII, v. 3 et 4. Voyez J. Jahn's Einleitung in die göttl. Bücher des Alt. Bundes*, 1.re partie pag. 288.

(44) Le commentateur dit sur ce vers : الكنا المثل وتائفك

الاعداء احبسوك فصاروا منك موضع الاثاثي من الفذر ومعنى

بالرفد اي يتعاونون عليّ يسعون بي عندك اي يرفد بعضهم

بعضا يقال رفك برفك رُفدا ورِفدا ورِفلةً ورِفَد جمع رِفد وبروي

وان تائفك واو بمعنى إن وتالوا في قول الله تعالي ولـوكنا

صادقين ولو تشبه حروف الجازاة الا انه لا يجازي بها عنـد

احد من النحويين علمناه وانما لم يجاز بها لان سبل حروف

الجازاة ان تنقلب الماضي الى المستقبل وليس هـذا في لـو

تخالفهن من هذه الجهة فوجب ان لا يجازي بها

(45) Au lieu de مزبد on lit aussi مترع c'est-à-dire ممسلو et طام au lieu de ركام

(46) البنيوت ضرب من النبت والحفّذ ما ثني وكسر

(47) Suivant Abou-Obéïda, le second hémistiche de ce vers est بالخبسفوجذ من جهد ومن رعد Le commentateur dit à ce sujet : الخبسفوجذ الشراع والخبراائد كل ما ثني

(48) Au lieu de اطهب on lit aussi اجــرود et cette leçon est celle du man. de M. de la Porte. Je joins ce vers au suivant ; mais je ne sais si j'en ai bien saisi le sens.

(49) Les vers 48, 42, 39 et 49 forment encore une chanson dans le Kitab alagani, mais avec de grandes différences. Les voici :

نبيت ان ابا قابوس اوعـــدني

ولا قـــرار علي زار مـن الاســد

مهلا فدا لك الاقـوام كلــهــــــم

وما اثمر مــن بال ومــــن ولــد

ان كنت قلت الذي ابلغت معتمدا

اذا فلا رفعت سوطي الي يـــدي

هذا الثنا فان تسمع به حـــــــنا

فلم اعرض ابيت اللعن بالصفـد

« J'ai été instruit qu'Abou-Kabous avoit prononcé des
» menaces contre moi : le rugissement d'un lion ne permet
» pas de goûter aucun repos. Prince, de qui puissent les
» jours précieux être rachetés au prix de la vie de tous
» les mortels, et de tout ce que je possède de biens et d'en-
» fans ; s'il est vrai que j'aye dit ce que l'on t'a rapporté de
» moi méchamment, alors que ma main ne puisse plus sou-
» lever mon fouet. Ces vers sont le tribut de mes louanges :
» Prince, de qui daigne le ciel écarter toute malédiction,
» si tu les écoutes favorablement [il suffit], je ne suis point
» venu pour te demander des présens. »

(50) Suivant une autre leçon , فان تسمع به حسنا فلم اعرض
ce qu'Asmaï explique ainsi : ولا قال الامعي المطاء الصفـــد
يكون الصفد ابتداء انما يكون بمنزلة المكافاة يقال اصفدته
اصفدك اصفادا اذا اعطيته والاسر الصَفَد وصفَدته اصفِك صَفَدًا
الصَـــفَد Le commentateur ايضا والاسر شددته اذا وصـــادا
ومعنى ابيت اللعن ابيت ان ناتي شيبا تُلعَن عَــليه , ajoute
Ces mots ابيت اللعن sont une formule de salutation qui étoit
usitée chez les Arabes du temps du paganisme. Djewhari

F 2

قولهم في تحية الملوك في الجاهلية ابيت اللعن قال ابن : dit

النكبت اي ابيت ان تأتي من الامور ما تلعن عليه .Voy. *Hist.*

imper. vetust. Joctanid. p. 19 et 51; Pococke, *Spec. histor.*

Ar. p. 56. Il paroît qu'Abou-Kabous fut le premier, entre les

rois de Hira, pour lequel on fit usage de cette salutation; car

ثم ملك النعمن بن المنذر وهو الذي مثال ه : Masoudi dit

et Nowaïri dit pareillement, ثم مـــــلك ابيـــت اللعـن

النعمن بن المنذر وهو الذي قيل له ابيت اللعن وهو اخرملك

مـن الـــهـم

(51) On lit la fin du vers 50 de deux autres manières:

ان قد حار في البلد ان فان صاحبها مشارك التكد Au commen-

cement du vers, au lieu de ان لا عذر on lit aussi ان ذي عذر

ou عذر انها Djewhari au mot عذر cite ce vers comme il

se trouve ici. Dans le man. 1626 et dans celui de M. de la

Porte, on lit ان لم تكن au lieu de الا تكن

Le mot نفعت appartient au premier hémistiche, comme

on le voit dans le man. de M. de la Porte, et non au second,

comme semble l'indiquer le man. 1455, et comme on l'a

imprimé par erreur.

N.º XIV.

EXTRAIT *du Diwan* ou *Recueil des Poësies* Pag. 330. *d'*ABOU'LTAYYIB AHMED BEN-HOSAÏN MOTÉNABBI.

ABOU'LTAYYIB AHMED ben - Hosaïn ben-Hasan ben-Abd-alsamad Djofi Moténabbi naquit à Coufa, au lieu nommé Kinda, *en l'année 303. Il passa sa jeunesse dans la Syrie et parmi les Arabes qui habitent le désert. Il mourut en l'année 354 (1).*

Le poëme suivant est du nombre de ceux qu'il composa en l'honneur de l'émir Seïf - eddaula Aboul'hasan Ali ben-Hamdan, et qui portent, à cause de cela, le nom de Seïfiyya. L'événement à l'occasion duquel il fut composé, est ainsi raconté par celui qui a formé le recueil des Pag. 331. *poësies de Moténabbi.*

LES ARABES nommés *Bénou-Kélab* (2) ayant fait une incursion dans les environs de Balès (3), Seïf - eddaula (4) se mit à leur poursuite, menant avec lui Moténabbi, et il les atteignit entre deux puits ou réservoirs d'eau nommés *Gobarât* et *Kharrarât*, qui sont situés dans la montagne de Bischer (5). Ce prince les attaqua durant la nuit: il en tua un grand nombre, et prit leurs femmes ; mais il épargna celles-ci, et eut pour elles toutes sortes d'égards. Lorsque

Moténabbi fut de retour de cette expédition, au mois de djoumadi second de l'année 343, il récita le poëme suivant :

« Ce n'est pas quand tu veilles à la sûreté du » troupeau, que les loups peuvent ravir les brebis : » tu n'es pas une Épée dont les coups de l'ennemi » puissent ébrécher le tranchant.

» Les hommes et les génies sont tous également » en ton pouvoir : comment les enfans de Kélab » pourroient-ils espérer l'indépendance ! S'ils se sont » séparés de toi, ce n'est pas par une révolte cri- » minelle : peut-on ne pas s'éloigner d'une citerne, » quand elle offre pour boisson une mort assurée (6)!

Pag. 332. » Tu les as poursuivis jusque sur le bord des eaux » près desquelles ils s'étoient retirés ; les nuées du ciel » elles-mêmes ont craint que tu ne vinsses chercher tes » ennemis dans leur sein. Emporté dans ta course » rapide par les meilleurs chevaux auxquels l'Arabie » a donné naissance, tu as passé plusieurs nuits à la » poursuite des rebelles, sans goûter les douceurs du » sommeil, entouré de tes escadrons qui s'agitoient à » tes côtés, comme l'aigle agite ses ailes dans son vol » précipité. Tu demandois aux déserts de te révéler le » lieu de leur retraite : les déserts t'ont répondu en te » livrant ceux que tu cherchois. Après la fuite de tes » ennemis, ta générosité a combattu pour leurs » femmes abandonnées ; elles ont trouvé un asile dans » le lien du sang qui les unit avec toi, dans ton res- » pect pour les deux chefs des descendans de Maad : » tu t'es souvenu que les enfans de Kélab sont

» tes proches, et qu'ils ont avec toi une origine
» commune (7), tu as suspendu la fureur de tes
» lances prêtes à les percer. Les vallées ont été *Pag. 333.*
» trop étroites pour leurs troupes fugitives : leurs
» femmes, saisies avant le temps, des douleurs de
» l'enfantement, se sont délivrées d'un fruit précoce
» dans les litières qui les cachoient à la vue ; et les
» femelles de leurs chameaux ont avorté dans leur
» fuite, précipitée. Amrou, qui formoit la droite de
» leur armée, s'est divisé en plusieurs troupes ; Caab,
» à la gauche, s'est partagé en divers pelotons ;
» Abou-Becr a frustré l'espoir de ses enfans : Koraïdh
» et Dhibab ne leur ont pas donné plus de secours (8).
» Toutes les fois que tu te mets à la poursuite d'une
» tribu ennemie, les têtes et les cous de tes adver-
» saires se quittent et se séparent par une mutuelle per-
» fidie (9). Leurs femmes, par tes soins généreux, sont
» sorties de tes mains comme elles étoient tombées en
» ton pouvoir ; elles n'ont perdu ni leurs parfums,
» ni leurs riches parures. Elles célébroient tes bien-
» faits en exprimant leur reconnoissance : qui pour-
» roit, comblé de tes dons, t'en rendre une digne
» récompense! Ce n'est point pour elles une honte (10) *Pag. 334.*
» d'être tombées entre tes mains ; elles n'ont point à
» rougir, grâces aux soins que tu as pris de leur
» pudeur. Quoique séparées des enfans de Kélab,
» elles ne se sont point trouvées dans une famille
» étrangère, au jour où elles ont vu ta splendeur.
» Comment pourrois-tu faire sentir tout le poids de
» ta vengeance à des adversaires dont les malheurs,

F 4

» partis de ta main, seroient pour toi-même des blessures
» cuisantes! Prince, qu'ils éprouvent la douceur de ta
» clémence : l'indulgence est un reproche (11) pour le
» coupable. Ils sont tes esclaves : dès que tu les appelleras
» à ton aide, quelque part qu'ils soient, ils accour-
» ront à ta voix. Ils se sont rendus coupables, il est vrai :
» mais bien d'autres avant eux ont commis des fautes,
» et les ont effacées par leur repentir. Ils ont été

Pag. 335. » l'objet de ta colère, prince qui es leur vie : n'est-ce
» pas pour eux un châtiment suffisant d'avoir perdu
» l'amitié de celui qui est leur vie (12)! Ce n'est pas
» que les habitans des déserts ignorent tes bienfaits ;
» mais quel est l'homme aux yeux duquel la vérité ne
» se dérobe quelquefois! Combien de fautes n'ont-
» elles pas été produites par le desir de plaire! combien
» de fois l'éloignement n'a-t-il pas été l'effet de la fa-
» miliarité (13)! Est-il rare qu'une famille innocente
» soit la victime des fautes commises par quelques in-
» sensés qu'elle porte dans son sein (14)! Coupables, ils
» ont redouté la vengeance d'un héros : mais si la colère
» d'un héros inspire la crainte, sa magnanimité entre-
» tient l'espérance. Quoiqu'il ne soit pas l'Épée des
» enfans de Kaïs (15), c'est à ses bienfaits qu'ils doi-
» vent leurs tentes et leurs vêtemens ; c'est sous son
» ombre bienfaisante qu'ils sont sortis de la terre, et
» que leur tige s'est couverte de verdure ; c'est de son
» temps qu'ils se sont multipliés, et qu'ils ont vécu

Pag. 336. » dans les plaisirs et la joie. Sous ses drapeaux ils ont
» combattu et défait leurs ennemis ; ils ont triomphé
» des Arabes les plus invincibles. Si tout autre que

» notre émir eût osé attaquer les enfans de Kélab, une
» nuée épaisse lui auroit fermé tout accès auprès des
» astres dont la beauté fait l'ornement de leurs ten-
» tes (16) : autour des parcs qui servent d'asile à leurs
» troupeaux, il auroit trouvé un rempart de braves
» guerriers dont les coups meurtriers fournissent à la
» pâture des loups et des corbeaux (17); des chevaux
» auxquels il ne faut d'autre nourriture que le vent
» qui souffle dans les déserts, qui se contentent, pour
» étancher leur soif, de la vapeur qui s'élève sur les
» terres brûlées des ardeurs du soleil. Mais c'étoit leur
» maître et leur seigneur qui s'avançoit contre eux au
» milieu de la nuit : ni la résistance ni la fuite n'ont
» pu les mettre à l'abri de sa vengeance; ni les om-
» bres de la nuit ni la clarté du jour ne leur ont été
» d'aucun secours contre lui; ni leurs chevaux ni leurs
» chameaux n'ont pu les soustraire à ses coups. Tu les
» as attaqués avec une mer d'armes et de guerriers,
» dont les flots couvrant la terre menaçoient de les *Pag. 337.*
» engloutir. Quand tu les as atteints au déclin du jour,
» ils étoient couchés sur des tapis de soie : le lever de
» l'aurore les a vus étendus sur la poussière. Ceux
» d'entre eux dont le poing étoit armé d'une lance,
» n'ont pas eu plus d'avantage dans le combat que
» ceux dont les mains délicates étoient teintes du jus
» de hinna. Ce sont les fils de ceux que ton père a
» tués dans les provinces de Nedjd ; ce sont les restes
» échappés à sa bravoure et à ses lances meurtrières :
» enfans alors, ceux-ci ont été épargnés par ton père ;
» quand il leur a rendu la liberté, la plupart d'entre

» eux avoient encore le cou orné des joyaux dont on
» pare l'enfance (18). Vous avez imité chacun les
» mœurs de vos pères, et votre conduite est un sujet
» d'étonnement et d'admiration (19). Qu'il marche
» comme toi, celui qui veut atteindre ses ennemis; s'il
» aspire au succès, qu'il imite ton intrépide activité. »

Pag. 338. Après l'action qui fait le sujet du poëme précédent,
Seïf-eddaula se mit en marche pour la place forte de
Hadeth (20), qu'il vouloit faire reconstruire : car les habitans de cette place l'avoient livrée au Domestique (21)
par capitulation, en l'année 307. Seïf-eddaula y étant
arrivé le mercredi 17 de djoumadi second 343, mit,
ce jour-là même, la main à l'ouvrage : il en traça les
fondemens, et commença lui-même à faire les fouilles
nécessaires pour les fondations, en vue de mériter
les faveurs du ciel. Le vendredi suivant, le fils de
Phocas, le Domestique, chef des Chrétiens (22), vint
camper devant la place avec environ 50,000 hommes,
tant de cavalerie que d'infanterie : ces troupes étoient
un ramas d'Arméniens, de Russes, de Slaves, de
Bulgares et de Khozars (23). On en vint aux mains le
lundi fin de djoumadi second, et la bataille dura depuis
le commencement du jour jusqu'au déclin du soleil.
Seïf-eddaula lui-même, à la tête de 500 hommes des
gens de sa maison et de sa suite, fondit sur le Do-
Pag. 339. mestique : il s'attacha au corps de l'armée où celui-ci se
trouvoit en personne, et le força de prendre la fuite.
Dieu lui ayant donné la victoire sur le Domestique, il lui
tua environ 3,000 hommes, et fit prisonniers un grand
nombre des principaux de l'armée et de la noblesse (24) :

il les fit mourir pour la plupart, et en épargna seulement quelques-uns. Il fit prisonnier Kaudis le borgne, patrice de Samandou et Lacandou, gendre du Domestique, et un petit-fils du Domestique par sa fille (25). Seif-eddaula ne quitta point Hadeth qu'il n'en eût achevé la construction, et qu'il n'eût posé de sa main le dernier créneau de ses murs, le mardi 13 de redjeb.

Moténabbi composa, à cette occasion, le poëme suivant, qu'il récita à Seif-eddaula, après la bataille donnée devant cette place :

« La grandeur des entreprises répond à la grandeur
» de celui qui les exécute : la noblesse et la générosité
» des sentimens sont la mesure des actions nobles et
» généreuses. Les plus minces projets sont trop grands
» pour les ames foibles et pusillanimes ; les entreprises *Pag.* 34
» les plus difficiles sont petites aux yeux de l'homme
» courageux. Seif-eddaula demande des guerriers qui
» combattent sous ses ordres, l'exécution des pro-
» jets que sa grande ame a conçus ; mais les armées
» les plus fortes ne sauroient répondre à ses desirs. Il
» voudroit trouver dans le cœur des mortels, cette
» ardeur intrépide qui l'anime, tandis que les lions
» les plus redoutables ne pourroient l'égaler. Les fiers
» chevaux, habitans des déserts, que leur force et leur
» beauté élèvent au-dessus de tous les autres, les
» jeunes vaisseaux et ceux qui sentent le poids de la
» vieillesse, rachèteroient au prix de leur vie les ames
» de ce brave, qui fournissent à leur pâture (26).
» Si le Créateur leur abandonne ses trésors enfouis dans

» il les a armés, il suffiroit, pour assurer leur subsis-
» tance, qu'il eût créé les armes de ce héros.

» Hadeth, teinte de sang, pourroit-elle aujourd'hui
» reconnoître la couleur de ses murs ! Inondée tour-
» à-tour d'eau et de sang, comment distingueroit-elle à
» qui convient mieux le nom de nuages, ou des nuées
» blanchâtres qui, avant l'arrivée de son libérateur,
» déchargeoient leurs eaux sur ses murailles renver-
» sées, ou des crânes brisés de ses cruels ennemis
» qui ont versé sur elle les flots de leur sang (27)! Il en a
Pag. 341. » construit les murs, il en a élevé les bastions au milieu
» du choc tumultueux des lances meurtrières, tandis
» que les flots de la mort se heurtoient avec fureur
» au pied de ses remparts. Hadeth étoit dévorée d'une
» maladie cruelle ; les têtes de ses ennemis, suspendues
» à ses remparts, ont été pour elles un amulette effi-
» cace (28). L'injustice de la fortune l'avoit assujettie
» à un honteux esclavage : tes lances l'ont rendue à
» la religion et n'ont laissé que la honte et le dépit à
» son injuste ravisseur. Tout ce que tu enlèves à la
» fortune ennemie, elle le perd sans espoir de le re-
» couvrer ; mais elle doit te rendre, tôt ou tard, la
» proie dont elle s'est saisie.

» Tu mets à exécution les projets que tu as conçus,
» avant que tes ennemis puissent opposer à tes desseins
» aucun obstacle qui en empêche l'exécution (29).
» Pourroit-il rester encore aux Grecs et aux Russes
» quelque espoir de renverser une place qui a pour
» fondement et pour colonnes les trophées de leur dé-
» faite et de ta victoire! Ils l'ont traduite en jugement:

» la mort et le trépas ont décidé leur querelle; l'op- *Pag. 542.*
» primé a échappé à la mort et l'oppresseur n'a point
» évité la juste peine de son iniquité.

» Ils sont venus à ta rencontre couverts d'une ar-
» mure de fer : on eût dit que les chevaux qu'ils mon-
» toient n'avoient point de jambes. Quand ils ont
» fait briller leurs glaives étincelans, l'éclat de leurs
» cuirasses blanches et de leurs casques s'est confondu
» avec celui de leurs épées. Le mouvement de leurs
» innombrables escadrons a ébranlé la terre au levant
» et au couchant (30) : les gémeaux, dans le ciel,
» ont eu l'oreille étourdie du fracas de leur marche.
» Là se trouvoient réunis des guerriers de tout peuple
» et de toute langue, qui ne pouvoient s'entendre
» sans le secours des interprètes. Jour terrible, dont
» le feu a mis en fusion tout alliage impur : où celui-
» là seul a échappé qui a combattu avec vigueur, et
» affronté tous les dangers (31) ! L'épée qui n'a point
» percé les cuirasses et rompu les lances ennemies, a
» été elle-même brisée; le cavalier qui n'a point ren-
» versé son adversaire, a été réduit à une honteuse fuite.

» Pour toi, tu t'es arrêté au fort du danger; un *Pag. 543.*
» péril inévitable menaçoit tes jours ; on eût dit que
» la mort te serroit déjà sous les cils de ses yeux fermés
» par le sommeil. Les plus braves guerriers passoient
» près de toi et fuyoient couverts de blessures, et
» dans ce moment d'horreur ton visage étoit serein
» et le rire étoit sur tes lèvres. Ta bravoure et ta
» sagesse ont passé toutes les bornes : les humains
» sont demeurés convaincus que tu connoissois le

» secret des destins. Tu as obligé tes ennemis à re-
» plier leurs ailes sur leur centre : comprimés par tes
» efforts tout-puissans, une perte commune les a
» dépouillés de leurs pennes et de leurs plumes (32).
» Lorsque ta main a précipité le glaive sur la tête de
» tes adversaires, la victoire étoit encore incertaine :
» le coup, en pénétrant jusqu'à leur poitrine, a dé-
» cidé ton triomphe (33). Tu as méprisé les armes de
» Rodeïna, et tu les a jetées loin de toi : on eût dit que
» l'épée insultoit à la lance sa rivale (34). Que celui
» qui desire l'honneur d'un triomphe éclatant, sache que

Pag. 344. » ce n'est qu'avec le tranchant de l'épée qu'on ouvre
» les portes de la victoire. Tu as couvert toutes les
» collines des cadavres de tes ennemis, ainsi que l'on
» répand des pièces d'argent sur la tête d'une nou-
» velle épouse. Les nids que les oiseaux avoient
» construits sur les rochers, ont été foulés aux pieds
» de tes chevaux, tandis que tu laissois tout à l'entour
» une proie abondante pour leurs petits. Les jeunes
» aiglons ont cru que tu les avois visités avec leurs
» mères : ce sont tes braves chevaux qui ont pourvu
» à leur subsistance. Lorsque leurs pieds glissoient
» sur les rochers, tu les obligeois à se traîner sur le
» ventre, comme le serpent qui rampe sur la pous-
» sière. Ce lâche Domestique ne hasardera-t-il donc
» jamais un combat, que les blessures qu'il reçoit der-
» rière la tête ne soient un sujet de honte pour son
» front (35) ! Moins sage que les animaux habitans
» des déserts qui connoissent l'odeur du lion et évitent
» sa rencontre, ne peut-il te reconnoître que quand

» il éprouve ta fureur! L'impétuosité du choc et *Pag. 245.*
» des attaques réitérées de notre Émir lui a fait une
» blessure cruelle en lui enlevant son fils et l'époux
» de sa fille, et le fruit de leur union. S'il est échappé
» du combat, il doit son salut à ses compagnons, dont
» les têtes et les bras ont occupé les efforts de tes
» lances meurtrières : il a entendu la voix du glaive
» qui les frappoit, et a profité de ses avis, quelque
» inintelligible que soit ce langage barbare. Il voit
» avec plaisir ses richesses, qu'il a abandonnées, passer
» entre tes mains, et croit avoir fait un gain immense
» en échappant à ton courroux. Lorsque tu le forçois
» à prendre la fuite, ta victoire n'étoit point celle d'un
» roi qui triomphe de son rival ; c'étoit la religion
» unitaire qui mettoit en fuite le polythéisme. Ce n'est
» pas la seule famille de Rébia (36) qui se glorifie
» de tes exploits ; c'est la postérité d'Adnan toute
» entière : tu n'es pas seulement l'honneur des contrées
» d'Awasem (37) ; tu es la gloire de toutes les régions
» de la terre. Si les perles que ma bouche t'offre ont
» quelque mérite, c'est à toi que l'honneur en est dû ;
» c'est de toi que je les ai reçues, et je n'ai fait que *Pag. 346.*
» les disposer avec grâce (38). Lorsque je marche au
» combat, monté sur les coursiers que j'ai reçus de ta
» libéralité, tes dons ne sont point pour moi un sujet
» de honte, et tu n'as point lieu de t'en repentir : dès
» que le bruit des armes a frappé leurs oreilles, ils
» devancent tous ceux qui volent avec le plus d'ardeur.

    » O Épée, qui ne rentres jamais dans le fourreau,
» dont la gloire est sans tache, dont la fureur est

» inévitable, ton salut est celui de la victoire, de
» l'honneur et de la vertu, le bonheur des mortels
» dont tu fais tout l'espoir, la joie de l'Islamisme (39).
» Pourquoi le Tout-puissant retireroit-il sa protection
» de dessus toi ? Tant qu'il daignera te conserver, tu
» ne cesseras de briser la tête de ses ennemis. »

Pag 347.   Les familles d'Amer fils de Saasaa, d'Okaïl et de
Koscheïr et celle d'Idjlan descendue de Caab fils de
Rébia fils d'Amer (40), se rassemblèrent dans les
plaines de Salamia (41). Les enfans de Kélab fils de
Rébia étoient campés de leur côté près d'une citerne
nommée *Alzarka*, entre Khonaséra (42) et Souriyya.
Ces familles s'étant communiqué réciproquement
leurs griefs contre Seïf-eddaula, formèrent une ligue
contre lui, et convinrent de lui donner de l'occupation
de tous les côtés, et de se réunir toutes pour secourir
celle d'entre elles qu'il pourroit attaquer (43). Seïf-
eddaula ayant appris leurs projets, et le sujet de la
correspondance qu'elles avoient entretenue ensemble,
y fit peu d'attention, et les familles liguées, comptant
sur leur grand nombre, conçurent de folles espérances. La maison de Mohayya (44) prit le commandement des familles d'Okaïl, de Koscheïr et d'Idjlan,
et parmi les membres de cette maison, Mohammed
fils de Bozaïa, et Nédiy fils de Djafar, furent chargés spécialement de commander leurs forces. Ils
furent encouragés et soutenus dans leurs projets par
quelques guerriers de la famille de Caab, qui servoient
dans l'armée de Seïf-eddaula, et qui étoient portés sur
les états du prince pour un certain nombre d'hommes,
et

et recevoient un traitement à raison de cela. Les rebelles entrèrent donc sur les domaines de Seïf-eddaula; ils tuèrent à Zaraya un de ses alliés nommé *Marbou*, de la famille de Tagleb, et tuèrent aussi le gouverneur de Kinnesrin, Sabbah ben-Omara. Seïf-eddaula ne put pas marcher tout de suite contre eux, parce qu'il reçut un ambassadeur de l'empereur Grec, accompagné d'une députation des habitans de Tarse. Cet ambassadeur étoit chargé de négocier une suspension d'armes et le rachat des prisonniers. La marche de Seïf-eddaula se trouvant différée par ces circonstances, les Arabes du désert en devinrent plus hardis et plus entreprenans. Cependant le prince fit partir pour Kinnesrin, le samedi 1.er de safar 344, l'avant-garde de son armée : elle y demeura onze jours, Seïf-eddaula différant toujours de marcher contre les habitans du désert, dans l'espérance qu'ils viendroient à résipiscence, et qu'il ne seroit pas obligé d'user de rigueur envers eux. Le mardi 11 de safar, il vint *Pag. 349.* à une métairie située à deux milles d'Alep et nommée *Ramousa*, qui lui appartenoit ; le lendemain mercredi, il alla camper près d'une citerne appelée la citerne de *Tell-masih* : de ce lieu il passa près des eaux de Hawar et en combla les puits. Il rencontra une députation des scheïkh de la famille de Bénou-Kélab, qui se jetèrent à ses pieds, le priant d'agréer leurs soumissions. Il leur accorda ce qu'ils demandoient : en conséquence, leur cavalerie s'étant jointe à la sienne, il s'avança (45) vers une citerne nommée *Badiyya*. Le jeudi 13 de safar, au matin, il découvrit les ennemis :

* G

il campa donc près de cette citerne, et le soir il
marcha vers les faubourgs de Salamia. Il reconnut
alors que les Arabes avoient évacué cette ville le
matin même de ce jour-là, et il y entra. Le vendredi, de grand matin, la famille de Caab, et toutes
les familles originaires du Yémen qui étoient entrées
avec elle dans la ligue commune, se rassemblèrent ;
et ayant réuni toutes leurs forces et leurs bagages,
elles s'arrêtèrent auprès d'une citerne nommée *Khaïran*,
à une journée de Salamia : quelques-unes campèrent
Pag. 350. près d'une autre citerne que l'on nomme *Forkols*,
derrière la précédente.

Alors leur cavalerie s'avança de toute part au-de-
vant de l'armée de Seïf-eddaula : le prince monta à
cheval pour les recevoir, et l'action commença. En
moins d'une heure, par la protection de Dieu, ils
furent défaits, et contraints à tourner le dos (46) :
un grand nombre d'Arabes de la maison de Mohayya,
et des chefs de la famille d'Okaïl, furent tués ou faits
prisonniers. Ce même jour, vers le milieu de la matinée, Seïf-eddaula se mit à leur poursuite ; et pour
eux, ils envoyèrent aux leurs deux messagers chargés de
leur donner l'avis de décamper. Un peu après l'heure
de midi, Seïf-eddaula arriva à la citerne de Khaïran,
et trouva les traces de leur départ précipité. Il s'avança
jusqu'à celle de Forkols, où il campa. Bientôt après,
il se détermina à poursuivre les fuyards : il partit
donc sur-le-champ pour gagner une citerne nommée
Onthor; et ayant fait prendre le devant à un corps de
cavalerie, il atteignit leurs troupeaux, les enleva, et

campa près des eaux d'Onthor avant minuit. Tous les
environs étoient couverts du butin que l'on avoit fait sur
eux, de chameaux, de litières et de bâts. Seïf-eddaula *Pag. 351.*
ayant reçu avis, en cet endroit, que les Arabes vouloient
se rallier près de Palmyre, se rendit le premier jour de
la semaine, de grand matin, près d'une eau nommée
Djébat : il divisa sa cavalerie en plusieurs pelotons, et
en fit divers détachemens qu'il envoya à la poursuite
des fuyards, et qui en tuèrent quelques-uns et firent
quelque butin. Le même jour, sur le soir, il se remit
en marche; et ayant traversé de vastes plaines arides et
sans eaux, il passa près des citernes d'Owaïr, Nihya,
Boyaïdha, Godr et Djifar : il trouva que les troupes
des Bédouins les avoient épuisées dans leur fuite.
L'avant-garde de sa cavalerie atteignit Palmyre le
lundi 17 de safar, et trouva les Arabes réunis dans
les faubourgs de cette ville : ils délibéroient sur ce
qu'ils avoient à faire, ne s'imaginant point que Seïf-
eddaula se fût mis à leur poursuite. Avertis qu'il approchoit, ils décampèrent vers le milieu du jour; mais
sa cavalerie les suivit. Seïf-eddaula lui-même arriva
à Palmyre une demi-heure après le lever du soleil; *Pag. 352.*
et, ayant appris l'état des choses, il partit sur-le-champ
pour joindre, s'il étoit possible, la plupart des corps
de leur armée, et la division où se trouvoit la maison
de Mohayya, Hautha et Amer ben-Okaïl. Ils avoient
pris le chemin de Samawa, se dirigeant au midi et
à l'est. Seïf-eddaula ayant précipité sa marche, les
atteignit, leur tua beaucoup de monde, leur fit des
prisonniers, s'empara de leurs bestiaux, et rendit la

liberté aux femmes qui étoient tombées en son pouvoir.
Il revint ensuite par la lisière du désert de Samawa,
ne voulant pas les pousser à la dernière extrémité;
car il avoit été touché de compassion, en voyant
que leurs femmes et leurs enfans mouroient de soif.
Ainsi ils se divisèrent : une partie d'entre eux voulut
gagner le centre du désert de Samawa, et la plupart
de ceux-là périrent : d'autres dirigèrent leur fuite vers
un canton de cette solitude qu'on nomme l'*eau du
fils de Soada* et *Louloua* ; mais les eaux de ces puits
ne purent fournir qu'à un petit nombre, et il en périt
beaucoup : d'autres enfin gagnèrent le canton nommé
Kalamoun, du côté où il confine avec la plaine de
Pag. 353. Damas appelée *Gouta Dimaschk.* Seïf-eddaula revint
à son camp, triomphant et chargé de butin, vers la
fin du jour. Il fit grâce à quelques-uns des ennemis,
qui, n'ayant pu prendre la fuite, avoient été faits
prisonniers; il les traita avec bonté et pourvut à tous
leurs besoins. Il trouva aussi que le détachement qu'il
avoit envoyé vers la gauche, avoit enlevé des bestiaux,
tué des fuyards et ramené des prisonniers. Il ne souffrit pas que les femmes éprouvassent aucune insulte,
et il demeura à Palmyre le mardi et le mercredi : ensuite s'étant remis en marche, il vint camper le premier jour à Arac, et le second à Sokhna ; de Sokhna
il alla camper à Ordh, de là à Rosafa, et de Rosafa
à Rakka, où il arriva le lundi (47). Les habitans de
Rakka sortirent de la ville pour le recevoir : là il
prit des informations sur la famille de Nomaïr, et
il apprit que les Arabes de cette famille s'étoient

transportés ailleurs, et qu'il n'étoit pas resté une seule de leurs tentes en-deçà des sources du Khabour (48). Le mardi suivant, une députation des Arabes de Nomaïr arriva près de lui pour réclamer son indulgence : il leur pardonna, reçut leurs hommages, et se mit en route pour Alep, où il arriva le vendredi 6 de rébi premier. Moténabbi célébra alors ces événemens et les *Pag. 354.* exploits de Seïf-eddaula, dans un poëme qui commence par ce vers :

« Ils sont présens à ma mémoire, les lieux qui sé- » parent Odhaïb et Barek ; ces campagnes illustrées » par les exploits de nos lances et l'impétuosité de nos » coursiers (49) ».

Mais il ne fit point mention dans ce poëme, des différentes stations de l'armée de Seïf-eddaula, et ne décrivit point les détails de l'action, parce qu'il n'y avoit pas été présent. Seïf-eddaula lui en fit donc le récit, et lui demanda de composer un poëme où il fît entrer la description de cette journée. Alors Moténabbi composa le poëme suivant :

« Les lances les plus longues sont trop courtes, » quand il s'agit de repousser tes attaques ; les moindres » gouttes de ta libéralité et de ta valeur dans les com- » bats, ressemblent à de vastes mers. La patience avec » laquelle tu supportes les insultes, paroît aux yeux du » coupable le signe d'une crainte respectueuse, tandis » qu'elle est l'effet d'un dédaigneux mépris. Tu sou- » mets les citoyens des villes et les habitans des déserts » à un joug inconnu jusqu'ici aux descendans de » Nézar. Ainsi que la bête sauvage qui a senti l'odeur *Pag. 355*

G 3

» d'un humain, ils reculent à ton approche; ton odeur
» leur inspire la crainte; et saisis d'effroi, ils s'éloignent
» par une fuite précipitée. Jamais, avant toi, ils
» n'avoient courbé la tête sous le joug d'aucun maître :
» comment n'ignoreroient-ils pas ce que c'est que la
» soumission et l'humble dépendance ! La têtière de ta
» bride leur a fait des plaies douloureuses derrière les
» oreilles, les courroies ont ensanglanté leurs joues. Ta
» douceur a nourri l'audace des enfans d'Amer; ta mo-
» dération les a portés à la révolte; ils ont abusé de
» la patience avec laquelle tu as reçu leurs députés et
» écouté leurs plaintes; l'amour des armes et la passion
» des combats se sont emparés de leurs cœurs (50).
» Leurs chevaux n'obéissent point au frein destiné à
» modérer leur ardeur; leurs cavaliers ne peuvent de-
» meurer renfermés dans leurs tentes. Par les délais que
Pag. 356. » tu apportois à la juste punition de leur révolte, tu les
» rendois maîtres de leur sort, prêt à user de douceur,
» ou d'une juste rigueur, suivant que leur conduite t'en
» feroit un devoir (51). Tu étois comme un glaive
» destiné à leur défense, dont la poignée étoit entre
» leurs mains, et le tranchant dirigé contre leurs en-
» nemis; mais par leur funeste obstination, ton tran-
» chant acéré avoit déjà atteint Badiyya, à l'entrée de
» la nuit; déjà il avoit laissé Hiyar bien loin derrière
» sa poignée. Les enfans de Kélab avoient partagé le
» crime de Caab; mais ils ont craint de partager aussi
» le châtiment qui le menaçoit : ils ont eu recours à
» la clémence de leur seigneur, et l'ont fléchi par leur
» humble soumission; lorsqu'il a marché contre les

» rebelles enfans de Caab, ils se sont joints à ses esca-
» drons. Il a conduit vers les plaines de Salamia leurs
» braves chevaux, ces coursiers infatigables, aux flancs
» minces, qui ne sont ni défigurés par une extrême
» maigreur, ni surchargés d'un embonpoint excessif.
» Dans leur course impétueuse, ils faisoient voler un
» nuage de poussière : les guerriers qui les montoient
» n'auroient pu se reconnoître, s'ils n'eussent eu le mot
» de ralliement. Les aigles, enveloppés d'un torrent de *Pag. 357.*
» poussière, chanceloient dans leur vol mal assuré,
» comme si cette région de l'air fût devenue une terre
» molle et humide qui cède sous les pieds du voyageur.
» De part et d'autre les cavaliers tomboient sous des
» coups précipités; on eût dit que la mort, dans cette
» mêlée, avoit pris une voie plus courte pour saisir ses
» victimes (52). Pressés par ton choc impétueux, une
» prompte fuite étoit l'arme qu'ils pouvoient employer
» avec le plus de succès pour leur défense : chacun de
» leurs membres se hâtoit à l'envi de devancer le reste
» du corps, et leur tête, roulant sur la poussière, se
» heurtoit contre leurs pieds. Monté sur des chevaux
» grands et agiles, toujours prêts à hâter leur course
» ou à la ralentir au gré de leur maître, Seïf-eddaula
» chassoit les fuyards devant lui, avec ces lances re-
» doutables, tremblantes à leurs deux extrémités, des-
» quelles le sang découle sur les talons du cavalier (53),
» qui n'épargnent jamais celui qui ose leur tenir tête, *Pag. 358.*
» et font servir sa poitrine de repaire à leur fer altéré
» de sang (54). Lorsque le jour leur retiroit sa
» lumière, une double obscurité les a enveloppés : un

» voile de poussière s'est uni aux ténèbres de la nuit;
» et quand l'aurore mettoit les ombres en fuite, l'éclat
» du glaive étincelant s'est joint à l'éclat du jour. Une
» troupe nombreuse les suivoit, et faisoit retentir l'air
» de ses cris lamentables; la voix plaintive de la brebis
» se mêloit aux mugissemens du bœuf et aux cris du
» chameau. Le nuage obscur qui couvroit les plaines
» d'Onthor, les a contraints à abandonner une par-
» tie de leurs troupeaux, pour réserver leurs soins
» aux mères qui allaitoient ou qui touchoient à leur
» terme (55). Lorsqu'ils passoient près des eaux du
» Djébat, une même ceinture de poussière renfermoit
» leurs troupes fugitives et celles du vainqueur. Ils
» n'ont atteint les sables de Sahsahan qu'après avoir
» perdu dans leur fuite précipitée les housses de leurs
» chevaux, leurs turbans, et les voiles de leurs femmes.
Pag. 359. » Les jeunes filles montées en croupe derrière eux,
» ont été épuisées de fatigue, et les petits enfans ont
» péri foulés aux pieds des chevaux. Les eaux d'Owaïr
» ont été épuisées; on n'en voyoit plus aucune trace:
» Nihya, Boyaïdha et Djifar ont aussi été mises à sec.
» Palmyre étoit leur unique ressource; et Palmyre,
» dont le nom ne présage que des malheurs, a vu leur
» ruine totale (56). C'étoit là qu'ils vouloient délibérer
» ensemble sur leurs communs intérêts; mais Seïf-ed-
» daula, dont les projets ne sont pas le fruit d'une
» longue délibération, les y a surpris, au lever de l'au-
» rore, avec ses cohortes, dont l'arrivée a rendu trop
» étroites les vastes plaines où leurs troupes fugitives
» se trouvoient à l'aise un instant auparavant (57).

» Au milieu de ces escadrons victorieux, est un chef
» couvert de gloire, qui se venge impunément de ses
» ennemis. La mort de ceux qu'il immole à sa colère,
» n'est point vengée par sa propre mort; elle n'est pas
» expiée par une amende ou par d'humbles excuses.
» Ses glaives versent le sang de ses ennemis, et le sang *Pag. 360.*
» qu'il a versé, reste sans vengeance. Ces lions si
» terribles auparavant, sont demeurés sans force pour
» repousser un ennemi aussi prompt que l'oiseau qui
» fend les airs; ils n'ont pas même pu se dérober par
» la fuite. S'ils échappoient au fer meurtrier des lances
» victorieuses, les déserts les attaquoient avec les lances
» d'une soif dévorante : ils ne voyoient devant eux,
» comme derrière eux, qu'une mort assurée; quelque
» parti qu'ils choisissent, le trépas étoit pour eux une
» inévitable nécessité. Leurs cadavres, étendus le long
» des routes, serviront de fanal au voyageur qui tra-
» versera les solitudes de Samawa. Si tu n'avois exercé
» envers eux ta clémence, aucun reste de leurs familles
» n'auroit survécu à cette journée désastreuse : ceux
» que ta clémence a sauvés, trouveront dans le passé
» une leçon terrible. De qui pourroient-ils espérer un
» traitement plus doux! sur quelle protection fon-
» deroient-ils leur espoir, après avoir éprouvé un châ-
» timent aussi rigoureux du chef de leur propre famille !
» Si leur conduite met entre eux et lui une si grande *Pag. 361.*
» différence, ils n'en ont pas moins une origine com-
» mune et les mêmes aïeux. Il a ramené ses troupes
» victorieuses vers Arac et Ordh; avec elles il a visité
» la double Rakka (58).

» Les enfans de Nomaïr ont fui le long de l'Euphrate :
» ces fiers lions ont mugi comme des taureaux en
» fureur. Ils se sont divisés en pelotons sur les bords
» du Khabour, énivrés de la coupe que d'autres
» avoient vidée. Ils n'ont pas envoyé le matin leurs
» bestiaux paître dans la plaine ; aucun feu n'a éclairé
» durant la nuit le lieu de leur retraite ; ils ont cherché
» dans ces précautions timides, un abri contre la colère
» du héros victorieux : inutile prudence, s'il ne les eût
» pas regardés d'un œil de bonté ! Les députés de Nomaïr
» ont marché pendant la nuit ; ils sont venus solliciter
Pag. 362. » sa bonté ; le don qu'ils lui demandoient, étoit le pardon
» de leur faute. Sa clémence les a délivrés de la mort ;
» il a détourné le glaive de dessus eux : la vie qu'il
» leur a laissée, est un dépôt dont il s'est réservé la
» propriété. Leur noble origine, leur glorieuse extrac-
» tion, ont intercédé auprès de lui en leur faveur.

» Au lever de l'aurore, il s'est reposé sur les terres
» d'Awasem ; mais la mer de sa libéralité ne connoît
» point de repos : au moment où le soleil commençoit à
» faire sentir ses ardeurs, on chantoit en tous lieux, au
» milieu des festins, la gloire de ses exploits. Toutes les
» tribus de l'Arabie s'inclinent devant lui ; les épées et
» les lances célèbrent à l'envi ses louanges. On diroit
» que le soleil lui a prêté l'éclat de ses rayons : nos
» foibles yeux ne peuvent supporter la splendeur de sa
» gloire.

Pag. 363. » Quel est le mortel qui ambitionne les hasards des
» combats ! Voici un brave prêt à entrer en lice avec
» lui : voici les armées de Dieu et les lances altérées de

» sang. On le voit toujours, comme Caab l'a vu dans
» cette fatale journée, attaquer ses ennemis dans des lieux
» découverts : toujours il s'enfonce dans le cœur des dé-
» serts, pour chercher ses adversaires, et non pour se
» soustraire au danger, et attendre une occasion favo-
» rable. Les hennissemens de ses chevaux retentissent
» tout à l'entour ; ils ne sont pas accoutumés, comme
» les cavales, à marcher en silence, pour surprendre
» le tranquille voyageur (59).

» Les maux que ta vengeance a fait souffrir aux en-
» fans de Caab, sont comme les traces ensanglantées
» que laisse un riche brasselet sur un bras délicat. Quel-
» que cuisantes qu'en soient les blessures, la richesse de
» cet ornement précieux est un sujet de gloire pour
» celui qui le porte. Ils ont des droits sur toi, puisqu'ils
» reconnoissent comme toi Nézar pour leur auteur ; et
» quelle union est plus étroite que celle qui naît d'une *Pag. 364.*
» origine commune ! Peut-être leurs enfans combattront
» un jour sous les drapeaux de tes fils : le cheval que
» sa vigueur et sa force rendent cher à son maître, fut
» d'abord un foible poulain.

» Tu surpasses en bonté tous les princes dont la
» vengeance extermine les rebelles ; parmi tous ceux qui
» punissent les crimes par la perte des coupables, il
» n'en est point dont la clémence égale la tienne.
» Tu es le plus puissant entre tous ceux que la vic-
» toire anime à la vengeance ; et entre tous ceux que
» la grandeur du pouvoir porte à des sentimens hu-
» mains, il n'en est point dont la douceur soit compa-
» rable à la tienne. Ce n'est pas une honte pour des

» sujets, de céder à leurs princes; ce n'est point un
» opprobre pour des esclaves de se soumettre aux lois
» de leurs maîtres.

*FIN de l'Extrait du Diwan ou Recueil des poësies
d'Abou'ltayyib Ahmed ben - Hosaïn Moténabbi.*

NOTES du N.º XIV.

(1) La courte notice que je donne ici sur Moténabbi est tirée des manuscrits Arabes n.ᵒˢ 1427 et 1428 de la Bibliothèque nationale, dont je me suis servi pour la publication de ces divers morceaux. Si l'on desire connoître plus en détail l'histoire de ce poëte, on peut consulter d'Herbelot, *Bibliot. or.*, au mot *Moténabbi*, et Abou'lféda, *Ann. Mosl.* tom. II, pag. 482 et suivantes. Les premiers vers composés par Moténabbi dans sa jeunesse, ont été donnés par Golius, dans l'appendice de la Grammaire Arabe d'Erpénius qu'il a publiée en 1656, *pag. 248.* Reiske a donné un assez grand nombre d'extraits des poësies de Moténabbi en arabe et en allemand, sous le titre de *Proben der arabischen Dichtkunst aus dem Motanabbi*, Leipzig, 1765. Il a aussi donné le poëme dans lequel Moténabbi fait la description du lac de Tibériade, à la fin des notes qu'il a jointes à la Description de la Syrie d'Abou'lféda, publiée par M. Köhler, *pag. 208 et suiv.* Plusieurs des morceaux donnés par Reiske, ont été publiés de nouveau par M. S. F. Günther Wahl, dans l'ouvrage intitulé داﺭﺧــــﻭﺭﻧﻖ ﺩﺭ ﺯﻣﺴﺘﺎﻥ ﺯﺑﺎﻥ ﻧﺎﺭﻯ ou *Neue arabische Anthologie*, Leipzig, 1791, *pag. 10 et suiv.* de la partie poëtique. Je ne dois pas oublier une description de la fièvre, tirée de Moténabbi, que Reiske a insérée dans ses *Miscellanea medica ex Arabum monumentis*, publiés de nouveau à Halle en 1776, par M. Grüner, sous ce titre : *J. J. Reiske.....et J. E. Fabri..... Opuscula medica ex monumentis Arabum et Ebræorum.* Le morceau de Moténabbi se trouve *pag. 76* de cette édition. Enfin M. Ouseley, dans le premier numéro du tome I.ᵉʳ de ses *Oriental Collections*, a inséré, *pag. 1 - 14*, une biographie de Moténabbi, suivie de deux petites pièces de ce poëte relatives à une maladie de Seïf-eddaula, et à la convalescence de ce prince. L'auteur

de cet article est M. John-Haddon Hindley. Malheureuse-
ment il s'est glissé quelques fautes dans le texte Arabe de la
seconde pièce ; la principale est au cinquième vers, *pag.* 11,
qui doit être lu ainsi :

بسني الحسام ولست من مشابهة   وكبك بشبه المخدوم والخدم

Le manuscrit 1428 est très-bon, et accompagné de courtes
scholies interlinéaires. Je rapporterai quelques-unes de ces
scholies ; mais en général je serai beaucoup plus court ici
que dans mes notes sur les poëmes de Schanfari et de Nabéga.
Les poësies de Moténabbi n'ont assurément ni le mérite
ni les difficultés de ces anciens poëmes ; et malgré la célé-
brité dont a joui leur auteur, je pense, comme Reiske, qu'il
a dû cette faveur extraordinaire à la corruption du goût parmi
les Arabes. Voyez *Abulf. Annal. Mosl.*, tom. II ; *Annot.*
histor. pag. 774.

Moténabbi est surnommé *Djofi* جعفى parce qu'il descendoit d'une famille Arabe dont l'auteur, nommé Djof, étoit
fils de Saad-alaschira, et appartenoit à la tribu de Madhhidj
descendant de Saba par Cahlan. *Voy.* Pococke, *Spec. hist.*
Arab. pag. 43. Ebn-Khilcan dans la vie de Moténabbi, rapporte au sujet de Saad-alaschira, père de Djof, le même
fait que Pococke a emprunté d'Abou'lféda.

(2) *Voy.* Pococke, *Spec. hist. Arab.* pag. 47. Les Bénou-
Kélab descendoient d'Adnan par Kaïs-Aïlan.

(3) Voyez *Abulfedæ Tabula Syriæ*, pag. 65 et 130.

(4) Seïf-eddaula, sur lequel on peut voir Abou'lféda,
Annal. Mosl. tom. II, p. 419, &c., se nommoit, Abou'l-
hasan Ali, et étoit fils d'Abd-allah Abou'lheïdja et petit-
fils de Hamdan ben-Hamdoun, prince de la famille Arabe de
Tagleb ben-Wayel. Cette famille descendoit de Rébia,
nommé *Rébiat-alfaras*, l'un des fils de Modhar ; fils de
Maad, fils d'Adnan ; Voy. *Spec. hist. Ar.*, pag. 46. Cette

généalogie des Hamadani n'est pas inutile pour l'intelligence de quelques passages des poëmes de Moténabbi. Voici
la suite des ancêtres de Seïf-eddaula, en remontant jusqu'à
Tagleb, ainsi qu'on la trouve dans Ebn-Khilcan, à l'article
d'Abou-Mohammed Hasan, surnommé Naser-eddaula :

ابو محمد الحسن الملقب ناصر الدولة بن ابي الهيجا عبد الله بن
حمدان بن حمدون بن الحارث بن لقمان بن راشد بن المثني
بن رافع بن الحارث بن عطيف بن حربة بن حارثة بن مالك
بن عبيد بن عدي بن اسامة بن مالك بن بكر بن حبيب بن
عمرو بن عم بن تغلب التغلبي

(5) *Bischer*, ou *Bischr* comme le prononce l'auteur du
Kamous, est le nom d'un lieu et d'une montagne dans la
Mésopotamie : c'est aussi le nom d'une citerne qui appartenoit à la famille de Tagleb بشر بالكسر....موضع وجبل
بالجزيرة وماء لتغلب

(6) ترك لعمر عذرا بقول تركوك خوفا منك لا عصيانا لك

(7) Les Bénou-Kélab descendoient, comme je l'ai dit,
de Kaïs-Aïlan, fils de Modhar et petit-fils de Nézar; Seïf-
eddaula étoit, comme on l'a aussi vu précédemment, descendant de Tagleb, et cette tribu est une de celles qui reconnoissent pour auteur Rébiat-alfaras, autre fils de Nézar :
ainsi Nézar étoit la tige commune des Bénou-Kélab et de
Seïf-eddaula. Nézar étoit fils de Maad, et quoique Maad ait eu
plusieurs fils, il n'y a que ceux de Nézar, comme le dit expressément Ebn-Kotaïba, auxquels les Arabes nommés مستعربة
rapportent leur origine ; les descendans de Kodhaa étant
comptés parmi les familles du Yémen, ceux de Kanas incertains, et ceux d'Iyad confondus parmi ceux de Nézar. Voyez
Monum. antiq. hist. Arab. de M. Eichhorn, *pag. 65.* Ainsi
on dit indifféremment *descendans de Nézar* ou *descendans de*

Muad. Il est facile, d'après cela, de saisir l'idée du poëte dans les vers 8 et 9, que le scholiaste explique ainsi :

سماحته وقرب النسب فاما لعر مقام من بدت عنعم سبا حريعم
ومنعهن من السبي حفظك لعر من سبب القرابة بينك وبينعم من
جانب ربيعه ومضر لانعم من نزار وانعم جماعتك

(8) Amrou, Caab, Abou-Becr, Koraïdh et Dhibab, sont les noms d'autant de branches ou subdivisions de la famille des Bénou-Kélab. Voici la glose des vers 12 et 13 : عمرو قبيلة

انعزنت الي اليمين وتفرقوا وكعب قبيلة انعزموا الي البسار وعدوا
نهارا فصاروا كعابا   مولا بطون بني كلاب قبيله والمعني ان
بعضهم خذل بعضا لتشاغلهم بانفسهم

Dans le manuscrit 1427, on lit ضـ اب au lieu de ضباب. Il faut remarquer que les noms propres de tribus sont du genre féminin, à cause du mot قبيلة sous-entendu ; c'est pour cela qu'au vers 13, on lit خذلت

(9) Cette mauvaise figure a sans doute été suggérée à Moténabbi par l'idée contenue dans les vers précédens : la glose la développe ainsi : لما سرت عليهم قطعـت رقابهم
فانعزلت من الجسد كانما خذل الراس الجسد

(10) Dans le manuscrit 1427, on lit سبيا *une captivité*, au lieu de شينا *une honte* ; et dans le vers suivant مرنتك *ta bravoure* au lieu de غرتك *ta splendeur*. Ces deux leçons valent bien celles du manuscrit 1428.

(11) Le manuscrit 1427 porte غشاب au lieu de مثـاب je crois cette leçon mauvaise. Dans le vers suivant, on lit dans le même manuscrit متي au lieu de اذا le sens est le même.

(12)

(12) انت الذي بك بقامر وان غضبت عليهم غضبت

). Le man. 1427 عليهم حياتهم وكانت لهم عقاب (عقابا lisez)

porte وجهر au lieu de وقد

(13) قد يتولد من الدلال الذنب فياتي صاحبه بذنب

ويحسبه دلالا وقد يكون بعدُ سببه القرب وهذا اعتذار لهم

(14) Dans le manuscrit 1427 on lit ainsi ce vers :

وحرم حتّى سفهاء قوم   وحل بغير جازمه العذاب

mais ces variantes sont autant de fautes.

(15) C'est une allusion au nom de *Seif-eddaula*, qui
signifie *l'Épée de l'empire*. Ce prince n'étoit pas descendu
de Kaïs, comme les Bénou-Kélab. *Voy.* ci-devant note (7).
Dans le manuscrit 1428 on lit وان ملك et dans le man.
1427 وان ملك sans points diacritiques sur le dernier mot. J'ai
cru devoir imprimer بك à cause de منه ــ رابيه ــ الامه &c.

(16) كني بالشموس النسا والضباب جنس من الضباب تستر
الشمس

(17) الثاني جمع لابة وهي الحجارة حول البيوت واذهبي اليها
الراعي ليلا وفيها مرابض الغنم اي لم يصل اي هذا الموضع
احد وكان بلاي في قبل الوصول اليه طعاما يكثر به القتلي حتي
يجتمع عليه الذيب والغراب

(18) الضباب فلادة من قرئيل بعلن علي الاطفال Le manus.
1427 porte ضحاب ce qui est évidemment une faute.

(19) انت فعلت فعل ابيك فتل الاباء وانت قتلت
الابناء وعفوت عن سبي النسا فنعلمكم عجب

(20) Hadeth, place forte du pays de Roum, avoit été
conquise par les Musulmans, en l'an 15 de l'hégire. *Voyez*

* H.

Abou'lféda *Annal. Mosl.* tom. I, pag. 227. Il faut voir, sur les événemens dont il est question ici, une note importante de Reiske, *Annal. Mosl.* tom. II, pag. 772, note (362).

(21) *Voyez* Elmacin, *Hist. Sarac.* page 221.

(22) C'est Nicéphore, fils de Bardas Phocas, et qui dans la suite devint empereur.

(23) Dans le man. 1427, on lit الحربية et dans le man. 1428 الجربية Je pense qu'il faut lire الخزرية et cette correction me semble si certaine, que je n'ai pas fait difficulté de l'admettre dans le texte. M. de Guignes paroît avoir lu ainsi dans quelques manuscrits Arabes ; car il compte les Khozars au nombre des nations qui composoient en cette occasion l'armée des Grecs. *Histoire des Huns,* tome I, pag. 336. Abou'lfaradj nomme seulement les Grecs, les Russes et les Bulgares. *Hist. dynast.,* page 312 du texte Arabe.

(24) Il y a dans le texte الاشكرية واربارخة Ce sont les mots Grecs σχολάριοι et ἄρχοντες. Le premier de ces deux mots désignoit ceux qui servoient dans les σχολαὶ ou *schola palatinæ*, et dont la fonction étoit de veiller particulièrement à la garde du souverain. Ce genre de service militaire étoit au-dessus du service ordinaire, et on appeloit ceux qui y étoient employés σχολάριοι, et en latin *scholares*. Nicéphore, dont il est ici question, est nommé par Cédrène (*Hist. compend.* pag. 642) δομέστικος τῶν σχολῶν τῆς ἀνατολῆς. Quant au mot ἄρχοντης, il désignoit les seigneurs de la cour de Constantinople : ce titre revenoit à celui de *barons* dans nos anciennes chroniques. Les femmes de cette classe étoient nommées ἀρχόντισσαι, et les enfans ἀρχοντόπουλοι. *Voy.* du Cange, *Glossar. ad scriptor. med. et infim. latinitatis,* tom. I, col. 666, au mot *Archontes,* et tom. VI, col. 220, au mot *Scholæ,* et 224 au mot *Scholares*; *Glossar. ad script. med. et infim. græcitatis,* tom. I, col. 132 et 133, aux mots ἀρχοντης,

ἀρχόντατη et ἀρχενίοπυλοι, et tom. II, col. 1509, aux mots
χολαὶ et χολδελοι.

Observons en passant que Cédrène, que je citois il n'y
a qu'un instant, nomme Seïf-eddaula Χαβδὰν : c'est le mot
Hamdan altéré. *Hamdan* étoit le nom de cette dynastie.

(25) Abou'lfaradj, *Hist. dynast.* pag. 312 du texte
Arabe, dit la même chose, mais il ne nomme pas le gendre
du Domestique. Abou'lféda, Elmacin, et Abou'lfaradj lui-
même dans sa Chronique Syriaque, ne parlent pas de cet événement. Kémal-eddin Abou-Hafs Omar, dans son Histoire
d'Alep, intitulée زبلة الحلب في تاريخ حلب raconte ainsi cet

événement : « Seïf-eddaula étant revenu pour rebâtir Hadeth,
» le Domestique Bardas s'avança à sa rencontre; on combattit
» tout le jour, et la victoire resta aux Musulmans. Ceci arriva
» en l'année 343. Le gendre du Domestique qui avoit épousé
» sa fille, et qui étoit borgne, fut fait prisonnier. Les habitans
» de Hadeth avoient livré précédemment cette place au Do-
» mestique. » وبني سيف الدولة الحدث وفصل الدستق بردس

فاقتتلا سحابة يومعا وكان النصر المسلمين وذلك في سنة ثلث
واربعين واسر صهر الدمستق علي ابنته اعور جرم بعد ان سلهـا
الى الدمستق اعلها Je soupçonne qu'il faut lire بـــزم (*Voy.*
manusc. Arab. de la Bibl. nat., n.º 728.) Le nom du patrice
gendre du Domestique est écrit نودس dans le man. 1427,
et قودس dans le man. 1428 : peut-être faut-il lire
Théodas.

La terminaison des mots *Samandou* et *Lacandou* indique
des génitifs Grecs. Kémal-eddin, rapportant la défaite que
Seïf-eddaula éprouva en l'année 339 dans les défilés du
mont Amanus, et sur laquelle on peut voir Abou'lfaradj,
Hist. dyn. pag. 312 du texte Arabe, et *Chronic. Syriac.*,
pag. 191 du texte Syriaque; Elmacin, *Hist. Saracen.*

H 2

p. 222, et Abou'lféda, *Annal. Mosl.*, tom. II, p. 457,
dit que dans cette expédition Seïf-eddaula avoit poussé ses
armes jusqu'à Samandou, et avoit brûlé Sarikha et Kharschéna. ارخـة وأحرق سمندو الي الدولة سيف بلغ قد وكان

وخرشنة Sarikha est connue par Étienne de Byzance qui la
nomme Σάειχα, *ville de Cappadoce*. Kharschéna est, suivant
l'auteur du Kamous, une ville du pays de Roum ; c'est le
Charsianum Castrum des auteurs de la Byzantine, place forte
de la Cappadoce. Samandou et Lacandou sont aussi des lieux
situés dans la même province et nommés par les auteurs de
l'Histoire Byzantine Τζαμανδός et Λυκανδός, sur lesquels on
peut voir le *Thesaurus geographiæ* d'Abr. Ortelius, aux mots
Tsamandus et *Lapara*, et la Géogr. ancienne de d'Anville,
éd. format atlas, *col. 108 et 115.*

(26) تقـول النسـور ان والمعني النسـور غبرا الطـير اتبم
القوت طـلب في التعب كنتها لاتها لانفسنا فدبناك لاصلحته
المسنون النسر والشعر

(27) J'ai été obligé de paraphraser un peu ces deux vers,
pour développer la pensée du poëte, aussi peu naturelle,
qu'elle est exprimée d'une manière concise ; au lieu de التر
vers 8, on lit dans le man. 1427 التر

(28) *Voyez* sur le mot تمايم la Moallaka d'Amrialkaïs,
donnée par M. Lette, à la suite de *Caab ben-Zoheir Car-*
men panegyricum &c., pag. 54, vers 16, et pag. 180, et
Haririi . . . . . tres priores consessus, pag. 42 et 43.

(29) Ce vers signifie à la lettre : *Quand l'objet de tes*
desseins est un verbe au futur, il devient un passé, avant
qu'on ait pu y joindre la particule qui en fait un futur djezmé.
Cette mauvaise comparaison est prise du style des grammairiens. الجوازم signifie les particules qui exigent après

elles ce mode du futur ou de l'aoriste que les Arabes nomment جزوم qu'Erpénius appelle *futur apocopé*, et auquel je donne le nom d'*aoriste conditionnel*. Au nombre des particules qui exigent ce mode, sont l'adverbe négatif ل et tous les mots conjonctifs qui expriment une condition. Je crois que le poëte a principalement en vue ici l'adverbe négatif. Il faut encore observer que l'aoriste mis à ce mode est toujours équivalent au prétérit; car après l'adverbe négatif ل l'aoriste a la même signification qu'auroit le prétérit si la proposition étoit affirmative, et avec tous les mots, soit adverbes, soit conjonctions, qui expriment une condition, l'aoriste conditionnel a la même valeur que le prétérit, et on peut employer indifféremment ces deux temps. C'est pour cela que le poëte dit que les projets de Seïf-eddaula passent du futur au prétérit, sans qu'il soit besoin pour cela d'aucune des particules qui réduisent le futur à la signification du prétérit.

Quelque ridicule que soit un pareil jeu d'esprit, on peut l'excuser en partie, en observant que la science de la grammaire étant difficile et très-estimée chez les Arabes, toutes les expressions qui tiennent à cette science sont moins triviales parmi eux, et ont plus de dignité qu'elles n'en auroient parmi nous, qui regardons l'étude de la grammaire comme l'apanage des enfans. Peut-être à cet égard donnons-nous dans un excès opposé, qu'un observateur impartial ne sauroit approuver sans restriction. Ces allusions aux règles de la grammaire et aux termes techniques de cet art, sont extrêmement fréquentes dans Ebn-Arabschah, et n'ont pas toujours été bien saisies par les éditeurs et les traducteurs de cet historien. Je n'en citerai qu'un exemple. L'auteur raconte que Tamerlan voulant déguiser le vrai but de sa marche et l'intention où il étoit d'avancer vers Bagdad, faisoit des diversions tantôt d'un côté, tantôt de l'autre; et il exprime ainsi sa pensée, suivant le manuscrit

H 3

n.° 709 de la Bibliot. nat. وتمهل في السير واستعمل في نحوه

مع مناظريه مباحث سوي وغير وصار يتخازر ويتحاول وينشد
وهو يتغافل

امّوه عن سعدي بعلوي وانتم

مرادي فلا سعدي اريد ولا علوي

« Il marchoit lentement et s'occupoit en traitant de gram-
» maire avec ceux qui disputoient avec lui, de questions
» relatives aux mots *excepté* et *sinon* : il faisoit semblant de
» fermer les yeux, et d'être louche, et il sembloit par une
» négligence simulée dire de lui-même ce vers d'un poëte:
    » *Je fais semblant de courtiser Alwa pour mieux cacher mon*
» *amour pour Soda ; mais c'est vous qui êtes l'objet de mes*
» *vœux, et ils ne s'adressent ni à Soda, ni à Alwa.* »

Les mots سوي et غير qui signifient *sinon*, *excepté*, ont
fait naître plusieurs questions controversées entre les gramma-
riens. Le mot نحو signifie *la marche vers un lieu quelconque*,
et l'*art de la grammaire*. C'est ce double sens qui a donné lieu
à la figure employée ici par Ebn-Arabschah ; car il veut dire
que Tamerlan dans sa conduite envers ses ennemis, dirigeoit
sa marche vers un côté différent de celui où il vouloit effectivement aller. Dans l'éd. de M. Manger, *tom. I, pag. 516,*
on lit يستجاوز pour يتخازر et يشتد pour ينشد Ce traducteur n'a pas non plus saisi le sens de يتحاول qui, à la
vérité, ne se trouve pas dans les dictionnaires : il doit venir
de أحول *louche*, et signifier *contrefaire le louche*, comme de
اعمي *aveugle*, on forme تعامي *contrefaire l'aveugle*.

(30) Dans le manuscrit 1428, le mot زجنه est écrit
ainsi زجنه et au-dessus on lit le mot معا ce qui signifie qu'on
le lit de ces deux manières également admissibles زجنه ou
زجنه La dernière leçon répond peut-être mieux au mot
زمازم du second hémistiche.

(31) On lit صبارم par un ص dans les deux manuscrits, et c'est ainsi que ce mot se trouve dans Castell : cependant Djewhari et Firouzabadi l'écrivent par un ض et on le trouve ainsi dans Giggéius et Golius. Je crois donc que ce n'est qu'une faute d'impression dans le *Lexicon heptagl.*, et qu'il faut corriger ici ضبارم mais je n'ai pas osé faire cette correction contre l'autorité de mes deux manuscrits.

(32) Les mots *ailes* et *cœur* employés dans un sens métaphorique, pour les différentes parties d'une armée, ont fourni au poëte l'idée de comparer l'armée ennemie serrée de toutes parts par Seïf-eddaula, à un oiseau que l'on étouffe en lui serrant les ailes contre la poitrine; et par une suite de cette figure, il se sert des mots de *pennes* قوادم et de *plumes* خوافي pour désigner les officiers et les soldats, qui tomboient également sous les coups de son héros.

الجناحان اليمين والشمال من العسكر فلما ذكرها ذكر الخوافي والقوادم وهما الرجال يقول ضم اليمين والشمال على وسط الجيش وقتلهم

(33) Ce n'est pas là tout-à-fait le sens que le scholiaste donne aux mots قادم et غائب Je rapporterai son interprétation, pour que le lecteur puisse choisir : يقول ضربت هام

العدو والنصر غائب عنهم وقتلتهم وكان النصر قادم عليك

(34) *Rodeïna* est le nom d'une femme dont le mari *Samhar* excelloit dans l'art de faire des lances ; de là les Arabes ont conservé l'usage de dire *des lances de Samhar* ou *de Rodeïna*. Le poëte, comme le dit le scholiaste, relève ici la bravoure de son héros : car, ajoute-t-il, *la lance est l'arme des poltrons, l'épée celle des braves.*

(35) J'ai un peu adouci la métaphore hardie de cet

H 4

endroit du texte; la glose l'explique ainsi : يقول ان الدمشق

لما فر من حرارة القتال صار الضرب في فناء فلوم فناء مقدمه

لانه تركه للضرب

(36) *Voyez* ci-devant, *note* (4).

(37) *Voyez* Abou'lféda, *Tabul. Syriæ*, page 26.

(38) On sait que les vers sont comparés par les Arabes à des perles enfilées sur une soie pour en faire un collier.

(39) يعني هذه الاشباه بسلامته لانه قوامها

(40) Voyez *Spec. hist. Ar.* page 47, et *Monum. antiq. hist. Arab.* de M. Eichhorn, p. 116, et *Table généal.* VII.

(41) *Voyez* Abou'lféda, *Tabul. Syr.* page 55 et 105.

(42) *Voyez* ibid. *page 24 et 25.*

(43) J'ai suivi exactement l'orthographe du man. 1428. Dans le man. 1427 on lit التضامه ce que je regarde comme une faute : au reste تضافر devroit être écrit par un ظ venant de la racine ظفر

(44) Il y a dans les deux manuscrits الى المهيا et j'ai conservé cette leçon ; mais elle n'offre aucun sens satisfaisant, et il est indubitable qu'il faut lire آل المهيا *la maison de Mohayya*, comme on le lit plus loin.

(45) J'aimerois mieux lire ici مر que مد comme porte le man. 1428. Ce passage ne se lit pas dans le man. 1427, dont le récit est fort abrégé. La première lettre du mot *Badiyya* étant sans point, on pourroit lire ce nom de plusieurs manières ; je le prononce *Badiyya*, parce que je le trouve écrit ainsi dans le poëme suivant de Moténabbi, *vers 12.*

(46) J'ai imprimé محه comme on lit dans le man. 1428

et je crois qu'on peut admettre cette leçon ; je préférerois cependant مخه

(47) Suivant l'auteur du Kamous, Arac est un village près de Palmyre : Sokhaïna, que l'on prononce communément *Sokhona*, est un lieu situé entre Palmyre et Ordh : Ordh est le nom d'un lieu en Syrie, et signifie le pied d'une montagne. Il y a apparence qu'il y avoit une source d'eaux chaudes à Sokhona, et que c'est ce qui lui avoit fait donner ce nom. *Voyez* sur Rosafa, Abou'lféda, *Tab. Syr.* pag. 60 et 119, et sur Rakka, l'*Index geographicus in vitam Saludini,* au mot *Racca* &c.

(48) Voyez *Index geographicus in vitam Salad.* au mot *Chaboras.*

(49) J'ai omis ce poëme, pour ne pas donner trop d'étendue à ce morceau. Odhaïb, suivant Djewhari, est le nom d'une citerne qui appartenoit aux enfans de Témim : suivant Firouzabadi, il y a quatre lieux qui portent ce nom ; il doit indiquer des eaux douces. Barek est, suivant Abou'lféda, le nom d'une tribu Arabe du Yémen, qui a été ainsi appelée d'une montagne située sur la frontière du Yémen, où elle avoit fixé son habitation (*Voyez Spec. hist. Ar.* pag. 42.) ; mais il ne peut être question ici de cette montagne. Barek est encore le nom d'un lieu voisin de Coufa, qui se trouve joint à Khowarnak et Sadir, dans un vers cité par Ebn-Kotaïba, *Mon. ant. hist. Ar.* pag. 187, et que Djewhari et Firouzabadi rapportent aussi au mot بــارق mais je doute fort que ce lieu soit celui que Moténabbi a eu en vue.

(50) يقول غيرها عن الطاعة انها كانت ترسل البك الرسل
وتشكو ما يجري عليها من ســـرابك واغترت بتحرمها وامهــا
ولبسها الاسلحة وكثر غاراتها على النواحي والاطراف ثم وصف

كثرة خيلهم وعددهم J'ai suivi le scholiaste dans ma traduction ; j'aimerois mieux cependant entendre par التراسل
والتشاكي la correspondance des différentes tribus révol-
tées, et leurs plaintes réciproques qui aigrirent leurs esprits,
et les entraînèrent à former une ligue contre Seïf-eddaula.

(51) Ce vers signifie à la lettre : *Par le retard que tu
apportois à les perdre ; ils étoient comme des gens à qui on
demande leur avis sur leur propre punition.* J'ai un peu paraphrasé le texte. Le scholiaste dit dans le même sens : نتوقف
على املاكهم جرّا على عادتك في الصفح والعفو عنهم فكانوا
بمنزلة من يستشار وكانوا هم بعتوهم وأفامتهم على غيهم كأنهم
يشيرون عليك بان تقتلهم

(52) وجـد حتى كأنه الموت فيهم واسرع الطعن اختلسوا
طريقا مختصرا اليهم

Le texte signifie à la lettre : *comme si entre eux la mort
eût été par abrégé.*

(53) *Voy.* dans l'édition de la Grammaire Arabe d'Erpénius, donnée par Golius à Leyde en 1656, ce proverbe
Arabe بلغت الدماء الثنن *pag.* 102 de la seconde partie,
adage *LXXIV.*

(54) Il y a à la lettre : *sa poitrine devient la tanière de
leur renard ;* c'est un jeu de mots, fondé sur ce que ثعلب
qui signifie un *renard,* veut dire aussi cette partie du bois
d'une lance qui entre dans le fer, et qui sert à l'emmancher.

(55) J'ai imprimé le vers 27 comme on le lit dans le
man. 1428 : la leçon du man. 1427 est la même, si ce
n'est qu'il porte العنثر au lieu de الغنثر et تختّرت au lieu de
تخـيّرت En admettant l'une ou l'autre de ces deux leçons,

il faut regarder عنثر ou غنثر comme un nom propre de lieu,
et en effet on a vu un lieu de ce nom dans le récit qui précède ce poëme ; mais il faut alors supposer une ellipse pour
trouver à ce vers le sens que je lui ai donné. Si on consulte
le scholiaste du man. 1428, on verra qu'il a lu différemment. Voici son texte : غطاء اذا سثم والعيثر الغبار والمتــالي

جمع (متلي) نافة يتلوما ولدها والعشار التي قربت ولادتها ومذان
الصنفان اعز اموال العرب لذلك خصــها بالذكــــر يقــول علي
البيدا الغبار حتي تحيرت النعم Je supplée dans cette glose le
mot متلي qui a été omis par le copiste. On doit voir que le
scholiaste a lu ce vers de la manière suivante :

غطا بالعيث البيداء حتي تحيرت المتالي والعشار

En adoptant cette leçon, il faut traduire : « Il a couvert la
» plaine d'une poussière si épaisse, que les mères qui allai-
» toient, et celles qui étoient près de leur terme, se sont
» égarées, et n'ont su où donner de la tête. »

Cette leçon, et le sens qui en résulte, me semblent plus
naturels.

(56) *Tadmor*, nom de Palmyre, dérive de دمر qui en
arabe signifie *périr*.

(57) On lit dans le texte du man. 1428 كلما جـاورا
et dans la glose كلما جاروا Dans le man. 1427 on lit فجاروا
Voici la glose sur ce vers : اي وصنتهم بجيش كلما اشرف
مولا الهراب علي ارض واسعة فجاروا فيها لسعتها ثم افيل مـــذا
الجيش اقبلت تلك الارض تنحبس فيهم من كثرتهم

(58) On peut consulter, sur Rakka, la description de la
Mésopotamie dans la Géographie d'Abou'lféda. (*Busching's
Magazin für die neue Historie und Geographie*, tom. IV,
p. 240.) On emploie quelquefois le nom de cette ville au duel,

parce qu'on y comprend le lieu nommé *Raféka*, qui ne forme qu'une seule ville avec Rakka. L'auteur du Kamous

الرافقة بلد على الفرات تعرف اليوم بالرقة بناها المنصور : dit

et ailleurs, الرقتان الرقة والرافقة

(59) Le commentateur remarque sur ce vers, que ceux qui veulent surprendre leurs ennemis, et les attaquer d'une manière imprévue, accoutument leurs chevaux à ne point faire de bruit, en les frappant lorsqu'ils hennissent. بصاحل

خيله من غير سرار ولبس السرار من عادة الخيل اي ميف

الدولة لا يباغت العدو ولا يطلب ان يتكفر فصل للعدو

لاقتدان وتمكنه والذي يطلب المباغتة والتستر عن عدوه

يضرب فرسه على الصهيل C'est aussi la raison pour laquelle les Arabes Bédouins donnent la préférence aux cavales. » Les cavales ne hennissent point, ce qui leur est d'une » grande commodité pour n'être pas découverts quand ils » sont en embuscade. » Mémoires du chevalier d'Arvieux, *tom. III, pag. 239.*

N.º XV.

Poëme de MOÏN - ALMILLA - WEDDIN *Pag. 365.*
TANTARANI (1), client de MOHAKKIK.
*(Que Dieu enveloppe son tombeau de sa
miséricorde !)*

O TOI dont l'ame est exempte de tout souci, tu as
livré mon cœur au trouble et aux angoisses (2). Dans le
tremblement que m'a causé ton absence, ma raison
m'a entièrement abandonné (3). Ta taille droite et élégante a courbé mon dos sous le poids des chagrins.
Sois donc juste envers mon amour, et ne crains aucune
infidélité. La passion qui me perd, occupe mon cœur tout
entier ; le tendre duvet qui fleurit à peine sur tes joues,
a sillonné mon visage par des torrens de larmes que m'a
coûté ton absence. Mes pleurs ont coulé comme les
torrens d'une pluie orageuse : cette tache qui relève
tes attraits, a fait de mes yeux un nuage qui verse
des eaux abondantes. Jusques à quand ne donneras-tu
à la troupe altérée de tes amans que le sang corrompu
qui coule des plaies que leur fait l'amour ! combien
de fois la beauté de cette jambe, qui dédaigne tout
ornement étranger, donnera-t-elle la mort à leurs
cœurs enflammés (4) ! L'ivresse de l'amour a porté le *Pag. 366.*
trouble dans mon ame. Permets que je boive sur
ta bouche ce vin dont la douceur égale celle des

eaux célestes du Selsal. L'éclat de la beauté, qui luit sur ton visage, embrase tes amans (5) : accorde-moi un baiser après lequel mon cœur soupire avec tant d'ardeur (6). Tendre faon, dont la taille légère imite dans sa marche les balancemens d'une lance agitée, dont l'haleine a plus de douceur que le vin le plus délicieux, et peut seule procurer le repos à nos cœurs! celui-là jouit en effet (7) de toutes les délices du jardin d'Éden, qui peut cueillir sur tes joues fleuries ces fruits dont l'odeur suave égale celle des dons les plus délicieux de l'automne. Depuis que tu m'as fait cette plaie cruelle, tu n'as pas une seule fois charmé mes ennuis : fais luire un rayon de bonheur dans le cœur d'un amant dont les chagrins n'ont été soulagés par aucun intervalle de repos. J'ai caché long-temps mon amour dans le secret de mon ame; mais les torrens de pleurs que mes yeux ont versés, ont rendu mes soins inutiles ; ainsi la lueur d'un flambeau importun trahit un secret (8). Il est injuste envers moi, et dans une erreur grossière, celui qui me fait un crime de l'amour que m'inspirent *Pag. 567.* de beaux yeux (9) : puisque tel est le sort que m'a départi le Dieu dont les décrets règlent nos destinées. Délivre-moi des tourmens cruels que j'endure; car l'instant de ma mort est arrivé : que ton cœur s'attendrisse pour m.... les cœurs les plus durs s'amollissent pour leurs amis. Celui qui s'éloigne avec une insensible fierté, est un perfide aussi inconstant en amour, que le temps dans ses faveurs (10). De grâce ne t'éloigne pas de moi; tes absences fréquentes ont allumé dans mes

entrailles un feu dévorant. Ton orgueil dédaigneux
n'a jamais cessé de t'entraîner loin de moi : dépose
cette fierté cruelle qui a fait la perte de tant d'ames
fières et insensibles. Depuis l'instant où, pour la première fois, tu m'as séduit, et tu as serré autour de mes
reins la ceinture de l'amour, je n'ai pas cessé un moment d'être dans un feu dévorant : et certes, le feu
est le partage de ceux dont une ceinture entoure les
reins (11). Mon cœur est dans un continuel délire,
depuis qu'il a ressenti les atteintes de ce mal cruel :
depuis que les charmes de tes yeux l'ont fasciné,
il n'a pu recouvrer la santé que tu lui as ravie.

Laisse-là, Tantarani, cet amour insensé pour de jeunes
faons de gazelles : consacre plutôt tes éloges à un
homme illustre autant par sa générosité que par sa
noblesse, dont l'excellence n'est ternie par aucune
tache ; à un prince puissant, qui laisse bien loin derrière *Pag. 568.*
lui tous ceux que les contrées de la terre reconnoissent
pour leurs princes ; à un magnanime défenseur de la
vérité, dont la colère s'est fait sentir aux impies ;
l'honneur de la religion ; dont la libéralité embrasse
tous les humains ; qui, de toutes les qualités qui
distinguent les grands hommes, n'en ambitionne
aucune plus qu'une bienfaisance sans bornes. C'est
par lui que triomphent les drapeaux de l'islamisme :
dans la carrière de la générosité, il atteint toujours
le but le premier ; la justice règle toutes ses démarches,
et il ne tire son glaive vengeur que pour châtier
l'injustice. Lion superbe, c'est pour lui un jeu de
dompter les redoutables lions de Schara (12) : brave et

invincible héros, il court au combat pour faire tomber sous ses coups les têtes de ses ennemis. Son glaive, au fort de la mêlée, rend les enfans orphelins : et les orphelins trouvent dans son ame compatissante un secours assuré. Pour honorer le dieu qu'il adore, il jeûne des voluptés dont il pourroit jouir; mais le tranchant de son épée ne jeûne point du sang de ses ennemis. Si l'illustre Saheb le voyoit, il renonceroit aux fonctions de vizir (13) : si Roustam se rencontroit avec lui sur le champ de bataille, il seroit saisi d'effroi. O docteur, auprès duquel les hommes les plus savans, les guides les plus éclairés trouvent encore à apprendre! ô sage, dont la piété au milieu du monde pourroit servir de modèle aux moines les plus austères! ô ornement de l'empire (14), gloire du genre humain, ressource assurée de quiconque, victime de l'injustice, vient chercher un refuge auprès de lui! les drapeaux de la religion de Mahomet lui doivent la gloire de leurs triomphes, et ses exploits ont causé la perte de tous les partisans de l'erreur. Sa main est accoutumée à verser les bienfaits sur ses amis; mais ses ennemis, pour prix de leur injustice, ont péri dans les fers et sous le poids des chaînes. Il fait trembler les montagnes elles-mêmes par la terreur de ses menaces : si les descendans impies de l'antique Ad eussent vu ce héros redoutable, la frayeur qu'il leur auroit inspirée eut mis un frein à leurs iniquités. La mort, obéissante à ses ordres, vient surprendre ses ennemis comme un voleur qui survient pendant la nuit : depuis qu'il les a jetés dans l'épouvante, l'excès de leur

frayeur

Pag. 369.

frayeur leur a ravi la raison (15). Sa justice est une
citerne dont les eaux sont toujours pures ; sa force vic-
torieuse est un torrent qui entraîne ses ennemis. Devant sa puissance souveraine, ses envieux sont réduits
à un éternel abaissement ; le rang sublime qu'il occupe
est pour eux comme un vent impétueux qui les balaye
de dessus la terre. Son foyer hospitalier (16) n'a
jamais trompé l'espoir de ceux qui ont eu recours à
sa protection : il ajoute au bienfait par la promptitude
à l'accorder ; sa générosité ne peut souffrir de retard.
Quand le ciel refuseroit à la terre les eaux qui la
fécondent, les humains n'en éprouveroient aucun mal ;
la pluie que versent, dès le matin, les mains généreuses
de notre héros, suffiroit à tous leurs besoins.

Puisses-tu, en dépit de tes ennemis, voir long-temps
avec joie (17) le retour annuel des fêtes saintes du
pélerinage, au sein d'une fortune brillante, et comblé
sans interruption des faveurs du ciel plus qu'aucun de
ceux qui se sont acquittés des rites sacrés autour de la
Caaba (18).

FIN du poëme de Moïn-almilla-weddin Tantarani.

* I

NOTES du N.º XV.

(1) Le poëme que je donne ici est célèbre dans l'Orient, à cause du grand nombre de jeux de mots qu'il renferme, et de son genre de rimes ; je n'ai pu néanmoins recueillir que très-peu de renseignemens sur le sujet de ce poëme et sur son auteur. Le manuscrit Arabe n.º 1454 de la Bibliothèque nationale, duquel je l'ai tiré, ne fournit aucun autre renseignement que ce titre : هذه قصيدك مولي المحقق معين الملة J'ai eu recours à la complaisance قال الطنطراني طاب الله سره du savant M. White, professeur de langue Hébraïque en l'université d'Oxford, auteur ou éditeur de plusieurs ouvrages importans pour la littérature sacrée et Orientale, et notamment de la version Syriaque du Nouveau Testament de Philoxène, des Instituts politiques et militaires de Tamerlan, de la Relation de l'Égypte d'Abd-allatif, &c., et je l'ai prié de s'assurer si le man. de ce poëme, qui se trouve dans la bibliothèque Bodléyenne (n.º 1274, *pag.* 264 du Catalogue de M. J. Uri) pourroit donner quelque lumière sur le nom, la patrie et l'âge de notre poëte. J'ai appris par sa réponse, que ce manuscrit n'a ni préface ni souscription, dont on puisse tirer quelque éclaircissement. On n'y lit que ce titre : هذه قصيدك تنتراني الامام A la fin du manuscrit, qui ne renferme que dix pages, on lit تمت قصيدك تنتراني La bibliot. de l'université de Leyde possède aussi un manuscrit du même poëme, dans lequel il est accompagné d'un commentaire. Ce manuscrit porte le n.º 1637, et se trouve indiqué *p.* 475 du catalogue imprimé. M. Rau, professeur de langues Orientales en l'université de Leyde, à l'amitié duquel je dois beaucoup, a bien voulu examiner ce manuscrit, et a même copié pour moi une partie de la préface du commentateur ; mais elle ne m'a appris autre chose, sinon que le poëte

portoit le titre de *Moïn-almilla-weddin*. L'auteur de cette

préface dit : فان النصيك المنسوبة الى الامام الفاضل والهمـــام

الكامل معين الملك والدين الطنطراني ..... لما رايتها متمـــونة

باللطائف مملوة بالنظارف &c. J'ai eu recours au Diction-

naire bibliographique de Hadji-Khalfa avec aussi peu de

succès. Voici ce qu'on y lit : قصيك الطنطراينة اولها با خلي

البال قد بلبلت بالبلبال بال شرحها جماعة منهم محمد البهشتي

الاسفرايني المتوفي سنة اواد الحمد لله الذي خصص نوع الانسان

بالفصاحة والتبيـــان وهي قصيك مجنسة لم تجنـــس منـــوالها

وللشيخ شمس الدين محمد الدلجي سماء اللوامع اللمجة الاصبهاني

Peut-être faut-il lire والاصبهاني Le catalogue manuscrit des

livres de la grande mosquée du Caire جامـع الازهر

qui appartient à la bibliothèque nationale de l'Arsenal, dit

aussi : قصيك طنطرانبة شرحها جماعة منهم محمد البهـــشتي

تذكرع L'Histoire des poëtes شرحها الشمس محمد الدلجي

الشعرا de Douletschah Samarkandi, dont j'ai donné une

ample notice dans le 4.ᵉ tome des Notices et Extraits des

manuscrits de la Bibliothèque nationale, *pag.* 220 — 272,

m'a enfin offert quelques renseignemens sur Tantarani. Cet

article, quoique très-court, est fort différent dans les divers

manuscrits de l'ouvrage de Douletschah que j'ai consultés. Je

vais le transcrire ici d'après les manuscrits Persans n.ᵒˢ 246,

249 et 250, en adoptant les leçons de ces divers manuscrits

qui me paroissent préférables ذكر ملك الكلام معين

الدين الطنطراني رحمة الله عليه ارا كابر علما بـــوده ودر روزكار

شمس الكفاة خواجه نظام الملك در مدرسة نـظاميةً بغـــداد

متدريس بوده لا شك فن شعـــر از ادبي مـــراتنب اوست واورا

اشعار عربی بسیار است مشتمل بر صنایع و بدایع و از ان جمله
قصیدهٔ ترجیع میکویند در مدح خواجه نظام الملک مجانس
و ذو قافیتین و بسیار صنایع در آن قصیدهٔ بکار آورده چون در
مقدمهٔ شعرای عرب اطنابی نرفته این قصیدهٔ من اوله الی آخره
ابراد نمی شود قال معین الدین احمد عبد الرزاق طنطرانی

يا خلى البال قد بلبلت بالبلبال بال

بالنوي زلزلتني والعقل في الزلزال زال

« Du roi de la théologie scolastique Moïn-eddin Tan-
» tarani : que dieu ait pitié de lui.

» Moïn-eddin est compté au nombre des savans les plus
» distingués ; il fut professeur dans le collége *Nizamia* à
» Bagdad, du temps de Schems-alcofat Nizam-almulc. Une
» chose certaine, c'est que son talent pour la poësie n'étoit
» que le moindre de ses mérites. Il est auteur d'un grand
» nombre de poësies Arabes composées avec beaucoup d'art
» et un artifice merveilleux ; de ce nombre est le poëme
» qu'il composa en l'honneur de Nizam-almulc, où il réunit
» le *terdji*, le *modjanasa* et une double rime : » (Le *terdji* ou
écho consiste dans la répétition de la même syllabe, qui
est toujours redoublée à la fin de chaque vers ; le *modjanasa*, dans l'emploi fréquent de plusieurs mots qui ont à-
peu-près là même consonnance ; la double rime, en ce que
le poëme est sur diverses rimes, et que les deux hémistiches
de plusieurs vers riment ensemble). « Il a mis dans ce poëme
» beaucoup d'adresse et d'art. Comme nous ne voulons pas
» nous étendre dans ces prolégomènes sur les poëtes Arabes,
» nous ne rapporterons pas ce poëme en entier. (Je suppose
qu'il faut lire آورده نمی شود Dans le man. Persan n.º 249,
on lit ابراه می سازد au lieu de ابراه نمی سازد)

« Moïn-eddin Ahmed Abd-arrazzak (ou plutôt ben-
»Abd-arrazzak) Tantarani a dit : *O toi*, &c. »

Un autre manuscrit nouvellement apporté de l'Inde, et
vendu par M. Brueix à la Bibliothèque nationale, ajoute à
cet article, qui est d'ailleurs fort différent dans ce manuscrit :

وكتاب وسيط امام غزالي را كه در فقه است تمام بعربي منظور
ساخته وغيـر او در عـرب وعجم كس اين كار نكرده است

« Il a mis tout entier en vers Arabes le Traité de jurispru-
» dence de l'imam Gazzali, intitulé *Wasit*; ce que n'a fait
» aucun autre d'entre les écrivains Arabes ou Persans. »

Nizam-almulc étant mort en l'année 485 (Abou'lféda,
Annal. Mosl. tom. III, pag. 281), nous connoissons par-
là à-peu-près l'époque de Tantarani. Tantarani lui-même
fait mention dans son poëme du célèbre Saheb ben-Abbad,
mort en 385, (*V.* ci-dev. *1.re part. p. 319* not. 30),
auquel il étoit par conséquent postérieur. Si nous en croyons
Douletschah, notre poëte se nommoit *Ahmed*, et portoit
en outre le nom d'*Abd-arrazzak*, mais comme il s'appelle
Ahmed, je soupçonne qu'il y a quelque chose d'omis, et
qu'il faut lire بــن عبد الرزاق *fils d'Abd-arrazzak* : Son
titre honorifique étoit *Moïn-almilla-weddin.* Le surnom de
Tantarani indique sans doute le lieu de sa naissance ; mais
je ne connois point de lieu nommé *Tantara* ou *Tantarân.*
Outre ces noms et surnoms, notre manuscrit lui donne l'épithète de مــولي الحقق c'est-à-dire, *client* ou *affranchi*
de *Mohakkik.* J'ignore absolument quel est le personnage
nommé *Almohakkik* ou *Mohakkik-eddin.* Suivant le man.
de Douletschah acquis de M. Brueix, Tantarani avoit
été disciple du célèbre imam Gazzali, surnommé *Hoddjat-
alislam*, professeur dans le collége de Nizam-almulc, mort
en 504 ou 505. (*Voyez* d'Herbelot, Bibliothèque Orient.
au mot *Gazali*; Abou'lféda, *Annal. Mosl.* t. III, p. 375.)

I 3

بروزكار شمس الكفاة خواجه نظام الملك در مدرسه نظاميه در
دار السلام بغداد مدرس بوده است وبعضي برانند كه از تلذة
امام حجـــة الاسلام بوده است mais je ne puis croire que
Mohakkik désigne l'imam Gazzali. J'ajoute que j'ai inutilement cherché le nom de notre poëte dans Ebn-Khilcan.

Le manuscrit duquel j'ai tiré ce poëme contient des
scholies très-étendues, dont je donnerai ici quelques extraits.

(2) J'ai imprimé le premier hémistiche du premier vers
de ce poëme conformément au manuscrit de la Bibliot. nat.
qui est en général très-exact ; je suis néanmoins convaincu qu'il faut lire à la fin de cet hémistiche : قد بليـــلت

بالبال et non بالبال بال بالبلبال بال La glose explique le mot
en cette manière الصدر ووسواس والحزن هوالهم Ceci est
bien contraire au sens que Djewhari donne au mot بال
en disant : البال رخاء النفس يقال فلان رخيُّ البال والبال الحال
يقال ما بالك وقولهم ليـــس هذا مـــن بالي اي مما بالبـــه
Le même lexicographe à la racine بلبل dit : البليلة والبلبال

Ceci prouve qu'il faut lire, et que الهم ووسواس الصدر
le scholiaste a lu effectivement بالبلبال En second lieu,
c'est ainsi que portent les deux manuscrits de Hadji-Khalfa
dans le passage que j'ai déjà cité. De cinq manuscrits de
l'Histoire des poëtes de Douletschah, un seul, le manuscrit
Persan n.º 249, contient le premier vers de ce poëme, et on y
lit بالبلبال Troisièmement, on trouve aussi cette leçon en un
endroit de la glose sur ce vers : بليلت فعل وفاعل وبالبال جار
ومجرور يتعلق ببليلت تعلق القلم بكتبت في قولك كتبت بالقلم اي
بليلت بالي بهذا الشي او تعلق بالدمن بتثبت بالدمن في قوله تعالي

تنبت بالدمن اي بلبلت بالي ماتبسا بالبال التقدير بلبلت علبا كانا في البلبال وال مفعول بلبلت علي انه في الاصل الي تحذفت الباء اكتفاء بالكسر كما في الكبير المتعال ثم وقف عليه البلبال

Dans ce passage on lit deux fois بالبال et une fois البلبال mais cette dernière leçon est certainement préférable. Enfin au moment où l'on imprime ceci, j'apprends par une lettre de M. Rau, que c'est ainsi qu'on lit effectivement dans le man. de Leyde.

(3) Voici la glose : بالنوي متعلق بزلزلتني تعلق بالبال (بالبلبلت) الزلزال التحريك مثال زلزل الله الارض زلزلة اذا حركها والزلزال بالكسر المصدر لا غبار وبالفتح الاسم والمصدر زال اي في الالف واللام في العقل بدل من المضاف اله اي عقلي وفي الزلزال المعهود الخارجي اي الزلزال الذي تجلي علبكم وصفه وهو متعلق بزال لا عمل له من الاعراب لانه غبر مستقر والعقل مبتدا وخبر زال والضمبر المستتر فيه العابد الي العقل فاعله ويجوز ان بكون في الزلزال خبر وزال خبر بعد خبر او حالا عن الضمبر في الظرف بتقدبر قد كما في اذ جاركم حصرت صندورهم اي قد زال ويجوز ان بكون صفة للعقل علي ان بكون صلة لموصول محذوف هو الصفة في الحقبقة لقوله العقل اي والعقل الذي في الزلزال كما هو راي الكوفيين وفحوي الكلام ان من قلبه خال عن الهم والحزن قد شوشت قلب عاشق ذل بالهم وخصوصا هم الفراق فانك بسبب بعدك عنه قد اقلقته والحال انه بزول عنه فبه او زال

(4) Le scholiaste dit sur ce vers : المثان جمع عاشق غسان الصدبد الجوي من الداء ما بتعلق بالبساطن الحتف الهلاك

I 4

السوق الطرد نسقي فعل مضارع من التسقية متعدّ الي مفعولين
كقوله تعالي وسقاهم ربهم شرابا طهورا اذ التشديد للتكثـير
فاول مفعوله زمرة العشاق والثاني غستاق الجوي والاضافـة فيها
معنوية اضافة عام الي خاص وكم في المصراعين منصوبة المحل علي
الظرف او علي المصدرية اي كم من نسقي او كم سقية نسوق (۱. نسقي)
والالف واللام في العشاق والجوي للجنس وفي الاول يجـوز ان
يكون للعهد وتسوق فعـل وفاعـل والمختف مفعول والسوق
يتعدي الي مفعولين احدهما بلا واسطة والاخـر بواسطة مـن
غير تعيين كان ذلك الاول او الثاني ولعل الاول هو المتعـدي
بغير واسطة وبدل عليه قوله تعالي ونسوق المجرمين الي جهنم
وردا ومن ساق متعلق بتسوق اي تسوق المختف البهم من هـذا
الموضع ويجوز ان يكون المعني علي السببية وان يكـون علي
الابتدائية ويجوز ان يكون حالا من المختف علي معني كاينا مـن
المختف (۱۰ الساق) وعن المختخال متعلق بفعل المتاخرعنه والفعل
مع فاعله مجرور المحل علي انها صفة اضافته (۱۰ ساق) خال اي خالي
اسر فاعل من خلا يخلو وذكرى علي اللفظ والا فينبغي ان يكون
خالية ثم وقف عليه وقف باب فاض او فعل ماض من خال اذا
نكبر اي من ساق نبكرت عن المختخال وليسه لتابة حسنها في
نسها فاستغنت عن التزيين بالمختخال وحال التذكبركما مرّ

(٥) شاق فعل ماض من الشوق بقال شافه من كذا

(6) المشتاق علي غبر صيغـــة المفعول مصدر وان جـاز ان
يكون فاعلا ايضا الا انهم صرحوا بان مجي المصدر علي غبــر
صيغة اسر المفعول بمعني ذي الاشتياق

(7) برناض يفتعل من استراض اذا استنع (استنع) فيه الماء

ومنه شربوا حتى اراضوا اي رووا نثعوا (نثعوا) بالري المعنى

يتنعم او من الروضة بمعنى اخذ روضه وكسبها من شانها هذا

J'ai corrigé cette scholie, en suivant l'autorité du Kamous,

à la racine رمض

بالسر متعلق بباح على ان يكــون الجار والجــرور في (8)

موضع النصب على المفعول به على ان جعلناه لازما متممــا به وان

جعلناه متعديا متمما لم يكن له محل من الاعـــراب

كالمــصباح في محل النصب اي باح بوحا مثل المصباح

الغواني جمع الغانية وهــذا شايع في المونث والثانيـة (9)

الجارية التي غنيت زوجها عن الغير والمشهور انها التي غنيت

كمالها عن الزربين

(10) Ce vers est construit d'une manière obscure. Je vais

rapporter la glose quoiqu'elle soit un peu longue : عـراص في

الوصل الجار والجرور يتعلق باخر المصراع وهو دار ولا محل له من

الاعراب لانه ظرف لغير وفاعل دار ضمير يرجع الى الماني الجر

وكذلك كالغدار يتعلق به على ان (انه) صفة مصدر محذوف اي

دورا كالغدار والغدار اما يراد به الدهر لانه كثيرا ينسب

اليه واما ان يراد به كل من غدر على تنوعهم فانه لما كان غدارا

لا يثبت على مكان ووفاء ومودة صديق شبه نفسه في القلب

والاضطراب والاضافة في عاني الجر ليست من اضافة عام الى

خاص ولا مثل ضارب زيد ولا مثلها في حسن الوجه بل الاضافة

فيها مثل الاضافة في غلام زيد على ان يضيف اداني ملابسة ان

جعلت الجر كزيد ثم اضيفت العاني اليه واللام في الجر مبتدا

ودار مع ما يتعلق به في محل الرفع خبر له ويجوز ان يكون في

a عـــراص الوصل حالا من الضمير في دار Je crois qu'il y

quelques fautes ou omissions dans cette glose. Ainsi vers
la fin je lis : والآلام في الجمر للجنس وعاني الجمر مبتدأء

(11) Le poëte veut parler des Chrétiens et des Juifs.
Voy. d'Herbelot, *Bibliot. Orient.* au mot *Zonnar.*

(12) Suivant Djewhari et Firouzabadi, *Schara* est le nom
d'un chemin dans la montagne de Solma, où il y a beaucoup
de lions كثيرة الاسد طريق في سلمى et le dernier dit que c'est
aussi le nom d'une montagne du Téhama, pareillement abondante en lions جبل بالتهامة كثير السباع Le scholiaste dit :
الشري والعربس والجيش والثاب والاجمة بمعني والمراد منه مكان
والعربن والمخبس et il faut lire والعربس والجيش Au lieu de الاسد

(13) Le scholiaste dit que le poëte entend parler de
Saheb ben-Abada, dont les grands talens ont passé en proverbe الصاحب الرفيق والمراد في البيت به فهو الصاحب بن
Je pense qu'il faut lire عبادة المضروب به المثل في الفضل
عباد et qu'il s'agit ici de Saheb ben-Abbad ou Abou'lkasem
Ismaïl, vizir de Mouayyid-eddaula, sur lequel on peut voir
l'Extrait de Khalil Dhahéri, ci-devant *pag. 298*, et la note
(30), *pag. 319*.

(14) Les mots que je traduis par *ornement de l'empire*
sont *nidham-almoulc*, ou, comme prononcent les Persans,
nizam almulc. C'étoit le titre honorifique du vizir de Ma-
lecschah, en l'honneur duquel ce poëme est composé ; et c'est
sous ce surnom qu'il est connu.

(15) الجمال والجول العقل والراي بغال ما له جـول وجمال
اي راي وعقل من الجمال والجول الذي هو طرف الببر وجلارة
لان الراي والعقل للرجل بمنزلة الحمد للببر في المنـع حما لا

يليق به ويجوز ان (يكون) من جلبت السيف اذا هفيته وهواسر

فاعل وقف عليه وقف قاض

Je crois que dans cette glose il y a une faute dans le mot وجواله et qu'il faut lire وجلاوة

(16) Je suppose que كان est une allusion au feu que les Arabes Bédouins allumoient sur les montagnes et les lieux élevés, pour attirer dans leurs tentes les voyageurs et exercer envers eux l'hospitalité.

(17) Au lieu de أربح il y a des exemplaires dans lesquels on lit أربح suivant le témoignage du scholiaste : في بعض النسخ واربح البا من ربح يربح ربحا ورباحا وهو ما زاد علي الاصل في التجارة

Je rapporterai encore la glose sur ce vers : دم امر من دام

يدوير وفاعله مستتر فيه وعلي رغم العدي منصوب الحل علي انه حال من الفاعل اي دم كاينا علي رغم العدي او علي انه متعلق مصدر منصوب قام مقامه ويكون تقديره دم دواما مشغلا علي رغم العدي في الاول الدعا بالدوام علي الاطلاق وعلي رغم العدي امر زاده علي ذلك بعد تمام الدعاء و(في) الثاني الدعاء بالدوام المضيف المقيد بذلك اي الدعا بدوام هذه الصفة واربح جمله انشايبة معطوفة علي اختها التي هي دم واربح فعل وفاعل ومفعوله محذوف علي الروايبة بالبا كما عرفت من افادة العموم في جميع حال الربح بهذا الوجه وفي دولة ظرف دوار او ظرف للربح او ظرف للعدي او حال عن الضمير في دم والباء في بعود يجوزان تكون للاستعانه

Dans le manuscrit de Leyde, le scholiaste explique
d'abord la leçon ارجح ensuite il dit : فإنّا ارجح في بعض النسخ

المنقوطة من فوق بنقطتين امر من الارتباح وهو الفرح وهــو
احسن في هذا المقام

Le même manuscrit offre une très-longue glose sur ce
vers, mais à peine y a-t-il un mot qui soit écrit correcte-
ment, ensorte qu'il est très-difficile de l'entendre ; en voici
cependant une portion, dont j'ai rétabli le texte, en corri-
geant par conjecture les fautes du copiste : المعنى ظاهــر ما

مر الا ان البا في بعود العبد للاستعانـــة علي ان بكون الجار
والمجرور متعلق بارجح اي ارجح مــذا الوجه والربع بهذا الوجـه
هو ان بعود عـليه العبد وهو وببذل الاموال فيه وبذخر الائنبة
ويجزي اهل العلم والعمل وبوفي بمواعبك وبعفو عن تهدبـك الي
غبر ذلك ما بعود نفعه اليه والي الئـاس مــن اسـباب الخصال

المحمبلة والكبم السنبة Il dit ensuite que le poëte comprend
tous les vœux qu'il fait pour le bonheur de celui qu'il
chante, dans un seul vœu, qui est celui de la durée de ses
jours, et il en donne cette raison : فان المختتم في القصبلة

لما كان علي رغم الاعادي والربع والعود علي وجه احمد والدولة
الغـرا ولطف الله تعـالي الذي هو الغـابة القصـوي للطا
(لـ للطالب) والنهابة القصاري للمارب الطابف في حربم تلك
الدولة ارجو الله تعالي وهو ما لا يخبب رجاء رجاء الراجين ان

يــتحصل له جبع ذلك فانه امل له Dans cette glose les
deux mots المارب et النصاري sont des fautes du copiste,
mais je ne devine pas ce qu'il faut y substituer.

Je ne dois pas omettre non plus la scholie suivante de notre manuscrit et de celui de Leyde sur les mots در ذله et غرا

الدولة اصلها في الحرب وهي ان تداول احدي القبلتين
علي الاخري بقال كانت لنا عليهم الدولة ويجمعها علي
الدُوَل واما الدول بضم الدال فهو جمع دولة جمع المال لا دولة
الحرب واشتهر في الدرب بالعز والغلبة التي تتقارب مداولها
اللغوي وفي البيت يراد الدولة بهذا المعني

غرا مأنبث الاغرّ والاغرّ الابيض من كل شي النقي من العيوب
فان الابيض عندهم كناية من النقي عن الاوساخ خصوصانها
ومعقولانها ولهذا وصف النبي صلعم العباس في قوله وابيض
لبستسقي الغمام والاغرّ الشريف ايضا فالغرّا هي تغية النقبة من
العيوب الشريفة ومنه قصيدك غرا وفي بعض النسخ الغراء بالعين
المهملة وازاء المنغوطة من عزّ الشي اذا ظهر علي اقرانه وغلب
علي امثاله فهو عزيز

Je crois que dans cette dernière glose le mot تقبـــــة est de trop ; une partie de cette glose ne se lit pas dans le manuscrit de Leyde.

(18) Il faudroit traduire à la lettre : *Au sein d'une fortune brillante, pareille à celle de l'homme le plus constamment comblé des faveurs du ciel, qui se soit jamais acquitté des rites sacrés autour de la Caaba ;* ce qui pourroit signifier ; *pareille à celle de Mahomet, le plus excellent d'entre tous les Musulmans ;* mais je crois que cela est dit d'une manière plus générale, et j'en ai rendu le sens un peu librement.

Le scholiaste du manuscrit de Leyde, après avoir remarqué que في دولة غراء est un terme circonstanciel du sujet du verbe دم en disant وقع حالا عـن ظرف الدوام وفي دولة et après avoir observé que الفاعل غراء n'a point un kesra sous la dernière lettre, parce que c'est un féminin formé par l'addition d'un élif final, et qui en conséquence n'a que deux inflexions pour les cas ولم يدخلها كسر وغراء صفتها ajoute enfin : لكونها غير مصروفة لسكان التأنيث بالألف

وكذلك الجملة فيها ايضا صفة دولة فيكون محلها جرا

Ce même scholiaste observe que le poëte, qui jusque-là avoit parlé de son héros à la troisième personne, lui adresse la parole directement dans ce dernier vers, et il justifie ce passage du discours indirect au discours direct, par un exemple pris de l'Alcoran, *sur. I.* والصيغة التفات مـن الغيبـة الي

الخطاب مثل قول تعالى الحمد لله رب العالمين إلك تعبد

C'est à M. Rau que je dois la communication de ces scholies du manuscrit de Leyde.

N.º XVI.

EXTRAIT du Recueil des Poësies du scheïk OMAR BEN-FAREDH (1).

POURQUOI ne m'est-il pas permis de satisfaire sur *Pag. 371.* tes lèvres la soif qui me dévore, tandis que mon cœur est déchiré par 'ton amour! Si c'est ton plaisir que je périsse victime de mes ardeurs, pourvu que tes jours chéris soient conservés, j'y trouverai moi-même du plaisir. Mon cœur étoit entier, lorsque tu l'as ravi; en ce moment qu'il ne me reste plus qu'un souffle de vie, rends-moi du moins ce cœur que tu as brisé et mis en pièces.

O toi dont les traits percent les cœurs, ces traits qui partent de tes yeux, et que décoche l'arc de tes paupières, comment as-tu pu m'abandonner à cause des propos insensés d'un délateur semblable à ces hommes dont les reproches sont toujours mêlés de bassesse, et qui, comme eux, ne débite que les fruits de son délire (2)! Celui qui m'a si injustement traité, *Pag. 372.* et qui, par ses rapports perfides, m'a séparé de ce que j'aime, n'est qu'un fourbe dont l'esprit est cor- rompu (3). O toi qui me charges de crimes que je n'ai point commis, peut-être me trouveras-tu coupable de toute autre foiblesse, mais non d'oublier celui qui réunit les qualités les plus excellentes qui puissent orner les mortels (4).

Oh! qu'il est, charmant à mes yeux, ce tendre

faon (5), puisqu'il m'est doux de voir, par un effet de l'amour qu'il m'inspire, mon bonheur changé en une cruelle infortune! Par la bienfaisance qu'il joint à la beauté, il répand les dons les plus précieux, en même temps qu'il dérobe les cœurs. Ses paupières dégainent un poignard qui perce les ames (6) : sa langueur ne le rend que plus acéré, et donne plus de force aux coups qu'il leur porte. Le carnage qu'il fait parmi nous, pauvres amans, n'est comparable qu'à celui que Mosawir a fait parmi les enfans de Yazdad (7). Il n'est pas étonnant que ses joues lui servent de bau-

Pag. 373. driers, puisque sans cesse il tue, il massacre avec le glaive que renferment ses paupières (8). Ses yeux possèdent un charme puissant : si Harout (9) l'eût vu, il eût pris de lui des leçons de magie. Tu prétends, dans ton délire, que mes vœux s'adressent à l'astre des nuits qui orne la voûte céleste : laisse-là tes mensonges, ce n'est pas à cet astre que j'ai voué mon amour ; c'est à celui-ci. L'astre du jour, malgré tout l'éclat dont il brille, et la gazelle, avec toutes les grâces qui ornent son cou, le reconnoissent pour leur vainqueur, quand il découvre en se retournant l'éclatante beauté de son visage, et l'un et l'autre se mettent sous sa protection. Sa taille est plus déliée que l'haleine des zéphyrs : trop délicat pour souffrir la robe de l'étoffe la plus fine, les roses même de ses joues sont un poids insupportable à la finesse de sa peau; mais la dureté de son cœur ne peut être comparée qu'à l'acier. Les taches qui relèvent l'éclat de ses joues, embrasent tous ceux qui l'envisagent, d'une flamme dévorante,

dont

dont ils craignent d'être délivrés (10). La fraîcheur
s'exhale de sa bouche : une douce haleine repose au
matin sur ses lèvres, et surpasse, sans aucun apprêt,
l'odeur suave du musc, dont elle répand le parfum.
Ce ne sont pas seulement sa bouche et ses yeux qui me *Pag. 374.*
ravissent la raison ; chacun de ses membres m'abreuve
d'une liqueur enivrante. Autour de ses reins, badine
avec un léger cliquetis une ceinture toujours trop
lâche pour cette taille aussi fine que le mince enduit
dont l'abeille tapisse sa demeure, tandis que les
bagues qui relèvent la beauté de sa main, fermement
retenues dans la place qu'elles occupent par l'embonpoint de ses doigts, ne peuvent ni vaciller, ni faire aucun bruit (11). Cette ceinture fine et légère, ne le cède
pas moins à la finesse de sa taille, que les termes
que l'amour me suggère pour chanter sa beauté,
à la force de la passion qu'ils expriment si imparfaite-
ment (12). Sa nature est celle d'un tendre rameau ;
sa beauté a l'éclat de l'aurore ; la chevelure qui flotte
sur ses épaules, est noire comme la nuit. Le feu dont
je brûle pour lui, m'a communiqué les sentimens d'une
piété religieuse qui l'animent ; car la crainte du dernier
jour lui inspire une vertu aussi pure que celle de l'aus-
tère Moadh (13) : si néanmoins j'affecte un extérieur
impudent et hardi, c'est pour mieux déguiser l'objet
de mon amour ; puisque sa pudeur bien éloignée de
recevoir ou de donner un baiser lascif, ne permet pas
de soupçonner que c'est pour lui que je soupire (14).

A Khaïf, dans le territoire sacré de Mina, sont des
Arabes de notre sang (15) : une mort assurée interdit

* K.

leur approche aux amans qui viennent chercher auprès d'eux un refuge. Dans un détour de cet (16)
asile inviolable est une gazelle qui défend avec les
flèches de ses regards invincibles, les étangs dont ses
victoires lui ont assuré la possession (17). Ils sont
formés, ces étangs, des larmes des amans infortunés,
dont les ruisseaux ont inondé la vallée (18), dont les
torrens ont baigné les flancs des montagnes. Avant
que cette troupe se fût séparée de nous, nous for-
mions ensemble une tribu puissante (19) ; mais en nous
éloignant de notre patrie, nous nous sommes partagés
en plusieurs branches. Combien de puits, en ce lieu,
demandent et sollicitent les eaux qui les remplissent,
de ce torrent de larmes, qui tel qu'une forte rivière,
a inondé ces sables naturellement arides (20) ! Loin
de ceux avec lesquels j'avois vécu jusque-là (21) dans
une étroite union, je suis demeuré seul dans les terres
de la Syrie, tandis qu'ils dressoient leurs tentes à
Bagdad. Notre séparation et notre éloignement cruel
ont réuni sur moi les chagrins qui étoient dispersés
Pag. 376. quand je vivois près d'eux. Les promesses et les
sermens sont chez eux comme l'eau qui glisse sur
la roche : comment ont-ils pu en agir ainsi envers
moi, dont la constante fidélité ne connoît aucune
altération (22) ! Endurer leur absence, m'est aussi amer
que l'aloès ; mais supporter leur injustice, c'est pour
moi, malgré le mal que j'en éprouve, comme la datte
la plus douce (23). Ma patience est à bout, et ma
douleur est excessive, quand je pense à la cruauté de
ces gens qui ont rompu toute union avec nous,

après avoir été notre refuge à Sarim. Gazelles de la campagne, éloignez-vous de moi, et gardez-vous de vous offrir à mes regards : mes yeux ont été embellis autrefois par l'aspect de ces amis dont les attraits les charmoient ; incapables de se fixer aujourd'hui sur aucune autre beauté, ils se fermeroient à votre aspect, comme les yeux malades qui se tiennent fixés vers la terre, pour éviter l'éclat du jour (24). J'en jure par celui dont les rigueurs même me paroissent douces, dont les mépris ont encore des charmes pour moi ; mes yeux ne se sont jamais arrêtés avec plaisir sur aucune autre beauté : si des charmes étrangers ont fait quelque captif, (25) ce n'est pas moi qu'ils ont su enchaîner, et je n'ai point été perfide dans mon amour. Un amant infortuné que la tristesse accable, est le seul dont la malignité se *Pag. 377.* plaît à espionner la conduite : une foule de délateurs cachés à ses yeux épient toutes ses démarches (26). Avant qu'il fût compté au nombre des victimes qu'un faon cruel immole à sa fière beauté, c'étoit un lion qui terrassoit les lions de Schara (27) ; mais depuis que les flammes de l'amour se sont emparées de ses entrailles, il se voit consumer par leur funeste ardeur, sans aucun espoir de délivrance. Errant çà et là, sans savoir où il va, il semble tiré en tous sens par des forces opposées (28). Consumé par la soif, renfermant dans son sein une maladie cruelle, il rend inutile tout l'art des médecins, réduits désormais à un stérile désespoir (29). Accablé par la maladie, les entrailles déchirées, privé du dernier souffle de vie, il prouve par l'insomnie qui met le comble à ses maux, qu'il est

K 2

l'émule de Mimschadh (30). Une défaillance cruelle

Pag. 378. s'est emparée de lui, et a augmenté ses douleurs, quand il a vu le pus couler des plaies qui couvrent son corps (31). Il a pris le deuil (32) de sa propre patience, dans l'excès de sa peine, lorsque la jeunesse (33) expirant sur ses tempes lui a annoncé le terme de ses plaisirs. Au grand contentement de ses ennemis (34), tandis que son corps étoit encore paré de tous les attributs de la jeunesse, une chevelure blanche couvroit déjà sa tête. Accablé de chagrins sur son lit, il ne voit aucune fin aux maux qui le consument : ainsi s'accomplissent les arrêts irrévocables du destin. Toujours ses yeux, qui ne sont point avares de larmes, versent des torrens de pleurs, à cause de l'injustice de ses perfides amis. Il arrose de ses larmes le pied des montagnes (35); et quand les nuées retiennent leurs eaux, celles qu'il prodigue remplissent les citernes. Les femmes qui sont venues le visiter dans sa maladie, se sont écriées à son aspect : Si quelqu'un a été victime des violences de l'amour, c'est assurément celui-ci (36).

Pag. 379. *ÉNIGME, dont le mot est* ALEP.

Quelle est la ville de Syrie dont le nom retourné avec une faute d'orthographe, donne celui d'une autre ville de l'empire de Perse! Si des trois tiers de ce nom, on ôte celui du milieu, il restera le nom d'un oiseau dont le chant est agréable. Le tiers de ce mot équivaut à la moitié et au quart de sa valeur entière; et sa valeur entière divisée par quatre, égale celle des deux tiers (37).

Énigme, sur le mot HODHEÏL , *nom d'une tribu.*

Donnez-moi le nom d'une tribu qui a produit autrefois un grand nombre de poëtes parmi les Arabes.
Otez-en une lettre, et mettez la première lettre à la
place de la seconde, vous aurez le nom d'une famille également célèbre. Écrivez deux lettres de ce *Pag. 380.*
mot avec une orthographe vicieuse, et redoublez chaque
syllabe, vous aurez les noms de deux oiseaux (38).

Énigme sur le mot BATIKH *[melon].*

Trouvez un mot qui est le nom d'un fruit charmant ; sa première moitié est le nom d'un volatile, et
le reste, en altérant l'orthographe des lettres, donne
aussi le nom d'un oiseau (39).

Énigme sur le mot TAYY , *nom d'une tribu.*

Le mot qui me charme, donne, quand il est retourné
avec une orthographe vicieuse, le nom d'un oiseau.
La valeur de ses lettres, additionnée, est égale à celle
du nom de Job (40).

Énigme sur le mot KAND *[sucre candi].*   *Pag. 381.*

Quelle est la chose agréable au goût, dont le nom,
quand on en retourne les lettres, et qu'on en altère
une portion par une faute d'orthographe, indique un
déficit important ? Si l'on y ajoute les deux tiers d'une
nuit obscure, la nuit même devient plus lumineuse
que l'aurore (41).

K 3

Énigme sur le mot KATRA [goutte d'eau].

Je voudrois savoir le nom d'une chose qui fait partie de la pluie, dont la moitié est la même chose que l'autre moitié retournée : si l'on en retranche la dernière lettre, sa bonne odeur la rend digne d'éloges (42).

Pag. 382.

Énigme sur le mot KOMRI [tourterelle].

Quel est le nom d'un oiseau dont la moitié donne celui d'une ville du Levant ; et le nom de cette ville, mal orthographié, indique l'organe par lequel je bois. Prenez le reste, retournez - le, écrivez - le avec une mauvaise orthographe, et le redoublez ; vous aurez le nom d'un peuple d'Afrique (43).

Énigme sur le mot NAUM [sommeil].

Je voudrois savoir quel est le nom qui désigne une chose qui n'a point de corps duquel la figure tombe sous les yeux, mais qui fait les délices de l'homme. Quand on retourne ce nom et qu'on y fait une faute d'orthographe, on trouve une chose toute contraire. Si vous le cherchez bien, vous admirerez la composition de cette énigme. Prenez les deux extrémités de ce mot, et séparez - les du reste, vous aurez un impératif qui sert à commander l'action que ce même nom exprime, et qui a besoin d'être accompagnée de la sécurité et de la tranquillité d'esprit. Si vous nommez toutes les lettres qui entrent dans la composition de ce mot, le nom de chacune de ces lettres retourné, se retrouvera toujours le même (44).

Autres vers d'Ebn - Faredh.   *Pag. 383.*

Si après ma mort, celui que j'aime vient visiter mon
tombeau, je lui adresserai la parole à haute voix,
pour l'assurer de mon dévouement ; puis je lui dirai
tout bas : Ne vois-tu pas à quel état m'ont réduit tes
beaux yeux ! mais ce ne sera pas un reproche (45).

FIN de l'extrait des Poësies d'Ebn-Faredh.

K 4

NOTES du N.º XVI.

(1) Le poëte dont il s'agit ici, est nommé simplement, dans les manuscrits dont je me suis servi, *Omar ben-Faredh*, عمر بن الفارض D'Herbelot le nomme *Abou-Hafs Scharf-eddin Omar ben-Alasaad ben-Almorsched ben-Ahmed Alasaadi* (Bibliot. Or. au mot *Faredh*); Casiri l'appelle *Abou-Hafs Scharaf-eddin Omar* (*Bibl. Ar. Hisp. Escur.* tom. I, page 122, col. 2); Abou'lféda, dont j'ai conféré le texte imprimé avec le manuscrit autographe, qui cependant en cet endroit n'est pas de la main de l'auteur, le désigne sous le nom de *Kasem ben-Omar ben-Ali* (*Annal. Mosl.* tom. IV, pag. 410): mais on peut, ce me semble, s'en tenir à cet égard à l'autorité d'Ebn-Khilcan, qui avoit vécu, comme il le dit lui-même, avec plusieurs des compagnons d'Ebn-Faredh, et qui dit de lui : « *Abou-Hafs Omar*, fils d'Abou'l-» hasan Ali fils de Morsched fils d'Ali, originaire de Hamat, » mais né au Caire, où il passa sa vie et où il mourut ». ابو حفص عمر بن ابي الحسن علي بن مـرشد بن علي الحموي الاصـل المصرى المولد والدار والوفاة Ce biographe dit qu'Ebn-Faredh étoit né le 4 de dhou'lkada 576, au Caire, et qu'il y mourut le mardi 2 de djoumadi 1.ᵉʳ 632, et fut enterré le lendemain au pied du mont Mokattam. Dans la préface du diwan de notre poëte, au lieu de 576, on lit 577; et l'auteur de cette préface assure qu'Ebn-Faredh avoit ainsi donné lui-même la date de sa naissance à Ebn-Khilcan.

Ebn-Faredh portoit aussi le titre de *Schéref-eddin*, comme on le voit par plusieurs des manuscrits de ses poësies. Hadji-Khalfa, aux mots قصيدة البائية et ديوان ابن فارض le nomme *Omar ben-Ali;* en quoi il s'accorde avec Ebn-Khilcan. Au mot لأبيه في التصوف il dit que le poëme qui porte ce titre, ainsi que le لأبية صغرى , ont pour auteur

Abou-Hafs Omar ben-Ali ben-Faredh de Hamat, mort en 576 de l'hégire. D'Herbelot a copié exactement Hadji Khalfa (Bibliot. Or. aux mots *Taiiah fil tassnouf* et *Taiiah sogra*), et la même chose se lit dans le catalogue des livres de la Djami alazhar (man. de la bibl. de l'Arsenal). Cependant il y a sûrement une faute dans cet article du Dictionnaire de Hadji Khalfa, et je ne doute point qu'Omar ben-Faredh, mort en 632, ne soit le véritable auteur du ليبة comme le disent positivement d'Herbelot (Bibl. Or. au mot *Faredh*) et Casiri (*Bib. Ar. Hisp. Esc.* t. I, p. 122, col. 2), et comme on peut aussi l'induire de ce qu'en disent Ebn-Khilcan et Abou'lféda, qui lui attribuent un poëme de six-cents vers sur la doctrine et les pratiques de l'ordre des fakir, et dans leur style mystique, et non, comme l'a traduit Reiske, *quo mores fakirorum exagitat.* (*Ann. Mosl.* tom. IV, pag. 413). Ebn-Khilcan dit :

وله قصيدة مقدار سبعة بيت على اصطلاح منجهم Sans doute Hadji Khalfa a pris la date de la naissance d'Ebn-Faredh pour celle de sa mort. Reiske a aperçu cette erreur de date, et elle se trouve rectifiée dans les supplémens à la Bibliothèque Orientale de d'Herbelot, à la fin de l'édition de la Haye, 1779, *tom. IV, pag. 760.*

Quoi qu'il en soit, ce poëte est singulièrement estimé parmi les Orientaux, et les exemplaires de son diwan sont très-communs. Il en a été publié peu de chose jusqu'ici. Le premier morceau qui ait été imprimé, est celui que Fabricius de Dantzig tenoit de Golius, et qu'il a inséré dans son *Specimen Arab.* publié à Rostock en 1638, *p. 151* : Vriemoet l'a fait imprimer de nouveau en 1733 dans sa grammaire Arabe, intitulée *Arabismus*, p. 168. Ce morceau ne contient que quatorze vers : on pourroit douter qu'il fût d'Omar ben-Faredh ; car Fabricius nomme l'auteur ابن فرد Ce même poëme se trouve avec la 1.re séance de Hariri et un poëme d'Abou'lola, le tout accompagné d'une version Latine et de notes, dans le manuscrit Arabe de la Biliothèque nationale, n.° 1470; et ce petit poëme y est attribué à Omar ben-Faredh. Ce manuscrit, offert en 1666 à Colbert par Pierre Dippy دبي d'Alep, professeur de langue Arabe et Syriaque au Collége royal (*voyez* Mémoires historiques sur le Collége royal, *3.ᵉ part. pag. 206*), n'est qu'une fraude de Dippy, qui a copié le tout dans le *Specimen Arabicum* de J. Fabricius de Dantzig: Dippy, qui connoissoit le nom d'Omar ben-Faredh, a substitué ابن فارض dans sa copie à ابن فرد La correction de ce plagiaire est bien fondée, et ce petit poëme fait effectivement partie du diwan d'Omar ben-Faredh. Le savant W. Jones a publié, dans ses *Commentarii poëseos asiaticæ* (p. 79 et suiv. de l'édit. donnée à Leipzig par M. Eichhorn), un poëme qui fait aussi partie du diwan d'Ebn - Faredh, et il en a encore cité quelques passages dans ce même ouvrage. Il en porte un jugement peut-être trop avantageux (*p. 358* de l'ouvrage ci-devant cité). M. Wahl a donné, en 1791 d'après W. Jones, le même poëme d'Ebn-Faredh, dans sa *Neue Arabische Anthologie*, pag. 25 de la partie poëtique.

Les poësies d'Omar ben-Faredh ont été recueillies en un diwan par Ali, l'un des disciples ou religieux de l'ordre de notre poëte; il a mis à la tête de ce recueil une préface, où il rend compte des soins qu'il s'est donnés pour le rendre complet, et où il raconte la vie de l'auteur, ou plutôt un amas de fables et d'aventures incroyables. Si l'on en croit l'auteur, Ebn-Faredh ne composoit ses poësies que dans des extases, et quelquefois des voix célestes les lui dictoient. Ce recueil n'est point accompagné d'un commentaire. Il y en a plusieurs exemplaires parmi les manuscrits de la Bibliothèque nationale: ce sont les manuscrits Arabes numérotés 1395, 1396, 1397 et 1467, parmi lesquels le meilleur est le n.° 1395. J'ai dit que l'auteur de ce recueil se nomme *Ali, disciple d'Ebn - Faredh* علي سبط ابن الفارض Ce mot

سبط a donné lieu à une erreur des auteurs du catalogue imprimé, qui l'ont pris pour un nom propre, et ont nommé ce personnage *Ali ebn-Sciabath* (*Catal. cod. manusc. Bibl. reg. tom. I, pag. 247, n.° 1396*). Casiri a commis une faute pareille, en disant : *Hæc autem poemata.... collegit... Ali Sebth ejusdem poetæ civis* (*Bibl. Ar. Hisp. Escur. t. I, pag. 122, col. 2*). Une autre erreur du catalogue de la Bibliothèque nationale (n.° 1395), c'est d'avoir attribué ce recueil à Djémal-eddin, et d'avoir ajouté que le manuscrit n°. 1395 est de la main même de Djémal-eddin. Il y a dans cette notice un contre-sens et une faute d'inattention. Ali, auteur du recueil, dit dans sa préface, qu'il s'est servi pour former un recueil exact des œuvres d'Ebn-Faredh, d'un exemplaire de ses poësies qu'il a trouvé chez Kémal-eddin Mohammed, fils d'Ebn-Faredh.

Parmi les poësies comprises dans le recueil d'Ali, se trouvent 1.° le يائية dont d'Herbelot parle au mot *Iaïah*, et qui commence ainsi :

سابق الاظعان بطوي البيد طي منعما عرّج على كثبان طي

2.° le تائية مغربي poëme de cent vers, qui débute ainsi :

نعر إلصبا قلبي صبا لاحبتي فبا حبذا ذاك الثذا حين هبت

3.° le نظم السلوك تائية في التصوف autrement nommé poëme de sept-cent-soixante vers, qui a pour objet la vie religieuse. Suivant Ali, à qui nous devons ce diwan, Ebn-Faredh avoit intitulé ce poëme : لوايح الجنان وروايح الجنان

mais Mahomet lui apparut en songe et lui ordonna de le nommer النظم السلوك commence par ce vers :

سقتني حبّها الحب راحة منلتي وكاسي محبّا من عن الحسن جلت

4.° le خمريه poëme mystique dans lequel l'amour divin est figuré sous l'emblème du vin. Ce poëme, qui contient quarante-un vers, commence ainsi :

شربنا على ذكر الحبيب مدامة

سكرنا بها من قبل ان يخلق الكرم

Le poëme خرية se trouve séparément dans le manuscrit
Arabe de la Bibliothèque nationale n.° 461. Les deux تائية
réunis en un seul poëme, se trouvent, avec quelques autres
poëmes de différens auteurs, dans le manuscrit n.° 1444.

Les manuscrits n.°⁵ 1479 de l'ancien fonds de la Bibliothèque nationale, et 179 de celle de Saint-Germain-des-
Prés, dont je me suis servi pour l'édition du poëme que je
donne ici, ne contiennent pas le تائية في التصوف ou
نظم السلوك Ces deux manuscrits sont accompagnés d'un
commentaire très-instructif : le manuscrit 1479 est préférable à celui de Saint-Germain. Je citerai dans mes notes
plusieurs morceaux du commentaire, tant pour éclaircir le
texte, que pour exercer les lecteurs à l'intelligence du style
des grammairiens et des scholiastes.

(2) Le scholiaste explique ainsi ce vers : اني بمعنى كيف

بنا واذا كانت بمعناها وجب ان يليها الفعل والاستفهام منها
للتعجب وجرت من الجر بفتح الهاء بمعنى الترك والهجر
الفم الهذبان وهو المضاف اني وابش والسواني الثمار والساعي
واللوم بفتح اللام العذل واللؤم بالضم والعز بعث عبد الكرم
رباذي فاعل كتقاتل واي حال مندمة من الثاء في جرت
بي منعلق بواش والكاف مع بجرورها نعت لواش وبجرور
الكاف موصول صلته الجملة الاسمية بعث وفاعل حكي ضمير
يعود لمن اي حكي الوائي اللائم في الهذبان فهاذاء اي
شاركه في الهذبان ومعنى البيت كيف بجرتبي ايها الحبيب

لاجل هذين ممار بي عندك مماثل للذي في عذله أور فقـد
حكي العامُ اللائمَ في الهذ إن وفي ذلك اشان إلي عدم قبـوله
قول اللائم في المحبة وان كان الحبيب قد سمع هذين الـواشي
في حقه فنبه ادماج وفابه وعدم قبوله نصيحة اللائمين ولا عذل
العاذلين وما احسن قول القابل،

سعي البك بي الواشي فلم تربي املا لتكذيب ما القي من الخبر
وار معي بك عندي في الذكرى طيف الخبال ليعت النوم بالسهر

وفي البيت جناس بين اللوس واللؤم وهو جناس التحريف لكن
بنبغي ان تبدل هنز اللؤم واوا والا لزم اختلاف الكلمتين في
نوع الحروف وفي شكلها وذلك بنتفي بعد كل من الكلمتين
من الاخرى فبذهب عنها التجانس الحسن وبين جبـرت وجمر
جناس شبه الاشتقاق

Je crois que, dans le second vers cité par le scholiaste, il
faut lire في الـكـرى *dans le sommeil*, au lieu de في الذكرى
mais les deux manuscrits n.os 1479 et 179 de S.-G. étant
d'accord, je n'ai rien voulu changer.

(3) Le commentateur veut que l'on prononce le mot جمر
par un *kesra* dans les deux hémistiches. Voici ses termes :
الجمر مثلث الحاء بمعني المنع واغتدي بمعني صار والجمر بكسر
الحا بمعني العقل و بنبغي ان بقرا الاول بالكسر ابضا ليحصل
ملاذا J'ajouterai aussi ce qu'il dit sur le mot الجناس التام
الملاذ الحنيف وقد وضع للمتصنع الذي qui termine le vers :
لا تمتح مودنه وليس مرادا منـــا الا علي بعد

(4) Le texte de ce vers présente une difficulté grammaticale

dans le mot كُجِذ sur laquelle il est bon d'entendre le
scholiaste, ainsi que sur la forme du mot الاستخواذ Il s'exprime ainsi : والاستخواذ مصدر السلو مصدر سلاه اذا نسيه

استخوذ عليه اذا استولي وغلب وغلب لم يعلّ مع ان قياسه
ان يعلّ بالنقل والقلب حتي يصير كاستجاب لكنه سمع هكذا
وتبعه مصدر في عدم الاعلال وهو فصيح وان خالف القياس
لكونه سمع من الواضع قال الله تعالي استخوذ عليهم الشيطان
واعلم ان غير هذه تروي بالنصب وتجك بالسكون وهو مشكل
اذ لا جازم هنا ويمكن ان يقال ان السكون في تجك للضرورة
وغير يكون منصوبا علي الاشتغال ويصح حينبذ رفعه علي
الابتداء هذا ويظهران يقال ان غير السلو نصب لفعل مقدر اي
اطلب غير السلو لا لايي تجك عندي ويكون تجك مجزوما
في جواب الامر ودل علي القول المقدر جزم تجك مع عدم
الجازم له بحسب الظاهر والاصل عدم الضرورة .... والمعني
اطلب ايها اللائم كل شي تجك عندي ما عدا السلو عن هذا
الحبيب الذي حوي حسن الوري مستخوذا عليه غالبالمحن
بروبه فهو جامع بين سلطنتي الحسن والحسن Je crois que dans
cette glose, le mot اشتغالا signifie *par préoccupation d'esprit.*

(5) Le scholiaste fait sur le diminutif اميلح l'observation
suivante : اميلح تصغير املح وهو شاذ اذا التصغير من خواص
الاسما لكنه ممنوع قال الشاعر

لنا: شدن غزلانا اميلح ما إذا

ومن تمسد بسر بالمسيح وما احسنا عسوله رضي الله تعــالى عنه
ما ملك خفي من التصور بل بحذب اسر الحس بالتصور

(6) Cette figure, qui est à peine soutenable en françois,
est fondée sur le double sens du mot جفن qui signifie les
paupières et aussi le *fourreau d'une épée*. (Voyez *Consessus
Harir. quart. quint. et sext.* pag. 273). Le scholiaste développe fort bien l'image comprise dans les mots الغمد للنور et
que je n'ai pu faire passer exactement dans ma traduction.

اري من الرؤية العلم والنور وهذان منزلان له وهممسر له
راجع للسيف وربما للبصر وله معلق بهذا وربما حال من
النعدام ماري النور فهذا لهذا السيف حال سكون النور
في الجسد فالقادر في له لام التقوية وبصح ان يكون بها معلما
بهذا والباء بمعني في ماري النور بعهد السيف حال كون السيف
في جفنه وهذا من الجسب فان عادة السيف ان يفقد بصائح
الجفن فهذا السيف بفقد في داخل جفنه منه نور العابد
فعل العيون على الهرف لانها بملقف ولا نبور من الاجفان
وما الطف جعل النور فاحدا على فقد السفينة منشا بعضه
خدا فاخما وهذا فقد النور فهو المراب من جسمه جعل الشي
حالبا لفقد وربما كان النور فهذا لانه سبب لرواة فالبصر
البين في القلب كما ان فقد السيف سبب لرواع فعله وكذلك فانو

(7) Mosswir, dit le commentateur, est le nom d'un
Grec, très-brave guerrier, qui étoit ennemi des enfans de
Yezdedh, et qui les attaqua avec un grand succès. Mote-
nabbi, dans un poëme où il célèbre les louanges de Mosswir,
dit qu'il lui adressa la parole.

هبك ابن يزداذ حطمت وصحبه

اترى الورى اضحوا بني يزداذا

Quand même tu aurois tué le fils de Yezdadh et ses com-
pagnons, crois-tu que tous les hommes fussent devenus des
fils d'Yezdadh, c'est-à-dire, eussent été tués comme lui !

On trouve dans le diwan de Moténabbi deux poëmes en
l'honneur de Mosawir, qui y est nommé مساور بن محمد
الورى Le premier commence par ce vers :

جلالا كما بي قلبك التبريج اولا فتبريج الجواري ترويج

Que les plaies de l'amour soient aussi cruelles que celles
que j'endure ; du moins les maux que causent les belles, sont
eux-mêmes un soulagement.

Et le second, par celui-ci :

امساور ام قرن شمس ماذا ام الليث غاب يقدم الاستاذا

Est-ce Mosawir que je vois, ou bien est-ce le disque du
soleil qui s'élève sur l'horizon ! N'est-ce pas plutôt un lion
habitant des forêts, qui s'avance vers le vizir !

Ebn-Faredh a emprunté, dans le poëme que je donne ici,
plusieurs rimes de celui de Moténabbi.

(8) Le scholiaste, qui explique ainsi ce vers لا العجب في ان
يتخذ المحبوب عذار حمايل لانه ظل فتاكا وفاذا بسيف
جفونه ajoute la raison suivante : « Quiconque combat avec
» l'épée, ne peut se passer d'un baudrier ». من كان فاتلا
Puis il rapporte d'autres exemples يسيف يحتاج الى حمايل
de cette même figure, en disant :

ولله در القايل

ما متم عندي ان لحظك صارم حتى تختذت من العذار حمايل

وقال ابن الساعاتي

لقد ملت سها والعذار الخمائل ارمع حماة عندك ومن فاتمسل
وطلمت من نسها

محطلك الفسمال سمت وحسذراك الحسـامـل

Dans notre vers حمايل est une licence pour حامل. C'est le *tenwin*, que les grammairiens appellent التنوين الغريب. Voyez Guadagnoli, *Breves Arab. ling. Institut.* pag. 114 ; Marcelot. *Institut. ling. Arab.* pag. 45 et 46.

(9) On peut consulter sur Harout, Maracci, *Prodr. ad refut. Alc.* part. IV, page 82 ; *Refut. Alc.* page 44, et la traduction Angloise de l'Alcoran par G. Sale, *tom. I*, pag. 20, *chap. 2, note (t)*.

Entre le 14.e vers du texte imprimé et le 15.e dont la traduction commence par ces mots, *Sa taille est plus déliée*, il a été omis dans le texte un vers qui se trouve dans la traduction. Voici le texte de ce vers, que je rétablis ici :

حسد الغزال والغزال لوجهه متلعا ومه مبادا لاذا

Il est du nombre de ceux qui perdent tout leur mérite dans la traduction, parce que ce mérite tient principalement à un jeu de mots. Il signifie à la lettre : *Le soleil et la gazelle s'humilient devant son visage, quand il se retourne, et ils cherchent un asile pour se protéger.* Le scholiaste observe que les mots *devant son visage*, ont rapport à l'humble soumission du soleil, et ceux-ci, *quand il se retourne*, à celle de la gazelle ; « car, ajoute-t-il, le soleil » jouit d'un grand éclat, mais le rayon de soleil que le poète » chante, est encore plus éclatant ; la gazelle est l'animal qui » déploie le plus de grâces en tournant le cou, et celui-ci, » en faisant ce mouvement, surpasse encore les grâces de » cet animal ».

ا لحق والله الغمن والغزال لوجه في حلالتلقه وامعسا ه
ساهدين نرف لوجهه رابح لمتي اغزال لذ وره سلطا رابح

* L

مخصوص الغزال له كان الحسن في عاية الصبا ىدحمه بربده عليها
الغزال عاىه في حسن الالتفاث وهو بربد علىه في ذلك ىىهما
لف وهمر مرتب على دمصحر المراه اهام وهى المراه زالغزال
في عاىه حسن الالتفاث , Peut-être faut-il lire المجلس المطرف

Les derniers mots de cette glose indiquent les figures de
rhétorique et de grammaire employées ici par le poëte. Les
deux significations du mot غزال se trouvent réunies dans ce
passage de la 9.ᵉ Séance de Hariri ولما دز مىن المراكة طمر
المراك طمور Voy. Censeo. Hariril quartus, quintus &c.
pag. 162.

(19) Le commentateur remarque sur ce vers, que le
poëte a réuni les mots ابى — أمر — حال — حر qui rap-
pellent les mots أح oncle paternel حال oncle maternel
أخ frère et أب père, quoiqu'ils aient ici d'autres significations;
et il appelle cette sorte d'allusion أىام المناسىب

(21) Ce vers n'a pour objet que de décrire une taille
fine et une main potelée. Le scholiaste développe ainsi le sens
للماطى مع مطلد كنفسه ما ىعنطن ىه اىى ما اىىط ىا
في الخصر اذ اللطف اللطىن والمراء مطق المناطس ىمعسى
ىرىها في المصر لىكال ىىه رىاك ىىار زىرده معىا ىىم
اىىا المعمة ىىكن الىاىىىا مى مىرق ىا ىىسه الىسل
مى الصىع ىمما ىمر ىىىه ىلىع زالمراد مع ىار ىمروىه
ىع اىا ركىما مامى الىمى ىست زالمسلا ىمعد الحىار
مىى ىكىها للاسلا لاسىع ىاىد ىان اىما سىس ىاسىه

خطها حال من الخصر والمناطق مضاف بمنزلة جزء من المضاف
اليه للازمة فمن ثم جات الحال منه فهو على حد ملة ابرهيم
حنيفا .... والمعنى ان صمت خواطر هذا الحبيب اذ آذت
خنصر لضيقها عليه بامتلايه فلم يتحرك نطقت مناطق
خصر جايلة عليه لكونه في غاية الرقة ووصف الخصر بالرقة
والخنصر بالامتلا كان مطروحا مبتذلا فاخرجه عن ذلك حيث
تصرف فيه بوصف المناطق بالنطق وكني به عن الحركة
المستلزمة لرقة الخصر ووصف الخواطر بالصمت وكني به عن
السكون المستلزم لامتلاء الاصبع وهذا صنع جميل لكنه
بالنسبة الي شانه رضي الله عنه قليل ولا يخفي الجناس في نطق
ومناطق وخصر وخناصر وخطها وخواطر وبه الطباق بين النطق
والصمت

J'ai rendu le mot خطها par *aussi fine que l'enduit mince
dont l'abeille tapisse sa demeure*. Je crois qu'il s'agit ici de
la *propolis*, matière gluante, tenace, molle d'abord, mais
qui durcit ensuite, que les abeilles recueillent sur différens
végétaux, et dont elles se servent pour boucher exactement tous les trous ou les fentes de leur ruche. Le scholiaste dit : خطها بفتح الخا المعجمة ويكون المثناة من فوق ما
يجمعه النحل من الشمع رقيقا mais ce mot est mieux expliqué
par l'auteur du Kamous qui dit : الخمر العسل وافرواء خلايا
النحل وان يجمع النحل شبا من الشمع رقيقا ارق من شمع
القرص فيطلبه به

L'auteur Indien du drame de Sacontala a employé une
idée analogue à celle de notre poëte, mais dans un sens

contraire. Dans ce drame, le roi Duchmanta, pour exprimer les tourmens qu'il endure depuis que la beauté de Sacontala l'a enflammé, s'écrie : « Hélas..... mon bracelet d'or, » parcourant sans obstacle mon bras maigri et desséché, » tombe à chaque instant sur mon poignet ». *Voy.* Sacontala ou l'Anneau fatal, de l'élégante traduction de M. Bruguière, Paris, 1803, *pag. 89,* et *ibid. pag. 188.*

(12) L'auteur, qui s'est exprimé ici d'une manière concise et obscure, veut dire que quelle que soit la finesse de la ceinture de celui dont il vante la beauté, elle n'atteint point à la finesse de sa taille ; de même que les expressions employées dans ses vers pour faire l'éloge de cette beauté, sont fort au-dessous des idées que son esprit a conçues, et de l'enthousiasme qui l'inspire.

(13) Le commentateur remarque que متشفف signifie *celui qui s'abstient de tout ce qui est illicite et mauvais,* et qui ressemble en cela à Moadh, le compagnon de Mahomet. Il y a plusieurs compagnons de Mahomet qui portent le nom de Moadh ; comme Moadh ben-Hareth, connu sous le nom d'*Ebn-Afra* معاذ بن الحرث وهو ابن عفرا et Moadh ben-Amrou ben-Djamouh معاذ بن عمرو بن الجموح qui tuèrent ensemble Abou-Djehal ; mais je crois qu'il est question ici de Moadh ben-Djabal معاذ بن جبل mort en Syrie de la peste, en la 20.ᵉ année de l'hégire (Abou'lféda, *Annal. Mosl.* tom. 1, pag. 245). Ce qui me le persuade, c'est que, suivant une tradition rapportée par l'auteur du طبقات السير Mahomet a dit que personne d'entre ses compagnons ne connoissoit mieux que Moadh ben-Djabal la distinction des choses licites et illicites اعلم بالحلال والحرام معاذ بن جبل (Man. Ar. de S.-G.-des-Prés, n.º 133 *fol. 114 recto*).

(14) Quelque longue que soit la glose sur ce vers, je ne puis me dispenser de la rapporter en entier. خلع العذار

التهتك وعدم التقيد بما تعتبره العامة من الاداب واصل العذار
للدابة وهو ما سال من اللجام على خد الفرس وجانبا اللحيـة
واللثام ما كان على الفم من النقاب واللثم القبلة وقوله معـاذا
اراد به اسم مفعول من اعاذه الله من كذا سلمـه منه وقـوله
فجعلت عطف على علمي وفي الفاء سببية تدل على ان الجعـل
المذكـور مسبب عن كـون حبه له قد علمه التنسك وخلعي
مفعول اول والعذار متعلق به وثامـه مفعول ثان والبـاء في
خلعي فاعله واذ تعليلية متعلقة بجعلت واسم كان يعـود الى
الحبيب المتكلم هنه ومن لثم العذار متعلق بقوله معاذا ومعاذا
خبر كان والمعنى لما علمني حبه التنسك جعلت خلعي العـذار
لثامه وسائرا له كبلا بعلم النـاس محبتـي له وذلك لاني لو
اظهرت للناس متابعتي له شعروا بحبيتي له وعثروا على غرامي به
حيث كان المحب يتبع محبوبه في اخلاقه وقـوله اذ كان مـن
لثم العذار الى اخره تعليل لجعل خلع العذار لثامـا له دون
غيره من النقابات المعتادة الساتر في الحسن الفم وجبصته من
الوجه كانه يقول لما كان معاذا وسلّا ومورّق من لثم العـذار
لم يحتج الى نقاب حتى يمنعه عن ذلك فجعلت خلع العـذار
لثاما لذلك الحبيب ساترا له فبدلت خلع العذار بالامـر
الساتر للعبة لاني تعلت منه التنسك وهو يقتضي الستـر
وترك خلع العذار وحينيذ فتظهر المسببية ويصير قوله اذ كان
من لثم العذار معاذا واضحا اعتبار ان المعنى يصير هكذا

جعلت له لثاما وسترا بعد خلع العذار لسكونه معاذا ومسلما

 لثم العذار فالستر فينبغي ان يكون ملازما له وفي البيت
الجناس التام في العذار وجناس شبه الاشتقاق بين اللثم واللثام
وقيه الاغراب بالذين المعجمة في جعل الخلع الذي هو ضد
اللثم نفس اللثام وهذا ظاهر على المعنى الاول هذا ما ظهر لي
في معنى ظاهر البيت والله اعلم بالسرائر وفي البيت والذي قبله
الجناس التام بين معاذا ومعاذا

(١٥) الخيف ما انحدر عن غلظ الجبل وارتفع عن مسيل
الماء ومنه سمي مسجد الخيف مسمي ومني بكسر الميم مقصور
موضع بمكة وهو مذكر يصرف .... والدريب تصغير
العرب والتصغير للتعظيم

(١٦) ذاك اسم اشارة مصغر على غير قياس اذ حق التصغير
ان يكون للاسما المتمكنة لسكونه خولف ذلك في ذا والـذي
وفروعهما لشبهها بالاسما المتمكنة في كونها توصف ويوصف بها
لكن صغرت على وجه خولف به تصغير المتمكن فترك اولها
على ما كان قبل التصغير وجعلوا الالف المزيدة في الاخر عوضا
عن الضمة وموافقة المتمكن في زيادة الف ساكنة

Il me paroît qu'au lieu de ذلك خـــولف لسكونه
il faut lire لسكنه خوف ذلك quoique les deux manuscrits
soient ici d'accord.

(١٧) أحاذ pour أحوذ signifie, suivant le scholiaste ظهر
et إخاذ est le pluriel de أخاذ dont le sens est, *une lagune.*

ومعناه وقد استقـر في سي شي كالغدير Le scholiaste ajoute :
منعطف وادي ذلك المحمي البعيد المنال ظبي عظيم حمي بسهام
عيونه وقت قهن غدران الماء التي هناك فلا يقدر احد ان
يردها حذرا منه

(18) On devroit prononcer وَادِيَ et non وَادِي C'est
جاد .وليها الوادي فعل وفاعل ومفعول
ويسكن باء الوادي للضرور وذلك مستقبض

العمان اصغر من القبيلة وتكسر او الحي العظيم كذا (19)
في القاموس والظامر ان المراد هنا الثاني

(20) Ce vers est un peu obscur dans le texte : on verra
dans le passage suivant du commentateur, les motifs de ma
traduction. الغير مكان سهل نحفر فيه ركاباً متناهـقـه وفي
الفناة وحفير يحفر حول النجن وغبــــر ذلك وجعفر النهر الصغير
ويقال الكـبير.هو ضد واعل المراد هنا الصغير وقـوله لا من
جعفر متعلق بقوله سايلا والغـــرض بيـان كثن ادمع العشـاق
المذكور في البيت قبـله وادعـا انها اكثر مـن النهر
الصغير فكانه يقول ان فم الفناة هناك مثلا مسايل.من دمـوع
العشاق مددا من نهر كبير لا من نهر صغير وذكر الاجارع هنا
يدل علي المبالغة في كثرئ الدمع وذلك لانها الرمال التي لا تنبت
شيا فيسبب ادمع الدشاق وكثرتها صارت بحيث يطلـب الغير
منها الورد من الماء الكثير هذا والتحاذ هنا هو الملح في سوالـه
فهو صفة للمسايل بفيت شكة سواله وفي ذكر الغير والمسايل
والتحاذ ايمار التناسب

L 4

بعيد نصغير بعد وهو للتغريب (21) .

(22) Dans le manuscrit de S.-G. 179, on lit, comme je l'ai imprimé, صَفًا dans les deux hémistiches ; mais je crois qu'il faut suivre la leçon du manuscrit 1479, qui porte dans le second hémistiche صَفًا, à moins que le poëte n'ait supprimé la voyelle nasale, pour éviter le concours de deux ن dans صَفًا نباذا Au surplus il est certain que صفا est ici à l'accusatif, comme حَال c'est-à-dire, *terme circonstantiel* :

وقوله صفا منصوب علي انه مفعول لاجله والعامـل فيه فعل
ماخــوذ من معني الجملة اي تـركت نبذ عهودهم لاجـل صفا
محبتي وصدق مودتي

(23) Je ne puis me dispenser de rapporter ce que dit le scholiaste sur ce vers, dont la construction est difficile.

الصبر نقيض الجزع وقوله صبر هو مصان شجر مر وهو علي وزن
كتف وسكنه الشيخ لضرورة الشعر واذا منـوّنه هي التي تقع
في الجواب وكان حقها ان تدخل علي الفعـل لـكن تاخرت
عنه لضرورة الوزن وهي هنا ليست عاملة واذي بفتح الهمز
كهوي وهو المـكروه واذا في اخر البيت بمز بعدها ملة
وبعد الملة زاي وهو نوع من الحمر وقوله الصبر مبتدا خبر صبر
وعليهم متعلق بالمبتدا وعليهم متعلق به ايضا اذ المعني صبري
منهم صبر وصبري عليهم اراه في حال كـونه اذي كالاراة الذي
هو نوع من الحمر حلو وعندي متعلق اراه واذا جوابه واذي
حال مقدم من ازاذا اي اراه ازاذا في حال كونه اذي

(24) J'ai été obligé de paraphraser ce vers, en suivant

le sens indiqué par le scholiaste, et je vais transcrire une
partie de la glose qui est fort instructive. البك اسر فعــل

يعني تفتح وعني متعلق به .... كحلت علي البـنــا المجهول
وبايب الفاعل يعرد الي المغلة واغفي بالغـين المعجمة ثم الضاد
المعجمة بمعني ادني جفونه وضم بعضها الي بعـض والاسـتخاذ
استفعال وهو بالخا المعجمــة ومعناه تكنبـس الراس من وجع
ويجوز ان يكون معناه الرمد .... وقوله استخاذا حـال من الها
ووصفها بالتكنبس حينبذ باعتبار انها في الراس فسـوصف
بما هو وصف للراس واما اذا كان الاستخاذ بمعني الرمد فظاهر
والجملة استبناف يكون جوابا عن سوال تقدير ما سبب طلبك
من الريم ان يتنحي منك فنال لان اجلاني كحلت إحبـائي اي
بروبتهم فلا يليق بي بعد ذلك ان انظر الي غيرهم ما يشبه بم
لان النظر الي غير الاحبة ليس من شرط الاصدقا

(25) Le sujet de سبا est سواء comme le dit le scholiaste,
en ces termes : فاعل سبي يعرد الي سواء

(26) يتسللون معناه ينطلقون في استخـفـاء ولـواذا اي
استتارا كانه مصدر موكد لقوله يتسللـون من غير لفظه وقوله
من حوله متعلق بقوله يتسللون وقوله لواذا مفعول مطلق لقوله
يتسللون علي حد قولهم جلست قعودا

(27) *Voyez* ci-devant *p.* 138 note (12).

(28) المراد بالجهات الجهات الست والجباة فـعال من جبذه

بمعنى جذبه وليس مقلوبه بل لغة صحيحة وحيران خبر مبتدا
محذوف اي هو

(29) Les deux derniers mots de ce vers ont fort embarrassé le scholiaste. Je rapporterai ce qu'il en dit : فاستنجذ

استنجاذا يروي بإثبات المثناة من فوق والنون والجيم والذال
المعجمة ولم اجد له في القاموس معنى يناسب البيت مناسبة
تامة بل اللفظ استنجذ ليس مذكورا في القاموس اصلا غير
انه قال النجذة شدة العض بالنواجذ وهي الاضراس والكلام
الشديد ومض علي ناجذه بلغ اشده والمنجذ كالمعظم الجرب
الذي اصابه البلاء وقال في اخر المادة ونجذه الحج عليه فنقول
ما يروي في البيت اما ان يكون استنجذ اي صار منجذا اي
مصابا في البلاء والضمير حينئذ للخمران واما ان يكون من نجذه
بمعنى الحج عليه ويكون الضمير عائدا الى الاسي واما ان يكون
استنجذ ماخوذا من النجذ وهو شدة العض بالنواجذ مجازا فيكون
الضمير عائدا الى الاسي ايضا ولايخفي بعد المناسبة في هذه
الاوجه والاظهر ان يروي هكذا فاستاخذ استيخاذا على ان
يكون من استاخذ بمعنى استكان وخضع وسلم وترك طلب الدوا

Suivant l'opinion du scholiaste, il faudroit lire فاستاخذ
استيخاذا et traduire, et désespérant de sa guérison, il se résigne humblement à son sort. J'avertis les lecteurs que المادة
dans cette glose, signifie un article du dictionnaire.

(30) Mimschadh est, suivant que nous l'apprend le scholiaste, le nom d'un grand serviteur de Dieu, qui passa, dit-on, quarante-ans sans dormir.

قوله مـن اغدادہ هو بغين معجمة ودالين معجمتـين (31)
مصدر قولك اغذ الشي اذا صارت به الغثة والاغذاذ في اخر
البيت بغين معجمة وذالين معجمتين مصدر قولك اغذ الجرح
اذا سال ما فيه وورم

الحداد في الاصل ترك الزينة للعلة والمراد به اظهار (32)
امارات الحــزن والـــكابة لموت الصبي علي سبيل التشبيه

المراد بالصبي هنا ما يدل علي الشيبة من اسوداد الشعر (33)
بدليل قوله في فوده والفود بفتح الفا جانب الراس

La *jeunesse* signifie donc ici, *les cheveux noirs*, dont la
couleur est la marque de la jeunesse.

جملة قوله وقد سر العدي جملة معترضة بين الفعل وخبر (34)

السفوح جمع سفح وهو عرض الجبل المضطجع وسـفوح (35)
مدمعه السفوح علي وزن دخول مصدر سفح الدمع ارسله

(36) Dans une pièce imprimée à Paris en 1651, intitulée
le May des imprimeurs, et qui contient plusieurs pièces de
vers en Hébreu, Syriaque, Arabe, Grec, Latin et François, en
l'honneur de saint Jean l'Évangéliste, et deux passages, l'un
tiré du pseaume 33, suivant l'hébreu, en langue Hébraïque
et en caractères Samaritains, l'autre de l'oraison domini-
cale en langue et caractères Arméniens, on trouve les vers
suivans, imités du poëme d'Ebn-Faredh que je donne ici.
Je transcrirai ces vers, à cause de la singularité du fait.
Ad eumdem (S. JOANNEM) Rhythmus Arabicus.

صد ايجـاب دهـابها البـك لماذا

والباء القلب صـار منها جسداذا

سهـــام الموت غارت بالحشي انـفاذاً

والــكبد الفمراك اوقـذنه ابــفاذاً

يا غايما في بحر الحـيرة فطــر رذاذاً

على مـــن سواك لا لهُمُ انتفـــــاذاً

وامّن على رمـنهم ممنونة افـــلاذاً

فما لك في تــلف هويــدك لذاذاً

(37) Les mots de l'énigme sont بلخ *Balkh* , et ج nom
d'un oiseau طير من الطيور comme dit le scholiaste. Cet
oiseau m'est inconnu, et je ne trouve ce nom ni dans
Djewhari, ni dans le Kamous de Firouzabadi. On voit par
une des énigmes suivantes qu'il s'écrit par un ح et non par
un خ Le ل qui vaut 30, équivaut à 20 plus 10, moitié et
quart de 40 valeur totale de حلب et le nombre 10, quart de
cette valeur totale, équivaut aux deux lettres ب 2 et ح 8.

(38) Les mots de cette énigme sont دُهَل *Dhohol*, nom
d'une famille célèbre, هدهد la *hupe* et بلبل le *rossignol*:
on trouve les deux derniers, en écrivant هدبل au lieu de
هذبل

(39) بطيخ en écrivant بطبح changeant le ي en ب et
le خ en ح donne بط *canard* et ج nom d'un oiseau. Voy.
note (37). Le commentateur observe qu'il faut pour que
l'énigme soit juste, prononcer comme le vulgaire *batikh*,
mot dont nous avons formé celui de *pastèque*.

(40) طي étant retourné بط et écrit avec une faute
بط donne le nom du canard; بط vaut 19 comme ابوب

(41) Le premier mot de l'énigme est دنف *malade*, c'est-à-dire, *vide de santé* خـالٍ من الصّحّة le second est قنديل *lampe*, formé de قند et de deux lettres du mot ليل *nuit*.

(42) Le mot قطن une *goutte*, séparé en deux, donne قط et ن et ce dernier retourné donne le mot هر or قط et هر sont deux noms du chat. Le dernier mot de l'énigme est قُطُن nom du *bois d'aloès* [agallochum].

(43) Le premier mot de cette énigme est قم *Kom*, nom d'une ville de Perse ; le second فم la *bouche*, et le troisième بربر *Berber*, nom d'un peuple d'Afrique bien connu.

(44) En retournant le mot نوم *sommeil*, on a مـــون et en mettant deux points au lieu d'un sur la dernière lettre, مـــوت la *mort*, c'est le premier mot de l'énigme. La première et la troisième lettre réunies donnent le second mot نَم *dors*, impératif de نام *dormir*. Les trois lettres dont le mot نوم est composé, sont le *noun* نون le *waw* واو et le *mim* ميم dont les noms restent les mêmes, soit qu'on les lise dans l'ordre naturel des lettres, soit qu'on les lise à contre-sens.

Le commentateur observe qu'il y a une difficulté dans cette énigme, parce que le sommeil au lieu d'être le contraire de la mort, en est l'image, et qu'on dit même en proverbe, *Le sommeil est frère de la mort*, النوم اخو الموت Il pense qu'on peut éviter cette difficulté en traduisant ضد par la *ressemblance*, au lieu de le rendre par le *contraire ;* et c'est l'opinion qu'il adopte. L'autre manière de résoudre la difficulté qu'il propose, est que le sommeil est un état qui appartient nécessairement à la vie, en quoi on peut dire

qu'il est opposé à la mort: والمراد بالضــد في قــوله ضــد
المثل ...... ويجوز ان يكون بمعني المخالف بناء علي ان النوم
بستلزم الحهرة فهو ضد باعتبار ما هلزم النوم من وجوب كونه
ملازما للحهرة Pour moi, je crois que l'auteur a opposé le
sommeil à la mort, en ce que le sommeil est aimé de l'homme,
وهو والي الانسان محبوبه au lieu que la mort est l'objet de
son horreur.

(45) En parlant des deux poëmes d'Ebn-Faredh nommés
تأبهة صغري et تأبهة في التصوف j'ai oublié de remarquer que
ces deux poëmes qui sont sur la même rime, et de la même
mesure se réunissent souvent en un seul, comme on le voit
dans le manuscrit n.º 1444. Nous apprenons d'Ebn-Faredh
lui-même, dans le recueil de ses poësies fait par Ali son
disciple, que le تأبهة صغري n'a été composé qu'après le
تأبهة في التصوف mais que ces deux poëmes peuvent être
réunis en un seul, en intercalant entre le ابهــة صـــغري
et le premier vers du تأبهة في التصوف trois vers, dont le
premier est:

سلام علي تلك المعاهد من فتي
علي حفظ عهد العامرية ما فتي

Voyez particuliérement le manuscrit n.º 1395.

N.º XVII.

*EXTRAIT du Recueil des Séances d'*ABOU-   *Pag.* 584
MOHAMMED KASEM BEN-ALI HARIRI BASRI (1).

Séance VII. Séance de Barkaïd.

VOICI ce que racontoit Hareth ben-Hammam :

J'étois dans l'intention de partir de Barkaïd (2) ; mais comme je voyois approcher et luire déjà les premiers instans de la grande solennité (3), je ne jugeai pas à propos de quitter cette ville, sans y avoir passé le jour de la fête. Lorsque ce grand jour fut venu, avec les rites et les cérémonies religieuses prescrites par la loi ou inspirées par la dévotion (4), et qu'il fut arrivé accompagné de toute sa pompe et de tout son éclat (5), je pris, me conformant à la sainte tradition, des vêtemens neufs, et je me joignis à tous ceux qui sortoient de leurs maisons, pour prendre part à la solennité. Quand tout le monde fut assemblé sur le Mosalla (6), et rangé convenablement, au moment où la foule inter- *Pag.* 585. ceptoit la respiration (7), un homme parut vêtu d'un double manteau, et dont les deux yeux fermés ne laissoient point apercevoir la prunelle. Il portoit au bras une espèce de gibecière (8), et se faisoit conduire par une vieille femme qu'on eût prise pour un spectre (9). Cet homme s'arrêta, comme s'il eût été prêt à rendre l'ame ; il salua l'assemblée d'une voix basse et quand il eut fini ses complimens et ses vœux, il mit (10) la main dans son sac, et en tira divers papiers (11) écrits en toutes sortes de couleurs, et à loisir, il les remit à la vieille, courbée sous le poids des années, et lui ordonna de chercher dans l'assemblée ceux qu'elle croiroit susceptibles d'être dupes (12), et de présenter un de ces papiers à chacun de ceux dont la main lui sembleroit familiarisée avec les actes de bienfaisance. Or le destin, qui est si souvent l'objet des reproches des mortels (13), permit qu'il m'échût un de ces papiers, où étoient écrits les vers que voici :

» Accablé sous les coups réitérés des maux et des » alarmes (14), victime tour-à-tour des superbes, des » perfides et des méchans,

« Et de l'infidélité d'un faux frère, qui sous l'appa- » rence de l'amitié me haïssoit à cause de mon indi- » gence, et à cause des efforts malins des gens en place » pour défigurer et envenimer toutes mes actions (15);

» Combien de fois, la haine, la misère et la fatigue » des voyages m'ont fait endurer des peines cuisantes! » combien de fois j'ai marché couvert de haillons, » sans qu'il se trouvât un cœur sensible à ma misère (16)!

» Ah ! plût au ciel que la fortune cruelle, qui m'a » choisi pour le but de ses traits, m'eût enlevé mes » enfans ! S'ils n'étoient pas mes chaînes, s'ils n'étoient » pas mes douleurs,

» Certes je n'aurois jamais sollicité les bienfaits des » grands et des puissans, ni traîné ma robe dans le » sentier du déshonneur (17).

» J'eusse choisi mille fois le séjour de ma retraite » obscure (18), et mes haillons m'eussent semblé mille » fois préférables (19).

» Est-il

Pag. 386.

» Est-il un homme généreux qui veuille soulager ma
» peine par le don d'une pièce de monnoie, et éteindre
» les flammes dévorantes de mes soucis, en m'accordant
» quelques hardes pour couvrir ma nudité ! »

Lors donc, continuoit Hareth ben - Hammam,
que j'eus examiné en entier le riche tissu de cette pièce
de vers, je conçus un vif desir de connoître celui qui
l'avoit ourdie, et qui en avoit brodé les bordures. Je
pensai en moi-même que cette vieille pouvoit seule
me servir d'introductrice auprès de lui, et je me dis que
si la loi proscrit le salaire des devins, elle ne défend pas
de payer celui qui nous instruit de ce que nous ignorons (20). Je la guettai donc, tandis qu'elle parcouroit
l'un après l'autre tous les rangs de l'assemblée, et qu'elle
s'occupoit à recueillir les aumônes qui pourroient
couler des mains des assistans : ses peines n'eurent
cependant pas un grand succès; les bourses ne s'ou-
vrirent pas pour elle (21). Quand elle vit que ses prières
et ses sollicitations étoient infructueuses (22), et qu'elle
fut lasse de parcourir ainsi tous les rangs, elle invoqua
par la formule accoutumée, la protection divine (23),
et commença à retirer les papiers des mains de ceux
qui les avoient reçus; mais le Diable lui fit oublier
le mien : elle ne vint pas à la place où j'étois, et
retourna trouver le vieillard, pleurant amèrement sur
le mauvais succès de ses peines, et donnant une libre
carrière à ses plaintes contre la rigueur de la fortune.
Le vieillard se contenta de dire :

» Nous sommes à Dieu ; je remets tous mes intérêts
» entre ses mains : en lui seul est la force et le pouvoir.

Pag. 387.

* M

» Il ne reste plus aujourd'hui ni ame sincère, ni ami
» loyal, ni ruisseau dont les eaux soient pures (24),
» ni protecteur secourable.

    » La méchanceté et la malice sont égales dans tous
» les hommes; il n'est plus ni confident fidèle, ni
» homme auquel ses vertus donnent du prix (25). »

Pag. 388.   Puis s'adressant à la vieille : Laisse ton ame, lui dit-
il, concevoir une meilleure espérance, et tranquillise-
la par l'espoir d'un plus heureux avenir; rassemble tous
mes papiers et compte-les. Ah ! dit-elle, je les ai
comptés tout en les reprenant, et j'ai trouvé un mé-
compte ; il nous en manque un. Malheureuse, s'écria
le vieillard, que tous les maux tombent sur toi ! Misérable, qu'as-tu fait ! tu as perdu le gibier et les rets,
la mèche avec le charbon qui devoit servir à l'allumer.
Hélas ! plaie sur plaie, misère sur misère (26) ! A ces
soupirs, la malheureuse retourna sur ses pas pour chercher le papier. Lorsqu'elle fut près de moi, je joignis au
papier une pièce d'argent et une menue monnoie. Si tu
veux, lui dis-je en lui montrant la pièce d'argent, cette
pièce qui brille et qui porte une empreinte (27), révèle-
moi le secret qui m'est caché ; si tu ne veux pas satisfaire
ma curiosité, contente-toi de cette monnoie informe,
et va-t-en. La grosse pièce pleine et blanche comme
l'astre des nuits, excitant ses desirs, elle ne demandoit pas mieux que de la recevoir. Point de contestation,
me dit-elle, demande ce que bon te semblera. Je lui fis
alors des questions sur ce vieillard (28), lui demandant de
quel pays il étoit, et je voulus aussi savoir quel étoit
Pag. 389. celui qui avoit tissu la riche étoffe des vers que j'avois

lus. Le vieillard, me dit-elle, est de Saroudj, et cette broderie est son ouvrage ; puis elle saisit la pièce d'argent, comme l'épervier saisit sa proie, et disparut avec la rapidité de la flèche que l'arc a lancée.

Sur-le-champ il me vint en pensée que ce vieillard n'étoit autre qu'Abou-Zeïd, et je sentis un vif chagrin du malheur qu'il avoit eu de perdre la vue. J'aurois bien voulu pouvoir l'aborder aussitôt et lui parler, afin de vérifier ma conjecture (29) ; mais je n'aurois pu arriver jusqu'à lui, qu'en passant sur le corps de l'assemblée ; ce que la loi ne permet pas. Craignant donc de blesser quelqu'un ou de m'attirer quelque juste reproche, je demeurai à ma place, les yeux invariablement fixés sur lui, jusqu'à ce que la khotba fût achevée, et qu'il fût permis de s'en aller : je courus alors vers lui ; et l'ayant reconnu à l'épaisseur de ses cils, je m'assurai que j'avois rencontré aussi juste que le fils d'Abbas, et deviné avec autant de subtilité qu'Éyyas (30). Je me fis donc connoître à lui, je lui offris un de mes vêtemens, et l'invitai à venir parta- *Pag. 390.* ger mon repas. Il fut charmé de se voir reconnu de moi et de mon offre obligeante, et accepta mon invitation. Nous partîmes sur-le-champ : ma main lui servoit de guide et mon ombre de précurseur. Avec nous étoit la vieille, tiers assez importun, et telle qu'un compagnon inséparable auquel on ne peut rien cacher (31). Quand il fut arrivé chez moi (32), et que je lui eus servi à la hâte un repas proportionné à mes facultés : Hareth, me dit-il, n'y a-t-il point ici de tiers avec nous ! Non, répondis-je, si ce n'est la vieille. Pour

M 2

elle, me dit-il, il n'y a point de secret ; et à l'instant
même, ouvrant les yeux, il remua librement les prunelles : les deux flambeaux de son visage brilloient
comme deux astres (33). Charmé de voir qu'il n'avoit
point perdu, comme je l'avois cru, l'usage de la vue,
mais extrêmement surpris de sa conduite, je ne pus me
retenir, et cédant à mon impatience : Quel motif, lui
demandai-je, t'a donc engagé à contrefaire l'aveugle,
et à courir ainsi dans les lieux déserts, à traverser
les solitudes et à t'enfoncer pieds nus dans des routes
périlleuses (34) ! Cependant il faisoit comme s'il n'eût
pas pu parler (35), et ne s'occupoit qu'à manger les
Pag. 391. mets que je lui avois offerts. Son besoin étant apaisé,
il tourna ses regards vers moi et me chanta ces vers :

« Puisque le sort, père de tous les humains, agit à
» l'aveugle dans toutes ses démarches et sa conduite,

» Je l'ai imité en contrefaisant l'aveugle, en sorte
» qu'on jugeroit que je le suis véritablement. Qu'un
» enfant agisse comme son père, cela n'a rien de sur-
» prenant. »

Puis il ajouta : « Va, je te prie, dans ton office, et
» apporte-moi des cendres de kali (36), qui réjouissent
» la vue, nettoient les mains, adoucissent la peau, em-
» baument, parfument, rafraîchissent l'haleine, affer-
» missent, fortifient les gencives, corroborent l'esto-
» mac ; qu'elles soient dans un vase propre, qu'elles
» aient une bonne odeur, qu'elles soient fraîchement
» broyées et réduites en poudre très-fine ; qu'on puisse
» croire, en les touchant, que c'est une poudre aroma-
» tique, et les prendre, en les flairant, pour du camphre :

» joins-y un cure-dent (37), pur dans son origine,
» agréable dans l'usage, d'une jolie figure, qui excite à
» manger, mince comme celui que l'amour consume, *Pag. 59².*
» poli comme une épée et comme l'instrument des com-
» bats (38), doux au toucher comme un tendre ra-
» meau. » Je me levai promptement, et j'allai chercher
ce qu'il demandoit, pour dissiper de toute sa personne
l'odeur désagréable des alimens. J'étois loin de soupçonner qu'en me faisant passer dans l'office, il vouloit
me jouer un tour, et je n'imaginois pas qu'il se mo-
quoit de moi, en m'envoyant quérir un cure-dent et
des cendres de kali : mais quand je rentrai en moins
d'un clin-d'œil avec ce qu'il m'avoit demandé, je
trouvai la place vide ; le vieillard et sa vieille compagne avoient disparu. Son artifice me mit en colère ;
je suivis long-temps ses traces : mais je ne le trouvai pas
plus que s'il eût été submergé dans les eaux ou enlevé
subitement dans les nues (39).

FIN de la VIIe *Séance de* HARIRI.

NOTES du N.º XVII.

(1) Plusieurs savans ont déjà parlé de cet ouvrage et de son auteur : de ce nombre sont d'Herbelot, au mot *Hariri*; Golius dans son édition de la Grammaire Arabe d'Erpénius, Leyde, 1656, *p. 211* et suiv.; et A. Schultens, dans ses préfaces aux portions de cet ouvrage qu'il a publiées en 1731 et 1740. Mais pour suppléer à l'imperfection de ces notices, je rapporterai en entier la vie de Hariri, telle qu'elle se trouve dans l'ouvrage d'Ebn-Khilcan, et dont Schultens a donné seulement un extrait à la tête de son édition des 4.º 5.º et 6.º Séances de notre auteur. J'aurois désiré en donner le texte; mais pour ne pas être trop long, je me bornerai à en offrir la traduction.

« Abou - Mohammed Kasem ben - Ali ben - Mohammed » ben-Othman Hariri Basri Harami , ابو محمد القاسم بن علي » بن محمد بن عثمان حربري بصري حرامي auteur des Makama. » Il fut un des premiers docteurs de son siècle, et il avoit » reçu un talent particulier pour la composition de ce genre » d'écrits. Ses Makama renferment une grande partie des » richesses de la langue Arabe, de ses dialectes, de ses pro- » verbes, de ses expressions figurées. Quiconque les connoît » à fond et comme elles méritent de l'être, peut se faire une » idée du talent de cet écrivain , de l'abondance de ses lec- » tures, et des richesses de son érudition. Voici, au rapport » de son fils Abou'lkasem Abd - allah , quelle fut l'occasion » qui lui fit entreprendre la composition de ses Makama. » Mon père, disoit-il, étant assis dans une mosquée avec » les Bénou-Haram, il survint un vieillard vêtu de deux » méchans haillons, qui avoit l'équipage d'un voyageur » et l'extérieur très-pauvre, mais qui parloit avec beaucoup » de facilité, et s'exprimoit avec une grande élégance.

» L'assemblée lui demanda d'où il étoit ; il répondit qu'il
» étoit de Saroudj : interrogé sur son nom كنيته il dit
» qu'il se nommoit *Abou-Zéid*. A cette occasion, mon père
» composa la Séance intitulée *Haramiyya*, qui est la 48.e de
» son recueil, et il la mit sous le nom de cet Abou-Zeïd.
» Cette Makama s'étant répandue, vint à la connoissance du
» vizir Schéref-eddin Abou-Nasr Anouschirwan ben-Khaled
» ben-Mohammed Caschani, vizir du khalife Mostarsched-
» billah. Il la lut, et elle lui plut tant, qu'il engagea mon
» père à en composer d'autres dans le même genre ; en con-
» séquence il en composa jusqu'au nombre de cinquante.
» C'est à ce vizir que Hariri fait allusion dans la préface
» de ses Makama, quand il dit : *Une personne dont les con-*
» *seils sont des ordres, et à laquelle obéir est un gain, m'a*
» *engagé à composer des Makama, en me proposant pour*
» *modèle celles de Bédi* انشلو فيها تلو البديع *quoique*

» *je n'ignore pas qu'un boiteux ne puisse suivre les pas de*
» *celui qui est grand et robuste.* J'ai trouvé le fait ainsi
» raconté dans un grand nombre d'ouvrages historiques ;
» mais étant au Caire en l'année 686, j'y vis un exem-
» plaire des Makama, écrit en entier de la main de Hariri,
» et sur le dos de l'exemplaire étoit écrit, aussi de la main
» de cet auteur, qu'il les avoit composées pour le vizir
» Djélal-eddin Omaïd-eddaula Abou'lhasan Ali fils
» d'Abou'lozz Ali fils de Sadaka, qui fut aussi vizir de
» Mostarsched, et on ne peut douter que ce ne soit là le
» vrai. Au surplus Dieu seul connoît parfaitement la vérité.
» Ce vizir mourut au mois de redjeb 522. Voilà donc ce
» qui donna lieu à notre auteur de mettre ses Makama sous
» le nom d'Abou-Zeïd Saroudji. Le kadhi Kémal-eddin
» Abou'lhasan Ali ben-Yousouf Scheïbani Kofti, gouver-
» neur d'Alep, dans son livre intitulé *les Relations des*
» *historiens au sujet des fils des grammairiens* انباء الـرواة

M 4

» في ابناء النحاة dit que le vrai nom de cet Abou - Zeïd

» étoit *Motahher ben-Salar* المطهر بن سلار qu'il étoit de

» Basra, et faisoit son étude de la grammaire et de la lexi-

» cographie نحوا لغويا qu'il vécut en la compagnie de Ha-

» riri, étudia près de lui à Basra, se forma à son école,

» et le citoit comme ayant appris de lui ce qu'il enseignoit.

» Le kadhi Abou'lfath Mohammed ben-Ahmed ben-Men-

» daï Waséti cite un ouvrage de Hariri, intitulé *Molhat*

» *alirab* ملحة الاعراب (ce qu'on pourroit presque traduire

» par *Récréations grammaticales*), et il dit : Motahher vint à

» Waset, où nous habitions, en l'année 538, et je l'y en-

» tendis réciter ce poëme qu'il tenoit de Hariri; de Waset il

» monta à Bagdad; et y étant arrivé, il y séjourna quelque

» temps, et y mourut. C'est ce que dit Samâni dans son sup-

» plément في الذيل et Omad-eddin, dans le livre intitulé

» *la Perle* خريدة في الخريدة) *Voyez* dans Hadji Khalfa

» النصر وجريدة أهل العصر) Le kaïd Fakhr-eddin dit que

» Hariri exerça la charge de *sadr-alislam* [ou chef du clergé

» musulman] à Meschan, où il mourut après l'an 540.

» Nous allons dire maintenant pourquoi Hariri donne le

» nom de *Hareth ben-Hammam* à celui par qui il fait racon-

» ter les aventures d'Abou-Zeïd. Il se désigne lui-même sous

» ce nom emprunté ; du moins c'est ce que j'ai lu dans

» plusieurs commentaires sur les Makama. L'origine de

» cette dénomination est une parole de Mahomet, qui a dit :

» *Vous êtes tous HARETH, et chacun de vous est HAMMAM;*

» car *hareth* signifie celui qui gagne, et *hammam* celui qui

» a beaucoup de sollicitude : il n'y a personne en ce sens

» qui ne soit *hareth* et *hammam*, parce que chacun s'occupe

» à gagner, et se donne des soins pour ses affaires. كلكم

حارث وكلكم همام فالحارث الكاسب والهمام الـسكتين

الاشتمام وما من تخص الا وهو حــارث وهـام لان كل واحـد

» كاسب ومهتم بأمورء Beaucoup de personnes ont entre-
» pris de commenter les Makama ; les unes fort au long,
» les autres d'une manière abrégée.

» J'ai lu dans un certain recueil, que Hariri n'avoit com-
» posé d'abord que quarante Makama : étant venu de Basra à
» Bagdad, il les apporta avec lui, et s'en attribuoit la com-
» position ; mais beaucoup de gens de lettres de Bagdad ne
» voulurent pas croire qu'il en fût l'auteur ; ils disoient
» qu'elles n'étoient point son ouvrage, mais celui d'un
» homme très-éloquent du Magreb, qui étoit mort à Basra
» et dont les papiers étoient tombés entre les mains de
» Hariri, qui s'en faisoit honneur. Le vizir l'ayant donc
» mandé au diwan, lui demanda quel étoit son état. Il
» répondit qu'il étoit *monschi* منشى c'est-à-dire, *écrivain ré-*
» *dacteur.* Alors le vizir lui ordonna de composer une lettre
» sur un sujet qu'il lui indiqua. Hariri se retira dans un coin
» du diwan, prit de l'encre et du papier, et demeura long-
» temps sans que Dieu lui fît la grâce de pouvoir rien
» trouver. Il se leva donc tout confus. Au nombre de ceux
» qui l'avoient accusé de plagiat, étoit le poëte Abou'lka-
» sem Ali ben-Aflah, dont nous avons parlé plus haut.
» Hariri n'ayant pas pu composer la lettre que lui avoit
» donnée à faire le vizir, Ebn-Aflah récita les deux vers
» suivans, que d'autres attribuent à Abou-Mohammed ben-
» Ahmed, poëte célèbre connu sous le nom d'*Ebn-Djakina*,
» Harimi Bagdadi :

» *Nous avons un docteur issu de Rébiat-alfarès, qui, dans*
» *son imbécille fureur, s'arrache les poils de la barbe. Plaise*
» *à Dieu de l'envoyer parler à Meschan, comme il l'a frappé*
» *d'un silence absolu en plein diwan.*

» Il faut savoir que Hariri prétendoit descendre de Rébiat-
» alfarès, et que, quand il étoit occupé à réfléchir, il avoit

» l'habitude de s'arracher les poils de la barbe. Harir
» demeuroit à Basra ; quand il y fut revenu , il compos
» dix nouvelles Makama et les envoya à Bagdad, s'excu
» sant de l'espèce de stupidité et d'incapacité à laquelle i
» s'étoit trouvé réduit dans le diwan, sur la crainte respec
» tueuse dont il étoit saisi. » (Voyez *Abulféda, Annal.*
Moslem. tom. III, pag. 414. Le second vers est rapporté
un peu différemment par Abou'lféda ; mais Reiske a e
tort de traduire, *in Maschano quidem ipsi loquax e
dederat Deus ;* car soit qu'on lise comme dans Abou'lféda

انطفه الله بالمثان وقد الجمه في لحريم بالخرس

ou comme je lis dans Ebn-Khilcan,

انطفه الله بالمثان كما رماه وسط الديوان بالخرس

le mot انطق doit être traduit par l'optatif.)

« Il y a plusieurs ouvrages bien faits de Hariri, tels que
» celui qui est intitulé ان الغواص في اوما ام الخواص
» un poëme sur la grammaire, sous le titre de ملحة الاعراب
» qu'il a commenté lui-même, un diwan ou recueil de
» poësies , de petits traités, et beaucoup de pièces de ver
» outre celles qui sont insérées dans les Makama. Voic
» quelques-uns de ses vers, dont les pensées sont pleines
» de grâces :

— « *Mes censeurs ont dit : Celui-ci n'est plus digne*
» *d'inspirer encore de l'amour ; ne vois-tu pas que ses joues*
» *sont déjà couvertes de poil ? Je leur ai répondu : Si celu*
» *qui m'a traité d'insensé avoit consulté la droite raison,*
» *les reproches qu'il me fait ne lui auroient pas paru bie*
» *fondés ; celui qui a demeuré sur une terre, quand elle étoi*
» *nue et stérile, la quittera-t-il au moment où le printemp*
» *la couvre de verdure !* — »

» Omad-eddin Isfahani, dans le livre intitulé *la Perle,*
» rapporte ce passage de Hariri :

— « Combien d'*Antelopes*, dans leurs retraites inacces-
» sibles, ont fait de blessures avec leurs yeux ! Combien
» d'ames précieuses se sont précipitées avec impétuosité !
» Combien d'agitations n'a pas éprouvées un homme fier et
» dédaigneux, quand la fureur de l'amour s'est emparée de
» son esprit ! Combien de fois une joue délicate n'a-t-elle pas
» fait de mon censeur impitoyable un complaisant apologiste
» de mes foiblesses ! Que de chagrins cuisans n'a pas excités
» l'aspect d'une belle chevelure ! — »

(Je joins ici le texte de ce passage, que j'ai traduit presque au hasard. :

كم من ظباء بحاجر فتنت بالحاجر ولفوس

نفائس حدرت بالحادو وثمن لمخاطر هاج وجدا لمخاطر وعــدار

Ce لاجله عاذلي عاد عاذري وشجون نظافرت عند كثف الظفائر

passage manque dans quelques manuscrits d'Ebn-Khilcan.)

« Hariri a composé des poëmes قصايد où il y a beau-
» coup de jeux de mots لجنبس On dit qu'il étoit très-laid
» et d'une figure ignoble. Un étranger étant venu pour lui
» rendre visite et s'instruire auprès de lui, conçut du
» mépris pour lui en voyant sa figure. Hariri s'en aperçut ;
» et quand cet étranger le pria de lui dicter quelque chose,
» il lui dicta ces vers :

— » Tu n'es pas le premier voyageur de nuit que l'éclat
» de la lune a trompé, ni le premier explorateur d'un cam-
» pement d'Arabes qu'à séduit une verdure trompeuse, qui
» n'est due qu'à un vil fumier. Cherche un homme qui te
» convienne mieux que moi : car pour moi je ressemble à
» *Moaïdi*; il faut m'entendre et non me voir. »

ما انت اول سار غير القمــر   ورا بد اعجبته خضر الدمــن

فاختر لنفسك غيري اني رجل   مثل المعبدي ﺗﺎسمع في ولا ﺗﺮى

» Cet homme rougit et se retira tout confus.

» Hariri étoit né en l'année 446, et mourut en 521 ou
» 515 à Basra, dans la rue Bénou-Haram. Il laissa deux
» fils. Abou-Mansour Djawaliki dit : Nedjm-eddin fils
» d'Abd-allah, et le Kadhi'lkodhât de Basra, Dhiâ-eddin
» Obaïd-allah, m'ont communiqué les Makama composées
» par leur père. Hariri est surnommé *Harami*, du nom de la
» rue où il demeuroit à Basra : ce nom se prononce *Harâm*.
» Les Bénou-Haram sont une kabileh d'Arabes qui étoient
» établis dans cette rue, et cette rue portoit le nom de ces
» Arabes. Quant au surnom de *Hariri*, il vient de *harir* [qui
» signifie de la *soie*] et on le nommoit ainsi parce qu'il
» travailloit la soie ou qu'il en vendoit. *Meschan*, ainsi
» prononcé, est le nom d'un petit bourg au-dessus de
» Basra, où il y a beaucoup de palmiers, et qui a la répu-
» tation d'être mal-sain ; la famille de Hariri étoit de ce
» lieu : on dit qu'il y possédoit 18,000 palmiers, et qu'il
» jouissoit d'une grande aisance.

   » Le vizir Anouschirwan, dont nous avons parlé, étoit
» un homme instruit, de beaucoup de talens ; il est auteur
» d'une chronique intitulée صدور زمان الفتور dont Omad-
» eddin Isfahani a transporté une partie dans l'histoire
» qu'il a composée de la dynastie des Seldjouki, sous ce titre:
» نصرة الفترة وعصرة الفطرة (Man. de S.-G. n.° 327.) Ce vi-
» zir mourut en l'année 532.

   » Ebn - Mendâï dont il a été aussi question, est
» Abou'lfath Mohammed fils de Bakhtiar fils d'Ali fils de
» Mohammed fils d'Ibrahim fils de Djafar Waséti : il est
» connu sous le nom d'*Ebn - Mendâï*. Beaucoup d'hommes
» célèbres ont été ses disciples, comme le Hafedh Abou-
» Becr Hazémi dont nous avons parlé, et autres. Il étoit né à
» Waset au mois de rébi second en l'année 517, et y mou-
» rut le 8 de schaban 605. Prononcez son nom *Mendâï*.

   » *Moaïdi* (prononcez *Moaidiyy*) : On dit en proverbe,
» *Écoutez Moaïdi, mais gardez-vous de le voir* ; on dit aussi,

» *Il vaut mieux entendre Moaïdi que de le voir.* Suivant
» Mofaddhal Dhabi, ce proverbe tire son origine de
» Mondhar fils de Ma-alséma qui dit ce mot à l'occa-
» sion de Schakka fils de Dhomra Témimi Darémi ; il avoit
» entendu parler Schakka ; mais quand il le vit, il lui trouva
» si mauvaise mine, qu'il dit ce mot, qui depuis a passé en
» proverbe. Schakka lui répondit : Prince, que le ciel pré-
» serve de malédiction ! les hommes ne sont pas des ani-
» maux destinés à la boucherie, dont on n'estime que le
» corps ; le mérite de l'homme s'estime par les deux plus
» petites parties de lui-même, son cœur et sa langue.
» Mondhar admira sa réponse et son bon sens. On dit
» ce proverbe d'un homme qui n'a ni renommée ni exté-
» rieur. *Moaïdi* est un mot dérivé de Maad-fils d'Adnan,
» dont on a fait un adjectif patronymique, après en avoir
» formé d'abord un diminutif, et avoir supprimé le dou-
» blement du *dal* : والمعيدي ينسب الي معد بن عــدنان وقد

لسبوه بعــد ان صغروه وحففوا منه الدال

J'ai rapporté en entier cette vie de Hariri, pour faire
connoître la manière dont Ebn-Khilcan traite ses sujets.

J'ajoute, pour l'intelligence d'un vers de Hariri cité par
ce biographe, que les Arabes appellent la *verdure d'un fumier,*
ce qui a une belle apparence et peu de mérite ; parce que les
plantes potagères qui viennent sur un fumier, ont une belle
apparence et une végétation vigoureuse, mais sont ordinairement peu succulentes. (Voy. *Consessus Haririi quartus,*
quintus, sextus, &c. pag. 61.)

Bédi, que Hariri dit avoir pris pour son modèle, est
Abou'lfadhl Ahmed fils de Hosaïn Hamadani, surnommé
la *merveille de son siècle* بديع الزمان mort, suivant Ebn-
Khilcan, à Hérat dans le Khorasan, en 398. Comme cet
auteur n'est point encore connu, on me saura gré d'entrer
dans quelques détails à son sujet.

La Bibliothéque nationale possède un manuscrit (man. Ar. n.° 1591) qui contient des morceaux choisis des Makama, des lettres et autres ouvrages de Hamadani. Dans la première pièce de ce recueil, qui est une critique d'un poëte nommé Abou-Beer Khowarezmi, qui ne se faisoit aucun scrupule de mettre à contribution les meilleurs poëtes pour embellir ses compositions, et qui avoit attaqué Hamadani, celui-ci se vante d'avoir fait quatre cents Makama qu'il nomme *Makama de kidya*, sans que de toutes ces compositions il y en ait une seule qui ressemble à une autre, soit pour les expressions, soit pour les pensées. Voici ses termes (*folio 3*) : من املي في مقامات الـكدية اربع مائة Je ne sais pourquoi il nomme ces compositions *Makama de kidya ;* mais comme je trouve ailleurs (*p. 5*) qu'il *les a mises dans la bouche des Malheureux* جملها على السنة المـكديين Je crois que *kidya* doit signifier le *malheur*, *l'infortune.*

Dans toutes les Makama de Hamadani, c'est un nommé *Isa ben-Hescham* qui raconte, et le héros de ces récits est toujours le scheïkh *Abou'lfath Escandéri.* Il y a le plus grand rapport entre Hamadani et Hariri, soit pour le choix des sujets et les pensées, soit pour la manière de les exprimer; mais les Makama de Hamadani sont beaucoup plus courtes que celles de Hariri, et par-là même peut-être méritent-elles quelque préférence : on y sent moins l'affectation d'employer tout-à-la-fois toutes les richesses de la langue et toutes les ressources de la rhétorique. J'en rapporterai quelques passages, et j'en donnerai deux Makama en entier : l'une des deux a un rapport singulièrement frappant avec la 7.e Séance de Hariri.

Je citerai d'abord le jugement que porte Hamadani du poëte Nabéga ; ce jugement se trouve dans une Séance intitulée مقامة الشعراء (*fol. 16, v. et suiv.*) On demande à

Abou'lfath Escandéri ce qu'il pense de divers poëtes, et entre autres de Nabéga, et il répond : « Aussi habile à » faire des chansons amoureuses quand l'amour l'inspire, » qu'à composer des satires quand il a le cœur ulcéré, il » sait louer alors qu'il brigue des faveurs, et s'excuser quand » il craint : les traits qu'il lance ne manquent jamais leur » coup.

قلنا فما تقول في النابغة قال ينسب اذا عشق ويثلب

اذا حنق ويمدح اذا رغب ويعتذر اذا رهب فلا يرمي الا صائبا

الغـازي Voici un autre passage de la Makama intitulée où Abou'lfath Escandéri joue précisément le même rôle qu'Abou-Zéïd dans Hariri ; il dit de lui-même :

الا حالي مع الـزمان كحالي مـــــع النسب

نسبتي في يد الـزمان اذا ناسمـه انــــقلب

الا امسي مــن النبط واضحي مـن العرب

« Je sais m'accommoder au temps, comme je sais changer » mon nom et mon origine. C'est le temps qui décide à » quelle nation j'appartiens, et j'en change quand il m'en » fait une loi : Nabatéen au soir, au matin je suis Arabe. » (Fol. 16, verso.)

Dans une autre aventure, Isa ben-Hescham, touché de la misère de notre aventurier, lui donne une poignée d'argent, et, après avoir reçu ses remerciemens, lui dit : « Il y a encore quelque chose au fond de la bourse ; dé- » couvre-moi ce que tu caches, je te donnerai tout. » Aussi- tôt celui-ci ôte le voile qui le couvroit, et « je reconnus, » dit Isa, que c'étoit Abou'lfath Escandéri. Je lui dis, » Malheureux, quel monstre tu es ! Il me répondit :

— « Que ta vie parmi les hommes soit toute consacrée au » déguisement et à l'artifice. Je vois que la fortune ne » demeure jamais dans un même état, et je m'efforce de » l'imiter. Un jour elle me fait subir l'effet de sa malignité,

» et le lendemain elle éprouve elle-même ma malice. — «
(Fol. 16.)

قال عيسي بن هشام فقلت له ان في الكيس فضلا فابرز لي

عن باطنك اخرج البك عن اخر فاماط لثامه فاذا والله شيخنا

ابو الفتح الاسكندري فقلت ويحك اي داهية انت فقال

فقيض العمر تشبيها علي الناس وتمويها

اري الايام لا تبقي علي حال فاحكيها

فيوما شرها في ويوما شربي فيها

Voici maintenant une des plus courtes Makama de Hamadani : elle est intitulée مقامة الفَرّاد c'est - à - dire *Séance du baladin qui montre des singes.*

حدثنا عيسي بن هشام قال انا بدار السلم قافلا من

البيت الحرام اميس مهس الرحله علي شاطي ديله اتامل تلك

الطرائف وانتقي تلك الزخارف وانتهيت الي حلقة رجال

مره حين بلوي الطرب اعنافهم ويشق الضحك اشداقهم

ساقني الحرض الي ما ساقهم حتي وقفت بمسمع صوت الرجل

دون مراي وجهه لثج الجمعه وفرط الزحمه واذا هو فراد يرقص

قرداً ويفتحك من عنك فرقصت رقص المحرج وسرت سير

الاهوج فوق ارقاب الناس بملفظتي عائق هذا لسن ذاك حتي

انفرشت لحبة رجلين وقعدت بعد الاين قد اشرفني الجلّد

برينه وارمتني المكان بضيفه ولما فرغ الفراد من شغله وانتفض

المجلس عن اهله وقد كساني الرهب حلته لاري صورته

فاذا ابو الفتح الاسكندري فقلت ما هذه الدناة فانشا بقول

الذئب

السذىب للاىم لا ي ماعدب على مسرف اللهاىي

لاحمن اءركت المسي   وربلت بـــللل الجمـــال

» Isa ben-Héscham racontoit ainsi l'aventure suivante :
» Je me trouvois à Bagdad, où je m'étois rendu avec la
» caravane qui revenoit de la Mecque, et je me promenois
» sur les bords du Tigre, comme fait une troupe de voyageurs
» prête à partir, considérant l'un après l'autre tout ce qui
» en fait l'ornement : je vins dans un endroit où il y avoit
» un cercle d'hommes qui se fouloient réciproquement,
» se tordant le cou pour mieux voir, et riant à gorge dé-
» ployée. La curiosité me porta à faire comme eux ; et
» m'étant approché, je parvins à entendre la voix d'un
» homme ; mais je ne pouvois voir son visage, à cause
» du concours de monde et de la foule qui se pressoit.
» Celui que j'entendois, étoit un baladin qui montroit des
» singes ; il les faisoit danser, et apprêtoit ainsi à rire aux
» spectateurs. Je me mis alors à sauter comme un chien
» qui porte un collier, et à m'avancer comme un homme
» qui marche de travers, en passant sur le cou des spec-
» tateurs, enjambant du dos de l'un sur le ventre de l'autre,
» jusqu'à ce qu'enfin, après bien de la fatigue, je m'assis sur
» la barbe de deux des spectateurs, qui me servoit de cous-
» sin. Les sauts que j'avois faits à cloche-pied m'avoient mis
» hors d'haleine et presque suffoqué, et j'étois si étroite-
» ment resserré que je pouvois à peine y tenir. Quand le
» baladin eut fini de montrer les tours de ses singes, la
» foule se retira ; pour moi je conçus un violent desir de
» voir la figure de cet homme ; mais que vis-je ! c'étoit
» Abou'lfath Escandéri. Peux-tu, lui dis-je, t'abaisser à un
» tel avilissement ! Il me répondit par ces vers :

» *La faute n'en est pas à moi, mais à la fortune : adresse*
» *donc tes reproches à la succession des nuits et des jours.*
» *C'est par la folie que j'ai obtenu l'objet de mes desirs :*

* N

» c'est à elle que je dois les riches vêtemens dont je me
» pare. »

J'observe seulement sur le texte de cette Makama, que je
doute de la vraie leçon de رحله dans les mots امبس مبس
الرجله او الزحله Peut-être vaudroit-il mieux lire الرحلــــة
ce que l'on peut supposer, parce que les points diacritiques
manquent souvent dans ce manuscrit.

Je réserve pour la fin de ces notes l'autre Makama de
Hamadani que j'ai annoncée.

Si Hariri a imité Hamadani, il a eu lui-même des imita-
teurs. La Bibliothèque nationale possède aujourd'hui un manuscrit qui appartenoit précédemment à celle du Vatican,
où il portoit le n.º 372, et qui contient un recueil de cinquante Makama, composées à l'imitation de celles de Hariri
par Abou'ltaher Mohammed ben-Yousouf Témimi Sarakosti
Andalousi, dans la ville de Cordoue. Elles portent le titre
de كتاب المقامات اللزومية et ce nom leur est donné sans
doute à cause de la grande application que leur auteur a
apportée à les composer, comme on le voit par ces mots,
qui servent de préface à ce recueil:

فهذه خمسون مقامة انشاها ابو الطاهر محمد بن يـوسف

العبمي السرقسطي بغرطبه من مدن الاندلس عند وقوفه علي

ما انشاء الرىس ابو محمد الحريري بالبصر اتعب فيها خاطرى

واسهر لها ظن ولزم في نثرها ونظمها ما لا يلـــزم فجاءت على

غايه من الجودة

Le héros des Makama d'Abou'ltaher se nomme *Abou-*
Habib ابو حبيب et cet auteur met ses récits dans la bouche de
Mondhar ben-Homam المنذر بن حـمـام qui raconte ce qu'il

a entendu dire à *Saïb ben-Témam* السايب بن تمام Hadji Khalfa fait mention de ces Makama. Ce manuscrit a appartenu à Pietro della Valle. Voy. *Biblioth. Or. Clement. Vatic.* tom. I. pag. 588, n.º 18. *Recensio Manuscriptorum codicum qui ex universâ bibliothecâ Vaticanâ selecti ...... procuratoribus Gallorum jure belli .... traditi fuêre. Lipsiæ, 1803;* pag. 33.

Je reviens maintenant au recueil des Séances de Hariri. Si on veut connoître les portions de ce recueil qui ont été publiées, on en trouvera le détail dans le second *Specimen Bibliothecæ Arabicæ* de M. Schnurrer, imprimé à Tubinge en 1800; mais il faut observer que depuis cette époque, la 7.ᵉ et la 11.ᵉ Séance ont été données en arabe, avec de courtes gloses, par M. Jahn, dans sa Chrestomathie Arabe (*Arabische Chrestomathie*, Vienne, 1802); la 14.ᵉ, par M. Rink, dans la Chrestomathie Chaldaïque, Syriaque et Arabe, qu'il a donnée conjointement avec M. Vater, à Leipsig en la même année, sous ce titre, *Arabisches, Syrisches und Chald. Lesebuch ;* et enfin la 49.ᵉ, du moins en partie, avec des gloses Arabes et une traduction Allemande, par M. Rosenmüller, à Leipsig en 1801, dans l'ouvrage intitulé : *Ueber einen Arab. Roman des Hariri.*

Mon intention avoit été de donner deux Séances inédites de Hariri. J'ignorois que M. Jahn se proposât de publier la 7.ᵉ, et le texte Arabe de cette Chrestomathie étoit déjà imprimé, lorsque l'ouvrage de M. Jahn a paru. *Voy.* Magasin Encyclopédique, *année VIII, tome IV, pag.* 305 *et suivantes.*

Je dois faire connoître maintenant les manuscrits que j'ai employés pour donner ces extraits des Séances de Hariri. Ce sont 1.º Le manuscrit Arabe n.º 1588 de la Bibliothèque nationale, qui ne contient rien autre chose que le texte;

2.º Le manuscrit n.º 207 de S.-Germain-des-Prés. Ce

N 2

manuscrit est excellent, et contient, outre le texte, quelques
gloses interlinéaires et marginales en petit nombre, mais
importantes et qui seroient d'un grand secours à quiconque
voudroit donner une édition complète de Hariri ;

3.º Le manuscrit Arabe n.º 1589 de la Bibliothèque
nationale qui ne contient pas le texte de Hariri, mais un
ample commentaire intitulé شرح مقامات الحريري et dont
l'auteur est Borhan-eddin Naser ben Abi'lmécarim Motarrézi
بـــرهان الدين ناصر بن ابي المــكارم المطرزي J'en ai fait
grand usage malgré les fautes de copiste dont il fourmille
et qui en rendent la lecture très-pénible. Je le cite sous
le nom de *Motarrézi* ;

4.º Le manuscrit Arabe n.º 1626 de la même bibliothèque, dont j'ai déjà parlé à l'occasion du poëme de Nabéga,
(*Voy.* ci-devant *pag. 58*). Ce volume est un recueil de
plusieurs ouvrages. Le premier est une espèce de lexique
pour les Makama de Hariri ; il n'est pas disposé par forme
de dictionnaire, mais les mots expliqués y sont rangés dans
l'ordre où ils se trouvent dans le texte de Hariri. Il est
intitulé كتاب شـــــرح ما غمــــض من الالفاظ
اللغوية من المقامات الحريرية et a pour auteur Mohibb-eddin
Abou'lbaka Abd-allah ben-Hosaïn Ocbari Bagdadi حب
الدين ابو البقا عبد الله بن الحسـين العكبري البغــدادي
Ocbari est un adjectif relatif اسم منسوب dérivé d'*Ocbara*
عُكْبُرَاوِي et عُكْبُرِي ; on dit عُكْبُرَا ou عُكْبُرَاء comme
l'observe l'auteur du Kamous. Je cite ce manuscrit sous le
nom d'*Ocbari* ;

5.º Un manuscrit nouvellement apporté d'Égypte par
M. de la Porte, et acquis par la Bibliothèque nationale.
Ce manuscrit a de petites gloses interlinéaires , qui forment

comme un commentaire perpétuel. Ces gloses sont pareilles à celles qu'on voit dans la Chrestomathie de M. Jahn, et dans l'ouvrage de M. Rosenmüller que j'ai déjà indiqué : elles sont souvent insuffisantes pour entrer dans la pensée de Hariri.

(2) Barkaïd est, suivant le Kamous, le nom d'une ville مدينة proche de Mosul; Abou'lféda en parle d'après Mohal-lébi, dans sa Description de la Mésopotamie, et dit que c'est une ville considérable, éloignée de onze parasanges de Balad et de dix-sept de Mosul: قال المهلبي في كتابه المعروف بالعزيزي ومن مدن الجزيرة برقعيد وهي مدينة لها سور واسواق كثيرة ومنها الى بلد احدي عشر فرسخا ومنها الى الموصل سبعة عشر فرسخا Voyez aussi ce qu'en dit Bakouï, Not. et Extr. des Mss. tom. II, pag. 473.

(3) Il y a ici un jeu de mots entre le nom propre *Barkaïd* et les mots Arabes برق عيد qui signifient *les éclairs de la fête* ; ce que j'ai rendu par *les premiers instans de la grande solennité*. Il s'agit de la fête de la fin du jeûne, fête que les Turcs nomment بيرام *Bairam*.

(4) A la lettre : *avec ses rites d'obligation et de dévotion*. Le scholiaste Borhan-eddin Naser ben-Abi'lmécarim Motarrézi dit : اراد بالفرض صدقة الفطر وبالنفل صلاة العيد « Par les rites d'obligation, il entend l'aumône qu'on doit » acquitter à la fin du jeûne; et par les pratiques de dévo- » tion, les prières particulières de cette fête. » *Voy.* Tableau gén. de l'empire Othoman, *t. I, p. 211 et 276.*

(5) A la lettre : *et qu'il fut arrivé avec sa cavalerie et son infanterie*. C'est une expression empruntée de l'Alcoran, *sur. 17, vers. 65.* Dieu adressant la parole à Satan, lui dit : وَأَجْلِبْ عَلَيْهِمْ بِخَيْلِكَ وَرَجْلِكَ *et invehere super illos equitibus tuis et peditibus tuis.*

N 3

(6) *Voy.* ci-devant, partie I.ʳᵉ, *pag. 109, not.* (45).

(7) Motarrézi remarque que le mot كظم s'écrit ordinairement avec un djezma sur le ظ il cite néanmoins de
vers d'Abd-almotalleb et d'un autre poëte où il est prononc
comme ici كَظَم et il observe qu'il fait au pluriel كظام
ce qui justifie la prononciation de Hariri. Voici une part
de sa glose : الكظم بسكون الظا مخرج النفس من الخليل

بغال خمتى واحذ بكظمى فما اقدر ان اتنفس اي كربى

بوجد متحرك الظا الا في شعر عبد المطلب فاله في ابرهه

من انهزم فأنثنى عنه

وفي اوداجه خارج امسك منه بالكظم

وفي شعر لحمد بن البعبث ابن حلس الربعي ...... وبعضد

اللغة فيه جمهم ابا علي اكظام وكفى بذلك حجة للحريرى

(8) La glose d'Ocbari sur le mot خلاة mérite d'être r
portée: خلاة كالكبس من صوف واصلها من خلبت

تنبش اذا جززته وكانوا يجعلونه في مثل هذا الوعاء
(Man. 1626, *fol. 36, verso.*)

(9) Dans les gloses du manuscrit 207 S.-G. on li
السعلاة الغول وهي من اكاذيب العرب Voyez *Caab b*
Zoheir Carmen Panegyr. &c. pag. 8 et 113.

(10) اجال est expliqué dans le manuscrit 207 S.-G
par ادخل signification qui n'est pas dans les dictionnaire

(11) Sur le mot رفاع *voyez* partie I.ʳᵉ, p. 53, note (4

(12) Le mot زبون exige quelques observations. O
trouve dans Giggéius, et d'après lui dans Castell زبون

inconsideratus, qui tecum in eâdem arte laborat, dives, puteus in suâ origine. 1.º Il faut lire زبون 2.º C'est une traduc-tion inexacte de ce qu'on lit dans le Kamous; voici ce que je trouve dans ce dictionnaire.... الزبن كالضرب الدفع وبيت زبن متنحّ عن البيوت .... وناقة زبون دفوع .... حرب زبون يدفع بعضها بعضا كذلك ..... وزابنه دافعه ...... والزبون الغبي والحريف والبير في مثانتها استيخار ...... المضرب الزبن prononcé comme c'est-à-dire:« وانزبنوا تنحّوا » *l'action de pousser......* زبن *dit d'une maison, signifie une* » *maison écartée des autres.........* زبون *dit d'une femelle de* » *chameau,* signifie la même chose que دفوع [*c'est-à-dire,* » *qui repousse celui qui la trait]* .....; dit de la guerre, il » indique *une guerre dans laquelle les combats sont en si* » *grand nombre, qu'ils semblent se repousser l'un l'autre.* » (*Voy.* les Extraits du Hamasa donnés par A. Schultens, » *pag. 327 et 328.)* .... زابن *à la troisième forme, il a* » *repoussé* ..... الزبون *étourdi, impudent;* c'est en ce sens » un mot d'origine étrangère: il signifie aussi *une citerne* » *dans le fond de laquelle il y a une partie qui s'éloigne du* » *reste;* انزبن *à la septième forme, il s'est écarté.* »

J'observe 1.º que j'ai cru devoir traduire le mot حريف par *impudent* ou *téméraire,* et non, comme Giggéius, par *camarade du même métier,* parce que غبي et حريف paroissent devoir être pris dans un sens analogue l'un à l'autre; 2.º Que dans un manuscrit, on lit غبي au lieu de غبي mais c'est certainement une faute. Giggéius a réuni les deux leçons.

L'auteur du Sihah dit dans le même sens que celui du Kamous : الزبن الدفع وزبنت الناقة اذا ضربت بثفناتها

N 4

رجلها عند المحلب والزبن بالثفنات والركض بالرجل والخبط
بالید والناقة زبون تضرب حالبها وتدفعه وحرب زبون تزبن
الناس اي تصدمهم وتدفعم ...... وامّا الزبون الغبي فليس من

كلام اهل البادية c'est-à-dire : « زبن pousser, ce verbe se
» dit d'une femelle de chameau, qui frappe avec les genoux
» quand on la trait ; زبن s'emploie quand elle frappe avec les
» genoux , ركض quand c'est avec le pied de derrière, et
» خبط quand c'est avec le pied de devant ; on appelle
» زبون une femelle de chameau qui frappe et repousse la
» personne qui la trait ; ce mot se dit aussi d'une guerre qui
» repousse les hommes, c'est-à-dire, qui les frappe et les
» heurte ; mais ce même mot, employé pour signifier étourdi,
» n'est point de la langue des Arabes du désert. »

Il semble d'après cela que le mot زبون signifie ici sans
difficulté un étourdi, un homme qu'il est facile de duper. Ce
sens me paroît être aussi celui que présente la glose de
Motarrézi. On lit dans le man. 1589 : الزبون الغبي الــذي
بزبن ويعبن وهو من اب ضبوت وحلــــوب في ان الفعــل
مستند الي النسب مجازا Le défaut de points diacritiques et plusieurs fautes de copiste rendent ce passage inintelligible ;
mais je suis convaincu qu'il doit être restitué ainsi : الزبون
الغبي الذي يُزبَن ويُغبَن وهو من اب ضبوث وحلوب في ان
الفعل مستند الي النسب مجازا زبون c'est-à-dire : « étourdi qui
» se laisse heurter et tromper. Ce mot est de la même espèce
» que حلوب et ضبوث dans lesquels la signification active
» du verbe se trouve rapportée, par une sorte de catachrèse,
» à la chose qui est le complément du verbe et l'objet de
» l'action. » Voici ce que veut dire ici Motarrézi : De ضبث
qui signifie tâter une femelle de chameau pour voir si elle est

grasse , se forme ضبوث dont le sens n'est pas activement, celui qui tâte &c. , mais passivement *une femelle de chameau que l'on tâte pour s'assurer si elle est grasse* اذا ضبثت بالشي

قبضت عليه بكفك وناقة ضبوث يثبّتك في ضنها فتَضبّت اي

حلوب De حلب qui signifie *traire* , vient aussi تُحَسّ بأليد dont le sens est passif, *une femelle que l'on trait*, et non actif : de même, dit Motarrézi, de زبن *pousser*, vient زبون celui qui est poussé et trompé , *un étourdi propre à être dupé.* Notre commentateur cite, à l'appui de cette glose, ce proverbe qui n'est pas, dit-il, d'origine Arabe : *l'étourdi se réjouit sans aucun sujet ,* وفي امثال المولد بن الزبون بمفروح فلا شي Méïdani relate aussi ce proverbe parmi ceux qui ne sont pas originairement Arabes ; mais il n'y joint aucune explication.

Ocbari, dans son lexique de Hariri , dit : اصل الزبون « Le sens من زبنته اذا دفعته فسموا بذلك لتدافعهم عند الشراء » du mot زبون vient originairement de زبن employé dans la » signification de دفع *pousser;* on les a nommés ainsi » (l'auteur nous laisse ignorer qui sont ceux qu'on a nommés ainsi), « parce qu'ils se heurtent réciproquement en ache-» tant ». Peut-être a-t-il voulu dire que ce mot se dit des hommes riches qui mettent l'enchère les uns sur les autres, quand ils veulent acquérir quelque chose. Dans les petites scholies que M. Jahn a jointes à cette Séance de Hariri, *p.*202 de sa Chrestomathie, زبون est expliqué par مقصود *celui vers lequel on tend, à qui l'on s'adresse;* et il l'a rendu, dans son dictionnaire, par *quocum negotium habes.* Le manuscrit de M. de la Porte explique le mot زبون par اهل الهيبة الحسنة *gens de bonne mine ou bien vêtus.*

Le mot زبون se trouve aussi dans la Makama de Hamadani, que je donnerai à la fin de ces notes.

(13) Le destin, dit l'auteur des gloses du manuscrit 207 S.-G., ne satisfait les vues d'aucun homme, et chacun s'en prend à lui ; voilà pourquoi Hariri lui donne l'épithète de معتوب *accablé de reproches.*

(14) C'est le sens propre du verbe وقذ qui signifie *battre quelqu'un presque jusqu'à la mort,* الوقذ شكّ الضرب وشاة وقيذة ومرقوذة قتلت بالخشب والوقيذ الصريع ووقذه صرعــه وسكنه وغلبه وتركه عليلا كاروقذة (Kamous.)

(15) Il n'y a qu'Ocbari qui donne l'explication du mot نفضليع الاعمال إعوجاجها واضطرابها من قولك : il dit تفضليع فليــع الــرمح اذا اعـــوجّ وضَــلـعُك عليّ أي مَيـلك dans d'autres manuscrits on lit تضبيع et il paroît qu'on avoit d'abord écrit ainsi dans le manuscrit 207 S.-G., mais qu'on y a substitué ensuite تفضليع qui est, je crois, la vraie leçon : c'est celle qu'a suivie M. Jahn. Dans le manuscrit de M. de la Porte, on lit تضبيع et ce mot est expliqué par تـرك Le manuscrit 207 S.-G. donne sur le mot امـــال la glose suivante : الاعمال مـــن اعملـت بالــرمح Je crois اذا طعنتَهُ بعامله والعامل قدر الزراع تحت السنان qu'au lieu de الزراع qui n'offre point de sens, il faut lire الذراع car, suivant Djewhari, la partie du bois de la lance qui se nomme عامل est plus éloignée du fer que celle qui se nomme عامل الرمح ما يلى السنان Voici ses termes : لتعلب وهـــو دون التعلب Voyez dans la cinquième Séance de Hariri, donnée par Schultens, p. 110, l'expression اعمــال بيده *exercere manus suas.*

(16) Les gloses du manuscrit 207 S.-G., expliquent

اخطر بكسر امرٌ اخطر par et انتجل اخطار par Ochari dit: امشي في ثوب بال وبـسفتر الطا، اجـول في ذكـر

(M. 1626, f. 37, r.) Il est bon de donner ici un extrait du

Kamous. خطر بباله وعلمه يخطر ويخطرُ خطورا ذكره بعد نسبان

والنخـل بـذنبه يخطر خطرا وخطرانا وخطيرا ضرب به يمـينا

وشمالا وهي نافنة خطانن والرجل بسيفه ورمحه رفعه من وضعه

اخرى وفي مشيته رفع بده به ووضعها خطرانا فيها والرمح اهتز وهو

خطر البعير بذنبه Djewhari dit aussi : (يخطـر) بالكسر) خطار

خطرا وخطرانا اذا رفعه من بعد من وضرب به فخذبه ..... وخطر

الرمح يخطر اهز .... ويقال خطران الرمح ارتفاعه وانخفاضه

المطعن .... وخطران الرجل ايضا اهتزازه في المشي ....

وخطر الشي ببالي يخطر بالفتح خطـورا واخطـر الله ببـالي

(V. sur ce mot les extraits du Hamasa donnés par A. Schul-

tens, pag. 350 et 351.) La même expression se trouve dans

la onzième Séance de Hariri ; لا نبالون بمـــن هـو بال ولا

تخـــــطارون ذكـر الموت اسكم ببال (V. Jahn's Arab.

Chrest. pag. 214.) On dit aussi vulgairement : خطر في بالي

il m'est venu en esprit.

(17) C'est-à-dire, je ne me fusse pas avili jusqu'à

mendier la protection des grands et les bienfaits des riches.

(18) Le mot محــــراب suivant un scholiaste manuscrit

de la قصيدة المقصور d'Ebn-Doreïd sur ce vers,

فجزع الاحبوش سما نانعا واحتل من خمدان محراب الدمـي

signifie la salle ou l'appartement le plus honorable d'une

maison وهي اشرف موضع في البيت المحــــراب الثرفة Ce

vers d'Ebn-Doreïd est le 41.e de l'édition de Scheïdius.

Voici comment l'auteur du Kamous décrit le fameux château de Gomdan :

غمد .... ككهان قصر باليمن بناه يشرح
باربعة وجوه احمر وابيض واصفر واخضر وبني داخله قصرا بسبعة
سقوف بين كل سقفين اربعون ذراعا Au surplus le mot
محراب est susceptible de beaucoup de significations :
الغرفة وصدر البيت واكثر مواضعه ومقام الامام من المسجد
والموضع ينفرد به الملك فيتباعد عن الناس والاجنة وعنق الدابة
ومحاريب بني اسرايل مساجدهم التي كانوا يجلسون فيها
(Kamous.)

اسماي الاول جمع سمل وهو الثوب الخلق واسما لي (19)
Manuscrit 207 S.-G.) الثاني افعل من السمو وهو الارتفاع

(20) « Il veut dire que la loi qui interdit de donner
» un salaire aux devins, ne s'étend pas au salaire de celui
» qui procure quelque connoissance : cela est dit, parce
» que le prophète a défendu de donner au devin un salaire. »
نهي عن حلوان الكاهن وهو اجرته يقال حلوته كذا اذا
اعطيته الاء فحلي به واشتقاقه من الحلاوة (Motarrézi.)
Dans le manuscrit 207 S.-G. on lit en marge cette remarque
curieuse : حلوان الكاهن لا يجوز وقد نهي النبي صلعم عنه
يعني عطيته والعرب تجعل للعطية لكل صنف اسما فاسم ما
تعطي المراة في النكاح صداق واسم ما يعطي الشاعر.....واسم ما
يعطي عن دم المقتول الدية واسم ما يعطي عما يختلف القية
واسم ما تصبح به المعاوضات الثمن وعن تفاوت الجنايات
الارش واسم ما يعطي الدليل الجعالة واسم ما يعطي الخنزير

الخفان واسم ما يعطي الراقي البسلة والكاهن الحلوان

Je ne sais si cette observation est bien juste ; car, suivant l'auteur du Kamous حلوان se dit de différentes sortes de salaires.

الحلوان بالضم اجرن الدلّال والكاهن ومهر المراة وما تعطي علي متعتها وما اعطي من نحو رشوة ولاحاوتك حلوانك لاجزينك

جزاءك On se sert aussi du mot حلوان du moins dans le langage des écrivains modernes, pour signifier *le pot de vin d'un marché , un droit éventuel de mutation, une gratification extraordinaire.* Ainsi Schems - eddin Mohammed ben-Abi'lsorour (man. Ar. de la Bibliot. nat. n.° 784) appelle حلوان le droit que le pacha du Caire recevoit, quand il nommoit un nouveau multézim à la ferme d'un village devenue vacante حلوك par la mort de celui qui la tenoit ; et il désigne sous le nom de حلوان العبد la gratification demandée par les milices à l'occasion du Baïram.

(21) *Voyez* sur ces mots لم يرشح علي بسدهـا الماء A. Schultens. Epistol. prim. ad Menken. pag. 42.

(22) Le man. 207 S.-G. explique اكدي par قطع Motarrézi en développe ainsi le sens : اكدي الحافر بلغ الـكديـة وهي صلابـة الارض كقولهم احل هذا اصله ثم قيـل لمـن لم يظفر بحـاجته اسكدي الـكدية الارض الصلبة .... واكـدي الحافـر اذا بلـغ الـكديـة فلا يمكنه ان يحفر وتحفـر فاكدي اذا بلـغ الي الصلب .... وأكديتُ الرجلَ من الشي رددتهُ عنه واكدى الرجلَ اذا قـل خيرٍ وتـسوله تعالي واعـطي قليلا واكدى اي اقطع القليل Voy. Alcor. sur. 53 , v. 34.

(23) عاذ signifie *se mettre sous la protection de Dieu*, et استرجع *dire cette formule*, *Nous sommes à Dieu et nous retournerons vers lui.* (انا لله وانا اليه راجعون) Man. 207 S.-G. ; Ocbari, man. 626, *fol. 37, verso.*)

(24) Motarrézi observe que par le mot مُعِين l'auteur entend *un camarade dont l'amitié soit pure comme un ruisseau limpide qui court sur la surface de la terre* : « ou bien, » ajoute-t-il, il peut avoir désigné sous cette figure des biens » dont l'acquisition ne lui coûte pas beaucoup de peine, et qui » viennent comme d'eux-mêmes remplir ses desirs; ويحتمل انه

يريد به ما يتسهل له مرامه ويتيسر به منـــــاله من المال وغين

» C'est un dérivé de la racine معن comme le prouve son » pluriel, qui est معن ou معنات et cela démontre incontes-» tablement que ce n'est point un adjectif verbal de la » racine مين Cependant Ali ben-Isa le dérive de cette » dernière racine ; mais de l'une ou de l'autre façon, les deux » mots, qui font ici une allitération, ne sont point dérivés » de la même racine, وفي كلا الوجهين ليس التجنيس اشتقاقيا

(25) J'ai traduit le mot تمين de la manière qui me paroît la plus naturelle. Cependant Ocbari, tant dans cet endroit que dans ses notes sur le quatrième récit de Hariri, rapporte l'autorité de quelques grammairiens qui n'admettent pas le mot تمين en ce sens. Voici ce qu'il dit sur le passage du quatrième récit, يبخس بالضنين وبنافس في التمين qui se trouve dans l'édition d'A. Schultens, *pag. 22*: يبخس هنا

يبخل والضنين ماهنا الشي النفيس الذي يبخل والتمين هنا

يريد به ما كثر ثمنه وقد ذكر في دن الغواص انه خطاء

وقال التمين هو تمثمن الشي مثل العشر والعشير فاما ما له ثمن

Il dit de même فهو ثمين وذكر الجوهري السكثير الثمن والثمين هنا يحتمل ان يريد ما ها ثمن فيكون خطاً، على ما ici :
ذكرناه في الرابعة ويحتمل ان يريد الشي القليل الذي قدر ثمن فيكون صحيحا والمعني علي هذا لم يبق ما له قدر وما لا قدر له
(Manuscrit 1626, *folio 24, verso, et 37, recto.*) Cette explication ne convient ni à l'un, ni à l'autre de ces passages. Djewhari dit : شي ثمين اي مرتفع الثمن et il est certain que le mot ثمين a été souvent employé dans le sens de *précieux* : de là un assez grand nombre d'écrits de différens genres portent le titre de الدر الثمين *la Perle précieuse.*

(26) Les mots Arabes ضغت على الإبالة signifient à la lettre : *une botte de foin par-dessus un fagot,* c'est-à-dire, malheur sur malheur. « الإبالة dit Motarrézi ainsi que Djewhari,
» signifie *un fagot de bois,* et ضغت *une botte de foin où*
» *l'herbe verte est mêlée avec de l'herbe sèche :* il y en a qui
» prononcent أبالة sans teschdid. » L'auteur des gloses du
man. 207 S.-G. entend par ضغت *un petit fagot de bois qu'on met par-dessus un plus gros.* العرب تقول عند ازدياد المكروه
ضغت علي الإبالة والإبالة الكبيرة من حزم الحطب والضغت الصغيرة التي تجعل فوقها كأنهم قصدوا به مكرراً علي مكروه Il cite
ensuite, ainsi que Motarrézi, ce vers :

لي كل يوم من ذوالة   ضغت يريد علي الإبالة

« Celui qui parle dans ce vers dit qu'il a un loup qui
» lui apporte tous les jours le produit de sa chasse, et
» l'oblige à amasser un gros fagot » (sans doute, pour le
faire cuire) ذوالة الذئب عني انه يجر اله فريسته
ويحوجه الي احتطاب حزمة كبيرة من الحطب

(27) Les mots المـــــــــشــــــروف المعلم peuvent également désigner une pièce d'or ou une pièce d'argent : Antara s'en est servi en ce sens, dans la Moallaka qui porte son nom,

ولقد شربت من المدامة بعدما ركد الهواجر بالمشوف المعلم

« Quand la violence de la chaleur commence à tomber, » je bois d'un vin vieux, acheté au prix d'une (pièce d'or) » polie et marquée d'une empreinte. » Voy. *the Moallakat or seven Arabian poems &c. by W. Jones*, pag. 65 et 141. Dans ce vers, quelques commentateurs entendent par là un verre d'un métal brillant et ciselé ; dans notre auteur, il signifie une pièce d'argent, ce que prouve le mot suivant البدن qui contient une comparaison de cette pièce de monnoie avec la pleine lune.

(28) استطلعتها طلع الشيخ اي سالتها عن حقيقـة شأنه والطلع في الاصل اسم من الاطلاع وهو ان تطـلع انسانا علي امر لم يكن علم به يقول قد اطلعني فلان علي طلع هذا الامر حتي علمته كله واطلعته طلع امري ابثثته سري واطلع العدو (Motarrézi.) اي عرف باطن امـرهم

(29) A la lettre, *pour mordre le bois de ma conjecture*; on mord un morceau de bois, pour s'assurer s'il est dur ou tendre ; de là cette expression figurée, pour *éprouver*, *essayer.* عجمت العود عَضَضْته لتختبر صلابته من رخاوته.

(30) Comme le mot المعـبّة ne se trouve pas dans les dictionnaires, je transcrirai la glose de Motarrézi : المـبّر الدكـا ومعـــنـاها الخصلة المنسوبة الي الالمي والبابان فيهـا فيرحـا في الالمي ومثالها الاريحـة في الاريحي فـذلك ان النسبة فيهما حقيقية كهي في الرهبانية والانسانية وفي المنسوب اليهما

البهما غير حقيقية مثلها فى كرسى وزربى واشتقاقها من لمع
النار وهو اضامها كما ان الذكا الذى فى معناها من ذكا
النار وهو :وقدها وتفسيرهم الالمعى بالذكى المتوقد يوئيـد
ذلك .... وما يزيدك لك وضوحا للبليد ماة القلب ومثلوج
الفؤاد ووصفهم اياء خلاف الذكى بما هو ضد النار دليل
مقطوع به على صحة ما ذهبنا اليـه من اشتقـاق الالمـعـيـة

» المعية signifie *la vivacité d'esprit:* c'est la qualité abstraite
» d'un homme à qui convient l'adjectif المعى Les deux ى
» ne doivent pas être considérés dans المعية comme dans
» المعى Il en est de même de اريحية et اريحى La raison de
» l'observation que je fais ici, c'est que dans المعية et اريحية
» il y a véritablement une idée de relation exprimée par les
» ى comme dans les mots رمبائية et انسائية au lieu que
» dans les mots المعى et اريحى d'où ceux-là dérivent, il n'y
» a pas véritablement d'idée de relation, pas plus que dans
» لـمـع النـار Le mot المعية dérive de زربى et كرسى
» *la lueur du feu;* de même que l'idée de *vivacité* ou de
» *pénétration d'esprit* exprimée par le mot ذكا synonyme
» de celui-ci, vient primitivement de ذكا النار *la vivacité,*
» *l'ardeur du feu.* La manière dont on explique ordinaire-
» ment المعى par الذكى المتوقد *vif, ardent,* vient à l'ap-
» pui de ce que nous disons; . . . . et ce qui en prouve
» encore la justesse, c'est que l'on emploie une figure ana-
» logue en se servant de l'idée des choses directement
» opposées au feu, pour désigner un *homme d'un esprit*
» *lourd;* car on le nomme *un esprit aqueux, un cœur cou-*
» *vert de neige.* C'est là une preuve décisive que notre éty-
» mologie du mot المعية est juste. »

Le fils d'Abbas, dont il est ici question, est Abd-allah

* O

fils d'Abbas, très-célèbre par la justesse de son esprit, sa sagacité et sa prévoyance. On attribuoit ces qualités distinguées à une prière que Mahomet avoit faite pour lui, lorsqu'il étoit encore enfant. Motarrézi, qui rapporte quelques particularités de sa vie, finit en disant : « Les traditions » qui font connoître la sagacité et la vivacité d'esprit d'Abd-» allah fils d'Abbas, sont trop connues pour les rapporter, » et trop nombreuses pour qu'on puisse les compter : com-» ment en seroit-il autrement, puisque le prophète avoit » adressé à Dieu cette prière en sa faveur : Mon Dieu, en-» seigne-lui la sagesse et donne-lui un surcroît d'intelligence » et de science ! L'étendue de ses connoissances et la péné-» tration de son esprit lui valurent les surnoms de الحبر » le docteur, et البحر la mer. » Voy. d'Herbelot, aux mots *Abbas* et *Rabboni*; Abou'lféda, *Annal. Mosl.* tom. I, page 287 et suiv., et pag. 417.

Iyyas ben-Moawia ben-Korra Mozéni avoit une sagacité si singulière, qu'elle a passé en proverbe. Reiske, dans ses notes sur Abou'lféda, en a rapporté plusieurs traits tirés de Meïdani. Suivant Motarrézi, Meïdani a composé un recueil particulier des traits d'esprit d'Iyyas, qu'il a intitulé كتاب زكن اياس *Voy.* Abou'lféda, *Annal. Mosl.* tom. I. pag. 455 et note (220).

Abou'lwalid ben-Zéïdoun, dans cette lettre pleine de grâces et d'érudition que Reiske a publiée, et après lui Hirt, a dit aussi : واياس بن معويه انما استضاء بمصباح ذكائك et son commentateur Ebn-Nobata rapporte à cette occasion beaucoup de traits de la sagacité de ce kadhi de Basra. Voy. *Abi'lwalidi Ibn-Zéïduni Risalet, edente Reiskio*, pag. 1. et 2 ; *J. F. Hirtii Institut. Arab. ling.* pag. 516. Ebn-Arabschah, dans l'Histoire de Timour, fait dire à ce conqué-rant فراساتي الاسبة *mes conjectures sont comme celles d'Iyyas.* Voy. *Ahmedis Arabsiad. Vit. Timur.* édit. de Manger. t. I, pag. 116. Ébn - Khilcan donne à Iyyas le surnom de ابو وارثه *Abou-Waritha*.

(31) Je ne puis me dispenser d'entrer dans quelques détails sur cette expression ثالثة الاثافي parce que ce que l'on trouve à ce sujet dans Giggéïus, Golius et Castell, aux deux racines اثف et ثفي et qui est tiré du Kamous, n'est pas exact, et vient en grande partie d'une méprise du premier de ces lexicographes, qui n'a pas bien entendu le texte de Firouzabadi. Je vais transcrire d'abord ce que l'on trouve dans cet écrivain, à la racine اثف, et ensuite je rapporterai ce qu'il dit à la racine ثفي

الاثفية بالضم وبكسر الحمر يوضع عليــه القـــدرج اثافي ويخفف والعدد الــكثير وجماعة الناس وثالثة الاثافي القطعــة من الجبل يجعل الي جنبها اثنتان فيكون القطعة متصلة بالجبل وربما بثالثة الاثافي والشركله جعل الشر اثفية بعد اثفية حتى اذا رما بالثالثة لم يترك منها غاية "*Othfiyya* et *ithfiyya*, c'est-
» à-dire, *la pierre sur laquelle on pose la marmite* ; pluriel
» *athafiyy* ou *athafi*, sans teschdid : il signifie aussi *grand*
» *nombre* et *plusieurs hommes réunis.* Par ثالثة الاثافي *[le troi-*
» *sième des supports d'une marmite],* on entend une portion
» saillante d'une montagne, près de laquelle saillie on place
» deux de ces supports (peut - être faut - il lire اثنيتان
» au lieu de اثنتان); et quant à cette saillie (qui forme le
» troisième support), elle tient à la montagne. Cette expres-
» sion , *il l'a frappé du troisième des supports d'une marmite,*
» signifie, *de toutes les espèces de maux* ; c'est comme si
» l'on disoit : Il a fait du malheur un support de marmite ,
» puis un autre ; en sorte que quand il a jeté contre quel-
» qu'un le troisième, il ne restoit plus rien au-delà dont
» il pût se servir pour le frapper. »

الانتباه بالضم والكسر الجيم : on lit , مغى , A la racine نوضع عليه القدرج الثاني وإناف ورماء الله بثالثة الاثافي اي بالجبل والمراد بدامية وذلك انهم اذ لم يجدوا ثالثة الاثافي اسندوا القدر الى الجبل « Othfiyâ et ithfiyâ, c'est-à-dire, la » pierre sur laquelle on met la marmite ; pluriel athafiyy et » athafin. Dieu l'a frappé du troisième des supports d'une mar- » mite, c'est-à-dire, de la montagne, ce qui signifie, d'une » grande calamité. Cette expression vient de ce que quand » les Arabes ne trouvent point une troisième pierre, pour » compléter le nombre des supports de leur marmite, ils » l'appuyent d'un côté sur le penchant d'une montagne. »

On voit maintenant le sens de cette expression prover- biale. *Athafi* signifie trois pierres que les Arabes Bédouins placent triangulairement sous leur marmite, pour la tenir élevée et pouvoir allumer du feu par-dessous. M. Horne- mann, parlant de la manière dont les Arabes qui voyagent en caravane apprêtent leurs repas, dit : «Les esclaves creusent » un petit trou dans le sable pour y allumer du feu ; ils vont » ensuite chercher du bois, et trois pierres destinées à être » placées dans le trou, afin de retenir les cendres et de », supporter le chaudron. » (Voyag. de F. Hornemann, traduct. Française , *tom. I*, *pag. 11.*) Quand les Arabes ne pouvoient trouver que deux pierres propres à cet usage, ils les plaçoient sous la marmite à deux sommets du tri- angle, et l'appuyoient, du côté où auroit dû être placée la troisième, contre le plan incliné d'un tertre ou d'une mon- tagne, qui remplaçoit la troisième pierre, et devenoit comme l'un des pieds d'un trépied : de là on a appelé *le troisième des supports d'une marmite*, ou *le troisième pied d'un trépied*, tout ce qui servoit à compléter le nombre de trois. C'est en ce sens qu'Abd - allatif, parlant de la plus petite des pyramides de Djizeh, dit que le sultan Almélic alaziz

Othman ben-Yousouf ayant formé le dessein de détruire ces pyramides, commença par la plus petite, qui est de couleur rouge, et *qui*, ajoute-t-il, *est le troisième pied du trépied* فـبـدا بالصغير الاحمر وهو ثالثة الاثافي, c'est-à-dire que quoiqu'inférieure aux deux autres par sa grandeur et sa construction, elle complète avec elles le nombre de trois. (*Abdollat. Hist. Æg. comp.* édit. de M. White, 1800, in-4.°, *pag.* 100). Pococke le fils avoit traduit littéralement, *estque hæc tripodis pes tertius.* (*Ib. pag.* 5 de l'*Appendix.*) Dans l'expression proverbiale, *Dieu l'a frappé du troisième support de la marmite*, ce mot indique le comble des malheurs, non-seulement, je crois, parce que cela suppose le dernier des malheurs, tous les autres représentés par le premier et le second support de la marmite ayant déjà été épuisés sur le malheureux dont il s'agit, mais aussi parce que, dans la signification naturelle de ces mots, le troisième support de la marmite étant une montagne, surpasse sans aucune proportion, en volume et en poids les deux autres qui sont des pierres détachées.

D'après ce que je viens d'exposer, on voit combien Castell a eu tort de dire ثالثة الاثافي *mons, sive pars montis vel petræ, tribus ferè partibus constans, quòd chrytropodibus destituti Arabes scenitæ ejusmodi loco fulcire soleant lebetem; vel pars montis ab utroque latere partem aliam habens et continua monti reliquo.* Giggéïus avoit dit: *Pars montis quæ succiditur, cui duo lapides* (Giggéïus paroît avoir lu اثنتان comme j'ai proposé de lire, au lieu de المثنتان que porte le manuscrit dont je me suis servi) *adjunguntur, ut fiat tripos, cui lebes imponatur;* ce qui approchoit plus du sens, si ce n'est qu'il n'auroit pas dû traduire dans le passage du Kamous القطعة par *pars quæ succiditur*, ce qui est évidemment contraire à l'intention de l'auteur qui ajoute فيكون القطعة متصلة بالجبل. Je ne relèverai pas toutes les fautes

O 3

commises par Giggéïus et Castell , aux deux racines الف
et لغى j'ai voulu seulement faire sentir l'imperfection de
nos dictionnaires , et combien une bonne édition des textes
de Djewhari et de Firouzabadi seroit utile aux progrès de la
littérature Arabe.

Puisque j'ai eu occasion de citer le voyage de M. Hornemann , au sujet de la cuisine des Arabes , je remarquerai
que suivant ce voyageur , à l'endroit déjà cité , le mets le
plus ordinaire des Arabes dans les caravanes , est formé de
hassidé , épaisse bouillie de farine. Mon savant confrère
M. Langlès a cru que le *hassidé* de M. Hornemann étoit
le même que le *hasou* de M. Höst (*Nachrichten von Ma-
rokkos* , pag. 107) ; mais quoiqu'il puisse y avoir du rapport entre la manière de préparer ces deux mets , leurs noms
sont fort différens : le premier est حسو et le second مصيدة
ils se trouvent l'un et l'autre dans nos dictionnaires , et
leur signification donne lieu de croire que le *hasou* est
plus liquide que le *hassidé* ou plutôt *asideh.*

Pour revenir à notre passage de Hariri , il pourroit être
traduit ainsi : *Avec nous étoit la vieille qui complétoit notre
trio , et en outre l'observateur à qui rien n'est caché ,* c'est-
à-dire , *Dieu ;* et peut-être ce sens est-il plus juste. Cependant Motarrézi le désapprouve. Voici sa glose : « Il peut
» se faire qu'en disant الجوز ثالثة الأثافى Hariri ait simple-
» ment voulu dire que la vieille faisoit la troisième ; mais
» on peut aussi supposer qu'il a employé cette expression
» pour faire entendre que cette femme étoit un tourment ou
» un fléau insupportable , et qu'il a eu en vue ce proverbe,
» رماء الله بثالثة الأثافى *Dieu l'a frappé avec le troisième
» support de la marmite ,* où ces mots signifient داهية عظيمة
» *une grande calamité.* J'ai lu dans les proverbes d'Abou-
» Obéid , qu'on interrogea Abou-Obéida sur le sens de cette
» expression , et qu'il répondit qu'elle signifioit *l'extrémité
» de tout malheur , de toute chose désagréable* اخر الشر واخر

» يا ناقي الشَّر كلّ مكروهٍ aussi un Arabe célèbre a-t-il dit :
» كلّ مرجومٍ Ce qui justifie que c'est là le sens que lui a
» donné Hariri, c'est qu'il ajoute, en parlant de cette
» femme, *et l'observateur pour qui aucun secret n'est caché :*
» car cette assiduité importune est regardée comme un grand
» fléau. Le sentiment de ceux qui croient que par الرقيب
» *l'observateur,* il faut entendre *Dieu,* est fausse; il en est
» de même de l'opinion de ceux qui lisent والرقيب au
» génitif par forme de serment. En y regardant attentive-
» ment, on en découvre la fausseté. »

(32) Dans le manuscrit 1588 on lit ركنتي c'est
une faute; Motarrézi dit : استجلس وكنتي اي لزم بيتي والمخذ
كالمجلس وهو مسح يبسط في البيـــت ..... والـوكنة في
الاصل عش الطير وموقعه ثم استعيـــرت للبيت وهي من وكن
الطاير علي بيضه وكونا اذا حضنها

(33) A la lettre, *comme les deux étoiles de la petite
Ourse, nommées* فرقدان *les deux veaux.* Voy. *Ulugh
Beighi Tab. stell. fix.* dans le tome I du *Syntagma dissert.*
de Th. Hyde, *pag.* 6.

(34) Au lieu de انعامك que j'ai imprimé conformément
au texte du manuscrit 207 S.-G., on lit à la marge du
même manuscrit ايغالك et c'est aussi la leçon du manuscrit 1588, de celui de M. de la Porte, du lexique d'Obari,
et de la Chrestomathie de M. Jahn; peut-être même
انعامك est-il une faute de copiste pour امعانك

(35) تظاهر باللكنة اي اظهرها كقله من لا يري الجواب
II (Motarrézi.) يـــقال تظاهر الشي اذا اظهر وتظاهرتُ به
ajoute : « J'ai oui dire que les habitans de Bagdad disent
» تظاهرت به au lieu de اظهرته et qu'ils ne se servent
» presque jamais de اظهر dans le sens où ce mot est usité. »

(36) Il y a dans le texte غسول et la glose du manuscrit
207 S.-G. l'explique par اشنان Ocbari dit aussi : الغسول
بالفتح ما تغسل به اليد كالاشنان ونحو وبالضم الغسـل بعينه
J'ai employé le mot *kali* comme plus connu. Forskal parle
de plusieurs espèces de Salsola, qu'il nomme *kali*, et il
donne le nom de غاسول à deux espèces de *Mesembryan-
themum* (Voyez *Flor. Ægypt. Arab.* pages lxiij, lxiv,
lxvij et pages 54 et 98). Prosper Alpin décrit, sous le
nom de *kellu* ou *kalli*, en arabe قلي, trois plantes dont
on fait des cendres, qui servent à fabriquer le verre, le
savon, &c. (*Hist. nat. Æg.* t. II. p. 58 et suiv.) Djewhari
nomme *kali* ou plutôt *kila*, les cendres de la plante appelée
uschnan الاشنان مـــن يتخذ ما الـــقـلـي L'auteur du
Kamous, au mot اشنان : dit نافع والكسر بالضم الاشنان
وتاشـن للاجنـة مسقط للطمث مدرّ منقي جلآء الحكّة والجرب
et au mot قلي il dit : بديه غسل وضوئي وكالي بالكسر القلي
Avicenne parle de ces الحمض Je lis يتخذ من حريق الحمض
deux substances اشنان et قـلـي dans le Traité des médicamens simples, mais sans les décrire. *Voy.* l'édition Arabe
des Œuvres d'Avicenne, *tom. I, pag. 131 et 248.*

(37) Le mot خلال ne se trouve pas dans nos dictionnaires dans la signification de *cure-dent*, on y trouve seulement خلال Ce mot peut aussi signifier une *amante*, et
l'auteur jouant sur cette double signification, n'a employé
pour la description du cure-dent que des épithètes qui
peuvent s'appliquer à une jeune fille douée de tous les
agrémens du corps et de l'esprit. Il est presque impossible de
rendre ces allusions soutenues, dans une autre langue.

(38) Je prononce آلَم au génitif. Dans le manuscrit

207 S.-G. on lit dans le texte عِدَّةُ آلَةٌ et pour glose

mais en marge on lit وَأَلَهٍ Dans le manuscrit 1588 on

lit وَآلَهٍ

(39) عنان السما ما ظهر منها اذا نظرت اليها فعال من عنّ

اذا ظهر وعرض وقـبـل هو اعلاما وما ارتفـع منها وقبل هو

العرض) Motarrézi.) الـحـاب لائه بعن كما يقال له العرض

Je termine ces notes par le texte et la traduction d'une
Séance ou *Makama* de Hamadani, qui a un rapport frappant avec la 7.ᵉ Séance de Hariri. Cette Makama, qui se
trouve *f. 12 et 13* du manuscrit 1591, ne porte pas de
titre.

حدثنا عيسى بن هشام قال كنت اجتـار في بعـض بلاد

الاهواز وقصاراي لفظة شرود اصيدها وكلمة بليغة استزيدها

فاذاني السير الي رقعة من البلاد فنيحة فاذا هوم هناك مجتمعون

علي رجل يستمعون اليه يخبط الارض بعصا علي ايقاع لا يختلف

وعلمت ان مع الايقاع لحنا ولر ابعد ان انال من السمـاع

حظا او اسمع من الفصيح لفـظا فما زلت بالنظار ارحم هـذا

وادفع ذاك حتـي وصلت الي الرجل وسـرحت الطرف منه

الي حُزَّقة كالقُـرَنبا احمي مكشـوف في شمـلة هسوف بدور

كالحُذروف متبرنسا بالطـول منه معـتـمدا علي عصـا فيها

جلاجِل يخبط الارض بها علي ايقاع غيج بلفظ مرج وصـوت

شخ من هدن حرج يقول

يا هوم قد انئسل ذهبي ظهري وطالبـتي طلَّـتي بالمـهر

اصحبت من بعد غني ورفـر ماكن قنر وحليـف فقـر

ا قوم هل بينكم من حُـرٍ   يعينني على صروف الدفـر

ا قوم قد غبل لفقري صبري   وانكشفت عسى ذبول البتر

رفض ذا الدمرُ بابدي البثر   ما كان لي مـن فضــةٍ وتبر

ادي الى بيت كـتقبد الشنر   خامـلَ قـدر وصغيــرَ قدر

ر ختم الله بخيـر امري   اعتبـي عن تُشـي بُشي

هل من فتي فيكم كريمُ النجر   محتسب في عــظيم الأجـر

ان لم يكن مغتما للشكر

قال عيسى بن هشام فرق والله له قلبي   واغرورقت له عيني

ونلته دينار! كان معي فما لبث ان قال

يا حُسنَهـا فاقــعـة صَـفراء

مَشـروقة منقـوشـة قـوراء

يكـاد ان ينقطر مـنها المـاء

قد احمرَتهــا حتــةٌ علبـاء

نفس فـي يملـكـه الصفـاء

يَصـرفـه فيـه كما يشـاء

يا ذا الـذي يعنيه ذا الثنـاء

ما يقتقـي قـدرك الاطـراء

امـض على الله لك الجـزاء

وارحم الله من شدّما في قرن مثلها وآنسها باختها فناله الناس ما ناله ثم فارقهم وتبعته فعلت انه متعام لسرعة ما هرف الدينار فلما نظمتنا خلوق مددت يمناي الى يسري عضدبه فقلت والله لترمبي ستري او لاكشـفـن سترك ففنح عن تراومتي

لوز وحدرتُ لثامه عن وجهه فاذا والله شيخنا ابو الفتح فتلت
انت ابو الفتح فقال لا انا ابو قلدون من كل لون اكون
اخضر من الكسب دونا فان دمرك دون

زج الـزمان بخمـق ان الـزمان زبـون

لا تـكذبَن بعقـل ما العقـل الا الجنون

« Isa ben-Hescham racontoit l'aventure suivante : Je
» traversois, disoit-il, une partie de la province d'Ahwaz,
» et mon but étoit de recueillir quelques traits fugitifs d'élo-
» quence après lesquels je courois, et quelques morceaux
» d'un style fleuri dont je desirois accroître mes richesses en
» ce genre. Chemin faisant, je vins à une vaste place de la
» ville ; j'y aperçus une multitude rassemblée autour d'un
» homme auquel on prêtoit une oreille attentive. Cet homme
» frappoit la terre en cadence, avec un bâton, très-régu-
» lièrement. Je reconnus que la mesure étoit accompagnée de
» chant ; et comme je n'avois pas d'éloignement pour la
» musique, ou pour entendre débiter des pièces d'élo-
» quence, je me glissai à travers la foule, coudoyant celui-
» ci, repoussant celui-là ; je fis tant que je parvins assez près
» de ce personnage pour distinguer que c'étoit un gros homme
» trapu, semblable à un escarbot, aveugle et enveloppé dans
» un manteau de laine ; couvert d'un manteau beaucoup plus
» long que lui, il tournoit avec la rapidité du jouet auquel
» un enfant imprime un mouvement rapide de rotation, et
» s'appuyoit sur un bâton garni de clochettes ; il en frappoit
» la terre en observant une cadence molle, accompagnée de
» mots entrecoupés, et d'une voix triste et sanglotante qui
» paroissoit sortir d'une poitrine oppressée.

  » *Messieurs, disoit-il, mon dos est courbé sous le poids des*
» *dettes qui m'accablent, et celle qui partageoit ma couche,*
» *m'a redemandé sa dot. Après m'être vu au sein des richesses*

» et de l'abondance, je suis réduit à habiter les déserts, et la
» pauvreté est ma compagne assidue. Est-il parmi vous quel-
» que ame généreuse qui veuille m'assister contre l'incons-
» tance de la fortune ! L'indigence a triomphé de toute ma
» patience, et les voiles qui couvroient mon honneur ont été
» jetés loin de moi. Le temps cruel, avec sa main destructive,
» a dissipé tout ce que je possédois d'or et d'argent. Il me
» reste pour retraite qu'une cabane grande comme la main,
» de nulle valeur, et dont une petite marmite forme tout le
» mobilier. S'il plaisoit à Dieu de me donner une fin favo-
» rable, on me verroit passer de l'infortune à une situation
» plus heureuse. Se trouve-t-il parmi vous quelque rejetton
» d'une noble tige, qui estime comme une grande récompense
» des bienfaits qu'il versera sur moi, la certitude que l'éclat
» de sa générosité ne sera point terni par l'espoir d'aucune
» réciprocité ! »

» Mon cœur, disoit Isa ben-Hescham en continuant son
» récit, fut vivement ému ; mes yeux se baignèrent de
» larmes : je lui donnai une pièce d'or que j'avois sur moi,
» et à l'instant il dit :

» Oh la charmante pièce d'un jaune foncé, que son éclat, son
» empreinte et sa grandeur rendent si belle ! On diroit à voir
» le reflet qu'elle produit, que des gouttes d'eau vont couler
» de sa surface ; c'est un fruit qui doit sa naissance aux sen-
» timens généreux d'un mortel, esclave de la bienfaisance qui
» règne sur son cœur, et qui dispose de lui à son gré. O toi
» à qui s'adressent ces louanges, aucun éloge ne sauroit égaler
» ton mérite : va, c'est à Dieu seul à te récompenser !

» Que Dieu, ajouta-t-il, ait pitié de celui qui lui donnera
» une compagne digne d'elle, et lui procurera la société
» d'une sœur ! »

» Alors chacun de ceux qui étoient présens lui fit des
» libéralités. Quand il se retira, je le suivis ; car je m'étois
» aperçu, à la promptitude avec laquelle il avoit reconnu

» ma pièce d'or, qu'il contrefaisoit l'aveugle, et lorsque
» nous fûmes sans témoins, j'étendis la main droite vers son
bras gauche, et je lui dis : Au nom de Dieu, tu me révé-
» leras le mystère que je veux connoître, ou je dévoilerai
» à ta honte le secret dont tu te couvres. Aussitôt il ou-
» vrit deux larges prunelles, et moi je baissai le voile qui
» lui couvroit le visage ; je reconnus Abou'lfath Escan-
» déri. Quoi donc, lui dis-je, es-tu Abou'lfath ! Non, me
» répondit-il, je suis Abou - Kalamoun » (c'est-à-dire *une
étoffe nuancée de différentes couleurs, qui change d'aspect
suivant les divers reflets de la lumière*) , « je suis de toutes
» sortes de couleurs ».

» *Ne crains point de choisir un métier vil et abject ; car
» rien n'est plus vil que le temps qui décide de ton sort.
» Triomphe du temps par la folie, puisque le temps est un
» étourdi qui agit à l'aventure : ne te laisse pas décevoir par
» la raison ; la raison est-elle autre chose que le délire d'un
» insensé !*

J'ajoute pour l'intelligence de quelques mots du texte
de cette Makama, les passages suivans du Sihah et du
Kamous.

الْحُزُقُّ كَعُتُلّ وَعُتُلّه الْقَصِيرُ أَوْ مِـــنْ مُقَارِبٍ خَطْوُه لِضَعْف
بَدَنِه وَالضَّيِّـق وَالعَظِيم البَطن القَصِيـر الَّذِي اذَا مَشَى ادَار
الِيَتَيْه كَالاَحْزَقَّة كَطُرْطَبَّة وَالحَزْقَة بِفَتْحِ الحَاء وَضَمِّ الـزَّاي
او رَجُلٌ حَزُقٌّ وَحُزُقَّة بِفَتْحِ الحَاء وَضَمِّ الـزَّاي او بِـضَمِّهِمَا
(Kamous.) قَصِير مُقَارِب خَطْوُه لِقِصَرِه أَوْ لِضَعْف بَدَنِه
الـسُّرْطُبِي مَقْصُور دُوَيْبَة طَوِيلَة الرِّجْلَين مِثل الخُنفَسَاء اعظَم
(Djewhari.) مِنه شَيا وَفِي المَثل القِرِنْبِي فِي عَيْن امِّها حَسَنَة
الْخَــــذْرُوف بِالذَّال المُعجَمة شَيْء يَدَوِّرُه الصَّبِي يُخَيِّط فِي بَدْيِه

فيسمع له دوي قال امروالقيس يصف فرسا در هر كـخـــذروف
الواحد امنّ تتابع ـكـفيه بخيط موصّل والمجمع الخـــــذاريف
وبقال تَرَكـبَتِ الـبُرُوفَ رَاسَهُ خَـذاريفَ اي قطّعا كـل
قطعه مثل المخذروف (Djewhari.) Voyez Caab ben Zohair
Carm. panegyr. &c., donné par G. J. Lette, pag. 76 et 206.

« Abou-Kalamoun, sorte de vêtement des Grecs, qui pa-
» roît, à la vue, prendre successivement diverses couleurs. »
ابو قلــون ضرب من ثياب الــروم يتلون الــوانا للعيــون
(Djewhari.) Suivant Castell, Abou-Kalamoun est aussi dans
Avicenne (tom. I. pag. 107, lig. 51) le nom d'un oiseau
aquatique dont les couleurs imitent celles du paon.

J'ajoute encore à ce que j'ai dit ci-devant sur le mot
زبون ce que Djewhari et Firouzabadi disent au sujet de
l'espèce de vente nommée مزابنة et qui justifie la signification que j'ai donnée au mot زبون Le premier s'exprime

ainsi : المزابنة بيـــع الرّطب في روس النخـل بالقمر وتُهي عن
ذلك لانه بيعٌ مجازفةٍ من غيركيل ولا وزن ورُخص في العرايا

Firouzabadi dit : المزابنة بيع الرطب في روس النخل بالقمر
وعن مالك كل جزاف لا يعلم كيله ولا وزنـه ولا عدده وبيــــع
مسمّي من مكيل وموزون ومعدوده او بيع معلوم بجهول من جنسه
او بيع جهول بجهول من جنسه او مي بيع المغابنة في الجنس

Le même Firouzabadi dit aussi : الذي لا يجوز فيه الغبــن
الزبن كالضرب الدفخ وبيعُ كل ثمر علي شجر بتمر كــيلا

Dans un dictionnaire Français-Arabe manuscrit, je lis :
Chaland, زبون زبونات او زبابين Si tu fuis, tu perdras tes
chalands, ان هربت تخرب زبابنك

N.º XVIII.

SÉANCE IX, Séance d'Alexandrie.   *Pag. 393.*

Voici ce que racontoit Harith ben-Hammam :

Emporté par le feu de la jeunesse et le desir de faire fortune, je parcourus tout l'espace qui est entre Fergana et Gana (1); je me plongeois dans les gouffres les plus profonds pour cueillir quelques fruits, et j'affrontois tous les dangers pour atteindre l'objet de mes vœux. J'avois recueilli avidement cet avis sorti de la bouche des savans (2), et je m'étois bien pénétré de cette maxime des sages, qu'un homme prudent, en entrant dans une terre étrangère, doit avant tout se concilier le kadhi de la contrée, et s'assurer ses bonnes grâces, afin d'avoir en lui un appui dans les contestations qui peuvent survenir, et de se mettre à l'abri, dans les lieux où il est étranger, de l'oppression des gouverneurs. J'avois pris cette sage maxime pour règle de ma conduite, et elle étoit le guide de toutes mes démarches. Jamais je n'entrois dans une ville, jamais je n'abordois un lieu suspect (3), que je ne contractasse avec celui qui y exerçoit l'autorité une liaison aussi intime qu'est celle de l'eau avec le vin, et que je ne me fisse de sa faveur un renfort aussi puissant que celui que le corps trouve dans son union avec l'ame.

Pag. 394.

Un jour donc, comme je me trouvois chez le gouverneur d'Alexandrie, pendant une soirée très-

froide, au moment où cet officier se faisoit apporter
l'argent recueilli des aumônes des fidèles pour le dis-
tribuer aux indigens, on vit entrer un vieux matois (4)
que traînoit une jeune femme (5).

Seigneur, dit-elle, en adressant la parole au kadhi,
que Dieu vous assiste de son secours, et qu'il vous
conserve toujours ses bonnes grâces! Je suis une femme
d'une naissance illustre; j'appartiens à une race pure (6),
aussi noble du côté paternel que du côté maternel;
j'étois distinguée par le soin que mes parens ont pris de
ma pudeur; la douceur de mes mœurs faisoit mon
ornement; j'avois toutes les qualités propres à être
d'un grand secours (7), et il y avoit une grande différence entre moi et mes voisines. Toutes les fois qu'il
se présentoit des partis recommandables par la noblesse
de leurs familles ou par leurs richesses, qui me recher-
choient en mariage, mon père leur imposoit silence, et
les rebutoit durement. Il rejeta toujours leur alliance et
leurs dons, sous prétexte qu'il avoit promis à Dieu,
avec serment, de ne donner pour époux à sa fille qu'un
homme qui sût quelque métier. Pour mon malheur et
mon tourment, le destin voulut que le fourbe que voilà,
vînt se présenter dans l'assemblée de la famille de mon
père, et jurât devant tous les parens, qu'il remplissoit
Pag. 595. les conditions de l'engagement que mon père avoit
c[ ]ntracté. Il prétendit que depuis long-temps son métier
étoit d'assembler une perle avec une autre, et qu'il en
avoit vendu une couple pour une somme considérable (8). Mon père fut dupe de ses mensonges, et lui
accorda ma main sans prendre aucune information sur

                                                    son

son compte. Lorsqu'il m'eut tirée du séjour de mon enfance, emmenée loin de ma famille et transportée dans son domicile, et qu'il me tint une fois dans ses fers, je ne trouvai en lui qu'un paresseux, un fainéant, toujours étendu sur son lit, toujours livré au sommeil. En le suivant, j'avois emporté avec moi un riche trousseau, des parures précieuses, des meubles et un équipage brillant (9); mais il ne cessa de vendre peu-à-peu à vil prix (10) tout ce que je lui avois apporté, et d'en consommer l'argent pour satisfaire sa gourmandise (11.) Il a si bien fait, qu'il a dissipé tout mon bien, et que dans son besoin il a dépensé tout ce qui m'appartenoit. Depuis que sa mauvaise conduite m'a fait oublier jusqu'au goût du repos dont je jouissois auparavant, et qu'il a rendu ma demeure aussi nette que la paume de la main (12), je lui ai dit: Il ne faut plus user de réserve, quand on est tombé dans l'indigence, et il n'y a plus de parfums après la perte d'Arous (13): lève-toi donc, mets tes talens à profit, et recueille le fruit de ton industrie. Que m'a-t-il répondu! que son métier est absolument *Pag. 396.* tombé, depuis les troubles qui ont porté la désolation et le ravage sur la terre. Cependant j'ai eu de lui un fils aussi maigre qu'un cure-dent (14); il laisse mourir de faim la mère et l'enfant, et le besoin nous arrache des larmes qui ne tarissent jamais. Je l'ai amené devant vous, seigneur, et conduit en votre présence, afin que vous examiniez ses excuses prétendues (15), et que vous jugiez entre nous suivant que Dieu vous l'inspirera.

Le kadhi s'approchant alors du vieillard, lui dit: Tu as entendu le récit de ton épouse; justifie-toi

* P

de ce qu'elle t'impute , sinon je chercherai à découvrir la vérité de cette affaire embrouillée (16), et je te ferai mettre en prison. Le vieillard , d'un air confus et embarrassé , baissa les yeux comme fait un reptile (17); puis rassemblant ses forces pour un genre de combat qui n'étoit pas nouveau pour lui (18), il dit :

« Écoute mon aventure ; elle est vraiment surpre-
» nante : on ne sauroit l'entendre sans éclater de rire,
» et sans verser en même-temps des larmes amères.

» Je suis un homme dont les talens et le mérite ne
» sont souillés par aucune tache, dont la gloire n'est
» sujette à aucun doute.

Pag. 597. » Soroudj est ma patrie, le lieu qui m'a vu naître.
» Si je nomme mes ancêtres, je nomme la famille
» de Gassân.

» L'étude est mon occupation : pénétrer dans les
» profondeurs de la science, voilà l'objet de mes tra-
» vaux ; en est-il un plus excellent !

» Mes capitaux et le fonds de mes revenus, c'est la
» magie de la parole (19), cet art dont les travaux
» façonnent les beaux vers et les discours éloquens.

» Je plonge dans les gouffres de l'art oratoire ; j'y
» choisis à loisir les perles les plus belles.

» Je cueille les fruits les plus mûrs qui couvrent
» l'arbre de l'éloquence, tandis que les autres ne font
» que ramasser le menu bois qui tombe de ses branches.

» Les mots, quand je les prends pour mon usage,
» ne sont que de l'argent ; façonnés par mes mains,
» ils semblent être convertis en or.

» Autrefois les talens que j'avois acquis par mon

» travail, étoient pour moi une source abondante de *Pag. 398.*
» richesses et de biens (20).

» La plante de mes pieds fouloit orgueilleusement
» les dégrés les plus élevés, et je voyois tout ce qu'il
» y a de plus grand, au-dessous de moi.

» Pendant long-temps les présens et les dons
» affluèrent chez moi de toute part (21), et je n'ho-
» norois pas toujours d'un accueil favorable ceux qui
» s'empressoient de me les offrir.

» Mais aujourd'hui il n'est aucune marchandise moins
» précieuse que les lettres, aux yeux de ceux sur qui
» l'on peut fonder l'espoir d'un bienfait.

» L'honneur des hommes qui les cultivent n'est plus
» à l'abri des outrages; leurs droits les plus sacrés ne
» sont point respectés (22).

» Abandonnés dans leurs demeures, on diroit que
» ce sont des cadavres, dont la puanteur éloigne et
» repousse tous ceux qui osent en approcher.

» Victime des traits du sort, mon cœur en est dans
» le saisissement; et certes, un tel changement est bien
» digne que l'on s'en étonne!

» L'indigence de mes mains a paralysé mes ta-
» lens (23); de toute part les chagrins et les soucis sont *Pag. 399.*
» tombés sur moi.

» La fortune injuste envers moi m'a contraint à faire
» ce que l'honneur désapprouve.

» J'ai vendu jusqu'au dernier de mes effets: il ne me
» reste plus ni un morceau de serge, ni un feutre
» grossier, sur lequel je puisse me jeter.

» Accablé des dettes que j'ai contractées pour fournir

» à mes besoins, leur poids, sous lequel je courbe
» la tête, est plus lourd pour moi que le trépas.

» Mes entrailles, repliées sur elles-mêmes, recèlent
» dans leur sein une faim dévorante : tourmenté de
» ses cruels aiguillons,

» Je n'ai plus vu d'autre marchandise que je puisse
» exposer en vente, et dont il me fût possible de tra-
» fiquer, que le trousseau de cette femme.

» Ainsi j'ai couru le monde avec ce qui faisoit
» ma dernière ressource, en dépit de mon ame, l'œil
Pag. 400. » baigné de larmes, le cœur rongé de chagrin.

» Lorsque je me suis ainsi joué de son bien, je ne
» l'ai point fait sans son consentement ; ensorte que je
» n'ai pu en cela donner lieu de sa part à une juste
» colère.

» Si son dépit (24) vient de ce qu'elle s'est imaginée
» que mes doigts fourniroient à ma subsistance en
» travaillant à enlacer des perles,

» Ou de ce qu'elle croit que quand j'ai recherché
» son alliance, j'ai eu recours au mensonge pour assurer
» le succès de ma demande :

» J'en jure par celui dont la Caba est le rendez-
» vous des troupes saintes de pélerins qui y viennent
» de tous côtés, guidés par des chameaux excellens
» qui accélèrent leur marche,

» Jamais je n'ai usé d'artifices perfides pour séduire
« les femmes d'honneur ; le mensonge et une odieuse
» dissimulation (25) sont bien éloignés de mon
» caractère.

» Depuis que j'ai vu le jour, mes mains n'ont

» manié que les mortels instrumens des combats et les
» livres.

» C'est mon esprit et non mes mains qui enlâcent *Pag. 40?.*
» des perles : et les bijoux qui sortent de mon atelier,
» sont des pièces de poësie et non des colliers de graines
» aromatiques (26).

» C'est-là cet art dont j'ai parlé ; c'est par ce travail
» que je gagnois ma subsistance et que j'amassois des
» richesses.

» Écoute donc mon récit, comme tu as écouté les
» plaintes de celle-ci, et rends sans partialité le juge-
» ment convenable. »

Harith ajoutoit : Quand le vieillard eut établi sa
défense, et fini de chanter ces vers, le kadhi, qui en
avoit été touché jusqu'au cœur, se tournant vers la
femme, lui dit : C'est une chose connue de tous ceux
qui exercent l'autorité et qui rendent la justice, que la
race des hommes généreux a cessé, et que notre siècle
ne produit plus que des ames basses et dégradées. Il me
semble que votre époux n'a rien dit que de vrai, et qu'il
ne mérite aucun reproche. Il vous a tout simplement
avoué sa dette ; il a dit franchement la pure vérité ; il
a fait voir qu'il possédoit effectivement le talent de *Pag. 40?.*
mettre en œuvre, comme il s'en étoit vanté ; et c'est
une chose claire qu'il n'a que la peau sur les os. Tour-
menter celui qui fait valoir une excuse légitime, c'est
une bassesse ; et mettre en prison un homme réduit
par l'indigence à l'impossibilité de payer, c'est une
action criminelle. Cacher sa pauvreté, est une œuvre
de dévotion, et c'est un acte de religion d'attendre

patiemment l'instant du soulagement. Retournez donc
chez vous, et né rejetez pas les excuses du premier
objet de votre amour (27) : arrêtez le cours de vos
larmes, et résignez-vous aux volontés de votre souverain maître. Ensuite le kadhi leur donna part aux
aumônes ; et leur présentant quelques pièces d'argent
(28), prises sur ce fonds sacré, il leur dit : Prenez
toujours ceci pour adoucir vos malheurs ; profitez de
cette goutte d'eau, et supportez avec patience les rigueurs de la fortune : peut-être Dieu vous procurera-
t-il bientôt un sort plus heureux ou quelques secours
(29). Ils se levèrent alors pour s'en aller. Le vieillard
paroissoit aussi joyeux qu'un homme auquel on vient
d'ôter ses fers ; il tressailloit comme celui qui vient de
passer de l'indigence à une opulence inespérée.

J'avois bien reconnu, continuoit Harith, que ce
vieillard n'étoit autre qu'Abou-Zeïd, du moment que
sa figure avoit frappé mes regards (30) et que sa femme
avoit commencé à parler contre lui : peu s'en étoit
fallu que je n'eusse dit ce que je savois de la variété
de ses talens et des productions de son savoir ; mais je
fus retenu par la crainte que le kadhi ne découvrît son
mensonge et la fausseté de ses paroles, et que, quand il
le connoîtroit, il ne voulût pas lui donner part à ses
libéralités (31). Je retins donc mes paroles comme celui qui n'est pas assuré de la vérité de ses conjectures ;
et je gardai le secret sur ce que je savois de lui, comme
l'ange qui tient registre des actions des hommes, cache
les secrets dans les plis de son livre (32) : seulement,
quand il fut parti et qu'il se fut retiré où bon lui sembla,

Pag. 40.

je dis : Si nous avions quelqu'un par qui on pût faire
suivre ce vieillard, on nous rapporteroit la fin de son
histoire (33), et nous saurions quelles sont les étoffes
qu'il déploie (34). Alors le kadhi le fit suivre par un
homme de confiance, à qui il recommanda de s'informer de son histoire. Celui-ci ne tarda pas à revenir avec
précipitation (35), en riant. Qu'as-tu appris, Abou-
Maryam (36), lui dit le kadhi! Ah, dit-il, j'ai vu une
chose bien surprenante ; ce que j'ai entendu m'a
beaucoup amusé. Eh bien, reprit le kadhi, qu'as-tu
donc vu, qu'as-tu donc entendu! Cet homme dit alors :
J'ai vu le vieillard qui, dès l'instant qu'il est sorti de
devant vous, n'a cessé de battre des mains, de sauter
en dansant (37) et de chanter à gorge déployée :   *Pag. 404.*

« Peu s'en est fallu qu'une femme impudente et
» adroite n'attirât sur moi un malheur.

» Peu s'en est fallu que je n'allasse faire un tour en
» prison, si ce n'eût été le gouverneur d'Alexandrie. »

Le kadhi se mit à rire avec une telle violence, que son
bonnet (38) tomba de dessus sa tête, et que la dignité
de sa place en souffrit : quand il eut repris sa gravité,
il demanda pardon à Dieu de l'excès auquel il s'étoit
laissé aller ; puis il dit : Mon Dieu, par les mérites de
vos serviteurs les plus chers, ne permettez pas que je
condamne à la prison ceux qui cultivent les lettres.
Après quoi il ordonna à ce même homme qu'il avoit
déjà envoyé après Abou-Zéïd, de lui amener le vieillard.
Celui-ci partit aussitôt en grande hâte pour le chercher;
mais après un temps assez long, il revint annonçant que
le vieillard avoit disparu. Si on me l'eût amené, dit

alors le kadhi, il n'auroit couru aucun risque, bien plus je lui aurois fait des présens dignes de son mérite, et je lui aurois fait voir que la fin eût été meilleure que le commencement (39).

Lorsque je vis, disoit Harith en finissant son récit, que le kadhi avoit conçu de l'intérêt pour Abou-Zéïd, et que celui-ci avoit manqué de recueillir le fruit de l'avis que j'avois donné à cét officier, j'éprouvai un *Pag. 405.* repentir aussi cuisant que le fut celui de Férazdak, quand il eut répudié Nawar, ou les regrets de Cosaï, quand le jour lui fit apercevoir son erreur (40).

FIN de la IX.ᵉ Séance de HARIRI.

NOTES du N.º XVIII.

(1) C'est comme si Hariri eût dit, *Depuis l'extrémité orientale jusqu'à l'extrémité occidentale la plus reculée des pays où la religion Musulmane a pénétré.* دـــرغـانه أقصى بلاد dit l'auteur des gloses du المشرق وغانه بلاد أقصى بلاد المغرب manuscrit de S.-G. n.º 207.

(2) Le mot لقف suivant Motarrézi, signifie proprement *recevoir avec promptitude une chose de la main d'une personne qui la jette :* أصل اللقف اخذك للشيّ بسرعة من يد رام رماك به يقال لقفه وتلقفه والتقفه ومنه رجل ثقـــف لقف اي سريع الفهم والاخذ لما يرمي اليه من كلام او غير

(3) A la lettre, *je n'entrois jamais dans un repaire de lions,* عرينة بيت الاسد) Man. 207 S.-G.)

(4) On dit عفريّة ou عفريتّ et on y joint ordinairement le mot نفريّة ou نفريتّ Les lexicographes Arabes et les scholiastes ne sont pas d'accord sur l'origine du mot عفريّة Motarrézi dit qu'il signifie *méchant, très-pernicieux,* خبيث شديد, qu'il vient de عفر *poussière,* et que c'est comme si l'on disoit, *un homme qui, à cause de sa force, renverse ses rivaux dans la poussière.* Suivant Ocbari, il a la même origine ; mais il signifie *un homme de couleur de terre* كان لونه لون التراب Le même auteur cependant, dit que suivant d'autres il vient de عفر et est synonyme de غليظ شديد العفر الرجل الخبيث الدامي والمرأة عفرة On lit dans Djewhari : قال أبو عبيدة العفريت من كل شيّ المبالـــغ يقال فلان

اغربت بتغربت وعتغربة بغربة وفي الحـــديث إن الله ببعُـــض

العغربة الذي لا يُبزاء في اهل ولا مال والعغرية مُصطـمع والتغربة

انباع قال والتغاربة مثل العغربت وهو واحد قال ذو الرمّة

كانه كوكب في اثر عغربة مُسـتتور في بواد اللبــل منقضب

والعغربت الداهبة

(5) On explique le mot مصيبة de deux manières, selon Ocbari, il peut signifier *une femme qui a de petits enfans*, ou *une femme dont la beauté ravit tous les cœurs* (Man. 1626).

(6) Les deux mots أرومة et جرثومه se trouvent réunis de la même manière qu'on les voit ici, dans le discours que Masoudi met dans la bouche d'Abd-almotalleb, et que celui-ci adresse à Madi - Carb, fils de Seïf Dhou-Yézen, roi du Yémen. Voy. *Historia imper. vetust. Joctanidarum*, pag. 152, l. 13.

(7) Le mot عَوْن signifie proprement *aide, secours, assistance*; mais on appelle aussi de ce nom une femme mariée.

(8) Il y a dans le texte بَدرٍ ce qui signifie, suivant l'auteur du Kamous, une bourse qui contient 1,000 ou 10,000 pièces d'argent, ou 7,000 pièces d'or. Djewhari dit simplement que بدرٍ signifie 10,000 pièces d'argent. Abou-Saïd, ou l'auteur des notes qui accompagnent la version Arabe des livres de Moïse à l'usage des Samaritains, dit que le poids nommé بدرٍ est égal à 20 رطل de Damas.

(9) Le mot رِيّ est expliqué dans le manuscrit 207 S.-G. par المنظر الحسن Ocbari rend ainsi raison de la signification de ce mot : il ajoute : الريّ حسن المنظر كان الماء يجري فيه

Motarrézi l'explique وهن قال رُبِّيَ بالهمز اخذ من الرُوَيَةِ
plus au long : الرِّيُ الهِئَةُ فعل من روى .... لا يقال لفلان
ريُ حَسَن الا ان يجمـــع ما يستحسن من لبسة حسنة وهيئة
مستحسنة Ainsi, selon ce scholiaste, ce mot réunit l'idée de
la *beauté* à celle de la *parure.*

(10) A la lettre, *dans le marché de la perte.* الهـضم
(Ocbari, man. الكسر ويــريد به هنا النقصان والخسار
1626.)

(11) Les deux mots خضم et قضم sont opposés : le
premier signifie *manger avec les dents qui sont dans le fond
de la bouche,* ce qu'on fait quand ce que l'on mange est mou;
et le second, *manger avec les dents de devant,* ce qui a
lieu quand on mange des choses sèches : الخضم الاكـــل

بمؤخر الاسنان ويكـون للشي الــرطــب والقضم الاكل

بمقدمها ويكون للشي اليابس (Ocbari. *Voyez* aussi Schultens
dans ses notes sur les extraits d'Isfahani, à la suite de la Vie
de Saladin, par Boha-eddin, *pag. 11,* et *Ahmed. Arabsiad.
Vit. Tim.* éd. de Manger, tom. I, pag. 72.) Meïdani
rapporte un proverbe qui est cité ici par Motarrézi :
قد يبلغ et il l'explique ainsi : قد يُبلَغُ الخَضمُ بالقَضمِ

الخضم بالقضم الخضم اكل بجميع الفم والقضم باطـراف
الاسنان قال ابن ابي طرفه قدر اعرابي علي ابن عثر له بمكة
فقال له ان هذه بلاد مَقضَمٍ وليست ببلاد خَضمٍ ومعنى المثل
قد يدرك الغاية البعيدة بالرفق كما ان الشبعة تدرك بالاكل
باطراف الفم (Man. S. G. 196, *chap. 21.*)

(12) Les Arabes disent en proverbe, *plus net que la*

paume de la main, que le chaudron d'une nouvelle mariée,
que le miroir d'une femme étrangère ; انثي من الراحة ومن

طلست العروس انثي من مراة الغريبة Meïdani , expliquant
ce dernier proverbe, dit qu'il signifie, *plus propre que le*
miroir d'une femme qui est mariée hors de son pays et de sa
nation ; parce qu'une femme qui est dans ce cas, nettoie son
miroir sans relâche, de peur qu'il n'y ait quelque endroit
de son visage qu'elle n'aperçoive pas [et qu'elle oublie de
nettoyer] (Man. S. G. 196, *chap. 25*).

(13) C'est un proverbe que Meïdani rapporte de deux
manières, لا خباء لعطر بعد عروس et comme Hariri l'emploie ici لا عطر بعد عروس Voici comment Meïdani en rapporte l'origine, sur l'autorité de Mofaddhal. Ce mot fut
dit, pour la première fois, par une femme de la tribu
d'Odhra, qui se nommoit *Asma, fille d'Abd-allah,* امراة من
عذرى يقال لها اسما بنت عبد الله Elle avoit pour mari un de
ses cousins paternels nommé *Arous.* Celui-ci étant mort,
elle épousa en secondes noces un homme de sa tribu,
qui s'appeloit *Naufal,* نوفل Cet homme étoit pauvre,
avoit l'haleine puante ; il étoit, en outre, avare et d'un
caractère bas et méprisable. Lorsqu'il voulut partir et em-
mener sa femme avec lui, elle lui demanda la permission
de pleurer sur le tombeau de son cousin [Arous , son premier mari], et de chanter encore une fois l'objet de son
deuil. Naufal le lui ayant permis, elle commença à dire :

« Je te pleure ô Arous, l'époux des époux (elle faisoit
allusion à son nom *Arous ,* qui signifie *époux*) , ô toi qui
» étois un renard au milieu de notre tribu, et un lion au
» jour du combat, sans parler des autres choses que les
» hommes ignorent ! »

« Quelles sont ces choses ! » demanda Naufal.

« Jamais, répondit-elle, son courage n'étoit endormi » quand il s'agissoit de manier l'épée aux jours du combat. »

Puis elle reprit :

« O époux des époux, magnifique, éclatant, doué d'un » heureux naturel et d'une figure noble, sans les autres » choses dont je ne parle pas ! »

Naufal lui demanda encore quelles étoient ces autres choses.

« Arous, lui dit-elle, ne se permettoit rien d'obscène ni » de mal-séant ; son haleine étoit douce, et n'avoit point » une odeur rebutante ; il étoit riche, et non pas réduit à » l'indigence. »

Alors Naufal vit bien que sa femme avoit en vue de lui reprocher ses défauts, et quand il partit avec elle, il lui dit : « Ramassez vos parfums, » regardant en même temps la corbeille où elle mettoit ses parfums, qui étoit tombée par terre. « Après Arous, répondit-elle, il n'y a plus de parfums ; » et ce mot passa en proverbe.

D'autres disent, ajoute Méïdani, qu'un homme ayant épousé une femme, quand elle eut été amenée chez lui, il trouva qu'elle avoit l'haleine désagréable. « Où sont les odeurs ! » lui demanda-t-il. Elle lui répondit qu'elle les avoit serrées : « Après le mariage [arous], dit-il, il ne faut » pas resserrer les odeurs. » Et cette répartie passa en proverbe.

Motarrézi qui rapporte la plus grande partie de ce récit d'après Méïdani, dit qu'on se sert de ce proverbe quand quelqu'un met une chose en réserve au moment où l'on en a besoin : يضرب في ذمّ ادّخار الشي وقت الحاجة

Comme les manuscrits de Motarrézi et de Méïdani dont je me sers sont très-fautifs, il y a quelques endroits où j'ai traduit plutôt par conjecture qu'avec certitude.

Ocbari rapporte l'aventure de Naufal, qu'il nomme *Taulab*, et d'Asma, plus en abrégé, et d'une manière différente. Je me contente d'en donner le texte pour n'être pas trop long.

لا عطر بعد عروس مثل فقبل ان اول من نطق به امراة مـــن

عذرة يقال لها اسما بنت عبد الله وكان زوجها من بـــني عمّها

اسمه عروس فمات وتزوجها رجل من قومها اسمه تمولب وكان

بخيلا ذميما فلما اراد الرحيل بها قالت لو اذنت لي في زيارة

قبر ابن عمّي فاذن لها فاتت وبكت عند قبر وقالت يا عروس

الاعراس ما تمولب في بيته مثل الناس فلما رحل بها قال لهـــا

ضمّي اليك عطرك وكان راي سقط عطرها مـطروحا فاجابته

وقالت لا عطر بعد عروس فذهب قولها مثلا

(14) *Voyez* ci-devant, *p. 216, not.* (37). Ocbari dit ici :
الخـلـــــة الدوه الدقيق يتخلل به Dans le manuscrit 207

S.-G., on lit aussi : ما يتخلل به

(15) *Voyez* sur ces mots لتنجم عود دعواء la note (29),
pag. 208.

(16) اللبس اختلاط الامر (Ocbari, man. 1626.)

(17) افعوان suivant Motarrézi, signifie *un serpent mâle,*
et suivant Ocbari, *un gros serpent.*

Cette expression proverbiale veut dire, suivant le premier
de ces commentateurs, *baisser les yeux et regarder la terre
comme fait un serpent blessé d'une flèche.* Le proverbe est proprement, ajoute-t-il, اطرق اطراق الشجاع, et il se dit d'un
homme qui réfléchit, et qui se conduit avec une grande
finesse. Meïdani, à ce sujet, cite un vers de Motalammas,
que je ne rapporte pas, parce qu'il me paroît fautif (Man.
196. S.-G. *ch. 16*).

(18) عوان se dit proprement d'une femme de moyen âge,
qui a déjà eu un enfant, ou d'un animal qui a déjà mis bas
une fois : figurément, étant joint au mot حرب *la guerre,* il

signifie un combat qui a déjà été précédé d'hostilités antérieures, et qui en est plus terrible à cause de l'expérience et
de l'animosité des combattans, comme le dit Ocbari. C'est
aussi ce que l'auteur du Kamous, qui a été mal compris par
Giggéïus, exprime par ces mots : العوان كلتحاب من الحروب
التي فوتل فيها من ومن البعر والخيل التي كنتجَت بعد بطنها
الهكر ومن النساء التي كان لها زوج ج عون بالضم
العوان النَصَف في سنها من كل Djewhari dit aussi :
والجمع عون وفي المثل لا تُعَلَّمُ العوانُ الخِزْنَ تقول منه عؤنت
المراة تعوينا وعانت تعون عَـونا والعوان مـن الحروب التي
فوتل فيها من كانهم جعلوا الاولي بِكرا ويتق عوان لا فارض
ولا بكر صغير (V. Alc. sur. 2, v. 68.) Schultens, dans les
extraits du Hamasa, à la suite de son édition de la Grammaire d'Erpénius, *pag. 528*, a donné la glose de Teblébi
sur ce passage de Hariri.

(19) Le mot سحر qui s'emploie ordinairement en mauvaise
part dans le sens de *magie*, *enchantement*, signifie primitivement, suivant Djewhari et Firouzabadi, كل ما
لطف ماخذه ودقّ définition qui a été mal entendue par
Giggéïus, copié par Castell et Golius, et qui signifie, *toute
chose qu'on ne peut prendre que par un endroit mince et
subtil*, c'est-à-dire, qu'il est difficile de saisir et d'attraper : de là il se dit de toutes sortes de sciences, et ساحر
se prend pour عالم *savant*. Les Arabes nomment spécialement la poësie السحر الحلال *la magie permise*.

(20) Les deux mots اجتلب et امترى signifient proprement *presser le pis d'un animal pour en tirer le lait ;
traire*. Dans le manuscrit 1588 on lit اجتلب J'ai préféré la leçon du manuscrit 207 S. G.

(21) زف signifie proprement *conduire une fiancée en pompe à l'époux auquel elle est accordée :* de là vient مزرّفة synonyme de كنّة espèce de litière qui sert à porter la jeune épouse sur un chameau.

(22) Ce vers renferme une allusion à ce passage de l'Alcoran لا يرقبون في مؤمن الا ولا ذمّة *sur. ۹, v. ۱۰.* La même phrase se trouve au v. ۹ de la même surate.

(23) ضاق ذرعي ضاق صدري *c'est-à-dire,* suivant Ochari. Dans le manuscrit 207 S.-G. ذرعي est expliqué par يسعي وطاقتي ce qui vaut mieux.

(24) J'ai suivi les deux manuscrits que j'avois sous les yeux en imprimant غاضها Peut-être غاظها vaudroit-il mieux, et c'est ainsi qu'on lit dans le manuscrit de M. de la Porte. Au reste, on sait que le ض et le ظ se confondent souvent.

(25) موّبه dit l'auteur des gloses du manuscrit 207 S.-G., signifie primitivement, *recouvrir du fer, ou autre chose, d'or ou d'argent,* et il cite ce vers de Dhou'lromma:

كأن جلوده من ممومات علي ابشارها ذهبا زلالا

(26) Une note du manuscrit 207 S.-G. nous apprend que Hariri a imité ici un vers d'un poëte nommé Ebn-Harama ابن حرمة Voici ce vers :

إني آمرؤ لاضوع الحلي تعمله كفاي لـكن لساني مايع الكلم

Je crois qu'au lieu de لاصوع il faut lire لاصوغ

خب est le pluriel de خاب qui signifie un *collier fait de clous de girofle ou autres graines aromatiques,* et dans lequel il n'entre point de perles, خب جمع خاب وهي (*Manus.* السخادة من سك وقرنفل ليس فيها لولو ولا جوهر 207 S.-G.)

(27)

(27) (.Man. 207 S.-G.) ابو عذر المرءة زوجها الاول

(28) Le mot قبضة est l'opposé de قبضة . Le premier signifie *une pincée, ce que l'on prend avec le bout des doigts,* et le second *une poignée, ce qu'on prend avec toute la main.*

(29) C'est un passage de l'alcoran.

(30) A la lettre, *dès que son soleil se fut levé.*

(31) La glose de Motarrézi sur le mot مرشح est trop importante pour ne pas la transcrire ici en entier : الترشيح
التربية عن الخليل يقال ان فلانا مرشح للخلافة اي مربّى
وبوّقل لها وقد ترشح ومنه رشح فلان ماله اي احسن القيام
عليه ورشح ولك احسن غذاء وانشد وطفل ترشحه امه واصله
من ترشيح الوحشية وذلك انها اذا بلغ ولدما ان يمشي معها
مشت به حتى يرشح عرقا فيقوى وهذا صحيح لان تركيب
اللفظ يدل على الندي (Voy. *Excerpta ex Hamasa,* p. 358.)

(32) Le mot سجل peut signifier طومار un *volume;* il peut aussi être le nom d'un homme qui servoit de secrétaire à Mahomet, suivant Motarrézi, ou le nom d'un ange qui tient registre des actions des hommes.

Les noms d'action de la langue Arabe tiennent la place des infinitifs tant actifs que passifs ; ainsi on peut traduire, suivant la première signification de سجل, *comme est plié le papier dont on se sert pour en faire un livre ou pour écrire;* et suivant les deux autres sens du même mot, *de même que Siddjill plie le livre ou la lettre.* Cette seconde explication me paroît meilleure ; et je crois que Hariri a pris ce nom dans la dernière acception pour celui d'un ange : c'est ce que j'ai exprimé dans ma traduction.

*Q

(33) Voici ce que dit Motarrézi sur les mots بغض خبن qui sont empruntés d'une locution proverbiale : اي بحقيقته

و هذا من قولهم اتاك بالامر من فصه اي مجمر (بجمره je lis)

واصله وقال ابو العباس معناه من مفصله ماخوذ من فصوص الاظفار وهي مفاصلها قال عبد الله بن جعفر بـــن ابي طالب

ورب امرئ تزدريه العيون   واتبك بالامر من فصه

رقيل معناه من مخرجه ومنه انفض من الثئ وانفضي وتفضّي اذا خرج منه وانفصل وعن ابن دريد هو مستعار من فص الخاتم

(34) جبن est le pluriel de جبن qui signifie *une sorte d'habit d'une étoffe rayée fabriquée dans le Yémen* : cette phrase signifie : *Nous saurons la conduite qu'il tient en public, et ce qu'on dit de lui.*

(35) A la lettre, *en roulant de haut en bas*, c'est-à-dire, aussi vite qu'une pierre qui tombe du haut d'une montagne.

(36) *Abou-Maryam*, dit Motarrézi, est une expression particulière à certains auteurs de *hadith*, qui désignent sous ce nom les ministres des kadhi, c'est-à-dire, les huissiers.

بقال لمعـــون القاضي ابـــو مريم وهو من اصطلاحات بعض المحدثين

(37) Motarrézi explique الرقص بين الرجلين الخالفة par *l'action de danser.*

(38) دمية dit Motarrézi, signifie *un bonnet* قلنسوة *fort haut que portent les kadhi* ; ce mot vient de دن *cruche*, ce bonnet, ayant par sa hauteur et sa rondeur, quelque ressemblance avec une cruche.

(39) C'est une allusion à une phrase de l'Alcoran, dans laquelle الاولي signifie *la vie présente*, et الاخرن *la vie future*;

mais ici le sens de ces paroles, est que le kadhi auroit fait à Abou-Zéïd un présent encore plus considérable que le premier.

(40) Les aventures de Férazdak et de Cosaï sont rapportées un peu différemment par Ocbari et Motarrézi. Je donne ici le récit de l'un et de l'autre, et je commence par celui de Motarrézi. Ce qu'il dit de Cosaï est conforme, mot pour mot, à Meïdani; et en comparant les deux manuscrits, je crois être venu à bout de rectifier les fautes, qui sont assez nombreuses dans l'un et dans l'autre. Voici la traduction de ce morceau, dont le texte est à la suite de celui de Hariri.

« Pour ce qui concerne l'aventure de Férazdak, voici *Pag. 405.* » comment on la raconte sur l'autorité d'Obéïd : » (Je crois qu'il y a ici quelques mots omis dans le texte, entre روايه et فرزدق) «Nawar, disoit Obéïd, vint me trouver, et me dit : » Dites à cet homme qu'il me répudie. Que prétendez-vous » donc faire, lui demandai-je ! Comme cependant elle insista, » j'allai trouver Férazdak » (*voyez* sur Férazdak, *Eichh.* *Monum. vet. hist. Ar. p. 30* ; Notices et Extraits des manuscrits, *t. IV, p. 228.*) « et je lui dis : Nawar de- » mande, Abou-Farès, que tu la répudies. Il me répondit : » Je ne serai pas satisfait et tranquille, si je ne prends Hasan » à témoin du divorce que je fais avec elle. Il appela donc » Hasan et lui dit : Abou-Saïd, sois témoin que je répudie » Nawar. J'en suis témoin, répondit Hasan (qui est » le même qu'Abou-Saïd). Quelque temps après, comme » ils faisoient route ensemble, Férazdak dit à Nawar : » Est-ce que je t'ai répudiée ! Oui certes, lui répondit-elle. » Il n'en est rien, reprit Férazdak. Eh bien, dit Nawar, Dieu » va te couvrir de confusion par le témoignage de Hasan » et par ton serment. Alors Férazdak, ému de regret, dit :

» *J'éprouve un repentir pareil à celui de Cosaï, à cause* » *du divorce qui a séparé de moi Nawar.*

» *C'étoit mon paradis, et je l'ai quittée ; j'ai imité*
» *Adam , que le séducteur a fait sortir du jardin de délices.*

» *Mon malheur est semblable à celui d'un insensé qui s'est*
» *arraché les yeux de ses propres mains, et pour qui la lu-*
» *mière du jour ne se lève plus.* » (C'est une allusion au
nom de *Nawar*, qui signifie *celle qui illumine.*)

« Quant à Cosaï, dont le repentir est passé en proverbe,
» Hamza dit que c'étoit un homme de la tribu de Cosa, qui
» se nommoit *Moharib ben-Kaïs.* D'autres disent qu'il
» étoit du nombre des descendans de Cosa, et de la branche
» de Moharib, et que son nom étoit *Amer ben-Harith.*
» Au surplus, voici son aventure. Il faisoit paître des cha-
» meaux dans une vallée où il y avoit beaucoup d'herbes,
» lorsqu'il aperçut dans une roche un arbrisseau de l'es-
» pèce nommée *naba.* L'ayant trouvé très-beau , il faut, dit-
» il, que j'en fasse un arc. Depuis ce temps il venoit souvent
» le visiter, attendant le moment où il seroit en état d'être
» employé à cet usage ; et quand il fut assez fort , il le
» coupa, le fit sécher, puis il se mit à en faire un arc, et
» chanta ces vers :

» *Mon Dieu , accorde-moi la grâce de réussir à faire cet*
» *arc : il sera mon amusement ; il fournira aux besoins de*
» *ma femme et de mes enfans. Je le fais jaune comme le sa-*
» *fran. Un arc jaune n'est pas comme ceux qui ont quelque par-*
» *tie plus foible que le reste.* » [La plante nommée نبع et au
singulier, نبعة *naba,* est un arbrisseau dont on se sert pour
faire des arcs , et dont les branches servent à faire des flèches :
son bois est sans doute jaune, car un poëte cité par
Djewhari dit : اصفر من قداح النبـــع *Plus jaune que des*
flèches de naba. On appelle صفرا *jaune,* suivant le Kamous, tout arc fait de cette plante. Dans le poëme d'Ebn-
Doreïd, il est aussi parlé des flèches faites de bois de naba.
Le poëte compare les pélerins de la Mecque que la fatigue

Pag. 406.

d'un long pélerinage et la faim ont exténués, à des flèches
de bois de naba :

بمر بري طول الطوي جمانه   فهوكنذح النبع محنيّ القري

(*V.49* de l'édition de Scheidius, 51 de celle de Haitsma.)
Quant au mot نــــكـــس il signifie, proprement, *un arc
pour le pied duquel on a employé la tête de la branche*,
comme qui diroit *fait à l'envers*, ce qui est un défaut,

النــكس بالـــكس ..... قوس جعل رجلها راس النصن كالمنكوسة

وهو هرمب dit l'auteur du Kamous.]

« Après cela il huila son arc, le garnit d'une corde ; puis,
» prenant les copeaux, il en fit cinq flèches, et en les re-
» muant dans sa main, il chantoit :

» *Ce sont ici, par dieu, de bonnes flèches, qui charment les*
» *doigts qui les lancent : on diroit qu'elles ont été faites*
» *à une balance. Mes enfans, réjouissez-vous d'avance de la*
» *bonne chère que vous allez faire, pourvu que le sort malin*
» *ne ruine pas mes espérances.*

» Ensuite il vint se mettre en embuscade dans une
» cabane de chasseur, près d'une citerne où venoient s'a-
» breuver les ânes sauvages : un troupeau de ces animaux
» venant à passer, il tira un jeune faon ; la flèche le perça
» de part en part, et, étant allée frapper la montagne, elle
» en fit jaillir des étincelles. Cosaï s'imaginant qu'il avoit
» manqué son coup, dit :

» *Ne plaise au Dieu puissant et plein de bonté, que je*
» *prenne tant de peine sans en retirer aucun fruit ! qu'est*
» *ceci ! j'ai vu ma flèche faire sortir du milieu des rochers des*
» *étincelles jaunes comme l'or : ce jour a trompé l'espoir de*
» *mes enfans.*

» Bientôt après arriva un autre troupeau ; une autre
» flèche est encore tirée sur un faon ; elle le perce d'outre
» en outre et fait comme la première.

» *Hélas !* dit Cosaï, *que Dieu maudisse les coups qui*

Q 3

» *partent des cabanes des chasseurs.* » (Je lis dans Méïdani رمي العبر Dans Motarrézi , il y a رمي العبر *la chasse des faons d'onagres*, ce que je préférerois volontiers ; mais la mesure du vers ne me semble pas pouvoir admettre cette leçon. En prononçant قِـتـر , ce mot signifieroit *le fer d'une flèche dont on se sert pour tirer au blanc* بالكسر ...... القتر نصـــل لسهام الهدف او قصبت يرمى بهــا الهدف mais il ne me paroît pas devoir être admis ici, parce que la mesure exigeroit que l'on prononçât قَـتـر) « *Que Dieu me préserve* » *de la malice du sort ! Est-ce donc que je tire des flèches* » *pour blesser les pierres, ou ma vue me trompe-t-elle par* » *une vaine illusion ! ou bien n'y a-t-il point de précaution qui* » *puisse servir contre le destin !*

Pag. 407. » Un troisième troupeau succéda au bout de quelque » temps au second. Cosaï tira encore une fois, et la flèche » fit comme les deux premières.

» *Pourquoi donc*, dit le chasseur, *mes flèches font-elles* » *ainsi jaillir du feu ! Je croyois que celle-ci seroit plus heu-* » *reuse : au lieu de percer ce faon qu'elle pouvoit atteindre,* » *elle s'est détournée de côté, et mon attente a été déçue ;* » *un tel malheur me plonge dans un chagrin cuisant.*

» Le sort ne lui fut pas plus favorable une quatrième fois, » et il témoigna son chagrin par ces vers :

» *Il faut que je sois bien malheureux ! toutes mes peines* » *sont en pure perte ; à rien ne sert ni l'attention ni la force.* » *L'attente de ma famille et de mes enfans sera donc vaine ;* » *tout ce que j'attendois pour eux, trompe mon espoir !*

» Enfin un nouveau troupeau vint à passer ; Cosaï tira sa » cinquième flèche, et il en fut comme des autres.

» *C'en est trop*, dit - il : *après cinq épreuves (je n'en ai* » *pas oublié le nombre), porterois-je mon arc ! voudrois-je en-* » *core essayer de le tendre ! fortement ou foiblement tendu,* » *Dieu l'a toujours couvert de honte. Après cela, Dieu m'est*

» témoin que je ne le conserverai pas entier ; je n'en attends
» aucun bien de toute la durée de mes jours.

» Aussitôt, prenant son arc, il en frappa contre une pierre
» et le cassa ; mais quand le jour commença à paroître, il
» aperçut cinq faons couchés par terre tout autour de lui,
» et ses flèches teintes de sang. De dépit d'avoir brisé son
» arc, il se mordit le pouce et le coupa.

» Ah ! dit-il en gémissant, tel est le repentir dont j'éprouve
» la violence, que si je suivois ce que me dicte mon dépit, je cou-
» perois mes cinq doigts ! Vive ton père ! Je ne saurois douter
» de la sottise que j'ai faite en brisant mon arc. »

Voici maintenant le récit d'Ocbari : « Nawar étoit femme *Pag. 408.*
» de Férazdak. Ayan, l'un des proches parens de Férazdak,
» l'avoit chargé d'épouser pour lui par procuration Nawar ;
» mais il l'épousa en son propre nom. N'ayant pas plu à cette
» femme, elle le cita devant Abd-allah, fils de Zobeïr, qui
» l'obligea à la répudier ; comme Férazdak lui avoit assuré
» un douaire de cent femelles de chameaux, il s'en repentit
» fortement, et dit :

» J'éprouve un repentir pareil à celui de Cosaï, à cause
» de ma séparation d'avec Nawar.

» Quant à Cosaï, c'étoit un homme qui avoit choisi un
» arbuste de ceux qu'on nomme *naba* ou *schauhat :* il en
» eut grand soin et l'arrosa très-assiduement, jusqu'à ce
» qu'il fut en état d'être employé ; alors il en fit un arc
» et en tailla cinq flèches, puis il se tint en embuscade
» pendant la nuit, pour chasser des bêtes sauvages. Des
» ânes sauvages ayant passé devant lui, il tira ; sa flèche
» perça d'outre en outre un onagre, et alla frapper une pierre
» qui fit feu. Cosaï crut qu'il avoit manqué son coup : il
» tira ses cinq flèches, et toutes firent de même. Alors il cassa
» son arc ; mais le lendemain matin, voyant les bêtes qu'il
» avoit tirées, couchées par terre, il se repentit de ce qu'il
» avoit fait. »

Q 4

N.º XIX.

Pag. 409. CHOIX DE LETTRES ET AUTRES PIÈCES
DIPLOMATIQUES.

I.

LETTRE de l'empereur d'Abyssinie, TECLA-HAÏMA-
NOUT, *à* DU ROULE, *Syrien-François* (1).

LE sultan Tecla-Haïmanout fils du sultan Adam-
Ségued fils du sultan Alaf-Ségued (2).

(Place du sceau.)

La présente lettre est adressée par le roi très-vénérable et l'empereur très-respectable, le souverain do-
Pag. 410. minateur des nations, l'ombre de la divinité parmi les
hommes, le plus illustre des souverains qui professent
la religion de Jésus, le plus puissant entre les rois
Chrétiens, par celui qui prend la défense des préceptes
évangéliques, et sous la protection duquel est l'église
d'Alexandrie (3), qui déploie l'étendard de la justice
entre les Musulmans et les Chrétiens, qui appartient à
la lignée Israélitique des prophètes David et Salomon,
sur lesquels soient les faveurs divines et le salut le plus
excellent, *Le sultan Tecla Haïmanout fils du sultan
Adam-Ségued fils du sultan Alaf-Ségued* (que sa
félicité soit perpétuelle ainsi que la durée de son empire
très-élevé et des chefs de ses invincibles armées !
Amen.)

Au très-illustre, très-estimable, très-sage Du Roule, Syrien-François, qui vient à nous de cœur comme de corps (puisse-t-il être préservé de tout accident, et élevé au rang le plus sublime! Amen.)

Votre interprète Élie, que vous nous avez dépêché, s'est rendu à notre cour; son arrivée nous a été agréable, *Pag. 411.* et il a été admis en notre présence. Nous avons appris par lui que vous avez été envoyé vers nous par notre frère le roi de France, et que vous êtes détenu à Sénar. En conséquence, je viens d'écrire au sultan Badi, pour qu'il ne vous retienne pas, mais qu'il vous laisse aller; que loin de vous insulter, il vous traite avec honneur; enfin qu'il ne vous inquiète pas, mais qu'au contraire il ait toute sorte d'égards pour vous et pour tous ceux qui sont en votre compagnie, et qui ont avec vous et avec nous une même foi et une même religion, comme le Syrien Élie, votre envoyé, et tous ceux qui viendront après vous, soit comme ambassadeurs, soit comme commerçans, de la part de notre frère le roi de France, ou de son représentant résidant au Caire, comme aussi généralement toute personne qui est unie avec nous par les mêmes dogmes, les mêmes lois et la même croyance. Car nous aimons à entretenir des liaisons d'amitié et d'union, un commerce et une correspondance réciproques, excepté avec ceux qui professent des dogmes et reconnoissent des lois *Pag. 412.* contraires aux nôtres, tels que Joseph et ceux de sa société, que nous avons chassés sur-le-champ (4). De pareilles gens ne seront point admis à venir chez nous; on ne leur accordera point l'entrée dans nos États, et nous ne consentirons point qu'ils passent au-delà de Sénar, afin d'empêcher qu'ils n'excitent quelque tumulte, et ne soient cause de la mort de plusieurs personnes. Pour vous, vous pouvez vous rendre près de nous, où vous trouverez un accueil favorable et gracieux. Soyez donc tranquille et content.

Écrit au mois de dhou'lkada 1118.

INSCRIPTION DU SCEAU.

Jésus, fils de Marie. Adam-Ségued fils d'Alaf-Ségued, descendant de Salomon fils de David, Israélite (5).

2.

Pag. 413. *LETTRE de l'Empereur de Maroc au Roi de France LOUIS XIV* (6).

LA présente, très-élevée et très-noble lettre de l'imam, du fils de Merwan, du khalife sorti du sang de Haschem, du descendant de Fatime, héritier de Hasan, a été écrite par le commandement du rejeton prophétique, illustre descendant d'Ali (7), dont l'autorité éminente est reconnue dans ses États Musulmans, à la très-noble puissance duquel sont soumises les diverses régions de l'Afrique occidentale, et dont les commandemens sublimes sont reçus avec soumission par les rois les plus puissans des pays qu'habitent les noirs, et dans tous leurs confins, soit proches, soit éloignés. Elle est adressée au roi qui, parmi les souverains des Chrétiens et des peuples attachés à la religion du Messie, tient la première place et le rang le plus éminent, au grand empereur (8) de France, l'empereur Louis, issu des

magnifiques empereurs qui ont occupé le faîte le plus
élevé de la souveraine puissance.

Après avoir rendu à Dieu le tribut de louanges dont *Pag. 414.*
il est digne, et qui n'est dû qu'à lui; après avoir sou-
haité les faveurs divines et la paix la plus parfaite au plus
excellent de tous les êtres créés, et appelé les bontés du
Très-haut sur les descendans du prophète, qui ont
donné leur vie pour le soutien de sa cause et la défense
de ses droits; enfin après avoir offert des vœux assidus
pour l'illustre souverain (9), l'imam fils de Merwan, descendant d'Ali, héritier de Hasan, rejeton du sang
prophétique, afin d'attirer sur lui l'assistance perpétuelle et non interrompue de Dieu, et la protection
céleste, garant infaillible d'une félicité constante pour
le présent et pour l'avenir; nous vous informons que
la présente lettre, qui vous est adressée de notre résidence impériale, de cette ville capitale de Maroc toujours protégée et gardée par le secours divin (et
grâces à Dieu, on ne sauroit rien ajouter à la gloire
des triomphes et des succès par lesquels il a honoré
notre empire, et aux bienfaits excellens qu'il verse
sur nous comme par torrens, et qui se succèdent avec
une effusion abondante le soir et le matin; à lui en
soient rendues la reconnoissance et de dignes actions de
grâces!); nous vous informons, dis-je, que cette présente lettre a pour objet de vous donner avis que
votre ministre, le très-cher et bien-aimé de Razilly, *Pag. 415.*
étant arrivé à la rade de notre ville de Safi (10), protégée de Dieu, et ayant remis votre lettre, dont il
étoit porteur, à ceux de nos officiers qui étoient dans

cette place, ceux-ci se sont empressés de nous la faire
parvenir sans aucun délai. Nous avons lu tout ce que
vous disiez dans cette lettre relativement à l'amitié et
à la bonne intelligence à établir et à consolider entre
les deux cours, et nous y avons vu pareillement le desir
que vous manifestiez au sujet des captifs François, dont
vous réclamiez de notre souveraineté la mise en
liberté. Nous avons mis le plus grand empressement
à vous satisfaire, jusqu'à ce que la chose ait été amenée
à une entière et parfaite exécution du mieux qu'il
a été possible. Nous avons aussi répondu à tous les
articles de votre lettre, et nous avons envoyé notre
réponse, avec les Chrétiens que vous réclamiez, sous
la conduite de notre serviteur, le très-excellent, illustre,
recommandable et très-sage alkaïd Yahya ben-Mohammed Djanati. Notre intention étoit qu'il s'abouchât
avec votre ministre susdit, s'il étoit possible à ce ministre
Pag. 416. de descendre à terre, pour conférer avec lui, ou que si
celui-ci y trouvoit quelque difficulté, il envoyât à sa
place quelque personne capable de le représenter, et de
le suppléer pour l'exécution de vos intentions, afin que
notre envoyé pût remettre entre ses mains les captifs
susdits, et conférer avec lui des intérêts des deux cours.
Mais notre envoyé étant arrivé à Safi (que Dieu garde!)
ne trouva plus votre ministre à la rade. Sur les informations qu'il prit à ce sujet, on lui dit qu'il y avoit
quatre jours qu'il avoit pris le large. Quelques-uns de
nos gens se mirent en mer pour aller à sa recherche; mais
ils ne purent découvrir vers quel lieu il avoit fait route.
 . Votre ministre cependant n'ignoroit pas et avoit une

parfaite connoissance que notre alkaïd étoit en route pour se rendre près de lui, et il n'a pas eu la patience d'attendre son arrivée. Un ministre qui a vraiment à cœur de remplir les intentions de son maître, ne doit se rebuter de rien, pour terminer les affaires dont il est chargé, et il ne convient pas qu'il s'en aille précipitamment avant de les avoir conclues.

Nous vous donnons donc avis de ce qui s'est passé, pour que vous sachiez que nous n'avons apporté (11) *Pag. 417.* de notre part aucune négligence, par rapport à vos propositions, que nous avons reçues (12) avec l'accueil le plus favorable. C'est ce qui nous a obligés à vous écrire ces présentes. Le 26 de rébi, mois honoré par la naissance du prophète (13), en l'année 1040 (14).

3.

TRAITÉ DE PAIX conclu entre le Roi de France et *Pag. 418.* *l'Empereur de Maroc (15).*

QUE le nom de Dieu unique soit loué!

Traité de paix et d'amitié conclu (le dernier jour de la lune *du Léza* [dhou'lhiddja] *alharam*, dernier mois de l'an 1180, qui est le 28 du mois de mai de l'an 1767 de l'ère Chrétienne), entre le pieux Sidy Muley Mahamet [Mohammed], fils de Sidy Muley Abd-alla [Abd-allah] fils de Sidy Ismaël de glorieuse mémoire, empereur de Maroc, Fez, Miquenès, Sus, Tafilet et autres lieux, avec le très-puissant empereur (16) Louis quinzième de son nom, par l'entre- *Pag. 419.* mise de son excellence M. le comte de Breugnon son

ambassadeur, muni des pleins pouvoirs de son empereur, aux conditions ci-après.

ART. I.ᵉʳ Le présent traité a pour base et fondement
celui qui fut fait et conclu entre le très-haut et très-puissant empereur Sidy Ismaël (que Dieu ait béni !), et
Louis quatorze empereur de France de glorieuse
mémoire.

Pag. 420. II. Les sujets respectifs des deux empires pourront
voyager, trafiquer et naviguer en toute assurance et par-
tout où bon leur semblera, par terre et par mer, dans
la domination des deux empires, sans craindre d'être
molestés ni empêchés sous quelque pretexte que ce soit.

III. Quand les armemens de l'empereur de Maroc
rencontreront en mer des navires marchands(17) portant
pavillon de l'empereur de France et ayant passe-ports
de l'amiral, dans la forme transcrite au bas du présent
traité, ils ne pourront les arrêter, ni les visiter, ni pré-
Pag. 421. tendre absolument autre chose que de présenter leurs
passe-ports ; et ayant besoin l'un de l'autre, ils se ren-
dront réciproquement de bons offices ; et quand les
vaisseaux de l'empereur de France rencontreront ceux
de l'empereur de Maroc, ils en useront de même, et ils
n'exigeront autre chose que le certificat du consul (18)
François établi dans les États dudit empereur, dans la
forme transcrite au bas du présent traité. Il ne sera
exigé aucun passe-port des vaisseaux de guerre François,
grands ou petits (19), attendu qu'ils ne sont pas en
usage d'en porter, et il sera pris des mesures, dans
l'espace de six mois (20), pour donner aux petits
Pag. 422. bâtimens qui sont au service du roi, des signes de

reconnoissance, dont il sera remis des copies par le
consul aux corsaires de l'empereur de Maroc. Il a
été convenu, de plus, que l'on se conformera à ce qui
se pratique avec les corsaires de la régence d'Alger à
l'égard de la chaloupe que les gens de mer sont en
usage d'envoyer pour se reconnoître.

IV. Si les vaisseaux de l'empereur de Maroc entrent
dans quelque port de la domination de l'empereur de
France, ou si respectivement les vaisseaux François
entrent dans quelques-uns des ports de l'empereur de
Maroc, ils ne seront empêchés, ni les uns ni les
autres, de prendre à leur bord toutes les provisions de
bouche dont ils peuvent avoir besoin, et il en sera de
même pour tous les agrès et autres choses nécessaires à *Pag. 423.*
l'avitaillement de leurs vaisseaux en les payant au prix
courant, sans autre prétention. Ils recevront d'ailleurs
tous les bons traitemens qu'exigent l'amitié et la bonne
correspondance.

V. Les deux nations respectives pourront librement
entrer et sortir, à leur gré et en tout temps, des ports
de la domination des deux empires, et y trafiquer avec
toute assurance; et si par hasard, il arrivoit que leurs
marchands ne vendissent qu'une partie de leurs marchandises, et qu'ils voulussent remporter le restant,
ils ne seront soumis à aucun droit pour la sortie des
effets invendus. Les marchands François pourront
vendre et acheter, dans toute l'étendue de l'empire de
Maroc, comme ceux des autres nations sans payer *Pag. 424.*
aucun droit de plus; et si jamais il arrivoit que l'empereur de Maroc vînt à favoriser quelques autres nations

sur les droits d'entrée et de sortie (21), dès-lors les François jouiront du même privilége.

VI. Si la paix qui est entre l'empereur de France et les régences d'Alger, Tunis, Tripoli et autres, venoit à se rompre, et qu'il arrivât qu'un navire François poursuivi par son ennemi vînt se réfugier dans les *Pag. 425.* ports de l'empereur de Maroc, les gouverneurs desdits ports sont tenus de le garantir et de faire éloigner l'ennemi (22), ou bien de le retenir dans le port un temps suffisant pour que le vaisseau poursuivi puisse lui-même s'éloigner, ainsi que cela est généralement usité; de plus, les vaisseaux de l'empereur de Maroc ne pourront croiser sur les côtes (23) de France qu'à trente milles loin des côtes.

VII. Si un bâtiment ennemi de la France venoit à entrer dans quelque port de la domination du roi de *Pag. 426.* Maroc, et qu'il se trouve des prisonniers François qui soient mis à terre, ils seront dès l'instant libres et ôtés du pouvoir de l'ennemi (24). Il en sera usé de même, si quelque vaisseau ennemi de l'empereur de Maroc entre dans quelque port de France, et qu'il mette à terre des sujets dudit empereur. Si les ennemis de la France, quels qu'ils soient, entrent avec des prises Françoises, dans les ports de l'empereur de Maroc, ou qu'alternativement les ennemis de l'empire de Maroc entrent avec des prises dans quelques ports de France, les uns et les autres ne pourront vendre leurs prises dans les deux empires; et les passagers, fussent-ils même ennemis, qui se trouveront réciproquement embarqués sur les pavillons des deux empires, seront de part et d'autre respectés

respectés, et on ne pourra, sous aucun prétexte, toucher à leurs personnes et à leurs biens; et si par hasard il se trouvoit des François passagers sur des prises faites par des vaisseaux de l'empereur de Maroc, ces François, eux et leurs biens, seront aussitôt mis en liberté, *Pag. 427.* et il en sera de même des sujets de l'empereur de Maroc, quand ils se trouveront passagers sur des vaisseaux pris par les François; mais si les uns et les autres étoient matelots, ils ne jouiront plus de ce privilège.

VIII. Les vaisseaux marchands François ne seront pas contraints de charger dans leur bord, contre leur gré, ce qu'ils ne voudront pas, ni d'entreprendre aucun voyage forcément et contre leur volonté.

IX. En cas de rupture entre l'empereur de France et les régences (25) d'Alger, Tunis et Tripoli, l'empereur de Maroc ne donnera aucune aide, ni assistance auxdites régences, en aucune façon, et il ne permettra à aucun de ses sujets de sortir, ni d'armer sous aucun *Pag. 428.* pavillon desdites régences pour courir sur les François (26), et si quelqu'un desdits sujets venoit à y manquer, il sera puni et responsable dudit dommage. L'empereur de France de son côté en usera de même avec les ennemis de l'empereur de Maroc, il ne les aidera, ni ne permettra à aucun de ses sujets de les aider.

X. Les François ne seront tenus ni obligés de fournir aucune munition de guerre, poudre, canons, ou autres choses généralement quelconques servant à l'usage de la guerre.

XI. L'empereur de France peut établir dans l'empire

* R

Pag. 429. de Maroc la quantité de consuls qu'il voudra, pour y représenter sa personne dans les ports dudit empire, y assister les négocians, les capitaines et matelots en tout ce dont ils pourront avoir besoin, entendre leurs différens et décider des cas qui pourront survenir entre eux, sans qu'aucun gouverneur des places où ils se trouveront, puisse les en empêcher (27). Lesdits consuls pourront avoir leurs églises dans leurs maisons pour y faire l'office divin, et si quelqu'une des autres nations Chrétiennes vouloit y assister, on ne pourra y mettre obstacle, ni empêchement : et il en sera usé de même à l'égard des sujets de l'empereur de Maroc ; quand ils seront en France, ils pourront librement faire leurs prières dans leurs maisons (28).

Pag. 430. Ceux qui seront au service des consuls, sécrétaires, interprètes, courtiers (29) ou autres, tant au service des consuls que des marchands, ne seront empêchés dans leurs fonctions, et ceux du pays seront libres de toute imposition et charge personnelle (30). Il ne sera perçu aucun droit sur les provisions que les consuls acheteront pour leur propre usage, et ils ne paieront aucun droit sur les provisions et autres effets à leur usage qu'ils recevront d'Europe, de quelque espèce qu'ils soient ; de plus les consuls François auront le pas et préséance sur les consuls des autres nations, et *Pag. 431.* leur maison sera respectée et jouira des mêmes immunités qui sont accordées aux autres (31).

XII. S'il arrive un différent entre un Maure et un François, l'empereur en décidera, ou bien celui qui représente sa personne dans la ville où l'accident sera arrivé, sans que le kadhi ou le juge ordinaire puisse en prendre connoissance, et il en sera usé de même en France, s'il arrive un différent entre un François et un Maure (32).

XIII. Si un François frappe un Maure, il ne sera jugé qu'en la présence du consul qui défendra sa cause, et elle sera décidée avec justice et impartialité, et au cas que le François vînt à s'échapper, le consul n'en sera pas *Pag. 432.* responsable, et si par contre un Maure frappe un François, il sera châtié suivant la justice et l'exigeance du cas. (33).

XIV. Si un François doit à un sujet de l'empereur de Maroc, le consul ne sera responsable du paiement que dans le cas où il auroit donné son cautionnement par écrit; alors il sera contraint de payer, et par la même raison, quand un Maure devra à un François, celui-ci ne pourra attaquer un autre Maure à moins qu'il ne fût caution du débiteur (34).

Si un François venoit à mourir dans quelque place de l'empereur de Maroc, ses biens et effets seront à la disposition du consul, qui pourra y faire mettre le scellé, faire l'inventaire et procéder enfin à son gré, sans que la justice du pays ni le gouvernement puissent y mettre le moindre obstacle.

XV. Si le mauvais temps ou la poursuite d'un ennemi *Pag. 433.* forcent un vaisseau François à échouer sur les côtes de l'empereur de Maroc, tous les habitans des côtes où le cas peut arriver, seront tenus de donner assistance pour remettre ledit navire en mer, si cela est possible; et si cela ne se peut (35), ils l'aideront à

retirer les marchandises et effets du chargement dont
le consul le plus voisin du lieu (ou son procureur)
disposera suivant leur usage , et l'on ne pourra exiger
que le salaire des journaliers qui auront travaillé au
sauvetage ; de plus il ne sera perçu aucun droit de
douane ou autre sur les marchandises qui auront été
déposées à terre , excepté celles que l'on aura vendues.

Pag. 454. XVI. Les vaisseaux de guerre François entrant dans
les ports et rades de l'empereur de Maroc , y seront reçus
et salués avec les honneurs dus à leur pavillon , vu
la paix qui règne entre les deux empires , et il ne sera
perçu aucun droit sur les provisions et autres choses
que les commandans et officiers pourront acheter pour
leur usage ou pour le service du vaisseau , et il en sera
usé de même envers les vaisseaux de l'empereur de
Maroc , quand ils seront dans les ports de France.

XVII. A l'arrivée d'un vaisseau de l'empereur de
France en quelque port ou rade de l'empire de Maroc ,
Pag. 455. le consul du lieu en avisera le gouverneur de la place,
pour prendre les précautions et garder les esclaves pour
qu'ils ne s'évadent pas dans ledit vaisseau ; et au cas
que quelque esclave vint à y prendre asile , il ne pourra
être fait aucune recherche à cause de l'immunité et des
égards dus au pavillon ; de plus le consul, ni personne
autre , ne pourra être recherché à cet effet, et il en
sera usé de même dans les ports de France, si quelque
esclave venoit à s'échapper et à passer dans quelque
vaisseau de guerre de l'empereur de Maroc.

XVIII. Tous les articles qui pourroient avoir été
omis, seront entendus et expliqués de la manière la plus

favorable pour le bien et l'avantage réciproque des
sujets des deux empires , et pour le maintien et la conservation de la paix et de la meilleure intelligence (36).

XIX. S'il venoit à arriver quelque contravention *Pag. 129.*
aux articles et conditions sur lesquels la paix a été faite,
cela ne causera aucune altération à ladite paix ; mais le
cas sera mûrement examiné, et la justice sera faite
de part et d'autre. Les sujets des deux empires qui
n'y auront aucune part, n'en seront point inquiétés, et
il ne sera fait aucun acte d'hostilité, que dans le cas
d'un déni formel de justice.

XX. Si le présent traité de paix venoit à être rompu,
tous les François qui se trouveront dans l'étendue de
l'empire de Maroc, auront la permission de se retirer
dans leurs pays avec leurs biens et leurs familles, et ils *Pag. 157.*
auront pour cela le temps et terme de six mois.

Le soussigné (37), ambassadeur de l'empereur de
France et muni de ses pleins pouvoirs, datés de Ver-
sailles du 23 mars dernier, déclare avoir terminé et conclu le présent traité de paix, d'amitié et de commerce
entre l'empereur de Maroc et l'empereur de France,
et à icelui fait apposer le sceau de ses armes. Fait à
Maroc, le 28 mai 1767.

Le comte DE BREUGNON.

FORMULE de Passe-port dont les Bâtimens François seront porteurs.

Louis-Jean-Marie de Bourbon duc de Penthièvre,
Amiral de France, à tous ceux qui ces présentes verront,
Salut. Savoir faisons que nous avons donné congé et

R 3

passeport à.... maître de....nommé....du port de......,
Pag. 438. de s'en aller à..... chargé de.....et armé de..... après
que visitation de...... aura été bien et duement faite.
En témoin de quoi nous avons fait mettre notre seing
et le scel de nos armes à ces présentes, et icelles fait
contresigner par le secrétaire général de la marine. A
Paris le....... *Signé* L. J. M. de Bourbon, *et plus
bas*, Par S. A. S. *Signé* de Grandbourg *et scellé.*

FORMULE de Certificat du S...... Consul de la Nation Françoise.

Nous........ Consul de la nation Françoise à........
certifions à tous ceux qu'il appartiendra, que le.......
nommé............commandé par.................. du port
de.................... ou environ, étant de présent au port
Pag. 439. et havre de........ appartient aux sujets de l'empereur
de Maroc, et est armé de......... En témoin de quoi
nous avons signé le certificat et apposé le scel de nos
armes. Fait à......... le....... jour de.........,

4.

Pag. 440. LETTRE *de l'Empereur de Maroc à Louis XVI, Roi de France.*

Au nom du Dieu clément et miséricordieux. Il n'y
a de force et de pouvoir que dans le Dieu très-haut
et très-grand.

De l'ordre du très-grand empereur, l'empereur de
Maroc, Fèz, Miquenès, Tafilet, Suz, Déra, et de
toutes les provinces du Maghreb, notre maître et notre
seigneur.

(Place du sceau, portant pour légende : Mohammed fils d'Abd-allah, fils d'Ismaël. Dieu est son protecteur et son seigneur.) Que Dieu lui accorde l'assistance continuelle de son secours, qu'il rehausse son empire; qu'il rende perpétuelles son exaltation et sa gloire, et qu'il fasse luire le soleil et la lune de sa puissance souveraine, de l'éclat le plus parfait. *Pag. 45.*

Au chef de la nation Françoise, qui est aujourd'hui à la tête du gouvernement, le roi (38) Louis seixième du nom. Salut à quiconque marche dans la droite voie.

Votre lettre, en date du 12 mai 1774, par laquelle vous nous donnez avis de la mort de votre ayeul le roi Louis XV, a été remise à notre majesté très-élevée par la grâce de Dieu, par votre vice consul Barthélemy de Potonnier. Le souvenir de votre ayeul Louis est fortement gravé dans notre esprit, parce qu'il avoit beaucoup d'amitié pour nous; c'étoit un prince qui gouvernoit son peuple avec sagesse, et qui étoit plein de tendresse pour ses sujets, et fidèle à garder ses engagemens envers ses alliés. Nous avons appris avec beaucoup de joie qu'il restoit quelqu'un de ses descendans pour succéder à son royaume et le remplacer sur le trône. Nous souhai- *Pag. 45.* tons que vos sujets jouissent sous votre gouvernement d'un bonheur encore plus grand que celui dont ils ont joui du vivant de votre ayeul, et pour nous, nous entretiendrons avec vous la paix et la bonne intelligence sur le même pied que du temps de votre ayeul.

L'ordre d'écrire la présente a été donné dans la résidence royale de Miknasat-alzeïtoun (39), le 10 de djoumadi second 1188.

R 4

5.

Pag. 443. *LETTRE de l'empereur de Maroc au même.*

Au nom du Dieu clément et miséricordieux. Il n'y a de force et de pouvoir que dans le Dieu très-haut et très-grand. Quiconque met tout son appui en Dieu, est infailliblement dirigé dans une voie droite.

(*Place du sceau, portant pour légende :* Mohammed fils d'Abd-allah , fils d'Ismaël. Dieu est son protecteur et son seigneur.)

De la part de l'émir des croyans , qui combat pour la cause du souverain maître de l'univers, du serviteur de Dieu, qui met sa confiance en lui, et ne s'appuie *Pag. 444.* que sur lui, Mohammed fils d'Abd-allah, fils d'Ismaël, Dieu est son protecteur et son seigneur.

Au chef des François, Louis XVI du nom. Salut à quiconque marche dans la droite voie.

Nous vous donnons avis que quelques François ayant échoué dans le désert, vers les limites les plus éloignées de notre heureuse domination, tous les Chrétiens qui ont échappé au naufrage, ont été dispersés parmi les Arabes qui les ont retenus. Cette nouvelle nous étant parvenue, nous avons expédié un de nos officiers dans le désert , pour retirer les Chrétiens François qui se trouvoient entre les mains des Arabes. Notre intention étoit de leur donner des marques de notre bienveillance et de vous les renvoyer ensuite, en faveur de la paix et de la bonne intelligence qui regnent entre vous et nous. Mais votre consul qui réside dans nos États, ne s'est pas comporté avec honnêteté ; il nous a écrit de lui envoyer les Chrétiens, offrant de rembourser les frais (40) faits à leur occasion par notre susdit officier. Les expressions dont il s'est servi, nous ont déplu. *Pag. 445.* Certainement, s'il eût fait cette demande d'une manière décente, nous les lui aurions remis, dans la supposition même que nous eussions été en guerre (41) avec vous, et à bien plus forte raison, étant en paix et en bonne intelligence. En conséquence de cela, nous vous les avons envoyés directement de la part de notre majesté très-élevée par la grâce de Dieu. Ils sont au nombre de vingt, et arriveront (42) sous peu dans vos États.

Nous vous avons aussi envoyé en ambassade notre serviteur l'alkaïd (43) Taher Fénisch, qui a sous sa conduite les sus-dits Chrétiens. Il est chargé de vous communiquer une proposition que nous jugeons convenable, et d'en conférer tant avec vous qu'avec tous les consuls des nations Chrétiennes avec lesquelles nous sommes en paix, qui résident dans vos États, et avec les autres par votre médiation. Elle a pour objet d'arrêter que tout Chrétien quel qu'il soit, qui sera fait captif dans toute l'étendue de nos États, sera racheté par la mise en liberté d'un Musulman, tête pour tête, et que dans le cas où il ne se trouveroit point de captifs Musulmans, on donnera cent piastres pour la rançon de chaque Chrétien ; de même quand il se trouvera des Musulmans captifs chez les Chrétiens, on donnera pour *Pag. 446.* la rançon de chaque Musulman un Chrétien de la nation chez laquelle le Musulman sera captif, ou s'il ne se trouve point de Chrétien de cette nation captif, une somme de cent piastres : on ne fera à cet égard aucune

distinction entre le riche et le pauvre, l'homme robuste et celui qui sera infirme ; la rançon sera la même
pour tous. Aucun captif ne demeurera (44) une année
entière, soit dans les terres des Musulmans, soit dans
celles des Chrétiens. Quant aux septuagénaires et aux
femmes, ils ne pourront être considérés comme captifs.
Toutes les fois que quelques vieillards de cet âge ou
quelques femmes se trouveront sur les vaisseaux des
Musulmans ou des Chrétiens, on les remettra sur le
champ en liberté sans rançon. C'est là, à ce que nous
croyons, un sage accommodement utile aux deux
parties. Nous desirons que cet arrangement soit conclu
par votre entremise. Si la chose est acceptée sur ce pied,
Pag. 447. envoyez-nous un écrit de votre part, portant l'engagement de vous y conformer, et nous vous ferons tenir
un écrit signé de notre main et muni de notre sceau,
par lequel nous nous engagerons à accomplir tous les
articles contenus dans la présente, en ce qui concerne
le rachat respectif des esclaves, aux termes ci-dessus exprimés. Si cela a lieu, cet écrit restera entre vos mains.

Nous vous envoyons en présent six de nos meilleurs
chevaux. Nous vous prions de ne pas retenir long-temps
près de vous notre ambassadeur ; renvoyez-le nous
promptement, aussitôt que l'affaire pour laquelle nous
vous l'avons expédié sera terminée. Nous conservons
toujours la paix et la bonne intelligence avec vous.
Nous vous prions d'ajouter foi à tout ce que vous dira
notre ambassadeur.

L'ordre d'écrire la présente a été donné le premier
de schaban 1191.

6.

LETTRE de l'Imam Saïd, fils d'Ahmed Imam de Pag. 448. *Mascate, à M. Rousseau Consul de France à Bagdad* (45).

Au nom du Dieu clément et miséricordieux.

De la part de celui qui met sa confiance en Dieu (à qui soient rendues toutes louanges), de l'Imam des Musulmans Saïd fils de l'Imam Ahmed, fils de Saïd, Bou-Saïdi Arabi Azdi Omani (46).

Puissent les dons les plus exquis que s'envoient réciproquement des amis sincères, et les présens les plus parfaits que se font ceux qu'unissent les liens de l'amitié, et d'une véritable affection, les vœux dont la plume ne sauroit exprimer l'abondance, et les salutations dont l'effet s'étend dans toute la durée des siècles et des âges, être offerts et présentés à découvert et sans voile, accompagnés de toutes sortes de dons du plus grand prix, à son illustre et très-émi- Pag. 449. nente seigneurie, notre très-cher et bien-aimé, le très-noble , très-distingué et très-respectable,

Sa seigneurie très-noble et très-distinguée, notre sincère ami Monsieur Rousseau, agent de France : que le Très-Haut le conserve !

Daigne le Très-Haut le préserver de toute afflic-tion, et le protéger contre toute la malice des ennemis visibles et invisibles, en l'honneur de Mahomet, le chef de ceux sur qui se répandent les bienfaits célestes !

Si votre gracieux souvenir vous inspire le désir de vous (47) informer des nouvelles de celui qui n'a jamais cessé de demeurer uni avec vous par les liens d'une sincère amitié, nous vous instruisons que, grâces à Dieu et par un effet de sa bonté, nous jouissons d'une santé parfaite, nous informant fréquemment de vous et de tout ce qui vous concerne. Puissiez-vous être toujours dans une heureuse situation, par la faveur du maître de l'univers !

Votre précieuse lettre, remplie des sentimens les plus délicats, nous est parvenue à l'heure la plus heureuse et à l'instant le plus favorable ; elle a réjoui notre cœur et satisfait nos regards, en nous apprenant que votre personne jouit de la meilleure santé, et que vous êtes dans une heureuse situation ; nous en avons rendu au Dieu très-haut et digne de toutes louanges, de vives actions de grâces. Nous avons parfaitement compris tout ce que vous nous marquez, en particulier le *Pag. 450.* compte que vous nous rendez de ce qui s'est passé, lorsque vous étiez auprès de sa majesté, le très-grand empereur et à sa cour, et que la nouvelle vous est parvenue du traitement fait à notre bâtiment, chose qui n'a nullement été approuvée par ce prince. Nous étions (48) convaincus qu'il ne pouvoit ni approuver, ni autoriser par son assentiment des choses contraires à l'équité. En parlant de nous (49) comme vous l'avez fait, en termes avantageux et favorables, vous avez suivi l'impulsion de votre bon naturel et de votre excellent caractère ; que Dieu vous en donne pour nous la juste récompense, en vous faisant toute sorte de biens !

Vous n'ignorez pas l'amitié qui nous unit à la France depuis un temps immémorial, et rend communs entre nous tous les événemens et tous les biens. Nos sujets et nos ports ne sont qu'un, et nos cœurs sont les garans de la sincérité de ces sentimens. S'il plaît à Dieu, quand les bâtimens de votre cour viendront relâcher dans notre port, nous enjoindrons à notre lieutenant Khalfan fils de Mohammed de leur fournir tout ce dont ils pourront avoir besoin, de quelque *Pag. 451.* valeur que cela puisse être ; il n'est pas nécessaire de nous faire aucune recommandation à cet égard. Nous nous flattons que grâces à Dieu et à son secours tout puissant, vous n'entendrez rien dire de nous (50), qui ne soit à votre pleine satisfaction.

Quant à ce que vous nous avez écrit de l'ordre qu'a donné le très-grand empereur de nous envoyer le bâtiment neuf dont vous nous parlez (51), avec tous ses agrès, jusqu'à présent, notre très-cher, il n'est point encore arrivé. Quand il sera heureusement arrivé, s'il plaît à Dieu, nous le recevrons avec plaisir, et nous nous en ferons honneur (52) parmi nos amis et nos ennemis. Il n'étoit pas nécessaire cependant que l'on se donnât cette peine (53), puisque tous les biens et tous les événemens sont communs entre nous, et que nous partageons toutes les pertes et tous les avantages. Au surplus nous ne regardons pas cela de votre part comme une peine, mais comme une marque d'amitié et d'attachement. Puissiez-vous être toujours comblé de toutes sortes de biens (54), s'il plaît à Dieu !

Nous avons fait part à notre lieutenant Khalfan fils de Mohammed de ce que vous nous mandez relativement à cet homme qui est mort à Mascate : Khalfan *Pag. 452.* ne manquera pas de vous en écrire (55).

Nous espérons que vous continuerez à nous informer de l'état de votre santé et à nous donner des nouvelles de votre cour. Nos enfans vous présentent leurs vœux. Nous finissons en vous saluant.

Le 24 dhou'lhiddja 1200.

Adresse de la lettre.

Que cette lettre, avec le secours et par la grâce de Dieu, soit honorée des regards de notre ami sincère, le très-illustre seigneur, M. Rousseau, agent (56) de France ; que le Dieu très - haut daigne le conserver en paix ! A Bagdad séjour de la paix ; puisse-t-elle arriver heureusement !

Légende du sceau.

Celui qui met sa confiance dans le Dieu éternel, l'Imam des musulmans, Saïd fils d'Ahmed ; en l'année 1198 (57).

7.

Pag. 452. *LETTRE du gouverneur de Mascate, Khalfan (58) fils de Mohammed, au même M. Rousseau.*

Au nom du Dieu très-haut.

Puissent les salutations les plus parfaites, des complimens sans bornes, des vœux perpétuels et conformes à ce qu'exigent l'amitié et une sincère affection, être offerts et présentés à découvert et sans voile à son illustre seigneurie, le très-noble et très-distingué, incomparable et très-fortuné, l'ami sincère et très-affectionné.

Sa seigneurie très-noble et très-distinguée , Monsieur Rousseau, agent de France : que Dieu le conserve !

Daigne le Dieu très-haut le garantir de la malice de tous les méchans , et le délivrer des piéges du pervers (59), en l'honneur de Mahomet, de ses descendans et de ses saints compagnons !

Si votre gracieux souvenir vous inspire le désir de Pag. 454 vous informer des nouvelles de celui qui n'a jamais cessé de demeurer uni avec vous par les liens d'une sincère amitié ; nous vous instruisons que grâces à Dieu et par un effet de sa bonté, nous jouissons d'une santé parfaite, nous informant de vous en toute circonstance.

Le principal objet de cette lettre et le motif qui nous engage par dessus tout à vous écrire , c'est le désir de vous offrir nos salutations et nos vœux (60), et de vous faire part que nous avons eu l'honneur de recevoir votre précieuse et très - chère lettre, remplie des sentimens les plus délicats, qui nous est parvenue à l'heure la plus heureuse et à l'instant le plus favorable. Elle a réjoui notre cœur et satisfait nos regards, en nous apprenant que votre personne jouit de la meilleure santé, et que vous êtes dans une situation heureuse. Puissiez-vous être toujours en bonne santé, par la faveur du maître de l'univers !

Nous avons parfaitement compris tout ce dont vous faisiez mention dans votre lettre , et nous y avons donné la plus sérieuse attention : nous avons rendu grâces au Dieu très-haut et digne de toutes louanges, de la bonne santé dont vous jouissez.

Quant aux protestations que vous nous faites de

votre amitié pour nous et de votre sincère affection,

Pag. 455. c'est une chose plus claire que le soleil en plein midi, car nous savons parfaitement que nos liaisons d'amitié avec les François datent de temps immémorial.

Pour ce que vous nous marquez relativement à l'aventure de notre bâtiment, le Salèh, dont la nouvelle est parvenue à vos oreilles, tandis que votre seigneurie se trouvoit (61) près de sa majesté à la cour, et à la manière avantageuse dont vous avez parlé de nous, ainsi qu'il étoit convenable, ç'a été un effet de votre bon naturel et de votre excellent caractère. Nous en sommes parfaitement convaincus, et nous n'avons pas à ce sujet le moindre doute ou la plus légère incertitude. Que Dieu vous en donne pour nous la juste récompense, en vous comblant de toutes sortes de biens ! Nous avons avec les François des liaisons plus étroites qu'avec aucune autre nation ; nos biens et les vôtres ne sont qu'un ; nos ports sont communs, et nous partageons toutes les pertes et tous les avantages ; il n'est pas besoin d'entrer la-dessus dans aucun détail, puisque nos cœurs en sont les garans.

Vous nous instruisez que quelques bâtimens appartenant à votre cour, viendront (62) peut-être dans nos ports ; si cela est, nous leur fournirons tout ce dont ils *Pag. 456.* auront besoin (63), de quelque valeur que cela puisse être. Il n'est pas nécessaire de nous faire à ce sujet aucune recommandation ; et en toutes choses, s'il plaît au Dieu très-haut, vous n'apprendrez de nous en aucune circonstance, que des nouvelles capables de réjouir votre cœur, et de vous causer une pleine satisfaction.

Quant

Quant à ce que vous nous marquez, notre très-cher, que le très-grand empereur ayant appris l'aventure de notre vaisseau le Salèh, en a été affligé, et n'a point approuvé la conduite tenue envers ce bâtiment, qu'au contraire il a donné ordre que l'on offrît à l'imam notre maître (que Dieu augmente sa puissance et lui accorde son secours!) le bâtiment neuf dont vous nous parlez, avec tous ses agrès; jusqu'à présent, ce bâtiment n'est point arrivé. Il n'étoit pas nécessaire que l'on se donnât toute cette peine, puisque tous les événemens, tous les biens et les pertes sont communs entre nous. Au surplus, nous (64) ne regardons pas cela comme une peine de votre part, mais comme *Pag. 457.* une marque d'attachement et d'amitié pour nous. Quand ce vaisseau sera heureusement arrivé, s'il plaît à Dieu, nous le recevrons avec un plaisir infini. Nous en ferons un trésor et un ornement pour notre cour (65), parmi ses amis et ses ennemis, afin que ce soit un sujet de joie pour nos amis, et de dépit pour nos ennemis. Puissiez-vous être, s'il plaît à Dieu, toujours comblé de toutes sortes de biens!

Pour répondre à l'article de votre lettre qui concerne ce médecin qui est venu de Bombay, et qui est mort à Mascate, nous vous dirons, notre très-cher, que ce particulier, avant de se rendre à Mascate, avoit écrit de Bombay une lettre à Hadji Naser, avec lequel il étoit lié. Quand il fut arrivé à Mascate, il vint loger dans la maison d'Étienne l'Arménien, et y demeura deux jours; mais s'étant brouillé avec lui (66), il quitta cette demeure, et prit pour lui-

* S

Pag. 458. même une maison où il s'établit. Ensuite étant dans l'intention de passer au port d'Abouschèhr (67), sur un daou (68) qui appartenoit au scheïkh Naser (69), il paya pour son passage 40 roupies; et quant à une somme de 200 roupies qui lui restoit, il la remit à Hadji Naser, à la charge que celui-ci lui donneroit une traite de la même somme sur le port d'Abouschèhr : mais dans ces entrefaites ce particulier tomba malade, et mourut après une vingtaine de jours de maladie. Hadji Naser fournit à tous ses besoins et le fit enterrer dans le cimetière des Francs. La succession du défunt, prélèvement fait des dépenses et de ce que Hadji Naser avoit pris pour lui-même, montoit à 73 toman d'argent (70), 21 pièces de toiles de lin pour voiles, et en outre ses hardes, et quelques vases (71) et meubles. A la réception de votre lettre, et d'après votre demande, nous avons mandé près de nous Hadji Naser, et nous lui avons enjoint de nous remettre les deniers qui étoient restés entre ses mains, les voiles et le mobilier ; nous n'avons trouvé chez lui que les voiles et le mobi-

Pag. 459. lier. Nous lui avons demandé la restitution de l'argent ; mais nous avons reconnu qu'il l'avoit dépensé : il devoit d'ailleurs à beaucoup de monde (72), et nous n'avons rien trouvé entre ses mains, en sorte qu'il lui étoit impossible de restituer les deniers. Quand il lui tombera, s'il plaît à Dieu, quelque argent entre les mains, nous nous en emparerons sans faute, et nous ne permettrons pas qu'il en dispose. Pour le moment (73), il est absolument dans l'impossibilité de satisfaire à cette dette. Quant aux voiles et aux effets mobiliers, ils sont ici;

et lorsque vous jugerez à propos de nous ordonner de vous les envoyer, ou de les remettre à votre agent Hadji Daoud Khalil, nous nous conformerons à vos intentions (74). Vous êtes bon et bienfaisant.

Nous espérons que vous continuerez à nous donner de vos nouvelles et de celles de votre illustre cour. Nos enfans vous offrent leurs vœux. Toutes les fois que vous aurez quelque affaire ici, ou quelque commission à nous donner, nous nous en acquitterons avec le plus grand zèle (75). Nous ne pouvons mieux finir qu'en vous saluant.

Légende du sceau.

Je remets à Dieu le soin de toutes mes affaires. Son serviteur Khalfan fils de Mohammed.

8.

AUTRE LETTRE de l'Imam de Mascate au même Pag. 460. *M. Rousseau.*

DE la part du serviteur de Dieu, qui met en lui toute sa confiance et tout son espoir, et ne s'appuie que sur lui, de l'Imam des Musulmans Saïd fils de l'Imam Ahmed, fils de Saïd, fils d'Ahmed, Bou-Saïdi, Arabi Azdi Omani,

Au très-illustre seigneur, à l'ami loyal, très-honoré, très-sincère, très-distingué, très-vénérable, très-magnifique, très-excellent, M. Rousseau, consul de la nation Françoise à Bagdad: que Dieu daigne veiller à sa garde, et le garantir de tout malheur, calamité, affliction et mauvaise fortune!

Ces lettres vous sont adressées du port de Mascate,

séjour de joie et de satisfaction, et elles ont pour objet de s'informer de votre santé, à cause de la grande amitié [que nous vous portons], et de présenter nos vœux à votre très-noble, très-magnifique et très-illustre seigneurie.

Pag. 461.   Toutes les nouvelles d'ici sont bonnes et heureuses, n'annonçant que prospérité et heureux succès, grâces à la bonté de celui dont la science n'a point de bornes, et qui ouvre les sources de la félicité. Nous espérons, s'il plaît à Dieu, que vous jouissez aussi d'une joie non interrompue, et d'un bonheur sans altération.

Votre très-précieuse lettre et très-honorée dépêche nous est parvenue à l'heure la plus heureuse et à l'instant le plus favorable. Nous ne pouvions recevoir une plus agréable annonce et un hôte plus précieux ; et son arrivée nous a causé un plaisir infini, parce qu'elle nous a procuré en ce moment l'assurance de l'heureuse santé dont vous continuez à jouir, et de la conservation de votre existence et de vos précieux jours (76). Puisse votre seigneurie être toujours protégée de Dieu et jouir d'un bonheur sans interruption !

Votre messager, qui (77) a passé précédemment par ici et qui se rendoit dans l'Inde et à la côte de Malabar, est arrivé près de nous en bonne santé ; nous avons fait, du meilleur de notre cœur, tout ce qui a été en notre pouvoir et qu'il a désiré, pour fournir à tous ses besoins ; nous nous sommes empressés de l'expédier : nous l'avons fait embarquer, le plus promptement qu'il a été possible, sur un bâtiment du nombre de ceux dont les voiles s'élèvent sur la mer comme de hautes *montagnes* (78) ; il n'est resté auprès de nous qu'un *Pag.* 562. seul jour, ou du moins très-peu de jours, comme nous vous l'avons mandé. Nous avons soutenu et ranimé son courage, en sorte qu'il est parti pour sa destination ; et quand il nous a quittés, il étoit dans le meilleur état possible et parfaitement tranquille (79). Nous demandons à Dieu qu'il arrive au lieu où vous l'envoyez, en bonne santé, avec le secours des bénédictions divines. Nous vous avons déjà, par de précédentes dépêches, donné avis de son arrivée près de nous et de son départ d'ici. Toute personne qui arrivera ici de la part de votre très-honorée seigneurie, y trouvera la réception la plus favorable et l'accueil le plus flatteur, comme il convient à l'amitié intime et à l'affection parfaite qui existent entre vous et nous, et qui ne feront que croître, augmenter et se fortifier dans nos cœurs, et demeureront inséparables de notre existence jusqu'au jour de la résurrection.

Quant à votre compatriote dont vous nous parlez, et que vous desirez placer en résidence auprès de nous dans le port de Mascate, pour y faire vos affaires et les *Pag.* 563. nôtres, quand il sera arrivé (80), s'il plaît à Dieu, il y sera traité avec toute sorte d'égards et avec la prévenance la plus obligeante ; il aura un logement commode, il y jouira de la liberté la plus entière, et n'y éprouvera aucune gêne (81), attendu que nos ports et les vôtres, nos États et ceux de votre domination ne sont qu'un, et qu'il n'y a aucune différence entre les uns et les autres, par une suite de l'amitié sincère qui règne, comme vous le savez, entre vous et nous, et qui, s'il plaît à Dieu, ne recevra que de nouvelles augmentations.

Relativement au vaisseau dont vous nous faites mention, qui a été envoyé de la part du roi, jusqu'à ce jour 25 de djoumadi second de l'an 1202, il n'est pas arrivé, et on n'en a eu aucune nouvelle, ni des contrées de l'Inde, ni d'aucun autre endroit; mais vous avez une parfaite connoissance de ce qui en est, et vous en êtes bien instruit (82).

Nous espérons et nous nous flattons que vous ne discontinuerez pas de nous donner, par votre correspondance, des nouvelles de ce qui se passe dans votre pays, attendu que nous partageons la joie de tout ce qui vous est agréable, et que nous prenons part à tout ce qui vous afflige : parce que nous avons pour vous une *Pag. 464.* affection inaltérable, et que nous vous sommes inviolablement attachés. Rien ne pourra changer nos dispositions amicales, ni altérer nos sentimens pour vous. Nous nous chargerons volontiers de toutes les affaires qui pourront vous survenir ici, et nous nous acquitterons, s'il plaît à Dieu, de tout ce dont vous jugerez à propos de nous charger. Continuez à vous bien porter, et offrez nos complimens à tous ceux qui sont près de vous et à tout ce qui vous appartient. Le 25 de djoumadi second 1202.

Quant à la lettre Persane que vous avez envoyée au vizir par la voie d'Alep, et par le ministère de votre messager qui a été rencontré et dévalisé par les Arabes, c'est Dieu qui les punira de cette violence (83). Voici que je vous adresse une autre lettre pour le vizir, afin de remplacer celle dont votre messager étoit chargé, et qui a été perdue. Le malheur n'est pas grand (84); je mets celle-ci dans la présente, et je prie Dieu qu'elle arrive heureusement, si c'est sa volonté.

Adresse de la lettre.

Pag. 465.

Par la grâce du Dieu très-haut, puisse cette lettre, avec le secours du roi bienfaisant, parvenir entre les mains de l'ami sincère et du fidèle et loyal M. Rousseau, consul de la nation Françoise dans la ville de Bagdad: que le Dieu très-haut le conserve! 8642 (85).

Légende du sceau.

Celui qui met sa confiance dans le Dieu éternel, l'Imam des Musulmans Saïd fils d'Ahmed; en l'année 1198.

9.

AUTRE LETTRE de l'Imam de Mascate au même Pag. 466. M. Rousseau (86).

DE la part de celui qui met sa confiance en Dieu (à qui soient rendues toutes louanges et dont le nom soit exalté), de l'Imam des Musulmans, Saïd fils de l'Imam Ahmed, fils de Saïd, de la famille des Bou-Saïdi (87), Arabi Azdi Omani.

Les dons les plus exquis que s'envoient réciproquement des amis sincères, et les présens les plus précieux que se font ceux qu'unissent les liens de l'amitié et d'une véritable affection, des salutations parfaites et des complimens sans bornes, sont adressés à sa seigneurie

S 4

très - illustre et très - distinguée, le soutien des plus éminens vizirs, l'élite (88) des émirs les plus respectables, notre très-cher, très-illustre, très-excellent, très-considéré et très - vénérable ami, *sa seigneurie le très - distingué et très-respectable M. Rousseau, agent de la cour de France : que le Dieu très-haut le conserve !*

Daigne le Dieu très-haut le garantir de la malice de *Pag. 467.* tous les méchans, et le délivrer des piéges du pervers, par les mérites de Mahomet son élu, de sa postérité et de ses saints compagnons.

Si votre bonté vous inspire quelque desir de vous informer des nouvelles de celui qui n'a jamais cessé de conserver pour vous les sentimens d'une sincère et constante amitié, nous vous faisons part que, grâces à Dieu et par un effet de sa bonté, nous jouissons de la plus parfaite santé, nous informant en toute circonstance de vous et de votre situation.

Ce qui nous engage à prendre la plume pour vous adresser ce gage de notre sincère affection et de notre attachement, c'est le desir de vous offrir nos vœux, nos salutations et les témoignages de notre dévouement, et de vous assurer que les mêmes sentimens d'affection et d'amitié nous animent toujours, et avec encore plus de vivacité que de coutume. Nous voulons aussi, notre très-cher, vous donner avis que nous avons reçu, à l'heure la plus heureuse et à l'instant le plus favorable, votre très-honorée lettre, qui renfermoit deux dépêches de la part de son excellence le ministre, arrivées par la *Pag. 468.* voie de Constantinople, et dont l'une étoit écrite en françois et l'autre en étoit la traduction en langue

Persane. Nous avons posé ces lettres sur notre tête comme une couronne, et nous les avons approchées de nos yeux comme une lumière vive et réjouissante. Nous avons compris et parfaitement entendu tout ce que le ministre dit dans ces lettres, de la sincérité de la solide amitié qui nous unit; et c'est là une chose aussi claire que le soleil en plein midi, et qui ne laisse lieu à aucun doute. S'il plaît à Dieu, cette amitié, cette sincère affection ne sera dorénavant (89) que croître et s'augmenter de jour en jour et de moment en moment, tant que durera l'union de nos corps et de nos ames. Nous sommes bien aises aussi, notre très-cher (que garde le maître souverain plein de bonté!), de vous assurer que nous sommes entièrement convaincus que la bonne intelligence qui est entre nous, est due, ainsi que son accroissement, à vos bons offices et à la sagesse de votre conduite. Nous sommes dans un parfait et entier contentement; nos ports, nos villes, nos biens, tout est commun entre nous. Nous avons donné nos ordres à notre très-estimé vizir le scheïkh Khalfan, pour que lorsque quelqu'un des vaisseaux de votre cour arrivera dans notre port, il pourvoie à tout ce dont il pourroit avoir besoin. Nous lui avons fortement (90) recommandé d'en agir ainsi, par ce que nous y sommes obligés envers eux. S'il plaît à Dieu, vous ne recevrez en aucune circonstance, pour ce qui nous concerne, aucune nouvelle qui ne vous soit agréable.

Il est arrivé ici, le 22 de djoumadi second un vaisseau du roi (que sa puissance soit augmentée!) le Calypso, capitaine Kergariou de Léomarie. Il étoit chargé pour

nous d'une lettre (91) de la part du gouverneur de
l'Ile de France. Cette lettre nous a fait le plus grand
plaisir, parce qu'elle nous a appris qu'il jouissoit d'une
très-bonne santé, et nous en avons reçu une vraie sa-
Pag. 470. tisfaction. Ce bâtiment est resté ici quinze jours (92);
nous avons fourni à tous ses besoins, et il a fait voile
heureusement. Le gouverneur nous fait part de l'intention où l'on est d'envoyer ici un homme pour résider
dans notre port de la part de votre cour. Cette personne doit nous être envoyée de Bagdad, et demeurer
sous votre dépendance, et elle doit savoir parler (93)
arabe : nous avons promis au gouverneur que sitôt que
ce résident sera arrivé dans notre port, nous lui donnerons un lieu pour y demeurer et y établir ses
gens. Il éprouvera de notre part toute sorte d'égards
et d'attentions, et nous ferons pour lui plus que
pour tous les autres, en considération des sentimens
qui nous unissent. Vous saurez (94), notre très-cher,
que quant au vaisseau que le roi, ainsi que vous nous
l'avez marqué, a ordonné que l'on envoyât, il n'est
pas encore (95) arrivé; le capitaine Kergariou, lors de
Pag. 471. son arrivée ici, nous a dit qu'il l'avoit laissé avec
d'autres bâtimens à la hauteur de Ceylan : il arrivera
à bon port, s'il plaît à Dieu. Il n'étoit pas nécessaire
cependant que l'on se donnât cette peine, attendu
que l'amitié solide qui est entre nous et le roi ainsi que
sonexcellen ce le ministre, est solidement établie de
temps immémorial. Ce qui est arrivé à notre vaisseau
est d'abord l'effet des décrets de Dieu, qui est puissant
et savant par excellence; et en second lieu, une méprise

et un de ces événemens qui arrivent tous les jours.
Nous espérons que, grâces à Dieu, la bonne intelligence régnera toujours et en toutes circonstances
entre vous et nous. Ce bâtiment arrivera, s'il plaît à
Dieu, heureusement et sans aucune fâcheuse aventure :
nous en ferons comme un étendard aux yeux de nos
amis et de nos ennemis, et ce sera pour nous un trophée (96) au milieu de ces derniers. Aussitôt qu'il sera
arrivé, nous vous en donnerons avis, s'il plaît à Dieu,
par lettres, afin que vous les fassiez parvenir promptement à son excellence le ministre, et que vous soyez *Pag. 472.*
vous-même l'intermédiaire et l'entremetteur de notre
union avec le roi et le ministre, en sorte que tout le
bien se fasse par votre canal, et que cela vous fasse
honneur auprès du ministre.

Pour ce qui concerne l'affaire du médecin décédé à
Mascate, au sujet de laquelle vous nous avez écrit, nous
avons ordonné à notre lieutenant le scheïkh Khalfan, de
prendre tout ce qui lui appartenoit et de vous l'envoyer :
il en a fait la recette, et a remis le tout sans aucune réserve (97) au capitaine Kergariou de Léomarie, duquel
il a pris une décharge, que vous recevrez ci-jointe.

Notre lieutenant Khalfan, ses enfans et les nôtres,
vous font leurs salutations et leurs complimens. Toutes
les fois qu'il vous surviendra quelques affaires en ce
pays, nous nous ferons un devoir rigoureux de nous *Pag. 473.*
en charger et de les terminer. Ne manquez pas de nous
donner toujours de vos nouvelles. Il ne nous reste qu'à
vous souhaiter la plus parfaite santé.

Écrit le premier de schaban 1201.

10.

Pag. 474. AUTRE LETTRE de l'Imam de Mascate au même
M. Rousseau.

DE la part de celui qui met sa confiance en Dieu, de
l'Imam des Musulmans Saïd fils de l'Imam Ahmed, fils
de Saïd, de la famille des Bou-Saïdi, Arabi Omani.

Que des salutations dont l'éclat surpasse celui des
coquilles qui renferment la perle dans leur sein, et soit
capable de faire rougir les perles les plus grosses comme
les plus petites, soient adressées à sa seigneurie, notre
ami, très-vénérable, très - distingué, très-illustre, très-
sincère, M. Rousseau, consul de France, demeurant à
Bagdad : daigne le Dieu très-haut, s'il lui plaît, le conserver et lui accorder la vie et la santé !

Puisque votre gracieux souvenir vous inspire le désir
de vous informer de notre santé, et que vous souhai-
tez apprendre comment nous nous trouvons, nous vous
faisons savoir que, grâces au Dieu unique et sans
égal, nous continuons à jouir des bienfaits infinis et
des dons excellens dont sa bonté nous a comblés,
Pag. 475. et que l'esprit humain ne sauroit comprendre. Nous
demandons au Dieu très-libéral et au maître très-clé-
ment, qu'il daigne vous accorder une prospérité et une
félicité parfaites et durables, et conserver vos jours;
car il ne lui est pas difficile d'exaucer cette prière,
parce qu'il fait tout ce qu'il veut.

Ce qui nous engage à vous écrire la présente, c'est en
premier lieu le désir de vous saluer, et secondement l'intention de nous informer de vos nouvelles, comme il

convient à l'amitié sincère et à la bonne intelligence qui sont entre nous. Votre précieuse lettre nous est parvenue à l'heure la plus heureuse et à l'instant le plus favorable : nous l'avons reçue avec respect ; et après l'avoir lue et en avoir compris le sens, nous l'avons élevée et placée sur le sommet de notre tête. Nous avons remercié Dieu et nous lui avons rendu grâces de la bonne santé et du bonheur dont vous jouissez, et qui sont l'objet de nos vœux les plus ardens ; nous l'avons aussi remercié en second lieu, de ce que les effets ont justifié vos paroles, et de ce que vous avez acquis un nouveau degré de gloire et obtenu le plein succès (98) des grands soins que vous vous êtes donnés, *Pag. 476.* et de la correspondance que vous avez entretenue entre nous et notre ami le roi de France, ainsi que des efforts que vous avez faits.

Vos paroles ont eu leur effet ; le don de votre générosité nous est parvenu ; et quoique le vaisseau que l'on nous a envoyé soit très-petit et ne vaille pas le quart de celui que nous avons perdu, il est à nos yeux beaucoup plus grand, il nous est infiniment plus agréable, et sa possession nous fait plus de plaisir. Car tout est commun entre nous ; ce qui n'en seroit pas moins, quand même nous n'aurions pas reçu ce présent. Vous n'ignorez pas les ordres que nous donnons à nos officiers du port de Mascate, et la manière dont ils traitent vos compatriotes qui abordent dans nos États, les distinguant de toutes les autres nations Européennes. Ce vaisseau, tel qu'il est, ne nous est point du tout désagréable, quoique celui que nous avons perdu fût plus considérable. Chaque roi agit comme il lui convient.

Grâces à Dieu, nous le remercions et nous le louons pour tous les bienfaits dont sa bonté nous a comblés, et nous le prions de nous en accorder la continuation jusqu'à la mort, et de nous faire la grâce de persé-vérer à la vie et à la mort dans la conduite que nous *Pag. 477.* avons tenue jusqu'à présent ; car il lui est facile d'exau-cer cette prière. Nous n'avons jamais cessé de recom-mander fortement à nos officiers d'avoir toutes sortes d'égards pour ceux de vos compatriotes qui abordent dans notre port ; car le port est à vous, nos États sont les vôtres, et tout est commun entre nous.

Ne manquez pas de continuer à nous écrire et à nous donner de vos nouvelles, puisque la correspondance vaut la moitié d'une entrevue.

Continuez à jouir d'une bonne santé, et faites nos complimens à qui vous voudrez de ceux qui sont au-près de vous. Nos enfans, nos oncles, et tous ceux qui sont ici (99), vous saluent très-affectueusement. Toutes les fois que nous aurons connoissance de quelque affaire qui vous intéresse, nous nous en chargerons avec plaisir (100).

Au mois de dhou'lhiddja de l'an 1204 de l'hégire. Amen, amen, amen (101).

II.

Pag. 478. PROCLAMATION *du Diwan du Caire à tous les habitans de cette ville* (102).

L'ASSEMBLÉE du diwan particulier du Caire, composée des docteurs et uléma, des militaires et des négocians les plus distingués, à tous les habitans du Caire, grands et petits.

Nous vous donnons avis, habitans du Caire, que le général en chef Bonaparte, commandant les armées Françoises (que Dieu le comble de faveurs sans interruption!), a accordé une amnistie générale pour raison des troubles survenus et des hostilités commises envers l'armée Françoise, à l'instigation des hommes de la classe la plus vile et des bandits (103). Par suite de ce pardon, *Pag. 179.* il a rétabli le diwan particulier de cette ville dans la maison du Kaïd-aga, place Ezbékiyyeh, et l'a composé de quatorze personnes sages et bien instruites, tirées au sort parmi soixante personnes qu'il avoit choisies conformément à son ordonnance. Il n'a eu en vue, dans tout cela, que de procurer à tous les habitans du Caire, grands et petits, une tranquillité parfaite et assurée, et n'a consulté dans cette disposition que sa sagesse, sa prudence et sa bienveillance pour cette capitale, et la tendresse qui l'anime pour ses habitans, mais principalement pour les pauvres et les petits. Ces personnes, conformément à la volonté du général en chef, exerceront tous les jours les fonctions qu'il leur a confiées, pour terminer les affaires des particuliers et venir au secours de l'opprimé. Le général a fait rechercher ceux de ses gens qui se sont mal comportés dans la demeure du scheïkh-alislam le scheïkh Djewhari; deux de ces malfaiteurs ont subi la peine de mort dans le Kara-meïdan (104), *Pag. 180.* et plusieurs autres ont été privés de leurs grades et réduits à un grade inférieur. Car les François n'usent point de perfidie, sur-tout envers des femmes veuves; ils ont en horreur une pareille conduite, et il n'y a parmi eux que les gens de la classe la plus vile qui osent se la permettre. Le général a aussi fait arrêter et renfermer dans la citadelle un Chrétien, receveur de droits fiscaux, reconnu coupable d'avoir exigé au vieux Caire des droits de douane (105) plus forts que ceux qui sont réglés par les lois. Il a sagement voulu que sa punition servît d'exemple à ceux qui seroient tentés d'imiter sa mauvaise conduite, son intention étant de supprimer toute vexation et tout acte d'injustice.

Il se propose aussi de faire creuser le canal de communication du Nil avec la mer de Suès, afin de diminuer les frais de transport du Caire à la province du Hedjaz, de mettre les marchandises expédiées par cette route à l'abri des voleurs de grand chemin et des brigands, et de faciliter et augmenter l'importation des objets de commerce (106) de l'Inde, du Yémen, et autres contrées éloignées (107).

Pag. 481.

Livrez-vous donc à vos occupations spirituelles et temporelles, sans tumulte et sans trouble ; gardez-vous de prêter l'oreille aux séductions de Satan ou à vos passions. Soumettez-vous, comme vous le devez, à la volonté du Très-Haut, et tenez une conduite sans reproche, afin que vous évitiez les malheurs qui pourroient tomber sur vous, et que vous n'ayez aucun sujet de repentir.

Que Dieu daigne nous accorder à tous son secours et son assistance salutaire !

Toute personne à qui il surviendra quelque affaire, s'adressera avec un cœur droit au diwan, à l'exception

de

de ceux qui auroient quelque demande judiciaire à former, et qui seront tenus de se retirer par-devers le kadhi suprême du Caire, dans la rue des Confiseurs.

Que le salut repose sur le plus excellent des envoyés de tous les âges : le 1.er de schaban 1213.

Signé le pauvre Abd-allah Scherkawi, président du diwan particulier ;

Le pauvre Mohammed Mahdi, secrétaire et greffier en chef du diwan particulier. *Pag. 482.*

12.

PROCLAMATION *des Schéïkh de la ville du Caire au peuple d'Égypte* (108).

O VOUS, Musulmans, habitans des villes et des places frontières ! ô vous, habitans des villages, Fellâh et Arabes (109), sachez qu'Ibrahim-bey et Mourad-bey ont répandu dans toute l'Égypte des écrits tendant à exciter le peuple à la révolte, et qu'ils ont fait entendre frauduleusement et malicieusement que ces écrits viennent de sa majesté impériale et de quelques-uns de ses vizirs.

Si vous cherchez la raison de ces mensonges politiques, vous la trouverez dans leur dépit et leur rage *Pag. 483.* contre les uléma et les sujets qui n'ont point voulu les suivre, et qui n'ont pas abandonné leur patrie et leurs familles. Ils se sont proposé par-là de jeter des semences de méfiance et de désordre parmi le peuple et l'armée Françoise (110), afin d'avoir la satisfaction de voir détruire le pays et tous les habitans : tant est

T

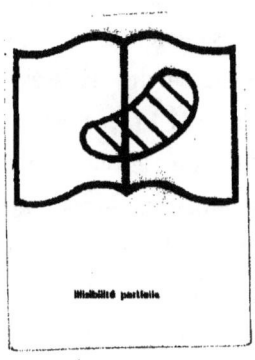

Illisibilité partielle

profonde la douleur qu'ils ont de voir leur puissance
détruite en Égypte ! En effet , s'il étoit vrai que ces
écrits vinssent de la part de sa majesté impériale , le
sultan des sultans , nous les aurions vu apporter authen-
tiquement par ses âga.

Vous n'ignorez pas que les François ont été de tout
temps , parmi toutes les nations Européennes , les seuls
amis des Musulmans et de l'Islamisme, et les ennemis
Pag. 484. des idolâtres et de leurs superstitions. Ils sont les fidèles
et zélés alliés de notre seigneur le sultan , toujours prêts
à lui donner les témoignages de leur affection, et à venir
à son secours. Ils aiment ceux qui l'aiment , et sont les
ennemis de ses ennemis ; ce qui est cause de la haine qui
existe entre eux et les Russes, qui méditent la prise de
Constantinople (111), et emploient tou~~~~~~~~~~~ que
la ruse et l'astuce peuvent leur fourn~~~~~~~~~~~ le
pays de l'Islamisme. Mais l'attachement des François
pour la sublime Porte , et les puissans secours qu'ils lui
donneront , confondront leurs mauvais desseins. Les
Russes desireroient de s'emparer de Sainte-Sophie (112)
et des autres temples dédiés au culte du vrai Dieu, pour
en faire des églises consacrées aux exercices profanes de
leur perverse croyance : mais , s'il plaît au ciel , les
Pag. 485. François aideront notre seigneur le sultan à se rendre
maître de leur pays et à en exterminer la race.

Nous vous invitons, habitans de l'Égypte, à ne point
vous livrer à des projets de désordre , de sédition, de
révolte. Ne cherchez pas à nuire (113) aux troupes
Françoises. Le résultat d'une conduite contraire à nos
conseils attireroit infailliblement sur vous les malheurs ,

la mort et la destruction. N'écoutez pas les discours des méchans, et les insinuations perfides de ces gens turbulens et factieux qui ne se plaisent que dans les excès et dans les crimes ; vous auriez trop lieu de vous en repentir (114).

N'oubliez pas aussi qu'il est de votre devoir de payer les droits et les impositions que vous devez au gouvernement et aux propriétaires des terres (115), afin que vous jouissiez, au milieu de votre famille et dans le sein de votre patrie, du repos et de la sécurité. Le général en *Pag. 486.* chef Bonaparte nous a promis de ne jamais inquiéter personne dans l'exercice de l'Islamisme, et de ne rien faire de contraire à ses saintes lois. Il nous a également promis d'alléger les charges du peuple, de diminuer les ████████ ██████ 6), et d'abolir les droits arbitraires que la tyrannie avoit inventés.

Cessez enfin de fonder vos espérances sur Ibrahim et Mourad, et mettez toute votre confiance en celui qui dispense à son gré les empires, et qui a créé les humains. Le plus religieux des prophètes a dit : *La sédition est endormie ; maudit soit celui qui la réveillera!*

Signé le pauvre seïd *Khalil Beeri*, syndic des schérif, qui prie pour vous ;

Le pauvre *Mustafa Sawi* (à qui Dieu pardonne), qui prie pour vous ;

Le pauvre *Soleïman Fayyoumi Maléki*, &c.   *Pag. 487.*

Le pauvre qui a recours à Dieu, *Mohammed Dawa-khéli Schaféi*, &c.

Le pauvre *Mohammed alémir Mufti Maléki*, &c.

Le pauvre *Ahmed Arischi*, &c.

Le pauvre *Abd-allah Scherkawi*, *&c.*

Le pauvre *Mohammed Mahdi Hafnawi*, *&c.*

Le pauvre *Mousa Sersi Schaféi*, *&c.*

Le pauvre seïd *Mustafa Damanhouri*, *&c.*

13.

Pag. 488. Au nom (117) du Dieu clément et miséricordieux.

Louanges à celui qui possède la souveraineté, et qui fait dans son empire tout ce qu'il lui plaît! louanges au Monarque très-juste, à l'Agent par excellence, dont la force est infinie!

Relation de la manière dont le Dieu très-haut et digne de louanges a fait tomber la ville maritime de Jafa en Syrie, au pouvoir de la République Françoise.

On fait savoir à tous ceux qui habitent au Caire et dans les provinces qui dépendent de cette capitale, que les armées Françoises, ayant quitté Gaza le 23 de ramadhan, sont arrivées le 25, en bon ordre, et sans avoir été inquiétées dans leur marche, à Ramla : là elles ont été témoins de l'effroi des troupes du pacha Ahmed Djezzar, qui ont pris la fuite en grande hâte, et en criant *Sauve qui peut.* Les François ont trouvé à Ramla et à *Pag. 489.* Lidda de grands magasins de biscuit et d'orge ; ils y ont vu aussi quinze-cents outres que le pacha avoit fait préparer pour marcher vers l'Égypte, et entrer sur les terres des malheureux habitans de ce pays. Il vouloit s'y rendre par le pied de la montagne, accompagné des Arabes, brigands redoutables, dans l'intention d'y verser le sang, comme il a coutume de faire en Syrie ; mais la Providence arrête les projets des méchans. Sa malice et son insupportable tyrannie sont bien connues, et on retrouve en lui l'élève des Mamlouc, de ces tyrans de l'Égypte. Dans sa folie et son aveuglement, il ignore que Dieu dispose de tous les événemens, et que rien n'arrive que par son ordre et sous sa direction.

Le 26 de ramadhan, l'avant-garde de l'armée Françoise arriva à Jafa, ville maritime de Syrie : la ville fut aussitôt environnée au levant et au couchant, et le commandant de la place pour Djezzar reçut une sommation de livrer la citadelle avant que l'on en vînt aux *Pag. 490.* dernières extrémités contre les habitans et les troupes qui étoient dans la place : mais se précipitant par son imprudence dans une ruine et une perte inévitables, il ne répondit point à cette sommation, et n'observa pas même le droit de la guerre. Ce même jour au soir, toute l'armée Françoise se trouva réunie sous les murs de Jafa, et la ville fut entièrement cernée. L'armée se partagea en trois corps (118), et le premier corps alla se poster sur la route d'Acre, à une distance de quatre heures de marche de Jafa. Le lendemain 27, le général en chef ordonna d'ouvrir la tranchée autour des murs de la ville (119), afin de pouvoir établir des batteries couvertes et de bons retranchemens, parce qu'il avoit observé que les murs de Jafa étoient bien garnis de pièces de canon, et couverts des troupes nombreuses de Djezzar.

La tranchée étant poussée à cent cinquante pas des *Pag. 491.* murs de la ville, le 29 de ramadhan, le général en chef donna l'ordre de placer les pièces sur les batteries, et d'établir solidement les mortiers, pour jeter des bombes (120). Il fit placer une pièce dont le feu devoit

T 3

protéger ceux de ses gens qui montoient et tentoient de faire la brèche : une autre pièce fut placée dans la direction de la mer, pour empêcher le débarquement des troupes qui pourroient essayer de sortir des bâtimens qui se trouvoient dans le port. Car il y avoit alors à la rade des bâtimens que les troupes de Djezzar avoient préparés pour prendre la fuite ; mais la fuite ne peut dérober les hommes aux décrets du Tout-puissant.

Les troupes du pacha qui étoient enfermées dans la citadelle, trompées par une fausse apparence, ayant cru que les François étoient en petit nombre, parce *Pag. 452.* que la tranchée et les batteries les déroboient à leur vue, voulurent profiter de cette circonstance ; elles sortirent avec précipitation et en grande hâte (121) de la citadelle, se tenant pour sûres de la victoire. Mais les François fondant avec impétuosité sur les ennemis, en firent un grand carnage et obligèrent les autres à rentrer dans la place.

Le jeudi, dernier de ramadhan, le général en chef, par un sentiment de compassion (Dieu est miséricordieux pour ceux qui exercent la miséricorde), voulant épargner ses propres troupes, et appréhendant pour les habitans de Jafa tous les excès auxquels ses soldats pourroient se livrer si la ville étoit prise de force, envoya aux assiégés un parlementaire avec une lettre conçue en ces termes :

« Il n'y a point d'autre Dieu que Dieu, et il n'a » point d'associé.

» Au nom du Dieu clément et miséricordieux,

» Le général Alexandre Berthier, commandant en

» second de l'armée Françoise, au gouverneur de Jafa. *Pag. 493.*

« Nous vous donnons avis que le général en chef
» Bonaparte nous a ordonné de vous instruire par la
» présente, qu'il n'est venu devant cette ville que pour
» en faire sortir les troupes de Djezzar, par repré-
» sailles des hostilités que ce pacha a commises contre
» nous en envoyant son armée à Alarisch, et mettant
» une garnison dans cette place : car Alarisch fait partie
» de l'Égypte, dont Dieu nous a accordé la posses-
» sion ; et il ne lui convenoit nullement de s'y établir,
» puisqu'elle n'est point comprise dans l'étendue de son
» territoire : il a donc empiété par là sur le domaine d'au-
» trui. Habitans de Jafa, nous vous avertissons que
» nous avons environné votre ville de toutes parts, que
» nous sommes prêts à l'attaquer de toutes manières,
» ayant un grand nombre de pièces de canon, de
» boulets et de bombes.

» Dans deux heures d'ici, vos murailles seront ren-
» versées ; vos armes et toute résistance (122) vous
» deviendront inutiles. Nous vous donnons donc avis
» que le général en chef touché d'un excès de commisé- *Pag. 494.*
» ration, principalement pour les plus petits d'entre le
» peuple, et appréhendant que ses troupes, si votre ville
» est prise de force, ne se livrent à toute leur fureur, et
» ne vous exterminent tous, a exigé de nous que nous
» vous adressassions cette lettre pour offrir pleine et
» entière sûreté à tous les habitans de Jafa et aux
» étrangers qui s'y trouvent. A cet effet, il a suspendu
» pour une heure le feu des pièces de canon et le bom-
» bardement. Je vous donne un avis salutaire. »

Tel étoit le contenu de cette lettre. Pour toute réponse, au mépris du droit de la guerre et des saintes lois de Mahomet, ils retinrent prisonnier notre parlementaire. A l'instant le général en chef, outré d'une telle conduite, et ne pouvant plus contenir son indignation, donna l'ordre de faire jouer les batteries et de

Pag. 495. commencer le bombardement. En moins de rien les pièces de canon de Jafa qui étoient dirigées contre celles des batteries des François, furent démontées, et les troupes de Djezzar réduites aux abois et hors d'état de faire résistance. A midi la brèche fut faite, ce qui jeta l'épouvante parmi les assiégés : le mur fut percé du côté qui avoit été exposé au feu vif et soutenu de nos batteries ; car il n'y a point de force qui puisse résister aux décrets de Dieu, ou en empêcher l'exécution. Au même instant le général en chef commanda l'assaut, et en moins d'une heure les François furent maîtres de toute la ville et des tours. Ceux qui portoient les armes furent passés au fil de l'épée ; toutes les horreurs de la guerre régnèrent dans la ville, et elle fut livrée au pillage pendant toute la nuit suivante.

Le vendredi premier de schowal, au matin, le général en chef pardonna à ceux qui restoient : il eut le cœur touché de la triste situation des habitans de l'Égypte,

Pag. 496. tant riches que pauvres, qui se trouvoient dans Jafa. Il les prit sous sa protection, et leur ordonna de retourner dans leur pays, après leur avoir donné des marques de bienveillance. Il en usa de même à l'égard des Damasquins et des Alépins, qu'il renvoya dans leur patrie, afin qu'ils connussent par expérience les sentimens de bonté et de clémence qui l'animent, et qu'ils sussent qu'il pardonne, lors même qu'il a le pouvoir de se venger, et qu'il use d'indulgence, malgré sa force invincible et la supériorité de ses armes, dans le moment où les coupables cherchent à faire agréer leurs excuses (123). Plus de quatre mille hommes des troupes de Djezzar périrent dans cette affaire, par le glaive ou les armes à feu, en punition de la perfidie qu'ils avoient commise (124); les François, au contraire, ne perdirent que peu de monde et n'eurent qu'un petit nombre de blessés, parce qu'ils s'approchoient de la citadelle par un chemin couvert et qui les déroboit à la vue de l'ennemi. Ils firent un très-riche butin, se rendirent maîtres des bâtimens qui étoient dans la rade, et s'emparèrent de beaucoup d'effets d'un grand *Pag. 197.* prix. Ils trouvèrent dans la citadelle plus de quatre-vingts pièces de canon : car les vaincus ne savoient pas que toutes les machines de guerre ne servent de rien contre les décrets de Dieu.

Serviteurs de Dieu, conduisez-vous donc avec droiture, et soumettez-vous de bon cœur aux ordres du Tout-puissant; ne vous opposez en rien à ses volontés; craignez Dieu, et sachez *que l'empire lui appartient, et qu'il le donne à qui il lui plaît.* Nous vous souhaitons la paix et la miséricorde de Dieu.

Signé le seïd *Khalil Becri*, de présent syndic des schérif au Caire; le pauvre *Abd-allah Scherkawi*, de présent président du diwan au Caire; le pauvre *Mohammed Mahdi*, de présent secrétaire du diwan au Caire.

14.

Pag. 498. COPIE (125) *de la lettre envoyée de la Mecque, par le schérif Galeb, souverain de cette ville, au Caire, et adressée à son excellence le ministre Poussielgue, de présent administrateur général des finances au Caire.* (Que Dieu daigne augmenter la gloire et la félicité de son excellence !)

LE contenu de cette lettre est propre à faire connoître l'amitié sincère que porte le schérif au Gouvernement François et ses bonnes dispositions, et à détruire les fausses idées que se sont faites à ce sujet des personnes d'un esprit foible. On apprend aussi par cette même lettre, que c'est à l'insu du schérif et sans son aveu, qu'une troupe de certains brigands sont venus attaquer Koséir. Ils ont reçu la juste récompense de leur crime, et sont devenus la proie des oiseaux carnassiers, étant *Pag. 499.* péris dans le Saïd par les armes des François, nation brave et qui se bat à la manière des lions. L'effet de cette lettre du schérif au ministre François doit être que tous, grands et petits, y fassent une sérieuse réflexion, et qu'en conséquence ils se résignent à la volonté de leur souverain seigneur, en tous les événemens qu'il a arrêtés dans ses décrets : car la terre est à Dieu; il la donne en héritage à qui bon lui semble d'entre ses serviteurs. C'est lui qui est le distributeur des grâces, et qui connoît toutes choses.

Suit la teneur de la Lettre.

Le schérif Galeb fils de Mosaëd, schérif de la glorieuse cité de la Mecque, à celui qui est distingué entre tous ses pareils, et le soutien de ses frères, à son excellence le ministre Poussielgue, administrateur des affaires de la République Françoise, et qui, par la sagesse de ses vues, aide à élever l'édifice d'une bonne administration.

Nous avons reçu votre lettre et nous avons parfaitement compris ce que vous nous marquiez, que notre candja (126) étant arrivé, vous avez expédié des cha- Pag. 500. meaux pour percevoir les droits de douane sur le café, et vous avez donné tous vos soins pour procurer la vente de ces marchandises. Nous ne nous promettions pas moins de vos bonnes dispositions et de votre sincère amitié. Nous en avons eu la plus vive satisfaction, et cela n'a fait qu'augmenter notre attachement et notre joie. La franchise avec laquelle vous nous avez écrit, nous a confirmés dans la confiance que nous avions conçue, et convaincus que nous pouvions en toute chose nous en reposer sur vous, sans nous laisser offusquer par les ténèbres d'aucun soupçon et d'aucun doute.

Nous sommes obligés, en conséquence, à contribuer maintenant de tout notre pouvoir à ce qui peut affermir notre amitié réciproque, hâter entre nous l'établissement d'une communication facile et exempte de tout danger, et faire cesser les obstacles qui s'y opposent. Nous vous avons donc expédié pour cette fois, de notre port de Djidda, cinq bâtimens chargés ; encore n'est-ce qu'avec grande peine que nous avons Pag. 501. pu déterminer l'envoi de ce petit nombre de navires, les négocians ayant perdu toute confiance, à cause des faux bruits qui se sont répandus, et qui n'ont pu manquer d'augmenter leurs inquiétudes et de les engager à se refuser [à une expédition plus forte]. Cela vient de ce que les contrées qui nous séparent de vous ne sont habitées que par les Arabes, dont les rapports sont inconstans et varient d'un moment à l'autre. Pour nous, nous avions déjà reçu précédemment de votre part, des lettres dont les expressions nous avoient rassurés contre ces préjugés et ces rapports mensongers. Nous sommes donc parfaitement tranquilles à votre égard, par l'impression qu'a faite sur nous le style de vos lettres.

Nous vous prions d'envoyer, à la réception de la présente, quelques-uns de vos soldats au port de Suès, pour la sûreté des marchandises qui appartiennent à nos négocians, afin que les marchands se rendent au

Pag. 502. Caire avec leurs cafés, qu'ils les vendent dans cette ville, et que ni les hommes (127) ni les marchandises n'éprouvent aucun retard. Vous voudrez bien aussi disposer de même toutes choses d'avance pour leur retour, afin que ce soit un encouragement aux négocians pour faire de plus fortes expéditions de café. Nous vous demandons pareillement de les faire accompagner d'une forte escorte de vos soldats quand ils reviendront du Caire à Suès, pour les mettre à couvert des dangers de cette route; car l'expédition que l'on vous fait aujourd'hui n'est qu'un essai et une expérience que veulent faire les plus riches négocians; et quand ils verront que vous avez pour eux toute sorte d'égards et d'attentions, ils vous enverront tout ce qu'ils ont de meilleur, ils s'empresseront de vous porter des marchandises, et n'auront plus ni crainte ni inquiétude.

Nous espérons que, s'il plaît à Dieu, par nos soins,

les routes deviendront plus fréquentées ; nos desirs seront heureusement accomplis ; les denrées nous arriveront avec plus de sûreté et en plus grande abondance que par le temps passé, et les marchandises du *Pag. 503.* Hedjaz afflueront chez vous.

Nous avons aussi, sur ces mêmes bâtimens, du café pour notre compte : nous nous flattons que vous traiterez nos gens avec bonté, et que vous aurez un soin particulier pour ce qui vient de notre part ; nous en userons de même à votre égard en tout ce que vous pourrez desirer.

Sachez que nous avons reçu, il y a peu de jours, des lettres de la part de notre ami le général en chef de l'armée Françoise Bonaparte. Nous avons pris connoissance de celle qui nous étoit adressée, et nous y avons fait une réponse que vous voudrez bien lui faire parvenir. Quant à celles que nous étions chargés de faire passer dans l'Inde, ainsi qu'au fils de Haïder (Tipou fils de Haïder-Ali), à l'imam de Mascate, et à votre agent résidant à Mokha (128), nous les avons toutes expédiées à leur destination, par des hommes de confiance, et, s'il plaît à Dieu, les réponses ne tar- *Pag. 504.* deront pas à vous parvenir.

Le 18 de dhou'lkada 1213.

Cette réponse a été reçue au Caire, le 16 de dhou'lhiddja : elle n'a donc été que vingt-huit jours à parvenir de la cité glorieuse de la Mecque en cette capitale : et sept jours après sa réception, on a reçu par des lettres tant publiques que particulières, l'heureuse nouvelle que onze daou (129) étoient arrivés à bon port à Suès. Cette

nouvelle a couvert de honte les menteurs, et convaincu
de fausseté les propos des gens mal-intentionnés. Conduisez-vous donc comme il convient envers Dieu, et
soumettez-vous avec résignation aux ordres de sa providence. Nous vous souhaitons la paix et la miséricorde
de Dieu (130).

15.

Pag. 505. *LETTRE du Schérif Galeb fils de Mosaëd Schérif de*
la Mecque, au général des armées Françoises
Bonaparte (131).

AU nom du Dieu clément et miséricordieux, et salut
de paix sur notre seigneur Mahomet, le dernier de tous
les prophètes et le prince des envoyés de Dieu! Salut
de paix soit aussi sur sa famille et sur ses compagnons!

Suit le grand sceau du Schérif, où on lit : L'esclave du
Tout-puissant, Galeb fils de Mosaëd, l'an de l'hégire
1202 (132).

Le Schérif Galeb fils de Mosaëd, Schérif de la glorieuse cité de la Mecque, au commandant des armées
Françoises, Bonaparte, général en chef en Égypte : que
Dieu procure toutes sortes de biens par son ministère (133)!

Pag. 506. Après vous avoir fait mes salutations, je dois vous
informer que j'ai reçu votre lettre amicale, et que j'en
ai compris le contenu; j'ai vu, notamment, que vous
avez donné au kiaya du pacha du Caire la charge de
conducteur de la caravane des pélerins Musulmans, et
je n'ai pu qu'applaudir à cette disposition.

Vous me dites que vous êtes résolu d'encourager les

pèlerins Musulmans à visiter la maison de Dieu, et qu'ils demandent (134) sûreté et protection de notre part ; il n'y a pas de doute qu'ils ne soient ici efficacement protégés, et que personne ne s'opposera à ce qu'ils visitent paisiblement la sacrée Caba, et le mausolée du prophète. Le seigneur n'a ordonné la construction de sa sainte maison, que pour en faire le rendez-vous de l'Islamisme. Ainsi chacun pourra venir s'acquitter, selon la coutume, du devoir du pélerinage, et il n'y a rien à craindre pour lui.

Quant à ce que vous me dites au sujet des encouragemens à donner au commerce du café, sachez que les négocians du Hedjaz ne sont point encore rassurés contre les vexations qu'ils avoient coutume d'essuyer ci-devant (135) ; et si vous avez l'intention de donner *Pag. 507.* à ce commerce toute l'extension dont il est susceptible, prenez quelques mesures pour les tranquilliser, et faites-leur connoître les droits que vous exigerez d'eux sur les cafés (136) et sur les autres marchandises. Si vous prenez ce parti, vous les verrez accourir en foule : autrement la crainte d'être inquiétés dans leurs opérations de commerce, les empêchera d'aller en Égypte. Voilà ce que j'ai cru devoir vous mander. Pour ce que vous me dites au sujet des Arabes qui pourroient maltraiter les pèlerins Musulmans, cela n'aura sûrement pas lieu, avec le secours de Dieu et de votre puissante protection.

Salut de paix sur celui qui suit la direction du salut !

16.

Pag. 508. ***AUTRE LETTRE*** *du même Schérif au général*
Bonaparte (137).

Place du sceau au milieu duquel on lit, Son serviteur
[c'est-à-dire, le serviteur de Dieu] Galeb fils de Mosaëd,
l'an 1202. *Au haut du sceau est écrit,* Je m'appuie sur
Dieu ; *en bas,* Je mets mon soutien en Dieu ; *d'un*
côté, Je ne desire que ce qui plaît à Dieu ; *et de l'autre,*
Je crois en Dieu.

Le Schérif Galeb fils de Mosaëd, Schérif de la glorieuse cité de la Mecque, à celui qui tient le premier
rang entre les membres du Gouvernement François, et
qui, par la sagesse de son génie, est le soutien des grands
qui partagent avec lui l'administration de la République (138), à notre ami Bonaparte, général en chef,
et qui en toute circonstance marche à la tête des autres
officiers François.

Nous vous écrivons la présente pour vous donner
avis que votre lettre nous est parvenue, et que nous en
avons compris tout le contenu.

Pag. 509. A l'égard de ce que vous nous mandez que vous
avez reçu nos lettres, que vous avez pris connoissance
de ce qu'elles contenoient, que vous avez donné
des ordres pour que l'on fît connoître les droits qui
seront perçus en Égypte sur les marchandises appartenant aux négocians, et que vous nous maintenez
dans la franchise dont nous jouissions pour cinq cents
charges (139), ainsi que tout ce que vous nous dites
à ce sujet dans votre lettre, qui porte un caractère de
franchise

franchise auquel on ne peut refuser une pleine confiance,
nous nous en reposons entièrement sur votre parole,
et vous pouvez compter en toute circonstance de notre
part, sur la confiance la plus parfaite.

Vous nous demandiez de faire parvenir à leurs desti
nations respectives les lettres que vous nous adressiez,
l'une pour le fils de Haïder, Tipou-sultan, la seconde
pour l'Imam de Mascate, et la troisième pour votre
agent à Mokha. Nous avons effectivement reçu ces
lettres, et nous les avons remises en mains sûres pour les
faire tenir à ceux à qui elles étoient adressées, conformément à vos intentions : vous ne tarderez pas, s'il plaît
à Dieu, à en recevoir les réponses.

Quant aux efforts à faire, de notre part, pour en-
gager les marchands à faire des expéditions pour l'Égypte, *Pag. 510.*
et à la pleine confiance que vous desirez que nous met-
tions dans tout ce que vous nous avez écrit et dans vos
promesses solennelles, nous nous flattons que, grâces à
Dieu, nous n'avons point d'autre opinion ; mais nos
négocians n'osoient exposer leurs marchandises, et les
expédier pour votre pays, à cause des rapports mensongers et variés qui s'étoient répandus. Ayant reçu de
votre part des assurances solennelles, nous avons imposé
silence (140) à tous nos négocians, relativement aux
expéditions de marchandises à vous faire, et nous nous
sommes rendus leurs garans pour toutes les inquiétudes
qu'ils avoient conçues du défaut de sûreté de leurs marchandises : nous attendions cependant le retour de notre
candja et de l'envoyé que nous avions dépêché vers vous.
Le 7 du courant notre envoyé étant revenu, et nous

* V

ayant rapporté la lettre de votre ministre Poussielgue,
qui nous instruisoit des égards qu'il a eus pour ceux qui
étoient venus de notre part, et des soins qu'il a pris de ce
que nous avions expédié, soit café, soit autres marchandises, nous contraignîmes (141) au moment même les
négocians de notre port à vous envoyer les cafés et autres
marchandises que vous allez recevoir, et qui consistent
en cinq bâtimens chargés pour le compte de nos négocians. Il y a quelques ballots sur lesquels notre nom est
écrit : ceux-là sont à nous. Notre candja et nos envoyés
chargés de ces lettres arriveront avec ces bâtimens (142).
Nous desirons qu'à leur arrivée à Suès, vous envoyiez
une escorte de vos gens pour veiller à la sûreté des
cafés, jusqu'à leur arrivée au Caire, où ils seront vendus:
de même, quand nos gens repartiront avec le produit
de leur vente, nous vous prions de les faire escorter
par vos soldats jusqu'à leur rembarquement, afin de les
préserver de tous les dangers de la route. Car nous avons
eu beaucoup de peine à rassurer nos négocians et à les
déterminer à expédier ce petit nombre de bâtimens, et
ils n'ont hasardé cet envoi que comme un essai; tant étoit
grande l'impression qu'avoient faite sur leurs esprits les
bruits mensongers et alarmans que l'on avoit répandus,
parce que les contrées qui séparent votre pays du nôtre,
ne sont habitées que par des Arabes Nomades. Quand
donc (143) nos marchands verront que vous prenez
grand soin de leurs marchandises, que vous les préservez
de tous les dangers des routes, et que vous avez pour
leurs personnes même toutes sortes d'égards, ils s'empresseront en tout temps de vous faire des expéditions.

Nous espérons que par nos soins les chemins seront fréquentés, les denrées nous arriveront en abondance, plus sûrement que par le passé (144), et les marchandises du Hedjaz afflueront chez vous. Lorsque l'on reconnoîtra la véracité de vos paroles, les sentimens d'affection et de confiance prendront plus de force et de solidité.

Nous nous flattons que vous prendrez un soin particulier des cafés qui nous appartiennent, et qui sont distingués par notre nom écrit sur le dos des balles, et que vous aurez des égards de bienveillance pour nos serviteurs : nous en userons de même à votre égard en tout ce que vous pourrez desirer.

Il faut que vous sachiez que nous jouissons au Caire de certaines attributions et pensions outre la franchise de cinq-cents balles. L'état s'en trouve par écrit dans les régistres de la bourse (145) qui nous est envc y ie tous les ans du Caire même, en espèces. Voici l'état des sommes pour lesquelles nous sommes employés dans les dépenses du gouvernement du Caire, et que l'on nous envoie annuellement avec la caravane des pélerins, par le commis nommé *commis de la bourse ;* et par le banquier de la bourse.

	Diwan.
Pour la bourse de Romélie...............	540,000.
Pour le huitième du revenu de Sars et Schatran (146)........................	170,917
Pour la pension ordinaire des Bénou-Hoseïn et Bénou-Turab.......................	48,781.
Pour les schérif des Bénou-Turab suivant le régistre de l'arriéré (147)	19,512.
DIWAN...........................779,21c.	

V 2

DIWAN............................... 779,210

Pour le revenu fixe du wakf de Daschischat-
   alcobra (148)........................   125,325

Du wakf de Mohammédia, pour le tiers, suivant le registre de l'arriéré............   83,333

Pour les droits du greffier de la sainte Maison
   à la Mecque, suivant l'arrangement fait avec
   lui (149)...........................   175,811

Pour la bourse du Schérif de la Mecque, des
   bienfaits de la Maison Impériale (150)... 1,000,000

DIWAN....................... 2,163,679

Nous recevons aussi pour le wakf de la Khaséghiyyeh (151)
de nouvelle institution, par les mains de l'émir conducteur
de la caravane, 508,500 diwan qui font en argent de
France 5,650 piastres (152).

Le 18 de dhou'lkada 1213.

Adresse de la lettre.

Au chef des grands qui sont avec lui, au soutien de
ses compagnons, à notre ami Bonaparte, général de la
République Françoise, de présent au Caire.

Notes du N.º XIX.

(1) J'ai donné cette lettre d'après l'original qui est entre mes mains. On en trouve déjà la traduction dans la Relation historique d'Abyssinie du P. Jérôme Lobo, traduite par Le Grand, *p. 471*, et dans le Voyage aux sources du Nil de J. Bruce, *tom. II. pag. 568* de la traduction Françoise ; mais comme ces traductions ne sont pas très-exactes, j'ai cru devoir en donner une plus littérale.

Le nom de Du Roule est écrit dans l'original *Duroure* ; il est qualifié *Syrien-François*, parce que sans doute il se faisoit passer lui-même pour Syrien, afin d'écarter les préjugés défavorables que les Abyssins conservoient contre les Européens, ou peut-être parce que l'on imaginoit à Gondar que Du Roule étoit compatriote du Syrien Élie, qu'il avoit dépêché à la cour d'Abyssinie pour y donner avis de sa mission, et de sa détention à Sennar. Le vrai nom de cet envoyé étoit *Le Noir du Roule*. Il étoit vice-consul de France à Damiette (Mém. sur l'Égyp. *tom. I. pag. 316*). Je ne sais pourquoi M. Bruce dit qu'Élie étoit Arménien (Voy. aux sources du Nil, *t. II. p. 549 et 563*). On peut consulter sur les aventures tragiques de Du Roule les deux ouvrages que j'ai cités. Il existe dans les archives du ministère des relations extérieures plusieurs pièces relatives à cet affaire.

(2) Le nom de l'empereur est placé ici avant le commencement de la lettre, par une étiquette dont on trouve d'autres exemples dans les lettres suivantes ; mais il doit être rapporté à l'endroit où on a laissé un espace blanc dans le texte, et où j'ai inséré de nouveau le nom en entier dans ma traduction, en le mettant en caractères italiques. Je n'aurai point égard, dans les lettres suivantes, à ce cérémonial, dont il suffit d'avoir fait une seule fois l'observation.

V 3

(3) Il y a dans le texte, *des places frontières d'Alexandrie;* mais comme l'empereur d'Abyssinie n'a aucune prétention sur l'Égypte, il ne peut être question ici que des relations qu'il entretient avec l'église Copte Jacobite, dont le chef est le patriarche d'Alexandrie, résidant au Caire ou à Misr-alatik. M. de Fiennes a traduit : *protecteur des confins d'Alexandrie*, et M. Bruce : *protecteur de l'église d'Alexandrie dans toute son étendue.*

·(4) Il s'agit ici des Jésuites et en particulier du P. Brévedent, missionnaire envoyé en Abyssinie; mais qui étoit mort avant d'être arrivé à Gondar (*Voyez* la Relation historique d'Abyssinie du P. Lobo, *pag.* 165, 467, *et* 471). M. Bruce s'est beaucoup trompé sur le compte de ce missionnaire, et on voit qu'il n'a pas lu attentivement la relation qu'il cite (Voy. aux sources du Nil, tom. *II, p.* 567).

Il est bien étonnant que M. de Fiennes ait traduit : « C'est » ce qui nous a engagés à ne pas recevoir Joseph avec toute sa » suite sur le champ » ; tandis que le texte dit littéralement: *comme Joseph et les siens que nous avons renvoyés sur le champ.* Etoit-ce un ménagement de ce traducteur pour les Pères Jésuites ! M. Bruce, qui dit avoir traduit cette lettre sur l'original Arabe, a rendu ce passage ainsi : *aussi n'avons-nous pas voulu recevoir tout de suite Joseph et tous ses compagnons,* ce qui est encore plus inexact.

(5) La légende de ce sceau prouve que Técla-Haïmanous se servoit du sceau de son père, l'empereur Adam-Séguéd. M. de Fiennes a traduit la légende qu'on lit à l'entour du sceau en cette manière : *Lignée de Salomon fils de David. Israël. Idum. Isaac ;* ce qui est aussi ridicule que faux ; mais comment se fait-il que M. Bruce ait commis précisément les mêmes fautes en traduisant : *Race de Salomon fils de David, Israël, Edom, Isaac!* Il ajoute en note que ce n'est pas là le sceau du roi, mais que c'est une invention de quelque

Mahométan employé à écrire ces lettres. Je ne puis croire que M. Bruce ait eu entre les mains l'original Arabe de cette lettre, ou du moins qu'il en ait fait usage. Le nom d'*Adam-Ségued* lui étoit trop connu pour qu'il y eut substitué *Edom* et *Isaac* (Voyage aux sources du Nil , *tom. II, p. 564*).

(6) J'ai trouvé une traduction de cette lettre dans les archives du ministère des relations extérieures, d'où j'ai pareillement tiré l'original ; mais comme cette traduction m'a paru n'être pas assez exacte, j'en ai fait une nouvelle que je donne ici.

L'empereur de Maroc, au nom duquel cette lettre est écrite, n'y est pas désigné par son nom, mais seulement par sa qualité de schérif, descendant d'Ali et de Mahomet. Ce peut être Mouley Abd-almélic ben-Zeïdân, de la famille des Schérif qui, vers le milieu du seizième siècle de notre ère succédèrent à la puissance des Mérini, et furent détrônés au milieu du dix-septième siècle par la maison qui occupe encore aujourd'hui le trône de Maroc. Mouley Abd-almélic monta sur le trône en 1040 de l'hégire, qui répond en partie à 1630, en partie à 1631 (*Voy.* Recherches histor. sur les Maures, *t. III. p. 332.* Höst, *Nachrichten von Marokos , pag. 36*). Comme j'ignore à quelle époque de l'année 1630 est mort Mouley Zeïdân , je ne puis pas assurer positivement si cette lettre a été écrite sous son règne ou sous celui d'Abd-almélic.

M. de Dombay, à qui nous devons une traduction abrégée du *Kartas saghir* ou Histoire des dynasties Musulmanes de la partie occidentale de l'Afrique *(Geschichte der Mauritanischen Könige, &c. Agram 1794 et 1795*), et une autre histoire de la maison des souverains actuels de Maroc (*Geschichte der Scherifen, oder der Könige des jetz regierenden Hauses zu Marokko, Agram 1801*), fait espérer de publier un jour, d'après un écrivain Arabe, l'histoire de l'empire de Maroc.

V 4

depuis l'année 1325 à laquelle se termine son premier ouvrage, jusqu'à l'an 1564 où commence le second. Il est à desirer qu'il effectue ce projet ; mais pour que cette histoire fût complète, il faudroit qu'il y joignît celle de la maison des Schérif qu'il nomme *Saïdi*, et à laquelle appartenoient Mouley Zeïdân et Mouley Abd-almélic. Il ne dit qu'un mot de cette dynastie dans la préface de l'histoire de la maison actuellement régnante.

(7) Les épithètes de *Haschémi*, *Fatemi*, *Aléwi*, *Hasani*, ainsi que celle de *nabawi* ou prophétique, et de *schérif*, indiquent que le prince, au nom et par l'ordre duquel cette lettre a été écrite, descendoit en droite ligne de Hasan fils d'Ali et de Fatime fille de Mahomet ; Mahomet et Ali son cousin-germain étoient tous deux descendans de Haschem. Ce prince prenoit les titres d'*imam* et de *khalife* et c'est pour cela que sa lettre est encore qualifiée d'*imami* et de *khalifi* quant à l'épithète de *Merwani*, elle indique peut-être le nom de quelqu'un de ses ancêtres appelé *Merwan* : on peut aussi supposer que ces Schérif se prétendoient alliés avec la maison des descendans d'Ommiyya, qui a régné avec tant de gloire en Espagne, et dont l'autorité s'est étendue jusque dans le Magreb. L'auteur du *Kartas saghir*, parlant de ces princes, les désigne par le nom de *Merwani*, ce qui a été remarqué par M. de Dombay (Voyez *Geschichte der Maurit. Könige*, tom. I. page 94, note).

(8) Il y a dans le texte *sultan ;* on verra plus loin que les empereurs de Maroc n'ont pas toujours accordé aussi facilement ce titre au roi de France et autres souverains Chrétiens.

(9) Le mot مقام qui signifie proprement *le lieu*, est souvent employé par les écrivains des derniers siècles pour la personne du souverain. On a vu ailleurs le sens que les Ismaéli attachoient à ce mot (*Voy.* ci-devant *partie I.*,

p. 571). Les Juifs emploient le mot מקום qui signifie la
même chose, pour le nom de *Dieu.*

(10) Le vrai nom de cette ville est *Asfi* اسفي (*Voy.* sur
cette ville *Höst, Nachricht. von Marokos,* pag. 79 ; *Edrisii
Africa* de M. Hartmann, *pag. 170* de la seconde édition,
&c.). Ici ce nom est écrit un peu différemment.

(11) نقصروا pour نَقْصُر est une forme du langage vulgaire qu'il suffira de faire observer une fois pour toutes. Il y a
ici une double irrégularité, puisqu'il faudroit le *futur apocopé*
ou *aoriste conditionnel* نَقْصُر à cause de l'adverbe négatif لـ

(12) المتلقّاة est pour المتلقّيات

(13) Le mois de *rébi prophétique,* comme porte à la
lettre l'original, est *rébi premier :* on le nomme *prophétique,*
parce que Mahomet est né en ce mois, et que c'est aussi en
ce mois qu'il s'est enfui de la Mecque à Médine.

(14) Suivant diverses pièces que j'ai vues dans les
archives du ministère des relations extérieures, M. de
Razilly et M. du Chalan avoient été envoyés par le roi,
pour la seconde fois, à Safi en 1630 ; arrivés à la rade de
Safi, ils envoyèrent à Maroc demander un passe-port pour
un ambassadeur, qui devoit porter la lettre du roi à l'Empereur. Ayant attendu quinze jours, ils firent partir un autre
exprès ; ils attendirent encore près de deux mois inutilement, et repartirent enfin de Safi, le 14 octobre 1630.
La Lettre qu'on vient de lire fut apportée en France par
Daoud Palasch, et rendue au roi au mois de mai 1631.

(15) Je donne ici le texte François du traité et des deux
pièces y jointes, tel qu'il se trouve dans l'original tiré des
archives du ministère des relations extérieures. Je rectifierai

dans mes notes ce qui me paroîtra susceptible de quelqu
observation.

(16) Le mot employé dans le texte Arabe, est bien loi
d'être synonyme d'*empereur*, et signifie plutôt *tyran*, *usurpa*
teur, *chef d'une secte impie*, *d'une faction rebelle au souverai*
légitime. طاغية est la même chose que طاغ si ce n'est que l
première forme est augmentative et énergique. Les princes de
Karmates, par exemple, sont nommés طاغية et au plurid
طواغي M. Höst (*Nachrichten von Marokos*, pag. 226,
note) a bien remarqué que les souverains de Maroc affec-
toient de donner le titre de طاغية aux princes Chrétiens. Il
est assurément bien surprenant que dans le traité de 1767,
on n'ait pas exigé la réforme d'un usage aussi insolent.
J'ignore s'il fut fait, à cette époque ou dans les années suivantes, quelque réclamation à ce sujet. Dans les deux
lettres que je donne à la suite de ce traité, et qui sont, l'une
de l'an 1188 et l'autre de l'an 1191 de l'hégire, le roi de
France est qualifié simplement de *chef de la nation Françoise*
عظيم جنس الافرانصيص et dans la première on joint à ce titre
le mot الرى *le roi.* Cette conduite de la part de la cour de
Maroc fixa vraisemblablement, à cette dernière époque,
l'attention de la cour de France, et sur ses réclamations, les
titres réciproques que les deux souverains devoient prendre
et se donner à l'avenir, furent déterminés par une convention précise arrêtée entre M. le comte de Sartine et Sidy
Tahar Fénis, ambassadeur de l'empereur de Maroc. Je
vais transcrire ici cette convention dans les deux langues,
sans rien changer aux texte Arabe ni à la traduction.

الحمد لله وقع الـكـلام مبيننا و بين وزير سلطان الفرانصبه في
بيان الالقاب والاسامي لسلطان المراكش ولسلطان الفرانصبه
في كتاب سيدنا سلطان مراكش التي تاريخه مهل شعبـان

عام احد وتسعين ومابة والف لسلطان فرانصبه ليس فيه القاب
غير هذا القاب الاتبه وهي عظيم الفرانصبص الوبز السادس
عشر من اسمه ولسبدنا ليس فيه القاب غيرهذا القاب وهي امبر
المومنين المجاهد في سبيل رب العالمين عبد الله المتوكل علي الله
والمعتصم بالله محمد بن عبد الله بن اسماعيل هذا الاسامي
المذكورن نافصة فوقع استغراب دولة الفرانصبه ومني خدام
المقام العالي بالله الطاهر فنبش وقع الجواب لوزبر المذكور
كنطي دي صارتين ان مقصود سبدنا السلطان الاعظم
هو ان بعطي دايما لسلطان الفرانصبه الاسامي والقاب مناسبة
لسلطة نسله وانمصدّر ولتقدّم دولته ولهذا سبب التزمنا بمشاورن
سبدنا ان بعطي فيما بعد ان شا الله تعالي لسلطان الفرانصبه في
كل كتاب الذي بكتبه له الالقاب الاتبه وهي عظيم
النصاري السلطان الفرانصبه ولسكن من شرط ان سلطان
الفرانصبه بعطي كذلك لسبدنا السلطان في كل كتاب
الذي بكتبه له الالقاب والاسامي الاتبه وهي امبر المومنين
السلطان الاعظم السلطان المراكش وكافة المغارب والباقي
وعدنا هذا الكلام انشا الله تعنالي كانه مذكور حرفا
بحرف في شروط المهادنة ولاجل ذلك طبعنا عليه بطابعت
اسمنا وعلامتنا وكان في هذا الامر نسختين محربّرا في مدبنة البارير
في بوم عشربن من شهر محرر امّي وتسعين ومابة والف
خدبم المقام العالي بالله الطاهر فنبش
بشـــادور

نحن انطوان رايمون جان غالبر غير بهل كنطي هي صارتين
وزير الاعظم لسلطان الفرانصيه نقبلوا ونقرروا باسم سلطان
سيدنا صاحب الحشمه والوقار المفهوم هذا التقرير ووعدنا
اجمه في كل شي المتعلق له ان هذا التقرير قوي كانه مذكور
حرفا بحرف في شروط المهادنة لاجل ذلك طبعنا عليه بطابعت
اسمنا وعلامتنا وكان في هذا الاسر نختين تحريرا في مدينة
الباريز في يوم ثمان وعشر من شهر فوارس عام ثمان وسبعين
وسبعمايه والف عن ميلاد عيسي

*EXPLICATION qui a eu lieu entre M. le comte de Sartine
et Sidy Tahar Fénis, au sujet des titres et qualités des
empereurs de France et de Maroc.*

« Comme dans la dernière lettre que l'empereur notre
» maître a écrite le premier jour de la lune de schaban, l'an
» de l'hégire 1191, l'empereur de France n'a d'autre titre
» que celui *du plus grand des François, Louis seizième du
» nom,* et que notre maître ne s'en donne point d'autre que
» ceux de *chef des vrais croyans, du guerrier combattant pour
» la gloire du maître des mondes, du serviteur de Dieu, Mo-
» hammed fils d'Abd-allah fils d'Ismaïl,* et que ces dénomi-
» nations contraires aux usages suivis de tout temps entre la
» France et les princes Musulmans, ont excité les récla-
» mations de la cour de France ; Nous Sidy Tahar Fénis,
» serviteur de la sublime cour et ambassadeur de l'empereur
» de Maroc auprès de l'empereur de France, avons répondu
» au grand-vizir, M. le comte de Sartine, que l'intention de
» l'empereur, notre maître, étoit de donner toujours à l'em-
» pereur de France, les titres qui sont dus à l'ancienneté de
» son auguste maison, et à la prééminence et à la dignité de
» son empire. A cet effet nous nous engageons à représenter

» vivement à notre maître les méprises passées et à l'induire
» à donner par la suite à l'empereur de France dans toutes
» les lettres qu'il lui écrira, les titres et qualités *du plus*
» *grand des Chrétiens, l'empereur de France*, mais à la
» condition expresse que l'empereur de France donnera à
» notredit empereur, réciproquement et dans les mêmes
» occasions, les titres et qualités *du plus grand des Musul-*
» *mans, l'empereur de Maroc et du Magrib :* promettons que
» cette explication aura la même forme que si elle étoit in-
» sérée dans le traité, en foi de quoi nous l'avons signée et
» à icelle avons apposé notre sceau. Fait double à Paris,
» le vingt de la lune de mouharrem, l'an de l'hégire mille
» cent quatre - vingt - douze.

» Nous Antoine - Raymond - Jean - Gualbert - Gabriel,
» comte de Sartine, ministre et secrétaire d'état de l'empereur
» de France, acceptons et ratifions au nom du très-auguste et
» très-illustre empereur notre maître, le contenu de la présente
» explication, et promettons, en son nom et pour ce qui le
» regarde, qu'elle aura la même force que si elle étoit insérée
» mot à mot dans le traité. En foi de quoi nous avons signé
» la présente déclaration et à icelle avons apposé le sceau de
» nos armes. Fait double à Paris, le dix-huit février, mille
» sept cent soixante-dix-huit. »

Signé le comte de SARTINE.

Cette convention ne fut pas, sans doute, exécutée, faute
peut-être de ratification de la part de la cour de Maroc ; car je
vois par une lettre écrite cinq ans après cette époque, au nom
de cette cour à la cour de France, que l'empereur de Maroc,
avec lequel on avoit cessé de correspondre, aimoit mieux
renoncer lui-même à recevoir de la cour de France le titre
d'*empereur* ou *sultan*, que de le donner au roi. Cette
lettre est trop curieuse, pour que je n'en donne pas ici par
extrait, la partie relative à ce cérémonial.

الى كورطي الفرنصيص سلام على من اتبع الهدى اما
بعد فقد وصلنا كتابكم الذي وجهتم البنا مع رئيس
فرقطتنا الرايس على بريس وقراباه وعرفنا ما فيه وذكر لنا
انكم فعلتم معه خيرا كثيرا وكذالك مع طايفته ومركبه كما
تقتضبه قوانين الصلح والمهادنة التي بيننا وبينكم .... واما ما
طلبتم من اللقب بالسلطان فاعلموا انه لا يُعرف من يستحق هذا
التسمية الا في الاخرة فمن رضي الله عنه واقبل عليه والبسه البـاس
السلطنة وتوّجه بتاجها فهو الذي يستحق هذا الاسمرفنسأل الله ان
يجعلنا ممن يرضي عنهم في الاخرة واما من سخط الله عليه في الاخرة
ويجعل في عنقه حبل وجر الى ان يلقي في جهنم وبئس المصير فما
ابعد من هذا الاسم فاذا كان هذا الامر لا يُطّلَع على حقيقته الا في
الاخرة فما فايدة التسمية بهذا الاسم في الدنيا نعوذ بالله من سخط
الله والان فلا تكتبوا لنا بعد مـذا بلقب السلطان ولا بغيره
من الفاب التعظيم ولا تذكروا الا بأسمنا الـذي سمانا به
والدنا وهو محمد بن عبد الله كما نفعل ذالك في كتبنا لكم
ولغيركم واما اللقب بالسلطان فنطلب الله ان يعطينا اياه في
الاخرة واما في الدنيا فلا يعرف من يستحقه واما ما تكاتبكم
به اوجافات اهل الشرق باللقب بالسلطان فان مرادهم ابـذالك
تطيب خواطركم فقط والمكاتيب التي تمره مـن عند
العثماني عليكم بلقب السلطان فانما يكتبها الوزير ولا يقروها
العثماني ولوكان يقروها لقال لقال في ذالك مثـل ما قلنا وقد بقي

في خاطرنا عدم ورود كتاب من عند عظيمكم الوبر السادس
عشر جوابا عن الكتاب الذي بعثنا اليه ولذالك لم
نذكروه في صدر الكتاب لان الجواب يكون جوابا لمن
كتب فاننا كتبنا له ولم يجاوبنا فاما جاوبنا الكرطي
فلاجل ذالك كتبنا للكرطي ....
صدر الامر بهذا في حاضرة مراكش في الثامن عشر من الحرر
عام ١١٩٦

« A la cour de France. Salut à quiconque suit la droite
» voie. Nous avons reçu la lettre que vous nous avez en-
» voyée par le capitaine de notre frégate Ali Biris ; nous
» l'avons lue, et nous en avons compris tous le contenu. Le
» capitaine nous a aussi rendu compte des bons traitemens
» dont vous avez usé envers lui et envers ses gens et son
» bâtiment, comme l'exigeoient la paix et la bonne intelli-
» gence qui subsistent entre vous et nous..... Quant à la
» demande que vous faites pour que nous vous donnions le
» titre de *sultan*, il faut que vous sachiez que l'on ne pourra
» connoître que dans l'autre vie qui sont ceux qui mériteront
» ce nom. Ceux qui auront été agréables à Dieu, qu'il regar-
» dera favorablement, qu'il révêtira des vêtemens impé-
» riaux, et auxquels il mettra la couronne sur la tête,
» ceux-là seront dignes du titre de *sultan*. Nous demandons
» à Dieu de nous mettre au nombre de ceux qui auront le
» bonheur de lui plaire dans l'autre monde. Quant à ceux,
» au contraire, qui seront dans cette vie future l'objet de la
» colère de Dieu, auxquels on passera une corde sur le cou,
» et que l'on traînera ignominieusement sur le visage, jus-
» qu'à ce qu'on les précipite dans l'enfer, séjour épouvan-
» table ! ils seront bien loin de porter le titre de *sultan*.
» Puis donc que c'est une chose dont la vérité ne peut être

» connue que dans la vie à venir , de quelle utilité peut-il
» être d'user de ce titre en ce monde-ci ! Plaise à Dieu de
» nous garantir de sa colère! Ne nous donnez donc plus
» désormais , quand vous nous écrirez , le titre de *sultan*,
» ni aucun autre titre honorifique , et contentez-vous de nous
» appeler du nom que nous avons reçu de notre père , qui
» est *Mohammed fils d'Abd-allah* , ainsi que nous le ferons
» nous-mêmes , en écrivant soit à vous , soit à d'autres.
» Nous supplions le Seigneur de nous accorder dans l'autre
» monde le titre de *sultan;* mais en celui-ci, on ne sait pas
» qui méritera d'en être honoré. Si les régences de la partie
» orientale de l'Afrique se servent envers vous de la déno-
» mination de *sultan*, c'est uniquement pour vous complaire
» qu'elles en agissent ainsi. Quant aux lettres que vous
» recevez de la cour Othomane dans lesquelles on vous
» donne ce titre, elles sont écrites par le vizir, et ne sont
» pas même lues par le prince Othoman ; car s'il les lisoit,
» il vous diroit la même chose que nous. Nous nous rappe-
» lons très-bien que votre prince, Louis XVI, ne nous a
» point fait tenir de lettre en réponse à celle que nous lui
» avons adressée , et c'est pour cela que nous n'avons pas
» mis son nom en tête de celle-ci : car une réponse ne peut
» être telle, que parce qu'elle est envoyée à celui qui a écrit
» précédemment. Or nous lui avons écrit, et il ne nous fait
» aucune réponse ; mais il nous a été fait une réponse par
» la cour, et c'est pour cela que nous avons écrit à la cour....
» L'ordre d'écrire la présente a été donné dans la résidence
» impériale de Maroc, le 18 de moharram 1196 ».

Un auteur cité par Soyouti dans le كتاب حسن المحاضر
في أخبار مصر والقاهرة détermine les conditions requises
pour qu'un souverain puisse prétendre aux titres de *sultan*,
de *très-grand sultan* et de *sultan des sultans*. Voici le passage
de Soyouti.

« Voici comment s'exprime Ebn-Fadhl-allah dans son
« Itinéraire

» Itinéraire : Ali fils de Saïd, dit-il, nous apprend que dans
» la signification propre, consacrée par l'usage, le titre de
» *sultan* n'appartient qu'à un souverain qui a des rois dans
» sa dépendance, et qui est par là *roi des rois* : il faut qu'il
» possède un état tel que l'Égypte, ou la Syrie, ou l'Afrique
» proprement dite, ou l'Espagne, et que son armée monte
» à dix-mille cavaliers ou environ. S'il possède des États
» plus considérables, ou s'il peut mettre sur pied une armée
» plus nombreuse, il occupe un rang plus distingué parmi
» les sultans, et on peut le qualifier de *très-grand sultan*.
» Si on fait la khotba en son nom dans une étendue de pays
» telle que l'Égypte, la Syrie et la Mésopotamie réunies,
» ou telle que le Khorasan avec l'Irak-adjémi et la Perse, ou
» enfin tels que l'Afrique proprement dite, le Magreb du
» milieu et l'Espagne, son titre est *sultan des sultans* ; tels
» sont les Seldjouki. «

قال ابن فضل الله في المسالك ذكـر

علي بن سعيد ان الاصطـلاح ان لا تطلق هـذه السمة الا على
من يكون في ولايته ملوك فيكون ملك الملوك فيملك مثل
مصر او مثل الشام او مثل افريقية او مثل الاندلس ويكون
عسكره عشرة الاف فارس او نحوها فان زاد بلادا او عـددا في
الجيش كان اعظم في السلطنة وجاز ان يطلق عليه السلطان
الاعظم فان خطب له في مثل مصر والشام والجزيرة ومثـل
خراسان وعراق العجم وفارس ومثل افريقية والمغرب الاوسط
والانـــدلـــس كان سمته سلطان اللاطين كالسلجوقية

(Ms. Ar. n.° 791 de la Bibliot. nat., au chapitre intitulé :

ذكرما يطـلـق عليه السـلطنة مـــن حيـث المطلع

fol. 307 recto.)

(17) Le texte Arabe porte à la lettre : « Quand les

* X

» vaisseaux de guerre ou autres de notre empereur rencon-
» treront des corsaires François, ou d'autres vaisseaux mar-
» chands de la même nation, portant le pavillon de France.»
Le mot *corsaires* ne doit pas être entendu ici de vaisseaux de
guerre, comme le prouve la suite du même article.

(18) Le mot *consul*, que l'on rend en Asie et même en
Égypte par قنصل et au pluriel قناصل ou قناملة est rendu
en Afrique par قنصوا et au pluriel قنصوات . On dit de
même بيس قنصوا pour *vice-consul.*

(19) Le texte Arabe porte seulement : « On n'exige
» point des grands corsaires [vaisseaux de guerre] François
» qu'ils exhibent un passe-port. »

(20) Le texte Arabe ajoute : « qui commenceront au
» mois de juin et finiront au mois de novembre prochain. »

(21) Le mot قمرق est Turc et s'écrit ainsi كمرك il signifie
proprement *droits de douane* ou *gabelle.*

Le ق surmonté de trois points est une lettre particulière
aux Arabes de Maroc, et se prononce comme le *g* dans
gant. Voy. F. de Dombay Gramm. linguæ Mauro-Arabica,
p. 4, 5. 6.

Quant à ماكس mot qui ne se trouve point dans nos dictionnaires Arabes, il se rencontre dans Höst (*Nachrichten von
Marokos*, pag. 275). Par ce que Höst dit du genre
d'imposition mise sur les marchandises, qui est connu sous
le nom de ماكس ainsi que des marchandises sujettes à
ce droit, il est certain que ce mot désigne un droit qui se perçoit sur les objets de commerce que les Européens exportent
des ports de l'empire de Maroc, comme cire, peaux, maro-
quins, gomme, morfil, plumes d'autruche, indigo, archifou,
dattes, raisin, garance, &c. Cela me donne lieu de croire que
ماكس n'est autre chose que le mot Espagnol et Portugais
SACA, dérivé du verbe Espagnol *SACAR, tirer, extraire,*

exporter, et qui signifie *exportation*. Le mot ماكَس veut donc dire *droit d'exportation*.

(22) Le texte Arabe ajoute, *même en lui tirant des coups de canon*.

(23) كوشطه est un de ces mots pris de l'italien et de quelques autres langues de l'Europe, qui ont passé dans le langage des Arabes de Maroc. Il est à remarquer que ces Arabes rendent ordinairement l's par le ش C'est ce que j'ai déjà observé ailleurs dans ma notice de deux manuscrits en langue Espagnole, et en caractères Arabes. *Voy.* Notices et Extraits des manuscr. de la Biblioth. nat. *tom. IV, p. 642.*

(24) Le texte Arabe porte : « Si les captifs François de-
» meurent à bord du bâtiment, sans qu'aucun d'eux descende
» à terre, on n'aura rien à dire aux gens du bâtiment à leur
» sujet ; mais s'ils descendent à terre, ils seront libres, et
» soustraits au pouvoir de celui qui les retenoit prisonniers. »

(25) Le mot وجاق ou اوجاق et au pluriel وجافات est Turc ; il s'écrit اوجاق et signifie *focus, caminus*, et par suite *domus, prosapia, ordo religiosorum*, et *militia*. V. le *Thesaurus linguarum Orient.* de Méninski, au mot اوجاق

(26) Le texte Arabe ajoute : « Il ne souffrira point non
» plus que personne sorte de ses ports pour combattre les
» François. »

(27) On lit dans le texte Arabe : « Afin qu'aucun autre
» officier des lieux, à l'exception desdits consuls, ne puisse
» s'en mêler. »

(28) Il y a dans l'arabe : *se faire une mosquée.*

(29) ساسر — ساسر — سماسر et au pluriel سمسار est le mot Italien *sensale* corrompu.

(30) On lit à la lettre dans l'arabe : « Les personnes que
» lesdits consuls auront à leur service, comme écrivains,
» truchemans, courtiers et autres, n'éprouveront aucun
» obstacle à leur service, et on ne leur imposera aucune
» charge quelconque, soit quant à leurs personnes, soit
» quant à leurs maisons ; on ne les empêchera pas non plus
» de faire les affaires dont ils seront chargés par les consuls
» ou les marchands, en quelque lieu que ce soit. »

(31) On lit dans l'arabe : « Leurs maisons seront res-
» pectées, et personne n'y exercera aucune voie de fait
» contre un autre. »

(32) La clause de réciprocité est omise dans le texte
Arabe.

(33) Au lieu de ces mots, *il sera châtié suivant la justice
et l'exigence du cas*, le texte Arabe porte : « Si un Musul-
» man, ayant frappé un François, *prend la fuite, on ne pourra
» point exiger la représentation du coupable.* »

(34) Le texte Arabe ajoute : « Car en ce cas il sera
» obligé de satisfaire à la dette. »

(35) Il y a dans le texte Arabe, *mais si le bâtiment est
échoué :* حرث dont le nom d'action est تحريث ne se trouve
pas dans nos dictionnaires. Je crois qu'il signifie proprement
faire des sillons sur le sable, comme le soc de la charrue
sillonne la terre que le laboureur prépare pour recevoir
la semence. تحريث signifie en général *faire naufrage, se
briser contre un écueil.* Voy. le Dictionnaire abrégé François-arabe de J. F. Ruphy, au mot *Échouer.*

(36) مصافاة موالاة et مصافات موالات sont pour مصافاة et موالات

(37) Toute cette formule, jusques et compris la signature de M. le comte de Breugnon, ne se trouve point dans
le texte Arabe.

(38) L'empereur de Maroc ou sa chancellerie emploie
ici le mot *roi*, ou plutôt suivant la prononciation Espagnole,
rey, pour ne point choquer les prétentions de la cour de
France, sans néanmoins accorder au roi le titre de *sultan*.
Voy. ci-devant *note* (16) *p. 314 et suiv.*

(39) C'est le vrai nom de la ville de Miquenès, qui
fait partie du royaume de Fèz. (*Voy. Edrisii Africa cur.
J. M. Hartmann*, 2.ᵉ édition, p. 174, 175 et suiv. *J. Leonis
Afric. Africæ Descrip. Lugd. Batav.* 1632, p. 267 et suiv.
Höst, *Nachr. von Marok.* p. 85, &c.) On l'a nommée *Miquenès des Oliviers*, pour la distinguer sans doute d'autres villes
nommées aussi Miquenès, et à cause des oliviers que l'on
cultive en abondance dans son territoire, comme le remarque
Léon Africain. *Miknasa* est le nom d'une tribu de Berbers
établie dans plusieurs villes de cette partie de l'Afrique qui
est connue aujourd'hui sous le nom d'*empire de Maroc*.
C'est à cette tribu, qui est une branche de la grande tribu de
Zénata, que la ville de Miquenès doit son origine ; ou peut-
être ces Berbers ne firent-ils qu'agrandir cette ville, qui sub-
sistoit déjà auparavant, et lui donner leur nom. (Voy. *J.
Leonis Africæ Descrip.*, p. 16 et 267.) L'auteur du Kamous
nomme aussi cette ville مكناسة الزيتون et il remarque qu'il
y a en Espagne une place forte nommée مكناسة

(40) Le mot كاشطي employé dans l'original n'est
point Arabe ; c'est sans doute le mot Espagnol et Portugais
gasto [dépenses], dont le pluriel est formé ici à la manière
Italienne, *gasti.*

Le ك avec trois points est une lettre particulière à

X 3

l'idiome de Maroc ; elle exprime l'articulation de notre g devant *a* ou *o*. On rend aussi la même articulation en plaçant trois points sur le ‎ج‎ ou le ‎ك‎ Les trois points sont placés ici sous le ‎ك‎ Suivant M. Dombay, on les place sur cette lettre. Voy. *Grammat. linguæ Mauro-Arab*, pag. 4 et 5.

(41) C'est encore ici un mot étranger à la langue Arabe; on y reconnoît facilement le mot *guerra*, commun à l'italien, à l'espagnol et au portugais.

Je trouve dans le manuscrit de l'ouvrage d'Ebn-Khaldoun, dont j'ai parlé précédemment (*V.* ci-dev. *part. I.ʳᵉ, p. 387, 392 et suiv.*) , un passage curieux sur la manière de rendre en lettres Arabes des articulations étrangères à cette langue. Comme cet écrivain est peu connu, je rapporterai ce passage en entier, et j'indiquerai les corrections à faire au texte de mon manuscrit.

« Il nous reste maintenant, dit Ebn-Khaldoun, à avertir
» les lecteurs de quelle manière nous rendrons les lettres
» qui n'appartiennent point à l'idiome des Arabes, quand
» elles se rencontreront dans cet écrit.

» Ce qu'on entend par le nom de lettres, dans la pronon-
» ciation, ce sont comme nous le dirons par la suite, les mo-
» difications que les sons qui sortent du gosier, éprouvent au
» moment où le son est interrompu par le choc de la luette
» et des extrémités de la langue avec le larynx, le palais et
» les dents, ou encore par le choc de la langue contre les deux
» lèvres. Les modifications des sons varient conformément
» aux variations de ce choc; et il en résulte des lettres
» [c'est-à-dire, des articulations] différentes, saisies par
» l'ouie : de ces articulations se forment les mots, qui
» expriment les pensées conçues par l'esprit. Tous les
» peuples n'ont pas précisément les mêmes articulations ;
» certains peuples en ont que d'autres n'ont point. Les arti-
» culations qui se rencontrent dans la prononciation des
» Arabes, sont au nombre de vingt-huit, comme l'on sait ;

» et nous trouvons parmi les Hébreux des articulations qui
» ne se rencontrent point dans notre langue, comme aussi
» notre langue en a qu'on ne rencontre point dans la leur.
» On en peut dire autant des Francs, des Turcs, des Berbers
» et autres nations étrangères. Les personnes qui ont intro-
» duit l'écriture parmi les Arabes, ont employé, pour rendre
» les articulations qui se faisoient entendre dans leur langue,
» des lettres écrites, distinguées les unes des autres par
» leurs figures, comme ا ـ ب ـ ج ـ ر ـ ط et ainsi des
» autres, jusqu'au nombre de vingt-huit. Quand ils ont ren-
» contré une articulation qui ne faisoit point partie de celles
» de la langue Arabe, ils ne lui ont assigné aucune figure
» ou signe écrit, et ont négligé de la représenter d'une ma-
» nière particulière. Quelques écrivains emploient en ce
» cas, pour exprimer cette articulation étrangère, la figure
» de la lettre qui est consacrée à l'articulation la plus ap-
» prochante de celle-là, soit celle qui la précède dans
» l'ordre progressif des articulations, soit celle qui la suit.
» Ce n'est pas là un signe représentatif suffisant : au con-
» traire, c'est détourner une lettre de sa valeur primitive.
» Comme cet ouvrage doit contenir l'histoire des Berbers et
» d'autres nations barbares, et qu'il s'est rencontré des
» noms ou des mots appartenant à l'idiome de ces peuples,
» où se trouvoient des articulations étrangères à notre
» langue écrite et aux figures qui composent notre système
» d'écriture, nous nous sommes vus obligés d'exprimer ces
» articulations. Nous ne nous sommes pas contentés d'em-
» ployer pour cela la lettre Arabe la plus voisine de ces
» articulations, parce que cela ne nous a pas semblé être un
» signe assez parfait ; nous avons préféré rendre ces ar-
» ticulations barbares d'une manière qui indiquât les deux
» lettres Arabes entre lesquelles elles se trouvent occuper le
» milieu, afin que le lecteur, en les prononçant, tienne un
» certain milieu entre le jeu des organes qui produit ces

X 4

» deux articulations, et qu'il en attrape ainsi la véritable pro-
» nonciation. J'ai imité en cela la méthode employée dans
» les traités élémentaires de la lecture de l'Alcoran, pour in-
» diquer la prononciation de certaines lettres dont l'articula-
» tion ne doit être que légère et imparfaite. C'est ce qui
» arrive, pour en donner un exemple, par rapport au mot
» صراط suivant le système de Khalef. Dans ce système, le
» ص de ce mot doit être prononcé avec une sorte de fermeté,
» qui tient le milieu entre le س et le ز Pour indiquer
» cela, on a adopté l'usage d'écrire le ص et de peindre
» un ز dans le corps de cette lettre ; ce qui, suivant
» les partisans de ce système, montre que la prononcia-
» tion doit tenir le milieu entre les deux articulations indi-
» quées par ces deux lettres. J'ai donc suivi la même
» méthode pour représenter toutes les articulations qui
» tiennent le milieu entre deux des nôtres. Ainsi, pour rendre
» le ك des Berbers, qui tient le milieu entre notre ك
» pur , notre ج et notre ڭ dans le nom propre *Balkin*
» بالكين par exemple, je mettrai un ك auquel je joindrai
» le point du ج au-dessous, et un ou deux points pour le ڭ
» au-dessus : cela indiquera que cette articulation tient le
» milieu entre le ك le ج et le ڭ Cette articulation
» revient très-fréquemment dans la langue des Berbers. Les
» autres articulations étrangères à la langue Arabe seront
» indiquées d'une manière analogue : j'exprimerai la lettre
» qui tient le milieu entre deux des nôtres, par la réunion
» des deux lettres, afin que le lecteur sachant qu'elle est
» comme un terme moyen entre ces deux lettres, la pro-
» nonce en conséquence. Par-là nous aurons indiqué la vraie
» prononciation ; au lieu que si nous l'eussions exprimée
» seulement par l'une des deux lettres qui en approchent le
» plus d'un côté ou de l'autre, nous aurions substitué à 52

» prononciation véritable celle d'une lettre de notre langue,
» et nous aurions ainsi altéré la langue de ce peuple. »

وقد بقي علينا ان نقدم مقدمة في كيفية وضع الحروف
التي ليست من لغت (لغة) العرب اذا عرضت في كتابنا هذا
واعلم ان الحروف في النطق كما إني شرحه بعد هي
كيفيات الاصوات الخارجة من الحنجرة تعرض في تقطيع
الصوت بقرع اللهاة (بقرع اللهاة) واطراف اللسان مع الحلق
والحنك والاضراس او بقرع الشفتين (بقرع الشفتين) ايضا
فتغاير كيفيات الاصوات بتغاير ذلك القرع ويجي الحروف
متباينة في السمع وتتركب منها الكلمات الدالة على ما في
الضمائر وليست الاسم كلها متساوية في النطق بتلك الحروف
فقد يكون لامة من الحروف ما لبس لامة اخرى والحروف
التي نطقت بها العرب هي ثمانية وعشرون حرفا كما علمت
وتجد للعبرانيين (للعبرانيين) حروفا ليست في لغتنا وفي لغتنا
ايضا حروفا ليست في لغتهم وكذلك الافرنج والترك والبربر وغير
هولاء من العجم ثم ان اهل الكتاب من العرب واصطلحوا
(اصطلحوا) في الدلالة على حروفهم المسموعة باوضاع حروف
مكتوبة معينة باختصاصها كوضع الف و ب ا و جيم ورا وطا الى اخر
الثمانية وعشرين فاذا عرض لهم الحرف الذي ليس من حروف
لغتهم بقي معطلا عن الدلائل الكتابية معطلا عن البيان وربما برسمه
بعض الكتاب بشكل الحروف (الحرف) الذي يكتنفه من
لغتنا قبله او بعده وليس ذلك بكاف في الدلالة بل هو تغيير

للحرف من أصله ولما كان كتابنا مشتملا على اخبار البربر وبعض
العجم وكانت تعرض لنا في اسمائهم او بعض كلماتهم حروف
ليست من لغة كتابتنا ولا اصطلاح اورضاعنا (اوضاعنا)
اضطررنا الى بيانه ولم نكتف برسم الحرف الذي يليه كما فعلنا
لانه عندنا غير واف بالدلالة عليه فاصطلحت في كتابي هذا
على ان اصنع (اضع) ذلك الحرف العجمي بما يسدل على
الحرفين الذين يكتنفانه لتوسط الباري (لبتوسط الباري)
بالنطق به بين مخرجي ذينك الحرفين فنتصل بادئته (بادئته)
وانما اقتبست ذلك من رسم المصحف حروف الاثبار كالصراط
في قراءة خلف فان النطق بصاده فيها مفخم متوسط بين الصاد
والزاي فوضعوا الصاد ورسموا في داخلها شكل الزاي ودل ذلك
بينهم على التوسط بين الحرفين فكــذلك رسمت انا كل
حرف يتوسط بين حرفين من حروفنا كالسكاف المتوسطة عند
البربر بين الكاف والصريحة (الصريحة) عندنا والجيم والقاف
مثل اسم بالسكين فاضعها كانا (كافا) وانقطها بنقطة الجيم
والقاف واحدة (الجيم والقاف واحدة) مــن اسفل وبنقطة القاف
واحدة من فوق او دبين (اثنتين) قبدل ذلك على انه متوسط
بين الكاف والجيم والقاف وهذا الحرف اكبر (اكثر)
ما يجيء في لغة البربر وما جاء من غير على هذا النباس اضع
الحرف المتوسط بين الحرفين من لغتنا بالحرفين معا لبعلم القاري
انه متوسط فينطق به كذلك فيكون قد دللنا عليه واو وضعناه

برسم الحرف الواحد عن جانبيه لـكنا قد صرفناه من مخرجه
الى مخرج الحرف الذي من لغتنا او غير بالغة (وغيرها لغة) القور

Dans l'exemple donné par Ebn-Khaldoun, il dit qu'il indique l'articulation du ك par un ou deux points placés sur le
ق c'est-à-dire, que si l'on suit le caractère Arabe d'Afrique,
on ne mettra qu'un seul point, et qu'on en mettra deux, si
l'on suit le caractère usité en Asie.

(42) Après مـــن il y a un mot omis dans le texte. J'ai
supposé que c'étoit قريب et j'ai traduit *sous peu* ; je crois
cependant qu'on dit عن قريب et non من قريب Peut-être
faut-il lire من الاقطانا ou من بلادنا *de notre pays* ou *de nos
États.*

(43) « Outre sa garde ordinaire, le roi a toujours auprès
» de sa personne sept ou huit Alcaydes qui composent
» toute sa cour, qui ne l'approchent jamais que les pieds nus
» et sans turban, mais seulement avec un bonnet de laine
» rouge sur la tête.
» Il y a trois sortes d'Alcaydes : les principaux sont les
» gouverneurs de provinces, où ils se disent et sont effecti-
» vement comme autant de vice-rois ; les autres sont ou gou-
» verneurs particuliers des grandes villes, ou commandans
» généraux de ses armées. Ils sont tous obligés d'être dans
» leurs postes, et le roi ne retient près de soi que ceux qui
» lui sont de quelque utilité particulière, et aux enfans des-
» quels il permet d'exercer leurs emplois. » *Voy.* État présent
de l'empire de Maroc, par Pidou de S.-Olon ; Paris, 1694,
p. 120.

(44) يتقدّي me paroît une faute, et je crois qu'il faut lire
يتهدي ou يتقادي

(45) Cette lettre et les trois suivantes ayant toutes pour

principal objet la restitution d'un vaisseau appartenant à l'Imam de Mascate qui avoit été pris par quelques bâtimens François, je crois à propos de donner ici la traduction d'une lettre où l'événement qui donnoit lieu à la réclamation de l'Imam, se trouve exposé en détail. Cette lettre, écrite en langue Persane, au nom de l'Imam Saïd fils d'Ahmed, au roi de France, est datée de Mascate le 26 de schowal de l'an 1199 de l'hégire. Je vais copier la traduction de cette lettre, telle que je l'ai trouvée dans les archives du ministère de la marine.

Traduction d'une lettre Persane adressée au roi par l'Imam de Mascate.

  « A sa Majesté le très-sublime, très-puissant, très-glo-
» rieux, très-magnifique sultan fils de sultan, le sultan des
» François, l'élite des princes Chrétiens : puisse sa félicité
» être éternelle !

(Légende du cachet.)

[Saïd fils d'Ahmed Imam ou pontife des Musulmans.]

  » Puisse votre Majesté occuper éternellement le trône
» qu'elle orne de l'éclat de ses vertus ! puissent les béné-
» dictions du Très-Haut se répandre sans cesse et couler
» avec abondance sur votre règne et le rendre toujours flo-
» rissant !

  » Après avoir présenté à votre Majesté l'hommage de nos
» vœux les plus sincères et les plus étendus, nous prenons la
» liberté de lui renouveler nos très-humbles représentations.

  » Depuis un temps immémorial il règne entre votre Majesté
» et notre cour une amitié et une bonne harmonie parfaites ;
» nous ne nous sommes jamais permis aucun acte qui pût por-
» ter atteinte à cette union. Vos vaisseaux chargés de marchan-
» dises se sont rendus dans tous les temps à Mascate et dans
» d'autres ports dépendant de notre domination ; ils y
» éprouvent un bon accueil ; leurs affaires y sont terminées
» à leur gré ; et satisfaits sur tous les points, ils reprennent

» leur navigation vers leur patrie. Pour nous, pénétrés des
» sentimens que nous conservons précieusement pour votre
» Majesté et pour ses sujets, nous les avons traités en con-
» séquence, et nous les avons distingués parmi les autres
» nations de l'Europe. Il ne s'étoit rien passé entre votre
» Majesté et nous, jusqu'à l'instant où la guerre s'alluma
» entre elle et les Anglois.

» A cette époque, un de nos vaisseaux appelé *le Salèh*,
» dont la cargaison, composée de productions de l'Inde et
» d'autres marchandises, peut être évaluée à douze lak
» de roupies (c'est-à-dire, *trois millions de notre monnoie*),
» sortit de notre pays et faisoit voile pour Bassora. Il avoit
» paru dans le même temps sur nos côtes deux armemens
» François, venant de l'île Maurice et commandés par le
» capitaine Deschiens. Notre vaisseau les rencontra à la
» mer et fit sa route avec sécurité, sur la foi des traités
» qui existent entre nos sujets et les habitans des colonies
» Françoises, et sans aucune méfiance de la part de ces
» derniers. Ceux-ci abordèrent le Salèh, déchargèrent sur
» ce vaisseau leur canon et leur mousqueterie, tuèrent
» presque tout l'équipage, et amarinèrent leur prise, qu'ils
» conduisirent, avec le chargement de douze lak, vers l'île
» Maurice ou autre place appartenant aux François.

» Aussitôt que nous fûmes informés de cet attentat com-
» mis à l'insu de votre Majesté, et certainement fait pour
» exciter son indignation, nous sentîmes que n'ayant pas
» donné lieu à un traitement aussi atroce que celui que nos
» sujets venoient d'éprouver, il étoit convenable de ne
» point user de représailles, et de suivre le conseil du sage
» qui dit : *L'homme d'esprit ne doit opposer que la patience*
» *aux erreurs des ignorans.*

» Nous nous bornâmes donc à écrire deux ou trois lettres
» à votre Majesté. Nous n'avons encore reçu aucune réponse,
» et nous n'avons point eu de nouvelles des voyageurs aux-

» quels nous avions remis nos paquets ; nous ne savons que
» penser du silence de votre Majesté. Nos écrits lui sont-ils
» parvenus ! Nous a-t-elle jugés dignes de son oubli !

» Nous aimons mieux croire que nos lettres se sont
» égarées ; aussi bien tous les navires venus à Mascate de
» l'île Maurice n'ont pu rien nous apprendre sur cet objet
» important ; nous présumons que les officiers de votre
» Majesté ne lui en ont pas rendu compte; et dans cette
» supposition, nous osons lui représenter de nouveau que
» l'ancienne et inviolable amitié qui nous unit à votre
» Majesté, subsistant toujours entre les deux cours, il seroit
» de toute équité que le vaisseau le Salêh et sa cargaison
» nous fussent restitués, que le capitaine Deschiens fut sévè-
» rement puni, de manière que les commandans des arme-
» mens de votre Majesté n'osassent plus à l'avenir com-
» mettre de semblables violences, contraires à la bonne
» harmonie, opposées à la magnanimité des grands souve-
» rains, et répugnant à l'humanité ; et enfin que le prix du
» sang de tant d'innocens sacrifiés en cette occasion fût payé
» et envoyé à leurs familles.

» Nous sommes tourmentés par les intéressés et par
» les parens des gens de l'équipage qui ont été tués sur
» le vaisseau le Salêh. Au surplus, nous attendons cette
» justice avec confiance ; et, dans l'intervalle, notre amitié
» ne s'est jamais démentie ; nous avons procuré aux vais-
» seaux portant votre pavillon, tout ce qui leur étoit néces-
» saire. Les derniers qui ont touché à Mascate et leurs com-
» mandans peuvent témoigner à votre Majesté ce qu'ils y
» ont trouvé de secours et d'assistance, soit pendant leur
» relâche, soit pour leur voyage à Bassora.

» Elle peut être assurée qu'il en sera toujours de même ;
» que ses sujets auront constamment dans nos ports la pré-
» férence sur toutes les autres nations ; que nos sentimens
» sont pacifiques et ne cesseront pas de l'être.

» Nous espérons que votre Majesté, à la réception de cette
» lettre, daignera nous honorer d'une réponse, nous faire
» rendre notre vaisseau le Salèh, et les douze lak de roupies
» qui formoient sa cargaison, et joindre à ces satisfactions
» celles qu'elle jugera à propos de donner aux familles des
» gens de l'équipage qui ont été massacrés par les François.

» Puisse-t-elle jouir d'une prospérité inaltérable.

» A Mascate, le 26 de la lune de schowal, l'an de
» l'hégire 1199. » (Cette date est sur l'adresse.)

> Traduit de l'ordre de Monseigneur le maréchal de
> Castries, par moi soussigné Pierre Ruffin, secrétaire
> interprète du Roi pour les langues orientales à la
> suite de la cour. A Versailles, le 21 septembre 1786.

Suivant les renseignemens que je me suis procurés au
ministère de la marine et des colonies, ce fut en l'année
1783, que le capitaine Deschiens, commandant un corsaire
François, s'empara du navire le Salèh. Ce bâtiment ayant
été conduit à Chaoul, port des Marattes, ceux-ci s'en emparèrent et refusèrent de le rendre, sous prétexte qu'ils
étoient en guerre avec l'Imam de Mascate. Sur la réclamation de l'Imam, le gouvernement François ayant ordonné
qu'il lui fût envoyé un bâtiment, à titre de dédommage-
ment, on acheta d'abord à cet effet le navire le Courrier de
l'Ile de France ; on y substitua ensuite la corvette
l'Ecureuil ; mais ce bâtiment ne fut pas plus envoyé que le
premier. Enfin, en 1789, le capitaine Macnémara fut chargé
de conduire à l'Imam un bâtiment nommé le Salé. Peut-
être cette dénomination fut-elle admise pour se rapprocher
du nom du bâtiment qui avoit été pris. Suivant la lettre de
M. de Macnémara, écrite à bord de la Thétis en rade de
l'Ile de France, le 19 septembre 1790, le bâtiment que le
gouverneur de cette île, le comte de Conway, envoya au
nom du roi de France à l'Imam de Mascate, étoit un joli
bâtiment, en bon état et doublé en cuivre. L'Imam fut flatté

de le recevoir , et ses sujets témoignèrent la part qu'ils
noient au présent fait à leur prince.

Les archives du ministère de la marine et celles du
nistère des relations extérieures renferment un gi
nombre de lettres de l'Imam et du gouverneur de Mas
relatives à cette même affaire ; c'est parmi ces lettres
j'ai choisi les quatre que je donne ici.

(46) Ces quatre surnoms signifient, *de la famille d'Al
Saïd, originaire de l'Arabie , descendant de la tribu d'A₁
et de la branche de cette tribu, qui est établie dans l'On
et que l'on appele Azd - Oman* ازد عمان *Bou-Saïdi* est u
abréviation d'*Abou-Saïdi* , comme on dit *Bou - Aléwi* ou *B
Aléwi* pour *Abou-Aléwi* (*Voy.* les corrections et additio
à la 1.re partie de ce recueil, addition à la note (16) de
p. 263). Les Turcs et les Persans disent souvent بو pou
ابو dans les noms propres, comme بو حنيفه pour بو حنيفه
On peut voir dans la Description de l'Arabie de N
Niebuhr (*page 260 et suiv.* de l'édition de Copenhague
1770), l'histoire d'Ahmed ben-Saïd, qui, de simple gou
verneur de la ville de Sohar, parvint à s'emparer de la
souveraineté et à se faire reconnoître pour Imam. Saïd ben-
Ahmed ben-Saïd au nom duquel sont écrites les lettres que
je publie, doit être fils de ce conquérant. Quelques pièces
diplomatiques écrites à Mascate et datées de l'an 1217 de
l'hégire, que j'ai eues depuis peu sous les yeux, m'ap-
prennent que le souverain actuel de Mascate dont l'autorité
s'étend jusqu'à Zanguebar زنجــبار sur la côte orientale
d'Afrique, se nomme *Sultan fils de l'Imam* سلطان بن الامام
ou *Seïd Sultan* سيد سلطان *Sultan* est son nom propre et non
pas un titre de dignité. Il est fils de l'Imam Saïd ben-
Ahmed, mort en 1790 ou 1791, mais non pas son fils
aîné et son héritier légitime. Ce prince a passé sa jeunesse
parmi

parmi les Bédouins, dont il a adopté la manière de vivre, et c'est avec le secours des Bédouins qu'il a réussi, il n'y a pas long-tems, , à détrôner son frère, successeur légitime de l'Imam Saïd. Au surplus, il lui a laissé le titre d'*Imam*, qu'il ne prend point lui-même, et la souveraineté de Rostack, où ce prince faisoit déjà, avant d'être détrôné, sa résidence habituelle. Seïd Sultan a encore trois autres frères qui s'étoient réunis contre lui pour défendre les droits de leur frère aîné. Ils possèdent chacun une petite ville qu'ils gouvernent à leur gré. Seïd Sultan s'est rendu maître de l'île d'Ormuz et de Bender-Abbasi sur la côte de Perse : il est redouté de ses voisins, et a fait alliance avec beaucoup de princes des Indes et de la Perse. Il a près de lui un homme qu'il emploie dans ses ambassades, et qui jouit à Mascate de beaucoup de considération. Cet homme, nommé Scheïkh Ali, est fils d'un ancien pacha d'Acre [Acca] ; il a servi dans l'Inde sous Tipou Sultan, en qualité de général de la cavalerie : Seïd Sultan l'a envoyé en ambassade à l'île de France.

Ces détails sont authentiques, et je puis en garantir l'exactitude.

(47) Dans le mot انتحرك la conjonction ان se trouve réunie avec تحرك Cette faute d'orthographe est très - ordinaire dans la formule ان شاء الله que l'on écrit comme on en voit des exemples dans ces mêmes lettres انشاء الله et quelquefois d'une manière encore plus vicieuse مشاء الله

(48) لحنا est un mot vulgaire pour نحن On dit aussi quelquefois احنا ce qui est une altération plus considérable du même mot. *Voy.* Dombay, *Gramm. ling. Mauro-Arab.* pag. 26 ; Ruphy, Dict. abrégé François-Arabe, au mot *Nous.*

(49) في حفنا c'est-à-dire, *de ce qui nous concerne.* Je profite de cette occasion pour observer qu'en Arabie on emploie

* Y

le mot حق dans le même sens dans lequel متاع et par corruption ou امتاع est employé dans plusieurs des pays où
l'on parle arabe, *ta'*, c'est-à-dire, تاع إل هي ou à Malte,
à Maroc et à Alger : tous ces mots répondent à notre préposition *de* indiquant un rapport de propriété ou de possession. Voici des exemples du mot حق tirés d'une lettre de
l'agent de la nation Françoise à Mokha au premier Consul.

نعرفكم إ سيـدي البـورد لكم اثنا عشر سنه مراكب

الفرنصيص لا من الولايه ولا من الغبني ولا من سـربس الي تاريخ

الخــط حقنا ما وصل مركب الفرنصيص « Nous vous instrui-

» sons qu'il y a aujourd'hui douze ans qu'il n'est arrivé ici
» aucun vaisseau François, ni de France, ni de la com-
» pagnie des Indes, ni de l'île Maurice : il n'en est arrivé

» aucun jusqu'à la date de notre présente lettre. » نعرفكم

إسيدي اليوم اثنا عشر سنه نسلم السكرا حق بيت الفرنصيص

الذي في المخا بيت كبير وبيت صغير والبيت الـذي في بيت

النبه كل منه نسلم السكـرا سبــع مائة قـرش جر

رغبين قرش جر فـرائنصيه .... والصيرفي حقكم له

كرا البيوت حق الفرنصيص كـزا قدر عشر الاف قـرش

جر دلحين .... تنفضلوا تفضلوا مصدرو لنا فلوس حق

السكرا لعنا تعبانين قوي قوي حبت ومراكب الفرنصيص

ماعاد تصل المخا .... وارسلو لنا بثلاثـم مراكب

والا مركبين فرنصيص وحولوا عليهم بالسكرا حق البيوت حق

الفرنصيـص يسلـو لنا المراكب الـذي شا تـرسلـو بها

» Nous vous instruisons que depuis douze ans nous payons

« le loyer de la maison des François à Mokha, tant de la
» grande maison que de la petite, et pareillement de celle de
» Beït-alfakih ; nous payons chaque année le loyer, 750 écus
» espèces, argent de France. . . . ; il est dû à votre banquier,
» pour le loyer des maisons des François, en ce moment
» 10,000 écus espèces. . . . De grâce, de grâce envoyez-
» nous l'argent du loyer : nous sommes dans un extrême
» embarras, parce qu'il ne vient plus de bâtiment François
» à Mokha. . . . Expédiez-nous donc trois ou du moins deux
» bâtimens François, et chargez-les de nous remettre le loyer
» des maisons des François, pour que nous en touchions des
» vaisseaux le montant sur ce que vous enverrez. »

Le mot جرش فرش (ailleurs on écrit غـــرش) signifie les
écus espèces d'Allemagne : on donne aussi le même nom
aux écus de France et aux piastres d'Espagne ; on nomme
ces espèces en Égypte ريال On compte à Mokha par
piastres d'Espagne قروش جر ou par des monnoies idéales
nommées قروش ذهب écus d'or et كــبير gros. Cent
piastres d'Espagne font cent vingt-un et demi *écus d'or*, et
un *écu d'or* vaut quatre-vingts *gros* ou كــبير Voyez
Niebuhr, Descript. de l'Arab. *p. 191.*

Il est bon d'observer, en passant, que le verbe شا, *vouloir*,
est employé ici et dans d'autres endroits des lettres écrites
par cet agent, pour exprimer le temps futur. J'ignore si cet
usage est reçu parmi les Arabes, ou si c'est un anglicisme du
Banian qui les a écrites, et qui peut-être ne parle pas bien
l'arabe et sait un peu l'anglois.

Il ne sera pas inutile de donner aussi quelques exemples
de ى ده et ديال employés dans le sens de متاع ; et pour que
ces exemples servent à faire connoître le jargon barbare
employé par les Juifs d'Afrique, je les tirerai d'une correspondance Arabe de quelques Juifs d'Alger, de Livourne,
&c. Je copierai d'abord ces textes en caractères Hébreux, en
suivant très-exactement l'orthographe vicieuse des originaux,

Y 2

et je les rendrai ensuite d'une manière plus correcte en caractères Arabes.

תעלם די סאלמון כאן יסאל פסאאנך אנך אדכו לינרת סראארלינת
ליד נראיים שולכל וליד בן יסוף באש ישריומלו סלעה ויוסלום מעדה
לורכנ דיאלום די קדם פסאאנך וסאלמך נאלום די הד לפלוס ראווס
יי משה ולד מיכאין

تعلم دي سلمون كان يبعل في السابق هناك اذكو لمبع
سرلين لبد ابرهبر شولل واهد ابن بوسف باش بشربوهر اه
لعه وبرسلوهر مع المركب دإلعر دي قادم في:السابق وعلمون
نال لعر دي هذه الفلوس راوهر دي مثه ولد مبكابهل

« Sachez que Salomon avoit envoyé précédemment ici
» 1726 livres sterling à Abraham Scholel et au fils de
» Joseph, pour qu'ils lui achetassent avec cette somme des
» marchandises, et qu'ils les lui expédiassent par leur vais-
» seau qui est venu ici précédemment. Salomon leur a dit
» que cet argent appartenoit à Moïse fils de Michel. »

מן נאעד מא כתבתלך בתיתולל זיתך אד לכתין נאש נזיד נעלמך די
ואנד הרסלנה פי אד למרכב באיתה ינגלוה די נכמים סנורו נתום תעירתו
ניסתח ותביעוא מלח ונכמים די סלעה לכול די חבעו נתום די סנורו נרת
העל כתיר מן נאדך ומן נית קרנפל ולמלף די יוסלוקום פי אד למרכב
מן ניר נוסתו דיאלי

من بعد ما كتبت لك بتطؤل زدتك هذه الخطين باش
نربد نعلك دي رابنا رسلنا في هذا المركب بابته الجلبن
دي نختم سفورو انتم تعرفوا قيتها وتبيعوما سلبع ولختمد دي
سلعه السكل دي تبيعوا انتم هي سفورو انت تعمل كثير
من جهدك وبن جهت قرنفل والملف دي بوصلوكم في هذا
المركب من غبر غوشو دبإلي

« Après vous avoir écrit fort au long, je vous ajoute ces
» deux lignes, pour vous donner avis que voici que nous
» vous envoyons dans ce bâtiment de la flanelle Angloise;
» nous pensons que certainement vous en savez le prix, et
» que vous la vendrez bien. Nous croyons que relativement
» à toutes les marchandises que vous vendez, tu fais certai-
» nement beaucoup d'efforts [pour les bien vendre]. Quant
» au girofle et au drap qui vous arriveront par ce bâtiment,
» ces articles ne sont pas de mon goût. »

Je n'ai pas besoin de faire remarquer les mots Italiens
sicuro et *gusto* qui se trouvent dans ce dernier passage ; ce
jargon est plein de mots de cette langue.

Au lieu de مَتَاع ces Juifs écrivent quelquefois نْتَاع
ou نْتَع comme dans les passages suivans :

אדי לברייה די רסאלת כאש לבאשארור נתע לתיריכאן ולנאאב דיאלה

هذه البراة دي رسلت باش الباشادور نتاع الامـــريـكان
والجواب ديالها

« C'est ici la lettre que j'ai envoyée pour l'ambassadeur des
» Américains, et la réponse à cette lettre. »

אך לכתין ראוום בריירה נתע אספדיסיון נתע למרכאב די ראווה
כדאם לענדך אסאם למרכאב גודי ופנון קפיטאן בוי דידריך ורנאנס
דאניז מוסוף סלעה מנאריה ושי חואיג כאש לסידיה לבאשה

هذه الخطبين راومر براة نتاع اسـبدبـسيون نتاع المركب دي
راوه قادم لعندك اسم المركب غودي اوفنـــون قابطان بودي
ديدريك اورباس دانير موسق سلعه مجاريه وشي حــواج
باش السبدي الباشا

« Ceci est la lettre d'expédition du navire qui vous
» arrive ; le nom du bâtiment est le *Gute Hoffnung* [Bonne
» Espérance], capitaine Booy Diedric Urbans, Danois; il est

» chargé de marchandises courantes , et de quelques effe[ts]
» pour le Pacha. »

On voit dans tous ces passages le mot دِي employé aus[si]
comme adjectif conjonctif, au lieu de الـذِي On pe[ut]
voir sur l'usage de دِيـال et de مَتَاع Höst, *Nachrich[t.]*
von Marokos, p. 221 ; Dombay, *Gramm. ling. Mauro-Ara[b.]*
pag. 27. Au lieu de دِي M. Dombay écrit لاَ *Ibid.* pag. 2[4]
et 25.

(50) Il y a dans l'original مِنَا جَنَابِنَا c'est une faut[e]
que j'ai cru devoir corriger, en imprimant مِنْ جَنَابِنَا

(51) J'avois cru d'abord que le mot الموشور qui se trou[ve]
dans cette lettre et dans la suivante , étoit le nom propre d[u]
bâtiment que le gouvernement François avoit promis d[e]
donner comme indemnité à l'Imam de Mascate; cela me p[a]
roissoit même indiqué par la construction des mots dans l[a]
lettre suivante, où on lit مركب الموشور الجديد sans a[r]
ticle au mot مركب : cependant aucun des bâtimens destinés à être donnés à l'Imam ne portant un nom qui puisse
être exprimé en arabe par le mot موشور j'ai consulté plusieurs personnes fort au fait de l'arabe vulgaire; et d'aprè[s]
ce qu'elles m'ont dit, je crois que موشور est un mot formé
irrégulièrement de شار pour مشور et signifie, *arrêté par dé[li]*-
bération, convenu, déterminé, ou bien *dont il a été question.*

(52) Le texte signifie à la lettre , *nous le poserons comm[e]*
un étendard parmi nos amis et nos ennemis. Cette idé[e]
est plus développée dans la lettre suivante du gouverneu[r]
de Mascate, le scheïkh Khalfan. Dans une autre lettre d[e]
l'Imam, adressée au même M. Rousseau, et datée du moi[s]
de schaban 1201, dont je n'ai sous les yeux que la traduction faite par M. Ruffin, on lit dans le même sens : « L[e]
» don de sa majesté impériale nous parviendra sain et sauf,

» et nous le ferons voir aux amis et aux ennemis : il sera
» notre trophée vis-à-vis de ces derniers. »

(53) Le mot صدیع est pris ici dans une signification
fort ordinaire parmi les Turcs, pour *tracas, embarras,*
tourment. En turc اتمك صدیع signifie *rompre la tête, im-*
portuner, étourdir. Voy. Méninski, *Thes. linguar. Orient.*
au mot صدیع et le Dictionnaire abrégé François-Arabe
de M. Ruphy, aux mots *Embarras, Embarrasser, &c.*

(54) Je ne puis m'empêcher de faire remarquer le mot
خبرا mis à l'accusatif, au lieu du génitif que la construction régulière exigeroit.

(55) *Voyez* la lettre suivante.

(56) Le mot بالیوز est, comme on le voit, synonyme
de *consul* قنصل c'est un mot formé du mot Italien ou Vénitien
bailo. Méninski écrit ce mot بایلوس et بالیوس

(57) La datte de cette légende donne lieu de croire que
l'Imam Saïd avoit commencé à régner en l'année 1198.
M. Niebuhr étoit à Mascate en 1765, c'est-à-dire, 1179
de l'hégire.

(58) Il est question du scheïkh Khalfan, gouverneur de
Mascate, dans une lettre écrite de Bassora, le 29 janvier
1790, qui se trouve rapportée dans le Voyage du major
Taylor. *Voy.* Voyage dans l'Inde à travers du grand désert...
exécuté par le major Taylor &c ; traduit par L. de Grandpré,
tom. I. pag. 324.

Ce même Khalfan ayant été attaché au parti du fils
aîné de l'Imam Saïd ben-Ahmed, a encouru une sorte
de disgrace du souverain actuel Seïd Sultan. Il vit retiré, aujourd'hui (1804), à la campagne à quelque distance de

Y 4

Mascate ; ses fils sont au service de Seïd Sultan, et l'un
d'eux jouit même de la faveur de ce prince.

(59) Je pense que le mot النجار *le pervers* désigne le
diable par antonomase.

(60) مننا est pour منّا

(61) حاظر est une faute d'orthographe très - commune
pour حاضر

(62) La concordance grammaticale exigeroit يصل au
masculin, le sujet grammatical étant شي qui est du genre
masculin ; mais le sujet logique est مراكب et c'est avec
lui que s'accorde le verbe تـــصـــل La même concordance a souvent lieu avec les mots كل et بعض comme
on l'observe dans un nombre infini de passages de l'Alcoran.

(63) Au lieu de الذي et البه il devroit y avoir التي et
البها l'adjectif conjonctif et le pronom affixe se rapportant à
اللوازم Il y a dans ces lettres plusieurs fautes de ce genre,
que je me dispenserai de remarquer.

(64) اننا est pour اتنا comme مننا pour منّا

(65) Le mot ناموس qui vient du grec νόμος, a une grande
latitude dans le langage moderne des Arabes. Méninski le
traduit, entre autres significations, par *dignitas, fama, decus.*

(66) وّبّاإ est une expression vulgaire, composée originairement de و signifiant مع *avec*, et gouvernant à raison
de cela l'accusatif, et de اب mot qui sert à isoler les pro-
noms personnels affixes, et à les séparer de leur antécé-
dent, sans avoir par lui-même aucun sens.

(67) *Voyez* sur *Abouschehr*, ville dont les Anglois

écrivent le nom *Busheer*, M. Niebuhr, Descript. de l'Arabie, *p. 272*, et Voyage en Arabie, *tom. II, p. 75 et suiv* ;
le major Taylor, Voyage dans l'Inde, *tom. I, p. 326, &c*.

(68) *Daou* est le nom qu'on donne à de petits bâtimens
en usage sur le golfe Persique et dans la mer de l'Inde (*Voy.*
Essais philosophiques sur les mœurs de divers animaux étrangers, ou Extraits des voyages de M.*** en Asie, *p. 227* ;
de Grandpré, Voyage au Bengale, *tom. II. p. 132* ; le
major Taylor, Voyage dans l'Inde, *t. I, pag. 333*, et *t. II,
p. 30*). Dans ce dernier passage, M. de Grandpré, auteur de
la note où il est question des *daou*, dit, en parlant de la mer
Rouge : « Les bateaux du pays, qu'on nomme *daou*, sont
» de grands fonds de bateaux, propres à faire des cutters de
» seize canons, s'ils étoient pontés : ces embarcations
» portent plus de cent tonneaux, et naviguent avec une
» seule voile carrée ; ils sont trop lourds pour faire usage
» des avirons...... Ils sont d'ailleurs d'une hauteur sur
» l'eau, proportionnée à la grosse mer qu'il leur faut af-
» fronter. »

(69) Le *scheïkh Naser* dont il est ici question, et qu'il
ne faut pas confondre avec *Hadji Naser*, est le souverain
d'Abouschehr qui possédoit aussi en 1765 les îles de
Bahreïn sur la côte d'Arabie. M. Niebuhr écrit *Nasr*, et le
major Taylor, ou son traducteur M. de Grandpré, *Nassir*.
On peut voir des détails sur ce scheïkh dans la Descript.
de l'Arabie, *p. 273 et 285*. V. aussi M. Niebuhr, Voyage
en Arabie, *tom. II. pag. 75* ; le major Taylor, Voyage
dans l'Inde, *tom. I, pag. 326*.

(70) Le *toman*, suivant le Voyage du major Taylor,
tom. II, pag. 301, vaut quatre-vingts *larin* ou trois livres
sept sous six deniers sterling, c'est-à-dire, quatre-vingt
quatre livres tournois ou environ, ou quinze piastres
d'Espagne, cette piastre évaluée à quatre sous six deniers

sterling. Les soixante-treize toman font donc six-mille
cent trente-deux livres tournois. Comme on a dit plus haut
que le médecin François possédoit, après son passage payé,
2,000 roupies, ce qui à cinquante sous la roupie ne donne
que 5,000 livres tournois, il faut que le toman ait ici une
valeur fort inférieure à celle qui est indiquée dans le Voyage
du major Taylor.

(71) ضروف est sans doute une faute d'orthographe et il
faut lire ظروف

(72) La préposition على indique une dette comme la préposition ل une créance. Ainsi لكم ألف درهم على ابينا
signifie : *Vous avez une créance de mille pièces d'argent sur notre
père*, ou *notre père vous doit mille pièces d'argent*. Le sens
est le même ici : on dit dans le langage vulgaire عليه طلب
pour *il a des dettes* (*V.* sur le sens des prépositions على
et ل Antonius ab Aquila, *Arabi. ling. novœ et method. institu-
tiones*, pag. 356 ; Ruphy, Dictionnaire abrégé Françoi-
Arabe, aux mots *Créance, Créancier, Dette*). Höst indique
une autre formule employée, pour exprimer la même idée,
dans le dialecte de Maroc (Voy. *Nachricht. von Marokos*,
pag. 221 et 222).

(73) Au lieu de الحاظر écrivez الحاضر

(74) Voici ce qu'on lit, au sujet de cette réclamation,
dans la lettre déjà citée *note (52)* du mois de schaban 1201 :
« Il nous reste à vous parler du médecin François dé-
» cédé à Mascate. Nous avions chargé notre lieutenant,
» scheïkh Khalfan, de retirer tout ce qui appartenoit à la
» succession de cet étranger, et de vous en faire tenir le mon-
» tant. Le scheïkh avoit en effet complété sa recette, lorsque
» le capitaine Kergariou de Léomarie a paru dans nos pa-
» rages, et il a pris le parti de remettre le tout à cet officier,
» et d'en tirer une décharge qui vous a été envoyée. »

(75) **Le texte signifie à la lettre :** *nous la poserons sur notre tête et sur nos yeux.* Ce sont effectivement les cérémonies d'étiquette que l'on pratique, quand on reçoit une lettre d'une personne à qui l'on doit du respect. M. de Saint-Olon, parlant de la lettre du roi de France dont il étoit porteur pour l'empereur de Maroc, observe que ce prince prit la lettre, la retira de son enveloppe, la baisa et la mit sur sa tête, pour marque de l'honneur qu'il lui rendoit. *Voy.* État présent de l'empire de Maroc, par Pidou de Saint-Olon, *p. 172.*

(76) Au lieu de حبائكم peut-être faut-il lire حبانكم

(77) Il y a ici dans l'original التي au lieu de الـــــذي Comme ce ne peut être qu'une faute de celui qui a mis cette lettre par écrit, je l'ai corrigée dans le texte imprimé.

(78) Ceci est tiré de l'Alcoran, *sur. 55, vers. 24.*

(79) J'ai imprimé ارخا بال au lieu de ارخا ابال qu'on lit dans l'original.

(80) J'ai suppléé dans le texte imprimé وصـــل qui manque dans l'original.

(81) *Voy.* à ce sujet la lettre du 1.er de schaban 1201, ci-devant *pag. 282.*

(82) Dans la traduction officielle de cette lettre, que j'ai sous les yeux, on lit : *Sans doute que vous êtes mieux instruit que nous sur ce point.* Le traducteur, M. Ruffin, a lu sans doute لِيَكُن *mais.* J'ai suivi ce sens : je soupçonne ce-cependant qu'il faut prononcer لِيَكُن et traduire : *sachez cela et soyez-en instruit.*

Dans une lettre de l'Imam, du 6 de rébi second 1202, où on lit à-peu-près la même chose qu'ici, l'Imam s'exprime ainsi : « Il ne nous en est parvenu de nouvelles d'aucun côté et

» d'aucun lieu, ni des contrées de l'Inde, ni d'ailleurs. Pe
» être cela a-t-il une cause, et que quelque obstacle l'a
» arrêté. Dieu sait ce qui en est. Nous n'imaginons pas que
» lettres nous annoncent des choses sans aucun fondemen
» et nous n'avons qu'une bonne opinion à ce sujet. »

كان لنا عنه بيان في شي من الاماكن والبلدان لا من جهة

دان الهند ولا غير فلعل ذلك يكون له سبب وقد اعاقه

ابق الله اعلم بصحتة ذلك ولا نظن تصل مكاتبب علي غير

سل والظن جميل

(83) La traduction officielle porte : « Pour la lettre Per
» sane que j'avois envoyée, pour le vizir, à votre consul,
» par la voie d'Alep, elle a été interceptée par les Arabes,
» qui ont rencontré le porteur et l'ont dépouillé. » Cette
traduction n'est pas exacte : ارسلتور est une forme vulgaire
pour ارسلتوه *vous l'avez envoyée*, et non pour ارسلته *je l'ai*
envoyée. L'Imam avoit reçu, par la voie de Bagdad, une lettre
du *vizir de l'empereur de France*, c'est-à-dire, du ministre de
la marine, que M. Rousseau à qui elle étoit parvenue par
Constantinople, lui avoit expédiée. C'est ce qu'on voit par
la lettre du mois de schaban 1201 (*Voy.* ci-dev. *p. 280*).
En conséquence l'Imam avoit répondu au ministre et adressé
sa lettre à M. Rousseau, et celui-ci l'avoit expédiée avec
d'autres dépêches par la voie d'Alep; mais le porteur, désigné par le mot ادمبكم qui signifie *votre messager* et non
votre consul, avoit été pris et dépouillé par les Arabes du
désert. Pour réparer la perte de cette lettre, l'Imam en envoie
une autre pour le ministre du roi, à M. Rousseau.

(84) C'est là le sens de cette expression لا باس formule
qui ne se trouve pas dans les dictionnaires Arabes, mais
qui se rencontre fréquemment dans les livres, par exemple
dans Abd-allatif. لا باس باس بوقدر *non est malum*, non

vi ê male , لا بأس *non est malum , nihil est mali* , et كورمك *non malum censere, pro malo aut peccato non habere, non stimare esse male o peccato.* Voy. Méninski *Thes. ling. Orient.* aux mots لا بأس et بأس

(85) Ces quatre chiffres sont une espèce de talisman qu'on trouve souvent sur les enveloppes des lettres, et qui doit leur servir de sauve-garde. Je ne sais si ce talisman est en usage ailleurs qu'en Arabie et en Égypte. Voici l'origine de cette pratique superstitieuse, ainsi que me l'a racontée Michel Sabbag ميخائيل صبّاغ Syrien, auteur d'une pièce de vers Arabes imprimée en arabe et en françois dans le petit recueil intitulé : *Hommage au Grand-Juge ministre de la justice, visitant l'Imprimerie de la République, le 23 messidor an 11;* je rapporterai ses propres expressions.

كان رجل مسكنه بالحجاز وكان فيه التقوي ومشهور بالامانة

وكان يباشر المتجر فكان اذا ارسل بضايع او مكاتيب مـع

القوافل واتفق للقوافل عربان نهبها او في البحر فكانت

امواله ومكاتيبه تصل محفوظة بخلاف عن مكاتيب وبضايع

التجار فحين مات وكانت تجار الحجاز لها امانة زيادة بتقواه فاتخذوا

اسمه وصاروا يضعوه علي مكاتيبهم وبضايعهم يتحرزوا به من

المكاره فاسمه بدوح فيضعوها بالهندي هكذا ٢٦٩٨ يعـني

بدوح وبعض علما الاسلام يقولوا ان بدوح اسم الله تعـالي

« Il y avoit un homme établi dans le Hédjaz, qui étoit
» rempli de piété et connu par sa foi. Cet homme exerçoit la
» profession de négociant ; et toutes les fois qu'il envoyoit
» des marchandises ou des lettres par des caravanes, et
» que ces caravanes étoient rencontrées et pillées par des
» Bédouins, ou qu'il les expédioit par mer, elles arrivoient

» toujours heureusement, tandis que les marchandises et
» les lettres des autres négocians éprouvoient de fâcheux
» accidens. Cet homme étant mort, les négocians du Hedjaz
» conçurent beaucoup de confiance dans ses mérites; ils prirent
» donc son nom pour l'écrire sur leurs lettres et leurs mar-
» chandises, afin qu'il leur servît de sauve-garde contre tout
» événement funeste. Son nom étoit *Bédouh*, mais ils substi-
» tuoient aux lettres de ce nom des chiffres Indiens de la
» même valeur numérique que ces lettres, et ils écrivoient
» ainsi, *2468*, ce qui représente les quatre lettres *ba, dal,*
» *waw, ha*. Quelques doctes musulmans prétendent aussi
» que *Bédouh* est un des noms de Dieu. »

Je ne garantis pas la vérité de cette tradition.

(86) Je ne crois point avoir l'original de cette lettre,
quoique j'en aie entre les mains deux exemplaires manuscrits, qui ne diffèrent que par de légères variantes ; ce qui
me persuade que ni l'un ni l'autre de ces exemplaires n'est
l'original, c'est qu'ils ne portent ni le sceau de l'Imam, ni
l'adresse à M. Rousseau. Je pense donc que ce sont des
copies que M. Rousseau a fait faire à Bagdad, et qu'il a
adressées par duplicata à la cour de France. Alors il a pu
se glisser dans ces copies quelques fautes qui n'étoient pas
dans l'original. J'ai aussi entre les mains la traduction officielle de cette lettre, faite par M. Ruffin sur un texte qui,
comme il l'observe à la fin de sa traduction, n'avoit ni
sceau, ni signature, ni paraphe. Si je ne me suis pas servi
de cette traduction, c'est que l'usage auquel ce recueil est
destiné m'a paru exiger une version presque littérale.

(87) J'ai suivi, ici et dans la pièce n.° 10, l'orthographe de
l'original dans lequel l'article ال est séparé du mot بوسعيدي
ce qui est peut-être une faute : peut-être aussi cela signifie-
t-il *de la famille des Bousaïdi*, comme je l'ai exprimé.

(88) Il y a ici dans les deux exemplaires manuscrits الي

جناب عالي الجناب، واشرف عملة الوزراء العظام وصفوع الامرا، الـــــكرام Je me suis permis de faire ici deux changemens.

J'ai changé واشرف en والشرف et صفوع en صفوة Le paral-lélisme me paroît démontrer qu'au lieu de صفوع il faut un mot qui ait avec le mot عملة la même ressemblance que les mots الــوزراء الـــعظام الامراء الـكرام ont avec ceux-ci. D'ailleurs le mot صفوع ne se trouve point dans les diction-naires, et n'est connu d'aucune des personnes de Syrie, d'Égypte et de Barbarie que j'ai consultées sur sa signification. Le mot صوفعة *superior pars vel apex tiaræ* le seul par lequel on pourroit expliquer celui-ci, est lui-même d'une existence peu certaine, l'auteur du Kamous doutant si l'on ne doit pas le regarder comme dû seulement à une faute de copiste, pour صوفنة D'ailleurs il ne seroit pas bien en parallèle avec عملة Enfin M. Ruffin a lu صفوة ou a cru devoir corriger ainsi le texte : car, en intervertissant un peu l'ordre des mots, il a traduit, *l'élite des vizirs les plus glorieux, et la colonne des seigneurs les plus illustres*. Le parallélisme me détermine aussi à penser que l'on avoit écrit والشرف et que ce mot ne fait point partie des deux membres parallèles. S'il gouver-noit le mot عملة celui-ci devroit être au pluriel.

(89) Il y a ici une faute de grammaire ; on devoit écrire وصاعدا à l'accusatif.

(90) غابت est une faute d'orthographe pour غابة

(91) On devoit écrire كتاب au nominatif et non كتابًا

(92) يوم est une faute, il falloit écrire يومًا et un peu plus bas مكانًا au lieu de مكان

(93) يعرف في اللغة est une mauvaise expression; il falloit dire باللغة ou يعرف اللغة Dans un des deux exemplaires on lit يعرف لسان العربي ce qui est aussi inexact.

(94) اعلام me semble une faute pour اعلم Peut-être faut-
il faire plus haut la même correction.

(95) بعده signifiant *encore* est du langage vulgaire.
أرسل لم وصل est une faute de syntaxe; on devoit dire
ou ما وصل

(96) La syntaxe exigeoit qu'on écrivît دورا et non دور
car ce mot est ici sujet et non attribut de كان ou pour me
servir des termes techniques de la grammaire Arabe, il est
خَبَرُ كان et non pas اسمَ كان

(97) Au lieu de ولم تبقى له شبّا il falloit, suivant la
syntaxe, écrire ولم بين له شيء ou ولم بق له شيء وما بقى له شيء

(98) On pourroit traduire aussi : *de ce qu'il a augmenté
notre gloire, et nous a fait obtenir l'objet de nos vœux au
moyen des grands soins &c.* Dans la traduction officielle
que j'ai sous les yeux, on s'est contenté de rendre le sens en
gros, de cette manière : « Considérant ensuite les effets de
» vos paroles et de vos efforts, en notre faveur, auprès de
» notre ami l'empereur de France, nous avons rendu une
» entière justice à votre droiture et à la générosité de vos
» sentimens. »

(99) Les mots من شاء الله ممن حضرنا indiquent
seulement un grand nombre de personnes. L'expression
من شاء الله est prise ici dans le même sens que ما شاء الله qui
veut dire *beaucoup, une grande quantité.* On en trouve plusieurs exemples dans le petit ouvrage d'Abd-allatif, sur
l'Égypte.

(100)

(100) Je ne sais pourquoi, dans la traduction officielle, on a ainsi rendu cette phrase : « Nous vous ferons savoir » tout ce qui pourra vous intéresser. » Le sens est certainement celui que j'ai exprimé, et qui se trouve rendu en termes équivalens dans les lettres précédentes.

(101) A ce triple *amen* on joint souvent un autre mot répété aussi trois fois, que l'on peut regarder comme une sorte de talisman. Ce mot est قطمير et j'en parle ici, parcequ'il a donné lieu à bien des erreurs. L'auteur du Kamous dit : « *Kitmir* est le nom du chien des sept Dormans ; suivant » Ebn-Kéthir, c'est *Kotmour.* » كلب اصحاب قطمير الكهف ابن كثير هو قطمور Giggéius, qui apparemment n'a pas compris le sens de ces mots, s'est contenté de dire قطمر *canis quidam*, et dans Castell le nom Arabe est encore plus altéré, et on lit قطم *canis nomen.* Beïdhawi, sur la surate 18 de l'Alcoran, v. 23, après avoir rapporté les noms des sept Dormans, ajoute : واسم كلبهم قطمير واسم مدينتهم افسوس « Leur chien se nommoit *Kitmir*, et le nom de leur » ville est Éphèse. »

Kitmir ou *Katmir* est donc le vrai nom qu'il faut rétablir dans ce passage de Chardin :

« Les Persans ont trois pratiques superstitieuses sur leurs » lettres missives... La seconde est que sur les lettres qu'ils » mettent dans une enveloppe de papier, ils écrivent près du » cachet trois fois le mot de *Cratin*, qui est un mot sans signi- » fication. Il n'y a rien de plus ridicule et de plus fabuleux » que la raison que quelques-uns en donnent. Ils disent » que *Cratin* est le nom du chien des sept Dormans, » desquels ils ont la fabuleuse légende, comme les Chré- » tiens Orientaux, et les autres qui l'ont prise d'eux ; et » que ce chien préside aux lettres missives. Ils content » que ce chien étoit dans la caverne des sept Dormans, où

* Z

» il faisoit le guet pendant les trois siècles qu'ils passèrent
» à dormir, et que quand Dieu les enleva en paradis,
» le chien s'attacha à la robe d'un de ces Dormans, et fut
» ainsi enlevé au ciel; que Dieu le voyant là, lui dit:
» *Kratim*, par quel moyen te trouves-tu en paradis! Je ne
» t'y ai point amené; aussi ne veux-je pas t'en chasser:
» mais afin que tu ne sois pas ici sans patronage, non plus
» que tes maîtres, tu présideras sur les lettres missives, et
» auras soin qu'on ne vole pas la valise des messagers, pen-
» dant qu'ils dorment. » (Voyages de Chardin, *Amsterdam,
1711, in-8.° t. II, pag. 301.*) L'auteur de l'ouvrage intitulé, *Cours d'Arabe moderne ou Développemens des principes de la langue Arabe moderne* (Paris, 1803), en em-
pruntant ce passage de Chardin, n'auroit pas dû substituer
Katim à *Cratin* ou *Kratim*, et donner plus d'autorité à cette
faute en écrivant ce nom en caractères Arabes خاتم *(pag.
250).* Quelques lignes plus bas, il est encore tombé dans
une faute pareille. Chardin observe que quand les Persans
ne peuvent rendre raison de quelques-uns de leurs usages,
ils se contentent, pour les justifier, de dire, *caada est* [c'en
la coutume]. Il est facile de voir qu'il faut lire *aada est*
نفسي است، عادة است ; mais l'auteur substitue à cela
ce qui ne peut pas signifier, *c'est la coutume*.

(102) Cette proclamation ne se trouvant point dans le
recueil des *Pièces diverses*, j'en ai fait la traduction qu'on lit
ici. Le texte est copié d'après un placard imprimé au Caire,
auquel j'ai ajouté seulement le titre Arabe, ce placard ne
portant que le titre François, *Proclamation du Diwan particulier du Caire*.

(103) Le mot جعيدي signifie, *homme de la populace,
canaille*, ainsi que je l'ai appris de plusieurs personnes
qui ont été en Égypte. Je le crois particulier à ce pays,
et j'ignore s'il est originairement Arabe.

(104) Vansleb (Nouv. Relat. d'Egypte, *p. 338*) dit que le *Karaméidan* est ainsi nommé de *kara*, c'est-à-dire, *la «place de la courge,* parce que les gens du pacha s'y exercent » à tirer de l'arc, en courant à cheval, visant à une courge » qui est fichée à la cime d'un arbre fort haut. »

L'orthographe du mot *Karameidan* قراميدان réfute cette étymologie : car le mot *kara*, courge, s'écrit ainsi قرع Sans doute *Karameidan* est composé du mot Turc قرا *noir* et de l'arabe ميدان *cours, hippodrome.*

(105) *Voy.* ci-devant *note* (21), *p. 322.*

(106) Il y a dans l'imprimé الخِار mais je ne doute point que ce ne soit une faute, et qu'il ne faille lire التِجار et j'ai traduit en conséquence.

(107) Ces mots sont une expression empruntée de l'Alcoran, *sur.* 22, *v. 28.*

(108) La traduction de cette proclamation est tirée du recueil des *Pièces diverses,* p. 244 et suiv. Le texte Arabe est copié d'après un placard imprimé au Caire.

(109) Les *fellah* sont les Arabes domiciliés et cultiva-teurs; le mot عربان signifie les *Arabes nomades.*

(110) Il auroit mieux valu traduire : *de jeter des semences de troubles et d'hostilités entre le peuple et les armées Fran-çoises.*

(111) On sait que les Turcs nomment Constantinople اسلامبول par altération du mot اسطانبول qui est lui-même formé des mots Grecs εἰς τὴν ou τὰν πόλιν. Mais je ne puis m'empêcher de remarquer que cette dernière déno-mination se trouve déjà dans Masoudi, auteur du quatrième siècle de l'hégire. Voici ce qu'on lit à ce sujet dans un ouvrage intitulé كتاب التنبيه والاشراف composé par ce

Z 2

célèbre écrivain en l'année 345 de l'hégire : « En la troisième
» année de son règne, Constantin commença à bâtir la ville
» de Constantinople sur le canal qui sort du Pont-Euxin, mer
» connue aujourd'hui sous le nom de *mer de Khozar*, et qui
» conduit à la mer de Roum, de Syrie et d'Égypte : il choisit
» pour cela le lieu nommé *Taïla*, qui faisoit partie du terri-
» toire de Byzance ; il fit bien fortifier cette ville, la cons-
» truisit très-solidement, et la choisit pour la capitale de son
» empire : on lui donna le nom de son fondateur, et depuis
» ce temps jusqu'aujourd'hui elle a toujours été le lieu de la
» résidence de ses successeurs. Cependant, jusqu'au moment
» où j'écris, les Grecs nomment cette ville *polin* [πόλιν], et
» quand ils veulent faire entendre qu'elle est la capitale de
» l'empire, à cause de sa grandeur, ils disent *stanpolin* [εἰς
» τὰν πόλιν] : ils ne l'appellent jamais *Constantinople [Kostan-*
» *tiniyya]*, les Arabes au contraire lui donnent ce nom.»

ثلاث سنين خلت من ملكه بدا مدينة قسطنطينية علي الخليج الاخذ من بحر مايطس ويعرف في هذا الوقت ببحر الخزر الي بحر الروم والشام ومصر وذلك في الموضع المعروف بطايلا من منع بوربطا (بوزنطيا) وبالغ في تحصينها واحكام بنــابها وجعلها دار مملكة اضيفت الي اسمه ونزلت (بها) ملــوك الروم بعث الي هذا الوقت غير ان الروم يسمونها الي وقتنا هذا المورخ به كتابنا بولن واذا ارادوا العبار عنها انها انها دار المــلك لعظمها قالوا ستن بُولن ولا يدعونها القسطنطينية وانما العرب تعبر عنها بقسطنطينية (Ms. Ar. de S.-Germain-des-Prés,
n.° 337, f. 81 verso et 82 recto.)

(112) *Sainte-Sophie*, en grec Ἁγία Σοφία.

(113) Si le mot الازبة qu'on lit dans le placard imprimé

u Caire est exact, il faut le regarder comme le pluriel de زي alors il seroit presque synonyme de الواع mais je pense qu'il faut lire الأدنية ce que le mot *nuire* rend exactement.

(114) Je crois que ceci est un passage de l'Alcoran. Je ne sais pas précisément de quelle surate ce passage est tiré ; mais j'en trouve un fort analogue, *sur. 26, v. 151.*

(115) Le mot *multézim* employé ici dans le texte, signifie proprement *un fermier*, et *iltizam*, que l'on a vu ci-devant p. 472, *une ferme.* En Égypte, la dénomination de *multézim* équivaut presque à celle de propriétaire ; mais c'est par une suite d'abus et d'usurpations consacrés par une sorte de prescription. J'ai traité cette matière dans un mémoire, lu à la classe d'histoire et de littérature ancienne de l'Institut national, *sur la nature et les révolutions du droit de propriété territoriale en Égypte, depuis la conquête de ce pays par les Musulmans jusqu'à l'expédition des François.*

(116) Plus littéralement, *de se contenter de percevoir les contributions.*

(117) Le texte de cette pièce, dont je n'ai vu aucune traduction, est imprimé d'après un placard fait au Caire. J'ai laissé subsister dans le texte quelques mots où je crois qu'il y a des fautes d'impression : je les indiquerai dans les notes.

(118) طابور est un mot que les Turcs ont emprunté des Polonois : il signifie proprement, *chariots de bagage, camp.* (Voy. Méninski, *Thes. ling. Orient.*)

(119) Dans cette pièce, le mot سور *muraille* est toujours écrit par un ص : je n'ai pas cru devoir rectifier cette faute d'orthographe.

(120) أموان est le pluriel de هاون *mortier*, mot Persan qui a passé dans la langue Arabe. قنبر *bombe, grenade*, est

Z 3

un mot Turc qui s'écrit dans cette langue قمبر ou ارمبان
(*Voyez* Méninski, *Thes. ling. Orient.*)

(121) مهرولين est vraisemblablement une faute d'impression, pour مهرولين participe de هرول On lit dans le Kamous

الهرولة بين العدو والمشي او بعد العنق او الاسراع في المشي

Le verbe هرول dans le sens de اسرع est employé par
Ebn-Arabschah dans la Vie de Tamerlan de l'édition de
M. Manger, *tom. I, pag. 74.*

(122) Il y a dans le texte imprimé au Caire que j'ai suivi
حروتكم ce qui ne signifie rien, on pourroit lire حروتكم
mais cela ne me paroît pas convenir ici, et je lis حروبكم

(123) On lit dans le placard imprimé au Caire المغدر
et c'est par erreur qu'on a imprimé ici المغدر par un ٥ : je
crois néanmoins qu'il y a une faute dans le texte du placard.
On pourroit à la rigueur trouver un sens en lisant المغدر
peut-être même en lisant المعدر puisque عدر signifie, suivant Castell, *audentia, robur ;* mais comme je ne pense
pas qu'on doive trouver ici des mots d'un usage rare, je lis
المعدر *au moment où l'on cherche à faire valoir des excuses.*

(124) Je pense que الاحراف signifie *la perfidie dont*
avoient usé les assiégés en retenant le parlementaire porteur
de la lettre du général Berthier.

(125) Ce préambule, et la conclusion qui suit la lettre
du Schérif, prouvent que c'est au nom du diwan du Caire
qu'a été publié le placard dont je me suis servi pour faire
imprimer cette pièce. J'ignore s'il en a paru une traduction
Françoise ; c'est moi qui ai fait celle que je donne ici.

(126) Le *candja* est une sorte de barque employée en
Égypte, dont parlent M. Niebuhr, Voyage en Arabie, *t. I,*
pag. 49 ; Savary, Lettres sur l'Égypte, *tom. I, pag. 274 ;*

Sonnini, *Voyages dans la Haute et Basse Égypte*, tom. *I*,
pag. 239 et pl. VIII. Voy. aussi les planches du *Voyage de
Norden*, &c.

(127) Il y a dans le placard imprimé au Caire وقـف
والبـاس والاسباب je n'ai pas osé changer dans le texte, le
dernier mot, je suis convaincu cependant qu'il faut lire
والنـاس et j'ai suivi cette correction dans ma traduction.

(128) Cet agent est sans doute le Banian Courdji Varamdji, de qui j'ai vu des lettres adressées au Premier
Consul et au gouverneur de l'Ile de France, ainsi signées :

كـوردجي وراجي ولد جنداداار البانيان صبـري الفرنصيـس

(129) *Voy.* sur le mot *daou* la *note* (68), ci-devant
page 345.

(130) Le Schérif Galeb, de qui sont cette lettre et
les deux suivantes, est mort, et a eu son frère pour successeur, comme je l'ai appris par une lettre adressée au
Premier Consul par un des scheïkh du Caire, et rapportée
d'Égypte par le colonel Sébastiani. Cette lettre, datée du
20 de djoumadi second 1217, dont j'ai eu communication,
portoit, entre autres choses, les nouvelles suivantes : وشريـف

حـروبا مـنصوبة وباشا جلة الحجاز توفي مكة مات وتولى اخوه وذكروا ان بينه وبين ابـن اخيه
« Le Schérif de la
» Mecque est mort et son frère lui a succédé ; on dit que le
» nouveau Schérif est en guerre avec son neveu fils de son
» frère. Le pacha de Djidda dans le Hedjaz est mort aussi. »

(131) Le texte de cette lettre a été imprimé en placard
au Caire, et c'est ce placard que j'ai copié ; on en trouve la
traduction dans les *Pièces diverses*, p. 273. J'ai suivi cette
traduction, quoiqu'elle ne soit pas très-littérale ; j'y ai fait
cependant quelques changemens, pour la rendre moins
éloignée du texte.

Z 4

(132) Cette année est celle où le sceau a été gravé, et sans doute aussi celle de l'avénement du Schérif Galeb à la souveraineté de la Mecque.

(133) Je ne sais pourquoi dans la traduction officielle on a mis ici, *le protecteur des eulémas et l'ami de la sacrée Caaba* : il n'y a pas un mot de cela dans le texte.

(134) بطلبا est sûrement une faute. Je pense que l'original portoit بطلب ou peut-être تطلبو

(135) On a ajouté ici dans la traduction officielle, *de la part des Mamloucks :* ces mots ne sont pas dans le texte.

(136) Je soupçonne que بننا est une mauvaise orthographe; néanmoins, j'ai suivi le texte imprimé au Caire.

(137) J'ai fait imprimer le texte de cette lettre d'après l'original que j'ai entre les mains. Il s'en trouve une traduction dans les *Pièces diverses*, pag. 284 ; mais elle est si infidèle, que je n'ai pas voulu m'en servir. J'ai donc traduit cette lettre de nouveau, et c'est cette traduction que je donne ici.

(138) J'ai paraphrasé cet endroit, pour rendre d'une manière soutenable le mot جماهير pluriel de جمهور *république*, et que le Schérif semble prendre pour un nom de dignité, comme il a dit précédemment الدولة الفرنساوية pour *les chefs du gouvernement François*.

(139) Le mot فرق signifie quelquefois une mesure de capacité équivalente à trois *saa ;* mais ici il indique une petite balle ou sac de l'espèce de ceux dont parle la Rocque dans le Voyage de l'Arabie-Heureuse, *pag. 105,* en disant: « Il y a en cette ville (à Béït-alfakih) un fort grand bazar » ou marché à café, qui occupe deux grandes cours avec » des galeries couvertes. C'est là que les Arabes de la cam- » pagne viennent apporter leur café dans de grands sacs de

» natte : ils en mettent deux sur chaque chameau. » Chacune
de ces balles pèse un peu moins de quatre quintaux. (*Voy.*
Forskal , *Flor. Ægypt. Arab.* , p. lxxxviij; M. de Volney,
Voyage en Syrie et en Égypte, troisième édition , *tom. I,*
pag. 187.) Je soupçonne que le *bahar* جار de café (Descr.
de l'Ar. *pag 192 et 193*) est la même chose que le *fark.*
Au lieu de *fark*, les Européens prononcent *farde.* Le mot
bahar signifie aussi *les épiceries* et *les droits de douane.*
M. de Volney nomme le droit que l'on perçoit à Suès
sur le café, *droit de bahar ou de mer :* je crois qu'il a
confondu le mot جار *douane,* avec جر *mer.*

(140) مضم dans le langage vulgaire signifie *faire taire*
quelqu'un, le réduire au silence, lui fermer la bouche; et sans
doute c'est le sens que ce verbe a ici.

(141) L'interprète qui a fait la traduction officielle de
cette lettre , a supposé dans les négocians de Djidda un
empressement à expédier leurs marchandises en Égypte fort
opposé à ce que dit le Schérif de leur répugnance à se
prêter à ces expéditions, et des efforts par lui faits pour
les y déterminer.

(142) Il est assez curieux de voir comment le reste de
cette lettre, depuis ces mots *notre candja et nos envoyés,* a
été rendu par l'interprète officiel.

« Nous vous prions de prendre ces marchandises sous
» votre protection spéciale, de vouloir bien les faire escorter
» par vos troupes de Suès au Caire, et de donner des ordres
» pour qu'on veille au prix des transports par les Arabes,
» afin que la sécurité et les avantages qui en résulteront con-
» tribuent à multiplier nos relations commerciales. Vous
» pouvez compter sur une entière réciprocité de notre part
» pour toutes les demandes que vous pourrez nous faire.
» Que Dieu favorise toujours vos bonnes dispositions à notre
» égard, et qu'il veille à la conservation de vos jours ! »

Avec de pareilles traductions, il est facile d'être induit en erreur et de faire de fausses démarches.

(143) لان est pour فالان *maintenant* ; on trouve encore la même faute un peu plus loin.

(144) كانه est une faute pour كانت

(145) Sous le nom de *la bourse* مال الصر *mal alsourra*, on entend le présent d'usage fait par le Grand-Seigneur aux villes de la Mecque et de Médine, et à divers individus, tels que les scheïkh des différentes mosquées de ces villes et autres. (*Voy.* Mémoires sur l'Égypte, *tom. III, pag.* 213 *et* 214.)

(146) *Sars* est le nom d'un village que je vois indiqué dans plusieurs cadastres de l'Égypte, et qui se trouve dans le Dictionnaire Copte, donné par Kircher, sous le nom de مرسي (*Voy. Ling. Ægypt. restit.* p. 207). C'est de ce village que prend son surnom *Mousa Sarsi* مرسي السرسي l'un des membres du diwan du Caire qui ont souscrit la lettre adressée au Premier Consul le 24 djoumadi 1215. *Schatran* doit donc aussi être le nom d'un autre village. Il s'agit ici d'un wakf qui comprend la huitième partie du revenu ou du territoire de ces deux villages.

(147) متقاعد signifie ordinairement *une morte-paie, un militaire invalide qui jouit d'un traitement de retraite.* Cette signification m'avoit déterminé à traduire ici, par conjecture, دفتر متقاعد par *registre de l'arriéré.* Michel Sabbag, dont j'ai parlé ci-devant, note (85), *p. 349,* a confirmé ma conjecture en me donnant l'explication suivante.

اعلم ان دفتر متقاعد هو الدفتر الذي يتضمن به كامل
اجماء الناس الذين يتقاعدون عن دفع ما عليهم الى الميري
لان الحكام في الشرق يغرمون الاطهان ويطلبون من الفلاح

خراجا زيادة عن امكانـــــه فيلتزم الفلاح ان يتربي الحكم
ليدفع جانب ويعطي ميعاد بالباقي لزمان ويمكن ان في مسافـة
المدة يموت الرجل او يطفش او يطلب ميعادا اخرا فيلتزم
الرزنجي المالـك حسابات الميري في كل سنـة يعمل دفتـر يضع
فيـه اسماء كل من كان علي هذه الصورة ويقال له دفتر متقاعد

« Il faut savoir que ce qu'on entend par registre *mota-*
» *kaëd,* est un registre où sont inscrits les noms de tous
» ceux qui sont en retard d'acquitter ce qu'ils doivent pour
» le *miri :* car dans le Levant ce sont les commandans qui
» estiment le produit des fonds de terres, et ils demandent
» au cultivateur plus qu'il ne peut payer. Le cultivateur est
» donc contraint de solliciter une décision qui l'autorise à
» payer une partie et lui accorde un délai pour acquitter le
» surplus à un terme fixé. Dans l'intervalle il peut arriver
» que l'homme meure, ou déserte le pays, ou demande un
» nouveau délai. Cela oblige le Rouznamedji ou trésorier
» des recettes qui tient les comptes du *miri,* à faire chaque
» année un registre où sont portés les noms de tous les
» débiteurs qui se trouvent dans ce cas, et c'est ce registre
» qu'on nomme *registre motakaëd.* »

Le même Michel Sabbag m'a donné sur les mots طفش
طفش اي هرب اي الي : l'explication suivante حـكـم et يتربي
غير بلاد لا يعلم اين يتوجه لخوفه من الحكم يتربي اي يتضرع
ويتوسل الحـكـم هو المتولي الامر يسمي الحاكم ومرتبتـه الحكم

(148) J'avois cru d'abord que *Daschischat-alcobra* pouvoit être un nom de lieu ; mais comme je ne trouve sur les
cadastres aucun lieu de ce nom, et que دشيشة signifie *une
sorte de potage préparé avec de la farine ,* je pense qu'il
s'agit ici d'une somme destinée à une distribution de soupe

à faire aux pauvres ou aux religieux de la Mecque et de Médine. Sans doute il y a plusieurs fondations de ce genre, et celle dont il s'agit ici est nommée *alcobra*, c'est-à-dire, *la grande*, parce qu'elle est la plus considérable.

(149) حوالة signifie *droit, commission*. Quant aux mots عن اربطها on m'a assuré qu'ils ont le sens que je leur ai donné : أربطة doit être le pluriel de رباط

(150) Il est fait mention de cette gratification d'un million de *médin* accordée par le Grand-Seigneur au Schérif de la Mecque sur les revenus de l'Égypte, dans les Mémoires sur l'Égypte, *tom. III, pag. 214.*

(151) Le mot خاصكية doit désigner une fondation faite par une sultane *Khasséghi*. On nomme ainsi la sultane qui a la première donné un prince au Grand-Seigneur.

(152) Le mot *diwan* est synonyme du mot *médin :* car la gratification que le Grand-Seigneur fait annuellement au Schérif de la Mecque, et qui est portée dans cet état pour 1,000,000 de *diwan*, est portée pour 1,000,000 de *médin* dans les Mémoires sur l'Égypte, *tom. III. p. 214.*

Les *rial* dont il est ici question sont vraisemblablement des *pataques* non réelles, mais fictives. *La pataque fictive est de 90 médin ; elle est à notre écu de trois livres comme 90 à 84.* (Mém. sur l'Ég. *t. III, p. 340.*) Les 508,500 *diwan* ou *médin* dont il est ici question, divisés par 90, donnent 5,650. L'écu de trois livres de France approchant beaucoup de la valeur de cette pataque de compte, puisqu'il vaut 84 *médin* (Annuaire de l'an IX, publié au Caire, *pag. 59*), peut-être faut-il entendre par *rial de France*, l'écu de trois livres.

Tout ce que j'ai dit dans les notes sur cette lettre du Schérif, relativement soit au mot فرق soit au mot عيار ainsi que par rapport à la pataque de 90 *médin*, est confirmé

par le *Tarif du droit des douanes de Suès*, imprimé au Caire
en l'an VII, en arabe et en françois.

Je rapporterai ici les principaux articles de ce Tarif.

من العسكر العام بونابارته امير الجيوش الفرنساوية بأمر

القسم الاول

بانه يوخذ علي كل فرق من الدين عشرون ريال عن كل ريال
تسعون نصف فضة عشورا وقبض العشور المذكور يكون
بمدينة مصر بيد خزندار الجمهور العام

القسم الثاني

انه ما عدا العشرين ريال الذكورة اعلاه توخذ ايضا ثمانية
وسبعون نصف فضة علي كل من الفروق وهذا القدر المذكور
فهو متعين تحت مصاريف خدمة البهار بالتوزيع الاتي بيانه

القسم الثالث

انه منذ الان قد تبطل المعافاة ولا مفاص لاحد من العشور
الا حضرة الشريف بمكة الحروسة والمذكور فقط له ان يوجه
لمدينة الجامع خمسمائة فرق بن معافا من العشور الاعتيادي

القسم الرابع

ثم ان عشور العطري بلزم قبضه بمصر ايضا بيد خزندار
الجمهور العام بموجب التعها بيد الواقع علي تعشير العطري
المذكور

القسم الخامس

ثم ان عشور الاقمشة والشال وباقي اصناف التمائش يوخذ
علي ذلك خمسة بالمية بحسبما هو يبغ التثمين به علي ما يعادل

يمتد ويقبض ايضًا بمصر كما تقدم بالقسم الاول وذلك ورهم معاملة
القسم السادس

فكل صنف من اصناف البهار ان كان البن ام العطري ام
التجر ام البياض وخلافه اذا وقع التهريب به من الديوان
السلطاني فوستبد يوخذ ويحسب مال الحاكم اعني الميري
والذي يسعي في تهريب ذلك عن الميري يعاقص اولا بالسجن
مدة شهر زمن ويوفي الجريمة المضاعفة بما يعادل العشور الذي
كان يوخذ علي تلك البضائع المهربه وذلك بقيمته اربعة مرار
القسم السابع

ومن يكتشف علي التهريب المذكور ويخبر به فيعطي له
الوعد علي حساب الخمسة المئة مجانًا ولكن علي شرط ان
يثبت ذلك وبعد يوخذ من الحاكم كما تقدم وتوزيع ذلك
يختص التدبير به بمدبر الحدود العام
القسم الثامن

ولمنع التهريب من الديوان لا بد من قيام فنجستين هناك
امر الحاكم بالنفر من قبله واربع بهارق من العسكر كل
بيرق اربعة انفار للسهر علي ذلك والحاكم الذي يكون
هناك بالسويس وامير البحر يقدمون لهم كلما يقتضي من
العون والاسعاف لابطال هذا التهريب من اصله
القسم التاسع

وكل ريس مركب من المراكب الواصلة للسويس المشحونة
من البن والعطري والفماش عليه خمسة ريال يلتزم بودائها

في صندوق الديوان بالسويس وذلك عن كل ريال تسعين نصف فضة

القسم العاشر

وكل ريس مركب قاصد التوجــه الى جدة ان كان شاحنا ام متوجها ليثمن عليــه ايضا للديوان بالسويس المركب الاكبر ثمانمــة ريال في تسعين والاوسط اربع ريال والاصغر رياين

القسم الحادي عشر

وكل مركب من المراكب، الغريبة الواردة من بحر براعابه خلوان المربي خمسون ريال في ١٠ تسعين ما خلا مراكــب الفرنساوية المعبنيــة من ذلك

Bonaparte, Général en chef,

Ordonne :

ART. I.er Il sera perçu vingt pataques, de 90 médins
l'une, pour chaque farque de café qui arrivera à Suès : le
paiement de ce droit sera fait en totalité au Caire, dans la
caisse du payeur général.

II. Il sera payé, en outre des vingt pataques ci-dessus
fixées, soixante et dix-huit médins par farque de café, qui
seront affectés aux frais de régie de la douane du café,
ainsi qu'il sera déterminé ci-après.

III. Tout privilége d'importation de café en exemption
de droit, demeure aboli : le Schérif de la Mecque pourra
seul en introduire en Égypte cinq cents farques franches
des droits ci-dessus établis.

IV. Le droit d'entrée sur les drogues qui arriveront à
Suès, sera également perçu et payé au Caire dans la caisse
du payeur général, conformément au tarif qui termine le
présent arrêté.

V. Le droit d'entrée sur toutes les mousselines, étoffes chals et toileries, sera de cinq pour cent de leur valeur; il sera payé en argent au Caire, comme il est dit en l'article précédent.

VI. Les cafés, drogues, étoffes, toileries et toute marchandise qu'on aura voulu introduire en contrebande, seront saisis et confisqués au profit de la République : le contrebandier sera en outre puni d'un mois de prison, et d'une amende quadruple du droit qu'auroient payé les marchandises saisies en contrebande.

VII. Le vingtième des marchandises saisies en contrebande sera délivré aux personnes qui auront dénoncé et prouvé la contrebande, et opéré la saisie desdites marchandises : la répartition de ce vingtième sera réglée par l'administrateur général des finances.

VIII. Il sera entretenu deux barques armées pour empêcher la contrebande et poursuivre les contrebandiers, et trois escouades de gardes, composées chacune de quatre hommes. Le général commandant à Suès, et le commandant de la marine donneront tous les secours nécessaires pour réprimer la contrebande.

IX. Le capitaine ou patron de chaque bâtiment qui arrivera à Suès, chargé de café, de drogues ou d'autres marchandises, paiera cinq pataques de 90 médins, dans la caisse de la douane à Suès.

X. Le capitaine ou patron de chaque bâtiment qui partira de Suès pour aller à Geddah, porter ou chercher des marchandises, paiera à la douane de Suès, savoir : les plus forts bâtimens, huit pataques de 90 médins; les moyens, quatre pataques; et les plus petits, deux pataques.

XI. Tout bâtiment étranger, venant d'Europe à Suès, paiera un droit d'ancrage, de cinquante pataques de 90 médins. Les bâtimens françois seront exempts de tous droits.

EXTRAITS

EXTRAITS

DU

LIVRE

DES MERVEILLES DE LA NATURE ET DES SINGULARITÉS DES CHOSES CRÉÉES,

Par MOHAMMED BEN-MOHAMMED KAZWINI,

Traduits par A.-L. CHÉZY.

EXTRAITS DU LIVRE

DES MERVEILLES DE LA NATURE ET DES SINGULARITÉS
DES CHOSES CRÉÉES ;

PAR MOHAMMED BEN-MOHAMMED KAZWINI (1).

TABLEAU *des Êtres secondaires*, c'est-à-dire, *Pag.* 516.
des Corps produits par le concours des
élémens.

Nous observerons que, parmi les êtres secondaires,
les uns sont susceptibles d'accroissement, les autres ne
le sont pas. Ceux-ci sont les minéraux (2). Les premiers
peuvent être doués de la faculté de sentir et de celle de se
mouvoir, ou en être privés : de ces deux subdivisions, les
animaux forment la première, les végétaux la dernière.

On dit que les premières transmutations des prin- *Pag.* 517.
cipes élémentaires sont les *exhalaisons* et les *infiltra-*
tions (3). On entend par *exhalaisons*, les molécules
aqueuses les plus ténues qui s'élèvent de la surface des
mers, des étangs et des fleuves, par l'action du soleil ;
et par *infiltrations*, les parties de l'eau des pluies qui
pénètrent dans le sein de la terre, où elles se combinent, se mêlent avec les molécules terreuses, s'é-
paississent, et, après avoir subi long-temps l'action
de la chaleur souterraine (4), deviennent la matière
propre à produire les minéraux, les végétaux et les
animaux ; car tous ces êtres se tiennent et sont unis les

A a 2

uns aux autres par un ordre merveilleux et un enchaîne
ment admirable, bien propre à faire comprendre combien l'auteur de ces merveilles est élevé au-dessus des
fausses idées que s'en font les impies et les incrédules.

Le premier degré de cette chaîne d'êtres est la terre;
et le dernier, l'ame pure des anges. En effet, les miné-
Pag. 518. raux tiennent, d'une part, à la terre ou à l'eau, et, de
l'autre, à la plante. Celle-ci, analogue d'une part au
minéral, avoisine de l'autre l'animal, lequel, tenant par
son degré le plus inférieur à la plante, s'élève jusqu'à la
nature de l'homme : enfin, l'ame qui anime l'homme
semble tenir d'un côté à l'instinct de l'animal, et de
l'autre atteindre à la pureté de l'ame des anges.

PREMIÈRE VUE.

Les Minéraux.

LES minéraux sont des corps produits par les exhalaisons et les vapeurs souterraines, mélangées dans des
proportions convenables, et différant en quantité et en
qualité. De ces corps, les uns sont d'une composition
très - compacte, les autres d'une composition lâche.
Les premiers (5) se divisent en malléables et en non
malléables. Les corps doués de la malléabilité sont
ceux que l'on nomme les *sept corps;* savoir, l'or,
Pag. 519. l'argent, le cuivre, le plomb, le fer, l'étain et le
khâr-sini (6); et ceux qui en sont privés sont, ou très-
doux, tels que le mercure, ou d'une excessive dureté,
tels que le *yacout* (7). Les corps de la seconde classe,
c'est-à-dire, ceux dont la composition est lâche (8);

ront, ou dissolubles dans les liquides, et constituent
les substances salines telles que le vitriol martial [sulfate
de fer] (9) et le sel ammoniac, ou indissolubles, et
constituent les substances huileuses, telles que l'orpi-
ment et le soufre (10).

Les sept métaux doivent leur origine au soufre et
au mercure, mélangés dans des proportions et avec
des circonstances différentes : le mercure est produit
par la combinaison de molécules aqueuses avec des
parties terreuses et subtiles, d'une nature sulfureuse ;
le soufre est une substance subtile qui résulte de la
combinaison de molécules aqueuses, aériennes et terreuses, long-temps recuites par une chaleur très-
intense, jusqu'à ce qu'elles acquièrent la consistance
onctueuse de l'huile.

Quant aux corps solides transparens, ils sont formés *Pag. 320.*
par l'eau douce qui, s'infiltrant dans les mines où ils se
produisent, entre les interstices de la gangue, et demeurant long-temps exposée à l'action de la chaleur
qui y règne, finit par se clarifier et prendre de la
consistance (11).

Les corps solides opaques doivent leur origine à
l'action intense et continue du soleil sur un mélange
d'eau et d'une terre douée d'une qualité visqueuse.

Les corps solubles sont des composés de particules
aqueuses intimement combinées avec des molécules terreuses, brûlées et sèches.

Pour les corps huileux ils résultent des sucs renfermés (12) dans le sein de la terre, qui, échauffés par la
chaleur ambiante des mines, se fondent, se subtilisent,

A a 3

se mêlent avec la gangue qui les avoisine, et long-temps
maniés et recuits par cette chaleur intestine, s'épais-
sissent de plus en plus, et acquièrent enfin la consistance de l'huile.

Pag. 521.

SECONDE VUE.

Les Végétaux.

LES végétaux tiennent le milieu entre les minéraux
et les animaux. Au-dessus des minéraux assujettis à une
cristallisation inerte absolue, ils ne sont pas aussi parfaits que les animaux, étant privés de la sensibilité et
de la loco-mobilité (13), attributs distinctifs de ces derniers. Ils ont cependant quelques propriétés communes
avec eux. La loi que s'est imposée l'auteur de la nature,
a été de douer chaque être des facultés nécessaires
au maintien de son existence, et à la conservation de
son espèce, et de lui refuser les autres, qui ne pourroient que lui être à charge et nuisibles. Or, de quelle
utilité seroient aux plantes la sensibilité et la loco-
mobilité, si essentielles au contraire aux animaux !

Mais, de quelle admiration ne devons-nous pas être
transportés envers le créateur, lorsque nous voyons la
manière dont s'opère la germination ! Une graine,
un noyau, tombent-ils dans un terrain humide où ils
puissent recevoir l'influence du soleil, bientôt ils se
fendent ; par la vertu d'une force particulière dont les
a doués l'auteur de la nature, ils attirent de la terre,
Pag. 522. des molécules terreuses imperceptibles, et de l'eau, des
particules aqueuses d'une ténuité extrême ; puis ce

différentes substances élémentaires s'agglomérant et se combinant dans les germes au moyen d'autres forces qu'ils ont reçues du créateur (14), nous voyons la graine produire une plante parfaite, garnie de racines, et dont bientôt la tige se pare de feuilles et de fleurs; et de l'amande du noyau s'élever un arbre immense, affermi par de profondes racines, dont les branches couvertes de feuilles se chargent à l'envi de fleurs et de fruits.

Les végétaux se divisent en deux classes, les arbres et les plantes.

1.re CLASSE. *Les Arbres.*

PARMI les végétaux, on donne le nom d'*arbre* à la plante douée d'un tronc élancé. On pourroit comparer les grands arbres aux grands animaux, et les plantes aux petits. Nous voyons les arbres les plus élevés ne point produire de fruits, tels que le *sadj* (15), le platane, le cyprès (16) parce que leurs vastes rameaux épuisent toute la sève; mais il n'en est pas ainsi des arbres fruitiers, où la sève est suffisante pour alimenter *Pag. 525.* l'arbre entier et ses fruits. Sous ce point de vue, on pourroit les assimiler aux mâles et aux femelles des animaux : car dans ceux-ci, les mâles sont d'une stature plus élevée, parce que dans les femelles une partie de la substance est destinée à nourrir l'embryon.

Une des merveilles de la nature est la destination des feuilles répandues sur l'arbre, non pas seulement comme une simple parure, mais encore comme un voile sous lequel les fruits trouvent un abri contre l'ardeur trop active du soleil et le souffle funeste des vents. Avec quel art la Providence les a suspendues sur les fruits, en observant un juste milieu entre le trop et le trop peu d'éloignement, afin que les fruits puissent jouir tour à tour de la douce influence du zéphir et de la chaleur tempérée du soleil! Si les feuilles formoient un ombrage trop épais sur les fruits, de manière à intercepter entièrement les rayons du soleil et le souffle adouci du vent, ils ne pourroient parvenir à leur maturité, et n'offriroient qu'une pulpe peu succulente renfermée dans une peau épaisse, et dans le cas où une partie des feuilles viendroit à tomber, immédiate-ment exposés à un soleil ardent, ils seroient brûlés par la force de ses rayons (17), comme la grenade nous en offre la preuve dans un de ses côtés.

Pag. 524.

Mais les fruits sont-ils parvenus à leur maturité; les feuilles alors se détachent et tombent, afin de ne pas consommer inutilement une sève qui affoibliroit la vigueur de l'arbre, comme un trop long allaitement épuise la mère qui nourrit. Au reste la plus grande de toutes les merveilles que nous offrent ces végétaux, est celle sur laquelle Dieu lui-même appelle notre admiration, par ces paroles: *L'eau dont nous arrosons la terre est une dans sa nature; et cependant elle produit des fruits d'une variété infinie.*

Notre intention est de décrire quelques espèces d'arbres, distribuées selon les lettres de l'alphabet.

Le Platane. C'est un des arbres les plus grands, les plus élevés et les plus vivaces. Après un long espace de temps, il devient friable dans l'intérieur, et son tronc se change en une matière propre à servir d'amadou (18). Les scarabées fuient ses feuilles, et quelques oiseaux en placent dans leurs nids, pour en *Pag. 525.* éloigner ces insectes, qu'elles font mourir. On fait cuire sa feuille, après l'avoir lavée, et on l'applique comme emplâtre, avec succès, pour prévenir les fluxions sur les yeux ; son écorce, bouillie dans le vinaigre, est utile pour la brûlure et les maux de dents. Son fruit, que l'on appelle *djouz alserr* (19), amalgamé avec de la graisse, est un bon spécifique contre la morsure des insectes.

Le Poivrier. Cet arbre croît dans une contrée de l'Inde nommée *Malabar :* il est élevé, et il est nécessaire que l'eau baigne sans cesse son pied. Lorsque le vent vient à souffler, ses fruits (20) tombent sur la surface de l'eau, où on les ramasse : chacun peut participer à cette récolte (21) ; car le produit de cet arbre est en commun, et personne n'a le droit de s'en attribuer la propriété. Il se couvre également de fruits hiver et été. Ce sont des grappes sur lesquelles des feuilles se replient pour les protéger contre l'ardeur du soleil lorsqu'il darde sur elles ses rayons ; mais elles s'écartent pour les laisser jouir *Pag. 526.* du souffle tempéré du vent, lorsque la grande chaleur est passée. Un témoin oculaire rapporte que cet arbre a beaucoup de ressemblance avec le grenadier. Sa fructification consiste en deux feuilles accolées, d'où sortent deux spadices chargés de grains de poivre. Chaque spadice a un doigt de long. Galien dit que les fruits du poivrier, lors de leur naissance, sont ce qu'on appelle le *poivre long*, et que les grains que ces fruits mettent à découvert quand leurs enveloppes viennent à s'ouvrir, sont le poivre proprement dit (22).

Le Giroflier. Cet arbre croît dans une des îles de la mer des Indes. Son fruit ressemble à celui du jasmin; seulement il est d'un noir plus foncé. On dit que les habitans de l'île où il se trouve, n'en permettent l'exportation qu'après lui avoir fait subir une cuisson, afin d'empêcher qu'il ne puisse se propager ailleurs.

Le Cocotier. C'est l'arbre qui porte la noix d'Inde.

Pag. 527. Les habitans du Hedjaz prétendent que le cocotier n'est autre chose que le *mokl* (23), qui, par l'effet du sol et du climat, produit le coco. Ses fruits sont couverts d'une espèce d'étoupe que l'on emploie à la fabrication des cordages pour les vaisseaux ; ces cordages ont même la propriété de rester fort long-temps à la mer, sans se corrompre. Le lait que renferment les fruits du cocotier, est extrêmement agréable à prendre lorsqu'il est récent.

Le Dattier. Cet arbre béni ne se trouve que dans les pays où l'on professe l'islamisme. Le prophète a dit, en parlant du dattier, *Honorez le palmier, qui est votre tante paternelle ;* et il lui a donné cette dénomination, parce qu'il a été formé du reste du limon dont Adam fut créé (24). Le dattier a une ressemblance frappante avec l'homme, par la beauté de sa taille droite et élancée, sa division en deux sexes distincts, mâle et femelle, et la propriété qui lui est particulière, d'être fécondé par une sorte d'accouplement. Si on lui abat la tête [le chou qui le termine], il meurt. Ses fleurs jouissent d'une odeur spermatique dans un degré éminent (25), et sont renfermées dans une gaîne [ou spathe] semblable à la membrane où est contenu le fœtus dans les

animaux. Si quelque accident arrive à la substance moel- *Pag. 528.*
leuse qui termine son sommet, le palmier périt comme
nous voyons mourir l'homme lorsque sa cervelle reçoit
quelque atteinte fâcheuse. Semblables aux membres de
l'homme, les rameaux que l'on en détache ne repoussent jamais; et l'assemblage de filamens dont cet
arbre est revêtu, peut encore offrir un rapport avec
les poils qui garnissent le corps humain.

« Lorsque parmi les palmiers, di l'auteur du Traité
» d'Agriculture, il s'en trouve un qui ne rapporte pas de
» fruits, le propriétaire, armé d'une hache, s'approche
» de lui avec une autre personne, à laquelle il dit : Je
» veux abattre cet arbre stérile. Gardez-vous-en,
» lui répond celui-ci ; car il se couvrira de fruits
» cette année. Non, reprend le premier, il ne me pro-
» duira rien, et il frappe l'arbre de deux ou trois coups.
» De grâce, lui dit l'autre, en lui saisissant la main,
» arrêtez : voyez, c'est un bel arbre; prenez encore
» patience cette année; et s'il ne répond pas à vos
» desirs, faites-en alors ce que vous voudrez. Le
» palmier, après cela, ajoute le même auteur, rapporte
» des fruits en abondance (26). Il y a d'autres arbres
» sur lesquels on a fait la même expérience avec *Pag. 529.*
» succès. Si, parmi les palmiers, dit-il encore, on
» rapproche les individus mâles des individus femelles,
» ces derniers portent des fruits en plus grande abon-
» dance, parce que le voisinage favorise leurs amours ;
» et si, au contraire, on éloigne l'arbre femelle des
» mâles, cette distance empêche qu'il ne rapporte
» aucun fruit. Quand on plante un palmier mâle au

» milieu des femelles, et que le vent venant à souffler,
» les femelles reçoivent l'odeur des fleurs du mâle, cette
» odeur suffit pour rendre féconds tous les palmiers fe-
» melles qui environnent le mâle (27). »

2.ᵉ CLASSE. *Les Plantes.*

ON donne le nom de *plante* à tout végétal privé
d'un tronc solide et élevé, tel que les céréales, les
légumineuses, les herbes odorantes, et celles qui
croissent naturellement et sans culture... Un des phénomènes les plus surprenans de la nature, c'est la force
renfermée dans le sein de la graine, et qui se développe lorsqu'on l'a déposée dans la terre. Par son moyen,
la graine attire de la terre l'humidité qui se trouve
dans son voisinage, comme nous voyons le lumignon
d'une lampe attirer insensiblement l'huile dans laquelle
il est plongé, et elle la convertit en sa nature propre, jusqu'à ce que la plante ait atteint la perfection déterminée
par la Divinité. Les plantes sont, parmi les végétaux,
ce que sont les petits animaux comparés aux plus
grands ; et comme les insectes dont le corps n'a point
de charpente osseuse, périssent par la violence du froid,
de même la plante qui n'a qu'une tige grêle ne peut
passer l'hiver (28).

Mais dans quel étonnement reste plongé l'homme
le plus intelligent, à la vue des merveilles que lui présente le spectacle de la végétation ! Combien l'esprit
le plus pénétrant est loin d'en pouvoir saisir toutes les
propriétés et tous les avantages ! Et comment le pourroit-il, au milieu de cette prodigieuse variété de tiges,

de formes, de couleurs; de cette innombrable quantité
de feuilles et de fleurs dont chacune est modelée sur *Pag. 531.*
un dessin différent; de ces couleurs dont il n'en est
aucune qui ne se subdivise encore en un nombre infini
de variétés, telles que le rouge, dont nous trouvons les
nuances dans la rose, le bois de Judée, le martagon,
l'anémone, l'*azérioun* (29), et beaucoup d'autres qui
cependant dérivent toutes du rouge primitif! Si nous
considérons la variété de leurs parfums, tous différens,
quoique tous suaves, et toutes les différentes graines
à chacune desquelles est affectée une forme particulière, et dont s'élève une plante absolument distincte de
toutes les autres par ses feuilles, sa racine, ses fleurs,
sa couleur, son goût, son parfum et ses propriétés,
de quel nouvel étonnement ne serons-nous pas frappés!
Mais Dieu seul peut connoître toutes les vertus dont
il a doué les plantes. Ce qu'en savent les hommes, comparé à ce qu'ils en ignorent, n'est qu'une goutte d'eau
comparée à la mer. Nous allons en décrire quelques
espèces, en les distribuant selon l'ordre de l'alphabet.

L'Aconit. Cette plante est originaire de l'Inde. Prise
au poids d'une demi-dragme, c'est un poison mortel.
Ses effets se déclarent par l'augmentation de volume de
l'œil, l'enflure des lèvres et de la langue, le vertige et la *Pag. 532.*
défaillance. On rapporte que lorsque les rois de l'Inde
veulent se défaire de quelque souverain leur ennemi,
ils prémunissent insensiblement dès son enfance une
jeune esclave contre les effets de l'aconit, et cela de
la manière suivante : d'abord on se contente de répandre, pendant quelque temps, cette plante sous son

berceau, ensuite on la place sous les coussins sur lesquels
elle repose, puis dans ses vêtemens, et on l'amène ainsi
graduellement jusqu'au point de pouvoir en manger sans
nul danger; ce qui est le but où l'on vouloit atteindre.
On l'envoie alors avec de riches présens vers celui dont
on veut se défaire; et il suffit qu'il ait commerce avec
elle, pour qu'il y trouve la mort. Les cailles mangent
impunément cette plante, comme fait aussi le *rat de
l'aconit*, qui habite ses racines et s'en nourrit. Selon Avicenne, ce simple, employé en friction et en breuvage,
est un puissant remède contre la lèpre : il est aussi utile
Pag. 555. dans l'éléphantiasis. Au poids d'une demi-dragme, il
devient un poison mortel, dont le rat de l'aconit est le
contre-poison.

Le Laurier rose (30). Il y en a deux espèces, l'une terrestre, l'autre fluviatile. La feuille du premier ressemble
à celle de la bette; mais elle est plus mince. Ses longs
rameaux aiment à s'étendre sur la terre. Il croît dans les
ruines. L'espèce fluviatile se plaît sur le bord des eaux.
Ses branches s'élèvent dans une direction droite au-
dessus du sol, et ses épines sont peu apparentes. Sa
feuille ressemble à celle du saule, et son tronc est plus
épais à son sommet qu'à sa base. Sa fleur se rapproche
de la rose rouge (31), et son fruit, qui est coriace, est
rempli d'une espèce de laine. Sa feuille, selon Avicenne,
fait fuir les puces, et est un poison pour les hommes et
les animaux.

Belnias (32) rapporte qu'un roi, ayant eu connoissance que son ennemi s'avançoit contre lui avec des
forces bien supérieures aux siennes, fit bouillir de l'orge

avec une certaine quantité de laurier rose, puis, l'ayant *Pag. 534.*
laissée sécher, la prit avec lui et marcha à la rencontre
de son ennemi. Lorsque les deux armées se trouvèrent
en présence, le roi, qui commandoit des troupes inférieures en nombre, feignant une retraite précipitée,
abandonna tous ses bagages, les vivres et l'orge qu'il
avoit préparée ; ce que voyant l'armée ennemie, elle
ne tarda pas à fondre dessus et à livrer l'orge à ses chevaux, qui périrent tous. Ainsi affoiblis, ceux-ci tom-
bèrent au pouvoir de leur ennemi, qui étant revenu
sur eux les fit prisonniers.

Le Concombre. Si vous voulez donner à un concombre la forme d'un animal quelconque, dit l'auteur
du Traité d'Agriculture, prenez un moule de la forme
que vous aurez choisie, et introduisez-y le petit concombre lorsqu'il commence à se montrer, en ayant
soin de fermer exactement l'ouverture du moule, pour
que le vent et la poussière ne puissent y pénétrer ;
quand le concombre aura acquis toute sa croissance, il
offrira la forme du moule où vous l'aurez renfermé (33).

TROISIÈME VUE.

Les Animaux.

LES animaux forment la troisième classe des êtres ;
et entre les productions de la nature, ce sont eux qui *Pag. 535.*
s'éloignent le plus de la simplicité des principes élémentaires (34). La première classe est formée des minéraux ;
ce ne sont que de simples masses, qui, étant encore
très-voisines des principes élémentaires, conservent leur
nature inerte ; la seconde comprend les végétaux, qui

font le passage entre les minéraux et les animaux, étant
susceptibles de naître et de croître ; la troisième enfin
est celle des animaux, qui réunissent en eux ces quatre
qualités, naissent, prennent de l'accroissement, sentent
et se meuvent (35) : il n'y a pas un seul animal qui en
soit privé ; elles se rencontrent jusque dans les mouches et les cousins.

Relativement à la faculté de sentir, Dieu ayant assigné un terme à la vie de chaque animal, et ayant en même
temps permis qu'il fût assujetti à certains accidens capables de lui nuire ou de lui causer la mort, sa sagesse
infinie a doué cet être de sensibilité (36), afin qu'il fût
averti, par ce moyen, de ce qui pourroit être contraire
à sa conservation, et qu'il pût s'en garantir. S'il étoit
privé de cette faculté, n'étant point sollicité par le
Pag. 536. besoin de manger, il se laisseroit mourir faute de nourriture ; et si, lorsqu'il est endormi, il venoit à tomber
du feu sur sa main ou sur son pied, et qu'il ne fût pas
tiré de son sommeil par la douleur, il seroit exposé à
perdre ces membres. Quant à la faculté de se mouvoir,
l'animal ayant besoin de se nourrir, et n'étant pas toujours environné des alimens qui lui conviennent, la
sagesse divine l'a doué de membres propres au mouvement, afin qu'il pût, par leur secours, se porter vers
les objets de ses appétits. S'il manquoit de cette faculté,
et que dans le temps où il est excité par la faim il ne
pût aller chercher sa nourriture, il périroit d'inanition,
comme nous voyons se dessécher un arbre trop long-
temps privé d'eau. De plus, si, lorsqu'il est surpris par
quelque incendie ou quelque inondation, il ne pouvoit
changer

changer de place, il périroit victime de ces deux fléaux.

Nous voyons aussi que, parmi les animaux, chacun ayant son ennemi à redouter, la sagesse divine leur a également accordé des moyens de défense et de conser- *Pag. 537.* vation. Les uns, tels que l'éléphant, le buffle, le lion, ont reçu la force en partage pour affronter leur adversaire; d'autres, qui cherchent leur réfuge dans la fuite, ont été doués d'une grande légereté, comme la gazelle, le lièvre, les oiseaux; d'autres sont protégés par des armes puissantes, comme le porc-épic, le hérisson, la tortue; enfin il y en a, tels que le rat, le serpent et quelques insectes, qui se construisent de véritables forts. C'est ainsi que l'auteur de la nature a doué chaque animal des parties qui conviennent à son essence et à son espèce, dans la proportion la plus exacte : de là naît la grande variété qu'ils nous présentent dans la forme de leurs corps et de leurs membres. Le nombre de leurs espèces est infini. On rapporte, sur l'autorité d'Omar-ben-Khattab, que le Prophète a dit : *Le Dieu tout-puissant a créé mille races d'animaux différens; six cents destinées à peupler les mers, et quatre cents formées pour vivre sur la terre.*

Nous allons en décrire quelques espèces (37), selon *Pag. 538.* leurs particularités et leurs qualités.

I.re DIVISION.

L'Homme.

L'HOMME est un composé d'esprit et de corps. C'est le plus noble des animaux et la plus parfaite des créatures : il a reçu de son auteur la plus belle des formes,

* B b

tant pour l'ame que pour le corps. Dieu lui a donné
pour attribut particulier l'intelligence intérieure, et fait
don du langage pour communiquer sa pensée. Pour ornement extérieur, il lui a donné les sens et tous ses dons
les plus précieux, et il l'a doué intérieurement des facultés
les plus nobles et les plus exquises. C'est ainsi qu'il a
destiné la cervelle pour le siége du raisonnement, et qu'il
l'a placée dans le lieu le plus élevé et le plus digne (38)
de ses fonctions. Il a donné à l'homme pour attributs
la pensée, la réflexion et la mémoire, et a voulu que
le gouvernement de son être appartînt à ce qu'il y a
en lui d'intellectuel : en sorte que l'ame peut être regardée comme l'émir dont l'intelligence est le vizir; les fa-
Pag. 539. cultés sont ses armées; le sens commun (39), son courrier; les membres, ses esclaves; et le corps, le lieu où
elle siége et exerce sa puissance. Les sens, occupés
sans cesse à parcourir le *petit monde* où est leur sphère
d'activité, recueillent les nouvelles favorables ou contraires au bien général, et les rapportent au sens commun, qui, tenant le milieu entre l'ame et les sens,
et pour ainsi dire gardien des portes de la ville, les
transmet à la faculté intelligente : celle-ci choisit alors
ce qui convient, et rejette ce qui est contraire à la
conservation générale.

C'est en considérant l'homme sous ce point de vue,
qu'on l'a dénommé *petit monde* [microcosme]. Il tient
de la plante par sa faculté de prendre de la nourriture
et de croître, et de l'animal, par celle de sentir et de
se mouvoir : mais il se rapproche des êtres angéliques
par son intelligence, capable de connoître la vérité.

C'est donc un être composé, qui participe plus ou moins de ces diverses classes d'êtres, suivant que son inclination l'entraîne plus ardemment vers l'un ou l'autre côté. Ne songe-t-il qu'à satisfaire aux premiers besoins de la nature, alors il ne desire rien autre chose de tous les biens de ce monde, et n'a d'autre occupation que de se soutenir par l'usage des alimens, et par la sécrétion des parties grossières qui ne peuvent concourir à sa subsistance. Si son tempérament le porte vers le naturel des animaux, il est ou irascible comme le lion, ou lascif comme le bouc, ou vorace comme le taureau, ou immonde comme le porc, ou mordant comme le chien, ou haineux comme le chameau, ou fier comme le léopard, ou astucieux comme le renard; et s'il vient à réunir tous ces vices, ce n'est plus qu'un démon intraitable. Mais si, au contraire, son esprit s'élève vers la nature des êtres purs et intelligens, en ce cas, son cœur, rempli de l'idée d'un monde supérieur, ne se contente pas d'une habitation vile et périssable; c'est alors qu'on peut le mettre au nombre de ceux dont Dieu a dit : *Nous leur avons donné un haut degré d'excellence, et nous les avons éminemment élevés au-dessus du très-grand nombre de nos créatures.*

Pag. 540.

SECTION sur les Facultés de l'Homme (40).

Pag. 541.

1. LES forces vitales peuvent être considérées comme une classe de génies conservateurs, préposés par la Divinité au gouvernement des corps, et chargés de conserver le service de tous les membres qui les composent, et les avantages dont ils doivent être les

instrumens, soit pour l'action, soit pour les sensations
dont ils sont les organes. Leurs fonctions ressemblent
parfaitement à celles des artisans d'un pays et de ses
habitans. En effet, la réunion de l'ame et du corps,
et les forces dont ils sont doués, nous offrent le spectacle d'une ville pourvue abondamment de tout ce qui
lui est nécessaire, dont les habitans vivent dans une
parfaite intelligence, où les marchés sont ouverts et
bien approvisionnés, les rues fréquentées, les ateliers
enfin dans la plus grande activité. Mais, dans l'état de
sommeil, lorsque les sens reposent et que tout mouvement est suspendu, le corps nous présente le spectacle d'une ville pendant la nuit, lorsque ses portes
sont fermées, que tous les travaux ont cessé et que
les habitans sont plongés dans le sommeil.

Pag. 542. D'autres ont considéré le corps comme un palais
orné des plus riches peintures et des figures les plus
rares diversement coloriées. Les forces naturelles, selon
eux, ne seroient que ces mêmes peintures et ces figures; et l'ame, le flambeau qui, parcourant les différentes parties de l'édifice, dessineroit (41), à la lueur
de sa lumière, sur le plafond, les murailles et les meubles
de ce palais, ou plutôt dans toute son étendue, et
jusque dans ses recoins les plus cachés, une multitude
de merveilles dignes d'exciter l'admiration, je veux
dire, les sens, la raison, l'intelligence, les forces ou
facultés tant extérieures qu'intérieures, la beauté, &c.;
enchantement merveilleux qui s'évanouit lorsque l'ame
abandonne le corps, comme on voit disparoître, à l'ex-
tinction d'un flambeau, les riches peintures qui décorent

un palais magnifique. Quoique l'intelligence humaine soit incapable de saisir tout ce que les forces vitales offrent de merveilles, mon intention cependant est de dire tout ce que l'esprit pénétrant de quelques sages a pu reconnoître des prodiges que présente la considération de ces forces, dont on doit distinguer quatre espèces (42).

Facultés extérieures, c'est-à-dire, les cinq Sens. Pag. 543

1.° *Le sens du toucher.* Cette vertu est répandue (43) sur toute la surface de la peau : c'est par elle que l'animal reçoit l'impression des corps qu'il rencontre ; c'est aussi la première dont il a été doué, afin que, si du feu ou quelque corps dur extérieur vient à le toucher, il en soit averti et puisse l'éviter. Il est impossible de se figurer un seul animal qui ne jouisse de cette faculté : elle est sensible jusque dans le vers qui habite la fange ; car si on le pique avec une aiguille, on le voit aussitôt se contracter.

2.° *Le sens de l'odorat.* Il occupe la partie antérieure du cerveau : c'est par lui que nous percevons les odeurs que lui transmet l'air diversement modifié par elles.

3.° *Le sens de la vue.* La vertu de ce sens existe dans un nerf placé au fond de l'œil : c'est par lui que nous apercevons les objets sous leurs formes et leurs couleurs ; car, lorsque la lumière, après avoir pénétré les corps transparens et s'être chargée de leurs couleurs, *Pag. 544.* est réfléchie vers l'œil de l'animal et le pénètre comme elle a fait ces corps transparens, la prunelle reçoit en

B b 3

‚elle-même ces variétés de couleurs, et en est affectée comme l'air l'est de la lumière ; et nous éprouvons les effets de la vision (44).

4.° *Le sens de l'ouïe.* Le siége de l'ouïe est dans un nerf placé à l'entrée du conduit auditif ; c'est lui qui nous fait percevoir les sons qui lui parviennent par les ondulations de l'air : car la manière d'être de l'air est semblable à celle de l'eau, si ce n'est que l'air est infiniment plus ténu et plus mobile. Or nous voyons que la chute de quelque corps dans l'eau détermine à sa surface des cercles, dont, à mesure qu'ils s'agrandissent davantage, le mouvement et la fluctuation s'affoiblissent de plus en plus, jusqu'à ce qu'ils s'évanouissent entièrement ; la même chose a lieu dans l'air, lorsqu'il est ébranlé par quelque éclat de voix ; il s'y forme des ondulations, et si quelqu'un se trouve dans leur sphère, son oreille en est frappée, et il a la perception du son.

Pag. 545.

5.° *Le sens du goût.* Cette propriété réside essentiellement dans la substance de la langue ; c'est à l'aide de l'humidité dont elle est imprégnée, que se développe le goût des alimens. Car cette substance humide ayant une saveur différente de celle du corps savoureux qui entre en contact avec elle, cette dernière opère une nouvelle modification dans la saveur de cette substance humide et se l'assimile ; et c'est ce changement qui produit en nous le sentiment du goût (45).

CHAPITRE sur les Bêtes de somme, lesquelles forment LA TROISIÈME DIVISION *parmi les Animaux* (46).

CE genre, parmi les quadrupèdes, est celui qui offre les plus belles proportions, et dont l'homme retire le plus d'utilité. Créé avec un corps délicat, lent dans sa marche, entouré d'un grand nombre d'ennemis, tant parmi ceux de son espèce que parmi les espèces inférieures à la sienne; ne jouissant que d'une agilité qui le trahit souvent dans ses desseins, soit qu'il poursuive avec ardeur, soit qu'il s'abandonne à la fuite; l'homme avoit besoin que Dieu, dans sa sagesse, donnât naissance à ce genre d'animaux, et les soumît à son pouvoir, afin qu'ils le secondassent dans ses desseins, et lui tinssent lieu des ailes rapides de l'oiseau et des jambes infatigables du quadrupède. *C'est pour servir de monture à l'homme et ajouter à ses grâces*, a dit Dieu lui-même dans l'Alcoran, *que le cheval, le mulet et l'âne ont été créés* (47). Leurs oreilles placées vers le sommet de la tête, sont douées de mouvemens variés, afin que l'animal ait la faculté d'en présenter l'ouverture de divers côtés, et que l'air venant à les frapper en différentes directions, le sens de l'ouie lui soit d'une plus grande utilité; le cheval ayant l'ouie plus délicate, et tous les sens en général plus fins que ceux de l'âne, chez lequel ils sont très-obtus, l'auteur de la nature lui a donné des oreilles moins longues qu'à l'âne, parce qu'un léger bruit excité dans l'air lui suffit pour avoir la perception du son, tandis que l'âne en exige un plus fort : c'est aussi parce qu'il est plus sensible que celui-ci aux

Pag. 546.

Pag. 547. piqûres des insectes, que sa queue est garnie de plus
longs crins, afin qu'il puisse s'en servir à les chasser
de son corps; et comme la principale destination des
bêtes de somme est pour les voyages, leurs sabots
sont faits d'une matière solide, capable de résister à
une longue marche, et de leur fournir en même temps
des armes redoutables contre leurs ennemis : car ils leur
tiennent lieu de cornes dont est privé tout animal doué
de sabots solides, le suc alimentaire ne pouvant fournir
à la perfection de ces deux parties ensemble; dans tout
animal à cornes au contraire, le sabot solide est remplacé
par un sabot fourchu, parce que ce même suc suffit à
l'entretien de ces deux parties, et leur procure ainsi
deux moyens parfaits, l'un pour la marche, l'autre pour
la défense. Adorons donc celui qui a ordonné, dans les
plus justes proportions, les attributs qui conviennent à
chaque être (48).

CHAPITRE sur les Ruminans, formant LA QUATRIÈME DIVISION des Animaux.

LES espèces de ce genre sont de la plus grande utilité
pour l'homme. Loin d'être rebelles au frein comme la
plupart des bêtes de somme, ou d'avoir, comme les ani-
Pag. 548. maux carnassiers, un naturel sauvage, elles montrent
au contraire pour l'homme la soumission la plus grande;
et vu l'extrême besoin qu'il en a, le Créateur leur a
refusé toute espèce d'armes dangereuses, telles que les
défenses terribles et les griffes des animaux carnassiers,
les crochets à venin et les dards des reptiles.

Leurs propriétés remarquables sont la constance et

une patience à toute épreuve pour supporter la fatigue, la faim et la soif. Il est évident qu'elles ont été créées particulièrement pour les besoins de l'homme, selon ces paroles de Dieu lui-même, *Et nous les leur avons soumises, afin qu'une partie d'entre elles leur servît de monture, et l'autre d'alimens* (49). Les cornes qu'il leur a données pour armes, sont pour remplacer les moyens de défense qu'elles auroient trouvés dans un sabot solide; car elles ne possèdent qu'un sabot fourchu, à cause de l'insuffisance du suc alimentaire pour fournir à-la-fois à un sabot solide et à la matière des cornes. Nous voyons encore ailleurs ce même suc, pour former une partie plus essentielle, en abandonner une qui le seroit moins : tel est, à la mâchoire supérieure du bœuf, le défaut de dents, la matière propre à les produire s'étant transformée en cornes. C'est ainsi que la sagesse qui, par la volonté divine, gouverne l'univers, a donné aux animaux les instrumens convenables, soit pour repousser la force par la force, soit pour opposer aux attaques de leurs ennemis une arme offensive, ou leur échapper par la fuite. Est-il des espèces auxquelles elle ait refusé quelques-uns de ces moyens de conservation ! La matière propre à les produire se reporte d'un autre côté, et compense ce défaut ; en sorte que les animaux se *Pag. 549.* trouvent doués de tous les attributs nécessaires pour la conservation des individus et de l'espèce entière.

La nourriture des ruminans consistant en herbages, la sagesse divine leur a créé de larges bouches garnies de dents aiguës et de molaires solides capables de broyer les grains et les noyaux les plus durs; et comme ils ont

souvent besoin d'un accroissement de forces pour résister aux travaux pénibles qu'on leur impose, Dieu les
a doués aussi d'un ample ventricule capable de contenir
une grande quantité de fourrage propre à leur fournir
une nourriture abondante, et qu'ils élaborent et disposent
à une digestion facile, en le ruminant à leur retour à
l'étable. Par cette opération, ils séparent des parties
grossières les parties les plus subtiles qu'ils s'appro-
prient, et nous voyons des brins d'une paille sèche se
transformer, par le mécanisme admirable de l'animali-
sation, en une substance sanguine et charnue.

Une chose digne encore de remarque, c'est la dureté
excessive de leurs dents : car, occupées presque sans
Pag. 550. relâche à broyer la nuit et le jour, il semble que,
fussent - elles de l'acier le plus dur, elles devroient
bientôt être réduites en poudre.

Nous allons citer quelques particularités relatives à
différentes espèces de ce genre.

La Girafe (50). Sa tête ressemble à celle du chameau ; elle a les cornes et les sabots du bœuf, la peau
de la panthère et les jambes du chameau (51). Son cou
est d'une longueur démesurée, ses jambes de devant
sont hautes et celles de derrière basses. Sa forme, en
général, approche le plus de celle du chameau; et c'est
avec la peau du tigre (52) que la sienne a le plus de
rapport. Sa queue est comme celle de l'antélope. On
prétend que la girafe provient d'une femelle de chameau d'Éthiopie, d'une [biche de l'espèce nommée]
vache sauvage (53) , et de l'hyène mâle; et cela, parce
qu'en Éthiopie l'hyène s'accouplant avec la femelle

du chameau, et donnant naissance à un petit qui tient de tous deux, si ce dernier se trouve être un mâle et qu'il s'accouple à son tour avec une vache sauvage, *Page 551.* c'est de ce second accouplement que provient la girafe (54).

Le médecin Timat (55) rapporte que, vers le midi, près de la ligne équinoxiale, des animaux de toutes les espèces se rassemblent en été dans le voisinage des eaux pour étancher la soif qui les consume, et que quelquefois des espèces différentes s'accouplent entre elles; d'où il résulte des animaux étranges, tels que la girafe, le *sima*, l'*isbar* (56) et autres semblables. Mais parmi tous les animaux, la girafe est le plus extraordinaire, et par sa forme agréable, et par sa génération merveilleuse.

La Gazelle du musc (57). Elle ressemble à la gazelle de notre pays, si ce n'est que de chaque côté de la bouche elle porte des défenses recourbées comme celles de l'éléphant. S'il arrive que l'on en prenne quelqu'une à la chasse dans le temps où le musc qu'elle porte près du nombril n'a pas encore acquis toute sa maturité, il n'exhale qu'une odeur désagréable; car il en est de cette substance comme des fruits, qui ne jouissent que d'un goût et d'un parfum très-imparfaits, lorsqu'on les cueille avant qu'ils soient mûrs. Le musc *Pag. 552.* le meilleur est celui que la gazelle abandonne d'elle-même; ce qui arrive ainsi : Le sang, affluant naturellement vers son nombril, s'y épaissit, et y subit une coction qui fait ressentir à l'animal, dans cette partie, de la douleur et une forte démangeaison; il grimpe alors sur quelque pointe de rocher, où il se frotte fortement: ce frottement, auquel il prend plaisir, procure l'écoulement de ce sang épaissi, qui se répand sur la pierre, comme il arrive aux abcès ou pustules qui aboutissent, quand ils ont acquis leur degré de maturité. L'animal éprouve, en se déchargeant ainsi du musc, une sensation de plaisir. Les chasseurs cherchent dans les montagnes les lieux qui servent de pâturage à ces gazelles, et trouvant ce sang épaissi sur les pierres, ils le ramassent et le placent dans des bourses qu'ils apportent avec eux pour cet effet. C'est là le musc le plus précieux, réservé pour les princes, et dont ils font des présens.

Pag. 555. CHAPITRE *sur les Carnassiers, formant* LA CINQUIÈME DIVISION *des Animaux* (58).

L'Ours. Cet animal, doué d'une grande corpulence, se plaît dans les lieux solitaires : au retour de l'hiver, il se retire dans le repaire qu'il s'est choisi dans quelque caverne, et ne le quitte que lorsque l'air se radoucit. Durant cet espace de temps, lorsque la faim le tourmente, il ne fait que sucer ses pattes, ce qui lui procure un nourriture suffisante ; et au printemps il sort de sa tanière, plus gras que lorsqu'il y étoit entré. Il y a une inimitié entre le bœuf et l'ours : dans les attaques que le bœuf porte à l'ours en le frappant de ses cornes, l'ours se couche sur le dos, les saisit avec ses pattes, et ne cesse de faire de terribles morsures au bœuf qu'il ne l'ait terrassé....

Lorsque la femelle vient de mettre bas, son petit n'est qu'une masse de chair informe; et, comme elle

raint que les fourmis ne le tourmentent, elle ne fait
que le transporter d'un lieu dans un autre, jusqu'à ce
qu'il ait acquis de la consistance : alors elle le dépose
dans quelque endroit. Il arrive quelquefois qu'elle
l'abandonne pour allaiter le petit de l'hyène ; ce qui
a donné lieu à ce proverbe parmi les Arabes : « Plus
insensé que le *djahiz ;* » ce nom est celui de la femelle
de l'ours (59).

CHAPITRE sur les Oiseaux, formant LA SIXIÈME DIVISION du Règne Animal.

Pag. 554.

LES animaux de cette classe sont sur-tout remarquables par l'extrême légèreté de leurs corps, et parce
qu'ils manquent de plusieurs membres dont sont pour-
vus les autres animaux ; ce qui s'accorde avec la sagesse
qui règne dans les desseins de la Divinité : car lorsqu'il
lui a plu de créer les animaux, et de vouloir que les uns
fussent ennemis des autres, elle a aussi donné à chacun
d'eux, soit la force ou des armes pour lui servir de défense, comme nous le voyons dans les bêtes de somme
et les carnassiers, soit des moyens propres à la fuite,
comme elle l'a fait envers les bêtes fauves, qui trouvent
leur sûreté dans leurs jambes. Quant aux oiseaux, ils
ont reçu, pour le même objet, des ailes dont l'usage
exige un corps de peu de volume : car, si le corps
d'un oiseau étoit trop volumineux, il lui faudroit
également des ailes d'une étendue immense, et alors
le grand poids de celles-ci, loin d'accélérer son vol, ne
feroit que le ralentir et s'opposeroit au but de la nature.

Une des merveilles que nous présente l'oiseau dans

Pag. 555. son vol, c'est qu'il puisse se soutenir dans un air beaucoup plus léger que lui; ce à quoi Dieu fait allusion,
quand il dit : *Ne voient-ils donc pas les oiseaux qui se*
balancent dans les plaines de l'air ! il n'y a que la puissance
divine qui leur sert d'appui et les tient ainsi suspendus (60).
Aussi voyons-nous que, pour rendre l'effet de leurs ailes
plus puissant, Dieu a allégé le poids de leur corps, par
la suppression de plusieurs parties propres aux animaux
vivipares et qui sont obligés d'allaiter leurs petits, telles
que les dents, les oreilles, le ventricule, la vessie, les
vertèbres du dos, et la peau épaisse qui les recouvre.
Par-là, ils s'enlèvent avec moins d'efforts, et leur vol
est rendu plus facile; et si l'on considère avec quelque
attention la conformation des oiseaux, il est aisé de
s'apercevoir de la parfaite ordonnance qui existe entre
les parties antérieures et postérieures de leurs corps et
les parties latérales. En effet, ceux dans lesquels le cou
se prolonge, ont également les pattes plus alongées, et
celles-ci sont plus courtes dans les espèces qui ont le cou
plus ramassé. Si l'on plumoit la queue d'un oiseau, il
pencheroit alors sur le devant, comme un vaisseau dont
Pag. 556. on auroit allégé l'arrière. Les oiseaux qui jouissent d'un
meilleur vol, selon Djahedh (61), sont ceux dont les
pattes sont les plus foibles, tels que les étourneaux et les
passereaux; mais, si l'on vient à les leur couper, ils sont
alors incapables de voler, comme un homme manchot
est très-mal-adroit à courir. On a remarqué que, parmi
les oiseaux, ceux qui boivent l'eau d'un trait sans interruption, sont les seuls qui insèrent leur bec dans celui
de leurs petits pour leur donner la nourriture (62).

Quel spectacle varié et admirable nous offrent les
seaux, soit que nous les considérions sous le rapport
: leurs couleurs vives et éclatantes, tels que le paon,
perroquet, l'*abou-bérakisch* (63), la colombe dans
: plumage changeant de son cou; où sous celui de la
oix, tels que le rossignol et le *konbora* (64), dont le
osier jouit d'une incomparable flexibilité ! Si c'est à
: singularité de structure que nous nous arrêtons,
quoi de plus extraordinaire que les proportions de la
igogne, de la grue, de l'autruche ! Portons-nous
nos regards sur les nids de l'hirondelle, du *ténaw-*
rout (65) et du *konbora*, dans quel enchantement
nous jettent les preuves de leur industrie ! Nous allons
en décrire quelques espèces et quelques particularités,
en distribuant leurs noms selon les lettres de l'alphabet.

Le Rossignol. Il se nomme en persan *hézar-destân*. *Pag. 557.*
Cet oiseau a un corps très-peu volumineux, des mouvemens extrêmement vifs et une voix charmante, qu'il
varie en mille modulations différentes. Il se plaît à
habiter les jardins, qu'il fait retentir de ses accens plaintifs (66). C'est dans la saison des roses qu'il reparoît; et
l'on prétend qu'il ressent pour cette fleur une passion
si violente, qu'il ne peut en voir cueillir une sans remplir l'air de cris de douleur (67). Il ne peut se passer
d'eau un seul instant, à cause de la grande ardeur de
son tempérament. Ce n'est que dans les jardins qu'il
s'accouple : comme son extrême petitesse le rend le
jouet des vents, il ne quitte pas son nid lorsqu'ils
soufflent avec violence.

L'Outarde. Cet oiseau se nomme *djorz* en persan.

On le regarde comme le plus stupide des oiseaux, parce qu'il abandonne ses propres œufs pour couver ceux des autres ; et l'on dit proverbialement : « Il n'y a aucun animal qui n'aime ses petits, excepté l'outarde. » Lorsque sa fiente tombe sur les ailes de quelque oiseau, elle y produit l'effet de la glu ; ce qui a donné naissance à ce jeu de mots en arabe : « La fiente de l'ou-

Pag. 558. tarde lui sert d'armes (68). » Aussi, lorsque le sacre fond sur elle, elle ne cesse de s'élever avec lui jusqu'au moment où, tous deux s'abattant ensemble, elle saisit un instant favorable pour laisser tomber sur lui sa fiente (qui lui englue les ailes) ; en sorte qu'il se trouve pour ainsi dire enchaîné, comme un homme qui a les mains liées derrière le dos. Les outardes se rassemblent alors autour du sacre, et le plument jusqu'à ce qu'il en meure. Lorsqu'une outarde est en mue dans le même temps que d'autres oiseaux, et que les plumes de ceux-ci repoussent avant les siennes, elle en meurt de dépit ; d'où l'on dit proverbialement : « Il est mort de dépit comme l'outarde (69). »

L'Hirondelle. Cet oiseau, sans cesse occupé à fuir les pays froids pour chercher ceux où règne la chaleur, semble suivre le printemps. Aux approches de l'été, l'hirondelle rassemble ses petits, et regagne avec eux le nid qu'elle avoit laissé dans une contrée lointaine, et pas un seul ne manque à revenir vers son ancienne habitation. Leurs nids composés de

Pag. 559. terre et de poil mêlés ensemble, pour qu'ils se soutiennent mutuellement, acquièrent par ce mélange une solidité comparable à celle du lut nommé *lutum sapientia*

sapientiæ (70). Une chose digne d'admiration, c'est qu'après avoir construit une partie de leur nid, elles lui laissent le temps de sécher avant d'achever l'autre partie, parce que, si elles le terminoient du premier coup, il tomberoit par son propre poids. Une hirondelle desire-t-elle de se construire un nid, toutes les autres lui prêtent leur secours; et lorsqu'il est achevé, elles apportent de l'eau dans leurs becs pour en aplanir l'intérieur, le lisser et en faire disparoître toutes les inégalités. Elles sont dans l'usage de placer des feuilles de rue dans leur nid, afin d'en éloigner les serpens, les mouches et les cousins. Une propriété remarquable du nid de l'hirondelle, c'est de faciliter l'accouchement, lorsqu'après l'avoir délayé dans l'eau, on le donne à boire à une femme dans les douleurs de l'enfantement (71).

La Chauve-souris. Elle a la vue tellement foible, qu'elle ne peut supporter la lumière du soleil, et ne sort qu'à la chute du jour (72). Elle a une grande res- *Pag. 560.* semblance avec la souris : mais elle est douée de deux ailes membraneuses et minces; elle a des dents, et sa femelle comme la souris, a des mamelles avec lesquelles elle allaite ses petits.... Elle fait la chasse aux mouches, aux cousins et autres insectes semblables. Quelquefois elle prend un petit dans ses dents et l'allaite tout en volant. Lorsqu'elle trouve des grenades, elle en mange sur l'arbre même tout l'intérieur et n'en laisse que l'écorce vide. Elle fuit la feuille du platane, lorsqu'il en tombe dans son nid (73); et lorsqu'on suspend une chauve-souris à un des arbres d'un village, les sauterelles passent le territoire de ce village sans s'y arrêter (74).

* C c

Le Plongeur (75). Cet oiseau se nomme en persan *mâhy-khewâr* [piscivore]. On le trouve aux environs de Bassra, où il habite le bord des eaux. Il plonge dans l'eau à la renverse avec une grande force, et y reste long-temps submergé, sans que ce fluide le force à regagner la surface, malgré la grande légèreté de son corps.

Je vis un jour, rapporte un témoin oculaire, un corbeau fondre sur un plongeur qui venoit d'attraper un poisson en plongeant, le battre et le lui ravir, puis le plongeur replonger une seconde fois et rapporter un autre poisson près du corbeau. Au moment où le corbeau se disposoit à s'emparer de cette nouvelle proie, le plongeur s'élança sur lui et, le saisissant par la patte, l'entraîna sous l'eau, où il resta jusqu'à ce que le corbeau fut suffoqué; après quoi il reparut sain et sauf.

Le Kata (76). Cet oiseau, fort connu, a été ainsi nommé à cause de son chant; on dit proverbialement « Plus sincère même que le kata (77). » Il dépose ses œufs dans le désert; il les abandonne pendant quelques jours, mais il y revient ensuite; ce qui a occasionné ce proverbe: « Il sait mieux se guider que le kata lui-même. » Il veille toute la nuit, et se rend sur les grands chemins pour avoir connoissance des voyageurs (78). Le nid qu'il se forme au milieu des herbes, est d'une structure curieuse; et c'est en faisant allusion à sa petitesse, que le prophète a dit: *Quiconque élèvera à Dieu une mosquée, ne fût-elle grande que comme le nid du kata, Dieu lui construira un palais dans le paradis.*

Pag. 561.

CHAPITRE *sur les Insectes et les Reptiles, formant* Pag. 562. *la SEPTIÈME DIVISION du règne animal.*

CETTE classe renferme une si prodigieuse quantité d'espèces, qu'il est impossible de les connoître toutes et de les décrire ; ce qui a fait dire à un des commentateurs de l'Alcoran, « Si quelqu'un veut reconnoître » toute la vérité de ces paroles de la Divinité : *Dieu* » *a créé des êtres dont l'existence n'est pas connue de* » *l'homme*, qu'il allume pendant la nuit un grand » feu au milieu d'une vaste forêt, et qu'il considère » attentivement tous les insectes qui seront attirés à sa » lueur ; certes, il apercevra alors des formes et des pro- » portions si extraordinaires et si étranges, qu'il n'auroit » pas même soupçonné que Dieu eût rien créé qui en » approchât : et cependant les animaux attirés ainsi à la » lueur du feu qu'il aura allumé, seroient remplacés par » un égal nombre d'animaux d'espèces différentes, sui- » vant la différence des lieux où l'on feroit la même ex- » périence, et selon qu'ils appartiendroient à des forêts, » à des montagnes, à des plaines, ou enfin à des déserts ; » car chacun de ces sites renferme diverses espèces d'ani- » maux qui lui sont particulières et qui diffèrent de celles » qui se plaisent dans les autres. » A quoi bon les insectes, Pag. 563. entends-je dire à quelques personnes, ces insectes qui nous font tant de mal ! Mais ces personnes ne consi- dèrent pas que la Divinité n'a en vue que le bien gé- néral. C'est comme si l'on se plaignoit de la pluie, si utile aux biens de la terre et à ses habitans, parce qu'une fois elle a renversé la maison de la vieille (79).

Or Dieu a voulu que les insectes fussent produits par les matières putrides et corrompues qui se forment chaque jour (80), afin qu'ils en purgeassent l'air, et qu'il ne restât pas chargé de principes pestilentiels, source de la destruction des animaux et des plantes. Il n'ignoroit pas cependant que la création de ces insectes nous exposeroit à éprouver la douleur que cause la piqûre des mouches et des cousins. Une preuve de cette génération, c'est que nous voyons les mouches, les vers et les scarabées en bien plus grand nombre dans les boutiques des bouchers et des confiseurs, que dans celles des fabricans de soie et des forgerons (81). La sagesse divine a donc ordonné que les exhalaisons malignes se convertissent en insectes, afin que l'air en fût purifié et fût débarrassé des germes pestilentiels. Elle a voulu aussi que les plus petits fussent dévorés par les plus gros, sans quoi la surface de la terre en eût été couverte: et c'est ainsi que dans l'univers entier il n'existe pas un seul atome où ne brille une sagesse infinie. Mais ce qui est encore plus merveilleux, c'est que, toutes les fois que la Divinité a doué un reptile d'un poison mortel pour quelque animal, elle a voulu également que sa chair pût lui servir d'antidote; ce qui est prouvé par l'usage où furent les anciens médecins, de faire entrer dans la thériaque la chair du serpent, parce qu'ils lui reconnurent la propriété de neutraliser son poison: et nous voyons par expérience que la douleur occasionnée par la piqûre du scorpion s'apaise à l'instant, si celui qui en a été piqué frotte la place avec l'humeur exprimée de ce reptile. L'état des insectes diffère pendant l'hiver:

Pag. 564.

il y en a que la violence du froid fait mourir, tels que les vers, les cousins, les puces; d'autres, tels que les serpens et les scorpions, se cachent durant cette saison, et la passent sans prendre de nourriture; enfin, nous voyons les abeilles et les fourmis, qui ne peuvent s'en passer, faire, pour l'hiver, les provisions qui leur sont nécessaires. Nous allons donner quelques espèces d'in- *Pag. 565.* sectes distribuées selon les lettres de l'alphabet.

La Puce. C'est un petit insecte noirâtre, dont le dos est relevé en bosse, et les proportions sont extrêmement délicates. Lorsque les regards de l'homme tombent sur elle, elle semble en être avertie, et ne cesse de sauter tantôt à droite, tantôt à gauche, qu'elle n'ait échappé à sa vue. Suivant Djahedh, elle se multiplie par œufs. Son existence, dit-on, se borne à cinq jours. On la met au nombre des insectes auxquels il survient des ailes; ce qui la fait passer à l'état de cousin (82), comme les *domous* (83) parviennent à celui de papillon, lorsqu'ils ont revêtu leurs ailes. On dit que la puce détruit la vermine qui s'engendre dans les vêtemens, et que la feuille du laurier-rose la fait mourir par son odeur.

Le Cousin. Cet insecte, d'une petitesse extrême, est modelé sur l'éléphant: outre tous les membres de ce monstrueux animal, il réunit encore des ailes de *Pag. 566.* plus que lui. Et qui ne seroit saisi d'admiration, en le voyant doué de toutes les parties tant intérieures qu'extérieures, et des facultés qui existent dans les plus grands animaux (84)! Voyez quelle est l'extrême petitesse de son corps; il échappe presque à la vue; et sa tête, qu'est-elle, comparée à son corps!

Cc 3

et cependant elle est douée des sens de la vue et
de l'ouïe ; et si nous considérons sa cervelle , qui
n'est elle-même qu'une petite partie de sa tête, nous
verrons pourtant qu'elle est nécessairement douée des
cinq facultés intérieures (85) : car nous ne pouvons
lui refuser le *sens commun*, puisqu'il juge du dessein de
l'animal qui s'avance vers lui. Il a également l'*idéalisation*, puisque , lorsqu'il s'abat sur un animal, il y
plonge sa trompe , ce qu'il ne fait pas lorsqu'il se
pose sur une muraille ; l'*instinct*, puisqu'il sait faire
une distinction entre celui qui a des desseins sur lui,
et qu'alors il se sauve , et celui qui n'en a pas, et qu'il
reste en place. Nous sommes encore obligés de lui
accorder la *mémoire ;* car nous le voyons s'envoler sur-

Pag. 567. le-champ , dès qu'il a sucé le sang , parce qu'il sait
qu'il a causé de la douleur , et qu'il doit craindre la
vengeance de celui qu'il a piqué ; et la *réflexion*, puisqu'il s'échappe dès qu'il aperçoit le moindre mouvement dans la main de l'homme, sachant que l'on veut lui
donner la mort , et qu'il retourne ensuite à sa place
dès qu'il la voit reposée , parce qu'il sait que le danger
est passé et qu'il peut faire en sûreté son repas. Sa
trompe , malgré son excessive ténuité , est cependant
creuse intérieurement , puisqu'elle laisse un passage à
la partie la plus subtile du sang , et douée d'une force
capable de pénétrer la peau épaisse de l'éléphant et
du buffle , puisqu'il l'y plonge , et que nous voyons
ces deux grands animaux forcés à se réfugier dans
les marais lorsque les cousins se réunissent pour les
attaquer.

Le Ver-à-soie. Lorsque ce petit animal a cessé de
manger, il se retire sur quelque arbre ou quelque buisson
ineux, et extrait de sa salive un fil extrêmement ténu
qu'il tisse autour de lui en peloton, et dont il forme
une espèce de bourse où il trouve un abri contre la
chaleur, le froid, les vents et la pluie, et où il demeure *Pag. 168.*
adormi jusqu'au terme fixé par la nature. Rien n'est plus
extraordinaire que la manière dont on élève les vers-à-soie.
C'est au printemps que l'on en rassemble la semence.
Alors des femmes, après l'avoir placée dans un petit
sachet, la portent dans leur sein l'espace d'une semaine,
au bout de laquelle leur chaleur naturelle fait éclore les
œufs. Ensuite elles dispersent sur des feuilles de mûrier
soigneusement coupées pour cela, les petits vers, qui
s'y promènent, et en font leur nourriture. Au bout de
quelque temps, ils cessent de manger pendant trois
jours, et ils éprouvent alors ce que l'on appelle leur
premier sommeil (86); après quoi ils mangent de nouveau pendant une semaine, et suspendent encore leur
nourriture pendant trois autres jours, qui sont le temps
de leur *second sommeil.* Ce même manége se répète
une troisième fois; et c'est après avoir éprouvé ces som-
meils successifs, qu'on leur livre une pâture abondante,
afin qu'ils puissent satisfaire leur appétit et se livrer au
travail de leurs cocons (87). Alors on les voit s'enve- *Pag. 169.*
lopper insensiblement d'un tissu semblable à celui que
file l'araignée, et ce tissu s'accroît de jour en jour. S'il
vient alors à pleuvoir, le cocon se trouve amolli par
l'humidité; le ver le perce et en sort orné de deux ailes
qui lui servent à voler : dans ce cas, la soie ne peut être

C c 4

d'aucun usage. Quand on veut la recueillir avec prof
on a soin, dès que les vers ont fini leur ouvrage, d'expo
les cocons à un soleil ardent, afin de les y faire périr : (
en réserve seulement un certain nombre qu'on lai
percer aux vers, afin qu'ils puissent en sortir et pond
des œufs, que l'on conserve soigneusement dans d
vases de terre ou de verre, pour faire éclore l'ann
suivante. On attribue aux vêtemens de soie la proprié
de préserver de certaines maladies de la peau, et de g
rantir de la vermine, qui ne peut s'y engendrer.

Pag. 570. *L'Araignée.* Il y en a beaucoup d'espèces, dignes
chacune dans sa manière, d'exciter l'admiration. Cell
qui est portée sur de longues pattes, par exemple, vien
elle à reconnoître que ses pattes se sont affoiblies et qu'ell
n'est plus propre à la chasse, elle prépare alors, pou
surprendre sa proie, des toiles et des filets. Dans ce
dessein, elle se retire vers quelque ouverture formée par
le voisinage de deux murailles : là, elle commence par
jeter d'un côté sa salive, dont se compose son fil, afin
qu'il s'y attache en un point ; puis, gagnant l'autre
côté, elle l'y affermit par l'autre bout. Elle répète ce
manége plusieurs fois, et établit ainsi la chaîne ; après
quoi, elle travaille à former la trame jusqu'à ce qu'elle
ait fini sa toile, qui se trouve tissue avec toute la régu-
larité géométrique. Cette grande opération finie, elle
se retire en embuscade dans un angle, attentive à épier
l'arrivée de sa proie ; et lorsqu'une mouche ou un cousin
vient à tomber dans ses filets, elle court s'en saisir.
Il y en a une autre espèce à pattes courtes, nommée
fehd, parce que, dans la chasse qu'elle fait aux mouches,

s'y prend comme le *fehd* ou loup-cervier, dans
le qu'il fait aux gazelles. En effet elle s'établit (88) *Pag. 571.*
is quelque coin, et, lorsqu'une mouche vient à voler
s d'elle, elle s'élance sur sa proie : quelquefois aussi
e prolonge son fil du haut d'un toît, et s'y tient
spendue à la renverse jusqu'à ce qu'une mouche
jlant dans son voisinage, elle se précipite sur elle
s'en saisit. Une troisième espèce est nommée *leïth*
c'est-à-dire, lion]; elle a six yeux (89). Aperçoit-
lle une mouche, elle commence par se coller à terre,
uis elle s'élance sur elle et tombe toujours juste sur sa
iroie sans jamais manquer son coup : aussi est-elle,
pour les mouches, le fléau le plus redoutable. Il y en
a une quatrième espèce nommée *rojaïla*, dont la bave
est mortelle pour l'homme lorsqu'elle vient à marcher
sur lui. Nous en avons parlé à son article (90). Elle est
aussi connue sous le nom de *scorpion du thabân* (espèce
de serpent), parce qu'elle tue ce reptile. Une cinquième
espèce enfin est remarquable par la délicatesse de son
travail. Après avoir parfaitement préparé sa toile, elle
monte dans son trou, et, lorsqu'une mouche vient à
tomber dans son filet, avertie par le mouvement qui
lui est communiqué, elle s'avance vers elle et lui suce
tout le sang. Cependant la mouche ne cesse de bour-
donner jusqu'à ce qu'elle soit morte. Alors l'araignée
l'emporte à son magasin pour lui servir de provision. *Pag. 572.*
C'est au coucher du soleil que les insectes tombent en
plus grand nombre dans ses pièges. Quelques personnes
croient que l'araignée femelle seule travaille, tandis que
le mâle, paresseux, ne s'occupe en aucune manière ;

d'autres , que la chaîne est l'ouvrage des femelles , tandis
que les mâles composent la trame, qui est d'un travail plus
fort : tous deux ainsi coopéreroient au travail , ou nous
représenteroient un maître avec son disciple.

Le Papillon. C'est cet insecte léger qui voltige sans
cesse autour des flambeaux et se brûle à leur flamme.
Khafif de Samarcande, l'ami de Motadhed , rapporte
que , se trouvant une nuit dans la société de ce khalife,
et voyant un grand nombre de papillons voltiger à
l'entour des flambeaux , il leur prit envie de les rassem-
bler : ils en rassemblèrent en effet plein une mesure
nommée *macouc ;* puis , en les divisant , ils en comptè-
rent soixante-douze espèces différentes (91). Le papillon
n'est , dit-on , que le *domous* lorsqu'il lui est survenu
des ailes. Voici la raison que l'on donne de l'ardeur
avec laquelle il se précipite s.. la flamme : lorsqu'il voit
briller un flambeau au milieu de la nuit , il s'imagine
être dans une chambre ténébreuse , et prenant la flamme
pour une ouverture de cette chambre à travers laquelle
la lumière s'introduit d'un endroit éclairé , il ne cesse
de chercher à y pénétrer, et se jette ainsi sur la flamme,
où il se brûle.

Pag. 573.

L'Abeille. Ce petit animal est doué d'une forme
gracieuse, qui réunit, dans ses proportions, l'élégance
et la délicatesse. Le milieu de son corps (son corselet)
est cubique , son extrémité (son abdomen) conique,
et sa tête ronde et aplatie. Vers le milieu de son corps
sont disposées six pattes , espacées dans les mêmes
proportions que les côtés d'un hexagone. Les abeilles
obéissent à des rois , dont le royaume passe à leurs

enfans par droit d'héritage : car les rois des abeilles
n'engendrent que des rois.

Une des merveilles que nous offre ce petit peuple,
c'est que le roi ne sort jamais de la ruche ; s'il sort,
toutes les abeilles le suivent, et les travaux restent sus- *Pag. 574.*
pendus ; et s'il vient à mourir, elles ne font plus rien et
meurent toutes en peu de temps. Le roi est aussi gros
que deux abeilles. C'est lui qui distribue les travaux entre
ses sujets, dont les uns sont chargés de poser les fondemens de l'habitation, les autres de construire les cellules,
d'autres enfin de fabriquer le miel ; et si quelqu'une ne
s'acquitte pas bien de ses fonctions, le roi ne la souffre
pas au milieu des autres, mais il la chasse impitoyable-
ment. Il établit aussi un portier qui fait constamment la
garde à la porte de la ruche, afin d'en interdire l'entrée
à celles qui se seroient posées sur quelque chose d'impur ;
ce que le portier exécute ponctuellement.

La forme hexangulaire qu'elles donnent à leurs cellules, est une des merveilles les plus surprenantes de la
nature ; et le choix particulier qu'elles ont fait de l'hexagone équilatéral, confond l'esprit des mathématiciens.
En effet, les avantages qui résultent pour elles de cette
figure, ne pouvoient se rencontrer ni dans le carré, ni
dans le pentagone, ni dans le cercle lui-même, quoiqu'il *Pag. 575.*
soit la figure qui renferme le plus grand espace et la plus
parfaite, perfection à laquelle participent celles qui s'en
approchent davantage. Quant au carré, ses angles
saillans seroient perdus pour les abeilles, dont le corps
est à-peu-près cylindrique : elles ont donc évité cette
figure, pour épargner le vide intérieur qui résulteroit

de ses angles; et si elles avoient adopté le cercle, il en
seroit résulté également tout autour de chaque cellule
des vides extérieurs sans aucun profit; car nous voyons
que, quelque soin que l'on mette à rapprocher entre
eux des corps cylindriques, il est impossible de les faire
se toucher par tous les points : or, de tous les polygones
possibles, l'hexagone, dont les abeilles ont fait choix,
est le seul qui, avec la propriété d'offrir un contact parfait sans laisser le moindre vide entre ses côtés lorsqu'on
en assemble plusieurs, embrasse l'aire la plus voisine de
celle renfermée dans le cercle. Quoi de plus admirable
que cet instinct que leur a inspiré la Providence! C'est
dans les deux saisons du printemps et de l'automne,
que leurs travaux sont en activité : on les voit alors
recueillir avec leurs pattes, sur les sommités des arbres
Pag. 576. et la fleur des fruits (92), une rosée visqueuse qu'elles
emploient à la construction de leurs cellules, et mois-
sonner, avec les mandibules (93) dont elles sont pour-
vues, la substance la plus délicate des fruits ; secret
de la nature inconnu aux esprits les plus subtils (94).
Bientôt par une force concoctrice intérieure qui leur
est propre, ces différens sucs se changent en un miel
doux et délicieux qui fait leur nourriture et celle de
leurs petits : ce qui excède leurs besoins est mis en
réserve dans des cellules particulières, dont les ouver-
tures sont soigneusement fermées avec une pellicule
transparente de cire ; en sorte que la cire les enveloppe
parfaitement de tous côtés, comme on recouvre un vase
d'un couvercle de papier. C'est là la provision pour
l'hiver. D'autres cellules sont destinées à recevoir leurs

œufs qui y éclosent, et d'autres enfin leur servent de retraite pour elles-mêmes. Elles ne les quittent pas de tout l'hiver, ni dans les jours froids, pluvieux ou venteux. C'est alors qu'elles et leurs petits ont recours à la provision, dont elles usent en bonnes ménagères, sans souffrir ni dilapidation ni trop de parcimonie. Elles *Pag. 577.* vivent ainsi jusqu'à ce que la terre et les arbres se parent de nouveau de fleurs au retour du printemps : elles vont alors chercher au loin leur pâture, et recommencent les travaux de l'année précédente, en suivant sans cesse la marche que leur a dictée la nature. Un fait digne de remarque que présentent les abeilles, c'est que, lorsqu'elles s'aperçoivent qu'on veut leur dérober leur miel, et qu'elles commencent à sentir la fumée, elles se mettent toutes à le dévorer avec une activité étonnante.

On rapporte que les mouches d'une ruche, étant devenues malades, les abeilles d'une autre ruche, profitant de leur foiblesse, s'y introduisirent pour les battre et les chasser de leurs cellules, afin de se rendre maîtresses de leur miel ; et que le maître des ruches (95), étant venu à leur secours, les mouches étrangères le piquèrent de leurs aiguillons, tandis que les mouches malades ne lui faisoient aucun mal, comme si celles - ci eussent eu connoissance qu'il ne vouloit que les secourir en repoussant leurs ennemis. On prétend que le *Pag. 578.* miel blanc est fabriqué par les jeunes, le jaune par celles qui ont acquis toute la force de l'âge, et le rouge par les vieilles abeilles.

FIN des Extraits de Kazwini.

NOTES pour les Extraits de KAZWINI.

(1) C'est loin de sa patrie et de sa famille que Kazwini, le Pline des Orientaux, cherchant la consolation dans l'étude, selon cette pensée du sage, « Notre meilleur » ami, c'est un bon livre »,

خمــــر جلــيس في الــزمان كتاب

et l'ame remplie des grandes idées que lui faisoit naître le magnifique spectacle de la nature, composa son *Traité de cosmographie et d'histoire naturelle*.

Cet ouvrage, précédé d'une courte préface ديباجه et de quatre prolégomènes مقدمة dans lesquels l'auteur définit les quatre mots qui en composent le titre عجائب المخـــلوقات وغرائب الموجودات est divisé en deux *parties* مقاله sous-divisées elles-mêmes en *chapitres* فصل et en *sections* ou *vues* نظر.

Dans sa préface, après avoir fait sentir combien les voies de la Providence sont au-dessus de l'intelligence humaine, et combien il nous seroit ridicule de vouloir les juger, parce que ce qui est juste dans ses desseins peut sembler injuste à nos vues bornées, Kazwini cite à l'appui de ses réflexions une histoire assez originale qui me paroît avoir fourni l'idée de la charmante pièce de Parnell, intitulée *l'Hermite* [the Hermit]; je vais transcrire ici ce passage:

موسي عليــــه السلام اجتاز بعين ماء في سفح جبل فتوضا منها
ثم ارتقي الجبل يصلي اذ اقبل فارس وشرب من ماء العين
وترك عندما كيسا فيه دراهم فجا بعده راعي غنم راي الكيس
فاخذه ومضي ثم جا من بعده شيخ عليه اثر البوس علي راسه
حزمة حطب فحط حزمته هناك و احتلي ليستريح فما كان الا

قليلـــا حتى عاد الفارس يطلب الكيس فلما لم يجده اقبل على
الشيخ يطالبــه به فلم يزل يضربه حتى قتله فقال موسى يا رب
كيف العدل في هذه الامور فاوحي الله تعالي البـــه ان الشيخ
كان قد قتل ابا الفارس وكان على ابي الفارس دين لابي الراعي
مقدار ما في الكيس فجري بينهما القصاص وقضي الدين وانا
حكيم عادل •

« Moïse , passant un jour au pied d'une montagne où
» il y avoit une source, y fit ses ablutions , puis gravit
» la montagne pour y prier. Sur ces entrefaites , un cavalier
» vint se désaltérer à la même source, et y laissa une bourse
» remplie d'argent Après lui, arriva un berger qui vit la
» bourse, la prit et s'en alla. Ensuite vint un vieillard
» accablé de misère , et portant sur sa tête une charge
» de bois. Il se débarrassa en cet endroit de son fardeau,
» et s'étendit sur l'herbe pour se reposer. Mais à peine y
» étoit-il, que le cavalier revint pour chercher sa bourse,
» et ne la trouvant pas, il s'approcha du vieillard, qu'il
» soupçonnoit de l'avoir prise , pour la lui faire rendre,
» et le tua à force de coups. Grand dieu ! s'écria Moïse,
» où est donc ta justice dans ces événemens ! Dieu alors lui
» révéla que le vieillard avoit anciennement tué le père du
» cavalier, et que celui-ci avoit, envers le père du berger,
» une dette qui montoit précisément à la somme contenue
» dans la bourse ; qu'ainsi la peine du talion et l'acquit
» de la dette se trouvant accomplis entre eux deux, il n'y
» avoit rien là que de conforme à la justice divine. »

Des quatre prolégomènes, où l'auteur définit des mots assez
clairs par eux-mêmes, je n'extrairai qu'un seul passage relatif à un fait qui peut paroître intéressant en ce moment,
puisqu'il s'agit d'un phénomène pareil à celui dont nous

avons été témoins assez récemment. Ce passage se trouve dans le troisième prolégomène, qui est consacré à la définition du mot غرايب singularités. Voici comment s'exprime Kazwini.

ومنها (من الغرايب) سقوط احجار مثل الحـديد و النحاس في وسط الصواعق وذلك يوجد ببلاد الترك وربما يوجد بارض جيلان ايضا ۰ وحكى علي بن الاثير الجزري في تاريخه ان نشات اربعة في سنة احدي عشر واربعاية سحاب شديدة الرعد والبرق فامطرت حجارة كثيـرة واهلكت كل من اصابتــه ۰

« Je range parmi les singularités naturelles, la chute des
» pierres ferrugineuses et cuivreuses qui tombent avec la
» foudre : on en trouve dans le Turquestan et quelque-
» fois dans le Guilan. Tel est encore le fait rapporté par
» Abou'lhasan Ali ben-Alathir Djézéri dans sa Chronique;
» cet écrivain raconte qu'en Afrique, l'an 411 de l'hégire,
» on vit se former un nuage chargé de tonnere et d'éclairs,
» d'où il tomba une pluie de pierres abondantes qui tuèrent
» tous ceux qui en furent atteints. »

La première partie de l'ouvrage de Kazwini, intitulée في العلويات c'est-à-dire, *Sur les êtres supérieurs*, est toute du ressort de l'astronomie. L'auteur y traite des sphères célestes : il commence par la Lune, dont il décrit les phases et les éclipses, et à l'influence de laquelle il rapporte le phénomène des marées, remarque qui me semble intéressante. Il dit un mot de la voie lactée, sur la nature de laquelle on n'avoit rien de certain; puis il passe à Mercure, Vénus, au Soleil où il donne la raison de ses éclipses, à Mars, Jupiter, Saturne, et enfin à la sphère des étoiles fixes. Ici il décrit les constellations méridionales et septentrionales, les signes du zodiaque et les vingt-huit mansions de la Lune. Il parle ensuite de la sphère des sphères, ou de l'empyrée

l'empyrée et des anges ; puis il donne la définition du temps,
traite de sa division, et entre dans des détails intéressans sur
les noms des jours et des mois chez les Arabes, les Grecs, et
les Persans. De là il passe aux saisons, et termine cette première partie par un récit qui, sous le voile de la fable, renferme une idée très-philosophique sur le déplacement des
mers, et les changemens successifs des terres en mers, et des
mers en terres, qui arrivent sur la surface du globe. Au lieu
d'un laps de cinq cents ans que met Khidhr entre ces différentes révolutions, on n'a qu'à supposer un nombre indéfini
de siècles ; et d'après les preuves que nous fournit l'histoire
géologique du globe, son récit ne répugnera pas à la raison ;
le voici :

قال خضر مررت بمدينة كثيرة الاهل والعمارة فسالت
رجلا من اهلها متي بنيت هذه المدينة فقال هذه مدينة
عظيمة ما عرفنا مدة بنائها نحن ولا اباؤنا ثم اجتزت بها بعد
خمسمائة عام فلم ار للمدينة اثرا ورايت هناك رجلا يجمع
العشب فسالته متي خربت هذه المدينة فقال لم تزل هذه
الارض كذلك فقلت اما كان ههنا مدينة فقال ما رايا ههنا
مدينة ولا سمعنا عن ابائنا ثم مررت بها بعد خمسمائة عام
فوجدتها بحرا فالتمست هناك جمعا من الصيادين فسالتهم متي
صارت هذه الارض بحرا فقالوا امثلك يسل عن هذا انها لم تزل
كذلك قلت اما كان هذا قبل هذا يبسا فقالوا ما رايا ولا سمعنا
به من ابائنا ثم اجتزت بعد خمسمائة عام وقد يبست فالقيت
بها تخصا يختلي فقلت له متي صارت هذه الارض يبسا فقال لم
تزل كذلك فقلت له اما كان بحرا قبل هذا فقال ما رايناه ولا

* D d

حمنا بيه قبل هذا ثم مررت بها بعد خمسمائسة عام فوجدتها
مدينسة كثيرة الاهل والعمارة احسن مما رايتها اولا فسالت
من بعض اهلها هي بنيت هذه المدينسة فقال انما هي مدينة
ما عرفنا مدة بنايها نحن ولا الارا .

« Je passai un jour, dit Khidhr, par une ville très-grande,
» extraordinairement peuplée. Savez-vous quand a été fondée
» cette ville, demandai-je à un de ses habitans! Oh! me
» répondit-il, c'est ici une grande ville. » (Je crois qu'il faut
lire قديمة, *fort ancienne*, au lieu de عظيمة *fort grande*; c'est
ainsi qu'on lit dans le كتاب الدرر المنتقاة Ce sens est celui de
la traduction Persane, qui porte این شهر دیرینه است c'est
aussi ce qu'on lit à la fin de ce récit.) « Nous ignorons depuis
» quand elle existe, et nos ancêtres étoient à ce sujet dans la
» même ignorance que nous. Cinq cents ans après, passant
» par le même lieu, je n'aperçus plus une seule trace de
» cette ville; et je demandai à un paysan qui ramassoit de
» l'herbe sur son ancien emplacement, depuis quand elle
» avoit été détruite. Quelle question me faites-vous donc là!
» me dit-il, cette terre n'a jamais été autre qu'elle est en
» ce moment. Autrefois, lui dis-je, n'existoit-il pas ici une
» ville superbe! Jamais nous ne l'avons vue, me répondit-il,
» et jamais nos pères ne nous en ont parlé. Comme j'y revins
» cinq cents ans après, je trouvai une mer à sa place, et
» j'aperçus sur ses bords une compagnie de pêcheurs, aux-
» quels je demandai depuis quand cette terre étoit couverte
» par la mer. Un homme comme vous, me répondirent-ils,
» devroit-il faire une pareille question! cet endroit a tou-
» jours été ce qu'il est. Quoi donc, leur dis-je, cette mer
» n'étoit-elle pas anciennement la terre ferme! Nous n'en
» avons pas de connoissance, me dirent-ils, et nous n'en avons
» jamais entendu parler à nos pères. J'y retournai encore cinq

» cents ans après, la mer avoit disparu : je demandai à un
» homme qui étoit seul en cet endroit, depuis quand ce chan-
» gement avoit eu lieu, et il me fit la même réponse que j'a-
» vois reçue précédemment. Enfin, y retournant de nouveau
» après un pareil laps de temps, j'y retrouvai une ville floris-
» sante, plus peuplée et plus riche en beaux bâtimens que celle
» que j'y avois vue la première fois; et quand je m'informai
» de son origine à ses habitans, ils me répondirent : Elle
» se perd dans l'antiquité; nous ignorons depuis quand elle
» existe, et nos pères étoient à cet égard dans la même igno-
» rance que nous. »

Cette première partie de l'ouvrage de Kazwini, qui n'est
pas sans intérêt, est déjà connue en grande partie ; on peut
la retrouver presque toute entière dans Alfragan, Hyde, et
dans la Description du globe céleste Cufique du Musée de
Velletri, donnée par M. S. Assemani. Cette dernière sur-
tout sera très-utile à ceux qui voudront recourir au manús-
crit, et leur servira à rectifier l'orthographe des noms propres,
principalement celle des noms des constellations, qui, dans
le manuscrit, sont écrits de la manière la plus fautive.

La seconde partie, intitulée في السفليات c'est-à-dire,
sur les Êtres inférieurs, comprend tous les corps sublunaires.
Kazwini traite d'abord des élémens en général ; puis il décrit
chacun d'eux en particulier, et les phénomènes et météores
qui en dépendent. A l'article *Feu,* par exemple, il parle des
météores ignés : à celui *Air,* des météores aqueux, tels que
les nuages, les parasélènes, l'arc-en-ciel ; il y traite aussi des
vents, du tonnerre et des éclairs, phénomènes qui seroient
mieux placés à l'article *Feu.* L'article *Eau* est très-étendu,
parce que l'auteur y décrit toutes les mers connues, les différentes îles qui y sont disséminées, et les poissons qui vivent
dans les mers. La plupart de ces descriptions sont puériles et
fabuleuses; on y retrouve plusieurs contes des *Mille et une
nuits.* Cet article est terminé par une petite Histoire des

D d 2

poissons et des amphibies, précédée de généralités sur ces
animaux : ces généralités m'avoient d'abord échappé, parce
qu'elles sont hors de place, mais il est bon de les transcrire
ici, pour compléter le morceau sur les trois règnes de la nature, que j'ai extrait de cet ouvrage.

القول في حيوان الماء ٠

حيوان الما على قسمين منها ما ليس له رية كأنواع السمك
فانها لا تعيش الا في الما ومنها ما له رية كالضفدع فانها تجمع
بين الما والهوي فاما التي لا تعيش الا في الما فلا حاجة لها
الي استنشاق الهوي لان الباري تعالي لما خلقها في الماء جعل
حياتها منه وجعلها علي طبيعة الما وركب ابدانها تركيبا يصل
اليها برد الما وتروح الحرارة الغريزة التي في بدنها وتنوب
من استنشاق الهوي فلذلك خراما خرسا لا صوت لها لفقد الرية
التي لا حاجة لها اليها والحكمة الالهية اقتضت ان يكون
لكل حيوان الاعضا الكثيرة والالات المختلفة وكل حيوان هو
انقص فاقل حاجة ثم اقتضت ان يكون لكل حيوان اعضا
مشاكلة لبدنه و مفاصل مناسبة لحركاته وجلودا صالحة
لوقايته فجعل ابدان حيوان الما اما صدفية صلبة لا يعمل فيها
الشي الحاد او فلوسية او ما شاكلها غطاء ووقاء للمعاهات
العارضة وجعل ابعضها اجنحة واذا ارا تسبح بها في الما كما
يطير الطير في الهوي وجعل بعضا اكلا وبعضا ماكولا
وجعل نسل الماكول اكثر لبقا اشخاصها فسبحانه ما اعظم
شانه ٠

Sur les Animaux aquatiques.

« Les animaux aquatiques sont divisés en deux classes. La
» première renferme ceux qui sont dépourvus de poumons,
» tels que les poissons, qui, destinés à vivre sans cesse dans
» l'eau, n'ont pas besoin de cet organe. Dans la seconde sont
» placés les amphibies, tels que la grenouille, &c., qui
» vivant tantôt dans l'eau, tantôt à l'air, sont doués de
» poumons. Ceux qui vivent exclusivement dans l'eau, n'ont
» aucun besoin d'aspirer l'air; car le créateur leur ayant
» assigné les eaux pour demeure, a aussi destiné cet élément
» à la conservation de leur vie : il leur a donné une nature
» analogue à celle de l'eau, et il a disposé leurs corps de
» telle manière, que l'impression rafraîchissante de cet élé-
» ment qu'ils reçoivent, dissipe l'excès de chaleur qui leur
» nuiroit, et tient lieu pour eux de l'aspiration de l'air.
» S'ils sont muets et ne produisent aucun son, c'est encore
» par la raison qu'ils n'ont pas de poumons, viscère dont ils
» n'ont pas besoin. La divine sagesse a voulu que tous les
» animaux eussent un grand nombre de membres, et des or-
» ganes très-diversifiés; et toutes les fois qu'une espèce d'a-
» nimal manque de quelque organe, c'est que cet organe ne
» lui est d'aucune utilité : la même sagesse a voulu que chaque
» animal fût pourvu de membres appropriés au corps qu'elle
» lui a donné, d'articulations propres à exécuter les mou-
» vemens auxquels il est destiné, et de tégumens capables
» de préserver son existence des choses qui pourroient lui
» nuire.

» Elle a en conséquence revêtu le corps des animaux ma-
» rins, ou de coquilles solides contre lesquelles s'émoussent les
» pointes les plus dures, ou d'écailles ou d'autres enveloppes
» propres à les défendre contre les divers accidens auxquels
» ils sont exposés. Elle en a muni plusieurs de nageoires et de
» queues, au moyen desquelles ils fendent l'onde avec une
» rapidité égale à celle de l'oiseau qui vole dans les airs : et

» comme il entroit dans ses desseins que les uns servissent
» de pâture aux autres, elle a doué les premiers d'une fécon-
» dité prodigieuse. Honorons donc celui dont les œuvres
» proclament la toute-puissance. »

Kazwini décrit ici quelques espèces de poissons et d'amphibies, et passe ensuite à la *terre*, considérée comme élément :
il rapporte les divers sentimens des anciens sur sa forme,
et nous donne à connoître qu'ils avoient, sur l'attraction, des
notions générales. Comme ce passage est curieux et ne se
trouve ni dans Alfragan, ni dans aucun auteur traduit, à ce
que je crois, il peut être utile de le présenter ici.

من القدما من اصحــاب فيثاغورس من قال ان الارض
متحركـــــة دائما علي الاستدارة والذي يري من دوران
الكواكب انما هو دور الارض لا دور الكواكب وقال
بعضهم انها واقفــة في الوسط علي مقدار واحد من كل جانب
والفلك يجذبها من كل وجـــه فلذلك لا تميل الي ناحيــة
من الفلك دون ناحيــة لان قوة الاجزا متكافيــة و مثال
ذلك حجر المغنطيس الذي يجذب الحديد لان في طبع الفلك
ان يجذب الارض وقد استوى الجـــذب من جميع الجهات
وقفت في الوسط .

« Parmi les anciens, quelques disciples de Pythagore pen
» soient que c'étoit la terre qui tournoit sans cesse, et que le
» mouvement des étoiles n'étoit qu'apparent et produit seule
» ment par la rotation du globe : d'autres imaginoient qu'elle
» étoit suspendue au centre de l'univers, également distante
» de tous les points, et que le firmament l'attiroit de toute
» parts, ce qui lui faisoit tenir un équilibre parfait; que
» comme il est de la nature de l'aimant d'attirer le fer, ains

» le firmament avoit la propriété d'attirer le globe terrestre,
» qui, soumis à une force attractive exerçant sur lui de toutes
» parts une action égale, restoit suspendu au centre. »

Kazwini parle ensuite de la division géographique du globe
en sept climats; explique la cause des tremblemens de terre;
puis, dans quatre sections séparées, il traite de la formation
des montagnes, de l'origine des fleuves, des sources, des
puits, et il en décrit un grand nombre.

Ensuite vient l'article qui m'a intéressé sur tout le reste,
et qui contient la description des trois règnes de la nature.
Quelque éloigné que soit de nos connoissances ce morceau
sur l'Histoire naturelle, dans la partie minéralogique sur-
tout, que je n'ai donnée que pour que cet extrait ne fût pas
incomplet, il ne m'a cependant pas paru dénué d'intérêt,
particulièrement dans les généralités que je me suis attaché à
faire connoître. Plusieurs savans, tels que Bochart dans son
Hierozoicon, et récemment M. Wahl dans sa *Neue Arabische
Anthologie*, M. Ouseley dans ses *Oriental Collections*, M. Jahn
dans son recueil intitulé *Arabische Chrestomathie*, d'après
Bochart, &c., ont présenté des fragmens de cet auteur; mais
ces morceaux, ainsi isolés, ne peuvent donner aucune idée
de cet ouvrage, qui, malgré ses défauts, me semble être cependant le meilleur Traité d'histoire naturelle qu'aient les
Orientaux.

Il me reste à parler des manuscrits de cet ouvrage que
possède la Bibliothèque nationale. Il n'y en a, à proprement
parler, que deux que l'on puisse prendre pour bases d'un
travail, c'est le n.° 898, qui est complet et fort beau, et un
exemplaire rapporté du Caire au retour de l'armée françoise,
qui est correct et complet également, à l'exception des quinze
ou seize premières lignes de la préface, qui devoient contenir
entre autres choses le nom de l'auteur. Parmi les autres, in-
diqués dans le catalogue sous les n.°⁵ 900, 945, 955 et
956, le premier, mal-à-propos intitulé تحفة الغرايب, et

écrit par une main Européenne, est très-fautif et défectueux, n'allant que jusqu'aux *oiseaux*, inclusivement. Il existe un ouvrage intitulé تحفة الغرايب, mais il doit être antérieur à celui de Kazwini, qui le cite quelque part (manuscrit arabe, n.° 898, f. 272.) Le second ne contient que quelques fragmens de l'*Adjaïb*, et ne peut être d'aucune utilité; le troisième, qui porte pour titre كتاب مختصر التجايب والغرايب n'est pas je crois un abrégé de l'ouvrage de Kazwini, ou est tellement défiguré qu'on a peine à le reconnoître; et le dernier n'est nullement l'ouvrage de Kazwini, comme l'a bien observé M. de Guignes, en tête du manuscrit.

Dans le fonds de Saint-Germain on trouve aussi, sous le n.° 398, un abrégé de cet ouvrage, qui peut fournir quelques variantes utiles.

Il y a de plus à la Bibliothèque nationale deux exemplaires d'une même traduction Persane de cet ouvrage (n.ᵒˢ 141 et 142 des manuscrits Persans); par une fatalité singulière, ils sont tous deux incomplets. Le premier doit son imperfection à une lacune considérable qui embrasse, à en juger par l'annonce de la préface, une grande partie de la description des mœurs, usages, arts et métiers des différens peuples de la terre (article intéressant, placé après la description des facultés physiques et intellectuelles de l'homme, et qui ne se trouvant pas dans le texte Arabe, me semble avoir été ajouté par le traducteur Persan, et être de sa composition), l'article des quadrupèdes et une partie de celui des oiseaux. Le second, qui a été abrégé à dessein par le copiste, est plus incomplet que l'autre : il y manque toute la partie des oiseaux et celle des insectes : les exemplaires étoient destinés à être accompagnés de figures dont les places sont restées en blanc.

L'ouvrage de Kazwini, dans le manuscrit Arabe n.° 898, porte pour titre كتاب عجايب المخلوقات وغرايب المصنوعات et dans la préface, l'auteur est nommé, dans le même manuscrit, *Mohammed ben-Mohammed Kazwini.* J'ai suivi la leçon de ce manuscrit dans le texte Arabe imprimé : cependant je ne doute point que le véritable titre de l'ouvrage ne soit كتاب عجائب المخلوقات وغرائب الموجودات et c'est ainsi qu'on le lit à la fin de la préface dans le manuscrit 898 lui-même. Ce n'est peut-être pas sans dessein que quelqu'un aura substitué au frontispice de l'ouvrage المصنوعات *les choses créées*, à الموجودات *les êtres :* car ce dernier mot, qui renferme aussi bien le créateur que les choses créées, répond mal au plan de Kazwini, et le parallélisme est mieux observé en employant le mot المصنوعات Quant au nom de l'auteur, sur lequel les divers manuscrits ne sont pas d'accord, on peut voir ce qu'en dit M. de Sacy dans les corrections et additions à la fin de ce volume. On l'appelle communément *Zacaria ben - Mohammed ben - Mahmoud ;* mais, comme j'ai suivi en général le texte du manuscrit 898, j'ai cru devoir aussi m'y conformer pour ce qui concerne le titre de l'ouvrage et le nom de l'auteur.

Le texte de Kazwini, dans le manuscrit 898, offre souvent des défauts de concordance grammaticale dans le genre ou le nombre des adjectifs, des verbes, &c. J'ai cru le plus souvent pouvoir corriger ces fautes, soit d'après d'autres manuscrits, soit d'après les seules règles de la syntaxe : cependant je ne l'ai pas toujours fait, et j'ai pensé qu'il suffiroit d'en avertir le lecteur une fois pour toutes.

Kazwini a composé, outre l'ouvrage auquel appartiennent ces extraits, un traité de géographie très-étendu, sous le titre de عجائب البلدان ; du moins l'opinion reçue est que ces deux ouvrages ont pour auteur le même Kazwini : mais il ne faut pas confondre cet écrivain avec un autre Kazwini qui est auteur du نزهة القلوب traité estimé de géographie et d'histoire naturelle, écrit en persan. Le nom entier de celui-ci est حمد الله بن أبي بكر بن حمد الله المستوفي القزويني Celui-ci cite l'*Adjaïb almakhloukat* comme l'un des livres qui ont servi à sa compilation. [Ch.]

(2) Ceci n'est pas juste ; car les minéraux croissent en effet, mais par juxta-position seulement. Tout le monde connoît cette belle définition de Linné, *Lapides crescunt, vegetabilia crescunt et vivunt, animalia crescunt, vivunt et sentiunt ;* ou celle-ci, plus exacte encore, telle qu'on la trouve au commencement de son *Systema naturæ,* et qui est presque la même que celle de Kazwini, *Lapides corpora congesta, nec viva, nec sentientia : vegetabilia corpora organisata et viva, non sentientia : animalia corpora organisata et viva, et sentientia sponteque se moventia.* [Ch.]

(3) Tout ceci est fort obscur, et l'étoit sûrement pour l'auteur lui-même. Les anciens fondoient cette première transmutation des élémens, particulièrement de l'air en eau (comme je le vois dans les généralités de Kazwini sur les élémens), sur une observation erronée : ils voyoient qu'en exposant un vase rempli de glace dans un air chaud, il se couvroit extérieurement de petites gouttes d'eau ; et comme l'expérience se faisoit dans un air extrêmement pur, ils ne se doutoient pas que cette eau, tenue en dissolution par le calorique, étoit simplement abandonnée par l'air à cause du froid subitement produit ; et ils s'imaginoient que c'étoit l'air lui-même qui se convertissoit en eau. Cette pensée, qui étoit parmi eux le produit d'une erreur, s'est cependant trouvée, avec quelque modification, réalisée de nos jours, puisque les belles expériences du célèbre Lavoisier sur la décomposition et la recomposition de l'eau ont invinciblement démontré que l'eau n'est que le produit de la combinaison des deux gaz oxygène et hydrogène. [Ch].

Il paroît surprenant, au premier coup-d'œil, que Kazwini représente la formation des exhalaisons et des vapeurs comme un premier degré de transmutation des substances élémentaires : car si les vapeurs et les exhalaisons ne sont, comme il semble le dire, que des molécules aqueuses raréfiées par la chaleur et enlevées de dessus la surface des eaux, cela

présente aucune idée de transmutation ; mais pour bien
recevoir en quoi consiste la transmutation dont parle ici
zwini, il ne faut que développer d'une manière plus
cise ce que cet écrivain entend par *vapeurs et exhalaisons*.
, en consultant le passage de l'*Ayin Acbéri* que je citerai
ns la note (6), on verra que par *vapeurs* بخار, il faut
tendre une combinaison de molécules aqueuses avec des
olécules aériennes, une véritable amalgame de ces deux
incipes élémentaires ; et par *exhalaisons*, une semblable
mbinaison de molécules aqueuses et aériennes, chargée
outre de molécules terreuses, auxquelles elle sert de
hicule, ou même une combinaison immédiate des molé-
les terreuses avec les molécules aériennes.

Quant au mot عصارات, que j'ai engagé M. Chézy à rendre
ar le mot *infiltrations*, je dois observer que le terme ori-
inal signifie les sucs quelconques exprimés par le moyen
d'une presse, d'une meule, d'un pressoir, &c., qui découlent
et se précipitent dans une cuve ou autre vase placé sous le
pressoir et destiné à les recevoir. Les eaux de pluie, ou molécules aqueuses, absorbées par la surface de la terre, et qui,
s'insinuant dans ses pores, se combinent avec des molécules
terreuses, sont donc désignées par le mot عصارات, qui veut
dire à la lettre, *sucs exprimés par pression*, parce qu'au lieu de
s'élever en haut comme les vapeurs et les exhalaisons, elles se
précipitent vers les parties inférieures du sol, à la manière
de l'huile ou du moût qui coule au-dessous de l'instrument
dont la pression s'exerce sur les olives ou les raisins. Si le
mot *infiltrations* n'est pas précisément l'équivalent du mot
original, du moins il exprime par une idée analogue l'opposition que l'auteur veut établir entre les vapeurs qui, par
leur légèreté, s'élèvent vers les régions supérieures de l'atmosphère, et les molécules aqueuses qui, par leur poids et peut-
être même par l'attraction de l'élément terreux ما يتجلب
في باطن الارض gagnent les régions souterraines. [S. de S.]

(4) Au lieu de المستبطنة que porte le manuscrit du Caire, et qu'on a suivi dans le texte imprimé, on lit dans le manus. 898 المستبطة, et dans le manus. 958 البسيطة; cette dernière leçon a été substituée à une autre que portoit primitivement ce manuscrit, et que l'on a grattée. [Ch.]

(5) On lit ici dans les manuscrits 898 et 958 وقوة التركيب Ce passage manque dans le manuscrit du Caire. Je n'ai pas fait difficulté de substituer قوة à قوية, parce que le sens exige cette correction. [Ch.]

(6) Le mot خارصيني se trouve quelquefois écrit par un ج ou ح, mais ce sont des fautes d'orthographe. Au lieu de خارصيني on dit aussi خارجيني, et c'est ainsi qu'on trouve ce mot dans le Dictionnaire Persan de Castell; il signifie à la lettre, *pierre de la Chine*; mais il paroît difficile de déterminer de quelle substance métallique Kazwini entend parler sous ce nom. Observons cependant que, suivant cet auteur, et selon l'*Ayin Acbéri* et le Traité de médecine intitulé علاجات دارا شكوه 1.° le *khar-sini* est une production immédiate de la nature, et non une composition artificielle; 2.° c'est une substance mise au même rang que l'or, l'argent, l'étain, &c., un vrai métal fusible, malléable, incombustible, suivant le sens qu'ils donnent à ce mot; 3.° que parmi les minéralogistes Orientaux, les uns la rapportent à l'or, les autres lui supposent plus d'analogie avec le cuivre.

Le *khar-sini* est aussi nommé *fer de la Chine* آمن صيني et *or cru* خام طلائي Je crois que ce même métal est aussi désigné sous les noms de *djosd* ou *djost* جست ou جسد, dans l'Inde, de *tutie fossile* توتيا معدني chez les Arabes, enfin d'*esprit de tutie* روح توتيا dans l'*Ayin Acbéri*, et que c'est la *toutenague*, dont il y a plusieurs variétés plus ou moins analogues au zinc.

e vais rapporter, pour mettre le lecteur à portée de juger
na conjecture, ce que je trouve dans le Dictionnaire des
licamens simples par Ebn-Beïtar sur les diverses espèces
utie fossile, et un article curieux de l'*Ayin Arbéri* omis
r la très-grande partie dans la traduction Angloise de
Gladwin ; j'en donnerai le texte d'après le manuscrit
cet ouvrage, qui appartient à M. Langlès, et d'après le
ité de médecine, dédié au prince Dara-schékouh, où il
retrouve tout entier (man. de M. Brueix, acquis par la
)liothèque impériale, n.° 16, f. 62 et suiv.). Je joindrai
cla ce que dit Kazwini de la formation du khar-sini et de
usages médicaux et économiques, laissant aux minéra-
;istes à juger si, dans ces descriptions mêlées d'hypo-
:ses arbitraires, et de quelques traits suspects de charla-
iisme, on peut reconnoître la toutenague.

Voici d'abord le passage d'Ebn-Beïtar :

« Ebn-Wafid dit : il y a deux espèces de tutie ; l'une se
trouve dans les mines, l'autre dans les fourneaux où l'on
fond le cuivre, comme la cadmie القليميا : cette dernière
espèce est ce que les Grecs nomment *pompholyx* فمفولوكس
Quant à la tutie fossile, il y en a trois variétés ; l'une blanche,
l'autre verdâtre, la dernière d'un jaune fortement rougeâtre.
Les mines de celle-ci sont dans les contrées maritimes de
la mer de Hind et de Sind : la meilleure est celle qui semble
au coup-d'œil couverte de sel ; après celle-ci, la jaune ;
quant à la blanche, elle a quelque chose de graveleux,
(فيها جروشة peut-être faut-il lire حروشة, à moins que
جروشة ne signifie *qualité friable*) et est percée وهي متثقبة :
on l'apporte de la Chine. La tutie blanche est la plus fine
de toutes les variétés ; et la verte, la plus grossière : quant
à la tutie des fourneaux, Dioscoride dit, livre V.ᵉ : *Le*
pompholyx qui est la tutie, diffère du spodion &c. »

L'*Ayin Acbéri* expose la formation des minéraux et celle
des métaux en particulier, suivant une hypothèse commune,

je crois, à tous les alchimistes anciens ; et quoique ces détails méritent par eux-mêmes peu d'attention, je rapporterai le passage en entier, 1.º parce que M. Gladwin l'a omis, 2.º parce qu'il est nécessaire pour que l'on puisse juger de la nature du *khar-sini*, et de l'identité que je suppose entre cette substance métallique et l'*esprit de tutie*. Il y a dans le texte de l'*Ayin Acbéri* quelques omissions que je rétablirai d'après le Traité dédié à Dara-schékouh, où ce chapitre se trouve tout entier, et il n'est pas le seul qui soit commun à ces deux ouvrages. L'auteur du علاجات دارا شكوه, annonce lui-même, *f. 62, verso*, qu'il va tirer quelques chapitres sur les métaux de l'ouvrage de feu Abou'lfazel, formant le *3.ᵉ tome* de l'*Acbar-nameh* : l'un de ces textes me servira à corriger l'autre.

De la formation des Métaux.

« Le dieu créateur de l'univers a donné l'existence à quatre
» élémens en opposition les uns aux autres, et il a suscité
» quatre êtres d'une nature admirable, le feu chaud et sec,
» qui possède une légèreté absolue ; l'air chaud et humide,
» doué d'une légèreté relative ; l'eau froide et humide, qui
» possède une pesanteur relative, la terre froide et sèche,
» douée d'une pesanteur absolue. La chaleur produit la lé-
» gèreté, et le froid la pesanteur ; l'humidité facilite la sé-
» paration des parties, la sécheresse y met obstacle. Par la
» combinaison de ces quatre puissances élémentaires, ont
» été produits tous les êtres dont l'existence est due à l'in-
» fluence des corps célestes, les minéraux, les végétaux et
» les animaux.

» Les particules aqueuses, ayant acquis par les rayons du
» soleil et autres causes un plus grand degré de légèreté, se
» mêlent avec les particules aériennes, et s'élèvent en l'air :
» c'est cette combinaison que l'on nomme *vapeurs*. Par le
» moyen de cette combinaison, les molécules terreuses

» étant mêlées elles-mêmes avec les particules aériennes,
» s'élèvent aussi en l'air; et c'est ce qu'on nomme *exhalai-*
» *sons :* quelquefois aussi les particules aériennes se mêlent
» [immédiatement] avec les molécules terreuses. Il y a des
» philosophes qui appliquent également le nom de *vapeurs*
» à ces deux sortes de combinaisons élémentaires : ils dé-
» signent celles qui sont le produit des particules aqueuses,
» par le nom de *vapeurs humides* ou *aqueuses ;* et celles qui
» doivent leur formation aux molécules terreuses, par le nom
» de *vapeurs sèches* ou *fuligineuses.* Ce sont ces deux sortes
» de vapeurs qui forment au-dessus de la terre les nuées, le
» vent, la pluie, la neige et autres phénomènes semblables ;
» et dans l'intérieur du globe, les tremblemens de terre, les
» sources et les mines. On regarde les vapeurs comme le
» corps, et les exhalaisons comme l'esprit : des unes et des
» autres, suivant la diversité de leurs combinaisons, et les
» différentes proportions dans lesquelles elles s'unissent,
» sont produites dans le laboratoire de la nature un grand
» nombre de substances diverses, suivant ce qu'on lit dans
» les traités de philosophie. On ne compte pas plus de
» cinq espèces de minéraux : ceux qui sont infusibles à cause
» de leur sécheresse, comme le *yakout ;* ceux qui le sont
» à cause de leur humidité, comme le vif-argent; ceux
» qui se fondent promptement, mais qui ne sont ni mal-
» léables ni combustibles, comme le vitriol; ceux qui ne
» sont pas malléables, mais qui sont combustibles, comme
» le soufre; ceux enfin qui sont malléables, mais incom-
» bustibles, comme l'or. La fusion d'un corps consiste
» dans la liquéfaction de ses parties, due à une juste com-
» binaison de la sécheresse et de l'humidité : la malléabilité
» [ou ductilité] est la faculté qu'à un corps de recevoir
» peu-à-peu une augmentation d'étendue, tant en longueur
» qu'en largeur, sans séparation d'aucune de ses parties et
» sans aucune addition.

» Quand les vapeurs et les exhalaisons se mêlent de
» manière que les premières soient le principe dominant,
» et que le mélange étant achevé et la coction parfaite,
» l'ardeur du soleil coagule cette amalgame, le produit est
» du vif-argent. Comme il n'y a aucune des molécules
» de ce produit qui ne renferme quelque portion d'exha-
» laisons, ce corps a une qualité sèche dont les effets sont
» sensibles : il ne s'attache pas à la main ; au contraire, il
» fuit le contact : comme la chaleur a été le principe de
» sa coagulation, la chaleur ne peut la détruire. Si les deux
» principes [les vapeurs et les exhalaisons] se combinent
» dans des proportions à-peu-près égales, il se manifeste
» dans le mélange une humidité d'une nature visqueuse et
» onctueuse : à l'instant de la fermentation, des particules
» aériennes s'insinuant dans le mélange qui se coagule alors
» par le froid, les produits de cette amalgame sont inflam-
» mables. Si les exhalaisons et la qualité onctueuse do-
» minent, le produit est du soufre, qui est rouge, jaune,
» bleu ou blanc ; s'il y a plus d'exhalaisons et peu de
» principe onctueux, l'amalgame donne de l'arsenic qui
» est rouge et jaune ; enfin, si ce sont les vapeurs qui
» dominent, il se trouve quand la coagulation est achevée,
» que le produit est de la naphte qui est noire et blanche.
» Comme, dans ces amalgames, la coagulation est produite
» par le froid, ces corps sont fusibles par la chaleur ; et à
» cause de l'abondance de leur qualité huileuse et de leur
» humidité visqueuse, ils sont susceptibles de prendre feu ;
» enfin, à raison de leur excès d'humidité, ils ne sont point
» malléables. Les sept corps [ou métaux] ayant tous pour
» principes constituans le vif-argent et le soufre, la variété
» de ces corps ne peut avoir pour cause que les divers degrés
» de pureté de ces deux principes, la plus ou moins grande
» perfection de leur mélange, et la diversité d'influence
» qu'ils exercent l'un sur l'autre.

Si

» Si les deux principes ne sont altérés par aucun mé-
» lange de parties terreuses, s'ils sont dans toute leur pu-
» reté naturelle, si enfin ils éprouvent une coction parfaite,
» alors le soufre étant blanc, et le vif-argent dans une
» proportion plus grande, le produit de l'amalgame est
» de l'argent ; il est de l'or, si les deux principes sont
» dans des proportions égales, et que le soufre soit rouge
» et possède la force colorante. Si, les circonstances étant
» les mêmes, après le mélange mais avant la parfaite coc-
» tion, l'amalgame est coagulée par le froid, il se forme du
» khar-tchini, que l'on nomme aussi fer de la Chine, ce qui
» équivaut pour le sens à de l'*or cru :* quelques-uns le re-
» gardent comme une sorte de cuivre. (La même doctrine
sur la formation du *khar-tchini* ou *âhen-tchini*, nommé
encore *or cru*, se trouve dans cet ouvrage, *f.° 60, recto
lig. 1.'' et suiv.*) Si le soufre seul n'est pas pur, que le
» vif-argent domine, et que la force brûlante unisse les deux
» principes, le produit est du cuivre. Quand le mélange
» n'est pas fait convenablement, et que la proportion du
» vif-argent est la plus forte, il se forme de l'étain : quel-
» ques-uns prétendent que l'étain ne se forme pas à moins
» que les deux principes ne soient l'un et l'autre dans un
» état de pureté. Si les deux principes sont mauvais et
» très-altérés, qu'il y ait dans le vif-argent des molécules
» terreuses interposées, et dans le soufre une qualité brû-
» lante, il résulte de l'amalgame, du fer : enfin le produit
» est du plomb, si les circonstances étant d'ailleurs les
» mêmes, le mélange ne se fait pas complètement, et que
» le vif-argent domine. On donne à ces sept substances
» le nom de *corps ;* on appelle le vif-argent *la mère des*
» *corps,* et le soufre *leur père :* on considère aussi le vif-
» argent comme *l'esprit,* et l'arsenic ainsi que le soufre,
» comme *l'ame.* Le *djost,* suivant quelques-uns, est l'es-
» *prit de tutie,* et approche du plomb : on ne le trouve

» point mentionné dans les livres de philosophie. Il y en a
» une mine dans l'Indoustan, dans le territoire de Djalour
» au soubah d'Adjmir.

» Les alchimistes disent que l'étain est un argent malade
» de la lèpre, le mercure un argent frappé de paralysie, le
» plomb un or lépreux et brûlé, et le cuivre un or cru, et
» que l'alchimiste, semblable à un médecin, remédie à ces
» maux par des moyens contraires ou assimilés.

» Les savans qui s'adonnent à la pratique des arts, font,
» avec ces sept corps, des compositions artificielles dont
» on se sert pour fabriquer des bijoux, joyaux, &c. Du
» nombre de ces compositions est le *séfid-rou* [c'est-à-
» dire, *blanc à l'extérieur*, peut-être le *pé-tong* des Chinois],
» nommé *cansi* par les Indiens, qui se compose de 4 sères
» de cuivre et d'un sère d'étain unis par la fusion : le *rou*
» composé de 4 sères de cuivre et d'un sère $\frac{1}{2}$ de plomb, et
» que l'on appelle dans l'Inde *bahngar* : le *biroundj*, nommé
» par les Indiens *pitel*, et dont il y a trois variétés ; la pre-
» mière, qui se bat à froid, et contient 2 sères $\frac{1}{2}$ de cuivre
» et un sère d'esprit de tutie ; la seconde, qui se bat à chaud,
» composée de 2 sères de cuivre et d'un sère $\frac{1}{2}$ d'esprit de
» tutie ; la troisième, qui ne se bat point, mais s'emploie pour
» les ouvrages jetés en moule, et dans laquelle il entre
» 2 sères de cuivre et un sère d'esprit de tutie : le *sim-*
» *sakhteh* [*argent marqué* ou *pesé*; peut-être faut-il lire
» *soukhteh*, brûlé], dans la composition duquel il entre de
» l'argent, du plomb et du cuivre, dont la couleur est
» d'un noir éclatant, et qui s'emploie dans la peinture : le
» *heft-djousch* [*boulli sept fois*] dans lequel on se contente
» d'amalgamer six métaux, lorsqu'on n'a pas de *khar-tchini*;
» quelques-uns lui donnent le nom de *talikoun* [catho-
» licon] ; mais suivant d'autres le talikoun est un cuivre
» préparé : l'*escht-dahat*, composé de huit choses, savoir,
» les six métaux susdits, l'esprit de tutie et le *cansi ;* en

» le fait aussi avec sept substances seulement : le *caulpair*,
» composé de 2 sères de *séfid-rou*, et d'un sère de cuivre ;
» il prend une couleur foncée très-agréable. C'est une des
» inventions de notre saint Empereur. »

آيين پيدايش فلزات

اهزه جهان افزبس چهار اخشيج بر
افروخت وشكرف پهكرما بر افراخت آتش كرم وخشك سبك
علي الاطلاق هوا كرم ونر سبك مضاف آب سرد وترکـران
مضاف خاك سرد وخشك كران مطلـق حرارت سبكي آرد
وبرودت كرايي رطوبت بآساني اجزا را از هم جدا سازد وپوست
ار جدايي باز دارد وبدهن نرنك جهاركونه مركب سني
پافت الار علوي معادن نبات حيوان، از تابش آفتاب وجزآن
اجزاي آبي سبكنـر شده با هوايي بر آمهزد وبالا كرامهد آن
آسيخنه را بخار كوهند واجزاي خاكي بسبب آن با هوايي
آمهزش پافته بالا روي نمايد آنرا دخان نامند وكاه اجزاي هوايي
نهز بدو بر آمهزد وبرخي حكما بخار را بر هر دو كذارش كند
لهكن آنچـه از اجزاي آبي پهدا ميشود آنرا بخار نر وبخار آبي
كوهند وآنچه از اجزاي خاك پدهد آبد بخار خشك وبخار
دخاني ازبن دو بر روي زمبن ابر وباد وباران وبرف وجزآن
سر انجام هابد ودس درون آن زلزله وچشمه وكان وبخاررا بمنزله
جسم ودخان بمثابه روح پندارند واز هر كدام باختـلاف
چكونكي وچندي وجهه فراوان انواع بجاوه كاه هستي در آبه
جنالجه دانش ناطها بازكوبد كاني از بنج بهرون نباشد آنجه

گدازد از خشكي چون باقوت واز تري چون سحاب وآنچه
گدازد زود با نه خاپسك پذیرد وبه بآتش افروزه مانند راک
ا پذیرش خاپسك نه كند وبآتش بسوزد چون کوکرد وبا
پذیرای خاپسك باشد وبآتش افروزش لیابد مثل زر گداختن
بسر روایی ا اجزای آن از جهـت ملازم خشك وتر وخاپسك
پذیری فرو رفتن جسم بوجهی کـه فراخي بتدریج در دراز
وپهنا پدید آید بي آنکـه چیزي از آن جدا شود با بدان
پیوندد وچون بخار با دخان بر آمیزد بر وجهی که نخستین
در قدر زیاده باشد وپس از آمیزش وتفتج تمام افروزش آفتاب
اورا بر بندد سحاب پدیدار کرده وچون هر جزوي از دخان
خالي نبود خشكي درو محسوس شود وبا دست نبآسیزد وبکربرد
وار آنکـه بستكي اين بحرارتست کري اورا نکشاید واکر
نزدیك باعتدال آمیزش بابند رطوبت لزج چـربي پدید آرد
ومنگام خمیر شدن اجزای مـوابي در شود وبرودت بسته کرداند
آن مشتعل باشد اكر دخان وچربي قدري زیاده است کبربت
بوجود آبد وآن سرخست وزرد وكبود وسفید واكر دخان
پیش وچربي اندك زرنیخ کرده وآن سرخ وزرد باشد واكر
بخار پیش بود پس از بستـكي جوهر نفط شود سپاه وسفید
وچون سبب بسته شدن برود نست بحرارت بکدازد واز نزوني
دمنیت ورطوبـت لزج آتش درکیرد واز افزایش رطوبت
خاپسك نپذیرد وبا آنکه سرمایۀ مسي اجساد سبعـه سحاب
وکوکرد بود پدید آمدن انواع از اختـلاف در صفا وتفاوت

در آمیزش ودکر کونکی تاثیر بیکدکر باشد چون هر دو را با
اجزای ارضی آمیزه نبود وصافی کوهر باشند وبا هر طبخ تمام
پابند اکر کبریت سفید واجـزای سیماب افزون نقش
پدید آبد واکر هر دو برابرند وکوکرد سرخ ونهروی رنکین
ساخـتن دارد زر چهر افروزد ودر همین صورت اکر بعد
از آمیزش وپخش از طبخ تمام سردی بر بندد خار چهـی
صورت کبره واورا آهن چهنی نیز کویند ودر معنی طلای خام
بود وبرخی قسمی از مس انکارند واکر تنها کوکرد صاف
نباشد ودر آن افزونی سیمساب بود وقوت سوزش هم آغوش
مس بجـــمر رسد واکر با بیکدکر آمیزش شابستـه
نبود وسیماب افزون قلعی شود وبرخی کویند بی صفای
هر دو سر انحام نبـابد واکر هر دو ردی باشند وبخـت
مختلط ودر سیماب تخلخل ارضی ودر کبریت نهروی سوخن
آمن بدید آبد واکر درینصورت آمیختـکی بر کال نبود
وسیماب افزون سرب چهر افروزد وابن هفت کوهر را اجساد
نامند وسیماب را ام الاجساد وکبریت را ابو الاجساد وزبز
زبرق را روح وزرنیخ وکبریت را مثابستـه نفس پندارند
وجست که نزد برخی روح ثوثهاست وزدهبک بسرب باشد دس
حکمت لابها دبك نشد در هندوستان بجـدود جـالور از
مضافات صوبه اجمیر کان اوست اهل صنعت برابند رهـای
سیمست جـذام کرفتار وزببـن نقره امت مفلوج ومرب
زدبست بجذوم سوختـه ولحاس زدبست خام اکسبری

E e 3

برشك آسا بمقابله با ماثله جان نماید ودانشوران کردار دوست
ازبن اجساد مرکبات صناعتی بر سازند واز آن زبور وظروف
وجز آن صورت کبره از آن جمله سفید رو اهل هند آن را کانسي
کویند بکاف والف وخفاء نون وکسر سین معلة وسکون
با محتاني جهار سبر مس وبکسبر قلعي بکدار برده سر الجام
دهند روي وآن چهار سبر مس وبك ونبز سبر سُرب باشد
واهل هند بفنكار نامند بفتح باي موحدة وها وزون خفي وكاف
فارسي والف ورا معـلـه برنج مندي زاد پیتل خوانند بکسر
باي فارسي وسکون باي محتـاني وفتح تاي فوفاني وسکون لام
آنرا بر ســـه نوع سازند اول آنکه سره چکش خوره اجراي
او دو ونهر سبر مس وبك سبر روح توتبا دویر کرم چکش
پذبره از دو سبر مس وبك ونهر سبر روح توتبا صورت کبره
سبر چکش لخوره ودر ریغتـه کري بکار برند از دو سبر مس
وبك سبر روح توتبا فرامر آبد سبر ختنـــه از نغن وسرب
ولحـاس ترکبـب آبد رنك آن سباه روشن ودر فنائي بكار
آبد سفت جُوش چون خار چبني پدبد نبست از شش فلر
ترکبب آبد بعضي ابن را طالبقون کویند وبعضي طالبفون
را مس مغول انکارند اشت دمات بفـتح حن وبسکون شبن
مجبـــه وبا، فوفاني مندي وفتح دال معله وها خفي والف،
وبسکون ناي فوقاني مرکبـب هشت چهر شش جوهر مذکور
دروح توتبا وکانسي وهانا بفنت باز کرده کولپتر بفتح کاف
وسکون واو ولام وفتح باء بارسي وبسکون ناي فوقاني ورا معله

از دو مهر سفید رو وهکسپر مس بس رنگین وخوش لما صورت
کهره از قدمی اختراعات شاهنشاهی است.

Le métal nommé ici *djost* جست , est nommé *djosd*
جسد dans l'Ayin Acbéri, à la description du soubah
d'Adjmir (f.° *214*, *verso*); dans la traduction Angloise
on y a substitué une mine de fer, *an iron mine*.

Finisons ces extraits par le passage de Kazwini, qui concerne le *khar-sini*.

Cet écrivain attribue d'abord la formation de tous les sept
métaux, y compris le *khar-sini*, au vif-argent et au soufre,
et indique les circonstances qui déterminent la production
de chacun des sept métaux en particulier, dans les mêmes
termes que l'Ayin Acbéri; en sorte que je ne doute point
que l'auteur de ce dernier ouvrage n'ait puisé ces détails
soit dans le texte, soit dans la traduction Persane de
Kazwini.

Kazwini passe ensuite aux propriétés de chaque métal,
et, après avoir décrit celles de l'or, de l'argent, du cuivre,
du fer, de l'étain et du plomb, il en vient au *khar-sini*,
dont il parle en ces termes.

» Le khar-sini se forme de la même manière que les
» autres métaux dont nous avons parlé. Sa mine est dans
» la Chine; il est de couleur noire tirant sur le rouge;
» les pointes de dard faites de ce métal, frappent avec beau-
» coup de force; on en fait les harpons avec lesquels on
» pêche les gros poissons, parce que, quand ces harpons
» sont entrés dans quelque chose, ils ne s'en détachent
» qu'avec beaucoup de peine : on en fait aussi des miroirs
» qui ont une vertu curative pour les personnes attaquées
» de mouvemens convulsifs dans les yeux, si elles se
» regardent dans ces miroirs dans une chambre obscure.
» Lorsqu'on emploie pour s'épiler, des pinces faites de

E e 4

» ce métal, et qu'on humecte à plusieurs reprises avec de
» l'huile de violette, la place d'où on a arraché le poil,
» il ne repousse pas. »

On a dû observer, dans le long passage Persan de l'Ayin
Acbéri que j'ai rapporté, que chacun des métaux y est
nommé, tantôt par son nom Arabe, tantôt par son nom
Persan. La même chose me paroît avoir lieu pour le *khar-
sini* : son nom Persan est *khar-tchini*, c'est-à-dire, pierre
de la Chine, ou *âhen-tchini*, fer de la Chine, ou enfin,
talaï-kham, or cru : le premier paroît le plus communément
usité ; son nom Arabe est *rouh-routia*, esprit de tutie. C'est
certainement un seul et même métal qui est désigné sous ces
deux noms ; ou bien il faudroit supposer, ce qui est inadmis-
sible, que notre auteur reconnoît huit métaux. Si l'esprit de
tutie étoit un métal différent du *khar-tchini*, il n'auroit
pas manqué d'observer, comme il le fait à l'égard du *djost*,
que les philosophes n'en ont pas tenu compte : il est évident
encore que le *khar-tchini*, qui entre dans l'alliage nommé
heft-djousch, mais que l'on supprime de cet alliage quand
on ne peut s'en procurer, est le même métal qui, sous le
nom d'*esprit de tutie*, entre dans l'alliage nommé *escht
dahat*, mais dont on peut aussi se passer, lorsqu'il est
impossible d'en avoir.

Le témoignage d'Ebn-Beïtar qui, parmi les espèces de
tutie fossile, en distingue une que l'on tire de la Chine, est
une nouvelle preuve en faveur de l'identité que je suppose
entre le khar-sini et l'esprit de tutie.

Quant au *djost* ou *djosd*, que, suivant l'Ayin Acbéri,
quelques-uns regardent comme de l'esprit de tutie, ce doit
être la tutie des Indes d'Ebn-Beïtar, la toutenague de
l'Inde, différente de celle de la Chine. « Toutenague, dit le
» savant Anquetil du Péron, sorte de métal qui tient du fer
» et de l'étain. On en connoît dans l'Inde de deux espèces :
» la première, celle de la Chine, qui est fusible, mais tou-

jours friable ; les petites monnoies percées qui ont cours dans cet empire, sont de ce métal : la seconde espèce de toutenague est celle d'Odehpohour ; on en fait des hokas et des gargoulettes...; on la fond en saumons à Odehpohour, sans y rien mêler; à Surate on la fond une seconde fois, en mettant dessus un peu de salpêtre en poudre pour la purifier; et après l'avoir laissé reposer, on la bat jusqu'à ce que l'eau coule dessus comme sur le fer chaud. Pour un sère de toutenague, il faut gros comme une noix de salpêtre. » *Zend. Av.* tom. I. par. I. p. dxxj et dxxij.

Odehpohour, d'où vient la toutenague de l'Inde, est ne ville du sircar de *Tchitour* جيتور au soubah d'Adjmir : ela s'accorde avec l'Ayin Achéri, qui place la mine de *djost* ans le soubah d'Adjmir. La toutenague de la Chine est oujours un peu friable, et les *lies* de la Chine sont de ce nétal : cela se rapporte bien à ce que dit Ebn-Beïtar de la utie de la Chine, qu'elle est graveleuse et percée.

Une seule objection que je ne dois pas dissimuler, c'est que, selon Kazwini, le *khar-tchini* est noir, tirant sur le ouge, et qu'en considérant les opinions des minéralogistes, qui, suivant l'Ayin Achéri, rapportent ce métal, les uns à 'or, les autres au cuivre, on est porté à croire que sa :ouleur est rougeâtre. Or, Ebn-Beïtar dit très-positivement que la tutie fossile que l'on tire de la Chine, est blanche. D'ailleurs, si la toutenague n'est, comme les plus récentes expériences semblent le démontrer, que du zinc extrait d'une pierre calaminaire, sa couleur, lorsqu'elle n'est altérée par aucun alliage, doit être, ce me semble, telle que l'indique Ebn-Beïtar : y auroit-il donc une erreur dans Kazwini ! La couleur blanche de la toutenague est reconnue par Thévenot (Voyage aux Indes Orient. *p. 140*), la Loubère (Du royaume de Siam, *t. I.er, p. 49*), lord Macartney (Voyage en Chine, *t. IV, p. 109* de la trad. françoise, *t. II, p. 540 et 541* de l'éd. angloise).

Le mot *toutenague* vient assurément de *toutia*, ﺗﻮﺗﻴﺎ؛
peut-être est-ce un mot purement Persan ﺗﻮﺗﻴﺎ ﻧﺎﻙ *sub*-
tance d'une nature analogue à la tutie. J'ignore si les Chinois
font usage de cette dénomination : on pourroit le croire, ce
mot étant écrit dans le récit de l'ambassade du lord Macart-
tney, à la manière des mots Chinois, *tu-te-nag*. Au surplus
les Chinois pourroient l'avoir emprunté des Persans, comme
le nom du sel ammoniac, qu'ils nomment *naocha*, de ﻧﻮﺷﺎﺩﺭ.
La vertu que Kazwini attribue aux miroirs du khar-sini pour
guérir certaines maladies des yeux, peut bien n'être qu'une
fable; mais en ce cas même, elle peut être fondée sur l'usage
de la tutie employée comme collyre.

Dans le Dictionnaire Persan-Turc, connu sous le nom
ﺧﺎﺭ ﭼﻴﻨﻰ ﺍﻭﻟﺪﺭ ﻛﻪ ﺍﻳﻤﻨﻪ ﭼﻴﻨﻰ , on lit : ﻟﻐﺔ ﻧﻌﻤﺔ ﺍﻟﻠﻪ de
ﺍﻧﺪﻥ ﺍﺑﺪﺭﻝ ﻭﺍﻧﺪﻥ ﺍﻭﻕ ﺩﻣﺮﻥ ﺍﺑﺪﺭﺍﺭﻛﻤﻪ ﺩﻭﻗﻮﺯﻳﺴﻪ ﺍﻭﻟﺪﺭﺭ
(man. Persan, n.º 195). Castell a fait passer cette explication mot pour mot dans son Dictionnaire Persan.

Si la toutenague ou le khar-sini est du zinc, il ne devoit
pas être mis au nombre des métaux : mais on sait que de
tous les demi-métaux, il n'en est aucun qui approche
plus des métaux parfaits que le zinc ; ce qui peut suffire
pour excuser l'erreur des chimistes ou minéralogistes Orientaux, qui, voulant avoir autant de métaux que de planètes,
ont admis le zinc au nombre des métaux parfaits, le substi-
tituant au mercure, auquel de tout temps les alchimistes
ont accordé ce rang. (S. de S.)

(7) Ce mot ﻳﺎﻗﻮﺕ représente parfaitement le *Télésie* du savant et modeste Haüy : *yakout* est le terme générique dont se
servent les Orientaux pour dénommer les pierres précieuses,
en les spécifiant par la couleur. Cela ne les empêche pas
d'avoir encore des noms particuliers pour chacune; ainsi
ils diront ﻳﺎﻗﻮﺕ ﺍﺯﺭﻕ ou ﻳﺎﻗﻮﺕ ﺍﺧﻀﺮ *émeraude*, ﺯﻣﺮّﺩﻩ ou
ﺻﻐﻴﺮ *saphir*, &c. Je joins ici le passage de Kazwini relatif

cristal de roche ; on pourra le comparer avec ce qu'en
·ent les écrivains Grecs et Latins.

حجر بلور، قال ارسطو انه صنف من الزجاج الا انه صلب
وهو مجمع الجسم في المعدن بخلاف الزجاج فانه متفرق
الجسم يجمع بالمغنيسيا والبلور يصنع بالوان الياقوت فيشبه
الياقوت والملوك يتخذون من البلور اواني على اعتقاد ان للشرب
فيها فوائد والبلور اذا قابل الشمس فيقرب منه قطنة او خرقة
سودا ياخذ فيها النار

« Le cristal de roche, dit Aristote, est une espèce de verre,
» si ce n'est qu'il est d'une excessive dureté, et se trouve
» par grandes masses dans les mines, tandis qu'on est obligé
» d'employer la manganèse pour réunir en corps le premier,
» que l'on ne trouve que par fragmens : on sait donner au
» cristal les diverses couleurs des pierres précieuses, et il
» leur ressemble alors parfaitement. Les rois se servent de
» vases de cristal, dans la persuasion que le breuvage y ac-
» quiert d'excellentes propriétés. Si l'on oppose le cristal
» au soleil, et que l'on place à une légère distance un mor-
» ceau de coton ou d'étoffe noire, le feu y prend. »
　　Le dernier usage du cristal de roche, indiqué ici par
Kazwini, étoit connu bien anciennement des Grecs, comme
on peut en juger par ce passage des Nuées d'Aristophane,
où Strepsiades, raisonnant avec Socrate sur les moyens de
se libérer de ses dettes, s'écrie, tout content de lui-même,
qu'il a enfin trouvé un expédient divin, qui est de brûler
avec du cristal, la teneur de son assignation.

. . . . εἰ ταύτην λαβὼν
Ὁπότε γράφοιτο τ̄ δίκην ὁ γραμματεύς,
Ἀπωτέρω στὰς ὧδε πρὸς τ̄ ἥλιον,
Τὰ γράμματ' ἐκτήξαιμι τ̄ ἐμῆς δίκης.

　　　　Nuées, act. II, sc. I, vers. 767, p. 89.

Voyez la note de Kuster, *ibid. p. 59 ;* Pline, *Hist. nat.* liv. XXXVII, sect. X, *p. 769*, et liv. XXXVI, sect. LXVII, *pag. 759* de l'éd. du P. Hardouin ; Théophraste, *de igne*, dans le recueil de M. Schneider, intitulé *Eclogæ physica*, tom. 1, pag. 249. [Ch.]

(8) *Ceux dont la composition est lâche.* J'ai rectifié ici dans la traduction une erreur du texte qui se trouve dans les manuscrits, et que j'ai laissé subsister dans le texte imprimé. En effet, quoique les divers manuscrits que j'ai consultés portent والتي تكون في غاية الصلابة *ceux qui sont d'une excessive dureté*, un examen réfléchi et les règles de la logique m'ont démontré avec évidence, qu'il faut substituer à cette phrase celle-ci وضعيفة التركيب *ceux dont la composition est lâche*, qui énonce la seconde division des substances minéralogiques, classées par l'auteur en deux ordres généraux , قوية التركيب او ضعيفة التركيب *les corps*, dont la composition est très-compacte, et ceux dont la composition est lâche, et qui est parfaitement convenable aux substances salines et bitumineuses qu'elle renferme ; tandis que l'autre pécheroit tout à-la-fois, et contre la logique en laissant la première distinction incomplète, et contre le bon sens, en rangeant des substances solubles et d'une foible contexture, telles que les sels et les bitumes, parmi des corps d'une excessive dureté, tels que le *yakout*.

Je n'ai pu tirer pour rectifier ce passage, aucun secours de la traduction Persane, dont l'auteur, suivant le manuscrit que j'ai eu sous les yeux, a substitué une autre division à celle de Kazwini. « Les corps, dit ce traduc-
» teur, autres que ces sept métaux, sont ou transparens,
» comme le cristal, ou non transparens, comme le *akik :*
» ceux qui ne sont pas transparens, sont ou solubles dans
» l'eau, comme le sel et le vitriol, ou insolubles, comme
» les pierres et le soufre. »

وغیر اجساد سبعه إ شئناف إشد چون بلور إ غیـر شئناف
چون عقیق وغیر شئناف إ درآب منحل چون نمك وزاج را
منحل نشود چون اجار وكبربت

Manus. Persan, n.° 141. [Ch.]

(9) Il paroît que les vitriols portent dans le Levant le
nom générique de *zadj*, au pluriel *zadjat*, comme chez nous
celui de *couperoses*, en les spécifiant ensuite par leurs couleurs; mais, par le mot simple *zadj*, sans attribut de couleurs, les Arabes entendent le sulfate de fer, comme étant
d'un usage bien plus commun dans les arts. [Ch.]

(10) Kazwini range dans cette division l'ambre gris,
sur l'origine duquel les avis étoient aussi partagés de son
temps qu'ils le sont encore du nôtre. Quelques-uns pen-
soient qu'il étoit l'excrément d'un animal marin, opinion
que nous avons adoptée avec d'autant plus de raison, qu'il
n'est pas rare de trouver dans l'ambre, des débris de poissons, et tous étoient d'accord de le regarder comme produit
dans la mer et rejeté ensuite sur ses bords. C'est particulièrement sur ceux de la mer de Zendj [le Zanguebar],
dit notre auteur, que l'on en trouve fréquemment des morceaux de la grosseur du crâne humain.

Le succin appartient aussi à cette division : j'ai extrait anciennement, d'un manuscrit dont j'ai négligé de prendre le
titre, l'article qui concerne cette substance ; comme il est
plus intéressant que celui que donne Kazwini, je vais le
placer ici.

الكهربا ، یجـذب النش والتبن وهو صمغ الجوز الرومي وقد
یتولد في وجـه الارض كالحمي واجوده المسمي الشمعي لكونه
بكون مجزعا ببیاض اسم ویجـذب النش اكثر وراىحتـه
تشبه راىحــة اللیمون ویوجد بالاندلس و بسواحل البحـر

لحت الارض وباواجات كذلك بوجد قطعا قطعا يجمعــــه
الحراثون وقيــل هو رطوبة ثجر الدرم شبهــه بالعسل ثم يجمد
وكــذلك بوجد فيه من داخله ذباب واشبا يجمد عليها ٠

« Le cahrouba [carabé ou succin] a la propriété d'attirer
» les corps légers et la paille ; on le regarde comme la gomme
» du noyer, qui découlant sur la terre, s'y durcit et ressemble
» à des cailloux. Le meilleur est celui que l'on nomme *scha-*
» *mai* [*succinum cereum*], parce qu'il est, comme la cire
» jaune, coupé par des lignes transversales d'une blancheur
» obscure : il attire les corps légers avec plus d'activité, et
» son odeur ressemble à celle du citron. Le succin se trouve
» par morceaux sous la terre et dans les .... [le mot
اراجات me paroît corrompu], en Espagne, et dans les
» contrées maritimes ; les laboureurs, le rencontrent et le
» ramassent. Quelques personnes le regardent comme une
» sève épaissie qui suinte de l'arbre nommé *doum* (*borassus*
» *flabelliformis* de Forskal, *Flor. Æg. Arab.* p. lij, lxxviij,
» cxxvj. Pococke, *a Descr. of the East*, t. I, p. 206.;
» Sonnini, Voyage dans la basse et haute Égypte, *tom. III,*
» *pag. 115, 155 et 252*), et qui, n'ayant d'abord que la
» consistance du miel, se durcit ensuite et emprisonne,
» en se congelant, les mouches et autres objets que l'on y
» aperçoit. »

Le mot *cahrouba*, d'où nous avons fait *carabé*, est un
mot Persan composé de *cah* كه, *paille*, et *rouba* ربا, *déro-*
bant. Il est parfaitement rendu par l'expression vulgaire de
tire - paille, que l'on applique au succin.

On verra avec plaisir les vers suivans, où Saadi fait allusion à cette propriété :

چند کوبی که مهر از و بردار　خویشتن را بصیر ده تسکین
کهربا را بکــوی ما نبــره　چه کند کاه این مسکین

« A quoi bon me répéter sans cesse : Renonce à ton
» amour pour cet insensible, et donne la paix à ton ame,
» en supportant patiemment les dédains de celui que tu
» aimes. Commence donc par dépouiller le succin de sa
» vertu attractive : Que peut, hélas ! contre elle, le brin
» chétif de la paille légère ! »

Et cette épigramme inimitable de Martial :

DE APE ELECTRO INCLUSA.

Et latet et lucet Phaetontide condita gutta,
Ut videatur apis nectare clausa suo.
Dignum tantorum pretium tulit illa laborum.
Credibile est ipsam sic voluisse mori.

Epigr. l. IV, ep. 32.

Il est bon de remarquer que Kazwini, dans toute cette
division sur les minéraux, cite sans cesse Aristote. Il est
assez probable que ce génie universel a traité cette partie
de l'histoire naturelle comme beaucoup d'autres ; et c'est le
sentiment de plusieurs savans, quoiqu'il n'en existe aucune
trace dans les ouvrages qui nous restent de lui. Fabricius,
Biblioth. Græc. l. III, ch. 6, t. II, p. 192. Voyez *Sebaldi
Fulconis Ravii Spec. Arab.* continens descriptionem et excerpta libri *Teïfaschii de gemmis et lapidibus pretiosis*, Traj.
ad Rhenum, 1784, p. 50. [Ch.]

La Bibliothèque impériale possède un traité manuscrit,
Des pierres et des métaux, attribué à Aristote, et traduit
en Arabe par Lucas fils de Sérapion. Ce manuscrit est
sous le n.° 402, parmi les manuscrits Orientaux du fonds
de Saint-Germain-des-Prés. En le comparant avec le Traité
des pierres de Teïfaschi, et un autre dont l'auteur se nomme
Bâlak Kiptchaki بيلق قيباجي (manus. Arabe de la Bibl.
imp. n.° 970), j'ai reconnu que c'est celui que ces deux
écrivains citent sous le nom d'Aristote. (S. de S.)

(11) La traduction de cet endroit est un peu libre; mais elle est conforme à la pensée de l'auteur, dont le texte offre seulement quelque confusion et plusieurs fautes contre la concordance grammaticale. Au lieu de غلظا وصفا , il devroit y avoir غلظت وصفت وانضحتها وانضحتها . Au reste, l'auteur du كتاب الدرر المنتخبات (man. Arabe, n.º 990, A), a rendu la pensée de Kazwini d'une manière plus claire, en conservant presque ses expressions:

الاحجار تتولد من المياه الندية المحتبسة تحت الارض ان كانت شفافة لانه اذا طال وقوفها في المعادن ولم يخالطها اجزاء ارضية واثرت فيها حرارة المعدن ازدادت صفاء وتثلا وغلظا فتعقدب احجارا صلبة لا تتأثر بالنار (S. de S.)

(12) Le manus. 898 porte الحديثة , comme on l'a imprimé : dans celui du Caire et dans le manuscrit 958 on lit المختفية . [Ch.]

(13) On est presque tenté de ne pas refuser aux végétaux une légère participation à ces deux facultés produites il est vrai en eux, par un pouvoir mécanique sans doute, mais admirable. La sensitive , sur laquelle Voltaire a fait de si charmans vers, ne doit-elle pas son nom à l'apparence de la première de ces qualités ! et le nénuphar, dont la fleur tous les matins s'élève au-dessus de la surface des eaux, s'épanouit vers le milieu du jour, se referme entièrement le soir et se replonge dans l'eau pour y rester toute la nuit, ne semble-t-il pas sensible aux rayons du soleil ! Un poëte Persan a fait allusion à cette propriété du nénuphar, dans les vers suivans , que l'on peut regarder comme un assez joli madrigal.

كر بكذري شبي بباغي   كش نهلوفر مهان آبست
نيلوفر زآب مر بسرآرد   مندارد رويت آفتابست

« Si

« Si, pendant la nuit, tu dirigeois tes pas au milieu d'un
» jardin, vers les bords d'un étang où croît le nénuphar,
» trompées par l'éclat de tes charmes, ses fleurs à l'instant
» s'éleveroient sur l'onde, croyant le soleil de retour. »

Quant à la loco-mobilité (c'est ainsi que j'ai cru pouvoir
rendre le mot حركة), des observations délicates et assez
récentes l'ont fait reconnoître dans deux genres de plantes :
l'*orchis*, où elle existe à la lettre, toute la plante se dépla-
çant au moyen de la racine composée de deux lobes, l'un desquels meurt tous les ans et est remplacé par un autre dont
la croissance se fait au côté opposé du lobe restant, destiné
à périr lui-même l'année suivante ; et la *vallisneria*, plante
dioïque aquatique, dont la fleur mâle parvenue à son dé-
veloppement, se détache de la tige, et, nouveau Léandre,
fait quelquefois de forts longs voyages, balancée sur les
eaux, pour porter aux fleurs femelles le tribut de son
amour. [Ch.]

(14) Si l'on s'en tenoit rigoureusement au texte, on
croiroit que les forces dont il est question ici, sont suppo-
sées appartenir aux *molécules terreuses* et aux *particules
aqueuses ;* mais il est plus naturel de penser que l'intention
de Kazwini a été d'attribuer ces forces aux germes mêmes,
et c'est ainsi que l'ont entendu l'auteur du كتاب الدرر
المنتثا (man. Ar. n.° 990 A), et le traducteur Persan
(man. Per. n.° 141). Le premier dit : فالحب والنوى اذا

حصلا في تربة نديّة واصابهما حر الشمس انثقا وحدثا بنوة
مخالوقة فيهما الاجزا اللطيفة الارضية والمائية تجذب الغذية
الدهن فاذا حصلت فيها عملت القوى الطبيعية وارادة الباري
جل وعلا حتى تبلغ كمالها Le second développe cette idée
d'une manière qui ne laisse aucun doute : واز صنع عجيب

* F ٢

بإري تعالى آنست كه دائه بإ أسته در خاك ﻣﻨﺎك افتد

رأفتاب در آن تأثير كند شكافته شوه آنكاه بقوتي كه

در او نهاده وآنرا جاذبه كويند اجزاي لطيف ارضي وبإي

ﺑﻮد كشد آنكاه فوتي ديكر كه آنرا ماسكه خوانند آن

اجزارا نكاه دارد تا قوتي ديكر در آن تصرف كند كه آنرا

ﻣﺎﺿﻤﻪ كويند

« Une des merveilles du Créateur, c'est que la graine
» ou le noyau venant à tomber dans une terre humide,
» et y éprouvant la chaleur du soleil, il s'ouvre, et par
» une force innée, que l'on nomme *attractive*, attire des
» particules terreuses et aqueuses très-ténues : alors une
» autre force, que l'on nomme *coërcitive*, le retient et le
» conserve, jusqu'à ce qu'une troisième force nommée *di-*
» *gestive* s'en empare. » Le traducteur continue de parcourir ainsi le système de ces forces naturelles végétatives,
qu'il nomme *expulsive*, *nutritive*, *d'accroissement*, *généra-*
trice, *configurative*, et qui sont analogues à celles que
Kazwini suppose dans les animaux, comme on le verra
dans la note (45) ci-après. (S. de S.)

(15) J'ai engagé M. Chézy à conserver le nom Arabe
du *sadj*, parce que je ne connois aucun auteur qui ait
déterminé l'espèce d'arbre auquel les Arabes donnent ce
nom. Bochart a cru que c'étoit l'ébénier ; mais cette opinion
a paru insoutenable à Ol. Celsius ; et il est certain que les
Arabes distinguent le *sadj* de l'ébénier. Golius dit, sur
l'autorité d'Ebn-Béitar, que le *sadj* se nomme aussi *platant
d'Inde ;* ce que je ne trouve pas dans le Dictionnaire des
médicamens simples de cet auteur. Forskal compte le *sadj*
et l'ébène au nombre des bois de menuiserie ou de charpente qu'il a observés en Arabie : ils y sont apportés de
l'Inde. Si l'on en croyoit le Dictionnaire Copte publié par

Kircher, le *sadj* seroit la même chose que le *sant* ou *mimosa Nilotica;* mais l'on ne peut pas faire grand fondement sur une pareille autorité. On emploie en Égypte le *sadj* à faire la quille des navires. (Voyez Bochart, *Hierozoïcon,* liv. VI, ch. 13, tom. II, *pag. 846,* et de l'édit. de M. Rosenmüller, t. III, *p. 849;* Ol. Cels. *Hierobot.* par. I, *p. 331;* Forskal, *Flor. Æg. Arab.* p. lvj et xcvj; Kircher, *Ling. Æg. restit.* p. 379.) Il me paroît vraisemblabe que le mot *sadj* est un nom Indien adopté par les Arabes. Je vais rapporter ce que je trouve, relativement à cet arbre, dans Ebn-Béitar. « Le Schérif dit : Le *sadj* est un
» arbre de l'Inde, il n'y a point d'arbre qui surpasse celui-ci
» en grandeur : son bois est noir et dur ; il s'élève dans les
» airs à une très-grande hauteur; ses rameaux s'élèvent et
» s'étendent : il a tant de feuillage, que l'on dit qu'un seul de
» ces arbres peut mettre à l'ombre une prodigieuse quantité
» d'hommes; son bois ne devient point vermoulu en vieillis-
» sant. Il est froid et sec : quand on le brûle, qu'on l'éteint
» dans un mélange d'eau et de *glaucium* ou pavot cornu
» مامیثا, puis qu'on le pulvérise, qu'on le tamise et qu'on
» en fait usage comme d'un collyre, il fortifie la prunelle ;
» on l'emploie aussi utilement contre les humeurs des pau-
» pières. Son bois, frotté sur une pierre avec de l'eau froide,
» et appliqué, pour les maux de tête qui proviennent de cha-
» leur, sur la partie malade, dissipe la douleur : il opère le
» même effet pour les humeurs bilieuses et sanguines; il les
» résout, sur-tout quand on le mêle avec quelqu'une des
» eaux froides. On fait de son fruit une huile qu'on nomme
» *huile de sadj,* dont on se sert pour falsifier les vessies
» de musc : elle s'y insinue tellement, qu'on ne peut la
» distinguer, et elle en augmente le poids. Razi, dans son
» *Hawi [continens]* dit que la sciure de bois de *sadj*
» fait sortir les vers des intestins, quand on la prend en
» boisson. »

Le *sadj* seroit-il le *tek*, arbre des Indes très-renommé pour la construction des bâtimens ! (S. de S.)

(16) Cette erreur n'est pas générale parmi les 'Orientaux; car je trouve dans le نزهة القلوب سرو , à l'article cette réflexion: اكرچه سرورا ازاد كنته اند نمـبر دارد مثل

جوز أثرا جوز السرو خوانند . « Quoique l'on donne au cyprès
» l'épithète d'*azâd*, c'est-à-dire, libre [célibataire], il
» produit cependant un fruit semblable à la noix, et qui
» porte le nom de *noix du cyprès*. » [Ch.]

(17) Kazwini devoit dire, ce semble, pour raisonner conséquemment: « Si le feuillage étoit trop rapproché des
» fruits, il les empêcheroit de parvenir à leur maturité,
» en interceptant totalement les rayons du soleil : si, au
» contraire, l'arbre étoit dépourvu de feuilles, ou qu'elles
» fussent trop éloignées des fruits, ceux-ci, exposés immé-
» diatement à l'ardeur du soleil, en seroient brûlés et des-
» séchés. » Et c'est effectivement le sens qu'ont exprimé
le traducteur Persan et l'auteur du كتاب الدرر المنتخبة
(S. de S.)

(18) Au lieu de يصرخ le manus. n.º 958 et celui du Caire portent بجوفا : si l'on adopte cette leçon, il faut dire, *et son tronc devient creux* ; mais je crois la première leçon préférable, parce qu'elle semble être une conséquence de la signification du mot تفتت . Voyez Gol. à la racine فت . [Ch.]

Je trouve cependant la leçon بجوفا autorisée par un manuscrit de la traduction Persane, qui a appartenu à M. Anquetil du Perron : il porte مبان آن بوسبك شود

وبجـوف كرده ورق آن كـفي بود بران بـبخ انكشت

« son milieu se pourrit et devient creux ; ses feuilles ont

» la figure d'une main qui a cinq doigts. » Cette dernière particularité n'est point dans le texte Arabe. (S. de S.)

(19) Remarquez ici une inconséquence de Kazwini, qui reconnoît des fruits au platane, qu'il avoit regardé comme stérile un peu plus haut. [Ch.]

(20) Le mot *fruit* ne se trouve pas dans le texte : il semble qu'il faudroit lire تسافطت اثمارها , ou تسافطت . حبوبها . Cependant tous les manuscrits sont d'accord, et ce n'est , suivant toute apparence , qu'une inexactitude de style. [Ch.]

(21) On a imprimé , conformément au manuscrit du Caire, ولذلك فصحة , et M. Chézy a exprimé dans la traduction le seul sens dont ces mots soient susceptibles. Dans le manuscrit 898 on lit وكذلك فيحة , ce qui ne donne pas un sens clair. Je crois que ces deux leçons sont également fausses. Le كتاب الدرر المنتقاة ne fournit aucun moyen de retrouver la vraie leçon, parce qu'il omet ces mots ; mais la traduction Persane me suggère une correction dont la certitude me paroît hors de doute. Voici ce qu'on y lit : درختي عالي باشد وآب از بيخ او خالي نبود

وچون باد آيد از درخت بيفتد بر سر آب وبردم آنرا از آنجا جمع کنند وثمره او تابستان وزمستان بر درخت باشد وتشنج آن از از براي آنست که در آب افتاده است ودرخت او مباح بود هرکه خواهد جمع کند

« C'est un arbre élevé : il a toujours le pied dans l'eau ; » quand il fait du vent, [son fruit] tombe sur la surface de » l'eau , et c'est là qu'on le ramasse. L'arbre est couvert » de fruits, l'hiver comme l'été : les rides du poivre viennent » de ce qu'il est tombé dans l'eau. Le poivrier est une pro- » priété commune; chacun peut en ramasser le fruit. » (Man.

Pers. de la Bibl. nat. n.º 141.) Je conclus de cette traduction, qu'au lieu de فسيحة ولذلك ou فسيحة, il faut lire ولذلك مُشَبَّهَ, ou, ce qui approche encore plus de la leçon du manuscrit 898, et est plus conforme à la syntaxe ولذلك فَشَبَّهَ, *ideoque corrugatum est.* « Il tombe » sur la surface de l'eau, où on le ramasse ; c'est pour cela » qu'il est ridé. »

Dans un autre manuscrit de la traduction persane, qui a appartenu à M. Anquetil du Perron, on lit نشيج, mot qui pourroit signifier à peu-près la même chose que قشنج ; mais la première leçon est préférable.

La même version Persane fait voir que le texte Arabe que le traducteur avoit sous les yeux, portoit comme nos manuscrits وتساطت, sans autre sujet que شجن. (Voyez la note précédente.) C'est donc vraisemblablement une incorrection de style due à Kazwini : d'après cela, il faudroit lire فتجمع, plutôt que فيجمع. Ce mot est sans points dans le man. 898. (S. de S.)

(22) Toute cette description du poivrier ne paroît pas très-exacte. L'erreur de Galien, qui a cru, ainsi que Dioscoride, que le poivre long étoit le produit du même arbre qui porte le poivre, a été relevée et corrigée par Saumaise (*Proleg. ad libr. de Homonym. hyles iatricæ,* p. 9) ; et par Bodæus à Stapel, dans son Commentaire sur l'Histoire des plantes de Théophraste (*liv. IX, ch. 22, p. 1182*). Théophraste, au contraire, avoit distingué ces deux végétaux ; mais l'erreur de Dioscoride et de Galien a été adoptée par ceux qui les ont suivis, et même par les Arabes, et notamment par Ebn-Béitar. (S. de S.)

(23) Le mot مُقْل est plutôt le nom d'un fruit que celui d'un arbre : l'arbre qui porte ce fruit est le *doum* دوم, arbre fort commun dans le Saïd, que plusieurs écrivains ont pris

pour une espèce de palmier-dattier sauvage, et que Forskal nomme, d'après Linné, *borassus flabelliformis* : il en a déjà été dit un mot ci-devant, dans la note (10), p. 445. Ce fruit, qui est une nourriture grossière, et réservée, dans le Saïd, à la classe la plus misérable des habitans, vient mieux dans le territoire de la Mecque, soit que le sol ou le climat lui soit plus convenable, soit que le *doum* d'Arabie soit une variété du *doum* du Saïd : on nomme celui d'Arabie مقل مكي Ebn-Béitar dit, sur l'autorité d'Ebn-Wafid, que le fruit nommé *mokl mekki* est le fruit du *doum*, qui mûrit dans le territoire de la Mecque et y est mangeable ; sa pulpe même y est très-douce, au lieu qu'en Espagne il ne vient point à maturité, a une saveur très-stiptique, n'est presque point succulent, et est excessivement sec, âpre au toucher, astringent, &c. M. Sonnini nous apprend que les fruits du *doum* ou palmier à éventail du Saïd, naissent comme ceux des autres palmiers, en grappes ou régimes. « Le *doum*, » ajoute-t-il, produit des fruits deux fois l'année : ils sont » arrondis et un peu alongés ; leur grosseur est celle d'une » orange, mais leur forme est irrégulière : ils sont un des » moyens de subsistance pour la portion misérable du peuple » de la haute Égypte. On enlève la première enveloppe, qui » est rouge, et l'on mange la substance spongieuse et presque » sèche dont la noix est recouverte. Quoique ce soit pour » les Égyptiens un fruit savoureux, je l'ai trouvé fort insi- » pide. Je ne puis mieux le comparer qu'au mauvais pain » d'épice, dont il a la sécheresse et la douceur fade et dé- » sagréable. » (Voyage dans la haute et basse Égypte, t. III, p. 116 et 117).

Le même mot *mokl*, qui désigne le fruit du *doum*, est aussi le nom de la gomme-résine appelée *bdellium* ; et c'est peut-être cette identité de nom entre un fruit et une substance gommeuse, qui a donné le premier fondement à la fable sur l'origine prétendue végétale de l'ambre gris, rapportée

Ff 4

ci-devant, note (10), *pag.* 445 .M. Sonnini relève une autre erreur sur l'origine du *bdellium*, qui est due sans doute à la même cause. (*Ibid.*, *pag.* 116.)

Ebn-Béitar, au mot *Doum*, cite le passage suivant d'Abou-Hanifa : « Le *doum* est la même chose que le *mokl* ; ce
» sont des arbres dont le tronc s'élève dépourvu de feuilles :
» l'arbre a des feuilles semblables à celles du dattier, et il y
» en a plusieurs variétés, comme du palmier - dattier. Le
» *mokl* est une de ces variétés : ses feuilles, que l'on nomme
» *tafi* et *aslam*, servent à faire des nattes et des besaces. Son
» fruit se nomme *mokl* et *wakl* : frais, on l'appelle *bahasch*,
» et sec, *haschaf* : le *haschaf* est une espèce de *polenta* fait
» avec ce fruit ; on le nomme aussi *hasac*. Nous parlerons
» du *mokl* à la lettre *mim*. » دور أبو حنيفه هو المقل وهي شجر

تعمل وتسمو ولها خوص كخوص النخل وتخرج افنانا كافنانها
فيها المقل ويقال لخوصها الطفي والاسلم وهو قوي متين
يصنع منه حصر وغرائر وثمره هو المقل والوقل ورطبه البهش
ويبيسه الحشف وهو سويقه وهو الحسك وسياتي ذكر المقل
في حرف الميم (man. Arab. de la Bibl. nat. n.° 1071).
Forskal a entendu nommer le *borassus flabelliformis*, en Arabie, *doum* et *tafi* (Voy. *Flor. Æg. Ar.* p. cxxvj). (S. de S.)

(24) Combien cette fable paroît excusable, quand on pense à l'utilité prodigieuse dont le dattier est pour les Arabes ! Il faut observer que le mot الخة est féminin en arabe : c'est pour cela que Mahomet dit, *votre tante paternelle*, et non *votre oncle paternel*. [Ch.]

(25) Cette même propriété appartient à la fleur du châtaignier, et a été observée par tous les naturalistes. [Ch.]

(26) Quelque puérile que soit ce récit, j'ai cru à propos de le conserver, parce que les poëtes font quelquefois allu-

ion à de tels contes dans leurs écrits, et qu'il seroit fort
difficile d'entendre certains passages, si l'on n'avoit connoissance de pareilles erreurs.

Ce vers satirique d'Ebn-Wardi contre un méchant critique, fondé sur la croyance erronée où sont les Orientaux
que l'odeur de la rose est un poison pour le scarabée,
m'en fournit un exemple :

ايها المعايب قـولي عابـثـا

وان طيب السورد مؤذ بالجعـل

« O toi, qui te fais un jeu de tourner mes paroles en
» ridicule, ignores-tu que le parfum de la rose est un poi-
» son pour le scarabée ! »

Mais c'est sur-tout pour l'intelligence des proverbes,
que la connoissance de pareils contes est nécessaire. Cette
fable et le mot attribué à Mahomet ont déjà été rapportés
par Ol. Celsius, *Hierobot.* part. II, pag. 447 et 448. [Ch.]

(27) Il eût été facile de donner à ce que dit ici Kazwini, une apparence plus raisonnable ; mais je n'ai point
voulu altérer le sens littéral du texte.

Qu'il me soit permis d'ajouter une petite historiette, que
me fournit, à l'article نخـل , la traduction Persane.

اصمعي كويد كه شخصي از اهل يمامه از براي من حكايت

كرد كفت مرا بستـاني بود ودر انجا نخـلي بود هم ساله

حمل نيكو آوردي دو سال بران بكـــذشت وهيچ حمل

نياوردي مردي بهاوردم كه خبير بـود بعمل نخـل بـريت

وبديد كفت اين درخت را هيچ علتي ديكر نيست كه مانع

حمل افتد الا عشق انكاه بر باي نخل رفت ونظر كرد در جب

و راست و در جوار او نخلي بود كـه اين نخل بدان نخل

ماخلعت ابهد كسه نلليح اورا اربن درخست كنيد در ان
مال ابن نخدل را ازان نخدل كمن داد به ان حمل بسيار آريد ٠

« Asmâï rapporte qu'un habitant du Yémâma (pro-
» vince d'Arabie) lui fit le récit suivant : Je possédois
» un jardin dans lequel étoit un palmier qui, chaque année,
» se couvroit de fruits abondans. Cependant deux années
» s'étant écoulées sans qu'il en produisît aucun, je fis venir
» un homme parfaitement au fait de la culture du palmier.
» Un amour contrarié, me dit-il après une courte inspec-
» tion, est la seule cause qui empêche cet arbre de donner
» des fruits : puis il monta sur l'arbre, et après avoir jeté
» les yeux à droite et à gauche, il aperçut, à une légère
» distance, un palmier mâle, qu'il reconnut être l'objet
» des amours du mien, et il me conseilla de féconder ce
» dernier avec le pollen de celui-là ; ce que je fis en effet ;
» après quoi, mon palmier me donna une abondante ré-
» colte. » [Ch.]

(28) Il y a mot à mot : *et de même que les animaux
privés entièrement d'os, ne résistent pas à la violence du
froid ; de même disparoissent les plantes qui n'ont pas une
tige ligneuse et solide.* [Ch.]

(29) Comme on n'a rien de certain sur la plante nommée par les Arabes, ou plutôt par les Persans, الريسون
adhérioun ou *azérioun*, c'est-à-dire, *de couleur de feu*, et que
Plemplus, dans son commentaire sur le second livre d'Avicenne, *page 41*, en traduisant ce mot par *cyclaminus*,
observe qu'on ne peut point déterminer au juste la plante à
laquelle ce nom convient, parce que les Arabes n'ont pas
donné la description de l'*azérioun*, je crois convenable de
copier ici ce qu'on lit dans Ebn-Béitar : « *Azérioun*. Ishak
» ben-Amran dit que c'est une espèce de *parchenium*,
» qu'il y en a une variété à fleur jaune, et une autre à fleur

» rouge. Selon Ebn-Djanah, la fleur est couleur d'or, avec
» un petit bouton noir dans son milieu. Ebn-Djoldjol dit :
» C'est une plante qui s'élève à la hauteur d'une coudée ;
» elle a les feuilles oblongues, de la longueur du doigt,
» tirant sur le blanc, et velues ; elle a un grand nombre de
» bras, et sa fleur est comme celle de la camomille. Gaféki
» dit, sur l'autorité du Traité d'agriculture Nabatéenne,
» que l'*azérioun* est une fleur jaune, sans odeur, ou dont
» l'odeur, si tant est qu'elle en ait, approche de la puan-
» teur ; c'est une plante dont la fleur tourne avec le soleil,
» et se ferme la nuit. On dit que quand une femme en-
» ceinte tient cette plante entre ses mains en les plaçant
» l'une sur l'autre, cela nuit beaucoup au fœtus ; et que, si
» elle continue long-temps à la tenir et à en respirer l'odeur,
» elle avorte. La fumée de la même plante éloigne les souris
» et les scorpions. C'est une plante chaude, de mauvaise
» qualité ; quatre drachmes de l'eau que l'on en tire, prises
» en boisson, procurent un violent vomissement. Sa fleur,
» placée quelque part, éloigne les mouches ; si on la pile
» et qu'on en fasse un emplâtre, cet emplâtre, appliqué
» au bas du dos, excite un priapisme modéré. Un autre écri-
» vain dit : Le suc de la racine d'*azérioun*, employé comme
» sternutatoire, soulage les maux de dents, en faisant couler
» les flegmes du cerveau. On assure que sa racine suspen-
» due au cou, est bonne contre les écrouelles : on prétend
» aussi qu'elle procure la grossesse aux femmes stériles qui
» en portent sur elles. Avicenne met l'*azérioun* au nombre
» des médicamens cordiaux. Il est chaud, dit-il, et sec au
» troisième degré, et est un contre-poison : il fortifie le
» cœur ; mais il porte l'esprit à la colère plutôt qu'à la
» joie. »

Dans la traduction du Traité d'agriculture d'Abou-Zacaria ben-Awwam, le traducteur, M. Banqueri, a rendu *azérioun* par *chrysanthemum* ou *matricaire*, et il a rapporté une

partie du passage d'Ebn - Béïtar , que je viens de citer.
(Voyez *Libro de agricultura*, tom. *I*, p. 27, et t. *II*, p. 278.)
Kazwini décrit ainsi *l'azérioun* : « La fleur de l'azérioun
» est d'un rouge foncé ; au milieu il y a quelque chose de
» noir, qui ressemble à la moitié d'un gland que l'on auroit
» coupé selon sa largeur. » Puis il ajoute à-peu-près ce qu'on
lit dans Avicenne , sur ses vertus médicinales. (S. de S.)

(30) Je ne sais pourquoi Kazwini place le laurier-rose
[*nerium oleander*] parmi les plantes ; il eût dû le mettre
dans la première division. Linné , qui en a décrit six ou
sept espèces, ne remarque pas qu'il y en ait une fluviatile.
[Ch.]

(31) Le manuscrit porte تفاحه ; mais comme ce mot ne
signifie rien ici , j'ai cherché dans Avicenne l'article دفلى
Laurier, et j'y ai trouvé qu'il emploie , en parlant de sa
fleur, le mot كقاحه , ce qui m'a fourni le moyen de rectifier
le texte. Suivant Golius, ce mot désigne en général toute
fleur chevelue. J'ignore d'où il a tiré cette explication.

L'auteur du Kamous dit que كقاح signifie la plante nommée *schœnanthum* اذخر ou sa fleur, ou la fleur d'une plante
quelconque : كزنان عشبة او نور الاذخر او من كل نبت زهر
[Ch.]

(32) J'ai cru long-temps que , sous le nom de *Belnias*
ou *Belnious* , les Orientaux entendoient parler de Pline ;
M. de Sacy pense que c'est une corruption du nom
d'Apollonius de Thyane. (Voyez Notices et extraits des manuscrits, *tom. IV*, p. 110 et suiv.) En effet, j'ai recherché
dans Pline s'il rapporte l'histoire suivante à l'article du *nerium*, et je ne l'y ai pas trouvée. Cependant je crois qu'il
n'y a pas lieu de douter que les médecins et naturalistes
Arabes n'aient eu connoissance de Pline, ou du moins des
auteurs Grecs dont Pline a fait usage, d'après l'identité qui

se trouve entre un grand nombre de passages de Pline et des naturalistes Arabes. Je citerai pour exemple la description du cousin par Pline, que je rapprocherai de celle de Kazwini. Voyez plus bas l'article des *Insectes*. [Ch.]

(33) On voit que les curieux s'amusoient, parmi les Orientaux comme parmi nous, de ces jeux que fournit l'agriculture. Ils avoient aussi le talent de conserver, dans des vases hermétiquement fermés et profondément enterrés, des fleurs dont ils embellissoient leurs appartemens pendant l'hiver, et de varier les nuances des fleurs en les arrosant avec des eaux colorées, comme j'ai vu quelques naturalistes essayer de colorer des jacinthes blanches et autres fleurs à oignons, en les faisant germer dans des vases remplis d'eau teinte avec du carmin ou du bleu. Voici ce qui est rapporté à ce sujet dans le حلبة الكميت Anthologie Arabe, faite avec un choix et un goût exquis, dont W. Jones a inséré plusieurs fragmens dans l'ouvrage intitulé *Commentarii Poëseos Asiaticæ*.

قال الشيخ علي النزولي الشهير بالبهائي في كتابه مطالع البدور في منازل السرور من بعض اصحابه ان رجلا اخبره انه رای اكارا يجري الى شجرة الورد ماء مخلوطا بالنيل قال فسائله عن ذلك فقال ان الورد يكون ازرق بهذا العمل

« Le scheïkh Ali Gazouli, connu sous le nom de
» Béhaï, rapporte, dans son ouvrage intitulé *le Lever de*
» *la Lune dans la mansion du bonheur*, qu'un de ses amis
» lui raconta que, voyant un jour un agriculteur arroser
» le pied d'un jeune rosier avec de l'eau d'indigo, et lui
» ayant demandé à quel dessein il le faisoit, celui-ci lui ré-
» pondit que par ce moyen il obtiendroit des roses bleues. »
J'ignore si cet agriculteur a été plus heureux que les nôtres ; mais il me semble que toutes ces expériences

n'ont guère réussi parmi nous. On trouve quelques recettes de ce genre indiquées dans le Traité d'agriculture
d'Abou-Zacaria Yahya ben-Awwam, *tom. I, pag. 64,*
et suivantes. [Ch.]

(34) Je crois à propos de rapporter ici la traduction
Persane du commencement de ce chapitre, 1.° parce qu'elle
fera mieux sentir la différence qu'il y a entre les principes
élémentaires nommés امهات et بسائط, et les corps ou êtres
secondaires formés de la combinaison des premiers, et nommés كائنات et مولدات; 2.° parce qu'elle justifiera, s'il en
étoit besoin, la correction faite dans le texte de cet alinéa
par M. Chézy, et dont il rend compte dans la note suivante.

مرتبه حیوان مرتبه چهارم است از اجسام ومرتبه سهم
از کائنات زیرا کسه مرتبه اول از کائنات معادنست وآن
هنوز بر جماعی مائك است ومرتبسه دوم نباتست واندرا قوه
نمو وغو است چنانکه که اه کرده شد ومرتبه سهم حیوانست
واندرا هم نمو وغو است وهر حس وحرکتست پس معلوم شد
که مرتبه اول اجسام بسائط واندرا امهات عرانند ومرتبسه
دوم مرکبات است وآنرا مولدات عرانند وحیوان در مرتبه
چهارم است ازاجسام ودز مرتبه سهم از مرکبات وعنصری
است بحس وحرکت

« Les animaux forment le quatrième degré parmi les
» corps, et le troisième parmi les êtres secondaires; car
» les minéraux qui conservent encore la nature inerte,
» sont le premier degré des êtres secondaires: le second
» contient les plantes qui naissent et croissent, comme nous
» l'avons déjà dit: les animaux forment le troisième degré:
» non-seulement ils naissent et croissent, mais outre cela,

» ils sentent et se meuvent. On sait d'ailleurs que, pour ce
» qui est des corps, le premier degré offre les élémens
» simples que l'on nomme *mères*, et le second tous les
» êtres composés que l'on appelle *engendrés*. Les animaux,
» par conséquent, dans l'échelle des corps, occupent le
» quatrième degré ; mais dans celle des êtres composés,
» ils forment le troisième degré : ils se distinguent par la
» faculté de sentir et de se mouvoir, qui leur est parti-
» culière. » (S. de S.)

(35) Ce passage est altéré dans le manuscrit n.° 898
et dans celui du Caire ; je vais rapporter les deux leçons,
afin de mettre le lecteur en état de juger si la correction
que j'ai faite est bonne. On lit dans le n.° 898 :

والمرتبة الثانية للنبات وانها متوسطة بين المعادن
والحيوان لانه قد جمع بين النشو والنمو والحس والحركه

et dans celui du Caire :

والمرتبة الثانية للنبات فانها متوسطة بين المعادن والحيوان
لحول النشو والنمو والحس والحركة والمرتبة الثالثة للحيوان
وانه قد جمع بين النشو والنمو والحس والحركة

Je remarquerai, 1.° qu'il est évident que dans le manuscrit n.° 898, le copiste, trompé par le mot حيوان, qui
est répété deux fois dans la même phrase à une petite distance, et prenant le second pour le premier, aura omis la ligne
qui se trouvoit entre deux ; 2.° que le bon sens démontre que
dans le manuscrit du Caire, les mots والحس والحركة
la faculté de sentir et de se mouvoir, sont de trop la première
fois, puisqu'ils y seroient comme attributs des végétaux,
et que c'est positivement l'absence de ces deux qualités dans
les végétaux, qui, selon notre auteur, et selon la vérité,
établit la principale différence entre eux et l'animal. [Ch.]

(36) On a imprimé, conformément au manuscrit du Caire الاحاسيسه. Dans les manuscrits 898 et 958 on lit الحساسه. [Ch.]

(37) Le manus. 898 porte ذروع au lieu de ادراع; ce n'est peut-être qu'une faute : on lit المواضع dans les deux autres manuscrits. [Ch.]

(38) Le manus. 958 et celui du Caire portent رايق comme le sens l'exige : dans le manus. 898 on lit رافق, ce qui n'est pas admissible. [Ch.]

(39) C'est ainsi que nous avons imaginé un sixième sens, que nous désignons par la même dénomination de *sens commun*. [Ch.]

(40) On trouve dans Kazwini, entre cette section et la précédente, un long article divisé en différens chapitres, où il traite de l'ame, de la génération, de l'embryon, de la cause à laquelle tient la différence des sexes, et de l'anatomie. Dans le dernier chapitre il décrit chaque membre et chaque viscère. [Ch.]

(41) Dans le manuscrit 898 on lit سهر, sans points diacritiques, et ce passage manque dans le manus. 958. Dans le كتاب الدرر المنثا on lit تنهسر. On a suivi la leçon du manuscrit du Caire. [Ch.]

Il paroît que le traducteur Persan a lu يُبْهَتُ *on en demeure ébahi*; car il traduit ainsi :

در عانه آمد در يبين هم

واز سطان در هر طرف که نظر کني جندان هایب بود که مفتب وقرش

هند از آن سهرت شره ودرو حس اعد ورحال وعقل وسم

Cette leçon pourroit bien être la vraie, et alors il faudroit traduire ainsi :

« Les

« Les forces naturelles ne seroient que ces mêmes pein-
» tures et ces figures, et l'ame, le flambeau qui parcou-
» roit les différentes parties de l'édifice. Par sa lumière,
» portée dans les diverses parties de la maison, on voit sur
» le toit, sur les murailles, sur les meubles, ou, pour mieux
» dire, dans tous les coins et recoins, des choses merveil-
» leuses qui jettent dans une surprise inexprimable : ces mer-
» veilles sont les sens, la raison, l'intelligence, les forces
» ou facultés tant extérieures qu'intérieures. » (S. de S.)

(42) De ces quatre divisions, je n'ai pris que celle qui
traite des sens, comme étant la plus intéressante. [Ch.]

(43) On lit dans le manuscrit du Caire منبتة, et dans
le كتاب الدرر المنتقاة le même mot est écrit plus régu-
lièrement منبتة c'est la leçon qu'on a suivie. Les manuscrits 898 et 958 portent مبتة fixée, ce qui est également bon. [Ch.]

(44) C'est ainsi que les anciens expliquoient le phénomène de la vision, dont le mécanisme nous est mieux connu
par les belles expériences de la chambre obscure. [Ch.]

(45) Il ne sera pas hors de propos de donner une idée des
trois autres classes de facultés dont parle Kazwini.
La seconde classe, qui est nommée القوى الباطنة les facultés intérieures, comprend trois subdivisions. Première subdivision, القوى الخادمة les facultés subordonnées ou qui
obéissent ; ce sont, 1.º الجاذبة la faculté attractive, par laquelle chaque partie du corps extrait des alimens et attire à
soi les parties qui conviennent à sa nature ; 2.º الماسكة la
faculté coërcitive, par laquelle les diverses parties du corps retiennent cette substance attirée ; 3.º الهاضمة la faculté diges-
tive, à l'aide de laquelle elles les convertissent en leur propre
substance ; 4.º الدافعة la faculté expulsive, par laquelle le
corps rejette les résidus qui ne conviennent point à son

* G g

organisation. Seconde subvision, النوى المخدومة *les forces dominantes* ou *qui commandent :* ce sont, 1.° الغادية *la faculté nutritive*, par laquelle la substance des alimens est assimilée au sujet qui s'en nourrit ; 2.° النامية *la faculté accroissante*, par laquelle le corps prend de l'accroissement ; 3.° المولّدة *la faculté génératrice*, à l'aide de laquelle il produit son semblable ; 4.° المصوّر *la faculté configurative*, qui donne à chaque membre la configuration et les dimensions qu'il doit avoir. Troisième subdivision, النوى المدركة الباطنة *les facultés perceptives intérieures :* 1.° الحسّ المشترك *le sens commun*, qui reçoit les images qui lui sont transmises, soit du dehors par les sens, soit du dedans par l'imagination ; 2.° الخيال *l'idéalisation*, qui conserve les perceptions reçues par le canal des sens, et les garde, pour ainsi dire, en dépôt; 3.° الوهم *l'opinion* ou *l'instinct*, qui attribue aux êtres des qualités imperceptibles aux sens, comme la véracité, la malveillance, que l'on attribue à telle ou telle personne ; cette faculté est commune à l'homme et aux bêtes, car la brebis, par exemple, juge que ses petits méritent sa tendresse, et que le loup est dangereux pour elle ; 4.° الحافظة *la mémoire*, qui conserve ce que l'opinion lui a confié en dépôt ; 5.° الفكر المتفكّر *la réflexion*, qui travaille sur les matériaux que lui fournissent l'idéalisation et la mémoire : elle porte le nom de réflexion المتفكّر quand elle demeure soumise à la raison ; et celui d'*imagination* المخيّلة quand elle ne lui obéit point.

La troisième classe porte le nom générique de *facultés motrices* النوى المحرّكة elle renferme deux subdivisions. Première subdivision, النوى الباعثة *les appétits*, qui se séparent en *concupiscibles* شهوانية et *irascibles* غضبية Seconde subdivision, القوّة الفاعلة *la faculté active*, qui produit les mouvemens en conséquence des appétits.

La quatrième classe renferme les *facultés raisonnables* النوى العقليه qui se subdivisent en quatre degrés : 1.°

susceptibilité d'apprendre les sciences spéculatives et les
arts qui exigent le raisonnement, susceptibilité qui distingue
l'homme de la brute ; 2.º *le discernement* développé dans
l'enfant, par le secours duquel il distingue les choses nécessaires, possibles et impossibles ; 3.º *les connoissances
acquises* par l'expérience, ou l'exercice de la faculté de recueillir les faits, de les comparer, et d'en tirer des consé-
quences, qui vaut à celui qui l'a acquis le titre d'*homme
sage par expérience* العاقل في العادة 4.º *le jugement,* qui ap-
profondit la vérité des choses, leurs causes et leurs consé-
quences, met un frein aux appétits, fait renoncer à un
plaisir présent, ou supporter un désagrément actuel, dans
la vue de se procurer un bien ou d'éviter un mal éloigné.
Celui qui possède ce jugement est nommé *sage* ou *raisonnable* عاقل

Kazwini ajoute : « Le Prophète a dit : Il y a deux sortes
» de raisons, l'une innée, l'autre acquise par l'enseigne-
« ment ; la seconde ne sert de rien à qui manque de la pre-
» mière, comme la lumière du soleil est sans utilité pour
» quiconque est privé de l'usage de ses yeux. »

Suivant la traduction Persane, les quatre divisions de la
faculté raisonnable, ont des noms particuliers : on appelle
la 1.re العقل الهيولاني *raison matérielle ;* la 2.e العقل
ou عقل الملكه بالملكه *raison possédée en propriété ;* la 3.e
العقل المستفاد *raison acquise ;* enfin la 4.e العقل الفعّال
raison agissante ou العقل بالفعل *raison en action.*

Tout ce que dit Kazwini sur les facultés extérieures et
intérieures, mérite d'être comparé avec ce que l'on trouve,
sur le même sujet, dans le III.e livre du Traité *de anima,*
d'Aristote, et dans le Canon d'Avicenne, *liv. I, sect. 1.re,
t. I, p. 33 et suiv.* du texte Arabe, et *t. I, p. 73 et suiv.*
de la traduction Latine de Vop. Fort. Plempius. (S. de S.)

(46) La seconde division, que j'ai passée sous silence,

est consacrée aux *djinn* ou génies. J'ai rendu par *bêtes de somme*, le mot دواب qui compose un des quatre genres qui entrent sous la division *belluæ*, de Linné. Il est bon de remarquer que Kazwini a divisé en trois ordres la classe des quadrupèdes, en présentant le premier, sous le titre de دواب *bêtes de somme* [*belluæ*], le second, sous celui de نعم *bestiaux* ou *ruminans* [*pecora*], et le troisième, sous celui de سباع *carnassiers* [*feræ*]; ce qu'il n'a pas fait pour les oiseaux, et encore moins pour les insectes, qu'il a seulement rangés par ordre alphabétique. [Ch.]

(47) Ce passage est tiré de l'Alcoran, sur. 16, v. 8; il faut sous-entendre le mot خلق *il a créé*, qui se trouve dans les versets précédens. (S. de S.)

(48) Je ne donne aucune des espèces de ce genre, parce qu'elles ne m'ont paru offrir aucun intérêt. [Ch.]

(49) Ceci est tiré de l'Alcoran, sur. 36, v. 71. On lit dans le verset 70 : خلقنا لهم مما عملت ايدينا انعاما Ainsi la citation de Kazwini est très-juste. (S. de S.)

(50) Le nom Persan de la girafe اشتركاوبلنك composé des trois mots اشتر *chameau*, كاو (en anglois *cow*) *bœuf*, et بلنك *tigre*, est très-significatif. [Ch.]

(51) Kazwini, en comparant la tête de la girafe à celle du chameau, se sert, pour exprimer ce dernier animal, du mot générique ابل mais lorsqu'il parle des jambes de la girafe et de sa forme en général, il emploie le mot بعير qui signifie proprement un *chameau en âge de porter des fardeaux*, qui a atteint l'âge de cinq ans, البعير... الجمل البارك او الجذع Suivant le Kamous, ce mot s'emploie pour la femelle comme pour le mâle : il se dit aussi de l'âne et de toute bête de charge; mais en ce dernier sens, il n'est pas de l'usage ordinaire. Voyez au surplus, sur les divers noms du chameau chez les Arabes, Bochart,

Hiérozoïcon, l. II, ch. 1 et 4. On trouve dans le même ouvrage, liv. III, *ch.* 21, *t.* II, *pag.* 273 *et suiv.* de l'édit. de M. Rosenmüller, beaucoup de détails sur la girafe. M. Wahl a donné une partie de cet article de Kazwini, dans sa *Neue Arabische Anthologie*, p. 205. (S. de S.)

(52) Kazwini a dit, quelques lignes plus haut, que la peau de la girafe est semblable à celle de la *panthère* نمر et ici c'est avec celle du *tigre* ببر qu'il lui trouve le plus de rapport. Il paroît par-là que Kazwini ne connoissoit pas ces deux espèces d'une manière distincte. La riche collection du Museum d'histoire naturelle, nous met à même de rectifier sa description. Suivant l'auteur des Essais philosophiques sur les mœurs de divers animaux *(pag.* 91 *)*, *babar* est en indostani le nom du tigre-royal, du tigre-lion; *nemer* est le nom Arabe de la grande panthère. *Babar*, emprunté de l'arabe, doit avoir en cette langue, le même sens qu'il a dans le langage vulgaire de l'Indostan. Kazwini dit que le tigre est ennemi du lion et de la panthère, mais que, quand il attaque la panthère, le lion se réunit à elle contre leur ennemi commun. Le tigre, en Égypte, se nomme *mé-moura*. *Voyez* Mém. des Miss., *t.* V, *pag.* 170 ; M. Sonnini, Voy. dans la haute et basse Égypte, *tom.* II, *pag.* 158. [Ch.]

(53) La dénomination de *taureau* ou *vache sauvage* est générique, et convient à diverses espèces de bêtes sauvages du genre des cerfs. (*Voyez*, à ce sujet, *les Extraits de la grande Histoire des animaux, de Démiri*, à la suite de la traduction Françoise de *la Chasse*, poëme d'*Oppien*, donnée par M. Belin de Ballu, *p.* 187 — 199 ; Bochart, *Hiérozoïcon,* liv. III, ch. 22, t. II, p. 284, et ch. 27, p. 364 et 365 de l'Éd. de M. Rosenmüller; ce que j'ai dit ci-devant, *note* (15), *pag.* 64 de la seconde partie de cette Chrestomathie ; et M. Sonnini, Voyage dans la haute et basse Égypte, *t.* II, *p.* 109, 156 et suiv.) Kazwini emploie un peu plus bas le

mot *moha* اهم au lieu de *vache sauvage*. (S. de S.)

(54) La faculté de se reproduire, que possède la girafe, n'est plus aujourd'hui un problème. [Ch.]

(55) Ce nom est altéré. Ce doit être *Timæus*, médecin cité plusieurs fois par Rhazès ou plutôt *Razi*, dans son *Continens* ou الحاوي *Voyez* Fabricius, *Bibl. Græca*, l. VI, cap. 9, § 4, t. XIII, p. 437 et 438.

L'observation attribuée par Kazwini au médecin *Timat*, se trouve, à quelques différences près, dans Aristote, qui la fait, non à l'occasion de la girafe qui paroît n'avoir point été connue de lui, mais à l'occasion des animaux de l'A-frique « dont les formes, dit-il, sont plus sujettes à varier. » Il est même passé en proverbe, continue-t-il, que la » Lybie (ou l'Afrique) produit toujours quelque monstre » nouveau *del φέρα* « ΑιƐύν χαιρόν. En Lybie, à cause du dé- » faut de pluie, les animaux se rencontrent dans les endroits » où il y a de l'eau : là, des mâles s'accouplent avec des » femelles d'espèces différentes. Si le temps de la gestation » est à-peu-près le même dans les deux espèces, et s'il y » a peu de disproportion dans leur taille, ils produisent. » Pressés par le besoin d'eau, ils sont moins farouches les » uns à l'égard des autres. Au contraire des autres animaux, » ils sont plus tourmentés de la soif en hiver qu'en été. » Car ils ont contracté l'habitude de se passer de boisson » en été, parce que dans le pays qu'ils habitent il ne pleut » pas d'ordinaire dans cette saison. » (Voy. *Histor. Anim.*, liv. VIII, chap. 28, dans les œuvres d'Aristote, Paris, 1619, tom. I, p. 920; et *de Generat. Anim.*, liv. II, ch. 7, *ibid.*, p. 1091. *Plin. hist. natur.* liv. VIII, ch. 16, to. I, p. 443, éd. du P. Hard.) Il est digne de remarque que M. de Buffon lui-même n'est pas éloigné d'adopter l'opinion d'Aristote sur l'origine des monstres, et la cause de leur prétendue multiplicité dans certaines régions. *Voyez* ce que dit à ce sujet M. le Vaillant, dans son second Voyage dans l'intérieur de l'Afrique, *tom. II, p. 375 et 376*, édit. de Paris, 1803. (S. de S.)

(56) Le mot *isbar* عسبار est corrompu ici dans les manuscrits de Kazwini que j'ai eus sous les yeux : il est également corrompu dans l'avant-dernier chapitre de l'ouvrage, où notre auteur traite spécialement des monstres; mais j'en ai trouvé la vraie leçon dans l'article particulier de l'hyène. Je ne rapporte pas le passage, parce qu'on peut le voir dans Bochart, *Hierozoïcon*, liv. III, ch. 2, tom. II, p. 166 et 167 de l'édition de M. Rosenmüller. Bochart lisoit dans le manuscrit de Kazwini عبار mais il avoit vu qu'il falloit lire عسبار comme porte notre manuscrit 898, *f. 249 verso.* Le *sima* provient, disent les Arabes, de l'alliance d'une hyène mâle et d'une louve; l'*isbar*, de l'union d'un loup et d'une hyène femelle. Le *crocotta* ou *leucrocotta* de Pline et autres auteurs anciens, étoit un semblable produit monstrueux dû à l'union supposée de l'hyène mâle et d'une lionne. (*Plin. hist. nat.*, liv. VIII, ch. 21, to. I, p. 448, et ch. 30, *ibid.* p. 456. *C. J. Solin. Polyhist.*, éd. d'Utrecht, 1689, p. 37 et 58, et *Exerc. Plin. in Solin.*, pag. 238 et 709.) Djewhari écrit عسبار au lieu de عسبار et dit que l'on donne ce nom au monstre, soit mâle, soit femelle, provenu de l'union du loup et de l'hyène femelle. العسبار

ولد الضبع من الذيب الذكر والانثي فيه سرا قال الكميت
وتجمـــع المتفرقون من الفراعل والصابر والفرعل ولد الضبع

Les mots عسبار et فرعل réunis dans le vers من الضبعان cité ici par Djewhari, se trouvent aussi en parallèle dans un passage de la Vie de Tamerlan, par Ebn-Arabschah, *t. I*, *p. 580* de l'édition de M. Manger.

Puisque j'ai cité cet endroit de la Vie de Tamerlan, il

ne sera pas hors de propos que je profite de cette occasion
pour éclaircir un autre passage qui se trouve à peu de distance
de celui-ci, *pag.* 582 du *tom. I* de l'édition de M. Manger,
et *pag* 164 de celle de Golius. Timour, suivant notre auteur, ayant assiégé un jour la forteresse de Roum, sans
aucun succès, ne voulut pas s'arrêter devant cette place,
et dit : هي أهون عليّ من تبالة على الحجاج *Elle est plus mépri-*
sable à mes yeux que Tébala ne le fut à ceux de Hadjadj.
M. Manger, qui a pris على pour un nom propre, a traduit:
Hæc mihi facilior est quàm Tébala [urbs] Ali Hegjagi. Il
critique Vattier, qui effectivement n'a pas rendu très-exactement le texte, et cependant en a saisi le sens ; et il
renvoie à une note de Golius sur Alfergan, où il est fait
mention de Tébala, mais qui est insuffisante pour l'intelligence de ce passage. Djewhari et Meïdani nous donneront
l'origine et le sens de cette expression proverbiale. « Tébala,
» dit le premier, est une ville du Yémen, dont le territoire
» est très-fertile. On dit en proverbe, *plus méprisable que*
» *Tibala ne le fut aux yeux de Hadjadj.* Car Abd-almélic
» ayant nommé Hadjadj gouverneur de Tébala, celui-ci se
» rendit à cette ville; mais elle lui parut de si peu d'impor-
» tance, qu'il ne voulut pas même y entrer. » Djewhari cite
ensuite un vers de la Moallaka de Lébid, qui est le 75.e
dans l'édition de W. Jones, où il est fait mention de cette
ville et de la fertilité de son territoire. Meïdani, rapportant
le même proverbe, dit : « Tébala est une petite ville du
» Yémen ; ce proverbe est un de ceux qui ont cours parmi
» les habitans de Taïef. Abou'lyoktan raconte que le premier
» gouvernement dont fut pourvu Hadjadj, fut celui de Té-
» bala. Il se mit en route pour s'y rendre. Comme il en
» approchoit, il demanda à son guide de lui montrer où
» elle étoit : Cette colline, lui dit le guide, vous en dérobe
» la vue. Je ne crois pas digne de moi, reprit Hadjadj,
» le gouvernement d'une ville dont une colline est capable

» de me dérober la vue ; et à l'instant même il rebroussa
» chemin. Cette aventure donna naissance, parmi les Arabes,
» à ce proverbe : *Plus méprisable que Tébala ne le fut aux
» yeux de Hadjadj.* » Man. Arabe de Saint-Germain-des-
Prés, n.º 196. (S. de S.)

(57) Cet article a été donné presque entier par M. Wahl
dans sa *Neue Arab. Anthol.* p. 206. Bochart a réuni, sur le
musc, des extraits de divers écrivains Arabes. (*Hierozoïcon*,
liv. III, ch. 26, tom. II, pag. 327 et suiv. de l'édition de
M. Rosenmüller.) Ils se retrouvent dans la Chrestomathie
Arabe de M. Jahn, *pag. 62 et 63.* On peut aussi voir les
Extraits déjà cités de Démiri à la suite du poëme de la
Chasse d'Oppien, *page 156.* (S. de S.)

(58) Les généralités de cette cinquième division étant
insignifiantes, je ne m'y arrête pas et je me contente de donner une seule des espèces qu'elle contient. [Ch.]

(59) Quoique les lexiques ne donnent pas au mot جهبر
la signification d'*ours*, il n'est pas douteux qu'elle ne lui
convienne, puisque Kazwini nous en avertit lui-même. On
peut consulter, sur ce proverbe, la partie de Meïdani donnée par H. A. Schultens, *pag. 209, prov. 336* ; on y trouvera
ce proverbe avec les remarques de ce savant sur le mot جهبر
qui est susceptible de plusieurs interprétations. [Ch.]

(60) Ce passage est tiré de l'Alcoran, *sur. 16, v. 79.*
Le sens qu'on lui a donné ici, s'écarte un peu de celui qu'à
adopté Marracci ; mais il me paroît plus naturel, est conforme
à l'interprétation que donne Beïdhawi, et se lie mieux avec
la pensée de Kazwini. (S. de S.)

(61) Le nom de Djahedh est *Abou-Othman Amrou ben-
Bahr* : il fut surnommé *Djahedh* جاحظ parce qu'il avoit les
yeux gros et à fleur de tête ; on le nommoit aussi, par la
même raison, الحدقة (On peut voir sur cet homme célèbre

d'Herbelot , Biblioth. Orient. au mot *Giahedh ;* Abou'lféda,
Annal. Mosl. t. II , p. 230 et 708 ; Casiri, *Biblioth. Arab.*
Hisp. Escur. t. I , p. 318.) Abou'lféda lui donne pour prénom *Abou-Omran* , et Reiske croit que c'est par erreur que
d'Herbelot le nomme *Abou-Othman* , au mot *Ketab allos-*
sous : mais d'Herbelot a suivi en cela Hadji-Khalfa, et celui-
ci paroît avoir suivi Ebn-Khilcan ; ce qui me porte à croire
que l'erreur est dans Abou'lféda. Djahedh, entre autres ouvrages, avoit composé un traité des animaux, qui est souvent
cité par Démiri, et d'après celui-ci par Bochart, dans son
Hierozoïcon. Ce traité se trouve, dit-on, dans la bibliothèque de Hambourg (*Annal. Mosl.* t. II, p. 231). L'auteur
en avoit lui-même fait un abrégé sous le titre de المختار من
كتاب الحيوان qui se trouve à l'Escurial (Casiri, t. I,
p. 318 et 321). Au lieu de *Djahedh* الحافظ الجاحظ on lit
dans le manuscrit de Hadji-Khalfa, que j'ai sous les yeux
(n.° 733), à l'article كتاب اللصوص et dans quelques manuscrits d'Ebn-Khilcan ; mais c'est une faute. Dans le manuscrit n.° 730 de ce biographe, *Djahedh* est nommé أبو
عثمن عمرو بن بحر بن محبوب الكناني الليثي المعروف بالجاحظ
البصري *Abou-Othman Amrou ben-Bahr ben-Mahboub*
Kinani Leïthi, surnommé Djahedh, de Basra ; et l'orthographe de tous ces noms est déterminée d'une manière précise. Ebn-Khilcan nous apprend que Djahedh portoit les
surnoms patronymiques *Kinani* et *Leïthi,* parce qu'il descendoit de Leïth fils de Becr fils d'Abd-Ménat fils de
Kinana fils de Khozaïma. Il dit qu'il composa un grand
nombre d'ouvrages ; mais il ne fait mention que de son
Traité des animaux, et d'un autre intitulé بيان وتبيين dont
parle aussi Abou'lféda. Tout ce que d'Herbelot dit de Djahedh (au mot *Giahedh*) est tiré d'Ebn-Khilcan. Djahedh
mourut à Basra au mois de moharram 255, âgé de plus de
90 ans.

Ebn-Khilcan rapporte une aventure assez plaisante arrivée à Djahedh, avec un homme de la famille des Barméki. Cet homme la racontoit lui-même en ces termes :

« J'avois été nommé au gouvernement de la province de » Sind, et j'y étois resté assez long-temps ; apprenant que » l'on m'avoit ôté ce gouvernement, comme j'avois amassé » 30,000 pièces d'or, je craignis que mon successeur arri- » vant inopinément, et étant instruit que je possédois cette » somme, ne désirât me l'enlever. Je fis donc fondre cet » or et j'en fis faire dix mille myrobolans, du poids de trente » pièces d'or chacun. Mon successeur ne tarda pas à arriver, » et aussi-tôt je m'embarquai, et je me rendis par mer à » Basra. Instruit que Djahedh demeuroit dans cette ville, et » qu'il étoit affligé d'une hémiplégie, je voulus le voir avant » sa mort. Je me rendis donc chez lui ; et étant arrivé à la » porte d'une jolie maison, je frappai : une esclave au teint » cuivré sortit et me demanda qui j'étois. Un étranger, ré- » pondis-je, qui désire avoir l'avantage de voir le scheïkh. » Elle reporta ma réponse à Djahedh, et j'entendis qu'il lui » disoit : Va dire à cet étranger, Que voulez-vous faire » d'une moitié de corps prête à tomber, d'une salive qui » coule, d'un teint décoloré ! N'importe, dis-je à cette » fille, il faut absolument que je voie le scheïkh. Ah ! dit » Djahedh en recevant mon nouveau message, c'est un » homme qui, passant par Basra, a entendu parler de ma » maladie, et a dit, Je veux le voir avant sa mort, afin de » pouvoir me vanter que j'ai vu Djahedh. Puis il ordonna que » l'on me fît entrer. J'entrai et le saluai ; il me rendit mon sa- » lut avec beaucoup d'honnêteté, et me demanda qui j'étois. » Sur ma réponse, par laquelle je lui fis connoître la famille » à laquelle j'appartenois, il ajouta : Que Dieu fasse miséri- » corde à vos aïeux et à vos pères ; c'étoient des hommes » généreux, et leurs temps étoient comme des jardins riches » de toutes sortes de biens ; un grand nombre d'hommes ont

» éprouvé les effets de leur bienfaisance. Puissent-ils en
» recevoir la récompense ! Je le remerciai en faisant des
» vœux pour lui, et je le priai de me réciter quelques vers;
» sur quoi il récita les vers suivans :

    « *Autrefois, si j'avois dépêché devant moi quelques hommes,*
» *quoique mes envoyés se fussent mis en route long-temps*
» *avant moi, je les précédois encore ; mais le temps exerce*
» *ses vicissitudes ; il détruit ce qui étoit édifié, il édifie ce*
» *qui étoit détruit.* »
» Alors je me levai pour m'en aller ; mais comme j'approchois
» de l'antichambre : Avez-vous vu jamais, me dit-il, les my-
» robolans être bons à un paralytique ! Non, lui répondis-je.
» Ceux que vous avez, reprit-il, me feront du bien, en-
» voyez-m'en quelques-uns. Je le lui promis, et je sortis
» fort surpris qu'il eût ainsi deviné toute mon histoire, dont
» je lui avois fait un secret. Ensuite je lui envoyai cent myro-
» bolans. »

حكي بعض البرامكه قال كنت تقلدت السند فاقمت بها ما
شاء الله ثم اتصل بي ان صرفت عنها وكنت كسبت ثلاثين
الف دينار فخشيت ان يتجاني الصارف فيسمع بالمال فيطمع
به فصفته عشرة الف املبلجـــه في كل املبلجـــه ثلث مثاقيل
ولم يمكث الصارف ان اتى فركبت البحر واحدرت الى البصره
فخبرت ان الجاحظ بها وانه عليل بالفالج فاحببت ان اراه قبل
وفاته فصرت اليـــه فاضيت الى باب دار لطيف فقرعته
فخرجت الي خادم صغرا فقالت من انت قلت رجل غريب
واحبّ ان استر بالنظر الى الشيخ فبلغته الخادم فسمعته يقول
قولي له ما تصنع بثق مابل ولعاب مابل ولون حابل فقلت
للجارية لا بد من الوصول الى الشيخ فلما بلغته قال هذا رجل

قد اجتاز بالبصرة وسمع بعلتي فقال اراء قبل موته لاقول قد
رايت الجاحظ ثم اذن لي فدخلت فسلمت عليه و ره سردا جملا
وقال من تكون اعزك الله فانتسبت له فقال رحم الله اسلافك
السخا الاجواد فلقد كانت اياهم رياض الازمنـــة وافد انخبر
محمع خلق كثير لسقيا لحم ورعيا فدعوت له وقلت له اما اسال
الشيخ ان ينشدني شها من الشعر فانشدني

لين قدمت قبلي رجال فطالما   مشيت علي رسلي فكنت المقدما
ولكن هذا الدهر إني صروفه   فتبرم منقوضا وتنقض مبرما

ثم نضضت فلما قاربت الدهليز قال يا هذي ارايت مفلوجا بنفسه
الاملج قلت لا قال فان الاملج الذي معك ينفعني فابعت
لي منـــه فقلت نعم وخرجت متعجبا من وقوعـــه علي خبري
مع كمالي له وبعثت اليه مابـة املجـــة

Manus. Arabe de la Bibl. nat., n.° 730, comparé avec un
manus. de M. Marcel. (S. de S.)

(62) Je ne sais jusqu'à quel point cette remarque, qui
n'a pas je crois été faite par nos naturalistes , peut être
fondée ; mais je la trouve fortifiée par l'exemple de deux
espèces de nos oiseaux domestiques , la poule et le pigeon.
La première, qui boit d'une manière entrecoupée , ne gorge
pas ses petits; ce que fait le pigeon, dont l'habitude est
de boire d'un trait. [Ch.]

(63) Je crois que l'oiseau nommé ابو برافش est une
espèce d'ardea. Voici la description qu'en fait Kazwini :

ابو برافش طابرحسن الصوت طويل الرقبـــة والرجلين

احمر المنقار في جمع اللفلق يتلون كل ساعة بلون من احمـــر
و اصفر و اخضر وازرق ويقول الشاعر، كاني براقش كل لون لونه
يتخيل، وعلى لون هذا الطاهر نسجت ثياب تسمي ابو قلمون
يجلب من الروم،

« L'*Abou-bérakisch* est un oiseau doué d'une belle voix:
» il a le cou fort long ainsi que les pattes ; son bec est rouge;
» il égale la cigogne en grosseur ; son plumage changeant
» présente à chaque instant à l'œil, le rouge, le jaune, le
» vert et le bleu ; ce qui a fait dire à un poëte, *Semblable à*
» *l'Abou - bérakisch , il sait prendre toutes les couleurs.*
» On a imité les nuances de son plumage dans une étoffe
» changeante nommée *abou-kalamoun*, que l'on fabrique en
» Grèce, et que l'on tire de ce pays. » *Voyez* ci-devant, p.
221 et 222 de cette II.e partie. [Ch.]

(64) Le كُبَّرَ *kobbara* ou كُنْبُرَ *konbora*, comme ce mot
est écrit plus bas , est une espèce d'alouette à crête. [Ch.]

(65) Le تَنَوُّط ou تُنَوِّط est un petit oiseau des Indes très-
commun au Bengale. Il tire son nom Arabe de la position
de son nid, suspendu par des filamens aux branches des
arbres. Kazwini dit qu'il se nomme en persan *kipou* كيپو
Peut-être ce nom n'est-il qu'une altération du mot سبو
cruche ; il pourroit avoir été donné à cet oiseau à cause de
la forme de son nid, qui ressemble à une bouteille ren-
versée. On peut voir quelques extraits de divers écrivains
Arabes, sur le *ténawwout*, dans l'*Hierozoïcon*, t. III, p. 104
de l'éd. de M. Rosenmüller. La gentillesse et l'industrie
de ce petit oiseau lui ont mérité une place dans les *Asiatik
Researches.* Il y est nommé en persan *cibu. Voyez* le II.e vol.
de ce savant recueil, *pag. 109.* [Ch.]

L'auteur de ce mémoire, Athar Ali-khan de Dehli, nomme

cet oiseau *gros bec de l'Inde*, et dit qu'il s'appelle *baya* en hindou, *berbera* en samscrit, *baboui* en bengali, *cibu* en persan, *tenan'wit* en arabe. C'est indubitablement le même oiseau que l'on nomme *toucnam-courvi*, ou gros bec des Philippines, et qui est nommé *coroui* par l'auteur des Essais philosophiques sur les mœurs de divers animaux étrangers, p. 65. On peut comparer sa description avec celle d'Athar Ali-khan. (S. de S.)

(66) Le manuscrit n.º 898 et celui du Caire portent l'un et l'autre شعب Ce passage manque dans le man. 958. Le mot شعب ne présentant aucun sens satisfaisant, j'ai conseillé à M. Chézy de faire mettre dans le texte imprimé شغب ce qui me paroissoit donner un sens plausible, et pouvoir s'entendre des accens amoureux par lesquels le rossignol exprime sa tendresse pour la reine des bosquets. En effet, suivant Castell, dans son Dictionnaire Persan, شغب signifie *pudor, humani politiores mores, sublata vox, lamentatio, vociferatio;* et il me sembloit avoir vu ailleurs ce mot employé pour exprimer le chant du rossignol :

> *Flet Philomela nefas.....et quæ*
> *muta puella fuit, garrula fertur avis.* (Martial.)

Outre cela, ce même article de Kazwini a été donné par M. Wahl, dans sa *Neue Arab. Anthologie*, p. 207, d'après un manuscrit; et on y lit effectivement شغب. On pourroit être tenté de penser qu'il faudroit prononcer non يُوجَدُ *il se trouve, il existe*, mais يَوْجَدُ comme étant l'aoriste de وَجَدَ *être affecté fortement par le chagrin, la colère ou l'amour.* Mais j'observe que suivant le Kamous, le verbe وَجَدَ dans ce sens-là même, fait à l'aoriste يَجِدُ et يَجُدُ et non pas يَوْجَدُ c'est même le seul verbe *assimilé* qui perde sa première radicale en prenant un *dhamma* pour voyelle de la seconde radicale à l'aoriste. En suivant donc la leçon du texte imprimé, et lisant يُوجَدُ il faut traduire : *Cet oiseau fait entendre des chants plaintifs ; il paroît dans le temps des roses :* et cette dernière expression n'a réellement rien de surprenant, le rossignol étant un oiseau de passage.

La traduction Persane de Kazwini pourroit suggérer une autre leçon que l'on préféreroit peut-être : اورا در زمان

كل شغلي عظيم باشد واكركسي را بيند كه كل از درخت
چيند باتك بسيار كند « Il éprouve, dans le temps des roses, » une violente fureur amoureuse ; et s'il voit quelqu'un » cueillir une rose, il jette de grands cris. » On peut conjecturer que le traducteur persan a lu ou cru devoir lire dans le texte, وله شغف ويجد الامر الورد Le sens de Kazwini seroit en ce cas : « Comme le rossignol éprouve les » fureurs de l'amour le plus passionné dans la saison des » roses, on dit qu'il brûle d'amour pour cette fleur. »

Je ne sais cependant si ce n'est point ici une correction du traducteur Persan ; et il me semble que le texte, tel qu'il est imprimé, présente ces idées qui sont liées les unes aux autres : « Le rossignol fait entendre des accens plaintifs, et » il paroît dans le même temps que les roses ; c'est ce qui » fait que l'on dit que cet oiseau est épris d'amour pour » les roses, et qu'il pousse de grands cris de douleur quand » il voit quelqu'un cueillir cette fleur. »

Pour appuyer cette leçon que j'ai suivie, et le sens que je lui donne, je dois ajouter que les significations données par Castell, dans son Dictionnaire Persan, au mot شغب appartiennent à ce mot, du moins celle dont il s'agit ici, dans la langue Arabe, comme on peut le voir en consultant Giggeius, Golius, Castell, ou le Sihah et le Kamous. L'article du Dictionnaire Persan de Castell, est tiré du Dictionnaire Persan-Turc de Nimet-allah, (Manus. Persan de la Bibl. nat. n.° 195.) où on lit : شغب غينك فتختبله

عورت احمدس غينك مكونيله حبا وادب وتشنيع وآذار قلدرب
دراه

فرياد اتمك . Ainsi شغب signifie *faire des cris en élevant la voix*,
et est synonyme du mot Persan فرياد ; or le mot فرياد *cris*
est employé souvent, ainsi que ناله *gémissemens*, en parlant du chant du rossignol. Si l'on en veut voir des exemples,
on en trouvera plusieurs dans les *Commentarii poëseos Asiaticæ* de W. Jones, *p. 119, 120, 172 &c.*, édit. de
Leipsick, 1777. J'en citerai un seul exemple de Hafez :

بلبلي برك شكلي خوش رنك در منقار داشت

وندر ان برك ونوا خوش ناله‌هاي زار داشت

كفتمش در عين وصل اين ناله وفرياد چيست

كفت مارا جلوه معشوق در اين كار داشت

« Un rossignol tenoit dans son bec une feuille de rose d'une
» charmante couleur, et malgré cette bonne fortune il fai-
» soit retentir l'air de douloureux accens. Que veulent dire,
» lui demandai-je, ces gémissemens et ces cris, dans
» le moment même de la jouissance ! ah ! me dit-il, c'est
» la fierté de ce que j'aime qui m'arrache ces plaintes.

Depuis que cette note est faite, j'ai eu occasion de vérifier le passage de la traduction Persane de Kazwini, sur
un manuscrit qui a appartenu à M. Anquetil du Perron, et
qui vient d'être acquis pour la Bibliothèque impériale ; on y lit :

اورا در زمان كل شغب ووجدي عظيم بوه وكوبند كه كل

را دوست داره وچون ببند كه كسي كل را از درخت مي چهند

فرياد كند Je crois que cette leçon est la véritable, et j'en
conclus que le traducteur Persan a lu dans le texte Arabe
وله شغب ووجد *il se livre aux plaintes et à un délire amou-*
reux ; le mot شغب aura ensuite été changé dans la traduction
Persane en شغف ou شغف par quelque copiste qui aura

* H h

cru être autorisé à faire ce changement, parce que شغف
tendresse lui sembloit offrir plus d'analogie avec le mot
suivant وجد *fureur amoureuse*, que شغب *plaintes*, *cris de
douleur*. (S. de S.)

(67) Les amours du rossignol et de la rose sont célé-
brés par tous les poëtes Orientaux. Je crois que l'on verra
ici avec plaisir, à ce sujet, une fable élégante de Saadi,
tirée d'un des petits traités رسائل qui sont en tête de son
كلّيّات, c'est-à-dire, de la collection de ses œuvres. Je
ne sache pas que cette fable ait jamais été traduite. On y
trouvera de grands rapports avec celle de la Cigale et de la
Fourmi, de la Fontaine.

بلبل و مور، آورده اند که در باسیغه بلبلی بوشاخ درختی

آشیانه داشت اتفاقا موری ضعیف در زیر آن وطن ساخته

دار بهر چند روزه مقام و مسکنی بردا خته بلبل شب و روز کلستان

در پرواز آمده و بربط نغمات دلفریب در ساز آورده، مور

به انفصال لیل و نهار مشغول شده و هزار دستان در چمن باغ

آواز خوش عزه کشته، بلبل با گل درخوشی میگفت و باد صبا در

میانه غنج میکرد و چون این مور ضعیف ناز گل و نیاز بلبل

مشاهده کرد بزبان حال میگفت ازین قیل و قال چه کشایه کار در وقت

ديگر پديد آيد، چون فصل بهار برفت و موسم خزان در آمد غار جاي

گل بگرفت و زاغ در مقام بلبل نزول كرد باد خزان در وزيدن

آمد و برگ از درخت بريزين گرفت اخساره برگ زرد شد

و نفس هوا سرد كشت از كلهٔ ابر دريسے ريخت و از عزبال

هوا كانهول سيے بخت، ناگاه بلبل در باغ آمد نه رنگ گل ديد و نه

بوسے سنبل شنيد، زبانش با نهزار دستان لال بماند، نه گل

كه جال او ببنه و نه سبزه كه در كال او نمرد، از پي بوگي از

طاقت طاق شد و از پي نوايي از نوا مزد ماند، يادش آمد كه

آخر روزنسے موای در زير اين درخت خانه داشت و دانه جمع ميكرد

امروز حاجت بدار او بوم و بسبب قرب دار وقت جوار چيزنسے

طلب دارم بلبل گرسنه، روزه پيش موار به ريوزه رفت

و گفت اي عزيز سخاوت نشان نختيار اميت و سرمايهٔ كامكار سيے

من عمر عزيز را بغفلت ميكذاشتم و تو ذخيركي ميكرد سيے و ذخيره

می اندوختی چه شود اگر مرا امروز از آن نصیبی کرامت کنی ،

مور گفت تو روز و شب در قال بودی و من در حال ، تو حظّ

بطراوت کل مشغول بودی و دیگر بنظارهٔ بهار مغرور نمی

دانستی که بهار را خزانی و مر راه را بیابانی باشد ،،،

ای عزیز ان قصّهٔ بلبل و صورت حال خود بر ان جمله حمل کنید و بدانید که

به حیات را مماتی و مر وصالی را فراسی را در عقب است ،،،

LE ROSSIGNOL ET LA FOURMI.

« Parmi les divers arbustes qui ornoient un jardin frais
» et délicieux, un rossignol adopta un rosier dont les fleurs
» faisoient tous ses amours. Au pied de ce même buisson
» une fourmi avoit établi sa petite demeure, qu'elle prenoit
» soin d'approvisionner pour les jours de disette. Cependant
» le rossignol ne faisoit que voltiger jour et nuit dans tous
» les angles du bosquet, qui retentissoit sans cesse des plus
» douces chansons. La fourmi ne laissoit pas un instant
» perdu pour le travail; tandis que ce chantre mélodieux,
» enivré par ses propres accords, voyoit le temps s'écouler
» avec la plus grande insouciance. Amant passionné, il con-
» toit en secret ses amours à la rose; mais le vent du matin
» les trahit; et la fourmi, instruite et témoin des agaceries
» du rossignol et des caresses de la rose : Pauvres foux ! se
» dit-elle; nous verrons, dans un autre temps, quel fruit
» ils doivent retirer de tout ce vain badinage. Bientôt les

» heureux jours du printemps firent place aux jours brumeux
» de l'automne : l'épine remplaça la rose, et la corneille
» monotone occupa le nid même du chantre de la nuit. Le
» vent d'automne s'éleva, et les arbres commencèrent à se
» dépouiller de leurs feuilles flétries ; leur verdure brillante
» prit une teinte jaunâtre, et le froid devenant de plus en
» plus piquant, une pluie de perles se détacha des nuages,
» et le camphre le plus pur, tamisé par le crible de l'air,
» couvrit la terre d'un tapis éblouissant. Lorsque le pauvre
» rossignol vola de nouveau vers son rosier favori, il ne
» reconnut plus le tendre incarnat de la rose ; en vain il
» chercha le doux parfum de l'hyacinthe. Accablé sous le
» poids de la douleur, sa langue éloquente ne trouva plus de
» sons pour l'exprimer. Plus de rose à cajoler ; plus de riante
» verdure où il pût prendre ses ébats. Dans cet état de dé-
» nuement, ses forces l'abandonnèrent ; dans ce moment de
» détresse, il ne songea plus à ses douces chansons. Alors il
» se ressouvint de la fourmi qui habitoit au pied du rosier,
» et qui avoit fait provision de grains. En ce jour de malheur,
» se dit-il à lui-même, je vais voler à sa porte ; et en faveur de
» la proximité de nos demeures et du droit que donne le
» titre de voisin, je lui demanderai un service. Le pauvret,
» épuisé par un long jeûne, vola vers la fourmi, et d'un ton
» suppliant il lui dit : Bonne voisine, vous savez que la bien-
» faisance est l'apanage du riche, et le capital de l'homme
» heureux ; voyez, j'ai consumé inconsidérément les instans
» précieux de la vie, tandis que, plus prévoyante que moi,
» et sachant les mettre à profit, vous avez amassé un riche
» trésor ; ne pourrois-je donc espérer de votre générosité
» que vous m'y fassiez participer ! La fourmi lui répondit :
» Jour et nuit le bosquet ne retentissoit que de vos chan-
» sons, tandis que je donnois le même temps au travail.
» Sans cesse enivré de la fraîcheur de la rose, ou séduit
» par les charmes trompeurs du printemps, vous n'avez pas

H h 3

» réfléchi, jeune insensé, que le printemps est suivi de
» l'automne, et qu'il n'y a pas de chemin qui n'aboutisse
» au désert.

» O toi qui viens d'entendre cette histoire du rossignol,
» compare ta conduite à la sienne, et n'oublie jamais que la
» vie doit être suivie de la mort, et que les plus douces
» liaisons sont toutes assujetties aux douleurs d'une sépa-
» ration cruelle. »

Voyez dans les *Oriental Collections*, tom. I, p. 15 et 297,
quelques détails sur le rossignol du Bengale ; *voyez* aussi
les planches du même volume. On peut encore consulter
les Essais philosophiques sur les mœurs de divers animaux
étrangers, *p. 68.* [Ch.]

(68) Il y a ici dans le texte un jeu de mots qui consiste
dans la ressemblance des termes Arabes جَلَح et جِلَح, qui
ne diffèrent que par la première voyelle, et dont le premier
signifie *armes*, et le second *fiente*. Il est bon de remarquer
que les copistes ont oublié ce second mot dans les deux
manuscrits n.° 898 et du Caire. La moindre réflexion m'a-
voit suffi pour réparer cette omission ; mais depuis j'ai eu
le plaisir de voir cette restitution confirmée par l'ouvrage
Persan intitulé كتاب طب دارا شكوه Traité de médecine
composé pour Daraschécouh, et dont il a été parlé ci-devant note (6) *p. 429.* [Ch.]

(69) Il faut pardonner ces contes, comme je l'ai dit plus
haut, en faveur des proverbes dont ils donnent l'origine et
l'intelligence. Ce n'est que dans cette vue que j'ai choisi
cet article sur l'outarde. [Ch.]

On trouve quelques observations intéressantes sur l'outarde, dans le Voyage dans l'Inde du major Taylor, traduit en françois par M. de Grandpré, *t. I, p. 280.* Le major Taylor prononce le nom de cet oiseau *hybarra*. *Voyez*

aussi Bochart, *Hierozoïcon*, t. III, p. 26 et 27 de l'édition de M. Rosenmüller. (S. de S.)

(70) Avicenne parle, en plusieurs endroits, de ce lut, dont le nom signifie *lut des chimistes* ou *alchimistes*. C'est sans doute ou le lut gras ou un lut analogue à celui-là. (S. de S.)

(71) *Voyez* un long passage de Démiri sur les diverses espèces d'hirondelles, dans l'*Hierozoïcon*, t. II, p. 603, édit. de M. Rosenmüller. (S. de S.)

(72) Mot à mot, *entre les ténèbres et la lumière*. [Ch.]

(73) Au lieu de نزل qu'on a imprimé et que suggère le manus. 898, où ce mot cependant est écrit sans points diacritiques, on lit ترك dans le manus. 958 et dans celui du Caire. Dans la traduction persane on lit : واكسر ورق (S. de S.)

جنان در مكان او بنهند بكربزد (S. de S.)

(74) Dans le كتاب الدرر المنتقاة on lit اذا علفت خفائئه; et dans la traduction Persane de Kazwini, وخفاش; علي قربة

را اكر از درختي در او بزند جراد از آن مكان در كذرند

Cela ne laisse aucun doute sur le sens de ce passage. (S. de S.)

(75) Les lexiques, au mot غواص, ne remarquent pas que ce soit en arabe le nom d'un oiseau ; mais Castell et Richardson interprètent son nom Persan ماهي خوار par *héron* ; ce qui peut bien être vrai. [Ch.]

(76) C'est le *tetrao alchata*, ou le *tetrao arenarius* de Linnée. Voyez le *Systema naturæ*, t. I, part. II, pag. 754, édit. de Gmélin, 1788. [Ch.]

(77) Le proverbe rapporté ici par Kazwini est fondé, comme l'on voit, sur ce que cet oiseau énonce clairement son nom par ce cri répété *kata kata*. Le kata est égale-

Hh 4

ment renommé pour l'élégance de sa démarche, à cause de
la petitesse de ses pas ; et les Arabes, en parlant d'une femme
qui a des grâces, disent : *Elle à la démarche du kata.* Les
Persans, dans ce même cas, empruntent aussi leur comparaison d'un oiseau nommé کبک دری, qui pourroit bien n'être
autre que le *kata* des Arabes ou une espèce voisine, le *kata*,
suivant la traduction Persane de Kazwini, se nommant en
Persan *cahou* کاهو.

On trouve un exemple de cette comparaison dans ce vers
de Djami, qui dit en parlant de Leïla :

چون کبک دری خرام برداشت

« Semblable à la perdrix élégante, elle s'avançoit avec grâce. »
Ce qu'il y a de singulier, c'est que M. Bernardin de Saint-
Pierre, dans son admirable roman de Paul et Virginie, fait
dire à Paul, en s'adressant à Virginie : « Si tu marches
» vers la maison de nos mères, la perdrix qui court vers ses
» petits, a un corsage moins beau et une démarche moins
» légère. » [Ch.]

M. Chézy avoit rapporté ici, à l'occasion du kata, le
passage du کتاب الدرر المنتقاة dont j'ai donné la traduction ci-devant, *p. 26*, note (43). J'ai cru inutile de le
répéter ; mais je dois profiter de cette occasion pour corriger une faute que j'ai faite dans cette traduction, et pour
ajouter quelques nouveaux détails sur le kata.

J'observe d'abord que le nom de la première espèce, que
j'ai prononcé *codori*, doit se prononcer *codri*, parce qu'il
est dérivé de اکدر pluriel de کدر, comme on le
verra tout-à-l'heure. En second lieu, j'ai dit « que le *codri*
» est d'un gris cendré, qu'il a les barbes externes et internes
» des plumes mouchetées, le cou jaune et la queue courte. »
Le texte porte فالكدري غير الالوان رقش الظهور والبطون ; et quoique Golius eût dit کدری ; صفر الحلوق قصار الاذناب
species cathæ avis, colore fusca, ventrem dorsumque albis

et nigris conspersa punctis, flava cervice, je pensai que
ظهور et بطون étant au pluriel, ne signifioient pas *le dos et
le ventre,* mais *les barbes internes et externes des plumes ;* et
effectivement ces mots sont susceptibles de cette signification, comme je l'ai montré dans la même note. M. Chézy,
au contraire, ayant adopté la première signification, j'ai
examiné de nouveau le texte, et j'ai reconnu que les autres
mots حلوق et أذناب étant au pluriel, quoique le sens parût
exiger le singulier, il n'y avoit aucune difficulté à entendre
par ظهور et بطون *le dos et le ventre.* J'ai même acquis la
preuve que cette signification étoit la véritable, en comparant les trois articles dans lesquels Djewhari décrit le *codri,*
le *djouni,* et une troisième espèce de kata nommée *gattât,*
غطاط. Je pense donc que le passage rapporté ci-dessus doit
être traduit ainsi : « Le *codri* est d'un gris cendré, a le dos
» et le ventre mouchetés de noir et de blanc, le cou jaune
» et la queue courte. »

Djewhari ayant donné, comme je l'ai dit, la description
de trois espèces de kata, je crois qu'il n'est pas inutile
de les réunir ici. « Le *codri*, dit-il, est une espèce de kata;
» car il y en a trois espèces, le *codri*, le *djouni* et le *gattât.*
» L'écrivain déjà cité dit : Le codri est celui qui est de cou-
» leur d'un gris cendré, qui a le dos et le ventre mouchetés
» de noir et de blanc, le cou jaune, et est plus menu que le
» *djouni.* Ce mot *codri* a la forme d'un adjectif relatif, et pa-
» roît dériver de la couleur du plumage du plus grand nombre
» des kata, qui sont d'une teinte obscure et trouble. » (*Codr,*
الكَدَرِيّ ضرب : pluriel d'*acdar, obscuri turbidique coloris*)

من القطا وهو ثلثة اضرب كدري وجوني وغطاط قال الكدري
الغبر الالوان الرّقش الظهور والبطون السّمر الحلوق وهو الطف

من القطا وهو ثلثة اضرب كدري وجوني وغطاط قال الكدري
الغبر الالوان الرّقش الظهور والبطون السّمر الحلوق وهو الطف

كانه نسب الي معظم القطا وهي كُدْرٌ « Le *djouni* est une
» espèce de kata qui a le ventre et les ailes noires, et qui

» est plus gros que le codri : un djouni équivant à deux
» codri. » وهو البطون سود القطا من ضرب الجوني

أكبر من الكدري بعدل جونية بكدربتين J'avois traduit
(p. 28), *Le djouni est une espèce de kata qui a les barbes*
internes des plumes et les ailes noires ; mais la même raison
qui m'a fait réformer la traduction du passage du كتاب
الدرر المنتقاة, me fait aussi réformer celle du texte de Djewhari. Je dois cependant observer que l'auteur du même ouvrage décrivant le *djouni*, dit : والجونية سود بطون الاجنحة
والقوادم ce qui signifie nécessairement, comme je l'ai traduit, *Le djouni a les barbes internes des ailes et les pennes*
noires, et pourroit faire soupçonner une faute dans Djewhari.
» Le *gattât*, dit enfin Djewhari, est une espèce de kata,
» qui a le dos, le ventre et le corps d'un gris cendré, les
» barbes internes des plumes des ailes noires, les pattes et
» le cou longs, qui est menu, et ne se rassemble pas en troupes;
» on n'en voit jamais plus de deux ou trois réunis. Au sin-
» gulier on dit *gattâta*. » وهي القطاط بالفتح ضرب من القطا
غبر الظهور والبطون والابدان سود بطون الاجنحة طوال
الارجل والاعناق لطاف لا تجتمع اسرابا اكثر ما يكون ثلثا
وائنين الواحدة قطاطة A ces descriptions données par les
Arabes, on peut en joindre une tirée d'un écrivain aussi
exact qu'instruit ; elle se trouve dans l'Histoire naturelle d'Alep, de Russell, *t. II, p. 194* de la seconde édit.,
et est accompagnée de la figure de l'animal. En comparant
la description de l'individu représenté sur cette planche,
avec le passage cité dans la note (43) *p. 26* de cette seconde
partie, on est porté à croire qu'il appartenoit à l'espèce
nommée *djouni*. Hasselquist dit que le kata est une espèce
de perdrix extrêmement commune dans les environs des pyramides d'Égypte et dans les déserts ; qu'elle est grise et

plus petite que nos perdrix ordinaires (Voyage dans le
Levant, *part. II, p. 28*). Bochart vouloit que le nom Arabe
de cet oiseau ne fût pas dérivé de son chant, mais du grec
φάσα, par un changement du ف en ق (*Hierozoïcon*, tom.
II, p. 591, édit. de M. Rosenmüller). Cette conjecture est
sans fondement. Le mot arabe فاخت, nom d'une espèce de
ramier, a plus de rapport avec le mot φάσα.

Quoique je corrige ici ce que j'avois dit précédemment,
relativement au sens des mots بطون et ظهور, dans les passages cités, je n'en demeure pas moins convaincu que ces
mots sont susceptibles du sens que je leur avois donné mal-
à-propos dans cette circonstance. Il n'y a aucun doute que
le singulier بطن ne signifie le *côté interne* ou la barbe de la
plume qui est couverte quand l'aile est repliée, et ظهر le
côté externe, la barbe qui forme la partie extérieure. La
barbe interne est, comme le disent les lexiques Arabes,
la plus longue; mais elle est aussi celle qui a le moins de
force et de roideur, tandis que la barbe externe, qui est plus
courte, a beaucoup plus de fermeté. On pourroit douter si
بطن et ظهر en ce sens font au pluriel ظهور et بطون
Djewhari semble ne leur donner en ce sens d'autre pluriel
que ظهْران et بُظْنان; car il dit : الظهر الجانب القصير من
الريش والجمع الظُّهْران et au mot بطن il dit pareillement :
البطن الجانب الطويل من الريش والجمع بُطْنان مثل ظهر
وظُهْران وعبد وعُبْدان والبُطْنان ايضا جمع من الباطن وهو
الغامض من الارض وبُطْنان الجنة وسطها L'auteur du Kamous dit aussi : البطن مذكر ج اظهر وظهور الظهر خلاف
وظهْران .... والمال الكثير والفخر بالشي والجانب القصير من
الريش كالظُّهار بالضم ج ظُهْران et encore : البطن خلاف

الظهر مذكر ج ابطن وبطون وبظنان ... وجوف كل شي والثنى

الاطول من الريشــة ج بُطنان Djewhari confirme d'ailleurs

que les mots ظهر et بطن, pris en ce sens, font au pluriel

بُطنان et ظُهران en disant : « Abou-Obeïda, parlant de la

» plume dont on se sert pour empenner des flèches, emploie

» le mot *dhohar*, c'est-à-dire, ce que l'on prend du dos de la

» tige de la plume : on nomme *dhohran* le côté le plus court

» de la plume, et *botnan* le côté le plus long, et on dit : em-

» penne ta flèche avec les barbes externes (*dhohran*), et garde-

» toi de l'empenner avec les barbes internes (*botnon*) . Au singu-

» lier on dit *dhahr* et *batn*, comme l'on dit au singulier *abd*,

» et au pluriel *obdan*. » قال ابو عبيـل في ريش السهــام

الظهار بالضم وهو ما جُعـل من ظهر عسيب الريشة والظُهران

الجانب القصير من الريش والبُطنان الجانب الطويل مقال ريش

سهمك بظهران ولا ترشـه ببطنان الواحد ظَهر وبَطن مثل

عَبْد وعُبْدان Malgré ces autorités, je crois pouvoir assurer

que l'on dit aussi dans le même sens au pluriel ظهور et

بطون ; et cela me semble prouvé, 1.° par la description du

djouni, donnée par l'auteur du كتاب الدرر المنتقاة, où on

lit بطون الاجنحة ; 2.° par celle du gattât, où Djewhari

emploie la même expression ; 3.° par un passage de la Vie

de Tamerlan, d'Ahmed ben-Arabschah, qui n'a point été

bien entendu par les traducteurs, et où les mots بطون et

ظهور ne me semblent pas être susceptibles d'un autre sens.

Ce passage se trouve *p. 165* de l'édition de Golius; *t. I,*
p. 588 de celle de M. Manger, et *p. 128* de la traduction de Vattier. Il y est question d'Atlamisch, qui avoit
épousé une nièce de Tamerlan, et qui étant tombé entre
les mains du sultan d'Égypte, avoit d'abord été retenu prisonnier, et ensuite étoit parvenu à un rang distingué auprès

de ce souverain. Tamerlan, irrité contre Atlamisch, demandoit qu'on le lui livrât. L'auteur, parlant de cet Atlamisch,
dit donc, suivant le texte imprimé, وكان جـاء الي الشام
قبل وقوع من الشرور وفيما بين ذلك الامور كان لها بطــون
ظهورا فصار ; ce que Vattier traduit ainsi : « Il étoit venu en
» Syrie avant que tous ces maux-ci arrivassent. Dans ces
» entrefaites ses adversités tournèrent en prospérités ; » et
M. Manger : *Venerat in Syriam, antequam hœc mala hruis-*
sent, atque interea dum inter ista negotia primum latuit,
mox conspicuus evasit. Ces traducteurs auroient dû observer
que le texte étoit certainement corrompu, 1.º parce que
ذلك ne peut s'accorder avec الامور et qu'il eût fallu dire
تلك الامور ; 2.º parce que ظهورا devant rimer avec الشرور
et الامور on devoit lire ظهور et non ظهورا ; enfin ils
auroient dû voir que le pronom féminin لها ne pouvoit se
rapporter à Atlamisch. Dans le manuscrit Arabe, n.º 709
de la Bibliot. impér. on lit, وفيما بين ذلك امور كان لها
بطون فصار لها ظهور c'est-à-dire, « Atlamisch étoit venu en
» Syrie avant toutes ces calamités. Pendant cet intervalle de
» temps, des choses qui d'abord étoient peu considérables,
» avoient acquis de grandes forces ; » ou bien, « des choses
» qui d'abord étoient dans le secret, étoient venues à se
» manifester. » En suivant le sens littéral des mots بطون
et ظهور tel que je l'ai indiqué, la traduction seroit, mot
à mot : « Certaines affaires avoient des barbes internes, et
» il leur étoit venu des barbes externes. » Et l'esprit de l'auteur est que la puissance de Tamerlan, ses ravages et d'autres
circonstances politiques, qui n'étoient, lors de la fuite d'Atlamisch en Syrie, que dans leurs commencemens et ne pouvoient encore inspirer de grandes craintes, avoient acquis,
pendant le temps qui s'étoit écoulé, un grand développe-
ment, et étoient devenues très-formidables. (S. de S.)

(78) J'ai traduit : *Et il se rend sur les grands chemins pour*

avoir connoissance des voyageurs. Cette interprétation est
hors de doute, car la traduction Persane porte également:
وجاده نكاه دارد تا اورا خبر بود از رونـدكان Cependant
on ne voit pas le motif de cette action, à moins que ce ne
soit l'espoir de ramasser après les voyageurs quelque peu
de nourriture. [Ch.]

(79) *La maison de la vieille* بيت العجوز je n'ai pu me
procurer aucun renseignement sur cette allusion. On connoît
le حابط العجوز et le قلعة العجوز, le premier de ces ouvrages attribué à Dalouka, le second à Sémiramis ; mais
pour le بيت العجوز je ne sais à qui il est attribué : il paroît
qu'il s'agit d'un ancien bâtiment remarquable qui fut détruit
par un violent orage. Ne pourroit-on pas prendre ceci dans
ce sens plus général, *quoique les pluies puissent ruiner la*
maison du pauvre, qui n'est que de boue ! [Ch.]

(80) Dans les deux manus. 898 et 958 et dans celui
du Caire, on lit لتصفو لحومها Cette leçon ne présentant aucun sens, on a cru pouvoir la corriger d'après le كتاب
الدرر المنتقاة qui porte لتصفو الهوا منها Ce passage ne se
trouve pas dans la traduction Persane. (S. de S.)

(81) Que Kazwini attribue la génération des insectes
aux matières putrides, on pourroit encore lui passer une
erreur dans laquelle nous sommes restés nous-mêmes si long-
temps ; mais qu'il apporte en preuve une remarque aussi ridicule, c'est ce que l'on ne peut lui pardonner. On a imprimé الدباس, conformément au man. 958 et à celui du
Caire : on lit الدباس dans le manuscrit 898. [Ch.]

(82) Il y a dans l'original بق Suivant Djewhari et Firouzabadi, les mots بق et بغضة sont synonymes de بعوض
et بعوضة *cousin.* Le dernier ajoute que l'on donne aussi le
nom de بق à une petite bête de forme aplatie , rouge

et puante. Cette dernière description paroît indiquer la punaise de lit. C'est ce que confirme l'auteur du كتاب الدرر المنتقى en disant : « Le *baoudh*; il y en a deux espèces, l'une
» qui ressemble à l'insecte nommé *kord* [tigne], si ce n'est
» que ses pattes sont minces, et que l'on aperçoit sensi-
» blement la substance humide de son corps. Dans l'Irak
» et en Syrie, on nomme cet insecte *djirdjis*; en Egypte il
» porte le nom de *bakk* : il connoît la présence de l'homme
» par son odeur, et s'attache à lui comme la tigne s'attache
» au chameau ou au chien ; il fait une piqûre vive ; on
» prétend qu'il est produit par la chaleur de la respiration :
» il est si avide du sang de l'homme, que quand il est averti
» par l'odorat de la présence de sa proie, il ne peut se
» retenir, et s'il est au plancher, il se laisse tomber sur
» l'homme et ne le manque pas. La seconde espèce de *baoudh*
» est un insecte volant, que l'on nomme *bakk* dans l'Irak,
» et *namous* en Egypte : il est produit par les eaux dor-
» mantes ; si les eaux viennent à être agitées, il se change
» en *domous*, et le *domous* se change en papillon. » البعوض

وهو صنفان صنف يشبه القرد لكن ارجله خفيفة ورطوبته
ظاهر يسمي بالعراق والشام الجرجس ومصر البق ويشم رايحة
الانسان ويتعلق به كقراد الجمل والكلب وله لسع شديد ويقال
انه يتولد من النفس الحار ولشدة رغبته في الانسان لا يتمالك
اذا شم رايحته فاذا كان في السقف رمي بنفسه عليه فلا يخطيه
والصنف الاخر طاير ويسمونه بالعراق البق وتسميه المصريون
الناموس والماء الراكد يولك فان صار الماء رفرافا استحال
دعاميص والدعاميص تستحيل فراشا

Le بق puant ou punaise, se nomme aussi فسفس ; l'auteur déjà cité dit, فسفس هو البق المنتن Kazwini dit aussi que l'insecte nommé فسافس, qui se trouve dans les lits et est d'une puanteur excessive, paroît être le même que le بق. Ordinairement, quand on emploie le mot بق pour la *punaise*, on ajoute l'épithète المنتن *puante*.

Au surplus, il ne peut être question ici de la punaise. Le traducteur Persan de Kazwini emploie également le mot پشـه pour rendre les deux mots Arabes بـق et بعوض. (S. de S.)

(83) *Domous*, suivant le Lexique de Djewhari, signifie un animalcule qui vit enfoncé dans l'eau, et en preuve de cette signification, il cite ce vers d'un poëte :

« Est-ce donc notre faute si les flots de la colère du fils
» de ton oncle se sont soulevés avec fureur, tandis que le
» calme profond de tes ondes, permet aux yeux d'apercevoir
» les *domous* qui y font leur demeure. »

الدّحوص دويبة تغوص في الماء والجمع الدّعاميص والدّعامص

ايضا قال الشاعر فما ذنبنا ان جاش بحر ابن عمّكم وتحرّك ساج

لا يُوارى الدّعامصا

L'auteur du Kamous dit que le *domous* est un animalcule ou ver noir qui se trouve dans les étangs quand ils sont secs; et que l'on dit d'une eau دحمض quand elle contient beaucoup de *domous* كثرت الماء دعامصه *Voyez* la note précédente. (S. de S.)

(84) Kazwini s'est trompé s'il a cru, comme il le donne à entendre ici, que le système d'organisation des insectes est le même que celui des animaux à sang chaud. La description que fait Pline du cousin offre en plusieurs points beaucoup de rapports avec celle de Kazwini. Ce rapprochement sera peut-être agréable au lecteur. Voici comment s'exprime le naturaliste Latin :

Ubi tot sensus [natura] collocavit in culice !......
                                                        ubi

ubi visum in eo prætendit ! ubi gustatum applicavit ! ubi odoratum inseruit ! quâ subtilitate pennas adnexuit. prælonga-vit pedum crura ; disposuit jejun m caveam, uti atvum ; avi-dam sanguinis, et potissimum humani, sitim accendit ! telum verò perfodiendo tergori, quo speculavit ingenio ; atque, ut ia capaci, cùm cerni non possit exilitas, ita reciprocâ gemi-navit arte, ut fodiendo acuminatum pariter, sorbenaioque fis-tulosum esset ! Voy. *C. Plinii Hist. nat.* liv. XI, ch. 2, t. I, p 59 , édition du P. Hardouin. [Ch.]

(85) *Voyez* ci-devant note (45), *p. 466.* (S. de S.)

(86) Au lieu de نومة qu'on lit dans le manuscrit du Caire, les manus. n.os 898 et 958 portent نوبة, qui est également satisfaisant et se rapproche de notre expression, *le vers change de peau.* [Ch.]

(87) Le mot ببلجة écrit quelquefois par corruption ببلجة, vient du Persan ببله. (S. de S.)

(88) On pourroit être tenté de lire يتمكمن au lieu de يتمكن ; mais cette dernière leçon est celle des trois manus-crits qu'on a eus sous les yeux. (S. de S.)

(89) Cette remarque est assez délicate. Il n'y a pas fort long-temps que les entomologistes se sont avisés de spécifier les araignées par le nombre de leurs yeux et la manière dont ils sont disposés entre eux. [Ch.]

(90) J'ai passé cet article où Kazwini a effectivement parlé du roiaïla à la lettre ر La phrase Arabe, dans les deux manuscr. n.º 898 et du Caire, ne paroît pas tout-à-fait régulière ; il semble qu'après les mots وقد مر ذكرم, il faudroit intercaler وهو أيضا يسمى *et elle est encore* *nommée ;* car il est hors de doute que le surnom de عقرب الشعبان appartient à cette espèce, puisque dans le كتاب

*Ii

الرّيلا سمها فاعل à l'article الدرر المنتقاة on lit : عنكبروت
ويسمّى عقرب الثعبان لانها تقتله « Le rotaïla : son venin
» est mortel. On nomme aussi cet insecte le *scorpion du*
» *thaban*, parce qu'il tue ce reptile. » [Ch.]

(91) Le *macouc* est la 8.e partie du *kafiz*. C'est une
mesure de capacité usitée dans l'Irak. Voyez le *Traité des
poids et des mesures légales des Musulmans*, de Makrizi,
traduct. Franç. p. 50, note (126), et p. 51 note (128),
et le texte Arabe du même Traité, publié par M. O. G.
Tychsen, sous ce titre *Takieddin Almakrizi Tractatus de
legalibus Arabum ponderibus et mensuris*, p. 34 et 36.
(S. de S.)

(92) Le texte me semble offrir ici une petite difficulté.
Peut-être par les mots زهر الثمار l'auteur entend-il cette
poussière blanchâtre, particulièrement sensible sur les
prunes, et que nous nommons *la fleur*. Quant à l'humeur
visqueuse que l'abeille recueille sur les sommités des arbres,
c'est probablement cette espèce de manne sucrée dont les
feuilles des arbres sont couvertes dans certains temps de
l'année, et qui doit en effet fournir à l'abeille un principe
abondant pour composer la cire et le miel. [Ch.]

(93) Le mot مسفران est rendu dans la traduction Persane par دولب, ce qui indique qu'il faut lire dans le texte
مشفران comme porte le manuscrit du Caire, et non
مسفران comme on lit dans le manuscrit 898. On a suivi
dans la traduction la leçon du manuscrit du Caire : ce passage manque dans le manuscrit 958. (S. de S.)

(94) Les mots على طبابع, qu'on lit ici dans les deux
manuscrits, semblent troubler le sens; et effectivement ils
sont omis par l'auteur du الدرر المنتقاة كتّاب, qui a copié
le reste de ce passage, et par le manuscrit 958. Je crois

cependant qu'on peut leur donner un bon sens en traduisant ainsi : « La plupart des êtres raisonnables ne sauroient » atteindre à la connoissance que les abeilles ont par un » instinct naturel. » Alors le pronom ها dans معرفتها se rapporteroit aux abeilles et non aux mots لطيفة رطوبات. Au surplus, je ne propose ceci que comme un doute. (S. de S.)

(95) J'aurois volontiers lu فيمر الخليفة ; mais les trois manuscrits portent uniformément الاكلا. [Ch.]

ADDITIONS

AUX NOTES DE LA SECONDE PARTIE

DE LA

CHRESTOMATHIE ARABE.

ADDITION pour la Note (43), page 26.

EN attribuant, dans cette note, le كتاب الدرر المنتقاة (car c'est ainsi qu'il faut lire, et non comme on l'a imprimé كتاب درة المنتقاة) à Zacaria ben-Mohammed ben-Mahmoud Kazwini, j'ai commis une erreur que je dois corriger ici, ce qui me fournira l'occasion de jeter quelques lumières sur l'auteur de l'ouvrage célèbre intitulé كتاب عجايب الخلوقات وغرايب الموجودات et de compléter la notice de cet ouvrage, qui se trouve dans ce volume à la suite des extraits qu'en a donnés M. Chézy, *p. 414 et suiv.*

L'ouvrage dont il s'agit est généralement connu sous le nom d'*Adjaïb almakhloukat*, c'est-à-dire, *les Merveilles des créatures*, par *Kazwini*. Il ne peut y avoir aucun doute raisonnable sur le vrai titre de cet ouvrage, puisque l'auteur explique lui-même, dans quatre prolégomènes, les quatre mots dont est composé ce titre عجايب الخلوقات وغرايب الموجودات L'auteur est aussi indiqué communément sous le nom de *Zacaria ben-Mohammed ben-Mahmoud Kazwini*. D'Herbelot, au mot *Agiaïb*, dit qu'on le surnomme aussi *Coufi*, parce qu'il étoit originaire de Coufa : mais ceci n'est pas sans difficulté. Le même d'Herbelot lui attribue, outre l'*Adjaïb almakhloukat*, deux autres ouvrages intitulés, l'un اثار البلاد واخبار العباد espèce de géographie historique, divisée en sept climats, et rangée par ordre alphabétique; l'autre ارشاد في اخبار قزوين *Introduction à l'Histoire de Kazwin* (Voyez *Bibliot. Or.* aux mots *Athar* et *Cazvin*). La mort de Kazwini est fixée par le même écrivain à l'an 674; ce qui, comme on le verra, n'est pas exact.

Je vais examiner, 1.° quel est véritablement le nom de l'auteur de l'*Adjaïb almakhloukat*; 2.° quels sont les ouvrages de Kazwini; 3.° à quelle époque il a vécu et quelle est la date de sa mort. Mais auparavant je dois observer que le manuscrit Arabe de la Bibliothèque impériale, n.° 898, auquel M. Chézy donne justement la préférence sur tous les autres, substitue dans le titre le mot المصنوعات au mot الموجودات: c'est une étourderie du copiste, ou de celui qui a écrit le frontispice; car ce manuscrit porte à la fin de la préface, comme tous les autres, ces mots: وسميته

عجائب المخلوقات وغرائب الموجودات ولا بد من ذكر

مقدمات اربع في شرح هذه الالفاظ ليتبين منها مقصود الكتاب

» Je l'ai intitulé *les Merveilles des créatures et les Singulari-* » *tés des êtres*, et il est indispensable de placer ici quatre pro- » légomènes qui contiendront l'explication de ces quatre » mots, afin que l'on connoisse par-là l'objet de cet écrit. » Le 4.° prolégomène employé à expliquer le mot موجودات est intitulé المقدمة الرابعة في تفسير الموجودات Il faut donc réformer d'après cela le titre que l'on a imprimé et traduit conformément au manuscrit n.° 898. Ceci est peu important. Je passe au nom de l'auteur.

1.° Le manuscrit 898 donne lieu à cet égard à quelque diffi-culté; il nomme l'auteur *Mohammed ben-Mohammed Kaz-wini*, tant dans le frontispice, où on lit الشيخ بمؤلفه عني

الإمام محمد بن محمد القزويني que dans la préface même, qui
porte : « Voici ce que dit Mohammed ben - Mohammed
» Kazwini : La divine providence m'ayant éloigné de mon pays
» et de ma patrie, et m'ayant obligé à quitter ma famille
» et le lieu de ma demeure, je me suis appliqué à l'étude
» des livres &c. » يقول محمد بن محمد القزويني انه لما
حكم الله تعالي علي ببعد الدار والوطن ومفارقة الاهل والسكن
اقبلت علي مطالعة الكتب Mais quelque bon que soit ce
manuscrit, son autorité me semble pouvoir être contreba-
lancée par tant d'autres manuscrits de divers ouvrages, qui
tous nomment l'auteur de l'*Adjaïb almakhloukat*, *Zacaria
ben-Mohammed ben-Mahmoud*. Il est ainsi nommé, 1.º dans
les manuscrits Arabes plus ou moins complets de l'*Adjaïb
almakhloukat*, n.ᵒˢ 900 et 958 ; 2.º dans le man. n.º 397
de Saint-Germain-des-Prés, qui contient l'ouvrage intitulé
عجايب البلدان ; 3.º dans le manuscrit Arabe de la Bibliothèque impériale, n.º 957, intitulé كتاب تاريخ البلاد
واخبار العباد ; 4.º dans les manuscrits Persans n.ᵒˢ 141
et 142, qui contiennent la traduction Persane de l'*Adjaïb
almakhloukat*, et dans trois autres manuscrits de la même
traduction, dont l'un m'appartient, et les deux autres sont
cités par M. Ouseley, dans ses *Oriental collections*, tom. I,
p. 131 ; 5.º dans le catalogue des manuscrits Orientaux
de la bibliothèque Bodleyenne d'Oxford, donné par Uri,
n.º 890 des manus. Arabes, p. 193, et dans la *Biblioth.
Arab. Hisp. Escurial.* de Casiri, t. II, p. 5 ; 6.º dans
Abou'lmahasen, dont je citerai plus bas le passage, Hadji-
Khalfa, &c. Cependant un manuscrit de la bibliothèque
royale de Berlin, qui contient l'*Adjaïb almakhloukat*,
nomme aussi l'auteur *Abou - Abdallah Mohammed ben-
Mohammed Kazwini*. (Voyez S. F. Günther Wahl, *Neue
Arabische Anthologie*, pag. 180.) Zacaria ben-Mohammed

ben-Mahmoud ne se seroit-il point attribué l'ouvrage de
Mohammed ben-Mohammed Kazwini, que celui-ci avoit
peut-être laissé imparfait ! c'est ce qu'il n'est pas possible
de déterminer.

Au surnom de Kazwini que porte notre auteur, parce
qu'il étoit de Kazwin, la traduction Persane de l'*Adjaïb
almakhloukat* en joint un autre qu'on lit aussi dans Hadji-
Khalfa. Suivant le manus. Persan 141 et mon manuscrit,
ce surnom est *Camouni* الكوني Dans le manus. Persan
142 on lit *Couni* الكوني. Je lis de cette dernière manière
dans Hadji Khalfa, manuscrit Arabe n.º 733. Selon les
deux manuscrits de la traduction Persane de l'ouvrage de
Kazwini cités par M. Ouseley, ce surnom est *Camouli*
الكوني M. d'Herbelot paroît avoir lu dans Hadji-Khalfa,
Coufi الكوني au lieu de *Couni* الكوني, et en avoir conclu
que Kazwini étoit originaire de Coufa. Le surnom de *Coufi*
n'eût pas été altéré par les copistes. Je crois donc que ce
n'est pas là la vraie leçon ; mais je ne sais laquelle on doit
préférer entre les trois autres, *Couni*, *Camouni* et *Camouli*.
Ce surnom, quel qu'il soit, ne se trouve dans aucun des
manuscrits Arabes que j'ai vus de l'*Adjaïb almakhloukat*
ni dans les autres ouvrages du même auteur.

Nous verrons par le passage d'Abou'lmahasen, que je
citerai, que Kazwini portoit aussi le prénom d'*Abou-
Yahya*, le titre honorifique d'*Omad-eddin*, et enfin le surnom
d'*Ansari*, parce qu'il étoit originaire d'une famille Arabe
de Médine.

Suivant l'auteur du كتاب الدرر المنتقاة, dont je rapporterai plus bas les propres expressions, Kazwini étoit d'une
famille établie à Kazwin, dont la généalogie remontoit
à Anas ben-Malec.

2.º D'Herbelot attribue, comme je l'ai dit, à Kazwini
trois ouvrages : 1.º l'*Adjaïb almakhloukat* ; 2.º le *Kitab athar
albilad weakhbar alebad* ; 3.º une Histoire de Kazwin,

I i 4

intitulée *Erschad fi akhbar Kazwin*. Il n'y a aucune difficulté
sur le premier de ces ouvrages ; le troisième est attribué,
par Hadji-Khalfa, à un auteur nommé *Khalili*, mais il peut y
en avoir un de Kazwini sous le même titre ; quant au second,
Hadji-Khalfa dit positivement que cet ouvrage, divisé en
prolégomènes et sept climats, est de Kazwini, auteur de
l'*Adjaïb almakhlcukat* : مجلد على مقدمة وسبعــة اقــالهم
للشيخ الفاضل زكريا بن محمد القزويني صاحب عجايب
الخلوقات Je crois que cet ouvrage est le même qui porte
aussi le nom de عجايب البلدان (manus. de S. G. n.º 397;
Casiri, *B'bliot. Arab. Hisp Escur.* t. II, p. 5, n.º 1632),
et qui, dans le manuscrit Arabe de la Bibliothèque impér.
n.º 957, est intitulé كتاب تاريخ البلاد واخبار العباد Cela
me paroît d'autant plus vraisemblable, que Hadji-Khalfa ne
fait mention d'aucun ouvrage de Kazwini sous le titre de
عجايب البلدان J'avoue cependant que pour décider de l'i-
dentité de ces ouvrages, il faudroit en avoir fait une comparaison plus exacte que je n'ai eu le loisir de le faire.

3.º Il seroit difficile de déterminer l'âge de Zacaria Kazwini, par ce que l'on trouve à ce sujet dans les livres imprimés
et dans plusieurs ouvrages manuscrits. Dans le catalogue de
la bibliothèque de l'université de Leyde, on assure qu'un
manuscrit du كتاب اثار البلاد ou l'ouvrage lui-même, a
été écrit en 606 (p. 478, n.º 1710). Casiri dit que le
كتاب عجايب البلدان a été composé en 661. (*Biblioth.
Arab. Hisp. Escur.* t. II, p. 5, n.º 1632.) Hadji-Khalfa a
ignoré, à ce qu'il paroît, l'année de la mort de Kazwini ;
car il l'a laissée en blanc, comme il fait souvent, à l'article
عجايب الخلوقات : à l'article اثار البلاد il dit que cet ouvrage a été composé en 674 ; et c'est sans doute ce qui a
donné lieu à d'Herbelot de fixer à l'an 674 la mort de
Kazwini. (*Biblioth. Or.* au mot *Cazwin.*)

Après avoir inutilement cherché s'il étoit fait mention de
Kazwini dans les Annales d'Abou'lféda, et dans le Dictionnaire des hommes illustres d'Ebn-Khilcan, mort lui-
même en 681, j'ai eu recours au كتاب المنهل الصافي
والمستوفي بعد الوافي d'Abou'lmahasen, ouvrage dont j'ai
parlé ailleurs (Voyez la 1.re partie de cette Chrestomathie,
page 413), et j'y ai trouvé l'article suivant :

زكريا بن محمود القاضي عماد الدين ابو يحيى الانصاري
القزويني كان قاضي واسط والحلة الامام الخليفة وكان اماما عالما
فقيها وله التصانيف المفيدة من ذلك كتاب عجايب المخلوقات
مات في يوم سابع المحرم سنة اثنين وثمانين وستمائة

« Le kadhi Omad eddin Abou-Yahya Zacaria ben-Mahmoud
» Ansari Kazwini. Il fut kadhi de Waset et de Hilla, du
» temps du khalife........Ce fut un imam très-docte
» et un jurisconsulte : il a composé plusieurs ouvrages utiles,
» entre autres celui qui a pour titre les *Merveilles des créa-*
» *tures.* Il mourut le 7 de moharram 682. »

Il y a deux fautes dans ce passage : d'abord, au lieu de
Zacaria ben-Mahmoud, il faut sans doute lire *Zacaria ben-
Mohammed ben-Mahmoud;* 2.° le nom du khalife est omis;
ce doit être un des derniers khalifes de Bagdad.

Dans le manuscrit 397 S. G. du عجايب البلدان on lit
en marge de la première page cette note sur Kazwini :

وهو تلميذ اثير الدين الابهري والابهري كان معاصرا ركن
الدين العماري وزين الدين الكشي « Il fut disciple d'Athir-
» eddin Abhéri : cet Abhéri étoit contemporain de Rocn-
» eddin Omari, et de Zeïn-eddin Caschi. »

Athir-eddin Mofaddhal ben-Omar Abhéri, vivoit sous
Tacasch, sultan de la dynastie des Khowarezmi, mort en
597. Ainsi Kazwini peut avoir été disciple d'Abhéri, qui

a peut-être vécu jusqu'en 630 ou même plus tard. (*Voyez* Biblioth. Or. aux mots *Abhéri* et *Tacasca* ; Hadji-Khalfa, au mot اشارات)

Après avoir fait connoître, autant qu'il m'a été possible, l'auteur de l'*Adjaïb almakhloukat*, je dois aussi donner quelques éclaircissemens sur l'ouvrage que j'avois attribué à Zacaria ben-Mohammed ben-Mahmoud Kazwini, et qui est intitulé كتاب الدرر المنتقاة من عجايب المخلوقات وغرايب الموجودات Cet ouvrage, qui se trouve parmi les manuscrits Arabes de la Bibliothèque impériale n.° 990 A, est un extrait de l'*Adjaïb almakhloukat*, fait par un auteur anonyme. Voici le titre de notre manuscrit : كتاب الدرر المنتقاة من عجايب المخلوقات وغرايب الموجودات تأليف الشيخ الامام العالم العلامة زكريا بن محمد بن محمود القزويني وينتهي نسبه C'est-à-dire, « *Les Perles choi-* » *sies du livre des Merveilles des créatures et des Singularités* » *des êtres,* composé par le scheïkh, l'imam savant et très- » docte Zacaria fils de Mohammed fils de Mahmoud Kazwini » (que Dieu lui fasse miséricorde), dont la généalogie » remonte à Anas fils de Malec. »

Après une courte préface, qui contient comme d'ordi- naire une invocation du nom de Dieu, et les louanges de Mahomet, mais qui n'a rien de commun avec celle de Kaz- wini, l'auteur de cet extrait entre ainsi en matière : قال الشيخ زكريا بن محمد بن محمود القزويني رحمه الله تعالي وتولاه بفضله وهو من اولاد الفقهاء الذين كانوا متوطنين بقزوين وينتهي نسبه الى انس بن مالك رضي الله عنه « Voici ce » qu'a dit le scheïkh Zacaria fils de Mohammed fils de » Mahmoud Kazwini (que Dieu lui fasse miséricorde et » répande sur lui ses bienfaits). Ce scheïkh étoit d'une » des familles de jurisconsultes établies à Kazwin, et sa

» généalogie remonte à Anas ben-Malec (à qui Dieu soit
» propice). » Ce qui suit est un extrait de la préface et
des prolégomènes de Kazwini, dans les propres termes de
l'auteur. Il n'y a donc aucun doute que cet ouvrage ne soit
extrait de l'*Adjaïb almakhloukat* de Kazwini. Hadji-Khalfa,
qui vraisemblablement n'avoit pas vu le كتاب الدرر المنتقاة
paroît avoir cru que c'étoit l'abrégé d'un ouvrage intitulé
عجائب الخلوقات différent de celui de Kazwini. Il en
parle au mot درر et au mot عجائب mais le premier de ces
deux articles ne fait que renvoyer au second. Dans celui-ci,
après avoir décrit l'*Adjaïb almakhloukat* de Kazwini, il dit
qu'Abou-Hamid Mohammed ben-Abd-alrahman Andaloust
a composé un ouvrage sous le même titre vers l'an ٥٥٥ ;
qu'il y en a encore un autre qui a pour auteur Schéhab-
eddin Ahmed Hamawi, et dont il donne une courte description ; puis il ajoute : « Cet ouvrage a été abrégé par
» quelqu'un qui a intitulé cet abrégé من المنشاة الدرر
عجائب الخلوقات *Les Perles choisies du livre des Mer-*
« *veilles des créatures.* » Je traduis ainsi, parce que je conjecture qu'il faut lire المنتقاة au lieu de المنشأة et qu'il s'agit de
l'ouvrage que contient notre manus. 990 A. Cependant il
peut se faire que ce soit un ouvrage différent, abrégé de l'*Adjaïb almakhloukat* de Schéhab-eddin.

Enfin Hadji-Khalfa parle encore d'un *Adjaïb almakhloukat,* abrégé de celui de Kazwini. Il rapporte même le commencement de ce livre. Voici ce qu'il en dit :

عجائب الخلوقات موخر (موجز) من كتاب الدرويني
لانه ينقل منه اوله الحمد لله رب الارباب فيه بين حدر الهزل
وملح غربيه ورقيق دخر

Il y a sans doute plusieurs fautes dans ces mots.

Observons, en finissant, que l'on a publié à Copenhague,
en 1790, un petit extrait du *Kitab adjaïb alboldan,* de
Kazwini, dans un programme dont le titre est : *Senatus*

regiæ universitatis Hafniensis ad memoriam beneficiorum publica sacrorum emendatione partorum . . . celebrandam invitat. Exhibetur specimen ex Alkazwini regionum mirabilibus, Hafniæ, 1790. 16 pag. in-4.°

ADDITION pour la Note (13), p. 63.

Le thémam, ou comme le prononce Forskal, *thummâm*, est une espèce de panis très-commune dans les campagnes de l'Arabie, où elle est ordinairement mêlée avec une autre espèce nommée *boccar* ڪ . Cette plante fait le fourrage le plus ordinaire des chameaux et des ânes. On l'emploie communément pour fermer les huttes de bois. On fait les parois et le toit avec des gaules que l'on affermit avec d'autres petits bois mis en travers. Ensuite on revêt toute la partie extérieure de la hutte, à l'épaisseur d'un pied, de chaume de thummâm et de boccar, que l'on attache tout autour avec des cordes, en le serrant le plus fortement qu'il est possible. Ces huttes sont à l'abri de la pluie, elles durent cinq ou six ans : on les blanchit intérieurement avec du p.... ou de la chaux. (Voyez *Flora Ægypt. Arab.* cent. I, p. 20.)

ADDITION pour la Note (41), p. 80, après la citation du Kitab alagani.

Gabriel Sionite, dans son Traité *de nonnullis Orientalium urbibus* joint à sa traduction de la *Geographia Nubiensis,* (p. 21) parle de cette inviolabilité des colombes de la Mecque, mais avec des circonstances ridicules. *Hic,* dit-il, *summa columbarum copia invenitur, quæ quia sunt de genere atque stirpe ejus quæ ad Mohamedis aures (ut Moslemanni nugantur) accedebat, eo pollent privilegio atque authoritate, ut non solùm eas occidere, sed aut capere, aut fugare nefas esse existiment.* (Voy. *Hadr. Relandi de religione Mohammed.* liv. II, ch. 10, p. 259 et suiv.)

ADDITION pour la Note (4), p. 158.

Le mot اشتغال dans cette glose, est un terme de grammaire. Ce mot indique, 1.° une construction dans laquelle le nom qui est logiquement le complément d'un verbe, est placé devant le verbe, et représenté après le verbe par un pronom personnel affixe, comme زَيْدٌ ضَرَبْتُهُ *Zeidus, percussi illum*, au lieu de ضربت زيدا *percussi Zeidum*; 2.° une construction dans laquelle le nom placé ainsi avant le verbe, est non pas le complément du verbe, mais le complément d'un autre nom régi par le verbe, et est de même représenté par un pronom affixe, comme زَيْدٌ قَتَلْتَ غُلَامَهُ *Zeidus, occidisti servum ejus*, pour قَتَلْتَ غُلَامَ زَيْدٍ *occidisti servum Zeidi*. Dans cette construction, le nom placé par anticipation au commencement de la phrase, se met tantôt au nominatif, tantôt à l'accusatif, suivant certaines règles que je passe sous silence. Dans le cas particulier que présente le vers d'Ebn-Faredh, on peut le mettre au nominatif ou à l'accusatif: la première construction paroît préférable aux grammairiens, parce que, pour le mettre à l'accusatif, il faut supposer une ellipse : لأن النصب يقتضي التقدير والرفع لا يقتضي ذلك فهو ارجح dit le grammairien Ebn-Farhat.

Cette construction est nommée اشتغال parce que le verbe trouvant dans le pronom affixe un complément sur lequel il exerce son influence, néglige de l'exercer sur le nom lui-même : الفعل اشتغل في الضمير عن زيد وهذا سمي الاشتغال لانه لولا الضمير لتسلط الفعل على الاسم المتقدم ونصبه نحو زيدا ضربت (Manus. Arab. de la Bibl. impér. n.° 1295 A).

ADDITION pour la Note (9), p. 162.

Je crois à propos de joindre ici l'explication des noms techniques employés dans cette note, qui indiquent certaines figures de rhétorique.

لف ونشر ces deux mots signifient à la lettre et dans le sens propre *plier* et *déplier* : la figure ainsi nommée consiste à réunir d'abord différentes choses, et ensuite les attributs de ces mêmes choses, laissant au lecteur à appliquer à chaque chose l'attribut qui lui convient. Un exemple, tiré d'un poëte Persan, fera mieux connoître l'usage de cette figure.

بروز نبــرد ان يـــل ارجمنــد   بشمشير وخنجر بكرز وكمند

بربد ودربد وشكست وبه بست   يلان را سرو سينه وپا ودست

« Au jour de la bataille, cet illustre héros, avec son sabre,
» son poignard, sa massue et son filet, a coupé, déchiré,
» brisé, enchaîné la tête, la poitrine, les pieds et les mains
» des braves guerriers. »

Dans cet exemple, tous les mots se répondent dans le même ordre, dans les trois énumérations, *avec le sabre il a coupé les têtes, avec le poignard il a déchiré la poitrine &c.* Il en est de même dans le vers d'Ebn-Faredh ; c'est pourquoi cette figure prend ici le surnom de مرتب On n'observe pas toujours cette disposition.

ابهام cette figure signifie une sorte d'*énigme* et a lieu quand on emploie un mot susceptible de deux sens, qui peut induire en erreur le lecteur, comme ici le mot غزال

الجناس المــطرف consiste dans une sorte de jeu de mots formé de deux mots qui ne diffèrent que par la finale, comme sont غزال et غزالة

Voyez sur tout cela l'ouvrage de M. Gladwin, intitulé *Dissertations on the Rhetoric, Prosody and Rhyme of the Persians*, p. 8, 34 et 44.

Motarrézi, dans un traité qui précède son commentaire sur les séances de Hariri (manus. Ar. n.º 1589), définit ainsi la figure لف ونشر (f. 27, *verso.*):

اللف والنشر هو ان تلف شيين ثم تعرض بتفسيرهما جملة

مثة بان السامع يمرّة الى كل ما له مثاله من التنزيل قوله تعالى
ومن رحمته جعل لكم الليل والنهار لتسكنوا فيه ولتبتغوا من
فضله ولعلكم تشكرون ومن النظم ... قول الحريري

وبنوها وبثمانهم نجوم وبروج

Il définit ainsi la figure الايهام (f. 29, verso.):

الايهام ويقال له التخييل ايضا وهو ان تذكر الفاظا لها
معنيان مثلا احدها قريب والاخر غريب فاذا سمعها الانسان
سبق فهمه الى القريب ومراد المتكلم بفسعر الغريب مثاله من
المشابهات حديث الابرة والمبل في المقامة الثامنة

Quant à la figure جناس مطرف il la définit ainsi (f. 17, ver.):

المطرف هو ان يراعي الحرف الاخر في كلمتي قرينتيه من غير
مراعاة الوزن فيهما مثاله من التنزيل قوله تعالى ما لكم لا
ترجون لله وقارا وقد خلقكم اطوارا

C'est ce que le traité de M. Gladwin, cité ci-devant, nomme autrement يجع مطرّف

ADDITION pour la Note (11), p. 164.

Une idée toute semblable à celle que j'ai citée du drame indien de Sacontala, se trouve aussi dans le poëme des *amours de Medjnoun et Leïla*, composé par le célèbre Djami, et dont on doit à M. Chézy une charmante traduction; je me fais un plaisir de citer ici cette traduction, comme un gage de ce que la littérature orientale doit attendre de ce jeune amateur des muses Arabes et Persanes.

Après avoir peint la douleur où Leïla fut plongée en apprenant la triste fin du malheureux Medjnoun, et la langueur mortelle dans laquelle tomba cette amante infortunée, le poëte ajoute :

« A la vue de cette taille, naguères si élégante, cour-
» bée maintenant sous le poids de la douleur ; de ces riches
» bracelets prêts à abandonner un bras languissant, dont
» il n'y avoit que peu de jours encore, ils embrassoient avec
» peine les gracieux contours ; ses compagnes effrayées des
» progrès de son mal, réunirent leurs efforts pour essayer
» si les tendres conseils de l'amitié pourroient rendre un
» peu de calme à ses esprits agités. » (*Medjnoun et Leïla*,
tome II, p. 121.)

Voici le texte de ce passage, où le traducteur s'est permis
quelques suppressions, et où il a substitué l'idée des bracelets à celle des *khalkhal* خلخال ou anneaux dont les femmes
dans le Levant ornent le bas de la jambe au dessus de la
cheville, et sur lesquels on peut consulter la note (5) de
M. Chézy, tome *II*, p. *137* de l'ouvrage dont il est ici
question. Ces ornemens étoient aussi en usage parmi les
Juifs, et Isaïe en parle sous le nom de עכסים *Is. ch. III,
v. 18.* (*Voyez* Bochart, *Hierozoicon*, liv. II, ch. 56, col.
694, et t. I, p. 802 de l'édition de M. Rosenmuller.)
Il est vraisemblable que le verbe עכס employé par le même
prophète dans cet endroit *v. 16*, ובדגליהם תעכסנה , signifie
cette espèce de cliquetis que produisent les *khalkhal*, quand
on marche ou que l'on danse avec ces ornemens.

شد بر سافش کشاده خلخال   تبخاله نهاد بر لبش خال

خمر داد قد صنوبر او   بار دل دره پسرور او

در خلوت راز محرمانش   آکه چو شدند حدمانش

بر بسر غم فتاد رنجور   کر مردن آن غریب مجبور

کفتند حمه بدل نوازبش   بستند مهان بجاره سازبش

ADDITION

ADDITION pour la Note (10), page 201.

A tout ce que j'ai dit dans cette note sur le sens du mot
زبون il faut ajouter que ce mot, quoique réellement Arabe,
se trouve dans le Dictionnaire Persan de Castell, où, entre
autres significations, il a les suivantes ; *Debilis, infirmus,
imalilus. 2. Vilis, deterior, sequioris generis...3. Victus,
superatus, captivus...6. Qui re nondùm accepta, pretium
solvit.*

Tout cela confirme ce que j'ai dit sur ce mot.

ADDITION pour la Note (27), p. 208.

Le même mot مشوف se trouve, en parlant d'une pièce
d'or, dans la *Makama* de Hamadani, rapportée à la fin de
ces notes, *p. 218*; et le métal de la pièce dont il s'agit en
cet endroit, est caractérisé par les mots فاقع صفراء qui signifient *d'un jaune foncé.* Rien n'est plus ordinaire aux écrivains Arabes que de désigner les pièces d'argent par le mot
blanches, et celles d'or par le mot *jaunes.* On en trouve un
exemple dans la 3.ᵉ *Makama* de Hariri, donnée par Schultens, *p. 150* et *164.* Ebn-Arabschah a dit aussi en joignant
ces épithètes aux noms mêmes des pièces : « Je n'ai amassé
» des dinar jaunes et des dirhem blancs que pour m'en
» servir dans les jours noirs, » c'est-à-dire dans le temps
de l'adversité. (Voyez *Ahmedis Arabsiadæ, vitæ.....
Timuri....hist.* de l'édition de M. Manger, *t. II, p. 102.*)

A cette occasion, j'expliquerai un passage de cet écrivain,
qui n'a été entendu ni par le traducteur Latin ni par Vattier.

Ebn-Arabschah raconte que lors de l'irruption de Timour
en Syrie, le gouverneur de Safad s'étant rendu à Alep,
laissa en son absence le commandement de Safad à son *ha-
djeb* ou chambellan, riche négociant qui se nommoit *Ala-
eddin,* et étoit surnommé *Déwadari :* car c'est ainsi qu'il

* K k

faut traduire اَبِي دوادار يُنسَب et non *propinquus Devadari*,
comme a fait M. Manger : دواداري est ce que les grammairiens Arabes appellent اسم منسوب et notre auteur a usé de
cette périphrase pour la rime. Ala-eddin ayant appris que
son maître Altounboga Othmani étoit tombé entre les mains
de Timour, et voulant le sauver et préserver Safad de la
fureur du conquérant Tartare, avisa aux moyens de faire
réussir ce projet. « Ala-eddin, dit Arabschah, étoit un
» homme du commun (من ابناء الناس je serois tenté de
» lire من ابناء الباس *un homme de mérite.*); et il avoit un
» esprit fin et subtil. Il prit donc conseil sur cela de la sa-
» gesse de son jugement, et la consulta pour savoir ce qu'il
» avoit à faire. Sa sagesse lui répondit : Emploie, pour ga-
» gner l'esprit de Timour, les richesses que tu possèdes,
» et garde-toi de recourir à la fuite et à une retraite préci-
» pitée. Il ne rejeta pas comme un mensonge l'avis qu'elle
» lui donnoit; et certes elle ne le trompoit pas en lui di-
» sant : Quand il s'agit de sauver son honneur, tous les
» moyens de flatterie sont bons pour le mettre à l'abri, et
» sont une bonne œuvre. Comme Ala-eddin possédoit de
» grandes richesses, il dit : Je n'ai amassé des pièces d'or
» et d'argent que pour les employer aux jours de l'adver-
» sité. Il chercha donc à amadouer Timour, et voulut
» d'abord sonder le gué en le prévenant par de bonnes
» manières : il traita cette affaire comme un médecin habile
» traite un malade ; et par des démarches pacifiques, il
» prévint le *moment où les hoquets de la mort ne permettent*
» *plus de réciter des vers* (c'est-à-dire, où les remèdes
» ne sont plus d'aucune utilité). »

Cette dernière expression ادر بالمهادنة حَوْلَ الجريض دون
حَالَ الجريض دون الغريض est empruntée du proverbe الغريض
comme l'a bien vu M. Manger ; mais il n'a pas compris ce

proverbe, dans lequel فريض signifie شعر *des vers.* « Ce pro-
» verbe , dit Firouzabadi , se dit *de quelque obstacle qui*
» *empêche de faire une chose.* Il doit son origine à Djau-
» schan Kélabi. Son père lui ayant défendu de faire des vers,
» il tomba malade de chagrin ; son état toucha son père,
» qui le voyant près de mourir, lui dit : Dis tout ce que tu
» voudras, c'est-à-dire, Fais des vers si tu veux. Djaus-
» chan répondit alors : *Les hoquets de la mort ne permettent*
plus de reciter des vers. » حال الجريض دون القريض يضرب

لامر يعوق دونه عايق قاله جوشن الكلابي حين منعه ابوه من
الشعر فمرض حزنا فرق له وقد اشرف فقال انطق بما احببت ٠

Il y a encore dans le passage d'Ebn-Arabschah plusieurs
choses qui ont été mal entendues par Vattier et par M. Manger. L'un et l'autre ont cru qu'Ala-eddin avoit pris conseil
d'un autre homme, au lieu que, suivant l'auteur, il déli-
béra avec lui-même. Mais il est inutile d'entrer dans plus
de détails ; je remarque seulement que, suivant notre manuscrit n.º 709, dans cette phrase : دان بما معك من مالي واترك
شرب الفرار ونفقه وما كذبه اذ قال له كل مداراة عن العرض
les deux mots نفقه et صدقه peuvent être pro-
noncés نَفَقَهُ et صَدَقَهُ et alors le sens est celui que j'ai
exprimé ; ou نَفَقَهُ et صَدَقَهُ et alors il faut joindre لنفقهـ
avec مالي et صدقهُ avec ما كذبهـ. Comme on ne prononce
que *nafaka* et *sudaka*, à cause de la rime, l'amphibologie
a lieu ; ce qui, aux yeux des Arabes, est un mérite de plus.
Quand un mot est ainsi susceptible d'être lu de deux manières, les copistes indiquent cette amphibologie en donnant à ce mot les voyelles de l'une et de l'autre prononciation, et écrivant au-dessus l'adverbe معًا *simul.*

K k 2

ADDITION pour la Note (40), p. 243.

Férazdak se nommoit *Hammam* (ou *Homam*) ben-Galeb. Son surnom, qui n'est qu'un sobriquet, signifie *un morceau de pâte*, et paroît dérivé du mot Persan بَرَازَةٌ Je rapporterai ce que dit à ce sujet Djewhari, à cause d'une observation grammaticale qui s'y trouve :

الفَرَزْدَقُ جمع فَرَزْدَقَة وهي القطعة من العجين واصله بالفارسية برازده وبه تُسمي الفرزدق واسمه همّام فاذا جمعت قلت فرازق لان الاسم اذا كان علي خمسة احرف كلها اصول حذفت آخر حرف منه في الجمع وكذلك في التصغير وانما حذفت الدال من هذا الاسم لانها من مخرج التاء والتاء من حروف الزيادات وكانت بالحذف اولي والا فالقياس فرازد وكذلك التصغير فريزق وفريزد وان شئت عَوَّضْتَ في الجمع والتصغير فان كان في الاسم الذي علي خمسة احرف حرف واحد زائد كان بالحذف اولي مثل مدحرج وجحنفل قلت دُحَيْرِج وجُحَيْفِل والجمع دحارج وجحافل وان شئت عوضت في الجمع والتصغير

L'auteur du Kamous propose une étymologie Arabe du nom de *Férazdak* ; il dit :

الفرزدق كسفرجل الرغيف يسقط في التنور الواحدة بَهَآء وفتات الخبز ولقب هُمام بن غالب بن صعصعة او الفرزدقة القطعة من العجين فارسيته برازده او عربي منحوت من فرز ودق لانه دقيق أفرز منه فُطاعة

Férazdak est mort, suivant Abou'lmahasen, en l'année
110 de l'hégire, qui fut aussi celle où moururent le célèbre docteur Hasan Basri et Mohammed ben-Sirin, auteur
d'un traité célèbre d'onéïrocritique. Voici ce qu'en dit
Abou'lmahasen : « En cette même année (110) mourut
» Férazdak, le premier entre les poëtes de son temps : il
» avoit pour surnom *Abou-Faras* (peut-être faut-il lire *Abou-*
» *Fares*), et pour nom *Hemam ben-Galeb ben-Sasaa ben-*
» *Nadjia Témimi Basri* : il rapportoit des traditions reçues
» d'Ali fils d'Abou-Taleb et de plusieurs autres, mais ordi-
» nairement sans citer ceux de qui il les tenoit : il en rap-
» portoit aussi qu'il tenoit d'Abou-Horeïra et de beaucoup
» d'autres compagnons du prophète. On avoit coutume de
» dire : *Férazdak est le meilleur poëte de tous les hommes*
» *en général, et Djoraïr est le meilleur poëte de tous les*
» *hommes en particulier.* Suivant un récit de Mohammed
» ben-Sélam, Férazdak vint trouver un jour Hasan Basri,
» et lui dit : J'ai fait une satire contre le diable, écoutez-la.
» Je ne me soucie nullement de ce que tu dis, lui répondit
» Hasan. Certes, reprit Férazdak, tu m'écouteras ; sinon je
» vais sortir et je dirai à tout le monde que Hasan défend de
» mal parler du diable. Tais-toi, lui dit Hasan ; tu ne parles
» que par son inspiration. Férazdak eut avec sa femme
» Nawadir [lisez *Nauwar*] des aventures plaisantes. »

Abou'lmahasen cite ensuite deux vers de Férazdak ; puis
il parle d'un autre poëte célèbre, mort la même année,
dont le nom est *Djoraïr ben-Atia ben-Hodaïfa ben-Bedr ben-*
Salama Abou-Hazra Témimi Basri, et qui est appelé communément *Djoraïr Khatfi* جرير الخطفي هو جرير بن عطيــه بن

حديفه بن بدر بن سلمه ابو حزن التيمى البصري et à cette
occasion il rapporte encore quelques vers de Férazdak. (*Voy.*
man. Ar. de la Bibl. imp. n.° 659, à l'année 110.) Je vais
joindre ici le texte du passage précédent d'Aboul-mahasen :

وقيها توفي الفرزدق متقدم شعرا عصره وكنيته ابو فراس واسمه
همام بن غالب بن صعصعه بن ناجيه التميمي البصري روى عن
علي بن ابي طالب وغيــــن وكانه (وكان lis je) يرسل وروي
عن ابي هريرة و عن جماعة كبيرة وكان يقال بقال الفرزدق اشعر الناس
عامة وجرير اشعر الناس خاصة قال محمد بن سلام ابي الفرزدق
الى الحسن البصري فقال اني قد هجوت ابليس فاسمع قال لا لنا
بما تقول قال لتسمعن او لاخرجن فلاقولن للناس ان الحسن
ينهي عن هجا ابليس قال فاسكت فانك عن لسانـــه تنطق
وللفرزدق هذا مع زوجتـــه النوادر (النوار lis je) حكايات
ظريغـــة

Pour l'intelligence du mot يرسل j'ajoute ce passage du
كتاب تعريفات (man. Ar. de la Biblioth. impér. n.° 1356.)
الارسال في الحديث عدم الاسناد مثل ان يقول الراوي قال
رسول الله من غير ان يقول حدثنا فلان عـــن رسول الله صلـــي
الله عليـــه وسلم

ADDITION pour la Note (85), page 350.

A-propos de ce que j'ai dit dans cette note sur le mot
بدوح, je donnerai l'explication d'un autre talisman qui se
trouve fréquemment au commencement ou à la fin des manuscrits Arabes. C'est le mot كيبكج ou كيبكج ou quelque
autre mot formé des lettres de celui-là, en les transposant
et changeant les points diacritiques. كيبكج mot que les
Arabes paroissent avoir pris des Persans, est le nom de la
plante nommée en Grec βατράχιον, et en Latin *ranuncu-
lus*; mais ici ce mot est employé comme le nom d'un génie,

Michel Sabbag , que j'ai consulté à ce sujet , m'a appris
que c'étoit un talisma. contre les vers qui rongent les livres.
Je rapporterai ici les propres termes dans lesquels il a répondu à ma consultation :

قلتم انكم طالما تجدون في الكتب العربية والفارسية والتركية
في بدء الكتاب او اخرٍ لفظة وهي كبيكج ثم قلتم ان اليقين
عندكم انه لفظ يستعملونه للطلاسم في دفع شر فنعم اليقسين
بقينكم اعلم سيدي ان علم الروحاني كله في الاسلام يحتوي علي
اسما مثل هذه والاصل في هذه الالفاظ كما قرر الشيخ الغزالي
وغيره من علما هذه الفن انها اما سريانية اما عبرانية اما كلدانية
فقط جميع الاسما الروحانية من هذه الالسن الثلاثة والاسم الذي
عرفنولا عنه هذا يختص ايمنع الدودة وهي الدودة المتولدة في
الورق لفرضه فيكتبوا في الكتب لذلك وعندهم كل شي له اسم
يمنعه واسم يجلبه حتى الميق والبرغوث وخلافه من جميعه واظن
اي اسم تروه في هذا الامر اكشفوا عليه في هذه الثلاث لغات
فان رايمتوه ووجدتم معناه كان والا يكون اسم خارج متولد
اما من علم الكسر والبسط اما من علم الاوفاق

« Vous dites que depuis long-temps vous avez observé
» au commencement ou à la fin des livres Arabes, Persans
» et Turcs le mot *kébikedj*, et que vous ne doutez point que ce
» mot ne soit employé comme un talisman, pour préserver
» de quelque danger. Votre conjecture est très-juste. Vous
» saurez, monsieur, que chez les Musulmans , toute la
» science des opérations spirituelles consiste en certains
» noms comme celui-là, et que ces noms, comme le disent
» positivement le schéïkh Gazali et autres savans qui ont

K k 4

» cultivé cette science, sont des mots Syriaques, Hébreux
» ou Chaldaïques : c'est donc de l'une de ces trois langues
» que tous les noms employés dans les sciences spirituelles
» sont empruntés. Celui dont vous nous avez parlé est des-
» tiné à éloigner les vers qui se forment dans le papier pour
» le ronger, et c'est pour cela qu'on l'écrit dans les livres.
» Car à l'égard de chaque chose, même des punaises, des
» puces, et autres choses quelconques, il existe un nom pour
» l'éloigner et un autre pour l'attirer. Je crois donc que
» toutes les fois que vous rencontrez un nom de ce genre,
» il faut en chercher le sens dans l'une de ces trois langues;
» si vous l'y trouvez, cela suffit : sinon, c'est un mot bar-
» bare formé par les procédés de la science que l'on nomme
» *ilm alkesr walbest*, ou de celle qu'on appelle *ilm alawhaf*. »

Je ne trouve point le mot كبيكج dans l'Hébreu, le Syriaque, ni le Chaldéen ; mais je soupçonne que c'est un
mot *Nabatéen*. Michel Sabbag m'a donné, sur les deux
sciences dont il est ici question, et qui sont une sorte de
cabale comme l'*Atbasch* אתבש, l'*Albam* אלבם, ou la *Géma-
trie* des cabalistes Juifs, des détails curieux que je supprime.

Un manuscrit du ملحة الاعراب de Hariri, qui appartient
à M. Marcel, justifie pleinement ce qui vient d'être dit
sur l'usage du mot كبيكج On y lit sur le 1.er feuillet :
احبس يا كبيكج الارضة *O Kébikedj ! préserve [ce livre] des
vers*. On appelle ارضة le vers qui se met au papier, سوسة
celui qui attaque les grains, comme le blé &c., et عثة
celui qui se met dans les étoffes.

ADDITION pour la Note (130), page 359.

Je crois faire une chose utile et agréable aux lecteurs de
ce recueil, en donnant ici en entier le texte et la traduction

de la lettre dont j'ai fait mention dans cette note, et qui fut
écrite non pas, comme je l'ai dit, par un des scheïkh du
Caire, mais par le principal scheïkh d'Alexandrie, nommé
Mohammed Mésiri.

ان من احسن ما خطر في الضمائر وبرز من مكنونات الذخائر
ثنا اذكي من شذا المسك عبيرا ودعا اسرع من السحاب مسيرا
الي حضرة من شار الي عشيرته في الانام ذكرا ورفع لهم لوا لا
يستطيع غيره له نشرا المتوصل بثاقب فكره الي المطالب الناصبة
والمذلل براه وسياسته جوامح النواصي العاصية الظاهر بمظهر
الجلال والسابق بحزمه الي المراتب العوال ذي المهابة والوقار
عند جميع الاجناس والشهامة والكياسة عند الخاص والعام من
الاكياس حضرت صاري عسكر الجمهور الفرنساوية وانسان عينهم
فعليم مدار القضية بونوبارته جعل الله هنم مصروفة في
الرشاد والصلاح ونظمه في سلك اهل الخير وعداد اهل الفلاح
واجري علي يديه راحة العباد وجلا الهموم والغموم والانكاد
وصان ذاتــــه من كل نقص وشين وتولي امره باللطف في
الدارين ولحظه بعين عنايته في حركاتـــه وسكناته وكان له
موفقا في جميع تعليماته وتصرفاته اما بعد بسط الايدي بصالح
الادعية ونشر الثنا في جميع الاندية فانا محمد لكم الله الذي لا
اله الا هو علي كل حال ونساله ان يلطف بالجميع في جميع الاحوال
واننا لم ننس لكم ذكرا ولم نغفل عن الدعا لكم سرا وجهرا
وتعرفكم عن احوال طرفنا وهو ان البلاد المصرية حاكمها بمصر

المتصرف في امورها محمد باشا وباشا سكندربـة خورشيد باشا
ولكن الكلام والتصرف في سكندربـة لطايفـة الانكلبز واما
الدخل والخرج فهو بيد العثملي والنز بعضي المماليك كانوا في
الصعبد فقعين علبهر عساكر مرارا فتلاطموا معهر ووقعت بينهر
محاربات وانهزامات وجراحات واموات كثيرن والان جاوا الي
ارض الفيوم وبرزت لهر محجربلة عسكر كبير وما ندري الان
ما حصل ببنهر هل تلاطموا او لا ومع النز طايفـة من
الدرناوبة وهربت لهر عساكر من الارنغوت والببل كان
رافيا وشاع في البلد ان عساكر من مصر متوجهة الي ارض
الشام لمساعدة محمد باشا ابي مرق والي إفا لانه وقع بينه وبين
والي عكه مشاجن فحاصرو فاستغاث بالدولة فاغائروه بمراكب
ماري عسكرها انجه بيك الذي وقع مركبه في بوقبر ثم وقعت
بينهر وبين عسكر الجزار لماطمة ثم جاء انجه بيك مصر وهو الان
بها وشربف مكة مات وتولي اخوه وذكروا ان بينه وبين
ابن اخيـه حروبا منصوبة وباشا جلة الحجار توفي وذكروا ان
والي دمشق ووالي عكه اصطلحا بعد وقوع حروب ببنهما
ووقع ابضا ببنـه وبين اهل دمشق حروب واخذ قلعتها والي
الان ابو مرق محاصر في إله وربنا بصلح احوال البلاد وبهيي
جميع العباد وبلهم خلفه الرشد والسداد وتفصبل الامور بطول
والله تعالي بجري فضلـه في عباده وبعاملهم بلطفه واحسانـه
وببسر لهم الاستقامة وبجعلكر ممن رفع لهم في الملا الاعلي ذكرا

واجرى على ايديهم لعباده نفعا وخيرا ولا يجعلكم ممن لبست
به الحياة الدنيا بل يجعلكم ممن متّعه علما ويختم لكم بالخير
والاحسان امين امين امين

في ٢٠ جمادي الثانية سنة ١٢١٧ من الفقير محمد المهدي لطف الله به

« Ce que l'esprit peut concevoir de plus excellent, et ce
» qu'il peut produire et mettre au jour de plus parfait, des
» complimens plus suaves et plus pénétrans que l'odeur du
» musc, des vœux plus ardens que n'est rapide la marche
» des nues, sont offerts à celui qui a montré à sa nation
» parmi les hommes le chemin de la gloire et de la renom-
» mée, et qui a élevé devant eux un étendard qu'aucun
» autre que lui ne sauroit déployer ; qui, par la sagacité de
» ses pensées, réussit dans les entreprises les plus difficiles,
» et soumet, par la sagesse de sa politique et de ses conseils,
» les rebelles les plus obstinés ; au héros qui paroît sur le
» théâtre de la gloire, et que son grand cœur a porté au
» rang le plus élevé, auquel toutes les nations paient le
» tribut du respect et de la vénération, et dont le génie et
» la pénétration sont reconnus des hommes les plus fins ;
» à son Excellence Bonaparte, général en chef de la Ré-
» publique Françoise, qui est la prunelle de l'œil des
» François, le pivot autour duquel roulent leurs destinées.
» Que Dieu lui fasse la grâce d'employer son génie pour
» faire ce qui est droit et juste ! qu'il le mette au nombre
» des gens de bien et des amis de la justice ! que par son
» ministère il procure la paix et le repos aux hommes,
» et dissipe les chagrins, les alarmes et tous les maux !
» Qu'il mette sa personne à l'abri de toute infortune et
» de tout revers, et qu'il use de bonté envers lui dans
» l'une et dans l'autre vie ! Qu'il jette sur lui des regards
» favorables dans le mouvement et dans le repos, et qu'il

» lui accorde le succès dans toutes ses entreprises et ses
» actions.

» Après avoir prodigué pour vous les vœux les plus sin-
» cères, et avoir en toute occasion célébré vos louanges,
» nous rendons grâces au Dieu unique et sans pareil, des
» faveurs qu'il a répandues sur vous, et nous le prions de
» combler tous les hommes des effets de sa bonté en toute
» circonstance. Jamais votre souvenir n'a cessé d'être pré-
» sent à notre esprit, et nous n'avons en aucun temps man-
» qué d'adresser à Dieu des prières pour vous en public et
» en secret. Nous vous donnons avis aujourd'hui de l'état
» des choses en ce pays. L'Égypte en ce moment est gouver-
» née et administrée par Mohammed-pacha. Khourschid-
» pacha remplit la place de pacha à Alexandrie ; cependant
» tout le pouvoir et toute l'autorité dans cette ville sont
» réellement entre les mains des Anglois, et les Osmanli
» [les Turcs] ont seulement l'administration des revenus
» et de la dépense. Les Gozz, c'est-à-dire les Mamlouc,
» occupoient le Saïd ; on a envoyé contre eux plusieurs
» fois des armées, et il s'est passé entre les deux partis
» diverses affaires dont le succès a été partagé, et dans
» lesquelles il y a eu beaucoup de morts et de blessés. Ac-
» tuellement les Mamlouc sont entrés dans le Fayyoum : on
» a fait marcher contre eux un fort détachement de l'armée;
» mais nous ignorons jusqu'à ce moment s'il y a eu entre eux
» quelque engagement. Les Gozz ont avec eux quelques
» François, et une partie des troupes des Arnautes a déserté
» et passé à leur service.

» La crue du Nil a été complète.

» Le bruit s'est répandu dans la ville que l'on envoie
» en Syrie une partie des troupes d'Égypte pour porter du
» secours de la part de Mohammed-pacha à Abou-Marak,
» gouverneur de Jafa ; car ce pacha s'étant brouillé avec le
» gouverneur d'Acre, celui-ci l'a assiégé dans Jafa. Abou-

» Marak a demandé du secours au gouvernement, qui lui a
» envoyé les bâtimens de son général [amiral] Andja-beg,
» dont le vaisseau a relâché à Aboukir. Il y a eu une affaire
» entre eux et les troupes de Djezzar [pacha d'Acre],
» après laquelle Andja-beg est venu au Caire, où il est
» actuellement.

» Le Schérif de la Mecque est mort, et son frère lui a
» succédé : on dit que le nouveau Schérif est en guerre avec
» son neveu le fils de son frère. Le pacha de Djidda, dans
» le Hedjaz, est mort aussi.

» On dit qu'après plusieurs actions qui ont eu lieu entre
» les deux pachas d'Acre et de Damas, ils ont fait la paix
» ensemble. Il est survenu aussi une guerre entre lui [je
» pense que c'est Djezzar, pacha d'Acre] et les Damas-
» quins, et il a pris la citadelle de Damas. Abou-Marak est
» toujours assiégé dans Jafa.

» Que Dieu rende la paix à ces contrées, qu'il accorde la
» tranquillité à tous les hommes, et daigne inspirer à ses
» créatures des intentions droites et justes !

» Il seroit trop long de vous donner des nouvelles plus
» détaillées. Je prie Dieu qu'il comble ses serviteurs de ses
» bienfaits, qu'il les traite suivant sa bienfaisance et sa bonté,
» et qu'il leur rende facile l'accomplissement de leurs de-
» voirs. Je lui demande pour vous qu'il vous mette au
» nombre de ceux dont le nom est exalté parmi les bien-
» heureux habitans du ciel, et par le ministère desquels il
» répand ses grâces et ses faveurs sur les humains ; qu'il
» vous préserve d'être compté parmi ceux dont la fortune
» se joue ici-bas, et qu'au contraire il vous assigne une
» place entre les hommes distingués par leurs talens supé-
» rieurs, et vous accorde une fin heureuse. Amen, amen,
» amen. Le 20 de djoumadi second de l'année 1217.

» Le pauvre Mohammed Mésiri : que Dieu lui accorde
» ses bontés ! »

L'original de cette lettre est mal écrit et difficile à lire, et les points diacritiques y sont souvent omis. On y trouve plusieurs allusions à divers passages de l'Alcoran ; notamment ces mots لا يجـــعـــلكم ممن لعبت به الحياة الدنيا qui sont certainement une allusion au texte suivant اعلموا انما الحيوة الدنيا لعب ولهو Sur. 57, v. 19.

ADDITION pour la Note (1), p. 416.

Le fait rapporté ici par Kazwini n'est pas le seul de cette nature que j'aie remarqué dans les écrivains Arabes. L'auteur du كتاب الدرر المنتقاة en a réuni plusieurs en cet endroit de son extrait de Kazwini, dont les uns sont tirés de cet auteur, les autres ne s'y trouvent pas. Je crois qu'il est intéressant de les offrir ici aux lecteurs : (العجايب) ومن

الفلكيـــة ظهور الكواكب ذوات الاذناب وسقوط حسر
لثبل ذكـــر انه سقط بارض جوزجان قطعة حديد قدر خمسين
منا مثل حبات الجاورس المنضمـــة ولم يعمل فيه الحديد ......
ومن العجايب انها مطرت بناحية بلخ مطرا دما غبيطا وسقوط
احجار كالحـــديد والنحاس في وسط الصواعق ويوجد ببلاد
الترك وربما يكون بارض جيلان وحكي ابن الاثير انه نشأت
سنة احدي عشر واربعماية بافريقية سحابة شديدة الرعد والبرق
فامطرت حجارة املكت كل من اصابت ومن العجايب انه
ايام ابي المتوكل بحجر سقط بناحية طبرستان وزنـــه ثمان مايــة
واربعون رطلا ابيض فيه صدع وذكروا انه سمع لسقوطه
صلة من اربع فراسخ في مثلها و انـــه ساخ في الارض خمسة
اذرع ومن العجايب ان قرية يقال لها السويدا بناحية مصر

رجعت بخمسة احجار فوقع حجر منها على خيمة اعرابي فاحترقت
ووزن منها حجر فكان عشر ارطال فحمل منها اربعـــة الى
الفسطاط وواحد الي تنيس ووقع على قرية جان بيضا وسود
وحكى الجاحظ انه نشات بابذج مدينـــة بين اصفهان
وخوزستان عابــة طبرا تكاد تمس قمم الناس وسمعوا فيه
كهدير النحل ثم دفعت اشد مطر حتي استلموا للغرق ثم
دفعت بالضفادع والشبابيط العظام السمان فاكلوا واذخروا وحكي
ان قوما من الجبل مطروا مطرا كثيرا في اثنائــــه سمك وزن
بعضه رطل و رطلان

« Parmi les phénomènes célestes extraordinaires, il faut
» compter l'apparition des comètes, et la chute de corps
» graves. On rapporte qu'il tomba une fois dans le Djouz-
» djan une masse de fer du poids de 50 *man* (le *man* est
» un multiple du *rotl* ; mais il y en a de différens poids),
» et qui ressembloit à des grains de gros millet réunis les
» uns aux autres : le fer ne pouvoit pas mordre sur cette
» substance..... Un autre phénomène extraordinaire fut
» une pluie de sang coagulé qui tomba à Balkh. De ce genre
» sont encore les chutes de pierres qui ressemblent à du fer
» ou à du cuivre, et qui tombent avec la foudre : on en
» trouve communément dans les contrées occupées par les
» Turcs ; il s'en trouve aussi dans le Ghilan (ce sont sans
» doute *les pierres de foudre*). Ebn-Alathir rapporte qu'en
» l'année 411 , il survint , dans la province d'Afrique
» proprement dite , une nuée d'où sortirent beaucoup de
» tonnerres et d'éclairs , et de laquelle tomba une pluie de
» pierres , qui tuèrent tous ceux qui en furent atteints. On
» raconte qu'on apporta un jour au khalife Motéwakkel,
» une pierre qui étoit tombée de l'atmosphère dans le

» Tabaristan ; elle étoit du poids de 840 rotl, blanche,
» avec des gerçures : on dit que le bruit qu'elle fit en tom-
» bant fut entendu à la distance de 4 parasanges en tous
» sens, et qu'elle s'enfonça dans la terre à la profondeur de
» cinq coudées. Dans un village nommé *Souaïda*, situé en
» Égypte, il tomba de l'atmosphère cinq pierres ; l'une
» desquelles étant tombée sur la tente d'un Arabe Bé-
» douin, y mit le feu : on pesa une de ces pierres qui se
» trouva du poids de dix rotl ; quatre de ces pierres furent
» transportées à Fostat et une autre à Tennis. Il tomba
» aussi sur un village une pluie de pierres blanches et noires.
» Djahedh raconte qu'une fois il parut à Aïdhadj, ville
» située entre Ispahan et le Khouzistan, une nuée très-
» noire, que l'on touchoit presque avec la tête ; on en-
» tendoit dans cette nuée un bruit semblable aux cris d'un
» chameau étalon : la nuée ayant crevé, il en tomba une
» pluie si épouvantable, qu'il sembloit que tout alloit être sub-
» mergé. Ensuite la nuée jeta des grenouilles et des *schab-*
» *bout* (sorte de poissons) très-grands et très-gras. On en
» mangea, et on en mit en réserve. On raconte aussi qu'il
» tomba une fois, chez certains habitans du Djébal, une
» pluie abondante avec des poissons, dont quelques-uns
» pesoient un et deux rotl. »

La pluie de sang arrivée à Balkh est sans doute celle
dont parle Tabari à l'année 245. (*Voyez* Elmac. *Hist.*
Sarac. p. 151.)

La pluie de pierres tombée en Afrique en l'année 411,
est rapportée aussi par Abou'lféda à l'an 411, sur l'autorité d'Ebn-Alathir ; et cet auteur dit que cet événement
arriva au mois de rébi 2.ᵈ de cette année. (*Annal. Mosl.*
t. III, p. 54.) Dans le man. Ar. n.° 956 de la Biblioth.
impér., qui contient des extraits de Kazwini, le même fait
est rapporté, avec cette circonstance que ces pierres étoient
grosses et pesoient cinq rotl.

La

La chute des pierres atmosphériques au village de Sowaïda en Égypte, est aussi rapportée par Abou'lmahasen, qui dit que cela arriva au mois de schaban 242 (man. de Saint-Germain n.º 109), et Soyouti fait mention du même fait sous la même date (man. Ar. n.º 791 de la Biblioth. impér. f. 366 *recto*). Cette année 242 fut remarquable par beaucoup d'autres phénomènes, tels que des tremblemens de terre.

La chute d'une pierre énorme tombée dans le Tabaristan, et apportée au khalife Motéwakkel, est vraisemblablement de l'une des années 242 ou 245, abondantes en phénomènes extraordinaires. (*Elmac. Hist. Sarac.* p. 150 et 151. Abou'lfaradj, *Hist. dynast.* p. 261.)

Soyouti me fournit encore un autre fait analogue aux précédens. « En l'année 679, au jour où les pélerins font la » visite du mont Arafat, il tomba en Égypte une grosse » grêle, qui détruisit une grande partie des grains : la foudre » tomba à Alexandrie ; elle tomba aussi au pied de la mon-» tagne nommée la *montagne Rouge*, sur une pierre qu'elle » brûla. On prit ensuite cette pierre, on la fit fondre, et on » en tira plusieurs onces de fer au poids du rotl d'Égypte. »

في سنة تسع وسبعين (وسمائة) في يوم عرفة وقع في بلاد
مصر برد كبار انلف كثيرا من الغلال ووقعت صاعقة
بالاسكندرية واخري تحت الجبل الاحمر علي جر فاحرقته
فاخذ ذلك الجر وسبك وخرج منه من الحديد اواقي بالرطل
المصري (manuscr. Ar. de la Biblioth. impériale n.º 791, f. 376 *recto*). Les mots علي جر qui manquent dans ce manuscrit ont été restitués ici d'après un autre manuscrit, et le sens les exige impérieusement.

Le premier des faits que j'ai rapportés, et qui concerne la chute d'une masse de fer, mérite d'être rapproché de ce passage de Pline (*Hist. nat.* l. II, ch. 56, tom. I, page 102 de l'éd. du P. Hardouin) : *ferro in Lucanis [pluit]* :

*LI

effigies quæ pluit, spongiorum ferè similis fuit, et me rappelle le trait suivant que j'ai lu il y a peu de temps dans un journal Allemand : « Dans la séance de l'académie royale des sciences » de Saint-Pétersbourg, du 11 février (1804), le prési-» dent de l'académie, M. de Novosilzoff, conseiller intime, » lui a présenté une pierre tombée de l'atmosphère, il y a » huit ans, près de Charcow. Comme on espère obtenir » des détails plus étendus sur les circonstances dont la chute » de cette pierre a été accompagnée, M. le président a » émis le vœu qu'on la soumît à des expériences chimiques, » aussi bien qu'un morceau de fer natif envoyé par le célèbre » Pallas, et regardé par quelques savans Allemands, ainsi » que les pierres tombées de l'atmosphère, comme le pro-» duit d'une région supérieure à notre globe terrestre. » (*In-telligenz-Blatt der Allg. Litt. Zeitung* n.° 79, 19 mai 1804.)

Le morceau de fer natif dont il est ici question, provient sans doute de cette masse de fer natif trouvée en 1750, près d'Abakansk, et décrite dans le voyage du célèbre Pallas (tome IV, page 595 et suiv. de l'édition françoise *in-4.°*, ou tome VI, page 346 et suiv. de l'édition *in-8.°*). Il est remarquable que le savant voyageur, décrivant cette masse de fer, s'exprime ainsi : « La croute ôtée, le reste de cette masse est » un fer doux, blanc dans sa fracture, plein de trous *comme* » *une éponge grossière.* » Cette masse de fer, du poids d'environ 14 quintaux, étoit regardée par les Tartares comme sacrée et lancée des cieux.

On peut consulter sur ces phénomènes la *Lithologie at-mosphérique* de M. Izarn, un mémoire du D. Chladny de Wittemberg, inséré dans le tome XV du recueil intitulé *Annalen der Physik* publié par M. L. W. Gilbert, *p. 307 et suiv.*, et le savant mémoire de M. Münter, lu à la Société royale des Sciences de Copenhague, en 1804, et traduit en Allemand par M. J. A. Markussen, qui l'a publié sous ce titre : *Ueber die vom Himmel gefallenen Steine der Alten,*

Bæthylien genannt , in Vergleichung mit den in neueren Zeiten herabgefallenen Steinen.

La pluie de grenouilles et de *schabbout* est aussi rapportée sur l'autorité de Djahedh par Kazwini; et le traducteur Persan dit que le *schabbout* est un poisson bon à manger, d'une coudée de long. Je n'ai rapporté ce fait, que l'on seroit tenté de regarder comme une fable indigne de toute croyance, que pour le rapprocher d'un fait attesté par le célèbre voyageur M. Humboldt. « Plusieurs volcans de la
» Cordilière des Andes, suivant que M. Humboldt nous
» l'apprend, lancent par intervalles des éruptions boueuses
» mêlées de grandes masses d'eau douce, et une multitude
» infinie de poissons. Le volcan d'Imbabura, entre autres,
» en jeta une fois en si grand nombre, près de la ville
» d'Ibarra, que leur putréfaction occasionna des maladies.
» Ce phénomène, tout étonnant qu'il est, n'est pas même
» extraordinaire, et l'autorité publique en a conservé les
» époques d'une manière authentique, avec celles des trem-
» blemens de terre. Ce qui est sur-tout singulier, c'est de
» voir que ces poissons ne sont nullement endommagés,
» quoique leur corps soit extrêmement mou; ils ne paroissent
» pas même avoir été exposés à une forte chaleur. Les In-
» diens assurent qu'ils arrivent quelquefois encore vivans
» au pied de la montagne. Tantôt ces animaux sont lancés
» par les bouches du cratère, tantôt ils sont vomis par des
» fentes latérales, mais toujours à douze ou treize cents
» toises au-dessus des plaines environnantes. M. Humboldt
» pense qu'ils vivent dans des lacs situés à cette hauteur
» dans l'intérieur du cratère; et ce qui confirme cette opi-
» nion, c'est qu'on trouve la même espèce dans les ruis-
» seaux qui coulent au pied de ces montagnes. Elle est
» la seule qui subsiste à 1400 toises de hauteur dans le
» royaume de Quito. Cette espèce est nouvelle pour les
» naturalistes. M. Humboldt l'a dessinée sur les lieux. »

ADDITION pour la Note (1), p. 422.

M. l'abbé Andrès, dans l'ouvrage intitulé *Dell' origine, de' progressi e dello stato attuale d'ogni letteratura* (part. I, ch. 10, t. II, p. 236 de l'édition in-8.°), conjecture que les Arabes ont connu l'attraction et ses effets sur les corps célestes. Il se fonde sur ce que Mohammed ben-Mousa ben-Schaker, auteur d'un traité *du Mouvement des principaux corps célestes*, et homme très-versé dans l'arithmétique, la géométrie et l'astronomie, a aussi composé un traité de la *Puissance d'attraction (de virtute attrahendi)*. M. Andrès a parlé ici d'après Casiri (*Bibl. Ar. Hisp.*, t. I, p. 418). Mais je crois qu'il a été trompé par la traduction Latine de Casiri ; et le titre Arabe de l'ouvrage cité étant كتاب الجر je conjecture que c'est plutôt un traité de mécanique ou des forces appliquées à tirer des fardeaux, qu'un traité de la puissance d'attraction, qui seroit nommée en arabe الجذب Le mot جر étant aussi un terme technique de grammaire, on pourroit soupçonner qu'il s'agiroit d'un traité des prépositions حروف الجر et de leur influence sur leurs complémens ou régimes الجرور mais cela est moins vraisemblable, n'y ayant aucune raison de penser que Mohammed ben-Mousa ait écrit sur la grammaire.

ADDITION pour la Note (7), p. 444.

M. Ameilhon, dans un mémoire qui se trouve dans le tome XLII des Mémoires de l'Académie des inscriptions et belles-lettres, a examiné si les anciens ont connu l'usage des verres lenticulaires, et a expliqué le passage d'Aristophane cité dans la note de M. Chézy. (*Voyez* le tome cité, *p. 517. Voyez* aussi l'Origine des découvertes attribuées aux modernes, 2.ᵉ édition, *tome II, p. 182.*)

ADDITION pour la Note (8), p. 444.

QUELQUE vraie que soit l'observation faite ici par M. Chézy, et quoique l'on ne puisse se dispenser de corriger, comme il le fait, le passage de Kazwini, il me paroît certain que l'erreur dont il s'agit ne doit point être imputée aux copistes, mais qu'elle se trouvoit dans l'original même de Kazwini; car non-seulement tous les manuscrits du texte Arabe qu'a consultés M. Chézy ont la même leçon, mais je la trouve encore dans le manuscrit Arabe n.º 958, dont il n'a pas fait usage, et, qui plus est, dans un beau manuscrit de la traduction Persane, que j'ai acquis des héritiers de feu M. Anquetil du Perron. On y lit : واكر منطرق نبود

با در غابت نرمي بود چون زميق با در غابت صلابت

بود چون ياقوت وآنچه صلب بود اما در رطوبات منحلي

شود چون اجسام ملحي مثل زاج ونوشادر واما در رطوبات

منحلي نشود چون زرنيخ وكبريت

ADDITION pour la Note (10), page 447.

Le traité des pierres contenu dans le manuscrit Arabe n.º 402 de Saint-Germain-des-Prés, n'est pas proprement la traduction du traité des pierres attribué à Aristote, mais seulement un extrait de ce même traité, comme nous l'apprend Lucas fils de Sérapion, dans sa préface. Il dit qu'Aristote dans son *traité des pierres, de leurs natures, de leurs couleurs, de leurs variétés et des mines où elles se trouvent*, avoit parlé de 700 sortes de pierres, dont plusieurs ne sont connues que des seuls artistes qui les travaillent et les mettent en œuvre; mais que quant au commun des hommes, les pierres qui leur sont inconnues surpassent beaucoup en nombre celles qu'ils connoissent. Jugeant donc que s'il décrivoit

dans cet ouvrage toutes les pierres dont Aristote avoit fait
mention, la plupart des lecteurs ne sauroient pas même
souvent de quoi il voudroit parler, il s'est borné à ce qui
pouvoit être d'une utilité générale, et n'a fait entrer dans
son livre que cent espèces de pierres ; il y a envisagé ces
substances sous deux points de vue différens, savoir leur
emploi dans les arts, et leurs usages médicinaux.

Je rapporterai ici ce qu'on lit dans ce traité, relativement
à la tutie fossile, pour qu'on puisse le comparer avec les
passages cités dans la note (6), *p. 429 et 439.*

نعت حجر التوثيا وهو من المعدنية واجناسه كثيرة وفيه
الابيض والاصفر والاخضر وجمعه بنفع الرطوبات في العين
ومعدنه علي ساحل بحر الهند والسند واجوده الابيض الذي
يخال ان عليه ملحًا وفيه طبقة زرقا تبين عند الكسر ومن
بعض الاخضر ويجلو بياض العين واذا [كحل به] اكبر ثقب
الناظر بحدته واذا دق والقي علي الاشيا المنبتة ازالها وهو من
الاكحال الجليلة الطبية

J'ai suppléé les mots به كُحِلَ que le sens me paroît exiger :
je soupçonne aussi que le mot الاشيا peut être une faute.

FIN des Additions aux Notes de la 2.ᵉ partie.

TABLE
ALPHABÉTIQUE

Des mots Arabes et Persans expliqués dans les notes de ce volume.

Nota. Les mots arabes sont rangés suivant l'ordre des racines.

ابل *page* 468.

ابالة 207.

ابو براقش 477.

ابى 17.

ابيت اللعن 83.

اثافى – تاثف 82, 211 et suiv.

احنا 337.

أخاذ – اخاذ 166.

مأخذ 239.

استيخاذ 169, 170.

ادمى 348.

اذ 165.

اذخر 460.

اذريون 458.

اذى – إذا 168.

اراخنة 114.

ارومة 234.

ازاذ 168.

اخلاذرية 114.

اسغى 313.

اسلامبول 355.

اسلم 456.

اشنان 216.

الالف واللام المعهود لخارجى
ibid. للعهد 136. للجنس 135.

البك 169.

ام قسطل 320.

اتهان 462.

انتحرك – انشاء *dans* ان 337.

مستنانس – آنس 64.

استيناف 40.

آهن صينى 428.

اواجات 446.

ايل 64.

لا باس – باس 348.

باليوز 343.

ببر 469.

متاع *V.* بتاع

LI 4

472. تبالة
34. تخبّت
39. اخمّى
116. تمام
478. تنوّط
432. تنايف ـ تنوفة
428. توتيا معدني
113. ثأى
202 ، 122. ثعلب
63 ، 508. ثمام
206. ثمين
122. ثمّن
64. ثيثل
473. جاحظ
530. مجرور ـ جرّ
72. جرجور
429. جروشة
515. جريض
167. اجارع
مجزوم 116. جوازم ibid.
428 ، 439. جسد ـ جست
354. جعيدى
167. جعفر
63. جليل
139. جملة انشائية
131. مجانسة
157. جناس التغريف
جناس شبه الاشتقاق 166 et ib.
510 ، 162. جناس مطرّف

172. بج
215. البجر
427. بخار
234. بدرة
349. بدوح 8462 ou
189. بديع الزمان
38. ابرح
17. بَسْطَة
462. بسايط
172. بطيح
28 ، 489 et suiv. بطون ـ بطن
352. بَغْثَا
168. بُعَثِن
468. ببير
495 ، 496. بعوضة ـ بعوض
494 et suiv. بقّة ـ بقّ
64. بقر وحشى
508. بَكْر
134. بلبال ـ بلبلة
361. بهار
456. بهش
19. بقّل ـ باهلة
336. ابو pour بو
134. بال
494. بيت العجوز
197. بيرام
222. بيس قنصوا
516. بيرازده
متاع V. تاع

166. جناس تام	35. جلم
187. 206. تجنيس	204 ، 205. حلوان
473. جهير	64. يحمور
138. جوالة ، 139. جوال - جال	160. حمايل
198. أجال	75. حنفية
28. جونة 26، 28، 488 et suiv. جوني	158. استحواذ - استحوذ
210. الحبر	364. حوالة
242. جبر - جبرة	118. تحاول
157. جخر 339. تخجر	428. خار جيني
67. تخجر - تخجر	428. et suiv. خار صيني
473. حداق	162. 163. ختم
203. محراب	221. خذروف
324. تحريث - حرث	118. تخازر
184. حارث	82. خيزرانة
234. حرثومة	82. خيمفوجة
67. حرد	24. خشرم
199. حريف	235. ختم
حزرقة - خزرق - حزرقة - حزرق	203. خطر
221. أخزقة	119. خوافى
466. الحس المشترك	216، 238. خلالة - خلال
456. حسك	122. اختلس
214. حسو	198. مخلاة
456. حشفى	255. خمرية
82. حفض	169. استخاذ
336. حق	166. خيفى
205. محلول	466. خيال
200. 201. حلوب	511. تخييل
239. احتلب	363. دشيشه
215. استخلس - خلس	496. دعموص - دعمص

538 TABLE

يخشى ساحم ibid. ‎239.
تخب - تخاب ‎113, 240.
سعن ‎81.
سعدان ‎72.
سعلاة ‎198.
سقى ‎22.
سفوح - سفح ‎171.
سلاح - سلاح ‎486.
حماسرة - حماسر - حماسير - حمسار ‎324.
احمال - نمل ‎204.
صور pour سور ‎357.
سوى ‎118.
شبوط ‎528, 531.
شغب ‎479 et suiv.
اشتغال ‎158, 509.
شنفرى - شنفر - شفر ‎11, 10.
تشاكى ‎122.
شوامت - شامتة ‎66.
شنان - شن ‎58.
نشج - شذبجة - مشلجة ‎454.
مشوف ‎208, 513.
شاد ‎339.
صبارم ‎119.
نصدايع ‎343.
صريف ‎62.
امارم - اصرام - صرمة - صرم - امارم ‎30.
تصغير للتعظيم ‎165.

دتيه - دن ‎242.
دولة ‎141.
دوم ‎454.
ديال - دى ‎338, 340, 341.
ذكاء - ذكى ‎209.
ذهل ‎172.
ذود ‎30.
ذباك ‎166.
ترجيع ‎132.
استرجع ‎206.
ترجى ‎363.
ارسال ‎518.
رشح ‎205, 241.
رفدة - رفد - رفق - رفق ‎82.
الرقيب ‎215.
مراميل - مرمل ‎24.
روح نوتيا ‎428 et suiv.
اريحية - اريحى ‎209.
رى ‎234.
الرى ‎314.
ريال ‎339.
زبون ‎198 et suiv., et 222.
مزرفة - زق ‎240.
زنجبار ‎336.
زهر الثمار ‎498.
زاج ‎445.
زاد ‎54.
ساج ‎450.
سجل ‎241.

34، 168. تصغير للتقريب	31. اعدل
83. صفن - صفن - أصفن - صفن	111. اعدى - عدو
18، 244. سفرا	165. عذار
12، 36. اصطلى	241. ابو عذرة
361. صمم	355. عريان
67. صمع	233. عريفة
322. صاكه	471. عسبارة - عسبار
200، 201. ضبوط	214. عصبك
119. ضبارم	427. عصارات
346. ضروف	164. متعطف
207. ضغث	233. عفريت - عفرية
202. تضليع	29. عفر
357. طابور	41. اعقل - عاقل - عقل
163. طباق	العقل - عاقل - عاقل فى العادة
17. طرابلس - طريبة	- العقل بالملكة - الهيولانى
238. اطراق - اطرق	- العقل الفعال - العقل المستفاد
314. طواغى - طاغية - طاغ	467. العقل بالفعل
363. طفش	- عكبرى - عكبرا - عكبراء
456. طفى	196. عكبراوى
428. طلاى خام	72. معكاه - عكى
346. عليه طلب - طلب	165. تعليلية
208. استطلع - اطلع - طلع	519. علم الاوقاف
241. طومار	519. علم الكسر والبسط
66. طوع	208. معلم
61. مظلومة - ظلم	20. غل
28. ظهور - ظهر	346. على
215. تظاهر - اظهر	16. لعرك - غزك
202. معتوب	167. عمارة
208، 238. غتم	202. عامل - إعمال - اعمل

٢١٧. عنان – عنّ	٤٦٠. فقّاح
٢٣٤. عون	١٦٧. فقّيس
٢٣٩. عَوان	٤٩٧. فجيلة – فيجلة
١٩٩. غي	٤٢٩. فغولكس
١٧١. اغداد – اغثّ	١٧١. فودة – فُود
١٧١. اغداذ – اغثّ	٤٧٨. قنبرة – قُبّرة
١٤١. غرّا – اغرّ	٢٤٦. قنتر – قنثر
١٦٦. اغراب	– قدام – قوادم – قوادم – قادمة
٣٣٩. غروش – غرش	١١٩، ٢٩، ٢٨ مقاديم – قدامى
١٦١. غزالة – غزال	٤٨٩ et suiv.
١٣٥. غساق	٢٥٠. تقديم وتأخير
٢١٦. غاسول – غسول	٣٥٥. قرامبدان
٤٨٩، ٤٩٠. غطاط	٢٥٠. قرابة – قرب – قرب
٣٧. غنيضفا	قرش هجر – قروش ٣٣٩ قرش
١٣٧. غانية	ibid. قروش ذهب ibid.
٤٨٧. غوّاص	٢١٥. قريص
١١٨. غيس	٢٢١. قرنى
٨١. غيل	٢٣٥. فخم
١٦٥. فى	١٧٥. قطر
٣٤٤. فجّار	٣٥٣. قطمير
٨١. فداء	٥٨. فعقع
٢١٦. فرزدقة – فرزدق	٣٦٢. منقاعد
٢٦. فارط – فرط	٦٣. فغوّ
٣٦٥، ٣٦٠. فرق	٤٠. افعاء – افعى
٢١٥. فرقدان	٢٢٢. ابو قلمون – قلمون
٤٩٥. فعفس	٤٢٩. قلميا
٢٤٢. فصى	٢٤٢. فلنسوة
١٦٩. مفعول مطلق	٢١٦. قلى
٢٣٨. افعوان	٣٥٨. تومباره – قبيرة

<table>
<tr><td>قرف 322.</td><td>ملابسة 137.</td></tr>
</table>

قرف 322.	ملابسة 137.
قنبر 357.	لثم ـ لثام 165.
قناصلة ـ قناصل ـ قنصل 322.	التزام ـ ملتزم 357.
قنصوات ـ قنصو 322.	لغوى 184.
مقام 312.	لقى ونشر 162, 510.
كاشطى 325.	التقف ـ تلقف ـ لقف 330.
كاهو 488.	المهية 208.
كبأ 29.	لو 82.
كبير 339.	ما زائة 60.
كبك درى 488.	من شاء الله ـ ما شاء الله 352.
كبيكج 519.	ماميثا 451.
مكدرى 26, 488. et suiv.	تمون ـ اوزنة ـ مأن 21.
مكنى 188. اكدى 205. ـ كدية	بتاع ـ تاع ـ امتاع ـ متاع 338.
كبره 326.	مادة 170.
كظم ـ كظم 198.	مارى 22.
كمرك 322.	امترى 239.
كولى 503.	معا 516.
كوى 503.	معبدى 189.
كنية 183.	معين 206.
كهربا 445.	مثقل 454.
كورطى 318.	مكاكى ـ مكاء 19.
كوزن 65.	اميلى 158.
كوشطة 323.	ملاذ 157.
كابنات 462.	مليك 69.
كوى 503.	يلى 166.
كبيو 478.	مها 64.
لوم ـ لوم 156.	ممو ـ تموبه 240.
لاى 60.	ميبة ـ مى 59.
لبس 238.	ينبوت 82.

٢٠. هوجل

٣٨. اهدل

٣٥٨. مهرول - هرول

٢٣٥. هضم

١٨٤. هتام

٣٥٧. اهوان - هاون

٦٣. مستوجس

٣٢٣. وجاقات - اوجاق - وجاق

١٣٣. الوسيط

٣٤٢. مشور pour موشور

٦٤. وعل

٢٠٢. وقذ

٤٦٢. مولدات

٤٦٦. وهم

ايهام النناسب ١٦٢، ٥١٠. ايهام
ibid., et ١٦٧.

٣٤٤. ويتا

٤٤٢. ياقوت

٦٤. يامور

٤٥٦. وقلي

١٨، ٢٤٤. نبعة - نبع

٤٨. نوابغ - نابغة

٣٤١. متاع pour نتاع - نتع

١٧٠. محنة - استنجاذ - استنجـن

منتـن - نجّت - ناجل - نواجن
ibid.

٣٣٧. نحنا

١١٨. نحو

١٨٤. نحوى

ان شاء ou انشاء pour نشاء ٣٣٧.

١٨٤. منشى

٧٥. انصاب - نصب

مناطق - منطقة - ناطقة - نطق

١٦٢. منطق

٢٤٥. نكس

٢٤. نكظ - نكض

٣٤٤. ناموس

٢٧. نهل

١٦١. تلوين الترنّم

٧٤. هبّل

١٥٦. هجر

FIN de la table des mots Arabes.

TABLE DES MATIÈRES

CONTENUES

DANS CETTE SECONDE PARTIE.

A

ABBAD. *Voy.* Abou'lkasem Ismaël.

Abbas, le fils d'Abbas, pag. 179. *Voy.* Abd-allah fils d'Abbas.

Abd-alkaïs ben-Djéfaf Témimi, poëte, 55.

Abd-allah. *Voy.* Mouley Abd-allah.

Abd-allah Abou'lheïdja, 110.

Abd-allah ben-Amer Hamadani, 78.

Abd-allah ben-Hosaïn Ocbari. *Voy.* Mohibb-eddin.

Abd-allah ben-Idhât Aschari, 77.

Abd-allah ben-Masoud (ou ben-Masada) Fazari, 78.

Abd-allah fils d'Abbas, 210.

Abd-allah fils de Hariri. *Voyez* Abou'lkasem Abd-allah.

Abd-allah fils de Zobeïr, 247.

Abd-allah Ocbari. *Voy.* Mohibb-eddin Abou'lbaka.

Abd-allah Scherkawi, 289, 292, 297.

Abd-allatif, 212 et ailleurs.

Abd-almélic ben-Zeïdan. *Voyez* Mouley Abd-almélic.

Abd-alrahman Fazari, 78.

Abeille, 410 et suiv.

Abhéri. *Voy.* Athir-eddin Mofaddhal.

Abou-Amama, surnom de Nabéga Dhobyani, 51.

Abou-Amrou Scheïbani, cité par Meïdani, 11.

Abou-Basir, poëte, 51.

Abou-Beer, branche des Bénou-Kélab, 87, 112.

Abou-Beer Hazémi, 188.

Abou-Beer Khowarezmi, poëte, 190.

Abou-bérakisch, oiseau, 399, 477.

Abou-Cahscha Sacsaki, 78.

Abou-Djéhal, 164.

Abou-Farès. *Voy.* Férazdak.

Abou-Habib, personnage des Makama d'Abou'ltaher, 194.

Abou-Hafs Omar. *Voy.* Kémal-eddin, et Omar ben-Faredh.

Abou-Kabous, surnom de Noman, roi de Hira, 47.

Abou-Kalamoun, 221, 478. Sens de ce mot, 222.

Aboukir, 525.

Abou-Kobaïs, montagne, 46.

Abou'labbas, l'aveugle dont le nom est *Saïb ben-Faroukh*, 79.

Abou'lbaka Abd - allah Ocbari. *Voy.* Mohibb-eddin Abou'lbaka.

Abou'lfadhl Ahmed fils de Hosaïn Hamadani. *Voy.* Bédi.

Abou'lfath Escandéri, personnage des Makama de Hamadani , 190.

Abou'lfath Mohammed ben-Ahmed ben-Mendaï Waséti, 184, nommé aussi *ben-Bakhtiar*, 188.

Abou'lfazel, 430.

Abou'lgout Tohawi, poëte, 81.

Abou'lhasan Ali. *Voy.* Djélal-eddin Omaïd-eddaula.

Abou'lhasan Ali ben-Alathir Djézéri, 416.

Abou'lhasan Ali ben-Yousouf. *Voy.* Kémal-eddin Abou'lhasan Ali.

Abou'lheïdja. *Voyez* Abd - allah Abou'lheïdja.

Abou'lkasem Abd-allah fils de Hariri , 182. *Voy.* Nedjm - eddin fils d'Abd-allah.

Abou'lkasem Ali ben-Aflah , poëte. 185.

Abou'lkasem Ismaël , surnommé *Saheb ben-Abbad*, 138.

Abou'ltaher Mohammed ben-Yousouf Témimi Sarakosti Andalousi , auteur d'un recueil de Makama, 194.

Abou'lwalid ben - Zeïdoun , cité, 13 , 210.

Abou'lyoktan, cité, 472.

Abou - Mansour Djawaliki , cité 188.

Abou-Marak, 524.

Abou-Maryam , 231. Sens de ce mot, 242.

Abou - Mohammed Ahmed Harimi Bagdadi, surnommé *Ebn-Djakina*, poëte, 185.

Abou-Mohammed Hasan Nasereddaula, 111.

Abou-Mohammed Kasem. *Voyez* Hariri.

Abou-Nasr Anouschirwan. *Voyez* Anouschirwan.

Abou-Obeïda, cité, 52, 60.

Abou-Othman Amrou ben-Bahr. *Voy.* Djahedh.

Abou-Saïd Hasan, 243.

Abouschehr , 274, 344.

Abou-Waritha. *Voy.* Iyyas.

Abou-Yahya, surnom de Kazwini, 505. *Voy.* Kazwini.

Abou-Zacaria ben-Awwam, cité, 459, 462.

Abou-Zeïd, 179, nom que se donne Hariri, 183. Cet Abou-Zeïd est Motahher ben-Salar, 184.

Abou-Ziad Kélabi, 27.

Abraham Scholel, juif, 340.

Abyssinie, l'empereur d'Abyssinie, se dit descendant de Salomon fils de David, 248, 250.

Acbar-nameh, 430.

Aconit, 381. *Voy.* Rat.

Ad, ancienne race Arabe, 128.

Adam Ségued, empereur d'Abyssinie, 248.

Adhérioun. *Voy.* Azérioun.

Adi ben-Zeïd, poëte, 71.

Adnan, 95.

Ahen-tchini ou fer de la Chine, sorte

sorte de métal, 428, 440.

Ahmed Arischi, 291.

Ahmed ben-Abd-arrazzak. Voyez Tantarani.

Ahmed ben-Djaad, 79.

Ahmed ben-Djakina. Voy. Abou-Mohammed Ahmed.

Ahmed ben-Saïd, Imam de Mascate, 336 et ailleurs.

Ahmed Djezzar, pacha d'Acre, 292, 525.

Ahmed fils de Hosaïn Hamadani. Voy. Bédi.

Ahwaz, province, 219.

Aïdhadj, ville, 528.

Akik, 444.

Ala-eddin Déwadari, 513.

Alaf-Ségued, empereur d'Abyssinie, 248.

Alarisch, ville, Prise par les troupes de Djezzar, 295.

Alcaydes, officiers de l'empereur de Maroc, 331.

Alep, ville. Histoire d'Alep. Voyez Kémal-eddin.

Alger, ville, 255, 257.

Ali, disciple d'Omar ben-Faredh, recueille ses poësies, 154.

Ali, ministre du souverain actuel de Mascate, 337.

Ali ben-Aflah. Voy. Abou'lkasem Ali.

Ali ben-Alathir. Voy. Abou'lhasan Ali ben-Alathir.

Ali ben-Isa, cité, 206.

Ali ben-Yousouf Scheïbani. Voyez Kémal-eddin Abou'lhasan Ali ben-Yousouf.

Ali Biris, 319.

Ali fils d'Abou'lozz. Voy. Djélal-eddin Omaïd-eddaula.

Ali fils de Saïd, 321.

Ali Gazouli, surnommé Béhaï, 461.

Almélic-alaziz Othman ben-Yousouf, sultan d'Égypte, 213.

Altounboga Othmani, 514.

Alwa, nom de femme, 118.

Alzarka, citerne, 96.

Ambre gris, 445.

Amen, répété trois fois à la fin d'une lettre, 353.

Amer ben-Harith. Voy. Cosaï.

Amer ben-Okaïl, famille Arabe, 99.

Amer fils de Saasaa, famille Arabe, 96, 102.

Amours de Hind, fille de Noman et de Zarka, 71.

Amphibies, Voy. Poissons.

Amphibologie, recherchée par les Arabes, 515.

Amrialkaïs, cité, 64.

Amrou, branche des Bénou-Kélab, 87, 112.

Amrou ben-Amer, 74.

Amrou ben-Bahr. Voy. Djahedh.

Amrou ben-Barrak. Son aventure avec Schanfari, 11.

Amrou ben-Lohaï, 74. Mal nommé ben-Yahya, ibid. Son nom est Rébia fils de Haritha fils d'Amer, 75.

Amrou ben-Yahya. Voy. Amrou ben-Lohaï.

Andja-beg, 525.

Animaux, 383 et suiv.

*Mm

Anouschirwan ben-Khaled Ca-schani, surnommé *Schérif-eddin Abou-Nasr*, 183, 188. Hariri compose ses Makama à sa sollicitation, *ibid.*

Antara, poëte, auteur d'une des Moallaka, 49, 208.

Arac, nom de lieu, 100, 105, 121.

Aráf, surate de l'Alcoran, 79.

Araignée, 468.

Arbres, 375 et suiv.

Aristote. Traité des pierres et des métaux, attribué à ce philosophe, 447, 533.

Arméniens dans l'armée de Nicéphore, 90.

Arnautes, 524.

Arous, 225, 236.

Asam ben-Schahir, officier de Noman Abou-Kabous, 55.

Ascha, poëte, 49.

Asfi, ville. *Voy.* Safi.

Asir fils de Djaber, 1.

Asma fille d'Abd-allah, 236.

Asmaï, cité, 59 et ailleurs.

Athafi, nom donné par les Arabes aux pierres qui servent de supports à leurs marmites, 212.

Athar Ali-khan, cité, 478.

Athir-eddin Mosaddhal ben-Omar Abhéri, 505.

Atlamisch, 492.

Attraction, soupçonnée par les Pythagoriciens, 422 ; connue des Arabes, suivant M. l'abbé Andrès, 532.

Awasem, province de Syrie, 95, 106.

Ayin Akbéri. Passage de ce livre, sur les métaux, 430 et suiv.

Azd, tribu Arabe, 1.

Azdi, surnom de Saïd, Imam de Mascate, 267, 275, 279, 284.

Azérioun, plante, 381, 458 et suiv.

B

Badi, roi de Senar, 249.

Badiyya, citerne, 97, 102, 120.

Badjila, tribu Arabe, 11.

Bahngar. *Voy.* Rouï.

Baïram, fête, 197, 209.

Bakouï, cité, 197.

Balad, ville, 197.

Balès, ville, 85.

Barek, nom de lieu, 101, 121.

Barkaïd, ville, 175, 197. Séance de Hariri, intitulée *Séance de Barkaïd*, ibid.

Bassora, ville, 333.

Bédi, auteur d'un recueil de Makama, 183. Son nom est *Abou'l-fadhl Ahmed fils de Hosaïn Hamadani*, 189. Notice sur cet auteur, 190. Makama de Hamadani, 192. Autre, 217.

Bédouh, 356.

Béhaï. *Voy.* Ali Gazouli.

Beïlak Kiptchaki, 447.

Belnias, 382, 460.

Behnious. *Voy.* Belnias.

Bender-Abbasi, ville, 337.

Bénou-Haram, 182. Nom d'une famille Arabe et d'une rue de Basra, 188.

Bénou-Hosaïn, 307.

Bénou-Kélab, Arabes en guerre

avec Seïf-eddaula, 85 et suiv. Ont une origine commune avec lui, 86. Ligue des Bénou-Kélab avec d'autres familles Arabes contre Seïf-eddaula, 96. Leur origine, 110, 111.

Bénou-Okaïsch, tribu Arabe, 58.

Bénou-Salaman, tribu Arabe, 1, 2.

Bénou-Turab, 307.

Berbers. Ont certaines lettres étrangères à la prononciation Arabe, 327.

Berthier (Alexandre). Sa lettre aux habitans de Jafa, 294.

Bêtes de somme, 391, 468.

Biroundj, métal artificiel, nommé en indien pitel, 434.

Bischer, montagne, 85; et citerne, 111.

Boccar, plante, 506.

Bœufs sauvages. Animaux compris sous ce nom, 64.

Bombay, ville, 273.

Bonaparte. Accorde une amnistie aux habitans du Caire, 287. Rétablit le diwan de cette ville, ibid. Punit divers malfaiteurs, ibid. et 288. Se propose de faire ouvrir un canal de communication du Nil à Suez, 288. A promis de n'inquiéter personne dans la profession de l'islamisme, 291. Écrit au Schérif de la Mecque, à Tipou-sultan, à l'Imam de Mascate, et à l'Agent françois à Mokha, 301. Lettre qu'il reçoit du Schérif de la Mecque, 302. Autre, 304. Extraits de lettres à lui adressées par l'agent de la nation Françoise à Mokha, 338. Lettre de Mohammed Mesiri à Bonaparte, 521.

Booy Diedric Urbans, capitaine du navire danois le Gute-hoffnung, 341.

Borhan-eddin Naser ben-Abi'lmécarim Motarrézi, 196.

Bourse; Commis de la bourse, banquier de la bourse, 307, 362. Bourse de Romélie, ibid. Bourse du Schérif de la Mecque, 308.

Bou-Saïdi, surnom de Saïd, Imam de Mascate, 267, 275. Famille des Bou-Saïdi, 279, 284. Signification de ce nom, 336.

Boyaïdha, citerne, 99, 104.

Breugnon (M. le comte de), 253, 261.

Brévedent (le P. Joseph), missionnaire, 310.

Bulgares, dans l'armée de Nicéphore, 90, 114.

C

Caab, branche des Bénou-Kélab, 87, 112.

Caab ben-Zohaïr, poëte, 49. Cité, 62.

Caab fils de Rébia fils d'Amer, famille Arabe, 96, 102.

Caaba, asile inviolable pour les oiseaux, 46, 76 et suiv. 506.

Cahlan fils de Saba, 110.

Cahrouba, ou Carabé. Voy. Succin.

Calypso, navire François, 281.

Candja, sorte de bâtiment, ou barque, 305, 306, 358.

Cansi. *Voy.* Séfid-ron.

Carnassiers, 396, 468.

Caulpatr, métal artificiel, 435.

Ca... les préférées aux chevaux par les Bédouins, et pourquoi, 124.

Ceylan, île, 282.

Chalan (M. du), 313.

Chaoul, port de l'Inde, 335.

Charsianum castrum, 116.

Chauve-souris, 401.

Cocotier, 378.

Codari ou Codri, sorte de kata, 26, 488 et suiv.

Concombre, 383.

Confiseurs. Rue des Confiseurs au Caire, 289.

Constantinople. Comment nommée par les Turcs, 355. Passage curieux de Masoudi à ce sujet, 356.

Consuls dans l'empire de Maroc, 258. Consuls et vice-consuls, comment nommés en arabe, 322.

Conway (M. le comte de), 335.

Cosa, chef d'une famille Arabe, 244.

Cosaï, 232. Son nom est *Moharib ben-Kais*, suivant d'autres *Amer ben-Harith*, 244. Son aventure, *ibid.* et suiv.

Cour de France. Lettre de l'empereur de Maroc à la cour de France, 319.

Courdji Varamdji, Banian, 359.

Coureurs fameux parmi les Arabes, 1, 11 et suiv.

Courrier-de-l'Isle-de-France (Le), nom d'un bâtiment, 335.

Cousin, insecte, 405. Ses divers noms, 495. Sa description, 496.

Cratin. *Voy.* Kitmir, 353, 354.

Cristal de roche, 443.

Crocotta, 471.

Cyprès. Son fruit, 452.

D

Dalouka, 494.

Daou, sorte de vaisseau, 274, 301. Description d'un daou, 345.

Daoud Khalil. *Voy.* Hadji Daoud Khalil.

Daoud Palasch, 313.

Dar-Mayya, nom de lieu, 59, 60.

Dara-Schékouh. Traité de médecine dédié à ce prince, 429.

Daschischat-alcobra, 308. Sens de ce mot, 363.

Dattier, 378, 456 et suiv.

Déra, ville, 262.

Deschiens; capitaine d'un navire François, 333, 335.

Dhia-eddin Obaïd-allah fils de Hariri, 188.

Dhibab, branche des Bénou-Kélab, 87, 112.

Dhobyan, tribu Arabe, 49. Tire son nom de Dhobyan fils de Baghidh, 51.

Dhomran, nom de chien, 43, 44.

Dhou-djélil, nom de lieu, 43, 63.

Diminutif. Observations sur l'usage du diminutif Arabe, 159, 166, 168.

Dippy, professeur d'arabe, 154.

Diwan, monnoie d'Égypte, 307, 308, 364.

Diwan du Caire. Proclamation du diwan du Caire aux habitans de cette ville, 286. Formation et séances du diwan, 287.

Djahedh, 473 et suiv.

Djahiz, nom de l'ours femelle, 397, 473.

Djauschan Kélabi, 515.

Djébat, citerne, 99, 104.

Djélal - eddin Omaïd - eddaula Abou'lhasan Ali fils d'Abou'lozz Ali, vizir de Mostarsched, 183.

Djewhari, scheïkh - alislam au Caire, 287.

Djezzar, pacha d'Acre, 525. Voy. Ahmed Djezzar.

Djifar, citerne, 99, 104.

Djof, fils de Saad-alaschira, père d'une famille Arabe, 110.

Djofi. Voy. Moténabbi.

Djorair Khatfi, 517.

Djorz, nom de l'outarde en persan, 399.

Djosd ou djost, sorte de minéral, 428, 433, 439, 440.

Djouni, espèce de kata, 26, 489 et suiv. Origine de ce nom, 28.

Djouz-alserr, fruit du platane, 377.

Domaïri, cité, 64.

Domous, insecte, 405, 410, 495, 496.

Douane. Droit de douane au Caire, comment nommé, 361. Tarif pour les droits de douane en Égypte, 365 et suiv.

Douletschah Samarkandi. Son histoire des poëtes, citée, 131.

Doum, arbre, 455.

Du Roule, envoyé du roi de France près l'empereur d'Abyssinie, 249. Son nom est le Noir du Roule, 309. Il est nommé Duroure et qualifié de Syrien François par Teela-haïmanout, ibid.

Duchmanta, 164.

E

Ebn-Afra. Voy. Moadh.

Ebn-Amid. Voy. Abou'lfadhl ben-Amid.

Ebn-Barrak. Voy. Omar ben-Barrak, et Amrou ben-Barrak.

Ebn-Bcïtar, cité, 429, 451, 458.

Ebn-Djakina. Voy. Abou-Mohammed Ahmed.

Ebn-Djanah, 459.

Ebn-Djoldjol, 459.

Ebn-Dorcïd, cité, 17, 203.

Ebn-Faredh. Voy. Omar ben-Faredh.

Ebn-Harama, poëte, 240.

Ebn-Kéthir, cité, 353.

Ebn-Khaldoun. Ses observations sur la prononciation de certaines lettres étrangères à la langue Arabe, 326 et suiv.

Ebn-Khilcan. Passage de ce biographe, 475.

Ebn - Mendaï. Voyez Abou'lfath Mohammed.

Ebn-Nobata, cité, 210.

Ebn-Wafid, cité, 429.

Ebn-Wardi, cité, 457.

M m 3

550   TABLE

Écureuil (L'), nom d'un bâtiment, 335.

Éléphans. Stratagème que Tamerlan emploie pour leur faire prendre la fuite, 57.

Élie, interprète de du Roule, 249.

Ellipse du sujet d'une proposition, permise quand le sens l'indique suffisamment, 61.

Énallage de personne, usitée par les poëtes Arabes, 60, 142.

Énigmes d'Omar ben-Faredh, 148 et suiv.

Escht-dahat, métal artificiel, 434.

Esprit de tutie, 428, 433, 440.

Étienne l'Arménien, 273.

Euphrate, fleuve, 47.

Exhalaisons, 371, 427.

Eyyas, 179. Voy. Iyyas.

Ezbékiyych, place au Caire, 287.

F

Fakhr-eddin, cité, 184.

Farde ou farque, balle de café, 361, 367.

Fazara, tribu Arabe, 56.

Fehd, loup-cervier, 409.

Fellah, 355.

Férazdak, poëte, 232, 516 et suiv. Aventure de Férazdak et de Nawar, 243, 247. Ce poëte surnommé Abou-Farès, 243.

Fergana, ville, 223.

Fez, ville, 253, 262.

Forkols, citerne, 98.

Fumier. Verdure d'un fumier, expression proverbiale, 189.

G

Gaféki, 459.

Galeb, Schérif de la Mecque. Sa lettre à M. Poussielgue, 296. Accuse réception des lettres du généralBonaparte, 301. Sa lettre au général Bonaparte, 302. Autre, 304. Droits réclamés par le Schérif, 307. Franchise pour lui de cinq cents balles de café, 304, 307. Mort du Schérif Galeb, 359, 525.

Gamdan, château célèbre, 204.

Gana, ville, 223.

Gattât, sorte de kata, 490.

Guza, ville, 292.

Gazelle du musc, 395.

Gazouli. Voy. Ali Gazouli.

Gazzali, docteur célèbre, 133. Surnommé Hoddjat-alislam, ibid.

Ghil, nom de lieu, 81.

Girafe, 394, 468.

Giroflier, 378.

Gobarât, nom d'un puits, 85.

Godr, citerne, 99.

Gomaïsa, nom de lieu, 8, 37.

Gondar, ville, 309.

Gouta Dimaschk, ou plaine de Damas, 100.

Gouverneur de l'Ile-de-France. Écrit à l'Imam de Mascate, 282.

Gozz ou Mamlouc, 514.

Grammaire. Allusion à des termes de grammaire, 116 et suiv.

Grandbourg (M. de), 262.

Gute-hoffnung, bâtiment Danois, 341.

H

Hadeth, place forte, 90 et suiv. 113. Poëme de Moténabbi au sujet du rétablissement de cette place, 91 et suiv.

Hadjadj, 472.

Hadji Daoud Khalil, 275.

Hadji Naser, 273, 274.

Hamadani. *Voy.* Bédi.

Hamdan ben-Hamdoun, 110.

Hammam. Sens énigmatique de ce nom, 184.

Hammam ou Homam ben-Galeb, nom de Férazdak, 516. *Voyez* Férazdak.

Harami, surnom de Hariri, 188.

Haramiyya, titre de la quarante-huitième séance de Hariri, 183.

Hareth, poëte, auteur d'une des Moallaka, 49.

Hareth. Sens énigmatique de ce nom, 184.

Hareth ben-Hamman, 175. Pour-quoi Hariri a emprunté ce nom, 184.

Hariri, Abou-Mohammed Kasem ben-Ali Hariri Basri, 175. Sep-tième séance de Hariri, 175-181. Vie de Hariri, 182-189. Sa quarante-huitième séance, nommée *Haramiyya*, 183. Ou-vrage de grammaire de Hariri, 184. Autres ouvrages du même, 185. Pourquoi il est nommé *Hariri*, 188. Morceaux publiés des Makama de Hariri, 195. Manuscrits de ces Makama, *ibid.* et 196. Lexique pour Hariri, *ibid.* Neuvième séance de Ha-riri, 223 et suiv.

Harout, mauvais ange, 144.

Hasan. *Voy.* Abou-Saïd Hasan.

Hasan Basri, 517.

Hasan ben-Noschba Adawi, poëte, 81.

Hasou, sorte de mets des Arabes, 214.

Hassan ben-Thabet, poëte, 51 et suiv.

Hassidé ou asideh, mets ordinaire des Arabes, 214.

Hautha, famille Arabe, 99.

Hawar, puits, 97.

Hawi ou *Continens* de Razi, 451.

Heft-djousch, métal artificiel, 434.

Hézar-destan, nom du rossignol en persan, 399.

Hind fille de Noman, roi de Hira, 71. Aventure remarquable de cette princesse, 72.

Hira, ville. Selles de Hira, 46.

Hirondelle, 400.

Hiyar, nom de lieu, 102.

Hoddjat-alislam. *Voy.* Gazzali.

Hodheïl, tribu Arabe, 149.

Homme, le premier des animaux, 385. Nommé *petit-monde*, 386. Ses facultés, 387 et suiv., 465 et suiv.

I

Ibrahim-bey, 289.

Idiotisme de l'arabe vulgaire, 313.

Idjlan, famille Arabe, 96.

Infiltrations, 371, 427.

Insectes et reptiles , 403 et suiv. 494.

Isa ben-Hescham, personnage des Makama de Hamadani, 190.

Isbar, sorte de monstre, 395, 471.

Isle-de-France, 282.

Isle-Maurice , 333. *Voy.* Isle-de-France.

Ismaël , empereur de Maroc , 253.

Ismaïl fils d'Abou'lhasan Abbad. *Voy.* Abou'lkasem Ismaël.

Ismaïl Saheb ben-Abbad. *Voyez* Abou'lkasem Ismaïl.

Iyad, famille Arabe, 74 , 111.

Iyyas ben-Moawia Mozéni , 210. Surnommé *Abou-Waritha*, 211.

J

Jafa. Relation de la prise de Jafa par l'armée Françoise, 292-297.

Jeux que fournit l'agriculture, 461.

Job , 149.

Joseph (Le fils de), Juif, 340.

Joseph. *Voy.* Brévedent.

Juifs. Exemples de leur manière de parler arabe et d'écrire cette langue, 340, 341.

K

Kafiz, mesure, 498.

Kaïd-aga, 288.

Kaïs. *Voy.* Kaïs-Aïlan.

Kaïs-Aïlan, 49, 88, 110, 111.

Kulamoun , lieu du désert de Samawa, 100.

Kali, plante, 180, 216.

Kanas, famille Arabe, 111.

Kara-méïdan , place au Caire, 287, 355.

Kartas saghir , histoire des dynasties Arabes d'Afrique, 311, 312.

Kasem ben-Ali. *Voy.* Hariri.

Kata , oiseau, 6. Description, variétés et mœurs du kata , 26, 27, 402, 487 et suiv.

Kaudis le borgne , patrice Grec, 91. Conjectures sur ce nom, 115.

Kazwini. Extraits du livre des Merveilles de la nature, de Kazwini, 371 et suiv. Notice sur Kazwini et ses ouvrages , 414 et suiv. Manuscrits de l'*Adjaïb almakhloukat*, 424. Diverses opinions sur le nom de l'auteur, 425. Nouvelles observations sur Kazwini et sur ses ouvrages, 500 et suiv.

Kébikedj, nom talismanique, 518.

Kélab fils de Rébia, famille Arabe. *Voy.* Bénou-Kélab.

Kémal-eddin Abou-Hafs Omar. Son Histoire d'Alep, citée, 115.

Kémal-eddin Abou'lhasan Ali ben-Yousouf Scheïbani Kofti, cité, 183.

Kémal-eddin Mohammed fils d'Ebn-Faredh, 155.

Kergariou de Léomarie, 281, 282, 283, 346.

Khabour, rivière, 101, 106, 121.

Khafif, nom d'homme, 410.

Khaïf, nom de lieu, 145, 166.

Khaïran , citerne, 98.

Khaled ben-Djafar, 50.

Khalef, grammairien Arabe, 328.

Khalfan, ministre de l'Imam de Mascate, 269. Lettre de Khalfan à M. Rousseau, 270. Renseignemens sur Khalfan, 343, 344.

Khalil Becri, 291, 297.

Khalkhal, 512.

Khansa fille d'Amrou fils de Schérid, femme poëte, 51.

Kharrarât, nom d'un puits, 85.

Kharschéna, ville, 116.

Khar-sini, métal, 372, 428 et suiv. 433, 439 et suiv.

Khaséghiyyèh, (wakf de la), 308. Sens de ce mot, 364.

Khidhr, 417.

Khonaséra, ville, 96.

Khosrou-Parwiz, 72.

Khourschid-pacha, 524.

Khowarnak, 121.

Khozaa, famille Arabe, et étymologie de son nom, 74.

Khozars, dans l'armée de Nicéphore, 90, 114.

Kinda, nom de lieu à Coufa, 85.

Kinnasrin, ville, 97.

Kitab alagani, 50, 57; 77 et suiv.

Kitmir, chien des sept Dormans. Son nom écrit à la fin des lettres missives, 353.

Kodhaa, famille Arabe, 111.

Komri, nom Arabe de la tourterelle, 150.

Konborra, oiseau, 399, 478.

Koraïdh, branche des Bénou-Kélab, 87, 112.

Koscheïr, famille Arabe, 96.

Koseïr, 296.

L

Lacandou, nom de lieu, 91, 116.

Lak de roupies, 333.

Lamiat-alarab, poëme de Schanfari, 1-9. Manuscrits de ce poëme, 13, 14. Commentaires sur le même poëme, 15.

Lapara, 116.

Larin, sorte de monnoie, 345.

Laurier-rose, 381, 460.

Lébid, poëte, cité, 65.

Leïla Akhyaliyya, femme poëte, 48.

Leïth, sorte d'araignée, 409.

Leïth fils de Beer, 474.

Lettre. Poser une lettre sur sa tête et sur ses yeux, 347. Talisman employé sur l'adresse des lettres, 350. Autres usages superstitieux relatifs aux lettres missives, 353.

Leucrocotta, 471.

Lidda, prise par les François, 292.

Lobad, nom du septième vautour de Lokman, 62.

Lokman. La longueur de sa vie, 43. Son histoire, 62.

Louis XIII. Lettre qui lui est écrite par l'empereur de Maroc, 250.

Louis XV. Traité de paix conclu entre lui et l'empereur de Maroc, 253.

Louis XVI. Lettre que lui écrit l'empereur de Maroc, 262. Autre, 264.

Loul<Ya, citerne, 100.

Lucas fils de Sérapion, 447, 533.

Lut, nommé Lutum sapientiæ, 406, 487.

M

Mand, 86, 110.

Maaféri, sorte d'étoffe, 77.

Macnémara (M. de), 335.

Macouc, sorte de mesure, 410, 498.

Mahamet. *Voy.* Mouley Mahamet.

Mahhidj, tribu Arabe, 110.

Mâhi-khowâr, nom Persan du plongeur, 402. Est peut-être le héron, 487.

Makama ou Séances de Hariri, 182 et suiv. Makama de Hamadani, nommées *Makama de Kidya*, 190. Makama d'Abou'Itaher Mohammed Andalousi, 194.

Malabar, 276, 377.

Malecshah, 138.

Marattes, 335.

Marbou, Arabe de Tagleb, 97.

Mareb, ville, 74.

Maroc. Lettre de l'empereur de Maroc à Louis XIII, 250. Traité de paix entre le roi de France et l'empereur de Maroc, 253. Lettre de l'empereur de Maroc à Louis XVI, 262. Autre, 264. L'empereur de Maroc se dit descendant de Merwan, de Haschem, de Fatime, de Hasan, d'Ali, 250, 251, 312. Divers titres donnés par l'empereur de Maroc au roi de France; négociations à ce sujet, 314 et suiv. Convention entre M. de Sartine et l'ambassadeur de Maroc, *ibid.* Prononciation particulière de quelques lettres Arabes à Maroc, 322, 323, 325.

Mascate, 267 et suiv. Médecin François mort à Mascate, 273, 283, 346. Envoi projeté d'un agent François à Mascate, 277, 282. Détails sur le gouvernement actuel de Mascate, 336, 337. Bonaparte écrit d'Égypte à l'Imam de Mascate, 301, 305.

May des imprimeurs de Paris, en 1651, 171.

Mayya, nom de femme, 42, 53, 59.

Mecque (La). Son temple, ses pierres sacrées, 46. Introduction du culte des idoles à la Mecque, 74. Inviolabilité du territoire de la Mecque, 76 et suiv.

Medjnoun et Leïla, poëme de Djami, 488 et 512.

Meïdani, cité, 11, 58, 70, 201, 235, 236, &c.

Mélic ben-Hobeïra Sélouli, 77.

Menkhal ben-Obeïd Yaschkéri; ses aventures avec Nabéga Dhobyani, 55.

Merini, dynastie d'Afrique, 311.

Merwan. L'empereur de Maroc se dit descendant de Merwan, 250, 251; et pourquoi, 312.

Merwani. *Voy.* Merwan.

Méschan, ville, 184, 185, 186.

Messager pillé par les Arabes, 278.

Michel Sabbagh, 349, 362, 363, 519.

Mimschadh, 148, 170.

Mina, nom de lieu, 81, 145, 166.

Minéraux. Leur formation, leurs diverses classes, 372 et suiv., 426 et suiv.

Miquenès, ville, 253, 262. Nommée en arabe *Miknasat alzéitoun*, c'est-à-dire, Miquenès des oliviers, 263, 325.

Mirage, 38.

Miri, 363.

Moadh, 145. Moadh ben-Hareth, 164. Surnommé *Ebn-Afra*, ib. Moadh ben-Amrou ben-Djamouh, *ibid.* Moadh ben-Djabal, *ibid.*

Moaïdi, 187 et suiv. Diminutif de Maad, 189.

Modhar, famille Arabe, 74, 110.

Modjanasa, mot technique de prosodie arabe, 132.

Modjarrāda, femme de Noman Abou-Kabous. Son aventure avec Nabéga Dhobyani, 52 et suiv.

Mofaddhal, cité, 236. *Voy.* Athireddin Mofaddhal.

Mofaddhal Dhabi, 189.

Mogaïra fils de Schaba, 72.

Mohakkik, patron de Tantarani, 125. Son éloge, 127 et suiv. Quel est ce personnage, 133.

Mohallébi, cité, 197.

Mohammed alémir, 291.

Mohammed ben-Ahmed ben-Mendaï. *Voy.* Abou'lfath Mohammed ben-Ahmed.

Mohammed ben-Mohammed Kazwini, 65. *Voy.* Kazwini.

Mohammed ben-Mousa, 532.

Mohammed ben-Sélam, 517.

Mohammed ben-Sirin, 517.

Mohammed ben-Yousouf Andaloust. *Voy.* Abou'ltaher Mohammed.

Mohammed Dowakhéli, 291.

Mohammed fils d'Abd-allah fils d'Ismaïl, 263, 264. *Voy.* Mouley Mahamet.

Mohammed fils de Bozaïa, 96.

Mohammed fils d'Ebn-Faredh. *Voy.* Kémal-eddin Mohammed.

Mohammed Mahdi Hafnawi, 289, 292, 297.

Mohammed Mésiri. Sa lettre à Bonaparte, 521.

Mohammed-pacha, 524.

Mohammédia (wakf de), 308.

Moharib ben-Kaïs. *Voy.* Cosaï.

Mohayya, famille Arabe, 96 et suiv.

Mohibb-eddin Abou'lbaka Abdallah ben-Hosaïn Ocbari. Son vocabulaire pour les séances de Hariri, 58, 196.

Moïn-almilla-weddin. *Voy.* Tantarani.

Moïn-eddin Tantarani, 132. *Voy.* Tantarani.

Moïse fils de Michel, Juif, 340.

Mokha. Lettres de l'agent de la nation Françoise à Mokha au premier consul Bonaparte, 338. Monnoies de Mokha, 339. Bonaparte écrit d'Égypte à l'agent François à Mokha, 301, 305. Courdji Varamdji, agent François à Mokha, 339.

Mokl, arbre, 378, 454, 455.

Mondhar ben-Homam, personnage des Makama d'Abou'ltaher, 194.

Mondhar fils de Ma-alséma, 189.

Monstres. Leur production en Afrique, 470.

Montagne rouge, 529.

Morra ben-Saad Karii ou Farii, 54, 55.

Mosawir, 144, 159, 160. Fils de Mohammed Roumi, 160.

Mostarsched-billah, khalife, 183.

Motadhed, khalife, 410.

Motahher ben-Salar, nommé *Abou-Zeïd* par Hariri, 184. Particularités de la vie de Motahher, *ibid.*

Motarrézi. *Voy.* Borhan-eddin Naser.

Moténabbi, poëte. Extrait de son diwan, 85-108. Lieu de sa naissance, ses noms et surnoms, 85. Notice sur Moténabbi et sur les fragmens de ses poësies qui ont été publiés, 109.

Mouley Abd-allah, empereur de Maroc, 253.

Mouley Abd-almélic ben-Zeïdan, 311.

Mouley Mahamet ou Mohammed, empereur de Maroc, 253.

Mouley Zeïdan, 311.

Mourad-bey, 289.

Mousa Sersi, 292.

Multézim. Sens de ce mot, 357.

Mustafa Damanhouri, 292.

Mustafa Sawi, 291.

N

Naba, sorte d'arbrisseau, 244.

Nabéga Dhobyani. Poëme de Nabéga, 42-47. Il se justifie auprès de Noman, 45. Signification du mot *Nabéga*, 48. Plusieurs poëtes ainsi nommés, *ibid.* Noms de Nabéga Dhobyani, suivant divers auteurs, 49, 51. Diverses aventures de ce poëte, particulièrement avec Noman, roi de Hira, 50 et suiv. Il est surnommé *Abou-Amama*, 51. Manuscrits du poëme de Nabéga, 58. Jugement porté sur ce poëte par Hamadani, 191.

Naocha. *Voy.* Sel ammoniac.

Naser, Schcikh d'Abouschehr, 274, 345.

Naser ben-Abi'lmécarim. *Voy.* Borhan-eddin Naser.

Naufal, 236.

Nawar, nom de femme, 232. Son aventure avec Férazdak, 243, 247.

Nédiy fils de Djafar, 96.

Nedjd, contrée de l'Arabie, 89.

Nedjm-eddin fils d'Abd-allah (ou plutôt Nedjm-eddin Abd-allah) fils de Hariri, 188.

Nénuphar, 448.

Nézar, fils de Maad, 111.

Nicéphore fils de Bardas Phocas, défait par Seïf-eddaula, 96, 115.

Nihya, citerne, 99, 104.

Nizam-almulc, surnommé *Schems-alcofat*, 132, 138.

Nizamia, collége à Bagdad, 132.

Nomaïr, famille Arabe, 100, 106.

Noman, roi de Hira, 44. Surnommé *Abou-Kabous*, 47. Est Noman ben-Mondhar ben-Amrialkaïs, 50. Formule de salutation qu'il introduisit, 84.

Noman fils de Béschir, 77.

Nowaïri, cité, 84.

O

Obaïd-allah. *Voy.* Dhiâ-eddin Obaïd-allah.

Obeïd, cité, 243.

Ocbara, ville, 196.

Ocbari, *Voy.* Mohibb-eddin Abou'l-baka Abd-allah.

Occadh, lieu où l'on tenoit une foire, 51.

Odhaïb, nom de lieu, 101, 121.

Ohadha, tribu Arabe, 6, 31.

Oiseaux, 397 et suiv. Inviolables à la Mecque, 46, 76 et suiv.

Okaïl, famille Arabe, 96.

Okbari, *Voy.* Mohibb-eddin.

Omad-eddin, surnom de Kazwini, 505, *Voy.* Kazwini.

Omad-eddin, auteur du livre intitulé *la Perle*, 184. Surnommé *Isfahani*, 186, 188. Auteur d'une histoire des Seldjouki, 188.

Omaïd-eddaula Abou'lhasan Ali. *Voy.* Djélal-eddin Omaïd-eddaula.

Omani, surnom de Saïd, Imam de Mascate, 267, 275, 279, 284.

Omar ben-Farédh, poëte. Extraits de son diwan, 143-151. Diverses opinions sur les noms et surnoms de ce poëte, 152. Abrégé de sa vie, *ibid.* Fragmens de ses poësies qui ont été publiés, 153. Ses poësies recueillies par un de ses disciples nommé *Ali*, 154. Notice de ses principaux poëmes, 155, 156, 174. Manuscrits de ces poëmes, *ibid.* Vers imités de ceux d'Ebn-Farédh, 171.

Omar fils de Barrak, 1.

Onthor, citerne, 98, 104.

Ordh, nom de lieu, 100, 105, 121.

Ormuz, île, 337.

Othman ben-Yousouf. *Voy.* Almélic-alaziz.

Ours, 396.

Outarde, 399. Son nom Persan, *ibid.* Remarques sur cet oiseau, 486.

Owaïr, citerne, 99, 104.

P

Palmier. *Voy.* Dattier.

Palmyre, ville, 99, 104. Nommée *Tadmor*, 123. Bâtie par les génies, 44.

Panthère, 469.

Papillon, 410.

Passe-port. Formule de passe-port pour les navires François, 261.

Penthièvre (Louis-Jean-Marie de Bourbon, duc de), 261.

Perdrix, 488.

Pé-tong, métal artificiel, 434.

Phocas. Le fils de Phocas. *Voy.* Nicéphore fils de Bardas Phocas.

Pierre noire de la Caba, 75.

Pierres ferrugineuses tombées de l'atmosphère, 416, 526 et suiv.

Pigeons respectés par les Musulmans, 76.

Pitel. *Voy.* Biroundj.

Plantes, seconde classe des végétaux, 380.

Platane, 376. Son fruit, 377, 453.

Plongeur, oiseau, 402. Son nom en persan, *ibid.* Est peut-être le héron, 487.

Pluies de pierres, de fer, de sang, de grenouilles et de poissons, 526 et suiv.

Poissons et amphibies, 418.

Poivre long, 377.

Poivrier, 377, 453, 454.

Pompholyx, 429.

Potonnier (M. Barthélemy de), 263.

Poussielgue (M.) Lettre à lui adressée par le Schérif de la Mecque, 296. Écrit au Schérif, 306.

Proclamation du diwan du Caire, 286. Autre, 289.

Puce, 405.

Punaise, 495.

Pythagore. Diverses opinions de ses disciples sur le système du monde, 422.

R

Raféka, ville, 124.

Rakka, ville, 100. La double Rakka, 105, 121, 123.

Ramla, prise par les François, 292.

Ramousa, lieu près d'Alep, 97.

Rat de l'aconit, 382.

Razilly (M. de), 251, 313.

Rébi 1.er, mois Arabe, surnommé *prophétique*, et pourquoi, 313.

Rébia. Enfans de Rébia, 74.

Rébia, 95. *Voy.* Rebiat-alfaras.

Rébia fils de Harétha fils d'Amer. *Voy.* Amrou ben-Lohaï.

Rebiat-alfaras fils de Modhar, 110, 185.

Reptiles. *Voy.* Insectes.

Roen-eddin Omari, 505.

Rodeïna. Armes de Rodeïna, 94, 119.

Rosafa, ville, 100, 121.

Rossignol, 399. Son nom Persan, *ibid.* Ses accens plaintifs, 479 et suiv. Amours du rossignol et de la rose, 482. Le rossignol et la fourmi, fable de Saadi, *ibid.*

Rostack, ville, 337.

Rotaïla, sorte d'araignée, 409. Nommée le *Scorpion du thaban*, ibid. et 498.

Rouh ben-Zanbâ Djodhami, 77.

Rouh-toutia, ou Esprit de tutie. *Voy.* ce mot.

Rouï, métal artificiel, 434. Nommé en indien *bahngar*, ibid.

Rousseau (M.), consul de France à Bagdad, 267 et suiv. Lettres de l'Imam de Mascate et de son ministre Khalfan à M. Rousseau, 267-286.

Roustam, 128.

Rouznamédji, 363.

Ruminans, 392, 468.

Russes dans l'armée de Nicéphore,

90, 114. Méditent la prise de Constantinople, 290.

S

Saad, nom de lieu, 81.

Saad-alaschira, auteur d'une famille Arabe, 110.

Saad ben-Omra Hamadani, 77.

Sabbah ben-Omara, 97.

Sacontala, drame Indien, 163. Nom de femme, 164.

Sadir, ville, 121.

Sadj, arbre, 375, 450, 451.

Sadr-alislam, ou chef du clergé Musulman, 184.

Safad, ville, 513.

Safi, ville, 251. Son vrai nom est Asfi, 313.

Saheb, 128.

Saheb ben-Abada, 138.

Sahsahan, nom de lieu, 104.

Saïb ben-Faroukh. Voy. Abou'labbas l'aveugle.

Saïb ben-Témam, personnage des Makama d'Abou'ltaher, 195.

Saïd fils d'Ahmed, Imam de Mascate, 267. Surnommé Bou-Saïdi Arabi Azdi Omani, ibid. et 275. Lettres de Saïd à M. Rousseau, 267, 275, 279, 284. Lettre Persane du même au roi de France, 332. Histoire de son père et de ses enfans, 336.

Saïdi, dynastie des Schérifs de Maroc, 312.

Sainte-Sophie, 290.

Salamia, ville, 96 et suiv. 103.

Salé (Le), nom d'un bâtiment, 335.

Salèh, vaisseau pris par un corsaire François sur l'Imam de Mascate, 272, 333. Réclamations de l'Iman à ce sujet, 334. Renseignemens sur cet événement, 335.

Salomon fait bâtir Palmyre par les génies, 44.

Salomon, Juif, 340.

Samandou, nom de lieu, 91, 115, 116.

Samâni, cité, 184.

Samawa, nom de lieu, 99, 100, 105.

Samhar, mari de Rodeïna, 119.

Sarikha, ville, 116.

Sarim, nom de lieu, 147.

Saroudj, ville, 179.

Sars, nom de lieu, 307, 362.

Sartine (M. le comte de), 314, 316, 317.

Scarabée, 457.

Schabbout, sorte de poisson, 530.

Schakka fils de Dhomra Témimi Darémi, 189.

Schanfari, poëte. Ses aventures, 1. Signification de son nom, ibid. Son poëme Lamiat alarab, 2 et suiv. Temps où il vivoit, 10. Observations sur son nom, ibid.

Schara, nom de lieu, 127, 138, 147.

Schatran, nom de lieu, 307, 362.

Schems-alcofât. Voy. Nizam-almule.

Schérif-eddin Abou-Nasr Anouschirwan. Voy. Anouschirwan.

Schérif-eddin Omar ben-Faredh. Voy. Omar.

560 TABLE

Scholares, 114.

Schoraïc ben-Abd-allah Kénani, 78.

Séfid-rou, métal artificiel, 434, nommé en indien cansi, ibid.

Seïd-Sultan. Voy. Sultan ou Seïd Sultan fils de Saïd.

Seïf-eddaula, émir Arabe, 85. Poëmes composés en son honneur par Moténabbi, ibid. Il poursuit et défait les Arabes Bénou-Kélab, ibid. et pag. suiv. Il combat contre les Grecs devant Hadeth, et fait reconstruire cette place, 90 et suiv. Nouvelle guerre contre les Bénou-Kélab, 96 et suiv. Origine de Seïf-eddaula, 110, 111.

Seïfiyya, poëme de Moténabbi en l'honneur de Seïf-eddaula, 85.

Sel ammoniac, nommé par les Chinois naocha, 442.

Seldjouki. Histoire de cette dynastie par Omad-eddin Isfahani, 188.

Selsal, fontaine du paradis, 126.

Sémiramis, 494.

Senar, ville, 249.

Sept. Les sept corps ou métaux, 372, 432, 433, 439.

Siddjil, nom d'homme ou d'ange, 241.

Sima, sorte de monstre, 395, 471.

Sim-sakhtch, métal artificiel, 434.

Slaves, dans l'armée de Nicéphore, 90.

Soada. L'eau des fils de Soada, citerne, 100.

Socaïc. Voy. Solaïc.

Soda, nom de femme, 118.

Sohar, 336.

Sokhaïna ou Sokhna. Voy. ce mot.

Sokhna, nom de lieu, 100. Nommé aussi Sokhaïna et Sokhona, 121.

Sokhona. Voy. Sokhna.

Solaïc fils de Salaca, 1, 131.

Soleïman l'ayyoumi, 291.

Souriyya, nom de lieu, 96.

Sowaïda, village, 528.

Soyouti, cité, 320, &c.

Spodion, 429.

Succin, 445 et 446.

Sultan. Ce titre donné à Louis XIII par l'empereur de Maroc, 312. Refusé à Louis XVI, 318. Qualités requises pour porter les titres de sultan, très-grand sultan, et sultan des sultans, 321.

Sultan ou Seïd Sultan, fils de Saïd, Imam de Mascate, s'empare du gouvernement, 336. Son histoire, 337.

Sus, ville, 253, 262.

T

Taabbatta-scharran, poëte, 1. Temps où il vivoit, 10. Son aventure avec Schanfari, 11.

Tadmor, 123. Voy. Palmyre.

Tafilet, ville, 253, 262.

Tagleb, famille Arabe, 97. Tagleb ben-Wayel son auteur, 110.

Tahar Fénis. Voy. Taher Fénisch.

Taher Fénisch, 265.

Takasch, 505.

Talaï-kham ou or cru, 428, 440.

Talikoun

Talikoun, sorte de métal, 434.

Tantarani, poëte nommé *Moïn-almilla-weddin*, 125. Poëme de Tantarani, 125-129. Manuscrits de ce poëme, 130. Commentaires sur le même poëme, 131. Renseignemens sur Tantarani, 132. Son nom est *Ahmed ben-Abd-arrazak*, 133.

Tarafa, poëte, 15.

Tarse, ville, 97.

Taudhih, nom de lieu, 46, 73.

Taulab, 237.

Taureau sauvage, 469.

Tayy, tribu Arabe, 149.

Tébala, ville, 472.

Técla-haïmanout, empereur d'Abyssinie. Sa lettre à du Roule, 248, 309. Il se sert du sceau de son père, 310.

Téhama, contrée de l'Arabie, 74.

Teïfaschi, cité, 447.

Tek, bois, 452.

Tell-masih, citerne, 97.

Ténawwout, oiseau, 399, 478.

Terdji, mot technique de prosodie Arabe, 132.

Thémam, plante, 43, 63, 506.

Thétis, nom d'un bâtiment, 335.

Tigre, 469.

Timat, médecin, 395. Doit être *Timæus*, 470.

Tipou-sultan, 337. Bonaparte lui écrit d'Égypte, 301, 305.

Tograï, poëte, 10.

Toman, somme d'argent, 274. Sa valeur, 345, 346.

Toutenague, 428, 440, 441.

Tripoli, ville d'Afrique, 256, 257.

Tsamandus, 116.

Tunis, ville, 256, 257.

Tutie fossile, 428, 429.

V

Vache sauvage, 469.

Vaisseau promis par le roi de France à l'Imam de Mascate, 269, 273, 278, 282, 285, 335.

Végétaux, 374 et suiv. Semblent participer à la sensibilité, 448, et à la locomobilité, 449.

Ventre. *Mesurer son ventre*, 77, 79.

Ver-à-soie, 407.

Vieille. *Maison de la Vieille*, 494.

Vitriols, nommés *Zadj*, 445.

W

Waschek, nom de chien, 44.

Wasit, ouvrage de Gazzali, 133.

Wedjra, nom de lieu, 43, 64, 65.

Y

Yacout, 372, 431, 442.

Yahya ben-Mohammed Djanati, 252.

Yazdadh, 144, 159, 160.

Yézid fils de Moawia, khalife, 77.

Z

Zacaria ben-Mohammed ben-Mahmoud Kazwini, cité, 2, 6. *Voy.* Kazwini.

Zadj. *Voy.* Vitriols.

Zamakhschari. Son commentaire sur le poëme de Schanfari, 15.

Zamal ben-Amrou Odhri, 78.

Zanguebar, 336.

Zaraya, nom de lieu, 97.

Zarka, fille célèbre par sa vue perçante, 45. Son histoire, 70 et suiv.

Zeïdan. *Voy.* Mouley Zeïdan.

Zeïn-eddin Caschi, 505.

Ziad fils de Moawia fils de Dhabab, nom de Nabéga Dhobyani, 51.

Zobeïr. Le fils de Zobeïr se révolte à la Mecque, 77.

Zohaïr, poëte, 49. Cité, 60.

FIN DE LA TABLE DES MATIÈRES DE LA IIe ET DERNIÈRE PARTIE DE LA TRADUCTION.

IMPRIMÉ

Par les soins de J. J. MARCEL, Directeur général de l'Imprimerie impériale, Membre de la Légion d'honneur.

FAUTES A CORRIGER

DANS CETTE II.ᵉ PARTIE DE LA TRADUCTION.

Pag. Lig.

166. 2. » lisez من

167. dern. ايهام ابعام

169. 7. استبخاذا استنخاذا

201. 29. *Après les mots* bien vêtus, *ajoutez:* Le mot زبون est ainsi expliqué dans le Commentaire de Scharischi الشريشى sur
les Makama de Hariri, manuscrit que la Bibliothèque impériale vient d'acquérir à la vente des livres de M. Ev.
Scheidius :

الزبون الخــدع عن ماله فعول بمعنى مفعول وهو
من الفاظ اهل المشرق واراد بــه الكثير الصدقــة

« زبون celui à qui l'on extorque son argent par surprise:
» adjectif verbal de la forme فعول dans le sens passif.
» C'est un des mots particuliers au langage des Arabes
» de l'Orient; Hariri a voulu dire par-là *un homme qui*
» *fait beaucoup d'aumônes.* »

250. 14. XIV, *lisez* XIII.
251. 1. occupéle, occupé le.
262. 26. Suz, Sus.
Ibid. 27. Maghreb, Magreb.
274. 5. 200, 2000.
281. 29. le Calypso, la Calypso.
306. 5. à la marge *page 511.*
Ibid. 22. à la marge *page 512.*

Nn 2

Pag. Lig.

307. 14. à la marge *lisez page 513.*

312. 20. d'Ommiyya,   d'Omayya.

350. 13. *Ajoutez :* L'usage du mot *Bédouh*, ou des chiffres 8042 ou
2468 comme talisman, sur l'adresse des lettres, a déjà
été remarqué par Schulz dans la relation de ses voyages,
intitulée *Leitungen des Höchsten nach seinem Rath*, tome
V, page 224. Schulz prétend que cela veut dire que
la lettre ne doit être ouverte par personne autre que
celui à qui elle est adressée ; je crois qu'il se trompe. M.
Paulus n'a pas bien saisi le sens de cet endroit. (*Voyez
Sammlung der merkwürd. Reisen in den Orient*, tome VII,
page 72.)

Ibid. 28. *Ajoutez :* Au sujet de la frégate *la Calypso*, et du capitaine
Kergariou de Léomarie, dont il est question dans cette
lettre, on peut voir ce qu'en dit le savant Missionnaire le
P. Paulin de Saint-Barthélemi, *Viaggio alle Indie Orien-
tali*, pag. 370.

354. dern. *Ajoutez :* جُبَيْس se trouve dans le *Fabrica lingua Arab.* de
Germain *de Silesia*, page 786, comme signifiant *poltron
[ignavus, hebes, stupidus, &c.].*

361. 7. *Au lieu de* les Européens disent *farde, lisez* les Européens se
servent du mot *farde*, en arabe فَرْدَة qui signifie *balle de
marchandises :* ce mot n'est point d'origine Arabe.

402. 2. *mâhy-khowar, lisez mahi-khowar.*

491. 7. Après le mot φάτ⁊α, *ajoutez :* Les passages de Djewhari que
j'ai cités ici sur les trois variétés du kata, se trouvent rapportés, mais peu exactement, dans les scholies Arabes sur
la 56.ᵉ sentence de l'Anthologie de Zamakhschari. *Voyez
Anthologia sententiarum Arabicarum*, page 41.

515. 11. *Ajoutez :* On donne encore une autre origine à ce proverbe.
Voyez la Vie d'Ebn-Doreïd, par Ebn-Khilcan, traduite
par le savant Ev. Scheidius, à la tête de son édition du
poëme connu sous le nom de *Maksoura* d'Ebn-Doreïd,
Harderwyk, 1786.

Pag. Lig.

520.   8. *Après le mot* étoffes, *ajoutez :* Dans le manuscrit Arabe de
la Bibliothèque impériale, n.º 1204, *folio 418*, on lit :

باب لمنع تسويس الغلة جرب وقع يكتب فى ورقة
هذا الاسم المبارك ويرمى فى الغلة ياكتيكج

« Recette pour empêcher les vers de se mettre au grain ;
» on en a fait l'essai, et elle a réussi. Écrivez sur un
» morceau de papier, que vous jetterez ensuite dans le
» grain, ce nom béni : *ô Kebikedj !* »

Je lis ياكبيكج

Original en couleur
NF Z 43-120-8